G

STUR

CW01613231

atb aufbau taschenbuch

Gisa Pauly lebt in Münster und auf Sylt. Ihr letzter Sylt-Krimi »Küstennebel« schaffte es unter die Toptitel der Bestsellerliste. Als Aufbau Taschenbuch sind ihre Romane »Die Hebamme von Sylt«, »Die Frau des Germanen«, »Reif für die Insel« und »Deine Spuren im Sand« lieferbar.
Mehr zur Autorin unter www.gisa-pauly.de

Aletta wird auf Sylt groß, doch ihren großen Traum, Sängerin zu werden, wollen ihre Eltern ihr nicht erlauben. Kaum ist sie volljährig, verlässt sie die Insel und wird eine gefeierte Künstlerin. Im Jahr 1914 wird sie vom Kurdirektor eingeladen. Das Konzert, das Aletta gibt, wird ein rauschender Erfolg – und eine große Enttäuschung, denn weder ihre Eltern noch ihre ältere Schwester Insa sitzen im Publikum. Erst am nächsten Tag erfährt sie, dass ihr Vater tot und ihre Mutter Witta sterbenskrank ist. Auf dem Sterbebett will ihre Mutter Aletta ein Geheimnis verraten, das diese schon seit langem umtreibt, doch Insa schreitet ein, bevor es zu diesem Geständnis kommt. Wenig später bricht der Krieg aus, und plötzlich ist Aletta auf Sylt gestrandet. Sie versucht alles, um hinter das Geheimnis ihrer Mutter zu kommen.

Gisa Pauly

STURM ÜBER SYLT

DIE INSEL-SAGA

atb aufbau taschenbuch

MIX
Papier aus verantwortungsvollen Quellen
FSC® C083411
FSC
www.fsc.org

ISBN 978-3-7466-3062-5

Aufbau Taschenbuch ist eine Marke der Aufbau Verlag GmbH & Co. KG

1. Auflage 2014

Die Originalausgabe erschien 2013 bei Rütten & Loening,
einer Marke der Aufbau Verlag GmbH & Co. KG
Umschlaggestaltung Mediabureau Di Stefano, Berlin
unter Verwendung der Motive von akg-images: Louis Gurlitt,
Charles Hermans/Southeby's und eb75/istockphoto
Satz Greiner & Reichel, Köln
Druck und Binden CPI – Clausen & Bosse, Leck
Printed in Germany

www.aufbau-verlag.de

I.

1914

Es war so wie vor zehn Jahren. Der Himmel war genauso blass und durchscheinend, zarte Wolkenschleier verhüllten die Sonne, die nur ein heller Fleck war, von dem keine Wärme ausging. Ein kühler Sommertag! Der Wind hatte auch damals beinahe still gestanden, so wie heute. Er war da, bewegte sich über dem Schiff hin und her, nahm seine Kraft aber nicht aus den Wolken, sondern aus der Fahrt des Raddampfers. Die Geschwindigkeit des Fortbewegens war es, die die Windstärke bestimmte! Aus dem Sturm, der noch vor zwei Wochen gewütet hatte, war dieser kraftlose Fahrtwind geworden. Auf der Insel würde es womöglich windstill sein. Eine Seltenheit! Damals war es ihr vorgekommen, als wollte der Wind sie nicht von ihrer Heimat wegtreiben, jetzt kam es ihr so vor, als wollte er sie nicht willkommen heißen. Oder sollte sie die Angst vor der Rückkehr verlieren, zu der es eigentlich nie hatte kommen sollen?

Sie spürte, dass Ludwig hinter sie trat. Aber sie veränderte ihre Haltung nicht, blieb, an die Reling gelehnt, stehen und drehte sich nicht um. Sie zeigte ihm nur, dass ihr seine Nähe guttat, indem sie leise seufzte.

Aletta Lornsen war eine mittelgroße Frau, schlank, aber nicht zierlich, sondern von kräftiger Statur. Sie hatte braune Haare, in die die Sonne manchmal blonde Tupfer setzte und die bei Dunkelheit, und wenn sie straff zurückgekämmt waren, fast schwarz wirkten. Ihr Gesicht war schmal, ohne zart zu sein, die Nase winzig, ihre Wangen waren flach wie die einer Rekonvaleszentin, die gerade wieder zu Kräften kommt. Doch ihr Mund war breit und lachend, ihre Lippen waren voll und verlockend, die Stirn prägte sich über starken Brauen aus, so dass sie stark und gesund aussah, wenn es ihr gutging, aber auch elend und sterbenskrank wirken konnte, wenn es schwere Tage gab. Ihre Augen waren von einem stumpfen Grau, trugen aber braune und grüne Splitter, die sie interessant und ihren Blick sogar ein wenig rätselhaft machten.

Ludwig sagte oft: »Bei dir hat die Natur nicht gewusst, was sie wollte. An einem Tag solltest du ein zartes, elfengleiches Wesen werden, am anderen eine Frau, die ihren Mann stehen kann. Und am Ende bist du beides geworden.«

Er legte ihr die warme Stola um und umschlang sie mit beiden Armen, um sie zu wärmen. »Freust du dich auf Sylt?«

Aletta wollte nicken und den Kopf schütteln, gleichgültig die Schultern zucken und die Mundwinkel verächtlich herabziehen, alles auf einmal. Aber ihr gelang weder das eine noch das andere. Vorfreude und Angst, Schuldgefühle und Selbstzufriedenheit hielten sich die Waage. Ludwigs Frage war nicht zu beantworten.

»Hoffentlich ist das Hotel komfortabel«, sagte sie stattdessen.

Sie spürte, dass Ludwig lächelte. »›Das Miramar‹ ist das erste Haus am Platz.«

»Die Sturmflut von 1909 soll es schwer ramponiert haben.«

»Das ist fünf Jahre her. Und nicht das Hotel wurde beschädigt, sondern die Düne vor dem Hotel. Sie wurde von dem Sturm weggefegt. Da sieht man, wie leichtsinnig es ist, so nah am Meer zu bauen.«

Aletta merkte, wie gut es ihr tat, über etwas so Sachliches wie den Bau des »Miramar« zu reden. Sie atmete tief ein, richtete ihren Oberkörper auf, baute ihre Stütze auf, als müsste sie sich schon jetzt auf ihr Konzert vorbereiten. In den Jahreszahlen fühlte sie sich sicher, in den Debatten über den Dünenschutz auch, und über vergangene Sturmfluten redete sie gern, wenn sie über Sylt sprechen wollte und Sehnsucht nach ihrer Insel hatte. Nur über die Menschen, auf die sie in den nächsten Tagen treffen würde, redete sie nicht. Ludwig blieb immer wieder ohne Antwort, wenn er sie fragte, was ihr diese Rückkehr nach Sylt bedeutete. Mittlerweile hatte er sich damit abgefunden, dass er mit Aletta, wenn sie Heimweh hatte, über die Sturmfluten von 1909 reden musste, über den Brand der Kaiserhalle im September 1911 und die im Oktober folgende Sturmflut, die die gesamten Strandanlagen ins Meer gerissen hatte.

»Der Besitzer des ›Miramar‹ hat eine Strandmauer bauen lassen«, sagte er, drängte sich dicht an Aletta heran und legte sein Kinn auf ihre Schulter. »Jetzt kann nichts mehr passieren. Keine noch so schwere Sturmflut kann der Strandmauer etwas anhaben.«

Seine Stimme klang zuversichtlich, aber Aletta wusste, dass er sich zum Optimismus zwang. Gegen die Naturgewalten mochte Sylt sich gewappnet haben, aber was war mit der Gewalt von kriegerischen Auseinandersetzungen? Ludwig hatte sie seit der Ermordung von Erzherzog Franz Ferdinand und seiner Frau Sophia mehr als einmal bedrängt: »Fahr nach Sylt! Versöhn dich mit deiner Familie! Wenn du es wirklich willst, dann zögere nicht mehr! Jetzt ist der richtige Zeitpunkt! Wer weiß, was kommt!«

Und so war dem Kurdirektor die Nachricht zugegangen, dass man die letzte seiner unzähligen Einladungen nun endlich annehmen wolle. Allerdings unverzüglich! Westerland musste die Vorbereitungen auf das große Ereignis, das Konzert von Aletta Lornsen, in größter Eile treffen.

1904 war sie noch mit dem Plattbodensegler übers Watt gefahren. An Veras Seite! Gemeinsam hatten sie sich auf den Boden gekauert, Aletta mit dem Rücken zur Insel, mit dem Blick zum Festland, ihre Vergangenheit im Rücken, ihre Zukunft vor Augen. Und Vera hatte immer wieder gesagt: »Du musst sie zwingen. Irgendwann werden sie sich zwingen lassen.«

Wenn Aletta die Tränen gekommen waren, hatte sie in die Segel gesehen, auf das große »S« geblickt, das jedes Segel trug, das

»S«, das für »Sylt« stand. Aber wenn sie der Tränen Herr geworden war, hatte sie wieder vorausgeschaut. Und Vera hatte erneut gesagt: »Es ist richtig, dass du sie zwingst. Es geht nicht anders.«

Die Plattbodensegler waren mittlerweile von den Raddampfern abgelöst worden. Von Hamburg nach Hörnum fuhr seit 1905 sogar das große Turbinenschiff »Kaiser«, das für sage und schreibe zweitausend Decksgäste zugelassen war. Aber so viel Neues hatte Aletta nicht gewollt, so viel sollte sich nicht geändert haben seit ihrer Flucht von Sylt. Der Raddampfer war Fortschritt genug. Er näherte sich der Insel langsam und schwerfällig, wie es für sie richtig war, die beiden Schaufelräder links und rechts des Schiffskörpers mühten sich geräuschvoll ab. Es war ein urwüchsiges Vorankommen, nicht so zielstrebig wie auf der »Kaiser«, langsamer, schwerfälliger, aber doch unbeirrt. Das flache, breite Schiff, das durch die Schaufelräder noch breiter erschien, als es war, hatte Aletta sofort Vertrauen eingeflößt. Auch dass der Kapitän sich nicht in einem Steuerhaus verbarg, um seine Arbeit von den Passagieren abgeschirmt zu verrichten, gefiel ihr. Dieses Schiff wurde von der Brücke aus geführt, die nicht nur so genannt wurde, sondern wirklich eine war. Sie reichte von Steuerbord nach Backbord, von einem Radkasten zum anderen und führte über die Köpfe der Passagiere hinweg. Dort stand der Kapitän, Wind und Wetter noch schutzloser ausgesetzt als die Passagiere. Wenn das Wetter jedoch so gut war, ruhig und trocken wie an diesem Tag, dachte jeder nur daran, wie einfach die Fahrt geworden war, seit die Plattbodensegler aus dem Dienst genommen worden waren.

Die Reise nach Sylt war auch in anderer Hinsicht bequemer geworden. Es gab nun durchgängige Bäderzüge von Altona nach Hoyer, der Kutschenbetrieb war völlig eingestellt worden. Schon nach gut vier Stunden war man von Hamburg in Hoyer-Schleuse angekommen, wo die Raddampfer ablegten. Allerdings fuhren sie tideabhängig, nur einmal, höchstens zweimal täglich und nur bei Tageslicht. Doch Ludwig hatte die Reise gut geplant und dafür gesorgt, dass sie in Hoyer nur eine knappe Stunde zu warten brauchten, bis sie den Raddampfer besteigen konnten. Eineinhalb Stunden dauerte die Überfahrt nach Munkmarsch, zu wenig Zeit, um die Vergangenheit hinter sich zu lassen, die sich mit dem Entschluss, diese Reise zu wagen, erneut vor Aletta erhoben hatte. So, als hätte ihre Vergangenheit nur in einer Ecke ihres Lebens heimlich auf diesen Tag gewartet, obwohl Aletta geglaubt hatte, dass sie ihre Kindheit und Jugend längst vor die Tür ihres neuen Lebens gesetzt hatte.

Ihr Körper versteifte sich, als die Mole von Munkmarsch in Sicht kam. Sie wickelte den fliederfarbenen Seidenschal fester um den Hals, den sie von Ludwig zur Premiere von Fidelio geschenkt bekommen hatte und der seitdem ihre Stimme wärmte, wie sie es nannte. Ludwig begann, ihre Arme zu streicheln und sanft ihren Nacken zu kneten, aber ihre Haltung veränderte sich nicht, während sie den Menschen, die sich auf der Mole drängten, entgegensah. Sie blieb angespannt.

»Sie werden nicht kommen«, flüsterte Ludwig. »Vielleicht zum Bahnhof, aber sicherlich nicht nach Munkmarsch.«

Ob er recht hatte? Aletta hoffte sogar, dass sie auch am Ende der Inselbahnfahrt nicht auf sie warteten. Wirklich auf Sylt angekommen sein würde sie erst, wenn das Konzert vorbei war. Wenn sie ihren Triumph gefeiert hatte! Wenn alle einsehen mussten, dass sie damals richtig gehandelt, dass sie gar nicht anders gekonnt hatte! Wenn sie es mit eigenen Augen gesehen und mit eigenen Ohren gehört hatten. Alle! Jetzt fühlte sie sich noch klein und schwach, dann erst würde sie ihrer Familie unverwundbar entgegentreten können. Die Eltern würde sie zwingen, stolz auf sie zu sein, und Insa würde sie zwingen, zu lächeln und etwas Anerkennendes zu sagen.

Wieder sprach Aletta sich unhörbar vor, was Vera ihr schon vor zehn Jahren eingeprägt hatte: »Du musst sie zwingen! Und glaub mir, sie werden sich zwingen lassen.«

Ach, Vera! Sie hätte sich nicht ausmalen können, was danach geschah …

Im Shanty-Chor waren keine Mädchen und Frauen zugelassen. Wer seinen Gesang einem Publikum zu Gehör bringen wollte, für den gab es nur die Möglichkeit, dem Kirchenchor beizutreten, den Pfarrer Frerich leitete, der zwar von Musik wenig verstand, dafür umso mehr von den Problemen, Nöten, Vorlieben und Ansichten der ihm anvertrauten Schäfchen. Was er billigte, unterstützte er; was ihm missfiel, versuchte er zu unterbinden. Damit, so meinte er, wurde er seiner seelsorgerischen Aufgabe mehr als gerecht. Er erkannte zwar Alettas Talent, war aber derselben Ansicht wie ihre Eltern: »Der Deern dürfen keine Flausen in den Kopf gesetzt werden.«

Ein Sylter Mädchen durfte singen, wenn es fröhlich war, wenn es Gott gefällig sein wollte oder die Arbeit mit dem Gesang besonders flott von der Hand ging. Aber singen um des Singens willen? Singen, um ein Talent zu beweisen? Singen womöglich, um damit Geld zu verdienen und auf Ruhm und Ehre zu hoffen? Das fand Pfarrer Frerich genauso indiskutabel wie Alettas Eltern.

Aber immerhin war er bereit, sie gelegentlich ein Solo singen zu lassen. »Der liebe Gott wird sich was dabei gedacht haben, als er dir diese schöne Stimme gab.«

Und als sie am Petritag in der Kirche das Ave-Maria singen durfte, war Vera Etzold unter den Zuhörern. Bis zu diesem Tag hatte niemand gewusst, dass sie die erste Sopranistin am Stadttheater von Göttingen gewesen war. So lange, bis sie sich mit einem wohlhabenden Fabrikanten verlobte, der selbstverständlich verlangte, dass sie ihre Karriere zugunsten der Familie aufgab. Die Ehe währte allerdings nicht lange, denn Veras Mann wurde schon zwei Jahre nach der Hochzeit das Opfer eines Raubüberfalls. Doch da in ihren Kreisen eine Witwe genauso wenig wie eine verheiratete Frau einem Broterwerb nachging, war es Vera nicht gelungen, auf die Bühne zurückzukehren. Dass sie unter ihrer unerfüllbaren Sehnsucht litt, wusste niemand. Erst recht keiner von denen, die sie wegen ihres Reichtums und ihres bequemen Lebens beneideten.

Direkt nach dem Ave-Maria war sie zu Aletta gekommen und hatte sie in ihr Hotel eingeladen. »Du musst aus deiner Stimme etwas machen. Wenn du willst, arbeite ich mit dir.«

Und ob Aletta wollte! Aber instinktiv begriff sie, dass sie mit keiner Unterstützung rechnen konnte, dass man ihr diese Flausen so schnell wie möglich austreiben würde. Und obwohl sie erst zehn Jahre alt war, hatte sie bereits die Weitsicht, zu erkennen, dass ihr Wunsch, wenn er erst einmal abgelehnt worden war, nicht mehr heimlich zu verfolgen sein würde. Also erzählte sie den Eltern nichts von dem wahren Grund dieser Einladung. »Ich weiß nicht, warum ich zu ihr kommen soll, aber einer so vornehmen Dame kann ich den Wunsch unmöglich abschlagen.«

Dieser Ansicht waren ihre Eltern ebenfalls. Und als die Mutter vermutete, dass Vera Etzold ein Dienstmädchen brauchte, das ihr gelegentlich zur Hand ging, reichte sie ihrer Tochter damit ahnungslos eine Lüge, nach der Aletta gierig griff. Lange sollte das Lügen von da an zu ihrem Leben gehören. Und all das andere, für das sie sich heute schämte! Für den Gesang war sie zu einem schlechten Menschen geworden, das hatte Pfarrer Frerich ihr später unmissverständlich klargemacht. Aber er hätte sich seine Worte sparen können. Aletta wusste selbst, was sie getan hatte. Jahrelang! Immer wieder! Und gebeichtet hatte sie es nur ein einziges Mal. Das war, als Vera gesagt hatte: »Nun wird es Zeit, sie zu zwingen. Du bist so weit!«

In die Menschenmasse kam Bewegung, als der Dampfer sich der Mole näherte. Etwa hundert Meter war die Mole lang, und Aletta mochte sich nicht vorstellen, wie viele Menschen es waren, die dort warteten. Dichtgedrängt standen sie, um dem Raddampfer entgegenzusehen. Aletta war es, als bewegte sie sich auf eine Gefahr zu, die sich nicht zu erkennen geben wollte.

»Ich hatte dem Kurdirektor gesagt, dass er über deine Ankunft schweigen soll«, murmelte Ludwig.

Aletta antwortete nicht, starrte schweigend auf die Menschen, die ihnen entgegenblickten, allesamt dunkel gekleidet, die Männer mit Hüten, die Frauen mit Tüchern, die ihre Köpfe bedeckten. Allmählich wurde aus der Menschenmasse eine Masse von vielen Menschen, einzelne waren zu erkennen, einige traten aus der Menge heraus, indem sie winkten, Hüte schwenkten, auf und ab sprangen.

»Es hilft nichts«, sagte Ludwig und löste sich von Aletta. »Du musst lächeln.«

Er trat einen Schritt zurück und blickte nun über ihren Kopf der Ankunft entgegen. Auf ihr Schweigen reagierte er nicht, er wusste um ihre Gefühle und brauchte keine Erklärungen.

Noch bevor das Schiff anlegte, wichen die ersten Reihen der Wartenden zurück, nur zwei Personen blieben stehen – der Kurdirektor und seine Gattin, die es sich nicht nehmen lassen wollten, Aletta Lornsen als Erste auf Sylt willkommen zu heißen. Heimgekehrt nach zehn Jahren! Alettas Wunsch, den Fuß ohne viel Aufhebens auf heimatliche Erde setzen zu dürfen, war von Kurdirektor Wülfke anscheinend nicht ernst genommen worden. Vermutlich hatte er mit seiner Frau darüber gesprochen, dass der Anstand es gebührte, die berühmte Sängerin angemessen zu empfangen, diese wiederum hatte mit ihrer Nachbarin darüber beraten, wie man sich zu diesem Zwecke aufzuputzen habe … und im Nu hatte ganz Westerland Bescheid gewusst.

Aletta wickelte die Stola eng um ihren Körper, während sie darauf wartete, dass das Schiff vertäut wurde. Sie fror. Tief in ihrem Innern wurde sie von einer Kälte gequält, die ihre Anspannung erstarren ließ, obwohl die Erwartung ihr die Hitze auf die Wangen trieb. Die Jubelrufe, die ihr entgegenklangen, erwiderte sie mit einem Lächeln, in dem sie Übung hatte, ihre Haltung drückte Hochmut aus, auch darin hatte sie Übung. Nur keine Vertraulichkeiten, kein Anbiedern an die Bewunderer ihrer Kunst! Das hatte sie längst gelernt.

Ein tieferes Lächeln galt lediglich dem Ehepaar Wülfke, außerdem einer früheren Nachbarstochter, deren Bild sie aus der

Menge ansprang, und der Besitzerin des Stuben-Ladens, in dem Alettas Mutter fast täglich eingekauft hatte. Rosi Nickels war klein und unscheinbar, aber sie schrie so laut Alettas Namen, dass sie zu den wenigen gehörte, die ein freundliches Winken erntete.

»Nicht suchen«, flüsterte Ludwig ihr zu. »Wenn sie da sind, müssen sie auf dich zukommen. Nicht umgekehrt!«

Wie gut er Aletta kannte! Er wusste, dass sie versucht war, den Blick über die Menge schweifen zu lassen, nach dem steifen Hut ihres Vaters Ausschau zu halten, nach dem schwarzen Kopftuch ihrer Mutter, nach Insas dicken blonden Zöpfen, die sich niemand so kunstvoll auf den Kopf stecken konnte wie sie. Aletta hielt den Blick auf den Kurdirektor gerichtet, auch nach Pfarrer Frerich hielt sie nicht Ausschau und nicht einmal nach Jorit Lauritzen. Wenn sie auch schuldbeladen diese Insel verlassen hatte, nun kehrte sie hocherhobenen Hauptes zurück. Was sie getan hatte, ließ sich wiedergutmachen. Was die Eltern und ihre Schwester ihr dagegen vorwerfen würden, brauchte sie nicht wiedergutzumachen. Es würde an ihnen sein, sie um Verzeihung zu bitten.

Dass weder der Kurdirektor noch seine Gattin ihre Familie erwähnte, fiel Aletta erst auf, als sie bereits, flaniert von den beiden, die Inselbahn bestieg, die sie nach Westerland bringen sollte. Aber sie machte es so, wie Ludwig es ihr geraten hatte. Sie fragte nicht nach ihren Eltern und ihrer Schwester, erkundigte sich nicht nach ihrem Wohlergehen und gab mit keiner Silbe, keinem Blick zu verstehen, dass sie nichts von ihren nächsten Angehörigen wusste, dass sie keine Ahnung hatte, wie es ihnen in den letzten zehn Jahren ergangen war, dass sie nicht einmal wusste, ob die drei noch gesund waren. Ob sie dem Kurdirektor weismachen konnte, dass sie deswegen nicht fragte, weil sie über alles Bescheid wusste? Oder war ihm und allen Syltern längst bekannt, dass es in den vergangenen zehn Jahren keinerlei Kontakt zwischen Aletta und ihrer Familie gegeben hatte? Womöglich hatte ihre Mutter bei jeder Gelegenheit darüber geklagt, ihr Vater zornig gebrummt, wenn er nach seiner Jüngsten gefragt worden war, und Insa hatte vermutlich so unnachgiebig geschwiegen, dass alle bald Bescheid wussten. Aber das musste Aletta egal sein. Sie hatte alles genau mit Ludwig abgesprochen. Bisher waren sämtliche Entscheidungen, die er für sie getroffen hatte, richtig gewesen. So würde es auch in diesem Fall sein. Aletta war froh, seine Schritte zu hören, seine Nähe zu spüren, sein Rasierwasser zu riechen und gelegentlich im linken Augenwinkel das Auffliegen seines weiten Mantels zu erkennen. Ludwig war bei ihr! Und sie wusste, er würde niemals von ihrer Seite weichen.

Auch sein Rat, sich bei ihrer Ankunft auf Sylt bescheiden zu kleiden, war richtig gewesen. In Wien, wo sie beide seit Jahren lebten, trug sie gern ausgefallene Mode, die sie am liebsten in Paris bestellte, wo besonders elegante Kleidung entworfen wurde. In ihren Koffern führte sie leichte Straßenkleider mit, in Lila und Blau, eines sogar mit einem extravaganten Muster aus Tupfen und Runen. Ein großer Koffer war allein dazu da, ihre Hüte aufzunehmen, zwei Strohhüte, mehrere Filzhüte und sogar einen weißer Zylinder, der in Wien zurzeit der allerletzte Schrei war. Auf Sylt würde man sich vermutlich auch über ihren Spazierstock wundern, der zum Glück in den größten ihrer Koffer gepasst hatte. In Wien war in diesen Tagen eine Ausgehtoilette erst mit einem auffälligen Spazierstock perfekt. Natürlich musste sein Knauf aus Gold oder Emaille gefertigt und mit Edelsteinen verziert sein. Ludwig hatte für ihren Spazierstock sogar antike Smaragde aufgetrieben. In Wien hatte sie damit Aufsehen erregt …

Aletta hatte alles eingepackt, womit sie ihre Eltern und ihre Schwester beeindrucken wollte. Jetzt allerdings, als sie den dunkel und schlicht gekleideten Syltern gegenüberstand, schämte sie sich ihres Wunsches, Aufsehen und Bewunderung zu erregen. Gut, dass sie auf Ludwig gehört und sich für ein schlichtes Reisekostüm aus einem zwar teuren, aber strapazierfähigen und damit vernünftigen Wollstoff entschieden hatte. Dunkelbraun war es und erinnerte mit keinem Accessoire an die Tango-Mode, die zurzeit in den Metropolen der letzte Schick war. Der taillenkurze Bolero, den sie über das schlichte Kleid gezogen hatte, wirkte anmutig und solide zugleich, dem Hut hatte sie auf Ludwigs Anraten vor ihrer Abreise die Federn abgenommen, ihre Stola war zwar aus einem feinen Wollstoff, aber zum Glück schlicht gearbeitet und kam ohne überflüssiges Beiwerk wie Nerzumrandung, Seidenbesatz oder kunstvolle Stickereien aus. Die Kälte in ihrem Innern löste sich allmählich, die Hitze auf ihren Wangen verging. Es war, als hätte sie soeben die Bühne betreten und damit ihr Lampenfieber überwunden.

»Willkommen!«, rief ein Mann in ihrer Nähe.

»Bravo!«, stimmte ein anderer ein, als hätte sie bereits ihre letzte Koloratur gesungen.

Die meisten der Umstehenden hielten sich jedoch zurück und starrten Aletta nur neugierig an. Lediglich Getuschel und Gekicher waren zu hören, Frauen wiesen sich gegenseitig auf Alettas Erscheinung hin, auf Einzelheiten ihrer Garderobe und auf die drei Kofferträger, die mit ihrem Gepäck beladen waren. Männer starrten ihr nach und fixierten Ludwig mit wissenden Blicken.

Erst als Aletta im Zug saß, kam Leben in die Menge. Nun drangen freundliche Rufe durchs Abteilfenster, es wurde gewinkt und gelacht. Einige drängten sich in die anderen Waggons, um mit ihr gemeinsam die Fahrt nach Westerland anzutreten, die meisten jedoch blieben an der Mole zurück.

Zu Alettas Erleichterung übernahm Ludwig die Konversation mit dem Kurdirektor, und seine Frau ließ schnell erkennen, dass sie froh war, schweigen zu dürfen. Sie fühlte sich der Gegenüberstellung mit einer gefeierten Sängerin nicht gewachsen und gab es nach ein paar Allgemeinplätzen schnell auf, ein gemeinsames Gesprächsthema zu finden. Nachdem sie Platz genommen hatten, war aus Frau Wülfkes Mund einiges herausgesprudelt, was sie sich offenkundig vorher zurechtgelegt hatte, aber als von Aletta nur ein schwaches Echo zurückkam, fühlte sie sich nicht bewogen, das Gespräch in Gang zu halten. Dass die berühmte Sängerin aus dem Fenster sah und sich auf diese Weise von der Frau des Kurdirektors abwandte, machte es beiden leicht. Die Fahrt dauerte nur eine knappe Viertelstunde, es war also nicht viel Zeit zu überbrücken.

Als die Inselbahn sich in Bewegung setzte, war der Abstand zu den Syltern, die zu Alettas Empfang an die Mole gekommen waren, groß genug, um sich mit einem freundlichen Winken dafür zu bedanken. Und der Abstand war ebenfalls groß genug, um nun doch heimlich nach bekannten Gesichtern Ausschau zu halten. Unterhalb ihrer breiten Hutkrempe erschienen flüchtig ehemalige Nachbarn, Schulkameraden und Geschäftsleute, zu denen sie früher von der Mutter geschickt worden war, um Besorgungen zu erledigen. Die Gesichter ihrer Angehörigen aber waren nicht dabei. Auch Pfarrer Frerich, Jorit Lauritzen und seine Schwestern konnte sie nicht ausmachen.

Zufrieden lehnte Aletta sich zurück, zog den Seidenschal vom Hals und schloss kurz die Augen, um zu zeigen, dass sie damit einverstanden war, von der Frau des Kurdirektors nicht unterhalten zu werden, weil die lange Reise sie erschöpft hatte. Sie hörte Ludwig mit Herrn Wülfke über das Attentat von Sarajewo reden und über die Idee, Sylt durch einen Eisenbahndamm mit dem Festland zu verbinden.

»Es geht jetzt los mit den Vorbereitungen für den Bau des Damms«, erzählte Wülfke stolz. »Die amtlichen Planungen sind abgeschlossen. Der preußische Landtag hat die Mittel dazu genehmigt. Zehn Millionen für elf Kilometer!«

»Möglicherweise ein wenig voreilig«, sagte Ludwig, »gerade jetzt mit den Bauvorbereitungen zu beginnen. Wenn es Krieg gibt …«

Aber Wülfke ließ Ludwig nicht aussprechen. »Schon seit Jahren rüstet Europa auf, ohne dass etwas geschieht. Bisher wurde immer ein diplomatischer Kompromiss gefunden. Warum nicht auch diesmal?«

»Irgendwann ist die Diplomatie am Ende«, antwortete Ludwig. »Die Krupp AG in Essen hat längst schwere Artillerie produziert, auch Schiffsgeschütze für moderne Flotten. Ganz Europa ist auf einen Krieg eingerichtet.«

»Die Tat dieses verbohrten serbischen Nationalisten soll der Grund für einen Krieg sein?« Kurdirektor Wülfke sah seinen Gesprächspartner spöttisch lächelnd an.

Aber Ludwig blieb ernst. »Nicht der Grund, aber der Auslöser.«

»Umso wichtiger wird dieser Damm sein. Der Seeweg nach Sylt ist umständlich, vor allem die unzuverlässige Verbindung zwischen Hoyer-Schleuse und Munkmarsch. Ein Damm ist im Falle eines Krieges von strategischer Bedeutung. Bei einer Mobilmachung müssen Soldaten samt Kriegsmaterial so schnell wie möglich nach Sylt gebracht werden.«

Ludwig nickte. »Zur Verteidigung der Nordwestflanke.«

»Wenn sich das bis zum Winter hinzieht, wird es schwierig«, bestätigte Wülfke. »Die Fährverbindungen sind im Winter noch unzuverlässiger. Und die Arbeiten am Dammbau werden nicht so schnell fertiggestellt werden können.«

»Es wird nicht bis zum Winter dauern«, murmelte Ludwig.

Aber obwohl er leise gesprochen hatte, wurde er von Wülfke mit einem warnenden Blick in Richtung der beiden Damen getadelt, und er beendete das Gespräch sofort. Ludwig sah ein, dass der Kurdirektor recht hatte. Der Krieg war kein Thema für Frauen und erst recht kein Thema für diese Stunde der Heimkehr nach Sylt.

Der Zug fauchte durch die Munkmarscher Heide. Einige Bauersleute, die auf den Feldern arbeiteten, unterbrachen ihre Tätigkeit und winkten der Inselbahn und ihren Insassen zu. In einem der Männer, die ihren Holzrechen durch die Luft schwenkten, erkannte Aletta einen früheren Klassenkameraden, und sie winkte lachend zurück. Erk hatte sicherlich längst den Hof seines Vaters übernommen, die große Scheune, die dazu gehörte, hatte in den letzten zehn Jahren vermutlich noch manchem Liebespaar Zuflucht geboten. Dort hatte sie Jorit gestanden, dass sie ihre Flucht plante, dort hatte er versucht, sie davon abzuhalten. Bis zu diesem Tag war er ihr Verbündeter gewesen, hatte als Einziger gewusst, dass sie nicht als Dienstmädchen zu Vera Etzold ging, sondern von ihr Gesangsunterricht erhielt. Er hatte sein Versprechen gehalten und niemandem etwas verraten, aber als er hörte, dass der Gesang ihn von Aletta trennen sollte, war Schluss gewesen mit seiner Loyalität. Nein, so weit sollte sie es nicht treiben, und wenn, dann wollte er dabei sein.

»Ich komme mit«, hatte er mit entschlossener Stimme gesagt.

Aber da hatte Aletta längst eingesehen, dass Jorit nicht mehr zu ihrem Leben gehören konnte, nicht zu dem Leben, das Vera ihr ausgemalt hatte. In diesen letzten Tagen auf Sylt hatte sie das Maß ihrer Lügen vollgemacht und auch Jorit betrogen, damit er nicht im letzten Augenblick ihre Pläne zerstörte, aus Enttäuschung darüber, dass er selbst nicht einbezogen worden war.

Tausendmal hatte Aletta sich später vorgestellt, was in ihm vorgegangen sein mochte, als er feststellte, dass sie ohne ihn die Insel verlassen hatte. Wochen später hatte sie ihm einen Brief geschrieben, aber Vera hatte verhindert, dass sie ihn abschickte. »Lass die Vergangenheit hinter dir! Wir haben ein großes Ziel! Nur daran darfst du denken. Also schau nicht zurück.«

Aber Aletta hatte zurückgeschaut. Immer wieder, Abend für Abend vor dem Einschlafen, Morgen für Morgen nach dem Aufwachen und erst recht nach Veras plötzlichem Tod. So lange, bis sie Ludwig begegnet war. Er hatte vieles vergessen lassen, was bis dahin auf ihr gelastet hatte. Sie betrachtete ihn lächelnd, ohne dass er es bemerkte. Ludwig Burger! Sie hatte sich sofort in ihn verliebt …

Er war ein Mann von 35 Jahren, nur sechs Jahre jünger als der Kurdirektor, aber um viele Jahre jugendlicher aussehend. Im Gegensatz zu Wülfke hatte er noch volles Haar, war schlank und muskulös, während der Kurdirektor es angemessen fand, seine herausragende Stellung durch Stattlichkeit zu betonen. Über seinem gewölbten Bauch spannte sich die Weste, die Jacke seines dunklen Anzugs hatte er nicht geschlossen, entweder weil er um die Knöpfe fürchtete oder weil er den Schmuck der schweren Uhrkette zeigen wollte.

Ludwig trug einen dunklen Wollanzug, die Jacke geschlossen, von der Weste war nur der obere Knopf zu sehen. Sein weißes Hemd mit dem hohen Kragen war trotz der langen Reise makellos, die dunkle Krawatte zeigte keine Falte. Der kleine Schnurrbart passte zu seiner eleganten Erscheinung. In Wien trug er ihn an den Seiten länger und zwirbelte ihn hoch, wie es zurzeit Mode war, aber für die Reise nach Sylt hatte er ihn gestutzt. Ein weiteres Zeichen seiner Weitsicht und Anpassungsfähigkeit. Ludwig Burger hatte nichts dagegen, aufzufallen, aber er vermied es unter allen Umständen, wenn durch das Exponierte seiner Stellung ein anderer herabgewürdigt wurde. Sein kantiges Gesicht wurde von braunen Augen dominiert, die von dichten Brauen beschattet und von Wimpern bekränzt wurden, um die Aletta ihn heimlich beneidete. Seine Nase war kurz und breit, sein Mund sehr ausdrucksvoll mit der schmalen Oberlippe, die beinahe unter seinem Schnäuzer verschwand, und einer vollen Unterlippe. Das Grübchen im Kinn nahm seinem markanten Gesicht das Strenge, gab ihm etwas Spitzbübisches, was durchaus zu seinem Wesen passte.

Kurdirektor Wülfke versuchte, mit dem zu punkten, was er zu bieten hatte, seiner Stellung, seinem Einfluss, seinem Vermögen, ohne zu ahnen, dass Ludwig Burger all dies ebenfalls besaß. Aber er ließ es sich nicht anmerken und sah den Kurdirektor jedes Mal anerkennend an, wenn dieser durchblicken ließ, dass er ein Mann war, der etwas erreicht hatte, ein Mann, auf den seine Frau stolz sein konnte, kein Mann, der hinter einer Frau zurücktrat, weil sie berühmt war.

Dass Frau Wülfke stolz auf ihren Mann war, ließ sich nicht

übersehen. Sie nickte zu allem, was er sagte, und zog pikiert die Mundwinkel herab, wenn er Ludwig über mehrere Sätze zu Wort kommen ließ. Kurz vor Westerland aber fing sie den Bick ihres Mannes auf, der ihr bedeutete, dass sie sich um Aletta zu kümmern habe, die aus dem Fenster blickte und auf den Kurdirektor womöglich einen gelangweilten Eindruck machte.

Frau Wülfke riss sich zusammen und begann aufzuzählen, was sich vor den Abteilfenstern zeigte, die Namen der Bauern, an deren Feldern sie vorbeifuhren, die Namen der Hausbesitzer, die an der Bahnstrecke wohnten, sie wies auf Häuser hin, die erst kürzlich entstanden waren, auf Hotels, von denen viele in den letzten zehn Jahren eröffnet hatten, und erzählte Aletta etwas von dem Fremdenverkehr, der Jahr für Jahr zunahm. Als wollte sie auch etwas zu den politischen Ereignissen sagen, berichtete sie davon, dass auf allen öffentlichen Gebäuden der Insel die Fahnen auf Halbmast gesetzt worden seien. »Noch an dem Tag, an dem der Mord in Sarajewo geschah. Als die Botschaft in Westerland eintraf, spielte gerade das Kurorchester. Aber selbstverständlich wurde das fröhliche Unterhaltungsprogramm sofort unterbrochen. Der Dirigent ließ den Trauermarsch und die österreichische Hymne spielen.«

Als der Ostbahnhof in Sicht kam, erlaubte sie sich die Frage, die ihr vermutlich schon lange auf den Nägeln brannte, die sie aber nicht zu stellen gewagt hatte, weil ihr Mann nicht damit einverstanden gewesen wäre. Nun aber war er derart in das Gespräch mit Ludwig Burger vertieft, in dem es um die Unabhängigkeit Albaniens ging, dass sie es wagte: »Ist es im ›Miramar‹ erlaubt, dass ein unverheiratetes Paar ein gemeinsames Zimmer bezieht?«

Aletta wusste nicht, ob sie sich über diese Frage amüsieren oder ärgern sollte. Schließlich stellte sie fest, dass es weder das eine noch das andere Gefühl in ihr gab. Während sie nur hochmütig die Schultern zuckte und Frau Wülfke mit dieser nonverbalen Antwort abspeiste, dachte sie darüber nach, ob diese Frage etwa auch ihre Eltern bewegte. Erneut wurde ihr bewusst, was sich in den vergangenen zehn Jahren verändert hatte. Sie hatte vergessen, dass ihr Leben nicht nur glanzvoller, ereignisreicher, bemerkenswerter geworden war, sondern auch schamloser, anrüchiger. Jedenfalls für eine Sylter Familie, der es immer darauf angekommen war, ein anständiges, gottesfürchtiges Leben zu führen. Als sie sich entschlossen hatte, endlich die Einladung des Kurdirektors anzunehmen, ein Konzert auf ihrer Heimatinsel zu geben, hatte sie nicht daran gedacht, was ihre Eltern dazu sagen würden, dass sie in Wien mit einem Mann zusammenlebte, mit dem sie nicht verheiratet war. Natürlich würden sie nicht damit einverstanden sein, würden sich womöglich ihrer Tochter schämen, sie verurteilen und sich in sämtlichen Befürchtungen bestätigt sehen.

Aletta spürte, wie die Angst sich schmerzhaft durch ihren Leib zog. Sie kam nach Sylt, um sich die Liebe ihrer Eltern und ihrer Schwester zurückzuholen. Sie war so sicher gewesen, dass die drei nun einsehen mussten, dass sie ihr Unrecht getan hatten. Sie mussten einfach! Oder war es möglich, dass die Bedeutung ihrer Rückkehr an der Frage verkam, ob eine anständige Frau ein eheähnliches Verhältnis ohne den Segen der Kirche, des Staates und ihrer Familie einging?

Die Angst verstärkte sich, nagte an der Sicherheit des Triumphes und verschlang ihn schließlich. Ihrer Angst standen mit einem Mal keine Bedeutung, kein Sieg, kein Recht mehr gegenüber.

Aletta hatte darauf bestanden, das Zimmer zu beziehen, das Vera Etzold früher Sommer für Sommer bewohnt hatte. Es lag in der ersten Etage, direkt der breiten Treppe gegenüber, die vom Erdgeschoss heraufführte. Hoteldirektor Busse, einer der Söhne des Hotelgründers Otto Busse, hatte Aletta und Ludwig vor dem Hotel empfangen, hinter ihm hatte sich ein Teil des Personals aufgestellt, kerzengerade, die Hände auf dem Rücken. Die Schürzen flatterten auf, denn der Wind hatte aufgefrischt, die weißen Hauben der Mädchen gerieten in Gefahr, als eine Windbö vom Meer herüberwehte. Aber keines von ihnen löste sich aus der strammen Haltung, um das äußere Erscheinungsbild zu sichern. Viel mochte sich auf Sylt verändert haben, das »Miramar« war das Gleiche geblieben. Vor zehn Jahren hatte Aletta vor Staunen kaum einen Schritt in das Hotel setzen mögen, aber auch jetzt, nach einem Abstand von unzähligen Luxushotels, war es immer noch ein besonders schönes und komfortables Haus.

Sie stand am Fenster, kehrte dem Meer den Rücken zu und betrachtete das Zimmer, in dem sich ihr Schicksal entschieden hatte. Tatsächlich war es beinahe unverändert geblieben. Die dunklen Möbel waren noch dieselben, die brokatenen Vorhänge und rotgemusterten Teppiche ebenfalls. Nur ein paar Accessoires waren dazugekommen. Die gepolsterten Sitzflächen der Stühle waren erneuert worden, die drei Silberleuchter auf einem der Beistelltische hatte es früher nicht gegeben, und der Samowar, den Vera gern benutzte, war verschwunden. Aletta schloss die Augen, meinte das leise Brodeln des kochenden Wassers zu hören, das Zischen, wenn Vera den Tee in die Tassen laufen ließ, ihr leises Wehklagen, weil sie sich jedes Mal die Finger verbrannte und oft schon zu klagen begann, bevor es geschah, und am Ende sogar dann, wenn der Tee in der Tasse war, ohne dass das kochende Wasser ihr auf die Finger getropft war. Ihr Jammern gehörte zur Benutzung des Samowars dazu, so wie der Tee, den sie aus Keitum kommen ließ, weil ihr kein anderer schmeckte.

Als Aletta zum ersten Mal in diesem Zimmer gestanden hatte, war sie überwältigt gewesen von der Eleganz und der Selbstverständlichkeit, mit der Vera mit diesem Luxus umging. Sie hatte Aletta Tee angeboten, als wäre sie ein gleichrangiger Gast, aber noch bevor der erste Schluck getrunken war, hatte sie Aletta gebeten, das Ave-Maria noch einmal zu singen. Und dann noch mal und ein weiteres Mal … danach hatte sie sich eine Meinung gebildet.

Aletta drehte sich dem Meer zu, als sie hörte, dass Ludwig aus dem Bad kam. Sie erwartete, dass er an ihre Seite trat, aber er ging zur Tür und sagte: »Der Hoteldirektor stellt mir sein Telefon zur Verfügung. Ich muss ein paar Gespräche führen.«

»Weil es Krieg geben könnte?«, fragte Aletta, ohne sich umzusehen.

Aber Ludwig antwortete nicht. Er antwortete nie, wenn sie ihm solche Fragen stellte. Und Aletta war froh darüber, dass er nichts sagte, was ihr Angst machte. Hätte sie eine Antwort befürchten müssen, hätte sie nicht gefragt. Krieg! Dieses Wort passte nicht in ihr Leben. Hier auf Sylt noch weniger als in Wien. Dieser Mord in Sarajewo war schrecklich, aber warum sollte daraus ein Krieg entstehen? Aletta schaffte es auch diesmal, diese Frage abzuschütteln wie ein lästiges Insekt.

Ludwig hatte das Abendessen aufs Zimmer bestellt. Auf keinen Fall wollte Aletta sich in den Speisesaal des »Miramar« begeben, wo sie begafft oder womöglich sogar angesprochen wurde. Als der Kellner die Garnelen auf Zitronenrisotto servierte, wurde es bereits dunkel. Ludwig selbst übernahm es, die Kerzen anzuzünden, und bat den Kellner, noch weitere zu holen, weil sie auf elektrisches Licht verzichten wollten.

Sie hatten den Tisch ans Fenster rücken lassen, aßen schweigend, beide mit Blick aufs Meer. Ludwig schien erneut über die politische Lage nachzudenken, Aletta betrachtete das Meer, bis es so schwarz war wie der Himmel. Der Wind war wieder eingeschlafen, es gab nur eine leichte Brandung, die kaum zu hören war. Gelegentlich zeigten sich ein paar Gischtkronen auf der dunklen Wasserfläche. Die Lampen, die die Plattform beleuchteten, auf der tagsüber die Feriengäste flanierten, färbten den Abend direkt vor den Fenstern grau, dahinter gab es nur tiefe Schwärze. In Wien, wo auch die Nacht voller Lichter war, hatte sie vergessen, dass es diese machtvolle Dunkelheit gab, die sie doch eigentlich von klein auf gut kannte. Auch das Haus an der

Stephanstraße hatte sich vor dieser Finsternis geduckt, wenn es Nacht wurde.

»Ich würde gerne einen Spaziergang machen«, sagte sie.

Ludwig sah erstaunt auf. »Bist du sicher? Du wolltest dich vor dem Konzert nicht draußen blicken lassen.«

»Es ist dunkel.«

Über sein Gesicht ging ein Lächeln. »Du willst zum Haus deiner Eltern?«

Aletta lächelte ebenfalls. Wie gut er sie kannte! Immer wieder verblüffte er sie damit, dass er ihre Gedanken aussprach.

Die Luft war milde, nur gelegentlich wurde sie von einer Bö aufgefrischt. Ihr Weg führte zunächst auf den Höhepunkt der Düne, wo das Meer zu hören und trotz der Finsternis auch zu sehen war, wo es mit langen dunklen Fingern auf den Strand griff und seine Spuren auf dem hellen Sand hinterließ. Während Aletta einer Brise das Gesicht hinhielt, das Salz zu schmecken glaubte und meinte, das Meer laufe auf sie zu, fragte sie sich, wie sie so lange ohne das ausgekommen war, was Sylt ausmachte. Aber nach einer Antwort wollte sie nicht suchen.

Sie gingen aneinandergeschmiegt die Friedrichstraße entlang. Aletta betrachtete jedes der großen Häuser ausgiebig und kommentierte, was sich in den vergangenen zehn Jahren verändert hatte. »Als ich ging, war die Friedrichstraße noch nicht gepflastert«, erklärte sie Ludwig. »Aber Kanalisation und Wasserleitungen gibt es schon seit 1901. Und Elektrizität sogar seit 1893.«

Sie hatte auf einen Hut verzichtet und sich ein Tuch über den Kopf gelegt, um sich nicht schon in ihrem Umriss von einer Sylterin zu unterscheiden, die niemals einen Hut trug. Beide waren sie dunkel gekleidet, schlicht und unauffällig. Wer ihnen begegnete, würde nicht auf sie aufmerksam werden.

»Bist du enttäuscht?«, fragte Ludwig.

Aletta musste schlucken, ehe sie antworten konnte: »Die Stephanstraße liegt dem Ostbahnhof sehr nahe. Sie müssen den Zug gehört haben.«

»Hast du dir heimlich gewünscht, dass sie am Bahnhof auf dich warten?«

Aletta zögerte noch einmal, dann schüttelte sie den Kopf. »Es ist gut so. Erst das Konzert! Das wird sie überzeugen! Dann müssen sie verstehen, warum ich ihnen das angetan habe. Dann müssen sie begreifen, dass ich nicht anders konnte und dass es ihr Fehler war, mich davon abhalten zu wollen.«

»Du hast recht«, bestätigte Ludwig.

Er hatte es vor der Reise wohl hundertmal bestätigt. Und natürlich hatte er auch gemerkt, dass sie am Bahnhof ihrem Vorsatz untreu geworden war. Sie hatte sich den Wartenden zugewandt, hatte versucht, jeden Einzelnen zur Kenntnis zu nehmen, hatte alten Bekannten zugenickt und anderen ein kurzes Winken geschenkt. Aber das alles erst, nachdem sie erkannt hatte, dass ihre Eltern und auch Insa nicht zum Bahnhof gekommen waren. So hatten sie es in Wien verabredet: Erst das Konzert! Seelische Erschütterungen taten Alettas Stimme nicht gut. Sie musste sich frei fühlen, um frei singen zu können. Und sie wollte diesmal besonders gut sein, so gut, dass sie jeden überzeugte. Jeden!

»Hast du dir überlegt, wie lange du bleiben willst?«, fragte Ludwig, obwohl er sie vor der Reise schon oft gefragt hatte.

Aletta umklammerte seinen Arm noch fester und gab die Antwort, die sie jedes Mal gegeben hatte: »Das kann ich erst entscheiden, wenn ich mit meinen Eltern und mit Insa gesprochen habe. Vielleicht wird alles wieder gut, dann können wir beide hier Urlaub machen. Ich habe ja Zeit. Die Proben für Madame Butterfly beginnen erst im August.«

Als sie am Ende der Friedrichstraße angekommen waren, zögerte Ludwig. »Noch weiter?«

Aletta nickte, und ohne einen Kommentar überquerte Ludwig mit ihr die Maybachstraße. Kurz darauf ging es nach links in die Stephanstraße, die an der linken Seite von einer dichten Baumreihe gesäumt wurde. An der Ecke stand ein weiß getünchtes Haus mit einem kleinen dunklen Pavillon neben dem Eingang.

»Das gehörte dem Kapitän Friedrich Erichsen«, erklärte Aletta. »Nach ihm wurde die Friedrichstraße benannt.«

Das Nebengebäude war ebenso weiß und gut gepflegt wie das Haus des Kapitäns, dann folgte mit nur wenigen Metern Abstand ein dunkles zweigeschossiges Haus, weniger einladend mit seiner düsteren Fassade, aber genauso stattlich und respektabel.

Alettas Schritte wurden langsamer, Ludwig begriff sofort, warum. »Das ist es?«, flüsterte er, als könnte Alettas Familie in ihrem Haus aufgeschreckt werden.

Aletta blieb stehen, tastete nach Ludwigs Hand und drückte sie fest. Er rührte sich nicht, wartete darauf, dass ihr Körper ein Zeichen gab, dass er sich rückwärts oder vorwärts bewegte, zögerte oder sich entschloss.

Die Straße war dunkel, sie war nicht bedeutend genug, um nachts gut beleuchtet zu werden. Lediglich zwei Laternen gab es, die es aber nicht schafften, so viel Licht zu spenden, dass gefahrloses Vorankommen möglich war. Auf dem unbefestigten Weg gab es viele Unebenheiten, Steine, tiefe Spuren von Rädern, achtlos Weggeworfenes, auch Tierexkremente. Zwar war der Fremdenverkehr mittlerweile in alle Straßen Westerlands gedrungen, weil sich viele Hausbesitzer entschlossen hatten, sich mit dem Vermieten von Zimmern etwas dazuzuverdienen, aber ein Entgegenkommen der Stadt Westerland in Form gut gepflasterter Straßen und ausreichender Beleuchtung erhielten nur die Feriengäste, die in den großen Hotels logierten.

Die Häuser in dieser Straße standen dicht nebeneinander, doch hinter ihnen dehnten sich große Grundstücke. Trotz der Dunkelheit war zu erkennen, dass einige Häuser bereits durch Anbauten erweitert worden waren, um mehr Platz für Logiergäste zu haben, und viele Gärten nicht mehr nur zum Anbau von Obst und Gemüse dienten, sondern auch dem Aufenthalt erholungssuchender Sommerfrischler, die in der Sonne sitzen und die gute Seeluft genießen wollten, ohne dafür zum Strand gehen und sich später mit der sandigen Kleidung abplagen zu müssen.

»Vater hat schon vor zwölf Jahren aus dem Hühnerstall zwei Fremdenzimmer gemacht«, sagte Aletta. »Insa hat die Gäste versorgt, wenn welche kamen.«

Nun entschloss sie sich, einen Schritt voranzumachen, ohne jedoch Ludwigs Hand loszulassen. Er folgte ihr, nahm zunächst ihr Zögern auf, trieb sie dann aber mit ein paar Schritten schneller voran.

Doch Aletta löste sich von seiner Hand, als sie den hellen Kreis der nächsten Laterne erreichten. An seinem Rand blieb sie stehen und nickte zu dem dunklen Haus, in dem ein Fenster im Erdgeschoss beleuchtet war. Dahinter war eine Bewegung auszumachen.

»Insa«, flüsterte Aletta. »Wahrscheinlich bereitet sie das Frühstück für die Gäste vor, damit es morgen früh schneller geht.«

»Vielleicht hat sie auf deinen Besuch gewartet«, gab Ludwig zurück. »Wenn sie weiß, dass du heute eingetroffen bist ...«

Aber davon wollte Aletta nichts hören. »Sie muss zu meinem Konzert kommen. Insa und meine Eltern müssen wissen, dass ich morgen nur für sie singe.«

»Du hast recht«, räumte Ludwig ein. »Und du wirst singen wie nie zuvor.«

Aletta machte kehrt. Nun war sie es, die Ludwig mit sich zog. »Wenn sie das Lied hören, das bei uns an jedem Feiertag gesungen wurde, dann müssen sie verstehen, was ich ihnen sagen will.«

Das Auffälligste an Vera Etzold waren neben ihren großen graugrünen Augen ihre Haare gewesen, eine Fülle von schwarzen Locken, die sie zwar bändigte, indem sie sie im Nacken feststeckte, die sich aber immer der Ordnung widersetzten. Stets kringelten sich an ihrer Schläfe, an der Stirn und über den Ohren ein paar fliegende Löckchen, die sich aus der Zucht gelöst hatten. Wie sie sich auch mühte, es gelang ihr nie, so streng und vornehm auszusehen, wie sie es wollte. Ihre schwarzen Locken machten ihr täglich einen Strich durch die Rechnung.

Seit dem Tod ihres Mannes verbrachte sie jeden Sommer auf Sylt. Ende April oder Anfang Mai erschien sie und reiste selten vor dem August wieder ab. Das Vermögen, das sie geerbt hatte, erlaubte ihr einen großzügigen Lebensstil, aber zufrieden war sie mit diesem Müßiggang nicht. Sie vermisste ihren Beruf, bedauerte, dass sie keine Kinder hatte, für die sie sorgen konnte, dass es niemanden gab, der sie brauchte, und ihr Leben ohne ihr geringstes Zutun reibungslos funktionierte. In ihrem Haus in Kassel regierte eine Haushälterin, die Geschäfte ihres Mannes führte ein Neffe weiter, ihre Eltern lebten nicht mehr, und Geschwister hatte sie keine.

In dem Jahr, als Aletta zehn Jahre alt geworden war, kam Vera Etzold schon im Februar nach Sylt. Sie war mit dem Neffen ihres Mannes in Streit geraten, als sie versucht hatte, Einblick in kaufmännische Unterlagen zu bekommen, um etwas von dem Geschäft zu erfahren, das ihr den Lebensunterhalt sicherte. Der Neffe hatte sich kontrolliert gefühlt und nicht verstanden, dass Vera nur eine Beschäftigung suchte, die in ihren monotonen Alltag ein wenig Farbe brachte. Sie hatte es ihm nicht begreiflich machen können. Und aus Enttäuschung und Desillusionierung hatte sie ihre Haushälterin angewiesen, die Koffer zu packen und alles für eine Reise nach Sylt bereitzumachen. Während der Wintermonate war es zwar mühselig, auf die Insel zu kommen, aber sie wagte es trotzdem. Schon am Tag ihrer Ankunft, als sie feststellte, dass das »Miramar« nur wenige Gäste beherbergte und auf der Plattform keine Urlauber flanierten, wurde ihr jedoch klar, dass sie sich auch in Westerland langweilen würde. Nur deshalb entschloss sie sich, einem Gottesdienst beizuwohnen, nachdem sie gehört hatte, dass dort ein junges Mädchen das Ave-Maria singen würde, von dessen schöner Stimme die Sylter mit Hochachtung sprachen. Aletta Lornsen sang angeblich so glockenrein, wie es auf Sylt noch nie gehört worden war. Nachdem Vera Etzold dem Ave-Maria gelauscht hatte, wusste sie plötzlich, womit sie ihrem Leben wieder einen Sinn geben konnte …

Aletta hatte mit offenem Mund zugehört, als Vera ihr erzählte, wie einsam sie sich in ihrem großen Haus in Kassel fühlte, obwohl es dort viele Dienstboten gab und sie keine einzige Stunde des Tages allein war. Noch nie hatte Aletta jemanden darüber klagen hören, dass er nichts zu tun hatte und sich langweilte, weil es keine Beschäftigung gab, die für eine reiche Witwe angemessen war.

»Ich war Sängerin! Erste Sopranistin am Stadttheater von Göttingen!«

Aber der Neffe ihres Mannes habe ihr sogar offen gedroht, wenn sie es wagen sollte, den Namen ihres verstorbenen Mannes und damit den Namen seiner Firma in den Schmutz zu ziehen, indem sie sich auf einer Bühne einem Publikum präsentiere, das vielleicht zunächst applaudieren, aber schon auf dem Nachhauseweg darüber tuscheln würde, wie schamlos es für eine Witwe sei, sich dermaßen zur Schau zu stellen. Nein, ihr Wunsch, wieder als Sängerin aufzutreten, war ihr so rundweg abgeschlagen worden, dass sie nicht wagte, sich gegen die Familie ihres Mannes zu stellen.

»Wenn du willst, gebe ich dir Gesangsunterricht«, sagte Vera Etzold derart unvermittelt, dass Aletta regelrecht erschrak. »Die Natur hat dir eine wunderschöne Stimme geschenkt, aber wenn du so weitermachst, wird sie bald kaputt sein. Du musst lernen, sie richtig einzusetzen. Ich glaube, ich kann aus dir eine große Sängerin machen.«

Den Moment, in dem Vera Etzold diese unglaublichen Worte aussprach, vergaß Aletta nie. Jede Einzelheit dieses Augenblicks blieb ihr im Gedächtnis. So erinnerte sie sich genau, dass der Raum überheizt war und dass Vera Etzold trotzdem einen warmen Schal trug. Der war so weich, dass er, als er sie im Vorübergehen zufällig streifte, kaum zu spüren war. Und noch Jahre später konnte Aletta sich an Veras dunkelgrünes Seidenkleid erinnern und dass ihr ein Zimmermädchen ein Fußkissen brachte, damit sie es bequemer hatte. Aletta selbst trug damals ihr dunkles Wollkleid, das besonderen Anlässen vorbehalten war, Gottesdiensten, hohen Festtagen und Besuchen bei höhergestellten Verwandten. Es war dunkelblau und besaß einen weißen Kragen, den ihre Mutter gehäkelt hatte. Die ebenfalls dunkelblauen Strümpfe hatte ihre Patentante gestrickt und ihr zu Weihnachten geschenkt. Sie juckten fürchterlich, aber Aletta schaffte es, mit keiner Bewegung zu verraten, wie sehr diese wollenen Strümpfe sie quälten. Auch während des Ave-Maria war sie kein einziges Mal der Versuchung erlegen, sich zu kratzen. Mit rotem Kopf stand sie nun vor Vera Etzold, drehte an ihren dünnen Zöpfen und starrte das Zimmermädchen an, das ihr das wollene Tuch abnehmen wollte, ohne dass Aletta verstand. Schließlich griff das Mädchen einfach zu, zog ihr das Wolltuch von den Schultern und trug es hinaus. Ängstlich blickte Aletta ihr nach, voller Sorge, dass sie das Tuch später vergeblich suchen würde und ohne diesen Schutz nach Hause gehen und erbärmlich frieren müsste.

»Glaubst du«, fragte Vera Etzold am Ende, »dass deine Eltern einverstanden sein werden, wenn ich dich unterrichte? Ohne ihre Erlaubnis kann ich das nicht machen. Natürlich werde ich kein Geld dafür nehmen, mir ist schon klar, dass ihr keinen Unterricht bezahlen könnt. Es wäre mir eine Freude, dich zu unterrichten. Ich möchte aus dir etwas Großes machen. Du hast das Potential dafür.«

Aletta hatte keine Ahnung, was ein Potential war, aber eines wusste sie genau: Ihre Eltern würden niemals zulassen, dass sie Gesangsunterricht erhielt. Auch dann nicht, wenn sie ihn kostenlos bekam. Trotzdem knickste sie tief und antwortete: »Ich werde es meinen Eltern sagen. Ganz sicherlich werden sie einverstanden sein.«

Vera Etzold klingelte nach dem Zimmermädchen und ließ es auf einen Zettel schreiben, dass Aletta demnächst dienstags und freitags gegen drei Uhr nachmittags ins »Miramar« kommen solle. »Zwei Stunden werden wir jeweils brauchen. Sag das deinen Eltern.«

Aletta machte einen noch tieferen Knicks, ließ sich von dem Zimmermädchen auf den Hotelflur geleiten, nahm erleichtert ihr Wolltuch entgegen und stieg vorsichtig die Treppe ins Erdgeschoss hinab. Als der Portier auf sie zukam, wollte sie sich gerade rechtfertigen, dass sie sich nicht ins »Miramar« eingeschlichen habe, sondern von Frau Etzold eingeladen worden war … da sprang er zur Tür, um sie für Aletta zu öffnen. Später dachte sie manchmal, dass nicht der erste Besuch bei Vera, sondern vor allem dieser Augenblick es gewesen war, der ihr Leben verändert hatte. Als sie das »Miramar« verließ, ohne selbst die Tür geöffnet zu haben, bekam sie eine Ahnung davon, welche Chance sie erhielt. So fest umklammerte sie den Zettel mit der rechten Faust, dass er vollkommen zerknüllt war, als sie zu Hause ankam.

Insa empfing sie misstrauisch. Sie war fünfzehn Jahre älter als Aletta, längst im heiratsfähigen Alter und in der Hausarbeit so geübt, dass sie ohne weiteres von einem Tag auf den anderen einen eigenen Haushalt hätte führen können. Aber Insa hatte beharrlich jeden Verehrer abgelehnt, von denen es mehrere gegeben hatte. Sie war eine hübsche Frau mit einem blassen, ebenmäßigen Gesicht und schönen blonden Haaren, die sie in dichten Flechten an den Kopf steckte. Eine majestätische Frisur! Aletta hatte als kleines Kind von einer Krone gesprochen, wenn sie die Haare ihrer Schwester bewunderte. Und wie hatte sie Insa angehimmelt! Ihre große Schwester, die so stark war, so unverwundbar schien, so beharrlich und unbeirrt ihren Weg ging. Sie schien ihn genau zu kennen, den Weg, den sie gehen wollte. Er führte nicht aus ihrem Elternhaus hinaus. Insa machte bald klar, dass sie in der Stephanstraße bleiben wollte. Die Ehe, Kinder, ein eigener Haushalt, das alles reizte sie nicht. Wenn die Eltern sich um die Zukunft ihrer Ältesten sorgten, sprach sie vom Fremdenverkehr, der ihr ein Auskommen sichern werde. Einen Ehemann brauche sie nicht. Und sie wolle keinen! Solange sie mit Feriengästen ihr Brot verdienen und ihr Auskommen sichern könne, würde sie zufrieden sein. Manchmal hörte Aletta auch die Nachbarn flüstern, dass aus Insa eine verbitterte, freudlose und unzugängliche Frau werden würde, mit der kein Mann sich verbinden wolle, wenn sie so weitermache. Und tatsächlich hatte das Interesse heiratswilliger Männer schnell nachgelassen, als bekannt geworden war, dass Insa zwar eine gute Hausfrau war, wie sie sich jeder Mann wünschte, aber auch streng und ohne jede Heiterkeit. Und dass sie das Zeug zu einer guten Mutter hatte, wurde bald ganz offen bezweifelt. Jeder sah ja, dass Insa sich ungern und nur äußerst selten mit ihrer kleinen Schwester abgab, Aletta sogar oft zurückwies, wenn sie sich an Insa schmiegen wollte, und am liebsten über die Kleine hinwegsah.

Als Aletta aus dem »Miramar« zurückkam, war sie jedoch voller Interesse. »Was wollte die elegante Dame von dir?«

Aletta hielt ohne weiteres ihrem Blick stand. »Sie braucht ein Dienstmädchen.«

Insas Misstrauen vertiefte sich. »Das ›Miramar‹ ist voller Dienstmädchen. Und du bist erst zehn Jahre alt.«

»Sie will aber, dass ich ihr demnächst zweimal in der Woche helfe«, beharrte Aletta und öffnete ihre rechte Faust. »Hier hat sie es aufgeschrieben.«

Nun war auch die Mutter aufmerksam geworden. Mit Insa beugte sie sich über den Zettel, auf den der Name des vornehmsten Hotels Westerlands aufgedruckt war. »Wahrscheinlich sollst du ihr vorlesen«, vermutete die Mutter. »Oder sie möchte, dass du ihr etwas vorsingst. Anscheinend hat ihr dein Gesang gefallen.«

Aletta nickte erleichtert. »Ja, das hat sie gesagt. Vorlesen und vorsingen ...«

Die Mutter nickte zufrieden. »Hat sie gesagt, was du dafür bekommen wirst?«

Aletta starrte sie erschrocken an. »Nein.«

Insa dachte kurz nach. »Fünfzig Pfennige pro Woche sollte sie Aletta schon geben. Was meinst du?«

Die Mutter stand auf, ging zum Herd und nahm den Deckel

von einem Topf, um den Zustand des Steckrübeneintopfs zu überprüfen. »Wir sollten langfristiger denken«, entgegnete sie. »Wenn Aletta alles richtig macht, nimmt Frau Etzold sie vielleicht später mit nach Kassel. Womöglich kann sie dort Haushälterin werden.«

Insa sah ihre kleine Schwester streng an. »Also pass auf, dass du alles richtig machst. Aber lass dich trotzdem nicht mit ein paar Pfennigen abspeisen.«

II.

Der Alte Kursaal erstrahlte im schönsten Glanz. Die Kristallleuchter, die über den Sitzreihen hingen, waren auf Hochglanz gebracht worden, die dunklen Holzböden schimmerten, die hölzernen Wandvertäfelungen waren noch am Morgen abgestaubt worden. Der Kurdirektor wollte alles tun, um die berühmte Tochter der Stadt in angemessener Umgebung zu würdigen. Die vierhundert Sitzplätze, die der Saal bot, waren noch erweitert worden durch Klappstühle neben den Sitzreihen und hinter der letzten Reihe. So würden vierhundertfünfzig Personen dem Konzert Aletta Lornsens beiwohnen können, damit würde der Saal zum Bersten gefüllt sein.

Schon eine Stunde vor Konzertbeginn füllten sich die Reihen. In den kleinen Raum hinter der Bühne, in dem Aletta ihre Stimme aufwärmte, sich mit Entspannungsübungen vorbereitete und sich schminken und frisieren ließ, drang schon bald das Stimmengewirr. In den großen Konzerthäusern achtete man darauf, die Künstler vom Publikum akustisch abzuschirmen, damit niemand schon vorher eine Ahnung davon bekam, wie gut oder schlecht die Vorstellung besucht sein würde, aber das Kurhaus von Westerland war eben nicht vergleichbar mit der Mailänder Scala oder der Staatsoper in Wien. Auch die Bühne, die Aletta vorfinden würde, war mit ihren fünfzehn Metern Breite mehr als bescheiden, dennoch war ihr Lampenfieber nie so groß gewesen wie in diesem Augenblick. Ihr war, als hinge ihre Zukunft von dem heutigen Auftritt ab.

Zum Glück ließ Ludwig nicht erkennen, dass dieses Konzert anders war als jedes andere vorher! Er hatte alles so gemacht wie immer, hatte sie an den Ort ihres Auftritts gebracht, sie abgeschirmt, dafür gesorgt, dass sie nicht belästigt wurde, hatte mit ihr zusammen die Bühne besichtigt, Unklarheiten beseitigt, Fragen für sie beantwortet und sie dann in ihre Garderobe gebracht und ihr versprochen, dass niemand sie stören würde, dass nur die Garderobiere und die Friseurin zu ihr vorgelassen würden. Dann war er gegangen, aber Aletta wusste, dass er auch diesmal immer in ihrer Nähe sein würde und sie jederzeit nach ihm rufen konnte.

Sie lehnte sich zurück, atmete den Geruch dieses kleinen Raums ein, den sie nicht kannte und der ihr doch vertraut zu sein schien, weil er zu Sylt gehörte und jeder Raum der Insel einen Geruch trug, den es nirgendwo anders gab. Wo einmal der Wind eingedrungen war, der übers Meer kam, roch es nach Heimat.

Die Stimmen aus dem Zuschauerraum drangen durch die geschlossene Tür, auf dem Gang hörte sie Ludwig etwas sagen, was streng und kategorisch klang. Ja, Ludwig konnte unerbittlich sein, wenn es um ihre Sicherheit und ihren Frieden ging. Aletta lehnte sich zurück und schloss für eine Weile die Augen. Wie sehr sie ihn liebte! Wie dankbar sie ihm war! Er tat alles für sie, nur das eine konnte sie nicht von ihm haben. Seit Frau Wülfke sie mit dieser Frage bedrängt hatte, kreiste sie ständig in ihrem Kopf. Zwar hatte sie viele gute Argumente, die sie hundertmal von Ludwig gehört hatte, aber sie wusste, dass kein einziges ihre Eltern überzeugen würde.

Sie öffnete die Augen und setzte sich aufrecht hin. Dann klingelte sie nach der Friseurin. Warum eigentlich brauchte sie Argumente? Sie war nicht gekommen, um ihre Eltern zu überreden, sie war hier, um sich zu überzeugen, dass sie längst zur Einsicht gekommen waren. Sie wollte sich versichern lassen, dass sie noch immer geliebt wurde! Weil sie das Kind ihrer Eltern war, das ein Recht auf diese Liebe hatte, gleichgültig, was es getan hatte! Und weil sie Insas Schwester war! Wenn diese drei Ludwig Burger ablehnten, weil er sie zwar liebte, aber nicht heiraten würde … dann wusste sie nicht, was sie tun würde.

Die Friseurin hatte ihr die Haare so straff wie möglich nach hinten gekämmt und mit einem Lack dafür gesorgt, dass sie im Bühnenlicht sanft schimmern würden. Mit einem schlichten Knoten waren sie befestigt worden, über den die Friseurin ein goldenes Netz legte, das mit grünen Federn besetzt war. Ihre Garderobiere war schon vor einer Woche nach Sylt gekommen und würde am nächsten Tag nach Wien zurückkehren. Ludwig hatte Aletta von diesem Plan abbringen wollen, weil sie den Syltern damit vor Augen führte, dass aus ihr ein Luxusgeschöpf geworden war, aber in diesem Fall war sie unerbittlich geblieben. Bei ihrem Make-up wollte sie kein Risiko eingehen. So hatte Ludwig dafür gesorgt, dass niemand erfuhr, wer die Dame aus Wien war, die im Grand-Hotel logierte, und Aletta hatte er verpflichtet, niemandem zu verraten, dass Ella Hofer die Reise nur unternommen hatte, um Aletta Lornsen zu schminken, vorher sämtliche notwendigen Utensilien einzukaufen und sich auf ihre wichtige Aufgabe vorzubereiten.

Niemand verstand die Kunst des Bühnen-Make-ups so wie Ella. Als Aletta in den Spiegel sah, war ihr Teint hauchzart überpudert, mit Rouge war ihm eine gesunde Farbe gegeben worden, ihre Augen waren so geschminkt, dass sie größer und sehr geheimnisvoll wirkten, und ihr Mund war eine einzige leuchtende Verlockung.

»Danke, Ella! Das hätte keiner so hinbekommen wie du!«

Als Aletta hinter die Bühne trat, war aus dem Stimmengewirr im Saal regelrechter Lärm geworden. Laute Rufe ertönten, wenn einer einem anderen über mehrere Köpfe etwas mitteilen wollte, Gelächter erklang, die Stimmung schien ausgelassen zu sein. Aletta wusste nicht genau, ob ihr das gefiel. Sie hätte einer gespannten Erwartung den Vorzug gegeben. Vielleicht, weil sie sich vorstellte, wie ihre Eltern und Insa sich in dieser lauten Vorfreude fühlen mochten. Sie selbst befanden sich vermutlich genau wie Aletta in einem fiebrigen Vorgefühl und litten womöglich unter der Leichtigkeit des übrigen Publikums.

Die Mitglieder des Kurorchesters kamen den Gang entlang, um sich hinter der Bühne aufzustellen. Sie würden als Erste ihren Auftritt haben, aber Ludwig drängte sich prompt hinter Aletta und verhinderte so eine Annäherung, von der er wusste, dass sie sie nicht wünschte. Sie brauchte das Alleinsein kurz vor dem Auftritt, an diesem Tag ganz besonders. Allein sein konnte sie auch, wenn viele Menschen um sie herum waren, vorausgesetzt, sie wurde nicht angesprochen oder über Gebühr beachtet. Auch Ludwig redete in der letzten halben Stunde vor einem Auftritt nur das Nötigste mit ihr, war nur da, immer in ihrer unmittelbaren Nähe, um sie abzuschirmen und zu schützen.

Dann sah Aletta an sich herab. Mit voller Absicht hatte sie ein dunkelgrünes Seidenkleid gewählt, von gleicher Farbe wie das Kleid, das Vera damals trug, als sie Aletta zu sich gerufen hatte, um sie mitzunehmen in ein anderes Leben. Vera sollte auf diese Weise bei ihr sein, sollte ihren Triumph miterleben, diesen Sieg über ihre Vergangenheit.

Aletta machte einen Schritt auf den Vorhang zu, zögerte, als Ludwig »Tu's nicht, Aletta!« flüsterte, und zerteilte ihn dann doch. Ganz vorsichtig, nur einen winzigen Spalt breit, so winzig, dass er nicht einmal von der ersten Zuschauerreihe zu erkennen sein würde. Mit dem linken Auge spähte sie in den Zuschauerraum, der noch hell erleuchtet war, wanderte von Reihe zu Reihe, von Gesicht zu Gesicht. Da, Pfarrer Frerich! Er saß in einer der ersten Reihen, die Hände über dem Bauch gefaltet, und strahlte höchste Zufriedenheit aus. In der Mitte entdeckte sie Jorit. Ganz still saß er da, beteiligte sich nicht an den Gesprächen, die rechts und links neben ihm geführt wurden. Anscheinend war er allein gekommen. Bewegungslos starrte er den Vorhang an, und Aletta schloss ihn erschrocken. Ihr war, als hätte er ihr linkes Auge entdeckt.

Ludwig strich ihr sanft über den Rücken. »Hast du sie gesehen?«

Aletta schüttelte den Kopf. Dann schloss sie die Augen, wie sie es immer tat, wenn der Auftritt kurz bevorstand, summte leise, machte Kaubewegungen und entspannte ihre Stimme durch Lippenflattern und erzwungenes Gähnen.

Nun wurde es im Zuschauerraum dunkel. Der Vorhang war so dicht, dass das Löschen der Lichter nicht zu sehen war, sondern nur akustisch wahrgenommen wurde, weil die Stimmen leiser wurden und es schließlich still im Saal geworden war. Schritte ertönten, Kurdirektor Wülfke betrat durch einen der beiden Treppenaufgänge an den Seiten die Bühne. Freundlicher Applaus begrüßte ihn, und Aletta hoffte, dass er sein Versprechen halten und ihren Auftritt mit nur wenigen Worten ankündigen werde.

Tatsächlich nahm er sich nur ein paar Minuten, um darauf hinzuweisen, dass ihnen allen ein außergewöhnlicher Abend bevorstand mit einer außergewöhnlichen Sängerin, die einmal unter ihnen gelebt hatte. Er betonte, wie lange es sein Wunsch gewesen sei, dass Aletta Lornsen ein Konzert auf Sylt gebe, und wie glücklich er sich schätze, dass sie seiner Einladung nun endlich gefolgt sei.

Er schöpfte tief Luft, diesen Augenblick nutzte das Publikum, um zu applaudieren und damit seine Worte zu bestätigen. Aletta befürchtete schon, dieser Zuspruch könnte Herrn Wülfke dazu ermutigen, seine Rede zu verlängern, aber er hielt tatsächlich Wort. Kurz und bündig stellte er das Westerländer Kurorchester und seinen Dirigenten vor, um dann, während die Musiker die Bühne betraten, wieder Teil des Publikums zu werden.

Aletta dachte nicht daran, wie es klang, wenn ein großes Orchester unter einem berühmten Dirigenten spielte, wie mächtig dann das Klangvolumen war, wie exorbitant der Wohlklang und wie sie die Flut dieser Musik dann nutzte, um sich auf die Bühne spülen zu lassen und in ihr unterzugehen. Diesmal tröpfelte die Musik nur, sie würde in keine Flut eintauchen, sondern sich in einen Regen stellen. Aber das spielte keine Rolle. Sie war in ihrer Heimat, dort unten saßen Menschen, die ihr etwas bedeuteten, denen sie etwas bedeutete und denen sie nun zeigen wollte, dass alles, was sie getan hatte, richtig gewesen war.

Der Jubel, mit dem sie begrüßt wurde, bestätigte sie schon, noch ehe sie einen Ton gesungen hatte. Und dann schaffte es auch die tröpfelnde Kurorchester-Musik, sie mitzureißen. Oder war es umgekehrt? Riss ihr Gesang die Musiker mit? Es spielte keine Rolle. Aletta Lornsen sang und sang, sie sang um ihr Leben. Und Applaus für Applaus wurde der Jubel größer. Die Zuhörer sprangen von ihren Sitzen und applaudierten im Stehen, ließen Bravo-Rufe hören und trampelten mit den Füßen, um den eigenen Applaus noch zu überbieten. Das Glück, das Aletta anfüllte, war von besonderer Art. Es war nicht das Glück, das im Gelingen, im Erfolg, im Triumph entstand, es war ein Glück, das so alt war wie ihr Leben und so unfassbar und wundervoll wie sein Ursprung. Allumfassend! Und so kostbar wie sonst nichts auf der Welt!

Dann sorgte sie für eine kleine Stille, wie immer vor ihrem letzten Lied. Im Zuschauerraum hätte man eine Stecknadel fallen hören können, so gespannt war mit einem Mal die Erwartung. Mancher mochte auf eine ihrer größten Opernarien hoffen, andere auf etwas Modernes, vielleicht auf Jacques Offenbach, der zurzeit Furore machte …

Aber Aletta Lornsen sang zum Abschluss »Guten Abend, gut' Nacht, mit Rosen bedacht …«, das Lied, das ihr Vater immer dann angestimmt hatte, wenn ein schöner Tag zu Ende gegangen, wenn ein Fest verklungen war, wenn es Grund zur Dankbarkeit gegeben hatte. »Schau im Traum 's Paradies …«

Auch an diesem Abend war der Wind eingeschlafen, die Brandung jedoch hörte sich an, als sei sie sturmgepeitscht. Die Brecher warfen sich auf den Strand, zogen sich zischend zurück und kehrten tosend wieder. Der Himmel war wolkenverhangen, kein Stern zu sehen. Nur eine einzige Laterne auf der Plattform gab noch etwas Licht, diejenige, die dem »Miramar« am nächsten stand. Seinen Gästen kam die Kurverwaltung entgegen, sie sollten gefahrlos die Schritte bis zum Strand zurücklegen können. Auch bei Dunkelheit!

Aletta weinte. Sie hatte sich in den Schutz ihres Seidenschals geflüchtet, der sie wärmte, hatte die Stirn an die Fensterscheibe gelehnt, hielt die Augen geschlossen, schluchzte und ließ die Tränen laufen, ohne sie abzuwischen. Ludwig ging hinter ihr auf und ab. Er hatte oft genug versucht, sie zu trösten, sie in seine Arme zu locken. Nun gab er auf. Er sah ein, dass sie sich ihre Enttäuschung nicht nehmen lassen, dass sie an ihrem Schmerz festhalten wollte. Beides war in diesem Augenblick so wertvoll, wie ihr Glück gewesen wäre.

Sie war zu mehreren Zugaben bereit gewesen, die letzten beiden sang sie, wie sie es immer tat, bei voller Beleuchtung des Zuschauerraums, um sich eins zu machen mit dem Publikum, um ihre exponierte Stellung als Star auf der Bühne vergessen zu lassen. In diesem Fall war es ihr besonders wichtig gewesen. Reihe für Reihe hatte sie mit den Augen abgetastet, Gesicht für Gesicht. Und dann noch einmal zum Schluss »Guten Abend, gut' Nacht …«, während sie an die Rampe getreten war und den Ordnern ein Zeichen gegeben hatte, dass sie es zulassen durften, die Zuhörer bis an den Rand der Bühne kommen zu lassen. Nur die beiden Aufgänge wurden weiterhin bewacht, damit niemand es so weit trieb, die Bühne zu betreten. Unzählige vertraute Gesichter hatte sie gesehen, aber keines der drei, auf denen sie Stolz und Liebe, Anerkennung, Lob und Einsicht hatte erkennen wollen.

Erst als sie sich ein letztes Mal verbeugt hatte und von der

Bühne abgetreten war, konnte sie es wirklich glauben: »Sie sind nicht gekommen.«

Ludwig hatte sie in ihre Garderobe geführt und die Tür hinter ihr geschlossen, nachdem er die Ordner instruiert hatte, niemanden vorzulassen. Auch die Friseurin wurde weggeschickt, die eigentlich die kunstvollen Haarknoten lösen sollte, ebenso Ella, die darauf gewartet hatte, sie abzuschminken und ihr beim Umziehen zu helfen. Aletta wollte niemanden sehen. Sie blieb zusammengekauert vor dem Spiegel sitzen, Ludwig neben ihr, Alettas linke Hand in seiner, und gemeinsam lauschten sie auf die Stimmen, das Gelächter, die Schritte vor dem Kurhaus, die allmählich verklangen, auf die Stille, die herankroch, bis es nur noch ein paar Geräusche innerhalb des Hauses gab.

Schließlich sagte Ludwig: »Es wird Zeit.«

Er verließ die Garderobe, sie hörte ihn auf dem Gang mit jemandem sprechen. Kurz darauf kehrte er zurück. »Da ist noch jemand, der sich nicht abweisen lässt. Er glaubt, dass du ihn empfangen wirst.«

Aletta hob den Kopf. »Wer ist es?«

»Ein gewisser … Jorit Lauritzen. Kennst du ihn?«

Aletta nickte. »Ein Jugendfreund. Ja, bitte ihn herein.«

Bis Jorit eintrat, hatte sie die Tränenspuren auf ihrem Gesicht beseitigt, ihre Frisur gerichtet, ihr Kleid geglättet. Als sie Jorit im Zuschauerraum entdeckt hatte, war er ihr unverändert erschienen, nun, als er den kleinen Raum betrat, sah sie, dass er älter geworden war, reifer, stärker und sicherer. Sein rundes Gesicht war markanter geworden, der Ausdruck eindringlicher. In seinen Augen brannte kein Feuer mehr, aber sein Blick war noch immer nachdrücklich, enthielt viel von dem, was gewesen war, darüber hinaus jedoch etwas, was aus einem anderen Schatz an Erfahrungen geschöpft worden war. Ein kluger, aufgeschlossener, erfahrener Mann, den das Leben zu dem gemacht hatte, was er war, nicht seine Herkunft oder ein Privileg. Er trug einen eleganten dunkelgrauen Einreiher, darunter eine gestreifte Weste und ein makelloses weißes Hemd mit hohem Kragen, unter dem ein dunkles Tuch hervorsah, das mit einer dicken Perle befestigt worden war.

Obwohl er augenscheinlich nicht wusste, wie er mit der ungewohnten Situation umgehen sollte, ließ er Aletta doch keine Unsicherheit spüren. Nachdem er sie höflich begrüßt und sich mit Ludwig bekannt gemacht hatte, kam er ohne Umschweife auf den Grund seines Besuchs zu sprechen: »Mir ist klar, dass du erschöpft bist nach diesem wunderbaren Konzert. Ich habe kein Anrecht auf ein Gespräch, nicht zu dieser Stunde. Es ist nur … ich möchte dir sagen, dass du alles richtig gemacht hast. Du hattest vor zehn Jahren alles Recht der Welt, dich so zu verhalten, wie du es getan hast. Heute habe ich eingesehen, dass du nicht anders konntest.«

Das waren genau die Worte, die Aletta von ihrer Familie hatte hören wollen. »Danke«, sagte sie leise.

»Ich weiß nicht, wie lange du bleiben wirst«, fuhr Jorit fort. »Wird noch Zeit sein? Für uns beide …?«

»Natürlich«, gab Aletta zurück. »Ich melde mich.«

Jorit griff in die Innentasche seines Jacketts und holte eine Visitenkarte hervor. »Hier kannst du mich erreichen.«

»Hotel Lauritzen«, las sie und sah ihn erstaunt an. »Du bist Hotelier geworden?«

Er lächelte leicht und fuhr sich durch die Haare, wie er es früher getan hatte, wenn er verlegen war. Und noch immer waren seine kurzen blonden Locken so fest und drahtig, dass es seiner Frisur nichts ausmachte. Und noch immer standen der Schalk und das Lachen in seinen Augen, selbst dann, wenn er ernst war. »Das Hotel Lauritzen lässt sich nicht mit dem ›Miramar‹ vergleichen«, entgegnete er bescheiden. Dann verbeugte er sich galant und betonte, wie sehr er sich auf eine Nachricht freue. »Natürlich habe ich viel über dich gelesen und weiß von deiner Karriere beinahe alles. Aber was hinter diesen Erfolgen steckt, davon weiß ich wenig.« Nun lächelte er, und sie sah, dass sein

Lächeln vielfältiger geworden war. Er verfügte nun über das Lächeln des Geschäftsmannes, die Konzilianz des Hoteliers, über ein höfliches Lächeln, ein ehrerbietiges und heischendes, aber auch immer noch über das jungenhafte Lächeln, das sie vor zehn Jahren geliebt hatte. »Billigst du mir das Recht zu, mehr davon zu erfahren?«

Aletta erhob sich und machte einen Schritt auf Jorit zu. »Ich möchte auch mehr von dir erfahren. Du musst mir erzählen, wie es dir in den vergangenen zehn Jahren ergangen ist. Ich habe gesehen, dass du ohne Begleitung bist …«

Jorit nickte. »Ich lebe allein.«

In diesem Augenblick beschloss Ludwig, dass es Zeit sei, sich von den Musikern zu verabschieden, denen er sagen wolle, dass Aletta Lornsen Grüße ausrichten ließ. Anscheinend wollte er sie mit Jorit und den gemeinsamen Erinnerungen allein lassen. Aletta hätte ihn gern zurückgehalten, weil sie Ludwig auf keinen Fall von ihren Erinnerungen und den Menschen, die ihr früher mal etwas bedeutet hatten, ausschließen wollte, aber er lächelte nur, als sie protestieren wollte, küsste ihre Stirn und ging.

Jorit fragte, kaum dass sich die Tür hinter Ludwig geschlossen hatte: »Dein Mann?«

»Mein Lebensgefährte. Und mein Impresario! Ihm verdanke ich viel. Wir sind nicht verheiratet, aber wir leben zusammen.«

»Ich gehe wohl besser.« Jorit drehte seinen Hut zwischen den Händen. »Du brauchst deine Ruhe. Ich wollte auch nur …«

Aletta unterbrach ihn. »Was ist mit meiner Familie? Du musst es wissen, Jorit! Warum sind sie nicht zum Konzert gekommen?«

Jorit sah sie verblüfft an. »Du weißt nichts von ihnen? Hast du auch zu deinen Eltern keinen Kontakt gehalten?«

Aletta spürte den Vorwurf, beinahe trotzig schüttelte sie den Kopf. »Ich habe ihnen oft geschrieben, aber nie eine Antwort erhalten. Jetzt bin ich gekommen, um mich endlich mit ihnen zu versöhnen. Vorausgesetzt, sie können auch einsehen, dass ich damals nicht anders konnte. So wie du …« Sie stockte, weil Jorits

Gesicht nun sehr ernst war und er um eine Antwort zu ringen schien. »Ist was mit meinen Eltern? Mit Insa?«

»Zehn Jahre sind eine lange Zeit ...«, begann Jorit vorsichtig.

Ludwig begleitete sie, um sie vor zudringlichen Syltern zu schützen, die mit einem Mal glaubten, durch gemeinsame Erinnerungen mit Aletta Lornsen verbunden zu sein. Höflich, aber bestimmt wies er jeden ab, der auf sie zugehen wollte, um sie zu begrüßen. So hatte er es auch am frühen Morgen gehalten, als sie beide gemeinsam Ella zum Zug gebracht hatten.

»Hoffentlich sehen wir uns wieder«, hatte Alettas langjährige Garderobiere bedrückt gesagt. »Wenn es Krieg gibt ...«

Aletta hatte dafür gesorgt, dass sie den Satz nicht zu Ende sprach, und so lange von ihren Zukunftsplänen geredet, in die sie Ella selbstverständlich einschloss, bis ihre Garderobiere vergessen hatte, dass ein Krieg drohte.

Erst an der Stelle, an dem das Grundstück des Nachbarn endete und der Zaun der Lornsens begann, blieb Ludwig stehen und klopfte auf die Tasche seines Jacketts, aus der die Tageszeitung herausschaute, die er sich im Hotel hatte geben lassen.

»Ich gehe zum Kurhaus. Dort kann ich in Ruhe lesen.« Er zögerte. »Die politische Situation verändert sich dramatisch. Österreich will Serbien nach dem Attentat auf den Kronprinzen in die Knie zwingen. Der österreichische Botschafter ist in Berlin, um sich Unterstützung zu sichern. Serbien soll eliminiert werden.«

Aletta hörte nicht zu. Sie griff nach seinem Arm, als er sich von ihr trennen wollte, und hielt ihn fest. »Danke, Ludwig. Danke, dass du mir beistehst.«

Er lächelte und hauchte ihr einen Kuss auf die Wange. »Viel Glück!«

Dann ging er die Stephanstraße bis zu ihrem Ende und verschwand kurz darauf hinter den Bäumen. Aletta wartete, bis sie ihn nicht mehr sehen konnte, dann erst ging sie auf die Haustür zu, durch die sie vor zehn Jahren gehuscht war, um sich mit

Vera an der Inselbahn zu treffen, die sie zum Hafen Munkmarsch bringen sollte.

»Du brauchst nichts mitzunehmen«, hatte Vera ihr eingeschärft. »Wenn wir in Kassel sind, kaufe ich dir alles, was du nötig hast.«

Aletta hatte ihr Elternhaus verlassen, um irgendwann als gefeierte Sängerin zurückzukehren. Pfarrer Frerich war der Einzige gewesen, der wusste, was sie vorhatte, aber er war ans Beichtgeheimnis gebunden. Sicherlich war es kein Zufall gewesen, dass er ihr auf dem kurzen Weg zum Bahnhof begegnete, aber aufhalten ließ sie sich von ihm nicht.

Die Eingangstür hatte einen neuen Anstrich bekommen, und sie knarrte auch nicht mehr. Beinahe lautlos schwang sie auf, Aletta blieb auf der Schwelle stehen und sah sich um. Der weiße Garderobenschrank war noch derselbe, die Haken daneben, von denen es früher für jedes Familienmitglied einen gab, hatten sich nun vervielfältigt. Mindestens ein Dutzend waren an der Wand angebracht worden, und an jedem hing ein Kleidungsstück. Ein neuer roter Kokosläufer wies zur Wohnzimmertür, hinter der sie fremde Stimmen hörte. Feriengäste, die sich über das Konzert unterhielten, dem sie am Abend vorher im Alten Kursaal beigewohnt hatten.

»Sie soll die Schwester von Insa Lornsen sein. Eine begabte Person! Ich hoffe, dass man sie in diesem Hause zu Gesicht bekommt! Sie wird doch ihre Familie besuchen wollen, oder?«

Davon waren alle anderen fest überzeugt, was sie auf unterschiedliche Weise zum Ausdruck brachten. Währenddessen schlich Aletta auf die nächste Tür zu und schob sie leise auf. Doch die Küche war leer. Auf dem Tisch lag ein angeschnittenes Brot, ein Steintopf, zur Hälfte mit Butter gefüllt, stand daneben. Auf dem Spülstein türmte sich schmutziges Geschirr, einige Marmeladengläser standen geöffnet herum, über denen die Fliegen kreisten.

Sie ging zu der Tür, die in den Garten führte, und blickte

hinaus. Die Kräuterbeete waren noch so, wie Aletta sie in Erinnerung hatte, der Gemüsegarten jedoch war stark verkleinert worden. Ein massiver Anbau, der sicherlich vier oder fünf Zimmer enthielt, hatte sich in den Garten geschoben, am Ende des Grundstücks. In der Nähe der Hecke, wo schattenspendende Obstbäume standen, gab es nun eine Rasenfläche, auf der einige Strandkörbe standen. Weder Insa noch ihre Mutter waren zu sehen.

Dann aber hörte Aletta eine Tür im Obergeschoss klappen, kurz darauf Schritte auf der Treppe. Feste, resolute Schritte. Sie stammten nicht von Alettas Mutter, die stets leise durchs Haus huschte, als wollte sie niemanden mit ihrer Anwesenheit stören.

Und dann Insas Stimme: »Wollen Sie zum Strand, Herr Doktor? Das Wetter ist heute gut genug.«

Eine dumpfe Männerstimme brummte etwas von einem vergessenen Sonnenhut und entfernte sich dann. Aletta stand kerzengerade am Tisch, den Blick auf die Küchentür gerichtet, als Insa eintrat. Sie hoffte, dass sie nicht ängstlich wirkte, als ihre Schwester vor ihr erschien.

Insa blieb stehen wie vom Donner gerührt. Als wüsste sie nicht, dass ich auf Sylt bin, dachte Aletta.

Sie wollte einen Schritt auf Insa zumachen, um sie zu umarmen, blieb dann aber genauso stocksteif stehen wie diese, als sie den abweisenden Blick bemerkte. Die Schwestern maßen sich mit Blicken. Schweigend! Aletta sah Insas herbe Schönheit, die grauen Fäden in ihrem blonden Haar, die Linien, die die zehn Jahre in ihr Gesicht geschrieben hatten, den langen schwarzen Rock aus einem derben Stoff, die graue Bluse, zugeknöpft bis zum Kinn, und die helle Schürze, das Angebot an die Feriengäste, die es gewöhnt waren, bedient zu werden, wozu unbedingt eine saubere weiße Schürze gehörte. Insa dagegen sah das teure Kleid ihrer jüngeren Schwester, ohne zu ahnen, dass Aletta sich für das schlichteste entschieden hatte, das ihre Koffer zu bieten hatten, sah die junge Frau, die vor zehn Jahren noch ein Mädchen gewesen war, und den Erfolg in ihrem Gesicht, weil ein solcher Erfolg jedes Gesicht veränderte, mit jedem Triumph ein bisschen mehr.

»Wie bist du reingekommen?«, fragte sie schließlich.

»Hätte ich klopfen sollen«, fragte Aletta zurück, »und warten, dass du mir aufmachst?«

Insa schob sich an Aletta vorbei zum Spülstein. Mit fahrigen Bewegungen ordnete sie das schmutzige Geschirr.

»Dies ist mein Elternhaus«, protestierte Aletta.

»Das fällt dir spät ein«, gab Insa zurück.

Sie stapelte die Teller von rechts nach links, dann nahm sie den summenden Kessel vom Herd, verschloss den Spülstein mit einem Stöpsel, goss das heiße Wasser hinein und begann zu spülen.

Aletta betrachtete sie eine Weile, während Insa versuchte, ihren prüfenden Blick nicht zur Kenntnis zu nehmen. »Das Konzert gestern habe ich für meine Familie gegeben«, sagte Aletta schließlich. »Nur für euch wollte ich singen.«

Insa stieß ein bitteres Lachen aus. »Die Familie, die du vor zehn Jahren verlassen hast, gibt es nicht mehr.«

»Jorit hat mir erzählt, dass Vater gestorben ist. Warum hast du mir keinen Bescheid gegeben?«

»Wohin hätte ich denn die Todesanzeige schicken sollen?«

»Ich hatte eine Adresse hinterlassen, die Adresse von Vera Etzold.«

»Herr Busse, der Direktor des ›Miramar‹, hat mir gesagt, dass sie tot ist.«

»Ich habe ihr Haus geerbt. Die Post, die in Kassel ankommt, wird zu mir nach Wien geschickt. Ich habe auf jeder Karte, die ich euch geschrieben habe, meine Wiener Adresse vermerkt.«

»Deine Karten!« Insa lachte noch einmal und noch hässlicher als vorher. »Herzliche Grüße aus München, aus Mailand, aus Salzburg! Mir geht's gut, ich hoffe, euch auch! Mein Gott, wie wir uns über diese Karten gefreut haben!« Insa setzte den Teller, den sie soeben gespült hatte, derart heftig ab, dass er in zwei Teile zerbrach. »Wenn du uns verhöhnen wolltest, dann bist du es richtig angegangen!«

Aletta starrte ihre Schwester erschrocken an, die die beiden Tellerhälften zur Hand nahm, sie verzweifelt betrachtete und ganz so aussah, als wollte sie auch dafür Aletta verantwortlich machen.

»Woran ist Vater gestorben?«, fragte Aletta schnell, ehe ihre Schwester ihr mit weiteren Vorwürfen kommen konnte.

Insa sah auf, ihr Gesicht war mit einem Mal so traurig, dass Aletta nun doch auf sie zutrat und schüchtern ihren Arm berührte. »Jorit sagt, er sei in der Friedrichstraße zusammengebrochen?«

Insa nickte. »Herzschlag! Dabei hatte er nie was am Herzen.«

Aletta nahm die beiden Tellerhälften und fügte sie aneinander. »Das lässt sich kleben.«

Insa starrte darauf, als könnte sie nicht glauben, dass aus diesen beiden Scherben wieder ein brauchbarer Teller würde. Schließlich sagte sie: »Mutter ist krank.«

Aletta legte die Tellerhälften erschrocken auf den Tisch. »Ich habe mich schon gefragt, wo sie ist.«

»Davon hat Jorit Lauritzen also nichts gewusst?« Insa hatte sich wieder in der Gewalt und machte mit dem Spülen weiter. »Sie liegt im Bett. Schon seit Wochen. Der Arzt sagt, es dauert nicht mehr lange.«

Aletta musste sich an der Tischkante festhalten. Sie glaubte plötzlich, sich nicht mehr auf den Beinen halten zu können. »Sie stirbt?«

Insa sah nicht auf. »Ihr Husten! Sie hustet schon seit Jahren. Hat sie nicht schon gehustet, als du noch da warst?«

Aletta wollte nicht zugeben, dass sie es nicht wusste. »Kann ich zu ihr?«

»Sie ist gerade eingeschlafen, sie braucht Ruhe. Komm morgen noch mal vorbei. Am besten recht früh. Wenn sie eine gute Nacht gehabt hat, kann man mit ihr reden.« Insa hatte den letzten Teller gespült und trocknete sich die Hände ab. »Wenn du sie schon besuchst, sollte sie dich auch erkennen.« Nun wich die Härte für Augenblicke aus ihren Augen. Schon als Aletta noch ein Kind gewesen war, hatte sie oft diese Härte zerbrechen sehen und etwas anderes in Insas Augen entdeckt, was sie immer wieder mit ihrer Schwester versöhnte. Nichts Weiches, nein, auch nichts Feinfühlendes, aber doch etwas, das Aletta zeigte, dass es in Insas Herz ein bisschen Liebe gab. Nicht nur Pflichtbewusstsein. »Sie wird sich freuen«, ergänzte sie leise. »Sie hat nicht damit gerechnet, dich noch einmal zu sehen.«

»Hat sie dich nicht gebeten, mich zu verständigen?«

Darauf antwortete Insa nicht. Wortlos schob sie das Brot in einen Leinensack, stellte den Buttertopf in die Vorratskammer und schraubte die Marmeladengläser zu.

»Hätte ich von Mutters Tod etwas erfahren?«

»Komm morgen früh noch mal wieder«, wich Insa aus und ging in den Garten, wo sie sich über die Kräuterbeete beugte. Deutlicher hätte eine Abfuhr nicht sein können.

Aletta trat auf den Flur zurück und lauschte. Die Stimmen aus dem Wohnzimmer waren nicht mehr zu hören, es herrschte Stille im Haus. Vorsichtig stieg sie die Treppe in die erste Etage hinauf. Noch immer knarrten die beiden letzten Stufen, und noch immer roch es auf dem Treppenabsatz nach der Kamillenlotion, mit der ihre Mutter sich jeden Abend die Brust einzureiben pflegte. Aletta machte einen Schritt auf die Schlafzimmertür zu, hinter der ihre Mutter liegen musste, aber dann stockte sie und blieb vor der Tür stehen, hinter der sie achtzehn Jahre ihres Lebens jede Nacht verbracht hatte. Eine winzige Kammer, in die gerade ein Bett und ein schmaler Schrank gepasst hatten. Wie mochte es dort jetzt aussehen?

Vorsichtig bewegte sie die Klinke nach unten, sie quietschte noch so wie damals. Aber die Tür war verschlossen. Was mochte sich heute dahinter verbergen? Der Schlafplatz für einen Feriengast? Oder war das kleine Zimmer verschlossen worden, um sie, die jüngste Tochter, die aus dem Elternhaus geflohen war, vom Leben der Familie auszuschließen?

Aletta zögerte, ehe sie die Klinke der Schlafzimmertür herunterdrückte. Dann aber schob sie die Tür vorsichtig auf. Nur einen Spaltbreit, aber schon drang ihr ein Geruch entgegen, der neu war. Ihn hatte es früher nicht gegeben! Krankheit, Siechtum, Tod! Ein säuerlicher Geruch, der in der Wärme des Zimmers scharf und schneidend geworden war. Aletta hielt unwillkürlich den Atem an, als sie den Raum betrat.

Das breite Ehebett stand nicht mehr in der Mitte des Zimmers, so dass es von jeder Seite zu besteigen war, es war ans Fenster gerückt worden. Vermutlich nach Vaters Tod, seit ihre Mutter allein in diesem Bett schlief. Damit war Platz gewonnen worden, den Insa wohl brauchte, wenn sie die kranke Mutter versorgen musste.

Aletta kam vorsichtig näher, machte einen langen Hals, schließlich nahm sie die schmale Gestalt wahr, die in den hohen, weichen Kissen lag. Gleich drei davon hatte Insa unter den Kopf ihrer Mutter geschoben und den Oberkörper damit angehoben, aber das Federbett war so dick, dass Witta Lornsens Gesicht dennoch kaum zu sehen war.

Wie winzig es geworden war! Die Nase ganz spitz, das Kinn klein und schmächtig, der Mund eingefallen. Die Gesichtshaut, die aussah, als wäre sie ihr zu weit geworden, war fahl und schweißglänzend, die geschlossenen Lider schimmerten bläulich. Vor zehn Jahren hatte es in ihrem Haar nur einzelne graue Strähnen gegeben, jetzt war das Haar der Mutter schlohweiß.

Aletta hatte die erste ungestüme Scheu überwunden und legte vorsichtig die Hand auf die Stirn ihrer Mutter. Heiß war sie, heiß und feucht. Sie hatte Fieber, keine Frage. War es richtig, dass Insa sie so warm hielt? Aletta hätte am liebsten das Federbett angehoben, aber sie wagte es nicht. Insa würde schon wissen, was richtig war. Sie, die jüngste Tochter, die sich seit zehn Jahren nicht hatte blicken lassen, durfte nicht gleich in den ersten Minuten ihrer

Rückkehr kritisieren, was Insa getan hatte, die die ganze Verantwortung bis jetzt allein hatte tragen müssen.

Witta Lornsens Lider begannen zu flattern, Aletta griff aufgeregt nach ihrer Hand und beugte sich über sie. »Mutter?«

Sie sah, welche Anstrengung es sie kostete, aber schließlich öffnete ihre Mutter tatsächlich die Augen, als hätte sie Alettas Anwesenheit gespürt.

»Mutter, ich bin's!« Aletta hatte Mühe zu flüstern. Ein Schluchzen steckte in ihrer Kehle, das laut herauswollte. »Erkennst du mich?«

Ein winziges Lächeln huschte über Wittas Gesicht, so flüchtig wie ihr flacher Atem. Nun aber schöpfte sie tiefer Luft, begann zu keuchen, spannte ihren Brustkorb an, als wollte sie sich aufrichten. Die Anstrengung wischte das kurze Lächeln fort, in ihrem Gesicht stand nur eine einzige Qual.

Erschrocken legte Aletta die Hand auf ihre Stirn und drückte ihren Kopf nieder. »Pscht, ganz ruhig.«

Prompt entspannte sich die Kranke, erschöpft schloss sie die Augen wieder. Aber als sie spürte, dass Aletta sich an ihre Seite setzte, öffnete sie die Augen wieder. Ungläubiges Staunen trat in ihren Blick, als sie Aletta betrachtete. »Bist du gekommen, weil …« Der Husten schnitt ihren Satz ab. Ihr schwacher Körper schüttelte sich, der Schweiß brach ihr aus allen Poren. Als sie wieder ruhig dalag, war sie so erschöpft, dass Aletta glaubte, sie wäre sogar zu schwach zum Atmen.

Aber ihre Stimme schaffte es erneut, ein paar Worte herauszuhauchen: »… weil ich sterbe?«

»Nein, Mutter«, antwortete Aletta. »Ich bin gekommen, um mich mit euch zu versöhnen. Ich wusste nicht, dass du krank bist. Ich wollte dir erklären, warum ich damals gehen musste. Eigentlich wollte ich es dir gestern Abend auch zeigen. Du solltest mich endlich singen hören und mir sagen, dass es falsch war, mir das Singen zu verbieten.«

Witta Lornsen machte eine winzige Bewegung mit der Hand,

als wollte sie etwas wegwischen, als wollte sie keine Erklärungen hören. Und wieder nahm sie all ihre Kraft zusammen, um ein paar Worte zu formulieren. Aletta hätte sie gern gehindert, weil sie merkte, wie sehr ihre Mutter das Reden anstrengte, aber sie spürte, dass es ihr wichtig war, und brachte es nicht übers Herz, sie zu hindern.

»Gut, dass du da bist ...«, keuchte Witta Lornsen. »Dann kann ich es dir noch sagen. Du musst es wissen ... ich will es nicht mit ins Grab nehmen ...«

Ihre Stimme versagte, eine so gewaltige Schwäche legte sich über ihr Gesicht, dass Aletta plötzlich von Angst befallen wurde. Sie dachte nicht mehr daran, ihre Mutter am Sprechen zu hindern, sie wusste, dass diese etwas loswerden wollte, was ihr das Sterben leichter machte.

»Was ist es, Mutter? Was willst du mir sagen?«

Wieder nahm Witta Lornsen das letzte bisschen Kraft zusammen, die noch in ihr war, die durch das Erscheinen ihrer jüngsten Tochter geweckt worden war. »... durfte nichts sagen ... dein Vater ... aber du musst es wissen ... endlich musst du es erfahren ... es ist noch nicht zu spät ...«

Aletta schob ihr Ohr so weit wie möglich an die Lippen ihrer Mutter heran, strengte ihr Gehör an, damit das schwächer werdende Hauchen einen Sinn ergab ... da ertönte eine Stimme von der Tür her: »Was machst du da?«

Aletta fuhr in die Höhe und starrte Insa erschrocken an. »Mutter möchte mir etwas sagen.«

Insa trat hinter sie, dann schob sie Aletta beiseite und beugte sich bestürzt über ihre Mutter. »Was hast du mit ihr gemacht?«

»Gar nichts«, entgegnete Aletta ängstlich. »Sie hat gesagt, ich müsse etwas wissen. Und sie wolle es nicht mit ins Grab nehmen.«

»Ich hatte dir gesagt, du sollst morgen wiederkommen.«

»Sie ist auch meine Mutter. Ich will mich nicht wegschicken lassen.«

Witta Lornsen öffnete wieder die Augen, sah nun ihre älteste Tochter vor sich. Ihr Blick irrte herum, als wollte sie wissen, ob sie Aletta wirklich gesehen hatte oder ob es nur ein Trugbild gewesen war, ob ihr nur die Sehnsucht nach Aletta ihr Bild vor Augen geführt hatte.

Aletta machte einen Schritt vor. »Ich bin noch da, Mutter. Was willst du mir sagen?«

Insa schob sie mit dem rechten Ellbogen zur Seite. »Sie ist zu schwach. Lass sie in Frieden von uns gehen.«

»Aber sie will mir etwas sagen«, beharrte Aletta und spürte, dass ihr die Tränen kamen.

Insa drehte sich nun zu ihr um und drängte sie energisch zur Tür. »Kaum bist du hier, geht es Mutter schlechter. Siehst du das nicht? Wenn sie jetzt stirbt, bist du schuld!« Sie trieb Aletta nun vor sich her aus dem Zimmer. »Geh! Du passt nicht mehr hierher.«

Sie hatte gewartet, bis alles im Hause ruhig war. Die Eltern schliefen, und auch Insa, die gern länger aufblieb als alle anderen, hatte sich zur Ruhe begeben. Wenn Aletta sich weit aus ihrem Fenster beugte, konnte sie erkennen, ob die Lichter im Schlafzimmer ihrer Eltern und in Insas Zimmer gelöscht waren. Erst als das geschehen war, zog sie sich wieder an.

Leider ließ sich die Tür ihrer kleinen Kammer nicht geräuschlos öffnen. Die Klinke quietschte, die Tür knarrte. Aletta wartete mit klopfendem Herzen, bis sie sicher sein konnte, dass niemand aufgeschreckt worden war, dann erst schlich sie die Treppe hinab. Das schaffte sie, ohne den geringsten Laut zu verursachen. Sie hatte es zwei Tage lang unauffällig geübt. Die beiden oberen Stufen knarrten, aber wenn sie den Fuß direkt neben der Wand aufsetzte, war nichts zu hören. Dann kamen drei Stufen, die risikolos waren, auf den letzten musste sie darauf achten, den Fuß sehr behutsam aufzusetzen, und die unterste Stufe berührte sie am besten gar nicht.

Am Fuß der Treppe blieb sie stehen und lauschte. Noch brauchte sie sich keine Sorgen zu machen. Wenn sie hier erwischt wurde, konnte sie behaupten, das Holzhaus im Garten aufsuchen zu wollen, in dessen Tür der Vater ein Herz geschnitzt hatte. In dem Moment aber, in dem sich die Haustür hinter ihr geschlossen hatte, durfte nichts mehr passieren. Von da an konnte sie nicht erklären, warum sie aufgestanden war und das Haus verlassen hatte. Natürlich musste sie sich auch vor den Nachbarn in Acht nehmen. Wer sie sah, würde es den Eltern berichten, und für diesen Fall gab es keinen plausiblen Grund, den sie anführen konnte. Was hatte eine Zehnjährige des Nachts auf der Straße zu suchen?

Der Weg nach St. Niels war zum Glück nicht weit. Sie lief bis zur Wilhelmstraße, bog in den Kirchenweg ein und kam zehn Minuten später vor dem Holzzaun an, der das Kirchengelände mitsamt dem Friedhof umschloss. Plötzlich kamen ihr Zweifel. Was sie vorhatte, war eine große Sünde. Sie würde sie beichten und Buße tun müssen. Was der Pfarrer ihr für dieses Vergehen auferlegen würde, mochte sie sich gar nicht vorstellen. Natürlich würde er vor allem verlangen, diese Tat zu büßen, indem sie rückgängig gemacht wurde. Die vielen Rosenkränze, die sie außerdem zu beten haben würde, wären nicht schlimm. Aber das Geld zurücklegen? Dann hätte sie ja gesündigt, ohne vor der Buße einen Vorteil zu erhalten!

In diesem Moment des Zweifelns brach der Mond durch die Wolken. Ein unwirkliches Licht ergoss sich über St. Niels, grell und doch unfähig, Helligkeit zu schenken. Unter dem Mondschein schien die Dunkelheit nur noch schwärzer zu werden. Aletta bekam Angst und war drauf und dran, kehrtzumachen und unverrichteter Dinge nach Hause zurückzulaufen. Wenn sie den Plan nun aufgab, durfte sie am nächsten Morgen reinen Herzens erwachen, konnte den Eltern offen in die Augen blicken und würde dem Pfarrer nur eine Versuchung, nicht aber eine schreckliche Tat beichten müssen.

Sie betrachtete lange ihren Schatten, der von dem Zaun zerstückelt wurde, kämpfte gegen die Angst an, nahe der Geisterstunde den Friedhof zu betreten, fand hundert Gründe, den Plan fallenzulassen und Tausende andere, ihn weiterzuverfolgen.

Die Entscheidung fällte schließlich ein Radfahrer. Das Quietschen der Pedalen und das Klappern des Schutzblechs kratzten an der Stille und zerschnitten sie schließlich. Hastig versuchte Aletta, das Tor zu öffnen, das tagsüber immer offenstand, und stellte erschrocken fest, dass es verschlossen war. Nun war keine Zeit mehr zum Überlegen. Zum Glück war es leicht, über die Hecke zu klettern. Sie fiel gerade rechtzeitig auf der anderen Seite herab und hörte den Radfahrer ächzen, der offenbar zu viel Schnaps getrunken und Mühe hatte, in der nächsten Kurve nicht vom Rad zu fallen.

Als das Quietschen, Klappern und Schimpfen nicht mehr zu hören waren, richtete Aletta sich auf. Und nun wusste sie, dass sie es tun würde. Vera Etzold hatte gesagt, ihre Stimme sei etwas sehr Kostbares, es wäre eine Sünde, sie nicht auszubilden. Eine Sünde gegen die andere! Wer wollte behaupten, dass die Sünde, die in dieser Nacht begangen wurde, mehr wog?

Aletta wusste, wo der Schlüssel der Sakristei lag, und sie wusste auch, wo Pfarrer Frerich nach jedem Gottesdienst die Kollekte unterbrachte, ehe er sie am folgenden Werktag zur Bank trug. Sie hatte ihn einmal dabei beobachtet, wie er einen Blumentopf anhob und darunter den Schlüssel hervorholte. Und dass er die Kollekte im Schreibtisch der Sakristei aufbewahrte, wusste jeder. Dort schloss er sie zwar sorgfältig ein, aber seine Haushälterin hatte einmal Alettas Mutter gegenüber erwähnt, dass sie sich Sorgen mache, weil jeder Landstreicher in die Sakristei einbrechen, den Schreibtischschlüssel aus der alten Soutane nehmen und mit der Kollekte auf Nimmerwiedersehen verschwinden könne.

Aletta verschloss die Augen vor den vielen Grabsteinen, die sie zu beobachten, zu belauern, sogar zu warnen schienen. Sie hob den Blumentopf an, und als sie den Sakristeischlüssel darunter fand, redete sie sich ein, dies sei ein gutes Omen. Der liebe Gott wollte, dass sie ihre Stimme, die er ihr geschenkt hatte, als Schlüssel zu einem besseren Leben nutzte. Als sie die Sakristei aufschloss, tat sie es, um das Gottesgeschenk, ihre Stimme, zu würdigen, und als sie die alte Soutane auf Anhieb fand und kurz darauf den Schreibtischschlüssel in der Hand hielt, sagte sie es sich wieder: Was sie tat, war gottgefällig, sie durfte das Geschenk, das ihr gemacht worden war, nicht zurückweisen. Und deswegen war das, was sie tat, richtig! Darin wurde sie sogar noch bestätigt, als sie die Kollekte in der Hand hielt. Am Morgen waren die Gläubigen besonders großzügig gewesen. Sogar einige Scheine waren gespendet worden. Wenn sie dieses Geld gut versteckte, würde es lange reichen. Jede Woche fünfzig Pfennig! Ihre Mutter würde sich freuen.

Sämtliche Skrupel waren verflogen, als Aletta das Geld sorgsam unter ihrem Umhang verstaut hatte. Wen das Glück derart verwöhnte, der konnte nicht Unrecht haben!

Sie schloss den Schreibtisch sorgfältig wieder ab und steckte den Schlüssel in die Soutane zurück. Auch die Sakristei verriegelte sie gewissenhaft und legte den Schlüssel an die Stelle, wo sie ihn gefunden hatte. Erleichtert wollte sie sich auf den Rückweg machen … da hörte sie etwas. Ein leises Wimmern, schwach und kraftlos. Aus einem der Gräber? Aletta fühlte einen eiskalten Schauer über ihren Rücken laufen. Am Tag zuvor war eine alte Nachbarin beerdigt worden. Irrte nun ihre Seele über den Friedhof und suchte den Eingang zum Himmel?

Wie angenagelt stand sie da, unfähig, sich zu rühren. Nun wieder dieses Wimmern! Ein Tier? Dann aber steigerte sich das Geräusch, wurde zu einem kläglichen Schreien. Und Aletta begriff mit einem Schlage, was sie da hörte: das Weinen eines Säuglings. Es kam von der anderen Seite der kleinen Kirche, vom Eingang her.

Vorsichtig schlich sie zur Hausecke und reckte den Hals. Tatsächlich! Da sah sie ein weißes Bündel liegen. Und sie glaubte sogar zu erkennen, dass zwei dünne Ärmchen durch die Luft fuhren. Vorsichtig machte sie Schritt für Schritt auf das Kind zu. Wie kam es hierher? Wer hatte es auf die Kirchenstufe gelegt? War es schon da gewesen, als sie hergekommen war? Oder hatte es jemand abgelegt, während sie in der Sakristei war? Eine verzweifelte Mutter, die nicht für ihr Kind sorgen konnte! Ja, so musste es sein. Aletta hatte schon von Findelkindern gehört, die heimlich zur Welt gebracht und dann auf den Stufen einer Kirche abgelegt wurden, weil der Pfarrer ein frommer Mensch war, der sich eines unschuldigen Wesens annehmen musste.

Sie wagte es nicht, zu dem Kind zu gehen und sich von dessen Schicksal rühren zu lassen. Zu groß, zu gewaltig war es für die zehnjährige Aletta. Sie kauerte sich an die Erde, beide Hände fest auf das Geld unter ihrem Umhang gepresst, zitternd vor Angst. Was sollte sie tun? Das Kind seinem Schicksal überlassen? Sie sagte sich, dass die Nacht nicht besonders kalt war und dass die Mutter das Kind sicherlich warm eingewickelt und dafür gesorgt hatte, dass es nicht fror.

Das Weinen wurde nun schwächer und hörte kurz darauf ganz auf. Aletta atmete erleichtert auf, die Stille half ihr beim Nachdenken und reichte ihr prompt ein paar Ausflüchte. Das Kind schlief nun anscheinend, würde wohl bis zum Morgen schlafen, und dann wurde es vom Pfarrer oder seiner Haushälterin gefunden, und jemand sorgte dafür, dass es irgendwo ein gutes Zuhause bekam. Und überhaupt war es reiner Zufall, dass sie sich in der Nacht hier aufhielt. Wenn sie sich nicht ausgerechnet an diesem Abend entschlossen hätte, wäre das Kind sowieso erst am Morgen entdeckt worden. Das hatte die Mutter wissen müssen. Wenn sie also das Risiko einging, dass der Säugling stundenlang allein blieb, so war das in Ordnung. Das hatte die Mutter vorhersehen müssen, denn sie konnte nicht ahnen, dass jemand zu nachtschlafender Zeit den Friedhof betrat.

Aletta wollte sich gerade erheben und nach Hause zurückkehren, indem sie an einer Stelle über den Zaun stieg, die möglichst weit von der Kirchentreppe entfernt war ... da bemerkte sie den Hund. Es war einer dieser streunenden Straßenköter, der entweder in einem Haus zur Welt gekommen war, wo es keinen Platz und nichts zu fressen für weitere Vierbeiner gab, oder der aus dem Wurf eines herrenlosen Hundes stammte. Diese Tiere schlugen sich durch, stahlen hier einen Brocken, ließen sich dort von einem mitleidigen Fischer, Metzger oder Feriengast etwas vorwerfen und mussten aufpassen, dass sie nicht gefangen und kurzerhand getötet wurden, weil streunende Hunde nicht ins Bild eines aufstrebenden Seebades passten.

Der Hund schnüffelte an der Hecke entlang, dann schien er ein Loch gefunden zu haben, durch das er sich zwängen konnte. Mit einem Mal sah Aletta ihn in der Nähe der Kirchentreppe. Er verharrte, schnupperte, verharrte erneut, machte einen vorsichtigen Schritt.

Aletta sprang auf. Ihre Sorge um das Kind war nun weitaus größer als die Angst vor dem Hund und die Angst vor sämtlichen Konsequenzen. Mit großen Schritten hetzte sie zu der Treppe, auf deren oberster Stufe der Säugling lag und nun ganz still war. Schrecklich still.

Der Hund erschrak, kniff den Schwanz ein und lief jaulend auf das Loch in der Hecke zu. So voller Angst war er, dass er länger brauchte als vorher, bis er sich blindlings durch das Loch gedrängt hatte. Es knirschte und knackte, anscheinend hatte er in seiner Furcht vor Aletta das Loch weiter aufgebrochen.

Aletta zögerte nun nicht mehr. Sie hob das Kind, das in eine warme Decke gewickelt war, von der Stufe. Es schlief nicht, hatte die Augen geöffnet, das war trotz der Dunkelheit zu erkennen, und sah Aletta an. Forschend, wie ihr schien, und fragend. Als sie das Kind an sich drückte, hörte und fühlte sie ein Knistern an ihrer Brust. Sie setzte sich auf die untere Treppenstufe, legte den Säugling auf ihren Schoß und griff in die Decke. Sie bekam einen Zettel zu fassen und hielt ihn so, dass er vom Mond beschienen wurde. »Ich heiße Sönke. Bitte, seid gut zu mir!«

III.

Die Nachricht kam, kaum dass sie erwacht waren und sich erhoben hatten. Es klopfte leise an der Zimmertür, Ludwig warf sich seinen Morgenmantel über und ging öffnen. Ein Page stand vor der Tür und überreichte ihm einen Zettel. »Mit den verbindlichsten Grüßen vom Herrn Direktor.«

Ludwig warf nur einen kurzen Blick darauf, dann ging er zu Aletta, die ihm ängstlich entgegensah. Wortlos zog er sie in seine Arme, und sie wusste sofort, was geschehen war. Während sie geschlafen hatte! Während sie sich an Ludwigs Seite geschmiegt hatte! Während sie sich in seinen Armen sicher gefühlt hatte! Und sicher in ihrer Heimat, die sie wiedergefunden zu haben schien! »Letzte Nacht? Ausgerechnet letzte Nacht?«

Ludwig wiegte sie wie ein kleines Kind, dem nicht mit Trost und Beschönigungen beizukommen war, ließ sie weinen, streichelte ihren Rücken und schob sie erst zu einem Sessel, als sie ihren Kopf von seiner Brust nahm und nach einem Taschentuch suchen wollte. Er holte eines seiner Taschentücher und sagte, während sie sich die Tränen abwischte: »Sieh es so: Sie ist vielleicht gestorben, weil sie endlich loslassen konnte. Vorher hat sie der Wunsch am Leben erhalten, dich wiederzusehen. Nun konnte sie ruhig die Augen schließen und gehen. Du warst nach Sylt zurückgekehrt, alles war gut. Wärst du nicht gekommen, hätte sie womöglich noch länger leiden müssen.«

Aber Aletta schüttelte den Kopf. »Sie wollte mir etwas sagen! Etwas sehr Wichtiges! Aber sie hat es nicht mehr geschafft. Ich hätte mich nicht von Insa aus dem Haus drängen lassen dürfen.«

Zwei Stunden später hielt die Kutsche des »Miramar« in der Stephanstraße, und diesmal blieb Ludwig an Alettas Seite. Er bedeutete dem Kutscher, dass er warten solle, und ging neben Aletta auf die Haustür zu. Sie trug ein dunkles Kleid mit einer großen Passe, die mit hellen Rüschen eingefasst war. Die Ärmel bauschten sich, ein breiter Gürtel betonte die Taille und ließ sie unter dem ausladenden Oberteil noch schmaler wirken, als sie ohnehin war. Der Rock war bis zu den Knien schmal geschnitten, dort hatte der Schneider eine Rüsche mit dem quer verarbeiteten Stoff angesetzt, die bis zum Boden reichte. Alettas Hut war kreisrund, aber von geringem Durchmesser, eine große Nadel aus Silber verband ihn mit ihren hochgesteckten Haaren. Sie war elegant und auffällig gekleidet, aber dieses Kleid war wenigstens aus einem dunklen Stoff gefertigt. Wie konnte sie auch ahnen, dass sie Trauerkleidung nötig haben würde?

Ludwig war formell gekleidet, in einem dunklen Anzug, dazu trug er einen Stock mit Silberknauf und einen hellen Hut, der jedoch ein dunkles Band trug. Als er nach dem Türklopfer greifen wollte, schüttelte Aletta den Kopf und drückte die Klinke herunter, ohne zu klopfen. Die Stimmen der Feriengäste drangen aus dem Wohnzimmer, fröhlich, lachend, als wäre nichts geschehen. Aus dem Garten kam Gelächter, Kinder riefen nach einem Ball, ein Mann protestierte, er wolle seine Ruhe haben. Aletta warf einen Blick die Treppe hoch, zögerte, öffnete dann entschlossen die Küchentür, hinter der Geschirrgeklapper zu hören war. Insa stellte, als sie eintraten, gerade die Teller zusammen, von denen die Gäste gefrühstückt hatten. Ihr Kopf fuhr hoch. Man sah, dass sie geweint hatte, ihre Augen waren gerötet, ihr Blick war verschleiert, die Mundwinkel zitterten. Aber nicht lange, dann pressten sie sich ärgerlich auseinander.

»Ich habe wieder nicht geklopft«, sagte Aletta leise. »Und ich werde es auch in Zukunft nicht tun.«

Sie ging auf Insa zu, um sie zu umarmen, aber sie musste ihre Schwester lange umschlungen halten, bis sie endlich deren Hände auf ihrem Rücken spürte.

Ludwig räusperte sich, und Aletta begriff, dass er vorgestellt werden wollte. »Entschuldigung!« Sie löste sich aus Insas Armen und sah zu, wie Ludwig ihre Schwester förmlich begrüßte. Insa erwiderte sein Lächeln nicht, sagte kein Wort, reichte ihm nur die Hand und nickte, als sei sie zwar einverstanden mit Ludwigs Besuch, als sei er ihr jedoch gleichgültig.

Aletta blickte zu der Tür, die in den Garten führte, und Insa begriff, was sie sagen wollte, noch ehe Aletta es aussprach. »Sie wissen nichts. Zahlende Gäste haben ein Recht darauf, ungestört Urlaub zu machen. Ein Todesfall im Haus verdirbt ihnen die Stimmung!« Sie zog einen Stuhl vom Tisch weg und bedeutete Ludwig, sich zu setzen. »Besser, wir bleiben hier in der Küche.« Prompt wurde ihr Tonfall verächtlich. »Meine berühmte Schwester würde sofort von allen befragt, belagert und bedrängt werden. Die Gäste warten seit dem Konzert darauf, dass Aletta Lornsen hier endlich auftaucht.«

Ludwig nahm den Hut ab und setzte sich, Aletta jedoch blieb stehen. »Ich möchte zu Mutter.«

Insa machte eine abwehrende Geste. »Der Pfarrer ist bei ihr. Heute Abend, wenn die Gäste auswärts essen, wird Sönke kommen und Mutter abholen.«

Aletta setzte sich nun doch. »Sönke? Das Findelkind?«

»Er arbeitet in der Zimmerei Stobart. Die haben eine geschlossene Kutsche, mit der die Toten zum Einsargen geholt werden. Ich muss heute noch einen Sarg aussuchen.« Sie blickte auf und sah Aletta an. »Oder wir beide? Wenn du willst …«

»Ich komme mit«, antwortete Aletta.

Der Gedanke, dass der leblose Körper ihrer Mutter aus dem Haus getragen werden sollte, lähmte sie beide, ihre Glieder, ihre Zunge. Still und bewegungslos saßen sie da, die ungleichen Schwestern, eine jung, erfolgsverwöhnt, strahlend trotz der Trauer, mondän trotz des Bemühens, schlicht zu erscheinen, und die andere, bereits in mittleren Jahren, schön und kräftig, aber auch längst ernüchtert und verhärmt.

Aletta merkte, dass Ludwig zwischen ihnen hin und her sah. Sie hätte gern etwas gesagt, was ihn ermunterte, ein Gespräch in Gang zu setzen, damit dieses Schweigen ein Ende hatte … aber sie brachte es nicht fertig. Sie erlegte Ludwig diese Stille, dieses

Schweigen auf, obwohl ihr klar war, dass er, der Fremde in diesem Haus, es als Last empfinden musste. Insa starrte auf ihre gefalteten Hände, Alettas Blick irrte umher, als wollte er sich an dem festhalten, was zu ihrer Kindheit gehörte. An dem weißen Küchenbüffet, den hell getünchten Wänden, an der Lampe mit dem gläsernen Schirm, die über dem Küchentisch hing, und dem Herd, an dem sie ihre Mutter stehen sah. Ihr wurde in diesem Moment klar, dass die Erinnerung an ihre Mutter, die sie zehn Jahre bei sich getragen hatte, mit diesem Herd zusammenhing. Wenn sie an ihre Mutter dachte, hatte sie in ihrer Erinnerung am Herd gestanden, eine Bratpfanne bewegt, den Kochkessel hin und her geschoben, Kohlen nachgelegt, wenn die Kochhitze nicht ausreichte, und sich den Schweiß von der Stirn gewischt, wenn der Herd die Küche auch im Sommer heizte, obwohl es draußen warm und sonnig war. Aletta betrachtete jede Einzelheit. Neben dem Herd stand ein Wassereimer, über ihm hingen ein Schöpflöffel und ein Drahtsieb. Das Regal, das neben dem Herd stand, hatte es früher nicht gegeben. Dort wurden nun ein Backblech und eine Brotdose, eine Waschschüssel, ein Nudelbrett und eine Nudelrolle aufbewahrt.

Ludwig ertrug das Schweigen nicht länger. »Man muss befürchten, dass das Attentat von Sarajewo als Vorwand für eine Kriegserklärung dienen wird«, sagte er, weil ihm anscheinend kein anderes Gesprächsthema einfiel oder weil ihn die Sorge um den Frieden derart beschäftigte, dass ihm kein anderer Gedanke kommen wollte. »Der deutsche Kaiser will das Attentat für seine Zwecke nutzen, die österreichisch-ungarische Regierung ebenso.«

Aletta sagte nichts dazu, und Insa schien über einen drohenden Krieg ebenso wenig reden zu wollen. Sie erhob sich abrupt und holte die Kaffeemühle aus dem Küchenbüffet. Sie sah Aletta und Ludwig fragend an. »Ich kann auch Tee kochen.«

Ludwig versicherte, dass er für einen Kaffee sehr dankbar sei, und Aletta nickte. Seit sie mit Ludwig zusammen war, trank sie viel öfter Kaffee als Tee.

»Sie sind Österreicher?«, fragte Insa unvermittelt.

Ludwig nickte. »Ich habe Aletta in Wien kennengelernt, als sie dort an der Staatsoper die Pamina in der Zauberflöte sang. Seitdem wohnen wir in Wien, aber ich begleite Aletta zu allen Konzerten.«

Insa füllte Kaffeebohnen in die Mühle, dann setzte sie sich wieder, klemmte die Kaffeemühle zwischen ihre Knie und begann mit heftigen Drehbewegungen zu mahlen. Das Geräusch war so laut, dass die Schritte, die die Treppe herabkamen, kaum zu hören waren. »Sie haben Zeit, meine Schwester zu begleiten? Haben Sie keine Arbeit?«

Ludwig setzte eine Miene auf, die Bescheidenheit signalisieren sollte. »Ich bin in der glücklichen Lage, von meinen Besitztümern leben zu können.«

Die Tür öffnete sich, Pfarrer Frerich erschien in der Küche. Er trug den feierlichen Gesichtsausdruck, der Anlässen wie diesem vorbehalten war. Der jedoch änderte sich, als er Aletta sah. Sie hielt den Atem an, rechnete mit kühler Begrüßung, mit Vorwürfen, mit Ablehnung, sogar mit dem Verrat des Beichtgeheimnisses und dachte schon daran, in diesem Fall das Maß ihrer Sünden vollzumachen und ihn einfach der Lüge zu bezichtigen … da rief er: »Aletta! Mein Kind!« Er zog sie von ihrem Stuhl hoch und zerrte sie an seine Brust. Dass sie Mühe hatte, ihren Hut in Sicherheit zu bringen, bemerkte er nicht. Pfarrer Frerich war es nicht gewöhnt, eine Frau zu begrüßen, die so gekleidet war, dass eine Umarmung ihr Äußeres derangierte. »Du warst wundervoll gestern Abend! Mein Gott, war ich stolz auf dich! Wie schade, dass deine Eltern das nicht mehr erleben durften.«

Aletta betrachtete ihn verwirrt. Hatte er vergessen, was sie vor ihrer Flucht gebeichtet hatte? Aber er lächelte sie tatsächlich arglos an. Sein vollwangiges Gesicht war noch immer faltenlos, sein Leibesumfang hatte jedoch erheblich zugenommen. Auch waren seine blonden Haare schütter geworden, sein Schädel war kahl, nur über den Ohren und am Nacken gab es noch ein paar

Strähnen, und über der Stirn war dem Pfarrer ein winziges Haarbüschel erhalten geblieben.

Dankbar stellte er fest, dass Insa mit dem Kaffeekochen beschäftigt war. »Schade, dass deine Schwester nicht sehen konnte«, sagte er zu Aletta, »welchen Triumph du gestern gefeiert hast! Aber Insa musste ja Tag und Nacht für die Mutter da sein. Obwohl ich jemanden gefunden hatte, der sie zwei, drei Stunden vertreten wollte ...«

Es trat eine Pause ein, in der Pfarrer Frerich anscheinend darauf wartete, dass Insa sie mit Rechtfertigung füllte. Aber sie drehte ihnen den Rücken zu und machte keine Anstalten, zu erklären, warum ihr die persönliche Betreuung ihrer Mutter wichtiger gewesen war als das Konzert ihrer Schwester.

Also wandte Pfarrer Frerich sich Ludwig zu, den er herzlich begrüßte. »Der Herr Gemahl? Wie schön, Sie kennenzulernen.«

Aletta war geneigt, den Irrtum unaufgeklärt zu lassen, aber Ludwig korrigierte: »Wir sind nicht verheiratet.«

Der Pfarrer war aufs äußerste bestürzt. Schwer atmend ließ er sich auf einem Stuhl nieder, als bliebe ihm vor Erschütterung die Luft weg. »Warum nicht?«

Er sah Aletta an, aber Ludwig war es, der antwortete: »Ich weiß, wie schnell es mit der Liebe vorbei sein kann, sobald sie zur Pflicht geworden ist. Ich war schon mal verheiratet ...«

Pfarrer Frerich brachte nicht das geringste Verständnis für diese Einstellung auf. »Die Familie ist die Keimzelle unserer Gesellschaft. Und Kinder brauchen eine intakte Familie.«

»Wir haben keine Kinder«, gab Ludwig zurück.

Doch der Pfarrer war es gewöhnt, zu missionieren und mit seinen Missionen Erfolg zu haben. »Aber es könnten welche kommen«, rief er. »Wollen Sie die armen Würmer dann als Illegitime aufwachsen lassen?«

Nun wurde Ludwig ärgerlich. »Ich habe nicht die Absicht, Kinder in die Welt zu setzen, Herr Pfarrer. Und nun lassen Sie uns bitte über etwas anderes reden.«

Frerich sah Aletta fragend an, als wollte er herausfinden, ob sie es begrüßen würde, wenn er weiter in ihren Lebensgefährten drang, um ihn zur Ehe zu bewegen, aber sie sah starr vor sich hin und schien an einem Themenwechsel genauso interessiert zu sein wie Ludwig.

Der Pfarrer seufzte tief auf, als Insa mit einer gefüllten Kaffeekanne an den Tisch trat. »Das ist nicht das richtige Thema für diesen traurigen Tag. Unsere arme Witta! Wie gut, dass das Leiden nun ein Ende hat. Und wie gut, dass sie ihre Jüngste noch einmal sehen durfte.«

Er wartete, bis Insa eingegossen hatte und wieder auf ihrem Stuhl saß. Dann faltete er die Hände und forderte die drei zu einem Gebet auf: »Herr Jesus Christus, Sohn Gottes, als Mensch geboren aus der Mutter Maria, erbarme Dich Deiner Dienerin Witta Lornsen, die Du aus der Mitte ihrer Familie weggerufen hast.«

Er hob kurz den Blick und stellte fest, dass Insa die Hände ebenfalls gefaltet und die Augen geschlossen hatte, während Aletta die Hände nur locker übereinandergelegt hielt, Ludwig jedoch an seiner Haltung nichts geändert hatte und missmutig den Blick durch die Küche wandern ließ.

»Vergilt ihr alle Liebe, die sie geschenkt hat, und lass sie ihren Angehörigen nahebleiben durch die Fürbitte bei Dir. Nimm alle, die sie zurückgelassen hat, in Deinen Schutz. Der du lebst und herrschest in alle Ewigkeit. Amen.«

»Amen«, wiederholte Insa, löste die Hände und griff nach ihrer Kaffeetasse.

Auch Aletta nahm einen Schluck. »Wissen Sie schon, wann wir Mutter beerdigen können?«, fragte sie den Pfarrer.

Frerich überlegte kurz. »Übermorgen«, beschloss er dann und wandte sich an Insa: »Willst du die Mutter nicht doch hier aufbahren lassen, wo sie gelebt hat? Die Nachbarn möchten sich sicherlich gern von ihr verabschieden.«

»Das können sie auch in der Kirche«, antwortete Insa schnell.

»Wie sollen die Feriengäste sich in der Nähe einer Toten erholen?«

Pfarrer Frerich seufzte, als wollte er die Veränderungen dieses modernen Lebens beklagen, in dem es wichtiger sein sollte, fremde Menschen vom Tod nichts spüren, sehen und hören zu lassen, als einen verstorbenen Angehörigen so aus seinem Leben in den Tod zu entlassen, wie es seit Generationen Sitte war. Er sah Aletta an, die tatsächlich drauf und dran war, einen Einwand zu erheben, sich dann aber entschloss, zu schweigen. Sie verbündete sich sogar mit Insa, indem sie das Thema wechselte: »Insa hat Sönke erwähnt ... Wie geht es dem Jungen?«

Pfarrer Frerich ließ sich von dem Anlass seines Besuches weglocken. »Er hat sich gut gemacht. Besonders helle ist er zwar nicht, aber sein Meister ist zufrieden mit ihm, weil er gewissenhaft und zuverlässig ist. Da macht es nichts, dass er langsam arbeitet und länger braucht, um etwas zu begreifen.«

»Er hat es im Leben nicht leicht gehabt«, stellte Aletta fest. »Mehrere Pflegestellen! Immer wurde er wieder weggeschickt. Wie sollte er sich da gut entwickeln?«

Pfarrer Frerich, der glaubte, alles für das Findelkind getan zu haben, das ihm in die Sakristei gelegt worden war, gefiel dieses Thema nicht. Er wandte sich an Ludwig, als hätte er Alettas Einwand nicht gehört. Und er schien vergessen zu wollen, dass Ludwig von seinem Gebet nicht berührt worden war, dass er es sogar verweigert hatte. »Was halten Sie von den Ereignissen in Sarajewo, mein lieber Herr Burger?«, fragte er. »Müssen wir uns Sorgen machen?«

»Natürlich müssen wir das«, gab Ludwig zurück. »Der Krieg scheint mir unausweichlich.«

Pfarrer Frerich faltete die Hände über seinem dicken Bauch. »Bismarcks Idee von der Aufrechterhaltung ungleicher Machtverhältnisse war besser.«

Ludwig stimmte sofort zu. »Das prekäre Gleichgewicht unter den Großmächten ist das Problem. Bismarck konnte das Verhältnis zwischen Österreich-Ungarn und Russland kontrollieren und andererseits Frankreich diplomatisch isolieren. Damit hat er den Frieden in Europa gesichert.«

Pfarrer Frerich schien erfreut, dass jemand seine Gedanken teilte. »Jetzt hat Europa zwei rivalisierende Bündnissysteme und ist dadurch in zwei Lager geteilt. Der Dreibund zwischen Deutschland, Österreich-Ungarn und Italien und auf der anderen Seite die französisch-russische Entente.«

»Und keines der Bündnisse bietet wirklich Sicherheit.«

»Die Franzosen und die Russen wissen, dass ihr Bündnis keinen Bestand haben wird, wenn sie sich nicht gegenseitig militärisch helfen …«

»… so wie die Deutschen Österreich-Ungarn auf dem Balkan nicht mehr allein lassen können«, ergänzte Ludwig. »Also wird es Krieg geben!«

»Und alle Machthaber haben ihr Volk hinter sich, weil jedes Land den jeweiligen Nachbarn zum Feind erklärt hat. Die Männer drängen zum Militärdienst, die finanziellen Belastungen durch die Militärapparatur finden überall Zustimmung. Sonst wäre diese gewaltige Mobilisierung nicht möglich.« Frerich war mit seinen eigenen Erklärungen sehr zufrieden. »Haben Sie auch von den Theorien Charles Darwins gehört?«, fragte er Ludwig, um das Maß der intellektuellen Auffassung von Krieg und Frieden vollzumachen.

Ludwig verstand den Zusammenhang nicht. »Sie denken an sein Werk ›Die Entstehung der Arten durch natürliche Zuchtwahl‹?« Er runzelte irritiert die Stirn. »Das Buch ist schon vor fünfzig Jahren herausgekommen.«

»Aber der Philosoph Herbert Spencer überträgt den Darwinismus auf die heutige Gesellschaft. Es geht immer um das Überleben des Stärkeren! Kommt das den Herren, die den Krieg wollen, nicht gerade recht? Jeder gibt plötzlich dem potentiellen Feind minderwertige rassische Eigenschaften. Das Minderwertige soll ausgerottet werden! Und jeder hält natürlich den jeweils anderen für minderwertig und das eigene Volk für überlegen. Mit so einem Nationalismus wird der Krieg sogar begrüßt! Von allen! Denn alle wollen sich für höherwertig halten!«

Aletta hatte genug gehört. Seit der österreichische Thronfolger Franz Ferdinand und seine Gemahlin Herzogin Sophia in Sarajewo ermordet worden waren, sprach Ludwig nach ihrem Geschmack viel zu oft vom Krieg. Sie wandte sich an Insa. »Lass uns den Sarg für Mutter aussuchen. Wir können die Kutsche nehmen.«

Insa war einverstanden, sie schien sogar froh zu sein, mit dieser Aufgabe nicht allein zu bleiben. Und Pfarrer Frerich sah wohlgefällig zwischen den beiden Schwestern hin und her.

Ludwig nickte Aletta aufmunternd zu. »Ich werde einen Spaziergang machen.«

»Wenn Dirk Stobart nicht da ist«, rief der Pfarrer ihnen nach, als sie die Küche verließen, »wendet euch an Sönke. Der kennt sich genauso gut aus!«

Sie hatte den Säugling lange im Arm gehalten, ihn gewiegt, ihn an sich gedrückt und gestreichelt. Dann endlich war er eingeschlafen, und sie musste überlegen, was nun zu tun war. Auf der Kirchentreppe war das Kind nicht sicher.

Aletta dachte nicht lange nach. Sie ging wieder um die Kirche herum, holte erneut den Schlüssel der Sakristei hervor und legte Sönke auf den Schreibtisch des Pfarrers. Dort hatte er es warm und trocken.

Sie verabschiedete sich von ihm mit einem Kuss, streichelte noch einmal sein Gesichtchen, dann trat sie aus der Sakristei und ließ diesmal den Schlüssel stecken. Wer das Kind noch vor dem Pfarrer weinen hörte, sollte ohne weiteres zu ihm kommen können, um ihm zu helfen.

Leise zog sie die Tür ins Schloss, als gälte es, die Toten, die hier ruhten, nicht zu stören. Doch schon im nächsten Moment fürchtete sie, dass sie nicht leise genug gewesen war. Nur ein paar

Schritte war sie gegangen, nur bis zur Ecke der Kirche, da vernahm sie das Knirschen im Kies. Schritte? Aus welcher Richtung kamen sie? Aletta lauschte so angestrengt, dass ihr der Schweiß ausbrach. Tränen stiegen ihr in die Augen, ihre Beine begannen zu zittern, ihr Körper wurde von Angst geschüttelt. Wieder das Knirschen! Hinter ihr? Ja, jemand folgte ihr. Der Geist der alten Nachbarin, der sich ans Leben klammerte? Umblicken wollte Aletta sich auf keinen Fall; wissen, wer sich außer ihr des Nachts auf dem Friedhof aufhielt, wollte sie auch nicht. Weg wollte sie! Nur weg! Und endlich gab das Entsetzen sie frei, lockerte seinen Griff, warf sie nach vorn. Flucht! Das war ihr einziger Gedanke.

Doch sie kam nicht weit. Nur wenige Schritte, die einen Widerhall fanden in anderen. Ihre Schritte flogen leicht über den Kies, ihr Echo jedoch war laut und dröhnend. Wer ihr folgte, war größer, schwerer und leider auch schneller. Aletta war gerade am Tor angekommen, aber es zu übersteigen, schaffte sie nicht mehr. Eine Hand riss sie zurück, eine andere legte sich grob über ihren Mund. Sie roch nach Tabak und Urin …

Aletta fragte sich, ob Insa zum ersten Mal in ihrem Leben in einer Kutsche fuhr. Ihre Schwester saß so kerzengerade da, als hätte sie eine ganz neue Perspektive auf die Welt. Vielleicht war es aber auch die Trauer um ihre Mutter, die für das Steife, Förmliche verantwortlich war, mit der sie über alles hinwegsah, was ihr sonst auf Augenhöhe begegnete.

Die Zimmerei Stobart lag in der Steinmannstraße am Rande Westerlands, auf dem Weg nach Wenningstedt. Ein großes, flaches Gebäude, in dem geklopft und gehämmert wurde und die Säge den Rhythmus dafür zu geben schien. Davor standen zwei Leiterwagen mit eingespannten Zugpferden, die gerade beladen wurden, der eine mit Bauholz, der andere mit Mobiliar, das aussah, als wäre es für einen Ausschank bestimmt, in der an langen Bänken und Tischen Bier gereicht werden sollte.

Der Kutscher des »Miramar« fuhr in der Regel andere Ziele an und schien an den makellosen schwarzen Lack der Kutsche und die Labilität der edlen Pferde zu denken. Vorsichtig lenkte er sie auf das Grundstück der Zimmerei und sorgte dafür, dass der Wagen direkt vor der Tür zum Stehen kam, auf der das Wort »Kontor« stand. Bevor er vom Bock steigen und den Damen aus der Kutsche helfen konnte, öffnete sich die Tür des Kontors und ein Junge sprang aus dem Haus, der zu den Pferden lief und nach den Zügeln griff, ehe der Kutscher es verhindern konnte.

Nun trat auch ein Mann aus dem Haus, Ende dreißig, groß und kräftig, mit kurzen, drahtigen Locken und hellen Augen, die von dichten Brauen überschattet wurden. Er steckte in weiten Arbeitshosen und trug dazu das gestreifte Hemd der Zimmerleute. Er stutzte, als er das Gespann des »Miramar« erkannte, und sah den Kutscher fragend an. Der stieg vom Bock, scheuchte den Jungen weg, öffnete, ohne etwas zu sagen, die Tür der Kutsche, die dem Zimmerer am nächsten war, und half Aletta heraus. Während er zur anderen Seite ging, hatte Insa ihre Tür schon selber geöffnet und wartete auch nicht darauf, dass der Kutscher ihr aus dem Wagen half.

»Hast du schon mal so pechschwarze Pferde gesehen, Vater?«, rief der Junge und griff aufgeregt nach dem Arm des Zimmermanns, der jedoch keinen Blick für ihn hatte. Mit einer unwilligen Bewegung schüttelte er den Jungen ab, der sofort begriff, was von ihm erwartet wurde, und sich trollte.

Der Zimmermann starrte Aletta ungläubig an. »Du?«

Aletta verstand es, den Hochmut einzusetzen, der ihr in anderen Fällen half, sich unliebsame Verehrer vom Hals zu halten. »Dirk Stobart, wenn ich nicht irre?« Sie machte deutlich, dass sie nicht die Absicht hatte, dem Zimmermann die Hand zu reichen. »Wie ich höre, sind Sie inzwischen Meister und haben den Betrieb Ihres Vaters übernommen?«

»So ist es«, stotterte Stobart. Dann fiel ihm ein, wie man sich zu benehmen hatte, wenn unerwartet hoher Besuch ins Haus kam. Er verbeugte sich steif und machte eine bedeutende Geste mit dem rechten Arm, die wohl weltmännisch wirken sollte. »Aletta Lornsen! Welche Ehre! In meinem bescheidenen Haus! Wie kann ich zu Diensten sein?«

Aletta zeigte auf die Tür. »Indem Sie mich und meine Schwester erst mal ins Haus lassen. Ich hoffe, dort ist es weniger lärmend und staubig.«

»Selbstverständlich!« Dirk Stobart wieselte ihnen voran, Aletta wartete, bis Insa an ihrer Seite war. Dann folgten die beiden ihm in einen Raum, der Dirk Stobart wohl als Besuchszimmer diente. Damit hatte er sich immerhin der neuen Zeit und der veränderten Klientel angepasst, denn noch vor ein paar Jahren hatte er mit seinen Kunden neben den Werkbänken verhandelt. In diesem Fall kam er sogar auf die Idee, den beiden Damen etwas zu trinken anzubieten.

»Sönke!«, schrie er durch die Tür, die in die Werkstatt führte. »Hol Zitronenwasser! Aber eisgekühlt!«

Aletta und Insa sahen sich in diesem Augenblick so ähnlich wie nie. Beide hockten sie auf den vorderen Kanten des Sessels, ohne sich anzulehnen, beide hatten sie Mienen aufgesetzt, die Dirk Stobart klarmachen mussten, dass auch ein eisgekühltes Zitronenwasser nichts daran änderte, dass dieses Gespräch rein geschäftlich ausfallen würde. Warum auch Insa dieser Eindruck wichtig war, konnte Aletta sich nicht erklären, sie selbst jedenfalls wusste genau, wie sie der geringsten plumpen Vertraulichkeit Dirk Stobarts begegnen würde.

»Wir sind gekommen, um einen Sarg für unsere Mutter auszusuchen«, sagte sie ohne Betonung, so wie Vera es ihr beigebracht hatte, als sie lernen musste, mit Pressevertretern umzugehen und die Öffentlichkeit auf Abstand zu halten.

»Wir erwarten«, ergänzte Insa, »dass sie heute Nachmittag abgeholt und eingesargt wird.«

Dirk Stobart fiel gerade noch rechtzeitig ein, was nun fällig war, er sprang auf, verbeugte sich tief und stotterte hervor, wie sehr er das Ableben Witta Lornsens bedaure und dass er mit ihren Töchtern fühle.

Aletta dankte mit einem kurzen Nicken und stellte fest, dass Insa es genauso hielt. Emotionslos zählte sie auf, was sie erwartete: »Unsere Mutter soll bei ihrer Beerdigung ein weißes Kleid tragen und auf einem weißen Satinkissen liegen. Die Decke …« Sie wandte sich an Insa und stellte fest, dass ihre Schwester sich in dieser zur Schau getragenen Herablassung wohlzufühlen schien. »Was hältst du von weißer Spitze mit Leinenbändern?«

Nun veränderte sich Insas Gesichtsausdruck plötzlich. Sie schluckte und schien etwas sagen zu wollen, was die Größenverhältnisse des Augenblicks verschoben hätte. Deswegen nahm Aletta ihr das Wort ab: »Die Preise spielen keine Rolle«, sagte sie zu Dirk Stobart. »Die Rechnung geht an mich.«

In diesem Augenblick öffnete sich die Tür, und ein auffallend hübscher junger Mann trat ein, mit einem sanften Gesicht, das von hellgrauen Augen dominiert wurde. Der Kontrast zwischen ihnen, seiner braunen Haut und den dunklen Haaren machte sein Gesicht außergewöhnlich. Er trug ein Tablett in den Raum, auf dem eine Karaffe und drei Gläser standen. Höflich grüßte er und setzte das Tablett auf dem kleinen Tisch ab, der auf wackeligen Beinen stand. Auch er trug weite Arbeitshosen und ein gestreiftes grobes Hemd. Seine Kleidung und auch seine kurzen dunklen Haare waren voller Staub, aber die Hände hatte er sich gewaschen, ehe er den Auftrag seines Chefs ausführte.

»Danke«, sagte Stobart und verteilte eigenhändig die Gläser. »Du kannst wieder in die Werkstatt gehen.«

Der junge Mann verließ den Raum so ruhig, wie er ihn betreten hatte. Nichts deutete darauf hin, dass ihn die Anwesenheit der beiden Damen, von denen eine sogar eine bekannte Sängerin war, durcheinandergebracht hätte. Jede von ihnen hatte er angelächelt, und als er ging, lag noch immer das Lächeln auf seinem Gesicht, das ihn sympathisch, wenn auch ein wenig einfältig erscheinen ließ.

Als sich die Tür hinter ihm geschlossen hatte, fragte Aletta: »Das war Sönke?«

Dirk Stobart starrte auf seine Hände, als wage er nicht, Aletta anzusehen, während er antwortete: »Er arbeitet schon seit vier Jahren bei mir. Ich bin sehr zufrieden mit ihm.«

»Der Pfarrer sprach davon«, erwähnte Aletta und sah zu, wie Dirk das Zitronenwasser eingoss. Obwohl seine Hände sauber waren und für einen Handwerker sogar einigermaßen gepflegt, hätte Aletta sich schütteln können vor Ekel, als sie an den Geruch dachte, der diesen Händen angehaftet hatte.

»Das ist ja interessant!«, flüsterte es an ihrem Ohr. »Die jüngste Lornsen klaut die Kollekte. Wer hätte das gedacht!«

Aletta zitterte am ganzen Körper, wagte nicht, sich zu rühren und versuchte, so flach wie möglich zu atmen, um den widerlichen Geruch nicht in sich aufnehmen zu müssen.

»Was soll ich mit dir machen?«

Nun hatte sie die Stimme erkannt. Dirk Stobart, der Sohn des Zimmermanns in der Steinmannstraße! Was machte er in der Nacht auf dem Friedhof?

Und plötzlich hörte sie, dass sie mit Dirk Stobart nicht allein war. Schritte knirschten auf dem Kies, entfernten sich leise. Jemand trat so vorsichtig auf, als wollte er nicht gehört werden. Sie merkte auch, dass sich etwas in Dirk Stobarts Körperhaltung veränderte, es war, als wäre er ablenkt. Sie spürte seine Kopfbewegung, anscheinend gab er jemandem einen Wink, und die Hand über ihrem Mund lockerte sich für Augenblicke.

Diesen winzigen Moment nutzte Aletta. Mit der gleichen Kraft, mit der sie sich vor seiner Hand ekelte, nahm sie ihren Mut zusammen und biss zu. Dirk Stobart jaulte auf und ließ von ihr ab, hatte sich jedoch schnell wieder gefangen. Während Aletta noch versuchte, den Zaun zu überwinden, war er schon wieder bei ihr und riss sie zurück. Diesmal griff er nach ihren Armen und drehte sie ihr auf den Rücken.

»Das wirst du mir büßen, du kleine Hexe! Und ich weiß auch schon, wie …«

Sie begriff, dass Dirk Stobart sie von dem Augenblick an beobachtet hatte, in dem sie über den Zaun geklettert war. »Möchtest du, dass morgen ganz Westerland weiß, was du getan hast?«

Aletta schwieg. Diese Frage bedurfte keiner Antwort.

»Aber ich bin eventuell bereit, darüber zu schweigen«, sagte Dirk Stobart und grinste unangenehm. »Vorausgesetzt, du tust mir auch einen Gefallen.«

Sie musste Ja und Amen sagen zu allem, was er forderte. Es blieb ihr nichts anderes übrig. Dass sie jahrelang in seiner Hand sein würde, ahnte sie in diesem Augenblick noch nicht. Erst recht ahnte sie nicht, dass sie ihn genauso in der Hand hatte wie er sie. Aber Aletta war erst zehn Jahre alt. Warum Dirk Stobart sich nachts auf dem Friedhof aufhielt, durchschaute sie erst Jahre später.

Sie standen vor dem Grab ihres Vaters. Ein sanfter Wind ging, der die Kraft der Sonne in seinem Rhythmus veränderte. Sie brannte sommerlich-heiß, wenn er sich entfernte oder ruhte, und sie war kaum noch zu spüren, wenn er kräftig heranwehte. Zwischendurch tat der Wind gut, wenn die Sonne gerade so heiß war, dass Aletta bereute, ihren Sonnenschirm nicht mitgenommen zu haben, und gerade in dem Augenblick auf der Haut zu spüren war, wenn ihr ganz undamenhaft der Schweiß auszubrechen drohte. In Wien gab es diesen Wechsel nicht. Dort hätte sie keinen Schritt in die Sonne gemacht und auf keinen Fall ihren Sonnenschirm vergessen.

Sie hatte darauf bestanden, einen Besuch auf dem Friedhof zu machen, nachdem sie die Zimmerei Stobart verlassen hatten, und Insa hatte sich, wenn auch widerstrebend, gefügt. »Eigentlich muss ich mich um die Gästezimmer kümmern.«

Aber Aletta hatte nur abgewinkt. »Der Tag ist noch lang.«

Nun blickten sie auf den Grabstein hinab, der den Namen

Geert Lornsens trug, auf das Efeu, das ihn umrankte, und die dürre Buchsbaumhecke, die das Grab einfasste.

»Was wollte Mutter mir noch sagen?«, fragte Aletta leise. »Und warum wollte Vater es verhindern?«

Insa zeigte nicht einmal, ob sie die Frage überhaupt gehört hatte. Sie stand regungslos da und antwortete nicht.

Aletta spürte, dass ihr die Tränen kamen. Sie griff nach der Hand ihrer Schwester. »Ich hatte mir meine Rückkehr nach Sylt ganz anders vorgestellt.«

Insa schien für einen Moment zu erstarren, dann entzog sie Aletta so vorsichtig die Hand, als sollte sie es nicht merken. »Du wolltest uns zeigen, was aus dir geworden ist?«, fragte sie leise. Dann wurde ihre Stimme höhnisch und verächtlich zugleich, und das derart unvermittelt, das Aletta sie erschrocken ansah. »Wir sollten uns klein vorkommen«, fuhr Insa fort, »wenn du mit deinen schönen Kleidern und deinem reichen Freund hier erscheinst! Applaus für Aletta Lornsen! Daran bist du wohl gewöhnt?«

Nun weinte Aletta wirklich. »Ihr solltet einsehen, dass ich Sängerin werden musste. Dass es falsch war, mir das zu verwehren. Und dass ich weggehen musste!«

Insa drehte sich ohne ein Wort um und ging den Weg zurück.

»Du hättest mich verständigen müssen, als Vater starb«, rief Aletta ihr nach.

Aber Insa reagierte nicht. Unbeirrt ging sie weiter, an der Tür der Sakristei vorbei, um die Kirche herum, auf die Kutsche des »Miramar« zu, die vor dem Eingang wartete.

Da war sie wieder, diese Kälte, die Aletta immer entgegengeschlagen war, wenn sie versucht hatte, sich Insa zu nähern. Schon als sie noch ein kleines Kind war, hatte Insa ihr die Hand entzogen, hatte sie von sich geschoben, hatte mit einer verächtlichen Bemerkung den Abstand zwischen ihnen vergrößert. Immer wieder aufs Neue! Trotzdem hatte Aletta Tag für Tag versucht, dem Herzen ihrer Schwester näherzukommen. Aber genauso oft war sie abgewiesen worden. Insas Ablehnung tat heute noch genauso weh wie früher. Und so, wie sie als Kind aus dem Haus gelaufen war oder sich in ihre Kammer zurückgezogen hatte, um zu warten, dass der Schmerz über die Zurückweisung von ihr abfiel, brauchte sie auch jetzt Zeit, um sich damit abzufinden, dass sich nichts geändert hatte.

Sie beeilte sich nicht, Insa zu folgen, sondern betrachtete die Gräber in der näheren Umgebung, las vertraute Namen, erschrak, als sie den einer Klassenkameradin entdeckte, und blieb noch eine Weile stehen, als sie sich vom Grab ihres Vaters abgewandt hatte.

Was mochte mit Insa geschehen sein? Was hatte zu dieser Verbitterung geführt? Eine unglückliche Liebe? Ein Mann, der ihr so wehgetan hatte, dass sie diesen Schmerz weitergeben wollte, um ihn loszuwerden? Aletta konnte sich nicht erinnern, dass es jemals einen Mann in Insas Leben gegeben hatte. Aber sie war fünfzehn Jahre jünger als ihre Schwester. Wenn Insa je unter Liebeskummer gelitten hatte, war deren Trauer in Alettas Leben womöglich nicht eingedrungen. Es war oft darüber gesprochen worden, dass es für Insa Zeit wurde, zu heiraten, aber sie hatte immer den Kopf geschüttelt, wenn ihre Eltern mahnend die Stimmen erhoben hatten. Nein, sie wolle nicht heiraten, es gebe keinen Mann, dem sie vertrauen könne, und an Kindern sei sie nicht interessiert. Aletta konnte sich gut an die bedeutungsvollen Blicke erinnern, die sich ihre Eltern dann zugeworfen hatten, aber als Insa auf die dreißig zugegangen war, hatten sie aufgehört, sie zu bedrängen. Eine unverheiratete Tochter war eine Strafe für jedes Elternpaar, eine Frau wurde doch erst eine Persönlichkeit durch den Mann, der ihr einen Platz in der Gesellschaft anbot. Eine Frau ohne Mann war mittellos, im Alter oft auf die Gnade von Verwandten angewiesen, die ihr ein Dach über dem Kopf boten und denen sie dafür im Haushalt ober bei der Versorgung der Kinder zur Hand ging. Noch war Insa zwar unabhängig, da sie durch das Vermieten von Zimmern an Feriengäste Einkünfte hatte, aber ihre Eltern hatten natürlich voller Sorge in die Zukunft geschaut. Was sollte aus Insa werden, wenn sie alt war – ohne Familie, ohne Mann, ohne Kinder? Zwar lebten die Frauen auf Sylt ein viel selbständigeres Leben als in vielen anderen Landstrichen, weil sie es gewöhnt waren, allein die Familie durchzubringen und den Hausstand zu erhalten, wenn die Männer auf See waren, dennoch gab es keine Frau, die freiwillig auf eine Heirat verzichtete. Eine Frau galt nur an der Seite eines Mannes etwas!

Nun war Insa schon dreiundvierzig Jahre alt und hatte nie die Liebe eines Mannes genießen dürfen! Mitleid für ihre Schwester erfüllte Alettas Herz, als sie sich langsam auf den Weg zur Friedhofspforte machte. Aber nicht lange, dann war auch wieder der Zorn da, den sie sich als größeres Mädchen zu eigen gemacht hatte, wenn ihre ältere Schwester sie zurückwies. Zorn war leichter zu ertragen als Verzweiflung. Und er loderte, als sie Insa in der Kutsche sitzen sah, den Blick abgewandt, steif und unnahbar. Sie erwartete, dass ihre Schwester sich beeilte, aber Aletta nutzte diese kleine Vergeltung, um die Macht über Insa auszukosten, die sie früher nicht gehabt hatte.

Als Alettas Blick auf den Eingang der Sakristei fiel, blieb sie noch einmal stehen. Ob Pfarrer Frerich zu seiner Gewohnheit zurückgekehrt war, den Schlüssel unter dem Blumentopf zu verstecken? Nachdem die Kollekte ein zweites und drittes Mal gestohlen worden war, hatte er ihn stets bei sich getragen. Auch in den Häusern ringsum war es daraufhin zur Gewohnheit geworden, die Türen abzuschließen, wenn niemand daheim war. Diebstähle hatte es vorher nicht gegeben. Erst nachdem das Findelkind in der Sakristei gefunden worden war, hatte es damit angefangen. Prompt war die Mutter des Säuglings in Verdacht geraten. Wahrscheinlich ein bitterarmes junges Ding, das irgendwo als Magd gearbeitet hatte und von seinem Herrn geschwängert worden war. Solche Schicksale gab es zu Pfarrer Frerichs Leidwesen viel zu häufig. Für diese Mädchen war es dann schwierig, eine neue Arbeitsstelle zu finden, die ihnen ihr Auskommen sicherte. Anscheinend hatte die Mutter des kleinen Sönke, nachdem sie ihren Sohn in der Sakristei abgelegt hatte, gemerkt, wie einfach es sein konnte, an Geld zu kommen, wenn man einmal alle Bedenken über Bord geworfen hatte. Der Pfarrer hatte sich schwere Vorwürfe gemacht, weil er fürchtete, dass sein vertrauensvoller Umgang mit dem Sakristeischlüssel und der Kollekte diese junge Frau auf den Weg der Sünde geführt hatte.

Auf Sylt wurde lange nach einer Frau gesucht, die schwanger gewesen war, aber ohne ein Neugeborenes irgendwo lebte. Sogar die Hütten in den Dünen zwischen Westerland und Wenningstedt waren durchsucht worden, in denen früher die Strandräuber gehaust hatten, aber nirgendwo waren die Sittenwächter auf eine Frau gestoßen, die als Diebin in Frage kam. Und schließlich war der Verdacht laut geworden, es könne sich um eine Fremde handeln, die sich als Feriengast tarnte, aber in Wirklichkeit auf die Insel gekommen war, um heimlich ihr Kind zur Welt zu bringen. Und dann musste sie womöglich das Geld zusammenstehlen, um ihre Unterkunft bezahlen und in ihr Leben auf dem Festland zurückkehren zu können, wo sie vielleicht als unbescholtene Frau galt.

Diese Erklärung war zwar nicht stichhaltig, weil die Diebstähle auch nach Jahren noch nicht aufgehört hatten, aber trotzdem setzte sich diese Meinung durch, und allein reisende Frauen, von denen es nur wenige gab, wurden von der Sylter Bevölkerung mit Argwohn betrachtet.

Aletta wollte nicht zu dem Grab der Familie Mügge schauen, sie hatte sich fest vorgenommen, über den hohen Grabstein hinwegzusehen. Aber dann wurde ihr Blick doch magisch angezogen. Vorsichtig machte sie ein paar Schritte auf den Beginn der Gräberreihe zu, in dem die Familiengruft der Mügges lag. Weiter ging sie jedoch nicht. Nein, sie wollte sich nicht erinnern, wie das offene Grab in jener Nacht ausgesehen hatte, bevor der alte Mügge beerdigt worden war. Damals hatte sie sich redlich geweigert, dieser Beisetzung beizuwohnen, aber die Mutter hatte sie gezwungen, neben ihr ans offene Grab zu treten und Blumen auf den Sarg fallen zu lassen. Zwei der fast verblühten Rosen waren neben den Sarg gefallen, so, als wollte eine höhere Macht dafür sorgen, dass auch der andere Tote diese Form der Ehrerbietung bekam. Als sie in Tränen ausgebrochen war, hatte jedermann sich gewundert. Die Mutter hatte sie auf dem Heimweg sogar gefragt, ob sie den alten Mügge sehr gern gehabt habe. Und Aletta hatte tapfer genickt. Dass sie um den anderen Toten in diesem Grab geweint hatte, durfte niemand erfahren.

In diesem Moment fächerte wieder ein leiser Wind die Bäume auf. Aletta schloss kurz die Augen und hielt ihm ihr Gesicht hin. Danach fühlte sie sich besser, stärker, wieder sicher und beinahe frei von Schuld. Sie würde es tatsächlich sein, wenn sie alles zurückgezahlt hatte, so, wie sie es Pfarrer Frerich kurz vor ihrer Flucht von Sylt versprochen hatte. Ludwig hatte keine Ahnung von dem großen Geldbetrag, den sie mit sich führte, zwischen ihren Blusen und Hemden versteckt. Natürlich vertraute sie ihm, niemandem so sehr wie ihm, aber was sie getan hatte, sollte auch er nicht erfahren. Genauso wenig, wie er von dem Toten in der Gruft der Mügges wissen sollte.

Sie saßen auf der Terrasse des »Miramar«, hatten sich das Frühstück dort servieren lassen, und Hoteldirektor Busse hatte dafür gesorgt, dass für Aletta ein Strandkorb an den Tisch gerückt wurde, der sie vor Wind und Sonne und auch vor neugierigen Blicken schützte. Er war dicht an das Geländer gestellt worden, auf dem senkrechte Streben standen, die es mit den hölzernen Balkons in der ersten Etage verbanden. Nah an der Strandmauer standen Liegestühle, wo diejenigen Platz genommen hatten, die den Blick auf die Plattform und die dort flanierenden Sommerfrischler genießen wollten. Weit genug von Aletta und Ludwig entfernt.

Der Himmel war von einem strahlenden Blau, fast wolkenlos, wenn man einmal von den dünnen streifenförmigen Wolkenschleiern absah, die über der Insel standen, als wollten sie das Makellose erträglicher machen. Das Meer war ruhig, die Brandung nur schwach, sie trug keine Gischt mit sich, schwappte nur müde an den Strand. Dort herrschte bereits viel Trubel. Fast jeder Strandkorb war besetzt, in der Regel von einem Elternpaar, das seinen Kindern zusah, wie sie sich in der Sandburg vergnügten, von der jeder Strandkorb umgeben war, oder mit ihren Schaufeln am Wasserrand Gräben und Kanäle anlegten. Gelächter drang bis zur Terrasse des »Miramar« hoch, helle Rufe oder dröhnende männliche Stimmen, die den Nachwuchs zur Ordnung riefen. Die kleinen Mädchen trugen weiße oder dunkelblaue Matrosenkleider, dazu breitkrempige Hüte, waren aber barfuß, damit sie im seichten Wasser herumspielen konnten. Auch die Jungen waren durchweg praktisch gekleidet. Sie steckten in knielangen Hosen, weiten Hemden und trugen Schirmmützen auf dem Kopf! Auf Schuhe durften auch sie verzichten.

Die Erwachsenen hatten es jedoch mit der Bequemlichkeit nicht so weit getrieben. Die Damen trugen auch am Strand ihre hellen Kleider mit den langen, weiten Röcken über eng geschnürten Korsetts, dazu große Strohhüte, die Gesicht und Haare vor Sonne und Sand schützen sollten. Viele hatten, so wie ihre männlichen Begleiter, schlanke Spazierstöcke bei sich, die dabei halfen, attraktive Posen im Strandkorb einzunehmen. Die meisten entschieden sich dafür, den Stock quer über den Schoß zu legen oder ihn diagonal vor den Oberkörper zu halten und ihn zu handhaben wie ein zierliches Instrument.

Ludwig ließ stirnrunzelnd den Blick über den Strand wandern und schüttelte den Kopf, als er sah, dass ein junger Vater mit seinem kleinen Sohn einen Ball fangen wollte, der drauf und dran war, ins Wasser zu rollen. »Die Leute benehmen sich, als hätten sie einen Anspruch auf Frieden«, sagte er ärgerlich.

Aletta biss von ihrem Weißbrot ab und zuckte die Schultern. »Haben wir das nicht auch? Es dürfte keine Kriege geben.«

Ludwig betrachtete sie stirnrunzelnd. »Es wird Zeit, dass du dich an den Gedanken gewöhnst, dass der Krieg unausweichlich ist.«

Aber Aletta wollte davon nichts hören. »Verdirb uns den Urlaub nicht.«

»Urlaub!« Ludwig warf das Wort von sich, als wollte er es Aletta vor die Füße schleudern. »Du denkst an Urlaub, und da draußen wird für den Krieg gerüstet.« Er machte eine Handbewegung Richtung Festland, als lauerte außerhalb von Sylt die Gefahr. »Wenn es nach Generalstabschef von Hötzendorf ginge, hätte Österreich-Ungarn nach dem Attentat sofort zum Angriff auf Serbien geblasen. Aber Kaiser Franz Joseph hat erst mal eine Untersuchung des Falls angeordnet. Sonst wäre es vielleicht schon so weit.«

»Na, siehst du«, entgegnete Aletta. »Es wird alles gut.«

Ludwig jedoch wurde immer gereizter. »Ein schneller Überraschungsschlag wäre für die k. u. k. Armee gar nicht durchführbar, nur deswegen zaudert der Kaiser. Und der ungarische Ministerpräsident zum Glück auch. Wien will sich anscheinend raushalten. Aber ein Krieg wird dadurch nicht verhindert. Bulgarien, Rumänien und das Osmanische Reich stehen auf Seiten des Dreibundes. Die sind dabei, wenn Serbien eine Lektion erteilt wird. Der deutsche Botschafter in Wien kann es gar nicht abwarten, das wurde mir am Telefon erzählt. Und wenn es dann zum Streit mit Russland kommt ...«

Aletta legte missmutig ihr Messer zur Seite. »Ludwig, bitte! Ich habe genug Probleme. Musst du mir den Tag noch mit diesem Gerede über Krieg verderben?«

Es war Ludwig Burger anzusehen, wie sehr er sich zusammenreißen musste, um nicht scharf zu reagieren. Er beugte sich vor, griff nach Alettas Händen und sah sie eindringlich an. »Liebes, wenn ich die Macht hätte, würde ich alle Probleme von dir fernhalten. Jeden Krieg und auch die Schwierigkeiten mit deiner Schwester, aber ...«

Aletta, die nicht wollte, dass er das Gespräch schon wieder in Richtung Kriegsgefahr führte, sagte schnell: »Ich glaube, Insa möchte mich loswerden. Sie sagt, ich passe nicht mehr nach Sylt.«

Ludwig drückte ihre Hand so fest, dass Aletta schmerzhaft das Gesicht verzog. Dann lehnte er sich zurück und verschränkte die Arme vor der Brust. »Ich möchte etwas mit dir besprechen.«

Aletta merkte, dass etwas Ernstes auf sie zukam, so ernst, dass sie nicht wagte, Ludwig mit einer Lappalie abzulenken. »Geht es schon wieder um Krieg?«

»Ich muss nach Wien zurück. Mein Land braucht mich.«

Aletta nickte. »Gut, dann lass uns den Urlaub abbrechen. Zwei Wochen sind wir jetzt hier, und ich habe mich gut erholt. Das reicht.«

Aber Ludwig schüttelte den Kopf. »Ich denke, es ist besser, wenn ich allein fahre.«

Aletta sah ihn entgeistert an. »Warum?«

»Was ist, wenn ich eingezogen werde? Was soll dann mit dir geschehen?«

»Du meinst also wirklich …?«

Mit Ludwigs Beherrschung war es vorbei. »Ja, verdammt! Ich meine, dass es Krieg geben wird! Wann glaubst du mir endlich?«

Aletta erschrak. So hatte er noch nie mit ihr gesprochen. Eigentlich wollte sie gekränkt auffahren oder sich beleidigt abwenden, aber etwas in seinem Gesicht hielt sie davon ab. Da war ein so tödlicher Ernst in Ludwigs Augen, dass sie sich auf seine Worte einlassen musste. Auch wenn sie nicht wollte.

Ludwig beugte sich wieder vor. »Verzeih mir, ich wollte nicht heftig werden. Aber es ist mir wichtig, dass du aufhörst, den Kopf in den Sand zu stecken. Wir müssen Pläne machen.«

»Für den Fall, dass es Krieg gibt?«

Ludwig nickte. »Ich möchte, dass du auf Sylt bleibst.«

»Wie stellst du dir das vor?«, fragte Aletta aufgeregt. »Im August beginnen die Proben …« Sie brach ab und sah Ludwig verlegen an. »Wenn es Krieg gibt, wird wohl nichts aus den Proben?«

»Mit Sicherheit nicht.«

»Aber ob das Zimmer im ›Miramar‹ so lange frei ist …«

»Natürlich kannst du nicht auf Dauer im Hotel wohnen. Du ziehst in dein Elternhaus. Es gehört dir zur Hälfte, seit deine Mutter tot ist.«

»Insa wird damit nicht einverstanden sein.«

»Es ist dein Recht, dort zu wohnen. Und ich wäre ruhiger, wenn ich dich hier wüsste. In Wien könntest du nicht bleiben, wenn ich eingezogen werde.«

Aletta dachte kurz nach und stellte fest, dass er recht hatte. Zögernd nickte sie. »Und die Engagements? Wir haben Verträge unterschrieben.«

»Das wird alles hinfällig, wenn Krieg ausbricht.«

Aletta starrte ihn an, als würde ihr jetzt erst klar, welche Gefahr auf sie zukam. »Du meinst … es ist dann alles vorbei? Ich kann nicht mehr singen?«

Ludwig lenkte ein: »Man muss sehen.«

Plötzlich war die Stimmung schwer und gedrückt. Die fröhlichen Rufe, die vom Strand hochdrangen, rückten von Aletta ab, der Himmel war nicht mehr so blau, der Wind frischte auf und ließ sie frösteln. Bis zu diesem Augenblick war es ihr gelungen, die Gefahr, die auf sie zukam, zurückzudrängen, sie zu verleugnen und totzuschweigen. Nun erhob sie sich plötzlich vor ihr und ließ sich nicht beiseiteschieben. Krieg! Konnte es wirklich sein, dass es Krieg gab? Dass sie nicht mehr singen konnte? Sie blickte über den Strand, sah das fröhliche Treiben, all das Unbeschwerte, das nicht zu Ludwigs düsteren Ahnungen passte.

Ein Page kam, um das Frühstücksgeschirr abzuräumen und sagte leise zu Ludwig: »Der Direktor sagt, es würde Sie sicherlich interessieren: Österreich-Ungarn hat Serbien den Krieg erklärt. Kaiser Franz-Joseph hat soeben in Bad Ischl die Kriegserklärung unterschrieben.«

Ludwig bedankte sich für die Information, wartete, bis der Page mit dem Geschirr ins Hotel zurückgegangen war, dann erhob er sich und deutete eine kleine Verbeugung an. »Ich muss telefonieren.«

Er wartete eine Entgegnung Alettas nicht ab, sondern ging mit großen Schritten ins Haus. Sie konnte beobachten, dass er einen Gast, der ihn zuvorkommend begrüßte, mit einer ungeduldigen Geste abwies. So etwas passte nicht zu Ludwig Burger, der für seinen Charme und seine guten Manieren bekannt war! Und diese kleine Unhöflichkeit war es schließlich, die Aletta zeigte, wie ernst es um sie stand.

IV.

Ludwig reiste schon zwei Tage später ab. Kurz nachdem er die Nachricht über die russische Generalmobilmachung erhalten hatte.

»Das ist reinste Provokation für Deutschland«, erklärte er Aletta. »Das lässt sich Generalstabschef Moltke nicht gefallen. Er drängt von Hötzendorf nun auch zur Generalmobilmachung. Von Vermittlungsversuchen will niemand mehr etwas wissen.«

»Wie hast du das erfahren?«, fragte Aletta verzweifelt.

Ludwig wartete, bis die Hotelangestellten mit seinem Gepäck das Zimmer verlassen hatten, dann zog er Aletta in seine Arme. »Ich habe meine Verbindungen«, antwortete er vage. »Deutschland hat Russland heute ein Ultimatum gestellt, die Generalmobilmachung auf der Stelle abzubrechen. Auch Frankreich hat ein Ultimatum von achtzehn Stunden erhalten. Es soll Neutralität im Falle eines deutsch-russischen Konflikts zusichern.«

In Aletta wurde ein winziger Funke der Hoffnung angezündet. »Und wenn sich Russland und Frankreich fügen? Dann gibt es doch keinen Krieg?«

Ludwig zog sie so fest an seine Brust, als sollte sie nichts sehen und nichts hören. Aber sie fühlte, dass er den Kopf schüttelte. »Das ist nicht zu erwarten. Russland wird weitermachen, und Frankreich wird nur seine eigenen Interessen im Auge haben. Die Ultimaten werden verstreichen, ohne dass etwa geschieht. Ganz sicher!« Er schob Aletta von sich weg und sah ihr ernst in die Augen. »Liebes, ich bin froh, dass du auf meinen Rat hörst und auf Sylt bleiben wirst. Ich habe meine Schwester damit beauftragt, sich um unsere Wohnung in Wien zu kümmern. Alles andere ...« Er schluckte den Rest des Satzes herunter und meinte stattdessen: »Der Krieg wird nicht lange dauern. Danach wird alles so sein wie vorher. Du wirst wieder singen.«

Noch vor ein paar Tagen hätte er damit ihre Augen vor der Wirklichkeit verschließen können. Aber das war nun vorbei. Sie sah in sein Gesicht, als wollte sie sich alles einprägen, was zu Ludwig Burger gehörte und was sie an ihm liebte. »Es kann nicht vorbei sein«, flüsterte sie. »Es darf nicht!«

Ludwig nickte, aber überzeugend war seine Zustimmung nicht. »Wir werden bald unser Leben weiterführen wie bisher. Und du wirst singen.« Nun konnte er sogar lächeln. »Der liebe Gott kann nicht wollen, dass dein Talent dem Krieg geopfert wird.«

Aletta spürte, wie das Blut aus ihrem Gesicht wich, aber sie bestätigte tapfer: »Ich werde wieder singen.«

»Meine Liebe bleibt bei dir«, flüsterte Ludwig. »Und deine Liebe wird mir helfen.«

Aletta schluchzte auf, versuchte, Ludwig zu halten, aber er machte einen Schritt zurück und entzog sich ihren Händen. Der Abschied war vorbei, die Trennung war da.

Danach verstummte alles um sie herum. Es gab nur Ludwigs feste Schritte, die noch an ihr Ohr drangen, das Öffnen der Tür, ein Flüstern, das sie nicht verstand, dann das Zuschlagen der Tür und seine Schritte, die sich entfernten. Danach erst fiel der Schrei einer Möwe ein, das Meer rauschte heran, die unverändert fröhlichen Stimmen drangen vom Strand herauf.

Aletta ging zum Fenster, obwohl sie den Eingang des »Miramar« von dort nicht sehen konnte. Aber als sie das Fenster öffnete, hörte sie den Ruf eines Hausdieners, das Schimpfen des Kutschers, das Trappeln nervöser Pferde und dann den Ruf, der das Gespann antrieb. Es geschah, was sie noch vor Tagen für unmöglich gehalten hatte: Ludwig verließ ihr Leben.

Den Rest des Tages verbrachte sie in Lethargie. Sie warf sich aufs Bett und klingelte nach einem Mädchen, das ihr die Schuhe ausziehen, das Korsett lösen und die Schläfen massieren sollte. Sie ließ nach Kaffee schicken, dann nach Tee, trank aber beides nicht und lehnte auch das leichte Essen ab, das sie bestellt hatte. In diesen wenigen Stunden wurde ihr klar, wie leer ihr Leben ohne Ludwig sein würde. In den vergangenen Jahren war er mit einer solchen Selbstverständlichkeit an ihrer Seite gewesen, hatte ihr Leben, ihr Talent und ihren Erfolg so entschieden zu seiner eigenen Passion gemacht, dass aus dieser Selbstverständlichkeit eine Symbiose erwachsen war, die sich nur unter großen Schmerzen auflösen ließ.

Aletta floh in Selbstgespräche, macht Ludwig Vorwürfe, weil er sie verlassen hatte, weil ihm das Vaterland mehr bedeutete als ihr gemeinsames Leben und schrie ihr eigenes Spiegelbild in der Fensterscheibe an. Dann wieder öffnete sie das Fenster, um sich von der Weite des Himmels, des Meeres und vom Wind mäßigen zu lassen, und konnte Ludwig fragen, woher er die Kraft genommen hatte, sie zu verlassen, auf ihr Glück zu verzichten, ihre Zukunft in Frage zu stellen, ohne sie seine Traurigkeit spüren zu lassen, unter der er gelitten haben musste. Und nie vorher hatte sie sich gefragt, ob sie ihn mehr brauchen könnte als er sie.

Wenn sie die Kraft gehabt hätte, wäre sie zum Friedhof gegangen, um in der Nähe ihrer toten Eltern Antworten zu finden und sich weiteren Fragen zu stellen. Sie hatte das Grab nach der Beerdigung der Mutter nicht wieder aufgesucht, während Insa jeden Tag mit einem Besuch begann oder beendete.

Die Beerdigung selbst hatte Aletta hinter sich gebracht, als läge eine andere Person in dem Sarg, als hätten die Blumen, die sie ins offene Grab warf, nichts mit ihrer Mutter zu tun und als fiele die Erde auf einen Sarg, der so hohl klang, weil er leer war. Sie hatte alle Blicke gespürt, als sie mit Insa ans offene Grab getreten war, und nach der Hand ihrer Schwester gegriffen. Aber auch hier war sie ihr entzogen worden. Als sie dann endlich weinen konnte, hatte sie nicht nur um die Mutter geweint, sondern auch um die Liebe zu ihrer Schwester und um das Geheimnis, das ihre Mutter mit ins Grab genommen hatte.

Zum Glück war Ludwig da gewesen. Wie immer hatte er sich zwischen sie und den Rest der Welt gestellt, hatte ihr seine Hand gereicht, sein Taschentuch, seine Fürsorge, seinen Trost. Und natürlich hatte er auch dafür gesorgt, dass die Neugier der ungewöhnlich großen Trauergemeinde nicht überhandnahm und Insas Trauer um die Mutter nicht entwürdigt wurde, indem die Anwesenheit der berühmten Tochter wichtiger wurde als der Abschied von Witta Lornsen.

Die Kirche hatte die vielen Trauergäste, denen eingefallen war, dass sie etwas mit Alettas Mutter verband, nicht fassen können, und als sie von der Orgel aufgefordert worden waren, das Lied zu singen, das zu jeder Beerdigung auf Sylt gehörte, war zunächst außer der Stimme des Pfarrers niemand zu hören gewesen. Alle Blicke hatten sich auf Aletta gerichtet, die jedoch den Mund nicht öffnete und sogar die Lippen zusammenpresste. Trotzdem hatte Insa die Fäuste in ihrem Schoß geballt und war unmerklich ein Stück von Aletta abgerückt, als wäre ihre Schwester schuld daran, dass die Sylter ein außerplanmäßiges Konzert erwarteten.

Erst als die Gemeinde sich damit abfinden musste, dass Alettas Stimme nicht zu hören sein würde, hatte sich ein schleppender Gesang entwickelt, aber jede Stimme war bereit gewesen, auf der Stelle zu verstummen, sobald Aletta sich doch entschließen sollte einzustimmen. Ludwig hatte sich schließlich mit dem ihm unbekannten Lied abgemüht, während Insa steif vor Trauer,

Bitterkeit und Widerwille dagesessen hatte. Aletta war klar gewesen, dass Insa ihr vorhalten würde, den Abschied von ihrer Mutter untergraben zu haben mit ihrer Popularität und ihrem überflüssigen Erscheinen auf Sylt. Und tatsächlich war der Leichenschmaus erst eine Stunde vorüber gewesen, als Insa ihr diese Vorhaltungen ins Gesicht geschleudert hatte. »Du gehörst hier nicht mehr her!«

Aletta fragte sich, was geworden wäre, wenn Ludwig sich nicht schlichtend zwischen die beiden Schwestern gestellt hätte. Ludwig, der Mann, ohne den sie sich ihr Leben nicht mehr vorstellen konnte …

Der Abend war noch hell, als sie sich schlafen legte. Entsprechend früh wachte sie am nächsten Morgen auf und fühlte sich nun besser und stärker. Der Gedanke an Ludwig tat noch weh, aber er schaffte es auch, zu trösten und Zuversicht zu geben. Und er verlieh ihr Kraft. Sie würde Ludwig nicht enttäuschen. Er sollte, wenn er zu ihr zurückkehrte, alles so vorfinden, wie er es sich wünschte. Als Erstes würde sie ihre Angelegenheiten in Ordnung bringen, damit es, wenn Ludwig wieder da war, nichts mehr gab, was sie vor ihm verbergen musste.

Nach einem reichhaltigen Frühstück ließ sie anspannen und sich zum Pfarrhaus von St. Niels bringen. Neben ihr auf der gepolsterten Bank der Kutsche lag ein Paket, auf das sie die Hand legte, als sie losfuhren, und dort während der ganzen Fahrt liegen ließ. Sie reichte dem Kutscher das Paket, als er die Tür öffnete, um sie aussteigen zu lassen, damit er es ins Pfarrhaus trug. Dann entließ sie ihn. »Ich werde zu Fuß zurückkehren.«

Die Haushälterin des Pfarrers betrachtete sie erstaunt, musterte ihre kunstvolle Frisur und ihr teures Kleid. Dann verstand sie, wen sie vor sich hatte, und machte einen Knicks, der sie fast das Gleichgewicht gekostet hätte. »Welche Ehre! Ich habe Ihr Konzert gesehen! Der Pfarrer hat mir die Karte geschenkt. Also, ich muss schon sagen …«

Aletta wollte nicht hören, was die Haushälterin zu sagen hatte, nahm ihr das Paket ab, das Urte Ollmann vom Kutscher in Empfang genommen hatte, und fragte nach dem Pfarrer. »Ist er in seinem Studierzimmer?«

Urte Ollmann nickte, und so ging Aletta auf die Tür des Erdgeschosses zu, die sie kannte. Sie zögerte, als sie die Hand schon erhoben hatte, um zu klopfen. Und als sie merkte, dass die Haushälterin in der Küche verschwunden war, ließ sie die Hand wieder sinken. Ihre letzte Beichte hatte sie hinter dieser Tür abgelegt. Es war keine Zeit gewesen, auf den nächsten Gottesdienst zu warten, um im Beichtstuhl ihre Sünden zu bekennen. Sie war ins Pfarrhaus gegangen, so wie jetzt. Nur, dass sie damals nicht so freundlich empfangen worden war.

»Ich habe gesündigt. Schwer gesündigt! Ich bin eine Diebin, die Sie jahrelang vergeblich gesucht haben. Ich war es, die die Kollekte gestohlen hat, mehr als einmal. Ich habe auch Geld aus Ihrem Schreibtisch genommen, die Gäste im ›Miramar‹ bestohlen und in die Kasse eines Ladengeschäftes gegriffen. Sogar im Stubenladen von Rosi Nickels habe ich gestohlen.«

Der Pfarrer hatte sie angestarrt, als hielte er sie für übergeschnappt. »Du? Aber, Aletta … du bist doch ein gutes Kind.«

»Ich wollte es nur ein einziges Mal tun. Aber dabei wurde ich erwischt und dann gezwungen, es immer wieder zu tun. Sonst wäre ich verraten worden.«

»Wer hat dich gezwungen?«

Aber Aletta hatte den Kopf geschüttelt. Nein, Dirk Stobart sollte seine Sünden selber beichten. »Ich musste ihm die Hälfte des Geldes geben, das ich gestohlen hatte. Wofür er es brauchte, wusste ich nicht. Jedenfalls anfänglich …«

»Und später?«

»Später habe ich gemerkt, dass er es für einen Menschen brauchte, den er liebte. Von da an war ich es, die ihn erpressen konnte.«

»Das willst du auch beichten?«

Nein, daran hatte Aletta nicht gedacht. »Ich habe ihm nur gedroht, damit endlich Schluss war mit den Diebstählen. Er hatte mich nicht mehr in der Hand. Von da an hatte er genauso große Angst, dass sein Geheimnis ans Licht kam.«

Der Pfarrer hatte nach Luft geschnappt und sogar ein paar von seinen Herztropfen gebraucht, als Aletta ihre Beichte mit der Ankündigung vervollständigte, dass sie am nächsten Tag die Insel verlassen wolle. »Niemand darf es wissen, damit ich nicht zurückgehalten werde. Sie dürfen mich nicht verraten, Hochwürden. Ich weiß, dass Sie ans Beichtgeheimnis gebunden sind.«

Pfarrer Frerich hatte sie mit schweren Bußen belegt, die Aletta bereitwillig auf sich nahm, und noch ein paar Rosenkränze dafür hinzugefügt, dass sie nicht schon vorher ihre Sünden gebeichtet hatte. Dann war er in sie gedrungen, damit sie sich ihre Flucht noch einmal überlegte. »Das darfst du deinen Eltern nicht antun.«

»Ich muss, Hochwürden! Vera sagt, es ist mein Recht.«

Dann war sie gegangen, mit einem leichten Gewissen und dem Versprechen, dass sie zurückkommen werde, wenn sie eine berühmte Sängerin geworden war. An diesem Tag würde sie auch das Geld zurückzahlen, das sie gestohlen hatte. Nachdem der Pfarrer ihre Sünden verziehen und sie zum Abschied gesegnet hatte, wog die letzte Lüge, die sie ihren Eltern auftischen musste, nicht mehr schwer. Und dass sie von einem Toten in der Familiengruft der Mügges wusste, musste sie nicht beichten. An dessen Tod war sie nicht schuld.

Nun klopfte sie und trat ein, als sie hörte, dass der Pfarrer »Herein!« rief. Er saß am Schreibtisch und schien die Predigt für den nächsten Sonntag vorzubereiten. Er lächelte, als er sie erkannte, und rief wie bei ihrer Rückkehr, als sie ihn in der Küche ihres Elternhauses wiedersah: »Aletta, mein Kind!«

Fürsorglich geleitete er sie zu einem Stuhl, ließ sie Platz nehmen und setzte sich dann selber wieder. »Was führt dich zu mir?«

Aletta schob das Paket über die Schreibtischplatte. »Ich bin gekommen, um Wiedergutmachung zu leisten. Ich habe es Ihnen vor zehn Jahren versprochen. An dem Tag, bevor ich ging.«

»Du hast das Geld zurückgebracht, das du gestohlen hast?«, fragte der Pfarrer ungläubig.

Aletta nickte. »Mit Zins- und Zinseszinsen. Verteilen Sie es bitte so, wie Sie es für richtig halten, Hochwürden.«

Er nickte, betrachtete das Paket eine Weile, dann schob er es ungeöffnet beiseite. »Ich habe gehört, dass Ludwig Burger die Insel verlassen hat.«

Aletta antwortete nicht, weil sie fürchtete, dass die Tränen ihre Stimme ersticken könnten.

»Überleg dir, ob du wirklich zu Insa ziehen willst.«

»Es ist auch mein Elternhaus. Es gehört mir zur Hälfte.«

Pfarrer Frerich wiegte den Kopf und sah Aletta zweifelnd an. »Zwischen euch, das war immer ...« Er suchte nach Worten, und Aletta nahm es ihm ab, den Satz zu vervollständigen.

»Kalt! Wollten Sie das sagen? Ja, zwischen Insa und mir herrschte immer Kälte. Ich weiß nicht, warum.«

»Und trotzdem willst du zu ihr ziehen?«

Aletta nickte entschlossen. »Ich habe es Ludwig versprochen. Außerdem wird der Krieg nicht lange dauern.«

Dieser Ansicht schien der Pfarrer nicht zu sein. Trotzdem bestätigte er Alettas Worte: »Sylt ist deine Heimat. Es ist richtig, dass du hierbleibst. Auf der Insel hast du Freunde und Bekannte.«

Hatte sie das wirklich? Aletta dachte nach, aber außer Jorit fiel ihr niemand ein. Ja, sie hatte als Kind ein paar Freundinnen gehabt, aber davon lag eine schon auf dem Friedhof, die andere hatte aufs Festland geheiratet und die dritte nach List. Gemeinsame Kinderspiele hatte es früher sowieso nur selten gegeben. Mädchen mussten schon früh im Haushalt helfen, in den Pensionen ihrer Eltern oder in der Landwirtschaft. Bei den Lornsens war es zwar Insa gewesen, die der Mutter im Haus zur Hand ging, aber das Nesthäkchen hätte sicherlich ebenfalls schon früh seine Pflichten zugeteilt bekommen, wenn es nicht als Dienstmädchen von Vera Etzold zum Familieneinkommen beigetragen hätte. Zweimal in der Woche war sie zum Gesangsunterricht gegangen, hatte aber der Mutter erzählt, sie gehe dreimal pro Woche ins »Miramar«, um Vera Etzold zu Diensten zu sein. An dem jeweils dritten Nachmittag war sie in die Dünen gegangen, hatte sich in die Sonne gelegt oder Koloraturen geübt, obwohl Vera Etzold gesagt hatte, an diese komplizierte Gesangsform dürfe sie sich erst später wagen.

Aletta erschrak. Hatte sie diese Lüge eigentlich gebeichtet? Aber sie schüttelte die Frage gleich wieder ab und erhob sich. »Es tut mir wirklich leid, dass ich Sie bestohlen habe, Hochwürden«, sagte sie ehrlich. »Aber es war für mich die einzige Möglichkeit, Sängerin zu werden. Meine Eltern hätten es nie zugelassen. Vera Etzold hat immer gesagt: Du musst sie zwingen. Und ich weiß, dass sie recht hatte.«

Der Pfarrer stand ebenfalls auf. Er sah jetzt ernst und vorwurfsvoll aus. »Was wäre gewesen, wenn ich Sönkes Mutter gefunden hätte? Sie wäre angeklagt worden. Ganz Westerland war der Ansicht, dass sie die Diebin ist.«

Aletta zuckte die Achseln. Es wäre leicht gewesen zu sagen, dass sie dann selbstverständlich die Wahrheit bekannt hätte. Aber sie war nicht sicher, ob sie es wirklich geschafft hätte. Sie konnte nicht ausschließen, dass sie zugesehen hätte, wie eine andere für ihr Vergehen bestraft wurde. »Ich war noch sehr jung«, wich sie aus.

»Alt genug, um zu wissen, was du tust.«

Aletta starrte auf den Saum ihres Rockes. Der Pfarrer hatte recht. Sie konnte sich nicht auf ihre Jugend berufen, nur darauf, dass sie für ihr Ziel, Sängerin zu werden, alles getan hätte. Und sie war immer der Meinung gewesen, dass nicht sie diese Schuld auf sich lud, sondern dass sie ihren Eltern aufgebürdet werden musste, die ihr Talent nicht hatten würdigen wollen.

»Hast du sie jemals um Gesangsstunden gebeten?«, fragte der Pfarrer leise. »Vielleicht wären sie einverstanden gewesen, dass Frau Etzold dich kostenlos unterrichtet.«

Aletta lachte auf. »Einmal habe ich davon geredet, dass ich Sängerin werden möchte. Meine Mutter hat mir eine Ohrfeige verpasst, und mein Vater hat mir gedroht, mich so lange im Hühnerstall einzusperren, bis ich zur Vernunft gekommen sei.« Wieder stieß sie ein Lachen aus, mit dem sie in den vergangenen zehn Jahren immer wieder jede Schuld von sich gewiesen hatte. Aber auch heute folgte eine tiefe Traurigkeit auf dieses bittere Lachen. »Ich dachte, Insa würde mich unterstützen. Aber sie war noch schlimmer als meine Eltern. Sie hat gesagt, meine Stimme sei die einer Krähe. Ich solle mir nichts darauf einbilden. Und ich habe gehört, wie sie Mutter geraten hat, mich hart anzufassen, damit sich diese verrückte Idee nicht in meinem Kopf festsetzt.«

Erst jetzt bemerkte Aletta, dass der Pfarrer sie sehr nachdenklich betrachtete. »Die arme Insa hat es nicht immer leicht gehabt.«

Aletta runzelte die Stirn. »Ich weiß so wenig von ihr, obwohl sie meine Schwester ist.«

»Ja, ja, der große Abstand zwischen euch beiden! Fünfzehn Jahre! Es war wie ein kleines Wunder, dass deine Mutter noch einmal schwanger wurde.«

»Warum hat Insa nie geheiratet?«

»Das solltest du sie selber fragen.«

Wieder stieß Aletta das Lachen aus, mit dem sie sich vor der ganzen Welt schützte. »Meinen Sie, das hätte ich nicht? Als ich klein war, hat sie mir auf den Mund geschlagen. Als ich größer wurde, hat sie mich wütend angefahren, das ginge mich nichts an, und später hat sie sich einfach umgedreht und mich stehen lassen.«

Der Pfarrer stand auf, ging um den Schreibtisch herum, griff nach Alettas Schultern und sah sie eindringlich an. »Es wäre besser für dich, woanders unterzukommen als ausgerechnet bei Insa.«

Aletta befreite sich mit einer kurzen Bewegung von seinen Händen. »Ich lasse mich nicht von meiner Schwester aus meinem Elternhaus drängen. Es gehört mir genauso gut wie ihr.« Sie stand auf, ging zur Tür und griff nach der Klinke. »Außerdem möchte Ludwig, dass ich dort einziehe, bis er zurückkommt. Ich habe es ihm versprochen.«

Sie kehrte dem Pfarrhaus den Rücken zu und ging los, mit gesenktem Kopf, wie sie es gewöhnt war, wenn sie sich in der Öffentlichkeit aufhielt. Sie wollte nicht angesprochen, nichts gefragt, auch nicht mit Lob und Schmeicheleien überschüttet werden. Erst recht nicht jemandem Rede und Antwort stehen müssen, der sich in ihrem Ruhm sonnen wollte und meinte, allein deswegen ein Recht auf sie zu haben, weil sie auf derselben Insel geboren waren.

Aber obwohl ihr, während sie den Kirchenweg hinunterging, gelegentlich jemand entgegenkam, blieb sie unbehelligt. Es war, als hätten sich die Bedeutsamkeiten verschoben, als wäre eine berühmte Sängerin nicht mehr wichtig angesichts der Ereignisse, die auf sie alle zukamen. Aletta richtete den Oberkörper auf, als sie an der Einmündung in die Stephanstraße anlangte, und hob sogar den Kopf. Vor einem Haus standen zwei Frauen, die miteinander sprachen und keine Notiz von ihr nahmen. Mehrere Männer in Arbeitskleidung gingen an ihr vorbei, die darüber diskutierten, ob der Krieg eigentlich schon begonnen habe oder nicht, ob sie auf einen Gestellungsbefehl warten oder sich gleich freiwillig an die Front melden sollten und ob diejenigen unter ihnen, die einen Betrieb führten und eine große Familie zu ernähren hatten, gänzlich von der Einberufung verschont blieben.

Aletta sah ihnen nach. Zwei junge Kerle waren dabei, denen man sogar von hinten die Freude am Kriegsabenteuer ansah, die beiden älteren Männer wirkten weit weniger euphorisch, und einer von ihnen blickte ängstlich auf seine Füße und beteiligte sich nicht an der Diskussion.

Aletta beschloss, nicht in die Stephanstraße einzubiegen. Sie würde am Abend ihr Gepäck vom »Miramar« in ihr Elternhaus bringen lassen und morgen dort einziehen. Ihre Schwester hatte keinen Hehl daraus gemacht, wie wenig es ihr gefiel, dass Aletta bei ihr wohnen wollte, aber natürlich wusste sie, dass sie es nicht verhindern konnte. Aletta hatte ein Recht darauf, und dass es objektiv vernünftig war, auf Sylt zu bleiben, musste auch Insa einsehen. Aber Aletta würde keinen Augenblick früher als nötig vor der Tür erscheinen.

Einem Impuls folgend, bog sie in die Maybachstraße ein, überquerte sie und ging in die Paulstraße, den kleinen Weg zwischen Strand- und Friedrichstraße. Dort hatte früher die Familie Lauritzen gewohnt, Jorit mit seinen Eltern und Schwestern. Es war anzunehmen, dass das Hotel, von dem er gesprochen hatte, dort entstanden war.

In der Paulstraße war es nicht anders als in der Stephanstraße. Sämtliche Häuser, die früher dort klein und bescheiden gestanden hatten, waren beträchtlich erweitert und herausgeputzt worden. Die großen Grundstücke dienten nicht mehr vorrangig dem Anbau von Gemüse, sondern waren auf die Bedürfnisse von Feriengästen eingerichtet worden. Das Haus der Lauritzens war ein kleines spitzgiebeliges Haus gewesen, das nun durch Anbauten erheblich vergrößert worden war und eine ganz neue Form angenommen hatte. Die alten Bäume standen immer noch davor, aber ein neuer Zaun grenzte den Vorgarten von dem unbefestigten Weg ab, der bei schlechtem Wetter schmutzig und schwer zu begehen war. Die Anbauten links und rechts des ursprünglichen Hauses hatten große Fenster, hinter einigen war ein Speiseraum zu erkennen, hinter anderen ein Gesellschaftszimmer mit tiefen Sesseln und Bücherregalen. Aletta ahnte, dass die Tiefe des Grundstücks ebenfalls gut genutzt worden war und der frühere Obst- und Gemüsegarten, den Jorits Großmutter bestellt hatte, einem Anbau mit einer Reihe von Hotelzimmern hatte weichen müssen. Über dem Eingang prangte ein Schild: »Hotel Lauritzen«! Rechts und links neben der Tür luden Holzbänke ein, die Sonne, die Luft und den Anblick Vorübergehender zu genießen. Die Fenster, die früher ohne jeden Schmuck hatten auskommen müssen, waren nun mit teuren Spitzengardinen verhängt worden. Das Hotel Lauritzen wirkte sauber und gepflegt, einladend und komfortabel.

Der Hausdiener, der aus der Tür trat, kaum dass Aletta sich entschlossen hatte, Jorit einen Besuch abzustatten, hätte auch im »Miramar« seine Ausbildung erhalten haben können. Seine Uniform war makellos, seine Mütze, die über dem kleinen Schirm den Hotelnamen trug, riss er zackig vom Kopf und verbeugte sich schnittig. »Darf ich der Dame helfen?«

»Ich möchte zu Herrn Lauritzen«, antwortete Aletta lächelnd. »Ist er zu Hause?«

»Ich werde nachsehen.« Der Hausdiener ließ sie eintreten, bot ihr einen Platz in einem tiefen Sessel an und verschwand durch eine Tür, die er sorgfältig hinter sich schloss.

Aletta hatte kaum Zeit, sich umzusehen und die heutige Empfangsdiele mit dem damaligen Raum zu vergleichen, in dem Jorits Großvater vor dem Kamin gesessen und seine Pfeife gestopft hatte, während die Kinder zu seinen Füßen spielten. Nun war der Fußboden erneuert worden, die alten Holzplanken waren einem mosaikartig verlegten Steinboden gewichen, die Möbel waren nagelneu, und es gab Blumen und Wohnaccessoires, die im Hause Lauritzen früher undenkbar gewesen wären.

Die Tür sprang auf, und Jorit erschien auf der Schwelle. »Aletta! Du besuchst mich?« Er griff nach ihrer Hand, küsste sie und ließ sich neben ihr nieder. »Wie schön!«

Aletta war gerührt, als sie feststellte, dass er sich noch stärker verändert hatte, als auf den ersten Blick zu erkennen gewesen war. Jorit hatte sich Manieren angeeignet, die im Hotelwesen erwartet wurden, kleidete sich auch wie ein Hotelbesitzer und strahlte Autorität aus, wie es für einen Mann, der eine Reihe von Angestellten hatte, nötig war. Jorit hatte sich nicht weniger verändert als sie selbst. Aber zum Glück war das Lachen seiner Augen geblieben und auch das Spitzbübische in seinen Mundwinkeln.

»Herzlichen Glückwunsch zu deinem hübschen Hotel«, sagte sie lächelnd.

Er lächelte zurück. »Mit dem ›Miramar‹ ist es natürlich nicht zu vergleichen.«

»Ich werde morgen früh ausziehen. Ich will bei meiner Schwester wohnen.«

»Du wirst auf Sylt bleiben?«

Aletta bemerkte, dass Jorits Augen aufleuchteten, aber sie ließ diese Beobachtung unkommentiert. Sie berichtete von Ludwigs Rückkehr nach Wien, von seiner Einschätzung der politischen Lage und seinen Sorgen. Während sie sprach, beobachtete sie Jorits Miene, hoffte auf eine Abwehr, auf eine andere Meinung, auf Worte wie: »Dein Freund sieht das alles zu schwarz« oder »Wird schon nicht so schlimm werden«.

Doch Jorit tat ihr den Gefallen nicht. Er nickte ernst und bestätigte Ludwigs Worte: »Es wird Krieg geben. Die Frage ist nur: Was wird das für Sylt bedeuten?«

Sein Blick schnellte durch den Raum, als wollte er alles an sich reißen, was er sah. »Sehr viele Sylter leben mittlerweile vom Fremdenverkehr. Im Krieg werden die Gäste ausbleiben. Die Hotels werden leer stehen. Und was soll aus den vielen Zimmermädchen und Hausdienern werden, die auf Sylt Arbeit gefunden haben?«

Aletta schämte sich, dass sie an diese Konsequenz bisher nicht gedacht hatte. Es war, als fiele Jorits Schicksal von der Decke des Raums in ihren Schoß. Hastig griff sie danach und hielt es fest, als wäre sie mit seinem Schicksal in ihren Händen zu Jorit gekommen. »Ich glaube nicht, dass Männer, die einen Betrieb führen, eingezogen werden.«

Jorit lachte freudlos. »Ich führe den Betrieb mit meiner Schwester zusammen.«

»Mit Emme?«

»Nein, mit Beeke. Emme ist mit Dirk Stobart verheiratet, Beeke dagegen ist ledig geblieben.« Er zog spöttisch lächelnd die Mundwinkel herab. »Jeder kann ein Hotel allein führen, in dem es keine Gäste mehr gibt. Das Hotel braucht mich nicht.«

Aletta sah Jorit erschrocken an. »Was sagst du? Emme und Dirk Stobart? Ist sie glücklich mit ihm?«

Jorit zuckte die Schultern. »Warum fragst du?«

Darauf wusste Aletta nichts zu sagen, aber zum Glück wartete Jorit nicht auf eine Antwort. »Emme hat einen Sohn, der ist ihr ganzes Glück«, wich er aus. »Zwar hätte sie gerne noch weitere Kinder gehabt, aber …« Wieder hob er die Schultern und ließ sie hilflos wieder sinken. »Manchmal will das Schicksal es eben anders.«

Aletta, die auf keinen Fall über Dirk Stobart reden wollte, nickte, als hätte sie eine einleuchtende Erklärung erhalten. Sie war enttäuscht, dass er nichts sagte, was ihr die Angst vor der Zukunft nehmen konnte. Einen kleinen Hoffnungsfunken, dass Ludwig sich getäuscht haben könnte, gab es immer noch in ihr, das merkte sie jetzt. »Aber du glaubst auch, dass der Krieg nicht lange dauern wird?«

Jorit zuckte die Achseln. Dazu wollte er nichts sagen. Stattdessen meinte er: »Du hast dich nie mit deiner Schwester verstanden. Immer hast du dich von ihr abgelehnt gefühlt. Kann es da richtig sein, dass du zu ihr ziehst?«

»Wo soll ich sonst hin? Ich kann nicht monatelang im Hotel wohnen.«

»Du könntest hier einziehen. Ins Hotel Lauritzen! Im Moment ist zwar kein Zimmer frei, aber später …«

Aletta unterbrach ihn mit einer kleinen Geste. »Danke, Jorit. Aber ich gehöre in das Haus meiner Eltern.«

Ein Dienstmädchen in einem schwarzen langen Rock, einer

hellen Bluse und einer grauen Schürze erschien vor Jorit und knickste. »Herr und Frau Ringling möchten vom Strand abgeholt werden.«

Jorit nickte. »Sag meiner Schwester Bescheid. Sie soll den Hausdiener mit dem Leiterwagen losschicken.«

Das Mädchen knickste noch einmal und lief davon.

Jorit wandte sich wieder an Aletta. »Für Beeke ist das Hotel zum Lebensinhalt geworden.«

Aletta erinnerte sich, dass Beeke Lauritzen mit einem Matrosen verlobt gewesen war, als sie Sylt verließ. »Ist aus ihrer Hochzeit nichts geworden?«

»Knut ist auf See geblieben. Danach hat Beeke keinen Mann mehr angesehen. Sie will nicht heiraten.«

»So wie Insa«, murmelte Aletta nachdenklich. »Hast du meine Schwester jemals mit einem Mann gesehen? Oder hast du jemanden darüber reden hören, dass sie unglücklich verliebt war?«

Jorit schüttelte den Kopf. »Wenn von Insa Lornsen die Rede ist, dann heißt es nur: Die will keinen.«

Aletta stand auf, um sich zu verabschieden. »Und du? Warum hast du nicht geheiratet?« Sie lachte kokett. »Sag nicht, dass du auf meine Rückkehr gewartet hast.«

Jorit hatte sich ebenfalls erhoben und sah Aletta lange nachdenklich an. »Als mir klar wurde, dass du ohne mich gegangen warst, wusste ich, dass ich dich verloren hatte. Die Musik, der Gesang, die Welt, die du durch Vera Etzold kennengelernt hast … dagegen war meine Liebe klein und belanglos.«

Aletta wehrte erschrocken ab. »Nein, das war sie nicht, nur …« Sie merkte, dass es keine Erklärung gab, mit der sie sich hätte entschuldigen, rechtfertigen oder Jorit begütigen können. Deshalb sagte sie nur: »Ich bin sehr froh, dass du mir verzeihen konntest.«

»Hoffnungen, dass du zu mir zurückkommen könntest, habe ich mir zu keinem Augenblick gemacht. Erst recht nicht, als ich von deinen Erfolgen hörte. Große Rollen in großen Theatern! In jeder Zeitung dein Name, dein Bild!«

»Und warum hast du nicht geheiratet?«, wiederholte Aletta.

»Ich habe eine Frau«, antwortete Jorit mit einer Stimme, die Aletta noch nie gehört hatte. Melancholisch, ausdruckslos, müde. »Sie lebt bei ihren Eltern auf dem Festland.«

Als Aletta ins »Miramar« zurückkehrte, begegnete sie im Foyer Direktor Busse. »Es wird Sie sicherlich interessieren, dass Österreich heute die Generalmobilmachung ausgerufen hat«, teilte er ihr mit. »Es war richtig, dass Herr Burger in die Heimat zurückgereist ist.«

Aletta hatte sich mit dem Unausweichlichen nun abgefunden, empfand aber dennoch jeden weiteren Beweis dieser Unausweichlichkeit wie eine Strafe, die sie nicht verdient hatte. »Und Deutschland?«, fragte sie tonlos.

»Es kann nicht mehr lange dauern«, meinte Busse und verbeugte sich, als wollte er sich bei Aletta für das entschuldigen, was auf sie alle zukommen würde. »In den Zeitungen ist heute schon die drohende Kriegsgefahr verkündet worden. Haben Sie es nicht gelesen?«

Aletta verzichtete auf die Erklärung, dass sie niemals Zeitung las, sondern daran gewöhnt war, von Ludwig zu erfahren, was für sie wichtig war.

Sie sah sich im Hotelfoyer um. Die Hausdiener hetzten hin und her, Dienstmädchen liefen die Treppen hinauf und herab, dazwischen spielten Kinder und wurden nicht daran gehindert, auf ihren Steckenpferden durchs Foyer zu reiten. Mit der vornehmen Ruhe im »Miramar« war es vorbei.

»Die ersten Gäste reisen ab«, raunte Direktor Busse ihr zu. »Sie wollen zu Hause sein, wenn der Krieg ausbricht.«

Aletta dachte daran, wie unbeschwert und fröhlich noch am Tag zuvor das Strandleben gewesen war, wie unbeeindruckt sich die Feriengäste von der drohenden Gefahr gezeigt hatten. So unbeeindruckt, dass Aletta ebenso wenig an die Gefahr hatte glauben können. Nun waren auch diejenigen aufgeschreckt worden, die bisher den Kopf in den Sand gesteckt hatten.

»Haben Sie mein großes Gepäck schon in die Stephanstraße bringen lassen?«, fragte sie.

Direktor Busse bestätigte es. »Ich wünsche Ihnen eine angenehme letzte Nacht in meinem Hause und hoffe, dass Sie in Friedenszeiten wieder mein Gast sein werden. Zusammen mit Herrn Burger, der hoffentlich unversehrt aus dem Krieg zurückkehren wird.«

Er entschuldigte sich, weil er viel mit den verfrühten Abreisen zu tun hatte, und lief davon. Mit schweren Schritten ging Aletta die Treppe hoch. Direktor Busse blickte bereits in die Zukunft, auf die Zeit nach dem Krieg. Das konnte sie nicht. Der Krieg stand wie eine schwarze Wand vor ihr, unüberwindbar. Was sich dahinter verbarg, war ungewiss. Es konnte ein Wiederaufblühen sein, aber auch tiefes Elend.

Sie ließ sich Tee ans Bett bringen, der ihr beim Einschlafen helfen sollte, und verbot sich, zur Kenntnis zu nehmen, wie gehetzt die Dienstboten waren, die zu den Handreichungen bei ihr erschienen, an die sie gewöhnt war. Sie nahmen sich kaum die Zeit zum Knicksen, huschten nur im Laufen kurz in die Knie und beeilten sich mit der Erledigung ihrer Aufträge. Dass zwei der Mädchen nicht mehr da waren, wollte Aletta nicht bemerken, und sie erkundigte sich nicht nach Berta und Hella. Dieser letzte Abend im »Miramar« sollte so sein, wie er für Vera Etzold selbstverständlich gewesen war. So, als könnte es keinen Krieg geben.

Das Frühstück nahm sie im Bett ein, ebenfalls in dem Bewusstsein, dass es womöglich ein Abschied für immer war. Dann ließ sie sich bei der Frisur helfen, obwohl sie lange warten musste, bis endlich eines der Dienstmädchen Zeit für sie hatte, und packte ihre Utensilien nicht selbst zusammen, sondern klingelte auch dafür nach einem Mädchen. Anschließend ließ sie den

Hausdiener rufen, damit er ihre Tasche in die Kutsche trug, die sie zur Stephanstraße bringen sollte.

Langsam schritt Aletta hinter ihm die Stufen hinab, blieb dann aber in der Mitte der Treppe stehen. Im Foyer standen mehrere Herren, jeder von ihnen hatte ein Zeitungsblatt in der Hand. Aletta konnte sehen, was auf der Titelseite stand. »Extrablatt! Der deutsche Kaiser hat die Mobilmachung angeordnet!«

Neben ihr erschien ein Hotelgast, der im Nachbarzimmer logierte und einmal die Gelegenheit ergriffen hatte, ihr zu sagen, dass er ein Verehrer ihrer Kunst sei. »Es ist so weit«, sagte er. »Deutschland wird vermutlich heute noch Russland den Krieg erklären.« Er reichte Aletta den Arm und schritt mit ihr gemeinsam die Treppe hinab. »Und die deutsche Kriegserklärung an Frankreich wird nicht lange auf sich warten lassen.«

Als die Kutsche die Friedrichstraße entlangrollte, schien sich jedoch nichts verändert zu haben. Feriengäste bummelten von einem Geschäft zum anderen. Damen in hellen Kleidern mit schmalen Taillen und weiten, langen Röcken, mit großen Hüten auf den hochgetürmten Frisuren flanierten die Straße entlang, Herren in dunklen Anzügen und Hemden mit hohen Kragen, die leichte Strohhüte trugen. Auf dem rechten Arm lag die Hand ihrer Begleiterin, in der linken Hand tanzte ein Spazierstock mit einem kostbaren Knauf. Sie alle zeigten keine Eile, reagierten entweder nicht auf die Zeitungsjungen, die ihnen die Extrablätter unter die Nase hielten, oder kauften sie ihnen ab, obwohl sie längst über die Extranachrichten informiert sein mussten.

Aletta stellte fest, dass es nun endgültig vorbei war, ihr fieberhaftes Suchen nach einem Indiz für den Fortbestand des Friedens. Vorgestern noch hätte die unbefangene Reaktion dieser Sommerfrischler ihr die Hoffnung zurückgegeben, dass Ludwig zu schwarz gesehen hatte, dass kein Land einen Krieg wollte und jeder Machthaber froh sein musste, auf eine Kriegserklärung verzichten zu dürfen. Nun aber war der Krieg unausweichlich geworden. Doch anscheinend gab es immer noch Menschen, die glaubten, er ginge sie nichts an, die sich ihrer privilegierten Stellung so sicher waren, dass nicht einmal ein Krieg daran etwas ändern sollte.

Doch dass das Herrschaftsgefüge bereits in Auflösung begriffen war, erkannte Aletta, als der Kutscher des »Miramar« sie ohne große Vorrede ansprach. Noch nie hatte er das Wort an sie gerichtet, weil es ihm selbstverständlich verboten worden war, den Gästen lästig zu fallen. Aber nun sagte er, als hätte er seinesgleichen vor sich: »Ist wohl besser, nach Hause zu gehen. Ich komme aus Bremen. Und Sie?«

Das war eine unverschämte Frage, eine plumpe Bemerkung, eine ungeheure Anmaßung, die Direktor Busse sofort mit Kündigung bestrafen würde, wenn er davon wüsste. Aber das war jemandem, der nach Hause zurückwollte, natürlich egal. Und jemandem, der die Auflösung seiner Lebensumstände auf sich zukommen sah, erst recht.

Deshalb antwortete Aletta, als wäre sie von einem Gast des »Miramar« gefragt worden: »Ich bin auf Sylt zu Hause.«

Dieser Satz klang noch in ihr nach, als die Kutsche in die Stephanstraße einbog. Sie lag sehr ruhig da. Keine Feriengäste waren zu sehen, die zum Strand aufbrachen, keine Botenjungen, die die Sommerfrischler mit Auslieferungen versorgten, keine Hausfrauen hinter den Zäunen der Vorgärten, keine Dienstboten, die in den offenen Fenstern die Kissen aufschüttelten. Gespannte, erwartungsvolle Ruhe lag über der Straße. Die Frau, die vorüberging, blickte nicht einmal auf, obwohl eine Kutsche des »Miramar« sicherlich nicht häufig in der Stephanstraße hielt und erst recht keine berühmte Sängerin hier abstieg. Aber sie schien weder das eine noch das andere wahrzunehmen, ließ den Blick gesenkt und ging an Aletta vorbei, ohne sie eines Blickes zu würdigen.

»Das dürfte eine der wenigen sein, die vom Krieg profitieren«, meinte der Kutscher, der Alettas Tasche zur Tür trug. Anscheinend hatte er nun vollkommen vergessen, wie er sich als Bediensteter eines vornehmen Hotels zu benehmen hatte.

Aletta sah ihn erstaunt an und fragte, obwohl sie seine despektierliche Bemerkung natürlich hätte ignorieren müssen: »Was meinen Sie damit?«

Der Kutscher setzte ihre Tasche vor der Haustür ab. »Welche Frau will in Kriegszeiten schon ein Kind zur Welt bringen?« Ohne diesen rätselhaften Satz näher zu erläutern, verabschiedete er sich so diensteifrig, wie er es gelernt hatte, ergänzte aber: »Sie waren meine letzte Fahrt. Ich packe gleich meine Sachen und sehe zu, dass ich nach Munkmarsch komme. Noch sollen die Dampfer regelmäßig fahren.« Er ging bis zum Zaun des Vorgartens zurück und drehte sich dort noch einmal um. »Viel Glück, junge Frau! Wir können es alle gebrauchen.«

Aletta starrte ihm nach, als könnte sie nicht glauben, was ihr zu Ohren gekommen war. Dann griff sie zur Türklinke, erleichtert, dass ihr Stolz sie gehindert hatte, den plumpen Gruß des Kutschers zu erwidern.

V.

Am 1. August 1914 erklärte Deutschland erst Russland den Krieg, am 3. August dann Frankreich. Am 4. August folgte Großbritanniens Kriegserklärung an Deutschland, vier Tage später erklärte Großbritannien auch Österreich-Ungarn den Krieg. Abends um halb acht läuteten die Glocken sämtlicher Kirchen auf Sylt. Der Weltkrieg wurde eingeläutet.

Aletta und Insa saßen am Küchentisch, die gefalteten Hände auf der Tischplatte, ließen die Köpfe hängen und lauschten auf das Geläut, das den ganzen Himmel zu erfüllen schien, als käme es direkt aus den Wolken. Im Hause wurde es unruhig. Zwei Familien hatten die Pension Lornsen zwar verlassen, drei andere jedoch waren der Meinung gewesen, dass es nicht nötig sei, vor dem drohenden Krieg zu fliehen. Wie viele andere Feriengäste auch, die sich nach wie vor auf Sylt aufhielten und versuchten, den Krieg zu ignorieren.

Es klopfte an der Küchentür. Obwohl weder Insa noch Aletta zum Eintreten aufforderten, öffnete sich die Tür leise, und eine Frau steckte vorsichtig den Kopf herein. »Was bedeutet das Glockengeläut?«

Insa hob den Kopf, während Aletta ihre Körperhaltung nicht veränderte. »Der Krieg hat begonnen.«

»Und nun?«

Insa zuckte die Schultern. »Wir werden sehen …«

Diese Auskunft schien der Frau zu reichen. Sie zog sich wieder zurück. Man hörte sie draußen flüstern und dann die energische Stimme eines Mannes: »Heute geht kein Schiff mehr. Wir können frühestens morgen aufbrechen. Ich schlage jedoch vor, wir warten erst mal ab.«

Eine andere Männerstimme mischte sich ein. »Das Wetter ist gut, am Strand ist es angenehm ruhig, weil schon viele Gäste abgereist sind. Warum sollen wir nicht hier bleiben? Der Krieg findet woanders statt.«

Insa und Aletta sahen sich an, aber keine sprach ein Wort. Wieder versanken sie in Schweigen, bis Insa sich schließlich resolut erhob. »Solange die Feriengäste da sind, müssen sie versorgt werden«, sagte sie. »Hilf mir! Arbeit lenkt ab.«

Aletta stand auf und ging zu ihrer Schwester, die das Brot aus dem Schrank holte und Aletta das Messer hinschob, damit sie mit dem Schneiden begann. »Ich habe noch nichts von Ludwig gehört.«

Insa holte Wurst und Schmalz hervor und setzte Wasser auf, damit sie Tee für die Gäste kochen konnte. »Du hättest ihn eben heiraten sollen. So wirst du nicht mal eine Nachricht erhalten, wenn er fällt.«

Aletta schloss fest die Augen und damit den Schmerz in sich ein, den diese Bemerkung verursachte. Sie wollte ihrer Schwester nicht zeigen, wie verletzt sie war. Schon als Kind hatte sie es so gehalten und Insa nicht merken lassen, dass sie sich von ihr zurückgewiesen fühlte.

»Vermisst du Mutter sehr?«, fragte sie, während sie mit dem Brotschneiden begann.

»Ich habe bis zu ihrem Tod nie einen Tag ohne sie verbracht«, antwortete Insa. »Im Gegensatz zu dir …«

»In der ersten Zeit in Kassel habe ich oft darauf gehofft, dass ihr mich besucht. Ich dachte, ihr würdet wissen wollen, wie es mir geht.«

»Hast du auch mal daran gedacht, was wir gehofft haben?«

»Ihr wolltet, dass ich zurückkomme, mir eine Karriere als Sängerin aus dem Kopf schlage und stattdessen heirate und Kinder kriege.«

»Vor allem wäre es uns lieb gewesen, wenn du uns nicht belogen hättest.«

»Ich hätte es nicht nötig gehabt, zu lügen, wenn ihr mir eine Chance gegeben hättet. Was war so verwerflich daran, aus meinem Talent etwas zu machen?«

Darauf antwortete Insa nicht. Schweigend arbeiteten die Schwestern, so lange, bis Aletta Insas Zurückweisung ein weiteres Mal hinuntergeschluckt hatte. »Wo mag Ludwig sein?«

Insas Schweigen war so voller Ablehnung, dass es die ganze Küche füllte. Dann erst antwortete sie: »Er hat sicherlich genug damit zu tun, seine Reichtümer in Sicherheit zu bringen.«

Aletta überhörte den Sarkasmus. »Wenn ich geahnt hätte, dass ich nicht nach Wien zurückkomme, hätte ich so viel Geld wie möglich nach Sylt gebracht. Es wird schwierig werden, wenn die Feriengäste wegbleiben.«

Insas unausgesprochener Vorwurf wurde so unangenehm, dass Aletta das Fenster öffnete. »Mutter hat manchmal zwei alte Strickjacken aufgeribbelt, um aus der Wolle eine neue Jacke für Vater zu stricken.«

»Ich hätte euch gerne finanziell unterstützt.«

»Wir hätten dein Geld nicht haben wollen.«

»Siehst du? Das wusste ich.«

Aletta griff nach dem Schmalztopf, um die Brotscheiben zu bestreichen. »Weißt du wirklich nicht, was Mutter mir vor ihrem Tod anvertrauen wollte?«

Das Wasser begann zu kochen. Insa drehte Aletta den Rücken zu, während sie den Tee aufgoss. »Hör auf, mich zu fragen. Es gab kein Geheimnis. Ich wüsste davon.«

Insa gefiel es, dass ihr Gespräch durch ein Klopfen an der Tür unterbrochen wurde. Der Pfarrer pflegte nicht zu warten, bis ihm geöffnet wurde, sondern stand schon Augenblicke später in der Küche. »Ich wollte mal nach dem Rechten sehen.« Er versuchte es mit einem jovialen Lachen, verstummte aber gleich wieder, als er sah, dass sein Lachen weder von Insa noch von Aletta erwidert wurde.

Frerichs Blick wurde sorgenvoll. Er versuchte es mit Erkundigungen nach Ludwig Burger, mit der Frage, wie sich eine Sängerin fühlte, deren Kunst mit einem Mal nicht mehr gefragt war, und ob sich die beiden Schwestern gut verstanden. »Nach zehn Jahren müsst ihr euch erst mal wieder aneinander gewöhnen. Stimmt's?«

Insa und Aletta beantworteten keine seiner Fragen. Insa setzte ihm eine Tasse Tee vor und fragte ihrerseits: »Gibt's was Neues?«

Pfarrer Frerich wusste, dass sie den Krieg und seine Auswirkungen auf Sylt meinte. »Es gibt Planungen für die Verteidigung der Insel«, verkündete er.

»Also müssen wir befürchten, dass der Krieg nach Sylt kommt?«, fragte Aletta atemlos.

Aber der Pfarrer winkte ab. »Das sind alles Vorsichtsmaßnahmen. Fest steht, dass der Badebetrieb ab sofort eingestellt wird. Sämtliche Sommergäste müssen die Insel verlassen! Heute noch! Die entsprechende Anordnung hängt bereits vor dem Rathaus aus.«

»Warum?«, fragte Insa.

»Die Ferienunterkünfte werden für die Soldaten gebraucht, die unsere Insel bewachen sollen«, erklärte der Pfarrer. »Und die Sylter Dampfschifffahrt braucht alle zur Verfügung stehenden Schiffe für den Truppen- und Materialtransport. Mit der Beförderung der Feriengäste muss Schluss sein.«

Insa schien um die Pension Lornsen zu fürchten. »Einquartierung? Auch bei uns?«

Frerich nickte. »Daran wird wohl keiner vorbeikommen. Andererseits ist es gut, dass Wohnraum zur Verfügung steht, wenn alle Gäste die Insel verlassen haben.«

»Und wovon sollen wir dann leben?«, fragte Insa.

»Die kaiserlichen Quartiersätze stehen bereits fest. 14 Pfennig für jeden einfachen Soldaten! Für Offiziere gibt's mehr, 2,25 Mark sogar für einen General.« Der Pfarrer faltete die Hände über seinem Bauch. »Wir werden uns an Einschränkungen gewöhnen müssen. Noch gibt es zum Glück genug Vorräte auf der Insel. Jede Pension, jedes Hotel hat die Vorratskammern voll. Die Sommersaison hätte ja noch ein paar Wochen angedauert. Not und Hunger brauchen wir fürs Erste nicht zu befürchten.« Pfarrer Frerich erwies sich als gut informiert und berichtete, dass auch auf Amrum der Badebetrieb eingestellt worden sei. Lediglich auf Föhr brauche niemand auf Feriengäste zu verzichten. »Die Insel liegt außerhalb militärischer Planungen. Nur Ausländer müssen Föhr verlassen. Die Österreicher sollen sofort abgereist sein.« Er warf Aletta einen Blick zu. »So wie Herr Burger.«

Aletta sah Insa an, aber diese blickte nicht auf, sondern beschäftigte sich weiter mit der Zubereitung des Abendessens für die Gäste. Doch als Aletta nach ihrer Hand griff, ließ sie die Arbeit endlich ruhen und wehrte diesmal Alettas Berührung auch nicht ab. »Wir müssen jetzt zusammenhalten«, sagte Aletta leise.

Dass Insa nickte, jagte ihr einen Schauer des Glücks über den Rücken, der in den ersten Tagen eines Krieges eigentlich unangemessen war.

Insa verbrachte den Abend mit den Gästen, die ihr zugesichert hatten, dass sie, sobald der Krieg beendet sei, wiederkommen würden, um die gesunde Luft auf Sylt und die gute Versorgung in der Pension Lornsen zu genießen. Es herrschte eine Atmosphäre, die heiter und optimistisch sein sollte, aber niemals werden konnte. Im Gegenteil! Die übertriebene Sorglosigkeit, die dabei helfen sollte, die Angst zu überwinden, führte schon bald dazu, dass die Stimmung kippte und einer Frau die Tränen kamen, die gerade noch hysterisch gekichert hatte.

Während alle anderen sich ihr widmeten und ihr die eigene Stärke als gutes Beispiel präsentierten, erhob sich Aletta unbemerkt und verließ das Zimmer. Leise stieg sie die Treppe hoch, als hätte sie Angst, entdeckt und zurückgehalten zu werden. An der Tür ihrer kleinen Kammer ging sie vorbei, die Insa ihr eigentlich hatte zuweisen wollen. Aber Aletta hatte protestiert und das elterliche Schlafzimmer für sich beansprucht. »Die Kammer ist zu klein! Soll das große Schlafzimmer etwa leer stehen?«

Insa hatte schließlich nachgeben müssen. Und von der Frage, ob sie sich wirklich in einem Zimmer wohlfühlen könne, in dem ihre Mutter gestorben sei, hatte Aletta sich nicht provozieren lassen. Sie wollte auch deswegen in diesem Zimmer schlafen, weil sie dort ihrer Mutter nah sein konnte. Für Insa unvorstellbar!

Die Idee, Dirk Stobart zu bitten, ihr Sönke zur Verfügung zu stellen, war ihr ganz spontan gekommen. Sie brauchte Hilfe dabei, das Ehebett aus dem Zimmer herauszuschaffen und das alte Bett aus ihrer kleinen Kammer ins Schlafzimmer zu bringen.

Dirk war sofort einverstanden gewesen. »Sönke kann ein paar Stunden bei dir … ich meine, er kann bei Ihnen arbeiten, gnädige Frau. Es sind ja fast alle Aufträge zurückgezogen worden, seit der Krieg begonnen hat.«

Sönke war von so argloser Freundlichkeit gewesen, dass es ihr beinahe wehgetan hatte. Aber er konnte ja nicht ahnen, dass sie etwas verband. Und ihm war zum Glück nicht aufgefallen, dass sie ihn während der Arbeit heimlich beobachtete. Der Versuch, ihn nach seinem Leben bei Dirk Stobart auszufragen, war jedoch gescheitert. Sönke hatte seinen Chef einen guten Mann genannt, bei dem er sich wohlfühle, und mehr war nicht aus ihm herauszubekommen gewesen.

Aletta betrat das Zimmer und sah sich um, als wollte sie herausfinden, wieweit der Raum noch an ihre Eltern erinnerte. Tatsächlich war der Kamillenduft noch da, der schwache Geruch von Krankheit, Siechtum und Tod, der bitter und gleichzeitig süßlich war, einerseits abstoßend, aber auch tröstlich. Ja, sie fühlte sich heimisch in diesem Raum. Sobald Ludwig zurück war, würde sie sich natürlich wieder in dem Leben heimisch fühlen, das sie mit ihm geführt hatte, aber sie merkte, dass es ihr gelingen konnte, zehn Jahre Erinnerung zu überwinden. Und das Schlafzimmer ihrer Eltern würde ein Ort werden, der besser zu ihr passte als das »Miramar«.

Sönke hatte den großen Kleiderschrank der Eltern auf den Speicher gewuchtet und stattdessen einen kleineren Schrank heruntergetragen, der für Alettas Garderobe ausreichte. Ihre Kleider, obenauf das dunkelgrüne Seidenkleid, das sie während des Konzertes getragen hatte, waren in einer mit Leinen ausgeschlagenen Kiste verstaut worden, ihre Spazierstöcke und die großen Hüte in einem ausgedienten Wäschekorb. Für all das war auf Sylt kein Platz mehr. Nur der fliederfarbene Seidenschal sollte als Stück ihres alten Lebens bei ihr bleiben. Und ihre seidene Unterwäsche! Niemand würde sie zu sehen bekommen, Insa am allerwenigsten. Heimlich wollte sie die zarten Teile waschen und trocknen, aber sie würden, wie der Seidenschal, der Haken sein, mit dem ihr altes Leben sich ans neue klammern ließ.

Zwei dunkle Kleider ihrer Mutter hatte sie in ihrem Zimmer behalten, die gut für die Arbeit in Haus und Garten waren. Sie stellte fest, dass sie auch hier anders empfand als Insa. Während Aletta sich ihrer Mutter näher fühlte, wenn sie ihre Kleidung trug, war Insa blass geworden, als sie sah, wie ihre Schwester sich die Schürze der Mutter umband, und hatte sich mit Tränen in den Augen abgewandt. Aber nur kurz, dann war wieder die praktische, resolute Insa zum Vorschein gekommen. »Du bist größer und schlanker als Mutter.«

Aletta hatte genickt. »Ich kann nicht nähen, sonst würde ich die Kleider in der Taille enger machen und den Saum herauslassen.«

»Ich könnte Frauke Bescheid sagen. Frauke Lützen! Du erinnerst dich?«

Aletta dachte nach, aber sie brachte mit diesem Namen kein Gesicht in Verbindung. Fieberhaft überlegte sie, denn sie wusste mittlerweile, wie Insa reagierte, wenn sich herausstellte, dass von Alettas Leben auf Sylt so manches in Wien in Vergessenheit geraten war.

»Sie wohnt außerhalb«, erläuterte Insa. »Am Ende der Steinmannstraße, weit hinter der Zimmerei Stobart. Sie hat die kleine Nähwerkstatt ihrer Mutter übernommen.« Und anzüglich hatte sie ergänzt: »Aber so was Unwichtiges hast du dir natürlich nicht gemerkt.«

Aletta trat aus dem Zimmer und sah an sich herab, ehe sie die niedrige Tür gegenüber der Treppe öffnete, hinter der eine Stiege zum Dachboden hinaufführte. Sobald Frauke Lützen die Kleidung ihrer Mutter geändert hatte, würde sie hier auf Sylt nichts anderes tragen. Ihr Kleid, das in Wien ein einfach geschnittenes Hauskleid aus einem anspruchslosen Stoff gewesen war, passte nicht hierher. Die Schürze, die sie vorgebunden hatte, um es zu schützen, machte den Kontrast nur noch schärfer. Auf Sylt hatten ihre Kleider aus Wien nichts zu suchen, für ein paar Monate würde die Kleidung ihrer Mutter für sie richtig sein. Dann musste der Krieg zu Ende sein. Ludwig hatte gesagt, er würde nicht lange dauern. Und im Krieg mussten Opfer gebracht werden! Da war es nur recht und billig, dass sie auf Mode, Zierrat, kunstvolle Frisuren und Schminke verzichtete. Sie tastete nach dem Knoten in ihrem Nacken. Noch nie war er ohne Schmuck ausgekommen. Wenn sie sich in Wien oder während ihrer Konzertreisen mit dieser schlichten Frisur zufriedengegeben hatte, war der Knoten allermindestens mit einem kunstvoll gehäkelten Netz, mit Perlen oder mit Blättern geschmückt worden. Ludwig, der auch unter seiner Hausjacke stets ein einwandfrei geplättetes Hemd trug, hätte indigniert die Augenbrauen gehoben, wenn sie sich völlig schmucklos zu ihm an den Frühstückstisch gesetzt hätte. Es war gut, dass er ihre Schürze und ihre unpolierten Fingernägel nicht sehen musste. Lediglich einen Hauch von Puder und ein paar Tropfen ihres teuren Parfüms hatte sie sich gegönnt und dann den Rest ihrer Kosmetika entschlossen in eine Schublade verbannt.

Sie lauschte auf die Stimmen, die aus dem Wohnzimmer heraufdrangen, öffnete die Tür zum Speicher und zog sie leise hinter sich ins Schloss. Dumpfer Geruch kam ihr entgegen, der Mief von Staub, alten Möbeln, morschen Textilien, dazu der scharfe Gestank von Mäuseexkrementen. Es raschelte, als sie am Kopf der Treppe angekommen war, dann aber war nur noch der leichte Wind zu hören und kurz darauf für ein paar Augenblicke die Räder einer Kutsche. Doch all diese Geräusche waren weit weg.

Sönke war es gewesen, der sie auf die Korbtruhe aufmerksam gemacht hatte. »Sie muss geschützt werden.« Er hatte auf den Boden vor der Truhe gezeigt, der voller Papierkrümel war. »Lagern dort wichtige Papiere? Die Mäuse haben bald alles gefressen.«

Vorsichtig öffnete Aletta den Deckel der Truhe und nahm einige Blätter heraus. Sie zerfielen in ihren Händen, kaum dass sie berührt worden waren. Aber dann folgte ein Stapel, der unversehrt war, nur an den Ecken und Kanten brüchig und zerfranst. Es waren die Grundrisszeichnungen des Hauses, Berechnungen, die ein Architekt oder Statiker angestellt haben mochte, Briefe mit dem Kopf der Stadt Westerland, in dem die Genehmigung zum Hausbau erteilt wurde. Sie stieß auf Korrespondenzen, die ihre Mutter mit ihrer Großmutter in Hamburg geführt hatte, auch auf Briefe von Mutters Schwester, die früh gestorben war, und fand Blätter mit Gedichten, die ein Kind mit steiler Handschrift und vielen Fehlern zu Papier gebracht hatte. Unzählige kleine Erinnerungen, die am Ende ein ganzes Leben ausmachten.

Und dann fand sie ein in Leinen gebundenes Buch. Anscheinend ein Tagebuch, denn es war mit einem Schloss gesichert. Vorsichtig durchstöberte sie den Rest der Truhe, aber einen Schlüssel zu dem Buch fand sie nicht. Zweifelnd wog sie es in ihren Händen. Ob es sich um das Tagebuch ihrer Mutter handelte? Wurde sie dort zu dem Geheimnis geführt, das die Mutter ihr anvertrauen wollte?

Sie hörte ein Geräusch auf dem Flur und schloss eilig den Deckel der Truhe. Das Buch schob sie in die Tasche ihrer Schürze. Dann machte sie sich an den Abstieg und blieb lauschend vor der Tür stehen, ehe sie sie vorsichtig öffnete. Der Flur war leer, aber hinter Insas Tür hörte sie Geräusche.

Rasch ging Aletta in ihr Zimmer und versteckte das Buch unter ihrer Matratze. Als sie sich aufrichtete, fiel ihr Blick in den Spiegel. Vor ihm hatte sie sich als Kind oft gedreht und als größeres Mädchen Posen eingenommen, die ihr bühnenwirksam erschienen waren. Manchmal, wenn sie darauf vertrauen durfte, nicht gehört zu werden, hatte sie vor diesem Spiegel sogar gesungen und dabei an alles gedacht, was sie von Vera Etzold gelernt hatte.

Sie summte, ließ ihre Stimme die Tonleiter hinauflaufen und wieder herab, dann löste sie die Schürze und warf sie zur Seite. Ludwig hätte sie niemals in einer Schürze sehen dürfen. Wo immer sie sich aufhielten, hatte er darauf bestanden, dass Dienstboten um sie herum waren, die die alltäglichen Arbeiten verrichteten. Aletta wäre es oft lieber gewesen, mit Ludwig allein zu sein, und hätte dafür gerne in Kauf genommen, den Kaffee selber zu kochen und eigenhändig einen Imbiss vorzubereiten, ohne nach dem Mädchen zu klingeln. Aber für Ludwig, der sein ganzes Leben mit Personal verbracht hatte, kam das nicht in Frage. Wie würde ein Mann wie er den Krieg überstehen? Es war das erste Mal, dass ihre Gedanken über die Angst vor Verwundung, Verstümmelung und den Tod hinausgingen. Würde Ludwig, wenn er Hunger und Durst, Unrat und Elend, bittere Not und Todesangst überlebt hatte, noch derselbe sein?

»Du wirst wieder singen«, hatte er beteuert.

Aber was war mit ihm? Würde er wieder hinter ihr stehen, sie in ihrer Garderobe erwarten, sie vor aufdringlichen Verehrern schützen und sie trösten können, wenn ein Kritiker sie ungerecht beurteilt hatte? Die Sehnsucht nach ihm und die Angst um ihn lähmten sie für Augenblicke, und nur mit Mühe fand sie zurück in die Realität, in der es weitergehen musste, in der sie zu bewahren hatte, was für Ludwig zählte, und alles tun musste, damit später aus der Vergangenheit wieder eine Zukunft wurde.

Sie strich sich über die Haare, steckte eine Strähne fest, glättete den Rock ihres Kleides und band die Schürze ab. Dann ging sie ins Erdgeschoss und betrat das Wohnzimmer, wo noch immer die drei Ehepaare saßen, die am nächsten Tag mit ihren Kindern die Insel verlassen mussten. Sie redeten leise miteinander, brachen die Gespräche aber sofort ab, als Aletta hereinkam.

Sie sah sich um. Das Wohnzimmer betrat sie zum ersten Mal, seit es Aufenthaltsraum genannt wurde. Der alte Vitrinenschrank war noch an seinem Platz, auch die Standuhr, die gerade in diesem Augenblick die volle Stunde schlug. Die breite Kommode war unter das Fenster gerückt worden, das neue Gardinen erhalten hatte. Aber das Sofa, in das man so tief hineinsank, dass es Mühe machte, sich wieder daraus zu erheben, fehlte, ebenso die beiden Lehnstühle, auf denen ihre Eltern den Abend verbracht hatten, weil ihnen das Sofa zu unbequem geworden war. Stattdessen waren nun vier kleine Tische im Zimmer verteilt worden, an denen zierliche Stühle standen. Aus dem Wohnzimmer war so etwas wie ein Kaffeehaus geworden, das sein Privates dafür hergeben musste.

»Endlich!«, rief ein dicker Mann, sprang auf und kam ihr entgegen, um sie zum Tisch zu führen. »Wir wünschen uns die ganze Zeit, dass wir Sie endlich kennenlernen dürfen.«

Aletta wurde mit Fragen bestürmt, die sie knapp, aber freundlich beantwortete. Und dann kam die Bitte, auf die sie gewartet hatte: »Ein Lied! Bitte singen Sie uns ein Lied! Vielleicht wird es das letzte Schöne sein, was wir erleben.«

Aletta ließ sich nicht lange bitten. Die Zeit war gekommen! Sie musste es wagen, das Leben weiterzuführen, ohne Ludwigs Nähe zu spüren. Ein Versuch sollte es sein! Das Risiko, ihre Stimme erklingen zu lassen, obwohl Ludwig weit weg war, musste sie einfach eingehen. Wenn er sagte: »Du wirst wieder singen«, dann durfte sie nicht aufhören damit, bis er zu ihr zurückkehrte.

Sie gab ihr erstes Konzert ohne Ludwig. In Gedanken bei ihm, nur ihm zugewandt, mit angefülltem Herzen, in dem nur er Platz hatte, nur die Frage, wo er sein mochte, nur die Hoffnung, dass er seelisch und körperlich unversehrt bleiben möge, und die Ungewissheit. Sie sang zwei Schubertlieder »Gretchen am Spinnrade« und »Du bist die Ruh«. Und dann das Lied, das im Hause Lornsen immer dann gesungen worden war, wenn ein besonderer Tag zu Ende ging: »Guten Abend, gut' Nacht …«

Sie sang über die Köpfe ihrer Zuhörer hinweg, die in einem dunklen Saal, hinter dem grellen Licht der Bühnenbeleuchtung nie zu sehen waren, in das dunkle Quadrat des Fensters hinein, so, wie sie in die Dunkelheit des Zuschauerraums sang, und dann blitzte etwas im Garten auf, wie manchmal ein Schmuckstück im Schein einer sich öffnenden Tür aufblitzte. Das Mondlicht, vor dem eine Wolke zerrissen war, hatte ein weißes Taschentuch zum Leuchten gebracht.

»Schau im Traum 's Paradies …«

Sie hielt sich nicht lange mit der Anerkennung ihrer sechs Zuhörer auf, ließ keine Huldigungen zu, bedankte sich nur artig für den Applaus, war aber zu keiner Zugabe bereit. Sie murmelte gute Wünsche für die schwere Zeit, die vor ihnen lag, und drückte die Hoffnung aus, dass man sich bald gesund wiedersehen möge, dann lief sie in die Küche und von dort in den Garten.

Insa stand noch immer da, an den Nussbaum gelehnt, und als Aletta auf sie zutrat, bekam sie bestätigt, dass ihre Schwester weinte. Sie hatte Insa nie zuvor weinen sehen …

Wenn ich wenigstens darüber sprechen könnte! Aber Geert will kein Wort davon hören, und er hat mir verboten, mit Insa darüber zu reden. Geert glaubt, dass man irgendwann vergisst, worüber nicht geredet wird. So ein Unsinn! Er hat mir sogar verboten, darüber zu schreiben. Dieses Tagebuch hat er gefunden und die Seiten herausgerissen, in denen ich darüber geschrieben habe. Ob ich mir jemals überlegt hätte, was geschehen würde, wenn nach unserem Tod jemand dieses Buch fände? Er will, dass wir alles mit ins Grab nehmen. Niemand soll etwas wissen. Und dass Insa darüber nicht reden wird, ist so gut wie sicher.

Aletta ließ das Buch sinken und betrachtete schuldbewusst den aufgebrochenen Verschluss. War es richtig gewesen, sich der geheimen Gedanken ihrer Mutter zu bemächtigen? Hatte sie sich eines schweren Vertrauensbruchs schuldig gemacht? Oder hatte sie, nachdem ihre Mutter gestorben war, ein Anrecht darauf, zu erfahren, was diese ihr auf dem Sterbebett hatte sagen wollen?

Aletta blätterte durch das Tagebuch. Tatsächlich! Die Stellen, wo ihr Vater einige Seiten herausgerissen hatte, waren gut zu erkennen. Was mochte dort gestanden haben? Warum hatte ihr Vater nicht gewollt, dass es ans Tageslicht kam?

Sie blätterte an den Anfang zurück und vertiefte sich erneut in die schmale, krakelige Schrift ihrer Mutter, die nur schwer zu entziffern war.

Die Reise war beschwerlich. Es regnete, und es stürmte, und wir waren alle sehr krank. Insa am meisten. Geert hat uns bis nach

Munkmarsch begleitet, und dann habe ich ihn noch lange auf dem Steg sehen können. Er wusste …

Die folgende Seite fehlte. Aletta konnte erkennen, dass sich dadurch auch andere Seiten gelöst haben mussten, die dann womöglich aus dem Buch herausgefallen und in die Tiefen der Truhe gesunken waren. So war aus diesem Tagebuch ein mageres Bändchen geworden, um das Wichtigste beraubt.

Aletta hörte ein Geräusch vor der Zimmertür, steckte das Buch unter die Bettdecke und stand hastig auf. Schon stand Insa auf der Schwelle, zögerte aber, den Raum zu betreten. Sie versuchte, von der Tür aus zu erkennen, was sich geändert hatte. »Dirk Stobart ist gekommen. Er fragt, ob du Sönke noch länger benötigst.«

Aletta schüttelte den Kopf. »Sollte es noch etwas Schweres zu transportieren geben, sage ich in der Zimmerei Bescheid.« Sie sah ihre Schwester besorgt an. »Oder will er Sönke kündigen, wenn er keine Arbeit mehr für ihn hat? Das wäre schrecklich für den Jungen.«

Aber Insa winkte ab, zog die Mundwinkel herab und die Stirn hoch. »Dirk braucht Sönke. Dem wird er niemals kündigen. Aber wenn Sönke eingezogen wird, muss er wohl ohne ihn auskommen. Dirk selbst wird vielleicht davonkommen, als Erbe einer großen Zimmerei. Das sähe ihm ähnlich …«

Sie wollte wieder in die Küche gehen, aber Aletta hielt sie zurück. »Warum magst du Dirk Stobart nicht?«

»Magst du ihn etwa?«

Aletta zögerte, antwortete dann aber: »Nein, ich mag ihn auch nicht.«

Insa warf einen Blick zur Treppe und dämpfte ihre Stimme. »Du weißt doch, dass sein Bruder vor Jahren verschollen ist. Kai sollte eigentlich die Zimmerei bekommen, aber dann verschwand er von einem Tag auf den anderen. Es gehen immer noch Gerüchte um, dass Dirk seinen Bruder auf dem Gewissen hat, um an die Zimmerei zu kommen.«

Aletta sah ihre Schwester erschrocken an. »Glaubst du das auch?«

Insas Gesicht verschloss sich mit einem Mal, aus dem kurzen Zusammengehörigkeitsgefühl wurde von einer Sekunde auf die andere eisige Ablehnung. Wütend stieg sie die Treppe hinab, als ärgerte sie sich darüber, Neugier und Sensationslust mit Aletta geteilt zu haben. »Was interessierst du dich plötzlich für Sylter Schicksale? Glaubst du, damit kannst du wieder eine von uns werden?« Sie war schon auf der letzten Stufe angekommen, als sie zurückrief: »Aber das kannst du nicht mehr. Dazu ist es zu spät.«

Aletta schaffte es nicht, ihrer Schwester unverzüglich zu folgen. Erst musste sie die Abfuhr hinunterschlucken. Warum nur geschah es immer wieder, dass ihre Schwester sie zurückwies und ihr zu verstehen gab, dass sie nicht zu ihr gehörte? Niemals hatte Aletta ein tiefes Gefühl mit Insa geteilt. Und am vergangenen Abend hatte sie einsehen müssen, dass sich daran nichts geändert hatte. Auch die Kriegsgefahr, der Tod der Mutter, nicht einmal Alettas letztes Konzert vor den sechs Feriengästen hatte die Schwestern zueinandergeführt. Als sie auf Insa zugetreten war, wurde dieser klar, dass die Dunkelheit sie nicht geschützt, dass Aletta ihre Tränen bemerkt hatte. Die Hoffnung, dass das letzte »Guten Abend, gut' Nacht« endlich das erreicht hatte, was das Konzert im Alten Kursaal hatte bewirken sollen, war in sich zusammengefallen, als sie Insas Zorn gesehen hatte. Wie ein Blitz war er in ihre Tränen gefahren und in ein Gefühl eingeschlagen, von dem Aletta nichts erfuhr. Für einen Moment sogar hatte sie befürchtet, Insa könne sie schlagen, so heftig war der Aufruhr gewesen, der aus ihren Augen sprühte. Aber dann hatte sie sich doch nur wortlos umgedreht und war gegangen. Und Aletta war unter dem Baum stehen geblieben und hatte ihr nachgesehen. Was Insa in dem dunklen Garten, vor dem erleuchteten Wohnzimmerfenster, hinter dem ihre Schwester sang, bewegt hatte, würde sie wohl niemals erfahren.

Aletta betrat nach Insa die Küche, in der Dirk vor einer Tasse

Tee hockte. Er sprang auf, als er Aletta sah, und verbeugte sich übertrieben höflich. »Ich wollte nur fragen …«

»Insa hat es mir ausgerichtet«, unterbrach Aletta ihn kühl. »Wenn ich Sönke noch einmal brauche, gebe ich Bescheid.«

Hastig trank Dirk seine Tasse aus und erhob sich. »Dann will ich nicht weiter stören.« Er maß Aletta mit einem seiner Blicke, mit denen sein gutgeschnittenes Gesicht für wenige Augenblicke unsympathisch wurde. »Ich hoffe, der Gatte ist wohlauf?«

Ausgerechnet in diesem Augenblick erschien der Postbote und brachte einen Brief. Er kam aus Wien! Aletta riss ihn an sich und verließ die Küche ohne einen Gruß. Sie lief bis in den hinteren Teil des Gartens, der den Feriengästen zur Verfügung gestanden hatte, und setzte sich dort in einen Strandkorb. Mit zitternden Händen öffnete sie den Umschlag, dann ließ sie sich zurücksinken und begann zu lesen …

Meine geliebte Aletta! Wenn Du diesen Brief bekommst, bin ich schon auf dem Weg zur Front. Ich gehöre dem 97. Infanterieregiment an. Nach einer Parade in Triest werden wir an die serbische Front marschieren. Hier herrscht überall schreckliche Hektik, ich kann nicht einmal sicher sein, dass Dich mein Brief erreicht. In dem ganzen Durcheinander kommt es mir sogar eher unwahrscheinlich vor. Trotzdem hoffe ich es natürlich. Und außerdem hoffe ich, dass die österreichische Armee sich nicht beweisen muss. Sie ist die schwächste Europas. Ich sehe wirklich schwarz. Die Offiziere sind entweder Deutsche oder Ungarn, die Befehlssprache ist Deutsch. Aber die meisten einfachen Soldaten sind der deutschen Sprache gar nicht mächtig und verstehen die Befehle nicht. Gestern habe ich erfahren, dass die Russen viermal so viele Artilleriegranaten besitzen wie wir. Wie soll das gehen? Ich fürchte auch, dass es sehr bald zu Versorgungsschwierigkeiten kommen wird. Es war keine Zeit, um den Krieg vorzubereiten und die Ausrüstungen auf Kriegstauglichkeit zu überprüfen. Es sind nicht mal genug Uniformen da. Manche ziehen in ihrer Zivilkleidung in den Krieg. Aber nicht nur, was die Aus-

stattung angeht, ist die Armee nicht auf dem neuesten Stand, es gibt auch kein strategisch-taktisches Konzept. Standhaft bis in den Tod – so nennt von Hötzendorf sein Konzept. Hoffen wir, dass es so weit nicht kommen wird. Standhaft, ja! Aber ich will überleben, und ich verspreche Dir, dass ich alles tun werde, um gesund zu Dir zurückzukehren. Ich hoffe, dass ich Dir bald wieder schreiben kann. Versuche, mit meiner Schwester Kontakt zu halten. Sie ist meine einzige Verwandte. Wenn mir etwas zustoßen sollte, wird man sie informieren. Sei inniglich umarmt, meine Geliebte. Und lass uns darauf vertrauen, dass wir uns wiedersehen. Du bist meine große Liebe, die Liebe meines Lebens! Und jetzt tut es mir leid, dass ich nicht heiraten wollte. Plötzlich reicht mir die Gewissheit nicht mehr, dass wir zusammengehören. Jetzt hätte ich gerne eine Heiratsurkunde und einen Ring am Finger und wollte, Du trügest meinen Namen. Richte Dich darauf ein, dass ich Dir einen Antrag mache, sobald ich zurück bin. Und wenn Du Dich fragst, wie Du mir während dieses Krieges besonders nah sein kannst, dann sing. Vergiss nie, dass Dir eine wunderschöne Stimme geschenkt wurde, der Du Dich verpflichtet fühlen solltest. Sing, wenn Du an mich denkst! Sing, wenn Du mir nah bist! Ich glaube, ich werde es hören können. In Liebe – Dein Ludwig.

Dass sie weinte, merkte Aletta erst, als sie den Brief zusammenfaltete und in ihren Ausschnitt steckte. Nun war er schon auf dem Weg zu irgendeiner Front, musste sein Leben aufs Spiel setzen, Entbehrungen ertragen, für etwas kämpfen, was er selbst nicht wollte. Dann aber lächelte sie leicht. Er würde sie heiraten, wenn er zurückkehrte! Ein großes Fest musste es werden. Sie würde Ludwigs Frau sein. Niemand wusste, wie sehr sie sich das gewünscht hatte. Und ausgerechnet dieser hässliche, widerwärtige Krieg würde ihr den Wunsch erfüllen!

Aletta stand auf und fühlte sich mit einem Mal so leicht wie nach einem besonders erfolgreichen Konzert. Beschwingt ging sie ins Haus zurück. Es wurde Zeit, Ludwigs Schwester zu schreiben. Sie sollte wissen, dass es nach dem Krieg eine Hochzeit geben würde. Und auch Insa musste es erfahren …

Sie traf ihre Schwester in der Küche an, aber sie war nicht allein. Eine Frau saß neben ihr am Tisch, die Aletta bekannt vorkam. Dieses flächige Gesicht, die glatten braunen Haare, den runden Rücken, der den Hals zwischen den Schultern verschwinden ließ, hatte sie nach ihrer Rückkehr nach Sylt schon einmal gesehen. Aber es fiel ihr nicht ein, wo ihr diese Frau begegnet war.

»Frauke Lützen will für dich Mutters Kleider ändern«, erklärte Insa.

Die Frau sah auf, ihre kleinen, dunklen Augen stachen in Alettas Gesicht, wurden größer und sogar staunend. Sie lächelte wissend und auch ein wenig geringschätzig. Beides konnte Aletta sich nicht erklären.

Sie reichte Frauke Lützen die Hand, die sich erhoben hatte und damit verriet, wie klein sie war. Daran war vor allem eine verkrümmte Wirbelsäule schuld, die verhinderte, dass sie ihren Kopf heben und sich aufrichten konnte. Aletta musste sich zwingen, Sympathie für Frauke Lützen aufzubringen. Schließlich konnte diese nichts dafür, dass sie nicht in der Lage war, ihrem Gegenüber gerade in die Augen zu blicken, und zu diesem unterwürfigen Blick gezwungen war, der eigentlich alles andere als unterwürfig war. Das merkte Aletta bald.

Frauke Lützen hatte ein Maßband um den Hals hängen und auf ihrem linken Handgelenk mit einer Spange ein Nadelkissen befestigt, das voller Stecknadeln saß. Aus ihrer Schürzentasche holte sie ein Stück Schneiderkreide, dann forderte sie Aletta auf, die beiden Kleider ihrer Mutter zu holen und anzuprobieren. Während sie mit Stecknadeln die Abnäher feststeckte, die sie den Kleidern verpassen wollte, fiel Aletta plötzlich ein, wo sie Frauke Lützen schon einmal gesehen hatte.

Sie sprach Insa sofort darauf an, nachdem die Näherin das Haus verlassen hatte. »Als der Kutscher des ›Miramar‹ mich hier absetzte, habe ich sie gesehen. Und er hat eine sehr merkwürdige Bemerkung gemacht. Frauke Lützen wäre eine der wenigen, die vom Krieg profitieren könnten! Denn keine Frau wolle im Krieg ein Kind zur Welt bringen.« Sie schloss das Oberteil ihres Kleides mit den vielen winzigen Perlmuttknöpfen, was viel Zeit in Anspruch nahm und was sie bisher immer ein Dienstmädchen hatte erledigen lassen. »Das hörte sich an, als wäre Frauke Lützen eine Engelmacherin.«

Sie war auf Insas Protest gefasst gewesen, aber ihre Schwester zuckte nur die Schultern. »Jemand muss sich auch darum kümmern, dass keine ungewollten Kinder geboren werden.«

Aletta sah überrascht auf. »Findest du das in Ordnung?«

»Besser jedenfalls, als ein Kind zur Welt zu bringen, das niemand will. Denk an Sönke. Seine Mutter hat ihn nicht haben wollen. Er ist sein Leben lang herumgeschubst worden. Besser, er wäre gar nicht zur Welt gekommen!«

»Dann ist die Nähwerkstatt von Frauke Lützen nur eine Tarnung ihres eigentlichen Berufes?«

»Sie arbeitet wirklich als Näherin.« Insa goss einen Tee auf und forderte Aletta mit einer Geste auf, sich zu ihr zu setzen. Aletta, die noch immer überwältigt war, wenn sie von ihrer Schwester irgendeine Art von Zuwendung erfuhr, ließ sich ohne weiteres auf einem Stuhl nieder.

»Erinnerst du dich an Kaiken Hollander?«, fragte Insa.

Aletta wagte nicht, den Kopf zu schütteln, aber Insas Stimme klang versöhnlich, als sie die Frage selbst beantwortete: »Wohl kaum. Kaiken wohnte sehr weit draußen, näher an Wenningstedt als an Westerland. Fraukes Tante, die Schwester ihres Vaters, war früh Witwe geworden, kaum dass sie schwanger war, und musste ihren Sohn als Halmreeperin durchbringen. Woher sie ihre Kenntnisse und Fähigkeiten hatte, weiß ich nicht, aber später ging es ihr besser, als sie vielen Frauen geholfen hat, die ungewollt schwanger geworden waren. Fraukes Mutter ist früh gestorben, Kaiken Hollander zog daraufhin zu ihrer Nichte in das kleine Haus mit der Nähwerkstatt. Da hat Frauke gelernt, was eine Engelmacherin zu tun hat. Und als Kaiken starb, sind die Frauen, die in Not waren, zu ihr gegangen. Auch Sommerfrischlerinnen, habe ich gehört. Mittlerweile wissen die meisten, welchem Gewerbe Frauke nachgeht, aber ihre Nähwerkstatt behält sie trotzdem.«

»Abtreibung steht unter Strafe!«

»Wo kein Kläger ist, ist kein Richter«, erwiderte Insa.

»Kennst du sie gut?«, fragte Aletta. »Bist du mit ihr befreundet?«

Aber Insa wehrte empört ab. »Kein Mensch ist mit ihr befreundet. Aber sie ist die einzige gute Näherin weit und breit.«

Aletta hatte Insa nachdenklich zugehört. »Glaubst du wirklich, dass es viele Frauen gibt, die im Krieg kein Kind zur Welt bringen wollen?«

Insa sah sie so erstaunt an, als verstünde sie Alettas Frage nicht. »Würdest du ein Kind haben wollen, wenn dein Mann an der Front ist und du nicht weißt, ob er zurückkommt? Oder wenn du gerade erfahren hast, dass er gefallen ist? Auf Sylt haben in den letzten Jahren viele vom Fremdenverkehr gelebt. Die stehen nun alle ohne Arbeit und ohne Einkünfte da. Wenn der Krieg länger dauert als erwartet, wird es noch viel Not auf der Insel geben. Wer will in solchen Zeiten ein Kind?«

Auf Sylt begann die Mobilmachung an der Keitumer Kirche. Einige Hundert Männer waren ihrem Gestellungsbefehl gefolgt, einige junge Burschen hatten sich freiwillig gemeldet, ein paar sogar das Notabitur gemacht, um so bald wie möglich dem Vaterland dienen zu können. Eine Mutter kam schreiend zum Bahnhof gelaufen, die ihren Sohn zurückhalten wollte, der sich freiwillig gemeldet hatte, ohne ihr etwas zu verraten. Erst im letzten Augenblick hatte sie seinen Brief gefunden und klammerte sich nun an ihren Jungen, als könnte sie ihn noch von seinem Plan abbringen. Nur knapp die Hälfte der Sylter Soldaten wurde an die Kampffronten gebracht, der andere Teil würde in der Inselwache Dienst tun, die die Ufer beschützen sollte. Die verzweifelte Mutter musste ihren Sohn in den Zug steigen lassen, einer ungewissen Zukunft entgegen, der der Achtzehnjährige mit leuchtenden Augen entgegenblickte.

Ganz Sylt war auf den Beinen, als diejenigen, die an die Front mussten, am Ostbahnhof auf die Inselbahn verladen und Richtung Munkmarsch geschickt wurden, wo ein Schiff auf sie wartete. Das brachte gleichzeitig einige Sylter mit maritimen Kenntnissen zurück auf die Insel, die in den letzten Jahren aufs Festland gezogen waren. Sie wurden nun in die Heimat geschickt, um Teil der Inselwache zu werden, deren Aufgabe es war, für eine lückenlose Überwachung der gut vierzig Kilometer langen West- und Nordküste zu sorgen.

Pfarrer Frerich war wieder besonders gut informiert gewesen. »Die englischen Seestreitkräfte sind gefährlich. Sie erfordern höchste militärische Konzentration. Helgoland soll den Rückhalt für die Torpedoboot-Flottille bilden und für die kleinen Kreuzer, die die Linie Wangerooge–Helgoland–Eider kontrollieren. Die Küsten müssen geschützt werden. Deswegen ist ein Teil des Landheeres für die Sicherung der Inseln Borkum, Pellworm und Sylt eingeteilt. Die Inselwachen werden durch Blinktrupps untereinander in Kontakt stehen. Die anderen Leuchtfeuer werden dafür gelöscht.«

Auch Insa und Aletta waren zum Bahnhof gegangen, um sich von denen zu verabschieden, die sie kannten. Es war ein sonniger Tag mit einem fast wolkenlosen Himmel. Die grauen Felduniformen schienen nicht zu diesem Tag zu passen. Und während so manches sich unter der Sonne heller, heiterer und versöhnlicher ausnahm, blieb der triste Abmarsch kläglich und gedämpft, obwohl einige Soldaten lachend aus dem Fenster der Inselbahn winkten, weil sie sich auf das Abenteuer Krieg freuten. Die meisten jedoch blickten ernst zurück, eingeschüchtert von der Trauer und den Tränen ihrer Angehörigen, die sie zurückließen, gelähmt von der Ungewissheit, der sie entgegenfuhren. Als der Zug sich in Bewegung setzte, versuchte jeder von ihnen, die Gesichter der Menschen, die sie liebten, so lange wie möglich im Blick zu haben, ihre winkenden Hände von anderen zu unterscheiden und die Augen an einer Haarsträhne, einem Band, einem flatternden Rock festzuhalten. Als der Abstand zu groß geworden war, stellte Aletta sich vor, dass ihr Blick über ihre Insel ging, die viele von ihnen noch nie verlassen hatten, über die flachen Häuser hinweg Richtung Meer, über die Heideflächen und die Dünen. Und es würde wohl keinen unter ihnen geben, in dem sich nicht die Sorge regte, ob er all das jemals wiedersehen würde.

Insa und Aletta standen unter den Frauen, die von ihren Männern, Söhnen und Brüdern Abschied genommen hatten. Die beiden hatten Nachbarssöhnen hinterhergewinkt, früheren Spielkameraden oder Mitschülern, vertrauten Handwerkern, Lebensmittelhändlern oder Fischern. Aletta hatte heimlich nach Jorit Ausschau gehalten, ihn aber nirgendwo gesehen. Erlöst ließ sie die Hand sinken, als die Inselbahn um die erste Kurve verschwand. Gott sei Dank! Jorit gehörte demnach nicht zu denen, die an die Front mussten! Die Erleichterung, die sie empfand, konnte sie sich zunächst nicht erklären und hielt sie selbst für unangemessen. Aber dann begriff sie, dass es unerträglich gewesen wäre, von ihm Abschied zu nehmen und ihm nachzuwinken, während sie selbst sich vor zehn Jahren heimlich davongemacht und ihm nicht die Möglichkeit zu einem solchen Abschied gegeben hatte.

Um sie herum war noch Schluchzen zu hören, eine ältere Frau weinte laut um ihren Sohn, ein paar kleine Kinder klammerten sich schreiend an die Beine ihrer Mütter. Dann aber, als der Qualm der Lokomotive verrauchte, als aus den kreisrund herausgestoßenen Dampfwolken allmählich faserige graue Rauchschleier wurden, die dann im Nu vor dem Blau des Himmels zergingen, kehrte sich das Leben bereits wieder dem Alltag zu. Trauer, Sorge und Verzicht gingen mit, als die Frauen sich umdrehten und zu ihrer Arbeit zurückkehrten, aber der Alltag musste eben weitergehen, die Arbeit getan, die Kinder versorgt, das Vieh gefüttert, die Ernte eingefahren werden. Ein paar Kinder hüpften den Müttern voran, schüttelten die Fäuste und drohten mit Stöcken, die sie unterwegs von einem Baum abgebrochen hatten.

»Jeder Schuss ein Russ, jeder Stoß ein Franzos, jeder Tritt ein Brit.«

Im Nu gewann auch eine berühmte Sängerin wieder an Bedeutung, die für Stunden und sogar Tage eine von ihnen, eine wie jede andere gewesen war. Es gab Frauen, die wiesen einander tuschelnd auf Aletta hin, andere sprachen sie an, um sich die schwere Stunde des Abschieds von einer kleinen Sensation erleichtern zu lassen, die Aletta noch immer für sie war. Seit sie unter ihnen herumging wie früher, seit sie in ihr Elternhaus gezogen war, das Haar in einem schlichten Knoten und die dunklen Kleider ihrer Mutter trug, noch mehr. Manche spürten vielleicht auch, dass Alettas Popularität zum Gradmesser werden konnte: Der Krieg würde noch nicht in das Leben der Sylter eingedrungen sein, solange Aletta als berühmte Sängerin und nicht nur als jüngste Tochter der Lornsens unter ihnen war. Erst wenn ihr Ruhm keine Bedeutung mehr hatte, würde der Krieg auch Sylt im Griff haben.

Diese Frage beschäftigte sie alle: Würde der Feind auf Sylt einmarschieren? Würde er von Westen oder Norden kommen, sie von See überfallen? Und konnte die Insellage sie dann schützen, wie der Inselkommandant behauptete?

Als sie den Heimweg antraten, fragte Aletta sich, wer Ludwig nachgewinkt haben mochte. Hoffentlich hatte seine Schwester ihn begleitet. Der Gedanke, dass kein vertrauter Mensch bei ihm gewesen war, als er mit diesem ungewissen Ziel aufbrach, setzte ihr zu.

Um sich von dieser Sorge abzulenken, fragte sie Insa: »Hast du Jorits Frau gekannt?«

Insa nickte. »Ich war sogar zur Hochzeit eingeladen. Eine hübsche, fröhliche junge Frau.« Sie verlangsamte ihren Schritt und sah Aletta von der Seite an. »Hast du Jorit getroffen?«

»Eher als dich«, entgegnete Aletta. »Er ist zu meinem Konzert gekommen. Und er war später in meiner Garderobe.«

»Dann hast du bei ihm erreicht, was du wolltest?« Insas Stimme klang so bitter und war gleichzeitig so verletzend, dass das schlechte Gewissen in Aletta hochschoss und die kurze Genugtuung, die sie sich verschafft hatte, in sich zusammenfiel. »Hat er eingesehen, dass du Sängerin werden musstest? Hat er bestätigt, dass du für dieses Ziel alle anderen belügen und betrügen durftest?«

Aletta fühlte, wie ihr die Tränen kamen. Kurz vorher, am Bahnhof, hatten sie wie zwei Schwestern nebeneinandergestanden und den Soldaten nachgewinkt, jetzt waren sie wieder Fremde geworden, Rivalinnen, vielleicht sogar Feindinnen. Sie antwortete nicht, um Insa mit ihrer schwankenden Stimme nicht zu zeigen, wie sehr sie von ihren Worten getroffen wurde.

Insa fuhr fort, als habe sie keinen Widerspruch erwartet: »Tomma Lauritzen wurde schon bald nach der Hochzeit schwanger. Es war eine schreckliche Sturmnacht, als ihre Wehen einsetzten. Die Hebamme hatte Mühe, zu den Lauritzens zu kommen. Als sie endlich eintraf, war Tomma schon nicht mehr bei Bewusstsein. Ein Schlag hatte sie getroffen. Das Kind war gestorben, und Tomma ist seitdem ein Pflegefall! Schrecklich! Zunächst war Jorit froh, dass Tomma überlebt hatte, aber dann hat er gemerkt, wie schwer es für ihn war, seine Frau allein zu versorgen. Er schaffte es nicht. Deswegen haben seine Schwiegereltern ihre Tochter zu sich geholt. In ihrem Haus in Hamburg wird sie seitdem gepflegt.«

Als sie das Tor zum Vorgarten öffnete, sagte Aletta: »Nach dem Krieg werde ich heiraten. Ludwig hat geschrieben, dass er mir einen Antrag machen wird, wenn er zurück ist.«

Insa veränderte ihren Schritt nicht, sie ging aufrecht und mit langsamen großen Schritten weiter und grüßte eine entgegenkommende Frau mit »Moin!«, ehe sie antwortete: »Die Hochzeit soll hoffentlich nicht auf Sylt stattfinden. Ich will damit nichts zu tun haben.«

VI.

Sylter Kriegsblatt: Die letzte Festung von Lüttich ist eingenommen! Mit nur 117 000 Mann konnte die belgische Armee den deutschen Vormarsch nicht lange aufhalten! Um 14 Uhr hisste die Stadt Lüttich die weißen Fahnen. Nur zwei Tage haben die Deutschen durch die belgische Verteidigung der Stadt verloren. Nun beginnt der Vormarsch durch Zentralbelgien nach Westen!

Das erste »Kriegsblatt« war ins Haus geflattert, die Sylter sollten so früh wie möglich die neuesten Nachrichten lesen.

»Von nun an werden wir regelmäßig damit beliefert«, sagte Insa verächtlich. »Damit wir früh genug erfahren, wie siegreich unsere Soldaten sind! Was interessiert es mich, was die in Belgien machen. Was hier auf Sylt passiert, ist das Einzige, was zählt.«

Aber auf Sylt passierte nichts. Ein Infanterieregiment aus Lübeck und einige Batterien eines Feldartillerie-Regiments aus Itzehoe übernahmen anfangs den Schutz der Insel, doch sie sollten bald durch Landwehreinheiten ersetzt werden, die aus Syltern bestanden, die sich auf ihrer Insel auskannten, die auf Sylt geboren und aufgewachsen waren, die entweder die Insel nie verlassen hatten oder nun zurückgeholt wurden. Die Kompanien bezogen ihre Stellungen in List und Hörnum, um die Häfen zu schützen. Dort und auch auf dem Ellenbogen, in der Vogelkoje, im Klappholttal und in Rantum wurden Barackenlager aus dem Boden gestampft, wobei die Männer helfen mussten, die nicht wehrtauglich oder aus anderen Gründen nicht eingezogen worden waren. Die Reserve- und Versorgungseinheiten, die Stäbe und Kommandanturen dagegen wurden in den Unterkünften untergebracht, die von den Badegästen geräumt worden waren. Sämtliche Hotels, Pensionen und die Kinderheime standen ihnen zur Verfügung. Das Lazarett wurde in der Westerländer Mittelschule eingerichtet. Für den Fall, dass die Räume nicht ausreichten, wurde dafür auch das Hanseatische Genesungsheim in der Norderstraße requiriert, im Kurhaus wurde die Militärdienststelle einquartiert und das gesamte Hotel »Zum Deutschen Kaiser« von der Kommandantur belegt.

Die Inselwache wurde außer mit Waffen zunächst nur mit Armbinden und Feldmützen ausgestattet, Uniformen wurden erst später geliefert. Auch sonst waren die Männer schlecht ausgerüstet. Nur halb so viele Decken wie benötigt wurden auf der Insel aufgetrieben, außerdem fehlte das notwendige Holz für die Artillerie. Bald sprach sich auch herum, dass versäumt worden war, für den Kriegsfall einen Wirtschaftsplan aufzustellen. Als sich herausstellte, dass niemand die Bevorratung von Konservendosen, Holz, Kohle, Petroleum und Öl veranlasst hatte, war das Seebad Westerland bereits geschlossen worden.

Das Betreten des Strandes und der Dünen war von da an verboten, in den Dünen selbst wurden Schützengräben ausgehoben, und die Soldaten fingen an, rund um Sylt einen Minengürtel anzulegen. Auch sämtliche Leuchtfeuer wurden zum Schutz der Insel gelöscht. Die Westerländer Plattform durfte nach Einbruch der Dunkelheit nicht mehr von Zivilpersonen betreten werden. Sämtliche Strandburgen wurden zerstört und alle Fähnchen, die von Kinderhand aufgesteckt worden waren, entfernt. Die Inselwache hätte womöglich von ihnen irritiert werden können.

Auch auf der Wattseite schuf das Militär klare Verhältnisse: Die Fischerei wurde verboten. Und fremden Personen war von nun an der Zutritt zur Insel nicht mehr gestattet. Nur in Ausnahmefällen durfte jemand einreisen. Dann musste er diese Reise begründen und der Inselkommandantur einen polizeilichen Ausweis und eine politische Unbedenklichkeitsbescheinigung vorlegen.

In die Pension Lornsen wurden zwei Soldaten einquartiert, Hauptmann Augustin Hütten und Leutnant Robert Fritz, die für die Organisation und Versorgung der Inselwache zuständig waren. Hütten war ein großer, kräftiger Mann von Anfang vierzig, ein vierschrötiger Bremer, der den Krieg akzeptierte wie eine schlechte Mahlzeit, die er dennoch hinunterschlingen würde, weil sie ihn sattmachte. Der jüngere Leutnant dagegen war ein schlanker, gutaussehender Mann, erst Anfang dreißig und von einnehmender Freundlichkeit. Als er Aletta sah, griff er sich entzückt ans Herz und verkündete, er habe bereits davon gehört, dass die berühmte Sängerin Aletta Lornsen in ihre Heimat zurückgekehrt sei. »Aber dass ich das Glück habe, in ihrem Hause zu wohnen ...« Dem Leutnant fehlten angesichts dieser unglaublichen Erkenntnis die Worte. Dann begann er von ihrem Auftritt im »Barbier von Sevilla« zu schwärmen, den er in München erlebt hatte. »Ich habe die Rosina nie besser gehört!« Und als Santuzza in »Cavalleria rusticana« habe er sie auch gesehen, und als Elvira in Bellinis »Puritani« habe sie ihn geradezu verzaubert.

An diesem Punkt der Schwärmerei wurde er von Hauptmann Hütten in die Realität des Soldatenlebens zurückgeholt. Der schnitt dem jungen Leutnant das Wort ab und verlangte, man solle ihm sein Quartier zeigen, statt ihn zu nötigen, diesem schwärmerischen Unsinn weiter zuzuhören. Dass er damit der Schwester der berühmten Sängerin aus der Seele sprach, beflügelte ihn sogar, die Kunst an sich in Frage zu stellen und künstlerische Berufe allesamt für überflüssig zu halten.

Während der Hauptmann das Zimmer, das Insa ihm zuwies, brummend bezog und einerseits unzufrieden wirkte, aber andererseits nichts beanstandete, blickte Robert Fritz sich in seinem neuen Domizil wie ein Gast um, der höflich sein wollte, egal, was er zu sehen bekommen würde. »Sehr nett! Vielen Dank!« Er wäre wohl mit allem zufrieden gewesen, solange es sich unter einem Dach mit Aletta Lornsen befand.

Während die beiden sich einrichteten, machte Insa sich daran, das Abendessen für sie vorzubereiten. »Du kannst den Tee kochen«, sagte sie zu ihrer Schwester.

Aber Aletta griff sich an den Magen. »Mir ist nicht gut. Ich möchte mich ein bisschen hinlegen.«

Tatsächlich fühlte sie sich seit Tagen schlecht, hatte mit Übelkeit zu kämpfen und mit einer bleiernen Müdigkeit, die sie sich nicht erklären konnte. Aber dass sie sich an diesem Abend zurückzog, hatte auch einen anderen Grund. Insa würde beschäftigt sein, Aletta konnte sich also wieder einmal auf den Speicher schleichen, um in der Truhe nach Spuren zu suchen, die sie zu dem Geheimnis ihrer Mutter führten. Auf keinen Fall wollte sie, dass Insa etwas von ihrer Suche mitbekam. Schon am Sterbebett ihrer Mutter hatte sie Fragen unterbunden und später auf alles, was Aletta wissen wollte, nur ärgerlich abgewinkt. Insa würde verhindern wollen, dass sie weiterforschte. Warum eigentlich? Weil sie ein Teil des Geheimnisses war?

Aletta dachte an eines der Blätter, das sich gelöst hatte, weil ein anderes, das an demselben Faden gehangen hatte, herausgetrennt worden war.

Die Zeit verstreicht quälend langsam. Die Wochen und Monate ziehen sich hin, wir haben beide Heimweh, Insa noch mehr als ich. Aber es bleibt uns nichts anderes übrig, als zu warten. Insa weint viel, und ich weiß nicht, wie ich sie trösten soll. Gestern habe ich sie dabei ertappt, wie sie einen Brief schrieb. Aber ich habe verhindert, dass er abgeschickt wurde. Womöglich verrät sie noch etwas. Sie ist ja so unglücklich fern ihrer Insel. Und sie kann nicht einsehen, dass ich nur ihr Bestes will.

Aletta hatte das Blatt sinken lassen und nachgedacht. Die Familie war häufig aufs Festland gereist, nach Hamburg, um die Verwandten der Mutter zu besuchen, die dort lebten. Witta hatte ihre Eltern und ihre Geschwister in der Nähe von Hamburg, auf einem kleinen Bauernhof, zurückgelassen, als sie Geert Lornsen nach Sylt gefolgt war. Aber Aletta konnte sich nicht erinnern, dass sie jemals wochen- oder sogar monatelang dort zu Besuch gewesen waren. Wenn Insa bei den Verwandten so unglücklich gewesen war, warum war die Mutter nicht wieder mit ihr nach Hause gefahren?

Die Übelkeit zog wieder durch ihren Leib, sie blieb stehen, hielt sich am Treppengeländer fest und atmete tief ein und aus. Dann ging sie in ihr Zimmer und holte das Blatt wieder hervor, das sie zu dem Tagebuch unter die Matratze gesteckt hatte. Sie drehte und wendete es, suchte nach einem Datum, fand aber auch hier keines, genauso wenig wie auf den anderen Blättern des Tagebuchs. Nirgendwo hatte ihre Mutter in ihren Aufzeichnungen ein Datum vermerkt. Womöglich war Aletta selbst noch gar nicht auf der Welt gewesen, als ihre Mutter mit Insa diesen langen Besuch auf dem Festland gemacht hatte?

Aletta fühlte, dass sie lächelte, weil ihr plötzlich einfiel, was es mit diesem besonderen Besuch auf sich haben könnte. Ihre Mutter hatte nicht gern darüber geredet, weil im Hause Lornsen über etwas so Intimes wie eine Geburt geschwiegen wurde. Aber Aletta hatte so oft gefragt, warum sie in Hamburg geboren worden war, während Insa das Licht der Welt auf Sylt erblickt hatte, dass ihre Mutter es ihr schließlich erzählt hatte. Sie war mit Aletta schwanger gewesen, als sie mit Insa einen Besuch bei den Verwandten machte. Dann war es dort zu Komplikationen gekommen, und der Arzt hatte davon abgeraten, die beschwerliche Rückreise nach Sylt anzutreten. So war die Mutter bis zur Geburt in Hamburg geblieben und ihre Tochter natürlich auch. Kein Wunder, dass Insa sich gelangweilt hatte und unglücklich gewesen war!

Aletta strich so lange über ihren Magen, bis sie die Übelkeit weggestrichen hatte. Aber als sie zur Speichertür gehuscht war, sie leise geöffnet, vorsichtig hinter sich geschlossen hatte und nun vor der Stiege stand, die zum Speicher hinaufführte, kam der Ekel schon zurück. Dieser dumpfe Geruch von Staub und längst Vergessenem machte ihr zu schaffen. Trotzdem zog es sie die Treppe hinauf. Die Gelegenheit war günstig, solange Insa damit beschäftigt war, den beiden Soldaten das Abendessen zu richten.

Wieder öffnete sie die Truhe, starrte lange hinein und überlegte, wie sie in das Durcheinander von zerbröselten, angefressenen und zerfransten Seiten Ordnung bringen sollte, und griff schließlich nach einem Blatt, das sich an den Rand der Truhe geschmiegt hatte und einigermaßen unversehrt aussah. Aber als sie es zur Hand nahm, machte es schon Anstalten zu zerfallen. Vorsichtig hielt sie es in den gewölbten Handflächen, versuchte, es so wenig wie möglich zu berühren oder zu bewegen und zu entziffern, was die Zeit, die Mäuse und das bleichende Sonnenlicht, das durch die Ritzen des Korbgeflechts gefallen war, zurückgelassen hatten.

Es ist geschafft! Zum Glück! Was bin ich froh und erleichtert! Alles ist gutgegangen, wenn es auch schwer war. Geert wird uns bald holen. Auf Sylt werden sie alle staunen, wo doch jeder dachte, ich würde nach Insa kein weiteres Kind mehr bekommen können. Aber nun werden wir mit zwei Töchtern zurückkehren. Schade nur, dass Insa die Kleine nicht lieben kann. Sie weist sie zurück, will sie nicht auf den Arm nehmen und nichts mit dem Baby zu tun haben. Hoffentlich ändert sich das bald. Die beiden müssen sich doch liebhaben! Und Insa hatte immer bedauert, dass sie ein Einzelkind war. Ich habe sie wieder dabei erwischt, wie sie einen Brief schrieb. Leider kann ich nicht sicher sein, dass ich ihr jedes Mal rechtzeitig auf die Spur gekommen bin. Wenn sie einen Brief nach Sylt abgeschickt hat, weiß ich nicht, was er dort bewirken mag.

Die Übelkeit überfiel Aletta nun derart plötzlich und so gewaltig, dass sie es nicht schaffte, die Treppe hinunterzulaufen und sich in ihrem Zimmer über ihre Waschschüssel zu beugen. Sie erbrach sich heftig in einen alten Emailletopf mit brüchigem Boden, der zum Kochen nicht mehr taugte, aber ihrem Vater zum Wegwerfen anscheinend noch zu kostbar erschienen war. Als sie den Topf vorsichtig die Stiege hinabtrug, tropfte ihr das Erbrochene auf die Füße. Das erzeugte weiteren Ekel in ihr, der wiederum so heftig in ihr hochschoss, dass er wie stinkendes Wasser aus ihr herausbrach.

Sie klinkte die Speichertür mit dem Ellbogen auf, was nicht ohne Geräusch zu bewerkstelligen war. Als sie an ihrer Zimmertür ankam, hörte sie prompt Insas Stimme aus dem Flur im Erdgeschoss. »Warst du auf dem Dachboden, Aletta?«

»Nein! Wie kommst du darauf?«

»Ich dachte, ich hätte die Tür gehört.«

Aletta verzichtete auf eine weitere Antwort, ging in ihr Zimmer, schloss eilig die Tür und stellte den Topf auf dem Boden ab. Schwer atmend lehnte sie sich gegen die geschlossene Tür und lauschte auf Insas Schritte auf der Treppe.

»Wie riecht es hier?«, hörte sie ihre Schwester fragen.

Im Nu kippte Aletta den Topf in ihrem Waschgeschirr aus und schob ihn unters Bett. Schon öffnete sich die Tür, und Insa erschien auf der Schwelle.

»Mir ist schlecht geworden«, sagte Aletta und zeigte auf den Boden, wo der löchrige Topf einiges zurückgelassen hatte. »Ich hole schnell einen Putzlappen.«

Aber Insa hielt sie zurück, als sie mit der Waschschüssel an ihr vorbeiwollte. »Was ist los mit dir? Bist du etwa schwanger?«

Aletta antwortete nicht, sondern lief an ihr vorbei die Treppe hinab, von dort in den Garten zu dem kleinen Holzhaus mit dem Herzchen in der Tür. Es war verschlossen. Der Geruch, der durch das Herz drang, verursachte in Aletta gleich wieder heftige Übelkeit. Sie lief mit der Waschschüssel zum Komposthaufen, entleerte sie dort und lehnte sich schwer atmend an den Kirschbaum. Sie spürte, wie ihr der Schweiß aus allen Poren brach.

Hinter ihr knarrte die Tür des Holzhäuschens, sie hörte das Schnalzen von Hosenträgern, dann ein Räuspern und ein paar

Schritte durchs hohe Gras. »Kann ich Ihnen helfen, junge Frau?« Hauptmann Hütten stand vor ihr und betrachtete sie neugierig. »Ja, so war's bei meiner Frau auch immer. Aber das geht vorbei.«

Er schenkte ihr ein Grinsen, das er vermutlich für tröstlich hielt, dann entfernte er sich zügig, wie sich Männer immer gerne entfernten, wenn sie mit allzu Weiblichem konfrontiert wurden. Aletta starrte ihm nach, während in ihrem Kopf nur ein Gedanke Platz hatte: Ludwig hätte sich niemals entfernt!

Keinen anderen Gedanken ließ sie zu, während sie die Schüssel am Brunnen wusch und dann ins Haus zurückging. Insa hatte bereits den Boden gewischt, als sie ihr Zimmer wieder betrat. Ohne erkennbare Gefühlsregung sah sie ihre Schwester an. »Dann ist es ja gut, dass ihr nach dem Krieg heiraten wollt. Besser wäre es gewesen, dein Freund hätte sich schon vorher entschließen können.«

»Das kann nur jemand verstehen, der selbst ein Kind geboren hat«, sagte eine Frau hinter ihr, die viel Beifall fand. Aber Aletta sah sich nicht um.

An der Tafel vor dem Rathaus war eine Mitteilung über den ersten Toten dieses Krieges angeschlagen worden, der achtzehnjährige Jap Utermöhlen, der sich freiwillig an die Front gemeldet hatte und begeistert in den Krieg gezogen war. Er war nicht mal bis an die Front gekommen. Wie es zu dem Oberschenkeldurchschuss gekommen war, wusste niemand. Anscheinend eine verirrte Kugel aus dem Gewehr eines Kameraden.

»Über so was redet man nicht gerne«, murmelte jemand, zu dem Aletta sich ebenso wenig umblickte. »Macht ja keiner mit Absicht.«

Man habe noch versucht, sein Leben mit einer Amputation zu retten, aber leider vergeblich. So viel war durchgesickert, obwohl niemand wusste, wie genau diese Auskünfte den Tatsachen entsprachen. Fest stand nur, dass Jap nicht mehr lebte.

»Der Pfarrer ist bei seiner Mutter und betet mit ihr.«

Pfarrer Frerich war überall in diesen Tagen, wurde in den Familien gebraucht, in denen der Vater und Ernährer fehlte und in denen die Angst umging, dass Sylt angegriffen werden könnte. Dass die Inselwache das Schlimmste verhüten würde, darauf mochte niemand vertrauen.

Neben der Tafel, auf dem der Name des ersten Sylter Gefallenen stand, gab es eine weitere Bekanntmachung, die ebenso interessiert gelesen wurde:

Die Inselwache beabsichtigt, noch zwölf mit der Waffe ausgebildete Leute einzustellen. Freiwillige werden gebeten, sich umgehend im Geschäftszimmer der Inselwache im »Hotel Zum Deutschen Kaiser«, Zimmer Nr. 6, zu melden. Der Bürgermeister.

Neben Aletta spuckte jemand in den Sand. »Was schicken die auch so viele von den Sylter Jungs an die Front? Die Inselwache kann nur Leute gebrauchen, die sich hier auskennen.«

Aletta wandte sich um, machte ein paar Schritte zurück und betrachtete, um sich von den Ängsten der Sylter so weit wie möglich zu entfernen, das Rathaus. Es war im ehemaligen Hotel Royal untergebracht, das die Stadt Westerland vor ein paar Jahren gekauft hatte. Es lag in der Nähe des »Miramar«, ebenso dicht am Strand wie das beste Hotel Westerlands. Neben dem Rathaus, direkt hinter den Dünen, war das Warmbadehaus für medizinische und therapeutische Kuren und Massagen entstanden. Mit 44 Warmbädern, sowohl mit See- als auch mit Süßwasser, war das Warmbadehaus die größte Einrichtung dieser Art an der deutschen Küste. Nun lag es verlassen da, ebenso wie das »Miramar«, dessen Fenster allesamt mit Läden verschlossen waren.

Der Name des »Hotels Royal« war noch immer über dem Eingang des jetzigen Rathauses zu erkennen, aber das Stadtwappen, das Kaiser Wilhelm der Stadt Westerland verliehen hatte, prangte unübersehbar an der Fassade und machte damit das Hotel zu einem amtlichen Gebäude. Aletta betrachtete das Wappen, die trutzige Mauer mit den drei Wachtürmen an seinem oberen Rand, den roten Leuchtturm in der Mitte, das gleichmäßig gewellte Meer am Fuß des Wappens.

Der Name des ersten Gefallenen ging ihr nicht aus dem Kopf, während sie sich auf den Heimweg machte. Sie hatte Jap nur flüchtig gekannt, seine Mutter, die sich in vielen Häusern ihr Geld als Wäscherin verdiente, jedoch umso besser. Konnten den Schmerz einer Mutter wirklich nur die nachempfinden, die selber ein Kind geboren hatten? Sie legte die Hände auf ihren Bauch und versuchte, von dort ein Gefühl aufsteigen zu lassen. Aber es gelang ihr nicht. Ein Kind, von dem der Vater nichts wusste! Eine Schwangerschaft, die von ihrer Schwester nicht beachtet wurde! Wann begann so ein Leben in das der Mutter, in ihre Liebe und ihren Schmerz einzugreifen? Wenn sie das Kind jetzt verlor, würde sie traurig um dieses Wesen sein oder nur darüber, dass sie etwas von Ludwig verlor, was unwiederbringlich war? Ginge es schon um diesen kleinen Menschen oder nur um die Folgen, die seine Geburt für sie gehabt hätte? Vielleicht wäre nur wichtig, dass damit die Antworten auf unausgesprochene Fragen gegeben wurden: Wie setze ich meine Karriere fort, wenn ich Mutter bin? Wie wird Ludwig reagieren, der nie Vater werden wollte? Wie bringe ich das Kind bis zum Ende des Krieges durch, wenn meine Schwester weiterhin nur widerwillig reagiert und das Kind am Ende genauso ablehnen wird, wie sie mich zeitlebens abgelehnt hat?

Sie spürte, dass ihr jemand folgte, drehte sich aber erst um, als sie Jorits Stimme hörte: »Aletta! Warte!«

Sie blieb stehen und sah ihm entgegen. »Hast du keinen Dienst?«

Jorit schüttelte den Kopf. »Erst am späten Abend wieder. Nachts ist der Inselschutz besonders wichtig.«

»Ich bin froh, dass du nicht an die Front musstest.«

»Wirklich?« Seine Augen leuchteten auf.

Aletta bereute sofort, was sie gesagt hatte. Jorit kam oft, wenn er Feierabend hatte, zu Besuch, und von Mal zu Mal glaubte sie weniger, dass er aus reiner Freundschaft kam, wie er immer wieder versicherte. Seine Frau war weit weg, Ludwig war weit weg, die Verhältnisse auf Sylt hatten sich auf den Kopf gestellt … Jorit schien der Ansicht zu sein, dass sich auch die Regeln des Anstands damit aufgelöst hatten.

Gut sah er aus in seiner grauen Uniform mit den dunklen Tressen und den blinkenden Knöpfen, schneidig, selbstbewusst und siegessicher. So, wie er als Hotelier gewirkt hatte, erschien er ihr auch jetzt: ein Mann, der wusste, was er wollte. »Die Inselkommandantur macht Ernst. Die Wachposten und Patrouillen haben nachts in den Dünen und auf einigen Häusern Lichter beobachtet.«

»Entenjäger! Die locken mit ihren Blendlaternen die Wildenten an. Das machen sie seit eh und je.«

»Die Kommandantur ist aber der Ansicht, dass Landesverrat dahintersteckt.«

Aletta lachte auf. »Was für ein Unsinn! Hier kommandieren anscheinend Leute, die nichts von Sylt wissen.«

Jorit blieb ernst. »Damit muss Schluss sein. Landesverrat ist kein Kavaliersdelikt. Wenn der Kommandant glaubt, dass da jemand die Posten irreführen will, dann findet er sich am nächsten Tag vor Gericht wieder. Und du weißt, was im Krieg auf Landesverrat steht.«

Aletta versuchte, noch einmal zu lachen, aber es gelang ihr nicht. »Die Wildenten sollen irregeführt werden, nicht die Wachposten.«

Jorit nickte. »Ich weiß das. Aber der Kommandant glaubt es nicht. Wir sind angewiesen, auf solche Lichter zu schießen, wenn sie zu sehen sind. Die Lichter der Entenjäger irritieren die Inselwache.«

Das Haus Lornsen kam in Sicht, Alettas Schritte wurden langsamer. »Ihr sollt auf eure Landsleute schießen? Auf Leute, die Hunger haben und deshalb Jagd auf Wildenten machen?«

»Die Sylter leiden noch keinen Hunger.«

»Die Hotel- und Pensionsbesitzer nicht! Die haben noch Vorräte. Aber die anderen? Vergiss nicht, dass die Fischerei lahmgelegt wurde. Außerdem werden Wildenten auf Sylt gejagt, solange ich denken kann.«

»Es trifft immer die Falschen, das weißt du doch. Sönke ist früher schon auf Wildentenjagd gegangen.«

»Warum sprichst du gerade von ihm?«

Jorits Gesicht wurde ernst und sorgenvoll. »Er hatte gehofft, zur Inselwache eingeteilt zu werden, aber er wurde an die Front geschickt.«

Aletta runzelte die Stirn. »Ich habe ihn auf dem Bahnhof nicht gesehen, als die Frontsoldaten verabschiedet wurden.«

»Das ist es ja … Er hat sich nicht gemeldet. Er ist seitdem verschwunden.«

»Desertiert?« Die Angst um Sönke nahm Aletta den Atem. Das Gewicht des kleinen Körpers lag für Augenblicke wieder in ihren Armen, sie spürte die weiche Haut des verlassenen Kindes an ihrer Wange, ihr stieg sein Duft in die Nase, sie hörte sein klägliches Schreien.

Jorit war genauso besorgt. »Er wäre an der Front verloren. Du kennst ihn doch. Er ist ängstlich und unsicher, geistig nicht besonders schnell und versteht oft nicht, was man ihm sagt. Er braucht Zeit für alles, er reagiert sehr langsam. Aber er ist ein guter und lieber Kerl. An der Front wäre er Kanonenfutter. Das weiß er anscheinend selbst.«

»Aber wenn er erwischt wird …«

»Deswegen mache ich mir solche Sorgen. Wenn er weiter heimlich Jagd auf Wildenten macht, um etwas zu essen zu haben, dann wird es ihm nicht besser ergehen als an der Front. Anscheinend hat er sich irgendwo versteckt. Wie soll er erfahren, dass er Gefahr läuft, erschossen zu werden, wenn er mit der Jagd weitermacht?«

»Wird nach ihm gesucht?«

Jorit bejahte bedrückt. »Bei uns ist ein Oberleutnant einquartiert. Willem Schubert! Seine Aufgabe ist es, nach Deserteuren zu suchen und sie zu verhaften. Sönke ist nicht der Einzige.« Jorit wechselte das Thema, als sich Schritte näherten. »Darf ich auf einen Tee mit zu dir kommen?«

Aletta zögerte. »Du bist sehr häufig zum Tee bei uns. Insa macht sich schon Gedanken.«

»Deine Schwester ist mit deinem österreichischen Freund nicht einverstanden.«

»Sie ist mit einem Sylter Freund genauso wenig einverstanden, wenn er verheiratet ist«, antwortete Aletta scharf.

Jorit wollte etwas entgegnen, unterließ es aber, weil zwei Frauen an ihnen vorbeigingen, die Aletta erkannten und ihr zuriefen, dass sie ihr Konzert im Alten Kursaal sehr genossen hätten. »Ihre Stimme ist wirklich ein Geschenk Gottes!«

Aletta bedankte sich mit einem Lächeln, dann wandte sie sich Jorit wieder zu. »Ich bin schwanger.«

Seine Miene, die eben noch spitzbübisch und sogar ein wenig dreist gewesen war und damit viel Unsicherheit versteckt hatte, war nun ähnlich betroffen wie in seiner Sorge um Sönke. »Soll ich mich für dich freuen?«, fragte er.

Aletta wollte auffahren, ihn zurechtweisen, aber sie brachte es nicht fertig. »Es ist Krieg«, murmelte sie. »Ludwig ist an der Front, und außerdem … er will keine Kinder.«

Jorits Gesicht verschloss sich nun ganz. »Tut mir leid, Aletta! Für mich ist es auch schwer, mich über eine bevorstehende Geburt zu freuen.«

Aletta berührte kurz seine Hand. Die Geburt seines Kindes, dessen Tod, die Folgen dieser Geburt für seine Frau … das alles stand mit einem Mal zwischen ihnen. Wären sie allein gewesen, hätte Aletta ihn vielleicht in ihre Arme gezogen, so aber blieb sie mit hängenden Armen vor ihm stehen und sah hilflos zu, wie er mit seinen schrecklichen Erinnerungen kämpfte und sie schließlich niederdrückte.

»Ich habe heute Nachricht von meinen Schwiegereltern erhalten«, sagte er leise. »Sie wollen mit Tomma auf die Insel kommen. Sie glauben, dass sie hier sicherer ist als in der Stadt.«

Aletta sah ihn erschrocken an, spürte dann die Bestürzung in ihrem Blick und versuchte, ihn schleunigst in höfliche Anteilnahme zu verwandeln. »Fremden ist der Zutritt zur Insel verwehrt.«

»Tomma ist Sylterin. Und da sie nicht in der Lage ist, allein zu reisen, haben meine Schwiegereltern die Genehmigung erhalten, nach Sylt zu kommen. Im Hotel ist genug Platz. Wir haben zwar auch Einquartierung erhalten, aber es sind noch einige Zimmer frei.«

Aletta hatte plötzlich das Gefühl, als würde sie beiseitegeschoben, als vergrößerte sich der Abstand zu Jorit, obwohl sie sich beide nicht rührten. Der Augenblick verdichtete sich, die Luft erschien ihr kühler, als sie war, der Wind stärker, die Schreie der Möwen waren lauter, die Dämmerung warf so unerwartet ihr graues Laken über die Insel, als zöge ein Sommergewitter auf, mit dem niemand gerechnet hatte.

Sie machte einen Schritt zurück. »Ich muss Insa beim Abendessen helfen. Der Hauptmann isst für drei, und dem Leutnant fällt es schwer, sich mit einem einfachen Essen zufriedenzugeben. Er ist anscheinend Besseres gewöhnt, wenn er es auch nie verlangt. Insa hat also viel zu tun.«

Jorit nickte, als verstünde er, was Aletta ihm wirklich sagen wollte. »Mein Dienst fängt ja auch bald an.« Er entfernte sich ebenfalls mit einem Schritt von Aletta. »Ich hoffe, dass mit Sönke alles gutgeht.«

»Ja, das hoffe ich auch.«

Sie lächelten sich noch einen Gruß zu, dann wandten sie sich voneinander ab und gingen in unterschiedlichen Richtungen davon. Zwei Fremde, die sich einmal sehr nah gewesen waren. Nicht die vergangenen Jahre, nicht Alettas Lügen, nicht ihr Ruhm als Sängerin hatten plötzlich eine trennende Linie gezogen, sondern eine schwerkranke Frau und ein winziges, noch ungeborenes Leben.

Aletta wollte versuchen, das Haus durch den Garten zu betreten. Das würde aber nur gelingen, wenn sie es schaffte, unbemerkt den Hauseingang zu passieren. Dann würde Insa nicht bemerken, dass sie zurück war, und sie konnte heimlich auf den Speicher hinaufsteigen, um weiter in den Hinterlassenschaften ihrer Mutter zu suchen. Sie hatte nie wieder mit ihrer Schwester über das Geheimnis geredet, das ihre Mutter ihr auf dem Sterbebett anvertrauen wollte, und hoffte, dass Insa es mittlerweile vergessen hatte. Auf keinen Fall sollte sie erfahren, dass Aletta noch immer auf der Suche war. Insa würde alles tun, um zu verhindern, dass sie hinter das Geheimnis kam. Warum ihr das so wichtig war, würde wohl das nächste Geheimnis sein, dem Aletta auf die Spur kommen musste.

Sie vermutete Insa in der Küche, denn in den Zimmern der beiden Soldaten brannte kein Licht. Also würden die beiden wohl beim Abendessen sitzen, wo Insa sich ihrer annahm, als handelte es sich um Feriengäste. »Solange sie sich so benehmen«, hatte sie gesagt, »werden sie auch so behandelt.«

Am Küchenfenster konnte Aletta vorbeihuschen, ohne gesehen und angerufen zu werden. Nun stand sie im Garten, wo es einen weiteren Hauseingang gab, den jedoch normalerweise weder Insa noch Aletta benutzten. Er gehörte den Feriengästen, die dort auf direktem Wege in ihre Zimmer gelangten. Aber natürlich gab es im Innern des Hauses eine Tür, die den Anbau mit dem alten Haus verband. Durch diese Tür wollte Aletta in den Flur gelangen und von dort zur Treppe.

Die Tür war noch nicht hinter ihr ins Schloss gefallen, als sie stockte. Da war ein Geräusch! Die Tür, die von der Küche in den Garten führte, öffnete sich, eine Stimme war zu hören. Insa? Nein, nicht Insa! Eine andere Frau sprach leise, sehr leise, und dann tuschelte jemand zurück. Ja, das war Insa! Sie sprach mit einer Frau, aber anscheinend wollten die beiden weder gehört noch gesehen werden. Aletta schob den Fuß in den Türspalt und vergrößerte ihn so weit, dass sie hindurchsehen konnte. Die beiden Frauen bewegten sich am Kräutergarten entlang und betraten die Rasenfläche, die für die Hausgäste angelegt worden war. Erschrocken zog Aletta sich zurück, ohne jedoch die Tür zu schließen. Sie hörte die Stimmen, flüsternd, tuschelnd: »Nenn es, wie du willst. Es ist mir egal«, zischte Frauke Lützen.

»Und was ist, wenn ich auffalle?«

»Das ist deine Sache. Wenn du nicht willst, dass deine Schwester etwas erfährt, musst du eben aufpassen.«

»Das könnte ich auch zu dir sagen. Du kannst auch nicht wollen, dass jemand etwas erfährt.«

»Da siehst du's! Wir müssen uns gegenseitig helfen.«

Insa stieß etwas Verächtliches aus, was Aletta nicht verstehen konnte, dann entfernten sich die beiden ums Haus herum. Kurz darauf hörte Aletta Schritte auf der Straße und die Eingangstür ins Schloss fallen. Insa hatte das Haus wieder betreten, und Frauke Lützen ging die Stephanstraße hinab. Was hatte sie von Insa verlangt? Was hatte das mit ihr, Aletta, zu tun? Und warum hatte Insa Heimlichkeiten mit einer Frau, mit der sie eigentlich nichts zu tun haben wollte?

Sie zog nun die Tür ins Schloss, huschte den Gang entlang, von dem mehrere Türen in die Ferienzimmer führten, bis sie an jener angelangt war, die in den alten Teil des Hauses führte. Leise drückte sie die Klinke herab, lauschte in den Flur, hörte die Stimmen der beiden Soldaten und Insa, die auf ihre Fragen antwortete. Lautlos huschte sie die Treppe hoch und stand kurz darauf wieder auf dem Speicher vor der Korbtruhe.

Vier Wochen sind wir nun mit der kleinen Aletta wieder zu Hause. Sie macht sich gut, es scheint ihr nichts auszumachen, dass sie mit der Flasche großgezogen wird. Die Nachbarin sagt, ich solle mir keine Gedanken machen. Alte Kühe gäben keine Milch! Eigentlich eine

Unverschämtheit, aber ich habe nichts dazu gesagt. Nur Insa macht mir Sorgen. Kaum waren wir wieder zu Hause, ist sie sofort nach Wenningstedt geradelt. Sie meint, ich hätte es nicht gemerkt, aber ich weiß sehr wohl, was sie dort suchte. Zum Glück musste ich mir keine Sorgen machen. Ich wusste längst, dass er nicht mehr auf Sylt ist. Gleich nach unserer Rückkehr habe ich mich erkundigt, und nun bin ich sehr beruhigt. Jetzt muss es nur noch Geert gelingen, Aletta so zu behandeln, als wäre sie sein eigenes Kind.

Aletta las den letzten Satz noch einmal, dann noch mal und immer wieder. Schließlich ließ sie das Blatt sinken, das sie am Boden der Truhe gefunden hatte. Um es zu heben, hatte sie mehrere Blätter verlorengeben müssen, die sich unter ihren Händen in Staub verwandelt hatten. Sie sah sich nach einer Sitzgelegenheit um und entdeckte einen niedrigen alten Schemel, der auf drei wackeligen Beinen stand. Unruhe breitete sich wie Fieber in ihr aus. Sie öffnete die oberen Knöpfe des Kleides und wedelte sich mit dem Rock Luft zu. Dass ihre Hände zitterten, merkte sie erst, als sie das Blatt umdrehte. Und nun endlich konnte sie auch zulassen, dass der letzte Satz in ihr Bewusstsein eindrang. »Als wäre sie sein eigenes Kind …«

Er sagt, ich mache mir zu viele Gedanken, ich soll einfach alles andere vergessen. Geert hat gut reden. Er ist nicht der Vater, sonst würde er sich mehr um Aletta sorgen. Ich muss ihm ja dankbar sein, dass er mir verziehen hat. Wenn es nach ihm gegangen wäre, sähe unsere Familie jetzt anders aus. Aber zum Glück hat er sich dann doch abgefunden. Wir werden ganz normal weiterleben, als wäre nichts geschehen.

Sie starrte das bebende Stück Papier an, dann jedes einzelne Teil, das auf diesem Speicher gelandet war, jedes ausgediente Möbelstück, jedes Werkzeug, das nicht mehr gebraucht wurde, jede Holzkiste, die etwas enthielt, was zum Wegwerfen zu schade, aber zur Weiterverwendung nicht gut genug war, einen Holzschuh ihres Großvaters, seine alte Pfeife und den Webrahmen ihrer Großmutter, der schon Jahre vor ihrem Tod nicht mehr funktioniert hatte. Jedes einzelne Teil war von ihrem Vater auf den Speicher getragen worden! Sie sah seine Hände vor sich, schmal und doch stark, verarbeitet, rissig und nie ganz sauber, so heftig er sie auch geschrubbt hatte, seine schlanke Gestalt, sein schmales Gesicht, das kluge Lächeln, wenn er beschloss, über etwas hinwegzusehen, der aufmerksame Blick, wenn er versuchte, etwas zu verstehen, was ihm nicht gefiel. Er hatte sie nie auf seinen Schoß gezogen, nie an sich gedrückt oder liebkost, aber das war in Sylter Familien nicht üblich. Kinder sollten nicht verzärtelt werden, sie mussten früh lernen, dass das Leben hart machte und dass derjenige am besten zurechtkam, der so hart war wie das Leben selbst. Trotzdem hatte sie einen zärtlichen Vater gehabt, der ihr auf andere Weise gezeigt hatte, was sie ihm bedeutete. Nun sollte er nur ein Mann sein, der sich bereit erklärt hatte, bei ihr die Vaterrolle zu übernehmen?

Vorsichtig, mit steifen Beinen, stieg sie die Treppe hinab, darauf bedacht, dass das Blatt Papier keinen Schaden nahm. Sie öffnete leise die Tür, hörte Insa noch immer im Erdgeschoss mit den Soldaten reden und ging in ihr Zimmer. Sie holte das Tagebuch ihrer Mutter unter der Matratze hervor und legte das Blatt sorgfältig hinein. Dann schob sie es zurück und ging zum Spiegel.

»Die Augen hat sie von ihrem Vater«, hatte sie die Leute oft sagen hören. Und sie hatte ihrem Vater in die Augen gesehen und festgestellt, dass alle recht hatten. Auch er hatte graue Augen mit braunen und grünen Splittern. Genau wie Insa! Und das sollte nun nicht mehr gelten?

Wieder schwappte eine Welle der Übelkeit über sie hinweg, die sie ertrug, ohne den Blick von ihrem Spiegelbild zu nehmen, das plötzlich keine Ähnlichkeit mehr mit ihrem Vater zu haben schien. Sie merkte, dass sie instinktiv ihre Stütze aufbaute, die imstande war, sich wie ein schützender Panzer um sie zu legen, dass sie die Kraft ihrer Atmung sammelte, um sich auf nichts anderes als den Gesang zu konzentrieren, um den Blick aus der Welt zu nehmen und in eine Ferne zu richten, wo es kein Problem gab, das nicht niedergesungen werden konnte.

»Wenn du singst, scheinst du alles zu vergessen«, hatte Ludwig gesagt. »Deswegen bist du so authentisch. Immer wieder aufs Neue!«

Vera hatte es anders genannt. »Deine Stimmatmung ist perfekt! Deswegen bist du besser als andere!«

Wahrscheinlich hatten beide recht gehabt. Die Stimmatmung gelang Aletta, ohne nachzudenken, und dass sie beim Singen alles andere vergessen konnte, stimmte ebenfalls. Noch immer mit dem Blick in ihr Spiegelbild begann sie zu singen. »Guten Abend, gut' Nacht …«

Wenn du mir nah sein willst, dann sing, hatte Ludwig geschrieben. Dass sie singen konnte, um zu vergessen, wusste er. Vergessen, was ihre Mutter geschrieben hatte! Ludwig nahe sein, um wenigstens für ein paar Stunden alles andere vergessen zu können.

»… Schau im Traum 's Paradies!«

VII.

Sylter Kriegsblatt: Brüssel hat kapituliert! Die belgische Armee zieht sich nach Antwerpen zurück! Die 1. und 2. Armee der Russen beginnt mit dem Vormarsch nach Ostpreußen, aber der angreifenden 1. russischen Armee ist es nicht gelungen, ihre Anfangserfolge fortzusetzen. Die Deutschen konnten starke Einheiten von der Front um Gumbinnen abziehen, um sich den Russen entgegenzustellen. Paul von Hindenburg übernimmt nun das Kommando!

Pfarrer Frerich kam täglich ins Haus, meist mit dem »Kriegsblatt« in der Hand, mindestens einmal, manchmal erschien er am Ende eines Tages auch noch zum Abendessen, das er dann mit dem Hauptmann und dem Leutnant zusammen einnahm. »Ich muss ein Auge auf euch haben«, sagte er zu Insa und Aletta und lachte, damit sie glaubten, dass er einen Scherz machen wollte. Und wenn keine von ihnen in sein Lachen einstimmte, ergänzte er: »Bis ihr euch wieder aneinander gewöhnt habt, braucht ihr jemanden, der euch beisteht.«

Es war am 1. September, der erste Kriegsmonat war überstanden, als Aletta den Pfarrer fragte: »Haben Sie früher auch meiner Mutter beigestanden? Hat sie oft Hilfe gebraucht?«

Frerich sah sie argwöhnisch an. Er spürte, dass ihre Frage im Schatten einer ganz anderen daherkam. »Es ist meine Aufgabe, jedem Schäfchen zu helfen«, antwortete er steif und würdevoll und beobachtete Aletta dabei sehr genau.

»Allen Schäfchen gleich? Oder hat es Schäfchen gegeben, die ihnen besonders lieb waren?«

Pfarrer Frerich schien eine Ahnung anzufliegen, was Aletta meinen könnte. »Aletta! Mein Kind!«, rief er konsterniert. »Was willst du damit sagen?«

Aletta starrte ihn an. Mein Kind! Das sagte er häufig zu ihr, das hatte er auch schon früher gesagt. Aber so nannte er auch andere, die ihm am Herzen lagen. So hatte er sie sogar genannt, als sie ihn nach der Beichte verlassen hatte, um von der Insel zu fliehen.

Es entstand ein kurzes Schweigen zwischen ihnen, das Aletta mit dem Aufgießen des Tees und der Pfarrer mit der Beobachtung einer Stubenfliege füllten. Dieses Schweigen rückte ihn von ihr ab, drängte sie gleichzeitig zu ihm hin, veränderte in einer Sekunde alles und in der nächsten nichts. Sein Haarbüschel über der Stirn fühlte sie auf ihrer eigenen, das Räuspern, mit dem er zeigte, dass er sich unbehaglich fühlte, steckte plötzlich in ihrer eigenen Kehle. Als sie jedoch aufsah, weil es an der Tür geklopft hatte, war die Distanz größer als vorher.

»Ich gehe öffnen.«

Vor der Tür stand ein Mann von Mitte vierzig, in der Uniform eines Gefreiten, die Mütze in der Hand. Er war mittelgroß, schlank, aber von kräftiger Statur. Sein breites, kantiges Gesicht wirkte sehr männlich, jedoch freundlich. Als er lächelte, legte er blendend weiße Zähne frei, und in seinen braunen Augen funkelte das Vergnügen.

»Reik Martensen«, stellte er sich vor und schlug die Hacken zusammen. »Der Inselwache zugeteilt!«

Aletta lächelte freundlich. »Sie wünschen?«

Das Zackige fiel prompt von ihm ab, er wurde von einer Sekunde auf die andere Privatmann. »Ich möchte Frau Lornsen einen Besuch abstatten, wenn's recht ist. Insa Lornsen. Wenn sie überhaupt noch so heißt und ... wenn sie noch hier wohnt ... wir haben uns lange nicht gesehen. Aber der Name Lornsen steht noch am Haus, da dachte ich ...«

Aletta öffnete die Tür weiter. »Bitte treten Sie ein. Ja, meine Schwester wohnt noch hier. Und sie heißt noch immer Lornsen.«

Der Gefreite machte einen Schritt ins Haus hinein, dann stockte er. »Schwester? Als ich Sylt verließ, war Insa das einzige Kind der Lornsens.«

Aletta lächelte. »Ich bin das, was man ein Nesthäkchen nennt.«

Sie ging Reik Martensen voran und öffnete die Küchentür. »Der Pfarrer ist zu Besuch. Vielleicht kennen Sie sich noch?«

»Pfarrer Frerich?« Reik Martensen trat in die Küche, und sein Gesicht strahlte vor Freude. »Immer noch im Dienst, Herr Pfarrer?«

Er ließ Frerich kaum Zeit, sich zu erheben, streckte ihm schon die Hand hin, während der Pfarrer sich noch in die Höhe wuchtete, und lachte ihn so lange an, bis er schließlich ein Lächeln erntete. »Verdammt lang her! Finden Sie nicht auch?«

Pfarrer Frerich stotterte, als fiele ihm erst jetzt ein, wen er vor sich hatte. »Das dürfte siebenundzwanzig Jahre her sein.«

Martensen war verblüfft. »Exakt! Ihr Gedächtnis ist phänomenal, Herr Pfarrer!«

Aletta bewegte sich zur Küchentür. »Ich hole Insa. Sie macht die Betten der Gäste. Wir haben Einquartierung. Wie fast alle …«

Sie erschrak heftig, als sie die Tür zum Anbau öffnete, weil sie sie Insa beinahe an den Kopf geschlagen hätte. Ihre Schwester stand hinter der Tür, an die Wand gelehnt, und starrte sie an, als hätte sie vor irgendetwas Angst.

»Insa! Was ist los?«

Insa öffnete den Mund, als wollte sie antworten, brachte aber keinen Laut hervor. Sie blieb stehen, wie sie stand, anscheinend unfähig, sich zu rühren.

»Insa! Geht's dir nicht gut?«

Nun kehrte das Leben so jäh in ihre Schwester zurück, als wollte sie etwas ungeschehen und einen Eindruck zunichtemachen. Sie stieß sich von der Wand ab, machte hastig einen Schritt auf die Tür von Hauptmann Hüttens Zimmer zu, wirbelte dann herum und ging auf die Tür zu, durch die Aletta soeben den Verbindungsgang betreten hatte. Aber als sie die Hand auf die Klinke legte, sah sie aus, als wollte sie schon wieder herumfahren.

»Es ist Besuch gekommen«, sagte Aletta leise und legte beruhigend eine Hand auf Insas Arm.

Aber Insa schüttelte ihre Hand ab, wie sie ihre Schwester schon hundertmal abgeschüttelt hatte.

Diesmal jedoch wurde Aletta von der Zurückweisung nicht verletzt. »Geh nur, ich mache die Zimmer fertig.«

Insas Atem ging stoßweise. »Nur noch Betten machen. Alles andere ist erledigt.«

»Ich kümmere mich darum.«

Insa riss die Tür auf, so dass sie an die Wand schlug. Genau an die Stelle, an der sie kurz vorher gestanden hatte. Sie machte ein paar heftige Schritte in Richtung Küchentür, dann zögerte sie. Aletta sah, wie sich ihr Rücken krümmte und ihre Finger sich in die Schürze krallten. Als sie verschwunden war, blieb Aletta noch lange in der offenen Tür stehen und lauschte auf die Stimmen, die aus der Küche drangen, von der sie jedoch keine einzige verstehen konnte.

Nachdenklich betrat sie das Zimmer von Hauptmann Hütten. Das Bett war längst gemacht. Aletta sah sich um. Auch sonst war alles sauber und an seinem Platz. Sie trat ans Fenster und stellte fest, dass von dort ein Teil der Straße zu überblicken war. Hatte Insa den Gefreiten gesehen, bevor er angeklopft hatte? Dann waren ihre Spannung und ihre Unruhe damit zu erklären. War sie etwa einer alten Liebesgeschichte ihrer Schwester auf die Spur gekommen?

Aletta strich die Bettdecke glatt und verließ das Zimmer, um Insa in die Küche zu folgen.

Die Stimme des Pfarrers war die lauteste. Sie war mühelos durch die geschlossene Küchentür zu verstehen.

»Wie geht's der Familie, Reik? War es wirklich richtig, dass ihr damals die Insel verlassen habt?«

Reik Martensen hatte eine angenehme Stimme, dunkel und wohltönend. Bariton, dachte Aletta. Sie war sicher, dass er auch eine schöne Singstimme hatte.

»Sie wissen ja … meine Mutter musste den Geflügelhof ein gutes Jahr allein führen. Als mein Vater ging, wusste niemand, dass sie schwerkrank war. Sie selbst auch nicht. Als er zurückkam, lag sie schon auf dem Sterbebett. Und mein Bruder war eine Woche vorher tödlich verunglückt.«

Pfarrer Frerich gab ein Stöhnen von sich. »Eine Tragödie!«

»Mein Bruder hatte den Geflügelhof übernehmen sollen, so war es abgemacht«, fuhr Reik Martensen fort. »Ich hatte ja schon meine Bäckerlehre begonnen. Mit den Gänsen und Enten wollte ich nichts zu tun haben. Wenn bei uns geschlachtet wurde, bin ich immer weggelaufen.«

Der Pfarrer lachte, von Insa war kein Laut zu hören. Aletta fühlte sich in der Rolle der Lauschenden nicht wohl, hatte aber das Gefühl, dass sich etwas ändern könnte, wenn sie das Gespräch unterbrach, dass sie den Fluss aufhalten würde, der gerade zu strömen begonnen hatte, und dass es nicht gut war, wenn sie das Gespräch in eine andere Richtung führte.

»Da hat Vater den Geflügelhof verkauft«, fuhr die Stimme von Reik Martensen fort. »Er wollte zu seiner Schwester aufs Festland. An nichts mehr erinnert werden! Das alte Leben vergessen! Zum Glück habe ich dort ohne weiteres eine Lehrstelle gefunden, so ging alles ganz schnell. Einen Tag nachdem ich den Gesellenbrief erhalten hatte, starb dann mein Vater. Mich zog nichts nach Sylt zurück. Ich habe angeheuert und bin drei Jahre als Schiffskoch durch die Welt geschippert. Bäcker oder Koch, auf See ist das kein großer Unterschied.« Nun veränderte sich seine Stimme, sie war nicht mehr so klar, er redete leiser, als fiele es ihm schwer, das Folgende auszusprechen: »Ich hatte nichts mehr von Insa gehört. Sie war ja monatelang nicht auf der Insel. In Hamburg bei Verwandten, das hatte sie mir gesagt. Ein kurzer Besuch sollte es sein, aber dann kam sie nicht zurück. Und sie hat mir kein einziges Mal geschrieben.«

Auch die Stimme des Pfarrers veränderte sich nun. Sie wurde lauter und dröhnend, wollte etwas weismachen, was niemand in der Küche glauben würde. »Junge Liebe! So ist das eben! Ihr wart beide noch nicht richtig erwachsen! Da vergisst man schnell!«

Durch Alettas Kopf jagten die Gedanken. Hatte sie nun erfahren, warum Insa nicht heiraten wollte? Warum sie jeden Antrag abgewiesen hatte? Reik Martensen war ihre erste, ihre große, anscheinend ihre einzige Liebe gewesen, dessen war sich Aletta nun sicher. Die paar Sätze hatten ihr alles verraten. Und das, obwohl ihre Schwester kein einziges Wort beigetragen hatte. Und ihre Eltern waren gegen diese Verbindung gewesen. Warum? Weil Insa noch so jung war? Wollten sie nicht daran glauben, dass ein fünfzehnjähriges Mädchen schon aufrichtig lieben konnte?

Nun wollte Aletta unbedingt das Gesicht ihrer Schwester sehen. Wenn sie schon nicht sprach, wollte sie in ihren Augen lesen, ob sie Reik Martensen geliebt hatte und vielleicht immer noch liebte, ob die Eltern ihr die Chance verbaut hatten, glücklich zu werden, weil Reik Martensen aus irgendwelchen Gründen nicht der Richtige für sie gewesen war.

Entschlossen betrat sie die Küche und fühlte sich, wie sie befürchtet hatte, schlagartig als Eindringling. Insa zeigte ihr ja mehrmals täglich, dass sie nicht mehr in dieses Haus gehörte, jetzt jedoch sprühte ihr die Ablehnung geradezu entgegen. So viel Unversöhnlichkeit hatte sie noch nie in Insas Augen gesehen, noch nie so viel Grimm und Feindseligkeit. In diesem Augenblick glaubte Aletta zu verstehen, warum Insa sie nicht lieben konnte. Sie hatte an der Seite der Mutter in Hamburg ausharren, hatte warten müssen, bis ihre kleine Schwester auf der Welt war, und während dieser Monate hatte sich ihr Schicksal entschieden. Als sie nach Sylt zurückkehrte, war Reik Martensen nicht mehr da gewesen, war ihre Liebe verloren. Kein Wunder, dass Aletta für sie die Schuldige war!

Insa lehnte am Spülstein, die Arme vor der Brust verschränkt, die Finger auf ihren Oberarmen in ständiger Bewegung. Reik Martensen saß neben Pfarrer Frerich am Tisch, seine Mütze auf dem Schoß, und ließ Insa nicht aus den Augen.

Aletta nahm den Kessel vom Herd und goss heißes Wasser ein. »Ich koche uns einen Tee.«

Reik Martensen bedankte sich höflich, versicherte, wie gut ihm ein Tee tun würde, dann entstand dieses lähmende Schweigen, das sich immer dann ausbreitete, wenn es viel zu sagen gab. Aletta kämpfte das schlechte Gewissen nieder, das sie anfiel, weil sie sich schuldig an diesem Schweigen fühlte.

Der Pfarrer fühlte sich als Herr der Lage, obwohl er es nicht war. Dass dieses Zusammentreffen eine Moderation brauchte, schien er zu spüren, und dass er der Richtige dafür war, stand für ihn außer Frage. »Späte Schwangerschaften verlaufen oft problematisch. Soviel ich weiß, ahnte Witta nichts davon, dass sie wieder in gesegneten Umständen war, als sie nach Hamburg aufbrach. Und dort wurde ihr strenge Bettruhe verordnet.«

»Du hättest mir schreiben können«, sagte Reik Martensen zu Insa.

Endlich redete sie, und ihre Stimme klang, als ginge es um ein entlaufenes Huhn oder einen versalzenen Eintopf. »Meine Güte, Reik! Das ist so lange her!«

Insa hatte sich nun in der Hand, sie ging zum Schrank, holte Teetassen heraus und stellte sie auf den Tisch, ohne dass ihre Hände zitterten, während Aletta die Teeblätter hervorholte und sie in ein Sieb gab.

Der Pfarrer beschloss, das Schwere, Belastende, Erinnerungsträchtige aus der Küche zu verscheuchen, indem er das Thema wechselte. »Aletta lebte bisher in Wien«, klärte er Reik auf. »So hat dieser schreckliche Krieg auch was Gutes. Aletta ist nach Sylt zurückgekehrt.«

»Aletta?« Reik Martensens Blick wurde nachdenklich, dann fuhr ein Ruck durch seinen Körper. »Aletta Lornsen? Die Sängerin? Himmel, ich hatte keine Ahnung, dass es sich um Insas Schwester handelt.«

Der Pfarrer lächelte stolz, aber seiner Eitelkeit mischte sich Verlegenheit bei, als sein Blick Alettas traf. »Ihre Laufbahn als Sängerin ist einzigartig.«

Reik Martensen war sehr aufgeregt, als er sich Aletta zuwandte. »Ich habe Sie in Hamburg gesehen, in der Staatsoper. Sie haben die Frasquita in ›Carmen‹ gesungen. Wunderbar!«

Aletta sah ihn erfreut an, aber ihr Lächeln gefror augenblicklich, als sie Insas eisigen Blick bemerkte. »Danke«, sagte sie leichthin, als habe er sie für ein gutes Essen oder ein hübsch bepflanztes Blumenbeet gelobt. »Anton Heussner wollte in dieser Saison eigentlich an der Hamburger Staatsoper dirigieren. Im August sollten die Proben zu ›Madame Butterfly‹ beginnen. Aber der Krieg …« Sie brach ab, weil Insas Blick sie noch immer irritierte und die übertriebene Leutseligkeit des Pfarrers sie durcheinanderbrachte. »Der Tee ist gleich fertig.«

Aber Reik Martensen schien nichts von der explosiven Stimmung in dieser Küche zu bemerken. »Natürlich ist mir der Name Lornsen aufgefallen. Aber ich habe an eine zufällige Übereinstimmung geglaubt. Niemals hätte ich gedacht, dass dort auf der Bühne Insas Schwester steht. Ich hatte ja nicht einmal eine Ahnung, dass es eine Schwester gab.«

Frerich versuchte nach wie vor, die Fäden der Unterhaltung in der Hand zu halten. »Reik hat sich immer für Musik interessiert«, erklärte er Aletta. »Er hat selbst eine sehr schöne Stimme. Damals war er die Stütze unseres Kirchenchors.« Er tätschelte Alettas Hand. »So wie du später.«

Aletta goss den Tee ein, holte Gebäck aus dem Vorrat und schüttete es in ein Schälchen, das sie auf den Tisch stellte. Insa betrachtete ihre Hände, als fragte sie sich, ob es für diese nichts zu tun gäbe. Als Antwort drückte Aletta ihre Schwester auf einen Stuhl, Reik direkt gegenüber. Sie bemerkte, dass die beiden versuchten, sich anzusehen, dann mit den Augen voreinander flohen, den Blick des anderen suchten, ihn aber im nächsten Augenblick wegspringen ließen an die Küchenwand oder aus dem Fenster.

Währenddessen verlieh der Pfarrer seiner Freude Ausdruck, dass Reik Martensen zur Inselwache abkommandiert worden war. »Ich weiß, dass sie Leute brauchen, die sich auf Sylt auskennen. Andererseits haben sie viele Sylter an die Front geschickt, die hier besser aufgehoben wären. Ob diese Kommandanten wissen, was sie tun? Und ob der Kaiser es weiß?«

Aletta beobachtete ihn, wie er redete, wie er selbstverständlich das Wort an sich riss, weil er es gewöhnt war, dass man ihm zuhörte, wie er seine Meinung verkündete, als stünde er auf der Kanzel. Konnte dieser Mann auch ganz anders sein? Leidenschaftlich, verrückt vor Liebe, leichtsinnig und unmoralisch? Er betrachtete sie oft mit einem seltsamen Blick und schien zu glauben, dass sie es nicht bemerkte. Und er war viel in ihrer Nähe, hielt sich häufig in diesem Hause auf. Dass er so oft zu Besuch kam, musste einen Grund haben. Er wollte den beiden Schwestern zur Seite stehen, bis sie sich wieder aneinander gewöhnt hatten? Aletta glaubte ihm kein Wort.

Sie würde ihn beobachten, alle Indizien sammeln und ihn, sobald sie aus ihnen Beweise gemacht hatte, zwingen, sich zu ihr zu bekennen. Sie richtete ihren Oberkörper auf, weil sie plötzlich eine Stärke in sich fühlte, die auch Geert Lornsen gefühlt haben mochte, als er beschloss, das Kind eines anderen aufzuziehen, als wäre es sein eigenes. Damals, als er eingesehen hatte, dass das Leben weitergehen musste.

Sylter Kriegsblatt: Die Falle schnappte zu! Die Schlacht bei Tannenberg endete mit der Gefangennahme von 125 000 Russen! Der Angriff der Russen auf deutsches Territorium misslang gründlich. Weil die Russen gleichzeitig an der Grenze zu Österreich-Ungarn kämpften, schickten sie nur zwei Armeen nach Ostpreußen! Ein stümperhafter Plan! Eine der beiden Armeen wurde eingekesselt und vollkommen vernichtet!

Nach Reik Martensens Besuch änderte sich manches. In den Tagen darauf kam es Aletta so vor, als sähe Insa durch sie hindurch, als zöge sie sich noch weiter zurück, als wollte sie noch weniger die Anwesenheit ihrer Schwester zur Kenntnis nehmen. Aletta musste sie häufig mehrfach ansprechen, bis sie zu Insa durchdrang, bis ihre Schwester aus einer Gedankenwelt zurückkam, die weit weg zu sein schien. Dann sah sie Aletta erschrocken an und schien erst im zweiten oder dritten Moment zu begreifen, wen sie vor sich hatte. Wenn Aletta sie heimlich beobachtete, stellte sie manchmal sogar fest, dass Insa lächelte, während sie eine Arbeit verrichtete, und ein anderes Mal sah sie, dass sie heimlich weinte. Aber den Versuch, ihr ein offenes Ohr und die Möglichkeit zu schenken, sich von der Seele zu reden, was sie bewegte, bereute sie schwer.

»Was geht dich Reik Martensen an? Misch dich nicht in mein Leben ein!«, entgegnete Insa barsch.

»Ich wollte doch nur …«

Aber Insa ließ sie nicht zu Wort kommen. »Er hat dir einmal zugejubelt, in Hamburg, in der Staatsoper! Das gefällt dir? Dann geh doch wieder zurück in irgendeine Staatsoper. Es wird schon eine geben, die auch im Krieg eine Oper aufführt.«

»Warum bist du so garstig zu mir, Insa? Warum immer noch? Ich kann nichts dafür, dass ich auf der Welt bin. War es denn so schwer für dich, eine kleine Schwester zu bekommen?«

Sie standen am Rande des Kräutergartens, Insa starrte an Aletta vorbei zum Nachbarhaus, ohne es zu sehen, kniff die Augen zusammen, als würde sie von der Sonne geblendet, obwohl sie an diesem Tag hinter dichter Bewölkung verschwunden war. Aletta beobachtete, wie der Wind an Insas Flechten riss, wie ihre Nasenflügel bebten und ihr Unterkiefer zuckte. Schließlich sagte sie mit einer Stimme, die völlig verändert klang, ruhig, gelassen und sogar nachsichtig: »Ja, es war schlimm für mich, dass ich eine kleine Schwester bekam. Aber du hast recht, du kannst nichts dafür, dass du auf der Welt bist.«

Damit wandte sie sich ab, und Aletta war klar, dass sie Insa trotz dieser versöhnlichen Worte nie wieder auf Reik Martensen ansprechen durfte.

Auch der Pfarrer verschloss sich, als sie von ihm wissen wollte, was Reik Martensen für Insa bedeutet hatte. Er nahm wieder mal das Abendessen bei den Lornsens ein, hatte sich mit Hauptmann Hütten und Leutnant Fritz ausgiebig über die mangelhafte Ausrüstung der Inselwache unterhalten und war sitzen geblieben, als die beiden einquartierten Soldaten sich in ihre Zimmer begaben und Insa in den Garten ging, um die Wäsche von der Leine zu nehmen. Frerich sah aus, als wollte er so lange sitzen bleiben, bis er sicher sein konnte, nichts vereiteln zu müssen, was den Frieden in diesem Hause gefährden konnte.

»Die beiden waren noch so jung! Insa fünfzehn und Reik sechzehn.«

»Sie waren also verliebt ineinander?«

»Ja, das waren sie wohl.«

»Und meine Eltern waren gegen die Verbindung?«

»Wie kommst du darauf?«

»Weil …« Aletta merkte, dass sie drauf und dran war, sich zu verraten. »Sonst hätte Insa ihm doch geschrieben«, sagte sie schließlich.

»Du meinst, das haben eure Eltern verhindert? Nein, das glaube ich nicht.«

»Was wissen Sie über meine Mutter?«

»Nicht mehr als das, was alle wissen, mein Kind.«

»Meine Mutter wollte mir auf dem Sterbebett etwas anvertrauen. Was kann das gewesen sein?«

Der Pfarrer legte mit einer ausdrucksvollen Geste die Hand auf seinen Mund und entfernte sie ebenso nachdrücklich wieder.

»Soll das heißen, Sie wissen es? Meine Mutter hat es gebeichtet?«

»Das Beichtgeheimnis, mein Kind, verbietet mir sogar zu verraten, ob es überhaupt eine Beichte gegeben hat.«

Aletta hätte ihn am liebsten gefragt, ob er damit auch sich selbst schützte, aber es gelang ihr, diese Bemerkung hinunterzuschlucken. Sie betrachtete ihn, fragte sich, was sie zu ihm hinzog. Etwas, was über das Vertrauen, das sie ihm zeitlebens entgegengebracht hatte, hinausging? Aber sie spürte nichts, so tief sie auch in sich drang.

Pfarrer Frerich bewies mal wieder, dass er ein Meister im Themenwechsel war: »Tomma Lauritzen wird heute nach Sylt gebracht. Ich habe Jorit getroffen.«

Sylter Kriegsblatt: Die Deutschen stoßen nach Masuren vor, um die 1. russische Armee aus Ostpreußen zu vertreiben. Aber sie kamen im masurischen Seengebiet zunächst nur mühsam voran. Am 5. September jedoch stand die 8. deutsche Armee zum Angriff bereit, dem linken Flügel der Russen wurde ein empfindlicher Schlag versetzt. In wenigen Tagen werden die Russen aus Ostpreußen vertrieben sein!

Sie hatte lange nach einem Grund gesucht, sich in die Nähe des Südbahnhofs zu begeben, wo Tomma Lauritzen mit ihren Eltern ankommen sollte. Aletta hatte zufällig eine Nachbarin von Jorit darüber reden hören, dass seine Schwiegereltern über Hörnum einreisen würden. Dort gab es einen tidenunabhängigen Naturhafen, der mittlerweile eine Anlegebrücke erhalten hatte und seitdem regelmäßig von Hamburg und Cuxhaven angelaufen wurde. Von dort ging es dann mit der Südbahn nach Westerland.

Der Stuben-Laden von Rosi Nickels hatte schließlich als Erklärung hergehalten. Sie konnten Mehl gebrauchen, damit Insa am nächsten Tag Brot backen konnte. Rosi Nickels' Stubenladen hieß so, weil der Ladenraum ihrer Mutter noch als Stube gedient hatte. Sie hatte in ihrem Laden gewohnt oder in ihrer Stube verkauft, je nachdem. Seit aber immer mehr Feriengäste nach Sylt kamen, hatte sich das Warenangebot vergrößert, und Rosi hatte ihre Stube in einem Raum eingerichtet, der sich dem Laden anschloss. Doch der Begriff Stuben-Laden war geblieben. Er lag am Anfang der Damenbadstraße, also nicht weit vom Südbahnhof entfernt. Und außerdem in unmittelbarer Nähe des »Grand Hotel«! Aletta lächelte, als sie das große Schild mit dem Namen des Hotels las, das sich kaum verändert hatte. Der Putz war erneuert worden, strahlend weiße Gardinen schmückten die Fenster, von der Eingangstür führte ein schmaler roter Läufer ins Innere des Hotels, davor stand ein Portier in beeindruckender Livree, mit bedeutungsvoller Miene und strammer Haltung. Aletta blieb stehen und betrachtete das Haus, in das sie jahrelang täglich gegangen war und sich jedes Mal, wenn sie es betrat, gefragt hatte, wie lange sie würde durchhalten müssen.

In der ersten Etage wurde ein Fenster geöffnet, eine Frau, die eine weiße Schürze vorgebunden hatte, schüttelte ein Staubtuch aus. Aletta sah genauer hin. Konnte das Weike Broders sein? Vor zehn Jahren war sie Hausdame gewesen, anscheinend hatten ihre bescheidenen Fähigkeiten dem aufblühenden Tourismus nicht standgehalten. Als Hausdame wäre sie nicht für das Reinigen der Gästezimmer zuständig gewesen.

Ja, es war Weike Broders, die gerade das Fenster wieder schließen wollte. Weike Broders, deren Schicksal viel tiefer mit Alettas verzahnt war, als sie ahnte. Aletta winkte und lächelte in die erste Etage hoch. Die Frau stutzte, sah genauer hin … dann warf sie das Fenster zu, wandte sich ab und ging ins Zimmer zurück, ohne auf den Gruß zu reagieren. Aletta ließ ihre Hand ernüchtert sinken. Hatte sie sich geirrt? War diese Frau doch nicht Weike Broders gewesen? Oder war sie von ihr nicht erkannt worden?

Sie spürte das Nagen der Enttäuschung noch, als sie Rosi Nickels' Stuben-Laden betrat. Der kleine Raum war vollgestopft mit Waren, in denen Rosi, klein, wie sie war, manchmal zu verschwinden schien. Auch jetzt hockte sie fast unsichtbar hinter ihrer hohen Waage und den vielen Gewichten, die dazugehörten, hinter Käserädern, neben Speckseiten und dicken Würsten, unter Handfegern und Scheuerbürsten, die von der Decke baumelten, und betrachtete ein Sortiment von Wasserkesseln, von dem sie nicht wusste, wo sie es unterbringen sollte. In den Regalen stand alles, was zum Leben benötigt wurde, nur Obst und Gemüse führte sie nicht. Das ernteten die Sylter im eigenen Garten.

»Aletta Lornsen! Was für eine Ehre!« Rosi Nickels sprang auf und überragte ihre Waage nun.

Aletta gab mit einer kleinen Handbewegung zu verstehen, dass sie keine Komplimente hören und auch nicht über ihren Erfolg als Sängerin reden wollte. Sie war froh, dass ihr Erscheinen auf Sylt von den aktuellen politischen Nachrichten überholt worden und ihre Popularität in den letzten Wochen immer weiter in den Hintergrund getreten und bedeutungsloser geworden war. Von einigen wurde sie mittlerweile behandelt, als wäre sie nie fort gewesen, und nur noch wenige merkten auf, wenn ihr Gesang auf der Straße zu hören war, weil sie Ludwig versprochen hatte, zu singen, wenn sie an ihn dachte, wenn sie ihm nah sein wollte.

Rosi Nickels verstand sofort und wurde prompt geschäftlich: »Womit kann ich dienen?«

Als Aletta kurz darauf das Mehlsäckchen in ihrem Korb verstaut hatte und bezahlte, öffnete sich die Tür, und eine weitere Kundin trat ein. Sie stutzte, als sie Aletta sah, dann ging ein Lächeln über ihr Gesicht. »Wir haben uns noch nicht gesehen, seit du zurück bist!«

Emme Stobart war, als sie noch Emme Lauritzen hieß, mit Aletta zusammen konfirmiert worden. Ein Streich, den sie gemeinsam der Haushälterin des Pfarrers gespielt hatten, war zum Vermittler ihrer Freundschaft geworden. Jorit war damals der einzige Mitwisser gewesen. Er hatte ihnen später geholfen, damit niemand herausbekam, wer Urte Ollmann eine Maus ins Bett geschmuggelt hatte, und zum Dank für seine Hilfe hatte er Aletta zum ersten Mal küssen dürfen. Emme galt seitdem als diejenige, die den Grundstein der Liebe gelegt hatte, die Jorit und Aletta während der folgenden zwei Jahre verband.

»Dabei war ich schon in deinem Haus«, sagte Aletta, »aber da wusste ich noch nicht, dass du mit Dirk Stobart verheiratet bist.«

»Mein Mann hat mir davon erzählt. Eigentlich wollte ich dich seitdem auch besuchen, aber …«

»Der Krieg!«, ergänzte Aletta, die nicht hören wollte, dass Emme sich nicht zu ihr getraut hatte, weil sie sich nicht sicher war, einer gefeierten Sängerin willkommen zu sein.

Sie betrachtete Emme unauffällig von der Seite, während diese ihre Einkäufe erledigte. Die Wiedersehensfreude hatte Emmes Gesicht für Augenblicke jung und gelöst erscheinen lassen, jetzt fiel das Leichte der kurzen Freude von ihr ab, und sie wirkte blass und müde. Sorgen und Enttäuschung hatten bereits Linien in ihr Gesicht gemalt, obwohl Emme noch nicht einmal dreißig war. Sie war dick, als tröstete sie sich mit übermäßigem Essen. Die Bluse, die sie trug, war ihr zu eng geworden, so dass sie zwei Knöpfe nicht mehr schließen konnte. Die Haare hatte sie zu einem unordentlichen Knoten im Nacken festgesteckt. Emme Stobart sah aus, als lohne es sich nicht, dem Leben Tag für Tag etwas Schönes abzugewinnen.

»Du hast einen niedlichen Sohn«, versuchte Aletta sie aufzumuntern. »Ich habe ihn gesehen, als ich mit Insa in der Zimmerei war.«

Prompt erhellte sich Emmes Gesicht wieder und sah noch einmal für Augenblicke jung und unbeschwert aus. »Der Kleine ist mein ganzes Glück. Leider habe ich nur dieses eine Kind.«

Aletta wagte nicht, etwas dazu zu sagen. Sie wusste nicht, ob es außer ihr noch jemanden gab, der von Dirks fataler Neigung wusste. Womöglich war sie die Einzige geblieben. Vielleicht gab es Menschen in seiner Umgebung, die etwas ahnten, aber keine lauten Mutmaßungen riskierten, und so war Emme arglos in diese Ehe gegangen, die nur unglücklich werden konnte. Vermutlich fragte sie sich bis heute, was sie falsch machte, ohne zu ahnen, dass sie nichts richtig machen konnte, und steckte nun in dieser diffusen Traurigkeit, aus der sie sich wohl niemals würde befreien können. So wie Weike Broders ...

Aletta wartete, bis Emme eine Tüte Zucker und ein Stück Käse in ihrem Korb verstaut hatte, dann verließen sie gemeinsam den Laden. In der Ferne war das Stampfen der nahenden Inselbahn zu hören. Ein schriller Pfiff zeigte an, dass sie sich dem Südbahnhof näherte.

»Ich habe gehört, deine Schwägerin wird nach Sylt gebracht«, sagte Aletta leise und war froh, dass Emme Richtung Bahnhof ging und sie an ihrer Seite bleiben konnte, ohne erklären zu müssen, warum sie diese Richtung einschlug.

»Der arme Jorit!«, seufzte Emme. »Er wird es nicht leicht haben mit den Schwiegereltern im Haus. Tommas Vater ist zwar umgänglich und freundlich, aber die Mutter ... Ich glaube, sie macht Jorit insgeheim für den Zustand ihrer Tochter verantwortlich. Hätte Tomma kein Kind bekommen ...«

Die Inselbahn tauchte nun wie ein schwarzes, fauchendes Ungetüm hinter den Häusern auf. Langsam näherte sie sich dem

Bahnhof, die Bremsen quietschten, letzte Rauchwolken wurden in den Himmel gestoßen, dann kam die Bahn zischend zum Stehen. Aletta wäre gern näher herangegangen, traute sich aber nicht, Emme ihr Interesse an Tommas Ankunft so deutlich zu zeigen.

»Wer wird Tomma und ihre Eltern abholen?«, fragte sie so leichthin wie möglich. »Jorit muss seinen Dienst bei der Inselwache tun.«

»Er hat wieder mal Nachtschicht«, erklärte Emme, »also auch Zeit, seine Frau selber heimzuholen. Er schläft ja noch in seinem eigenen Bett. Bis die Unterkünfte für die Soldaten fertig sind, ist die Kommandantur froh über jeden, der im eigenen Haus übernachten kann.«

Aletta sah den Leiterwagen, der nun auf die Inselbahn zufuhr, und erkannte mit einem Blick, dass es Jorit war, der in Uniform auf dem Bock saß. Nun brachte er die Pferde zum Stehen und sprang ab. Kerzengerade blieb er neben dem Wagen stehen, als salutierte er, und sah zu, wie die Waggontüren sich öffneten.

»Dein Mann ist nicht eingezogen worden?«, fragte Aletta, ohne den Blick von Jorit zu lassen.

»Er muss einen Betrieb führen«, erklärte Emme, die nun zügiger ausschritt, weil sie anscheinend dabei sein wollte, wenn Tomma heimkehrte. »So ist er verschont geblieben. Die Gesellen und Arbeiter sind natürlich allesamt eingezogen worden. Aber da es nur noch wenig Arbeit gibt, kommt Dirk allein zurecht.«

»Ich habe gehört, dass Sönke sich abgesetzt hat.«

Emmes Gesicht wurde mit einen Mal hart, ihre Augen verengten sich zu Schlitzen, ihre Lippen wurden zu einer waagerechten Linie. »Dieser Feigling!«, zischte sie. »Es ist richtig, wenn solche Leute erschossen werden. Es darf ihnen nicht besser gehen als denen, die an die Front müssen.«

Aletta wollte Sönke nicht verteidigen und schwieg. Es gab ja nichts, womit seine Flucht zu entschuldigen war. Jedenfalls nichts, was für Emme zu einer Erklärung geworden wäre.

Mit einem Abstand von hundert Schritten sahen sie zu, wie militärischer Nachschub aus der Inselbahn gehoben wurde. Viele Leiterwagen standen bereit, die Baumaterialien und Munition in das unwegsame Dünengelände transportieren sollten, wo es noch keine militärischen Unterkünfte gab und nur wenige Privathäuser zur Verfügung standen. In List, in der Vogelkoje, im Klappholttal, in Rantum und Hörnum sollten Barackenlager errichtet werden. Und da der Südbahnhof noch nicht an das übrige Schienennetz der Insel angeschlossen war, musste die Lücke mit Pferdetransporten geschlossen werden.

Erst als Ruhe auf dem Bahnhof eingekehrt war, als die meisten Leiterwagen den Bahnhof verlassen hatten, öffnete sich eine letzte Tür. Nun kam Leben in Jorit. Er lief auf die Waggontür zu und half dabei, die Trage herauszuheben, auf der seine Frau lag. Aber die beiden Bahnangestellten wehrten ihn ab, so dass er nichts beitragen konnte zu Tommas Ankunft. Aletta sah, wie er mit hängenden Armen neben der Trage stand und auf seine Frau hinabsah. Schließlich beugte er sich hinunter, um ihre Stirn zu küssen. Aletta konnte ihr Gesicht nicht erkennen. Ihr ganzer Körper war in Decken eingewickelt, ein paar dunkle Haare waren das Einzige, was von Tomma zu sehen war. Nun setzten sich die beiden Träger in Bewegung und gingen auf Jorits Leiterwagen zu. Er half einer älteren Frau aus dem Zug, der ein Mann folgte, der mit einem elastischen Sprung auf dem Bahnsteig landete. Jorit küsste der Frau die Hand und ließ sich von dem Mann kumpelhaft die Schultern klopfen. Dann folgten Tommas Eltern der Trage ihrer Tochter, die soeben auf den Leiterwagen gehoben wurde.

»Willst du Tommas Eltern nicht begrüßen?«, fragte Aletta.

Aber Emme schüttelte den Kopf. »Das hat Zeit.«

In diesem Augenblick änderte sich etwas auf dem Bahnsteig. Ein Ruck ging durch die Menschen, als ein Ruf ertönte und eine Kutsche auf die Inselbahn zufuhr. Sie wurde von einem Soldaten gelenkt, dem es offenbar darauf ankam, durch besonders rabiate

Fahrweise zu zeigen, dass er einen wichtigen Menschen zu befördern hatte.

Der Mann in der Uniform eines Obersts sah nicht so aus, als käme ihm die Einstellung seines Fahrers entgegen. Er runzelte ärgerlich die Stirn, als die Kutsche hielt, und stieg aus, bevor sein Untergebener vom Bock springen und die Tür öffnen konnte. Es sah so aus, als wollte Oberst von Rode den Kutscher damit für seine Fahrweise bestrafen.

Er sah sich nicht lange um, sondern lief zu Jorits Leiterwagen, wo Tommas Eltern sich gerade daran machten, ihn zu besteigen, um mit ihrer Tochter gemeinsam ins »Hotel Lauritzen« zu fahren.

Ein Ruf des Obersts hielt sie zurück. Aletta konnte seine Worte nicht verstehen, aber sie sah, dass sich kurz darauf alte Bekannte begrüßten, die sich herzlich umarmten. Dann wies der Oberst zu seiner Kutsche und führte Jorits Schwiegereltern von dem Leiterwagen weg. Dass Jorit salutierte, nahm er nicht zur Kenntnis, genauso wenig wie die stramme Haltung seines Fahrers. Als Tommas Eltern eingestiegen waren, gab er dem Mann ein paar kurze Anweisungen, bevor er sich dem Ehepaar gegenübersetzte. Gemächlich rollte die Kutsche nun vom Bahnsteig, gefolgt von Jorits Leiterwagen, der sich langsam, sehr langsam in Bewegung setzte. Jorit verhinderte jede Erschütterung und konzentrierte sich auf den Weg, damit er von keinem Stein, keinem Schlagloch überrascht wurde. Trotzdem entdeckte er Aletta. Sie sah, dass seine Augen mit einem Mal unruhig wurden, als spürte er ihren Blick auf sich gerichtet. Sie huschten umher und blieben schließlich an ihr hängen. Dass seine Schwester Emme neben ihr stand, schien er nicht zu bemerken. Er lächelte Aletta zu, dann fuhr er einen großen Bogen, und sie konnte ihn von da an nur noch von hinten sehen. Nur wenige Meter, dann war der Wagen in der Maybachstraße verschwunden, wo die Kutsche des Obersts schon längst nicht mehr zu sehen war.

»Sie sind alte Freunde«, erklärte Emme. »Maike und Ocke

Peters kennen Oberst von Rode schon lange. Es ist ihnen nicht recht, dass Jorit keinen hohen militärischen Rang bekleidet.«

»Er ist Hotelbesitzer«, erwiderte Aletta, legte eine Hand auf ihren Bauch und war kurz in Versuchung, Emme von ihrer Schwangerschaft zu erzählen. Aber dann unterließ sie es doch, weil sie Emme nicht das Glück einer anderen zumuten wollte.

Emme verabschiedete sich mit einem kurzen Gruß, den Aletta flüchtig erwiderte, dann blickte sie Dirk Stobarts Frau nachdenklich hinterher. Glück? Ja, sie hatte tatsächlich zum ersten Mal Glück empfunden, unvernünftiges, intuitives Glück, das sich von der Sorge um die Zukunft trennte und sich mit der Hoffnung verbündete, dass Ludwig ebenso empfinden würde, wenn er erfuhr, dass er Vater wurde.

Sie ging zum Rathaus, um zu sehen, ob es schon wieder Tote zu beklagen gab. Aber zum Glück war es eine andere Mitteilung, die für die Menschentraube sorgte, die sich vor der Tafel mit den Bekanntmachungen gebildet hatte.

»Eine Schande ist das!«, ereiferte sich ein Mann. »Hoffentlich sind unsere Jungs an der Front besser ausgerüstet.«

Aletta trat näher heran und las die Bekanntmachung des Bürgermeisters nun auch.

Die Inselwache Sylt wünscht acht Nachtgläser zu kaufen. In Betracht kommen Doppelfeldstecher mit geringer Vergrößerung und großer Lichtstärke. Nicht verwendbar sind Prismengläser und eigentliche Fernrohre. Meldungen sind an die Inselwache im »Hotel zum Deutschen Kaiser«, Zimmer Nr. 6, zu entrichten. Der Bürgermeister

»Schön, dass ich Sie treffe, gnädige Frau«, raunte da eine Stimme hinter ihr.

Aletta fuhr herum. Dirk Stobart stand vor ihr und grinste sie an. »Mir ist zu Ohren gekommen, dass Sie fürs Erste auf Sylt bleiben wollen.«

Aletta ging die Friedrichstraße hinab und antwortete erst, als sie außer Hörweite der Sylter waren, die noch vor der Bekanntmachung standen: »Stört Sie das?«

Dirk Stobart folgte ihr. »Nicht, wenn Sie sich an unsere Vereinbarung halten. Ich hoffe nicht, dass Sie glauben, eine berühmte Sängerin habe das nicht nötig.« Plötzlich wechselte er vom Sie zum Du, wahrscheinlich, um zu zeigen, dass sie keinen Deut besser sei als er. »Ich könnte dich immer noch in Schwierigkeiten bringen, wenn ich erzähle, was ich weiß.«

»Sie würden vor allem sich selbst in Schwierigkeiten bringen«, entgegnete Aletta und dachte nicht daran, auf seinen vertraulichen Ton einzugehen. »Aber keine Sorge, mir liegt nichts daran, dass die Wahrheit ans Licht kommt. Wem würde das helfen? Nicht einmal Emme. Ich glaube im Übrigen nicht, dass jemand schuldig ist, wenn er … so ist wie Sie. Sie können nichts dafür.«

»Dann sind wir uns ja einig. Niemand erfährt was. Dass Sie mal Geld gestohlen haben, wird unter uns bleiben, und dass Sie mir geholfen haben …«

Diesen Satz wollte Aletta unter keinen Umständen vollendet wissen. »Meine Schwester sagt übrigens, dass viele glauben, Sie hätten Ihren Bruder umgebracht. Um an die Zimmerei zu kommen!«

Dirk sah auf seine Füße. »Das kann mir keiner nachweisen. Ich habe damals seine Sachen aus dem Haus geholt und ebenfalls verbuddelt. Damit es so aussah, als wäre er abgehauen.«

»Und er hat sich nie wieder gemeldet?«, fragte Aletta höhnisch. »Merkwürdig, oder?« Sie blieb stehen, als sie die Maybachstraße überquert hatten. In die Stephanstraße sollte er sie nicht begleiten, sie wollte nicht, dass Insa sie mit Dirk zusammen sah. »Was ist mit Sönke? Haben Sie ihn gezwungen?«

Dirk verneinte so erschrocken, dass Aletta geneigt war, ihm zu glauben.

»Und Emme? Sie ahnt nichts?«

Dirk stocherte mit der rechten Fußspitze im Erdreich der Straße herum. »Ich musste heiraten, sonst wäre noch jemand der Wahrheit auf die Spur gekommen. Aber ich kann es ihr nicht sagen, weil ich nicht weiß, wie sie reagieren wird.« Nun blickte er auf. »Ich will nicht ins Gefängnis deswegen. Sie sagen zwar, ich kann nichts dafür, dass ich so bin, aber viele denken anders. Vor allem die Richter. Sie finden, ich mache mich strafbar. Es gibt sogar ein Gesetz, nach dem ich verurteilt und bestraft werden kann.«

»Das weiß ich. Gefängnis und Verlust der bürgerlichen Ehrenrechte!« Aletta machte Anstalten, weiterzugehen, und zeigte mit einer abwehrenden Geste, dass sie nicht von Dirk begleitet werden wollte. »Sie hätten nicht heiraten dürfen. Emme musste unglücklich werden, damit ihr Mann ungeschoren davonkommt. Sie ahnt nicht mal, warum sie in ihrer Ehe unglücklich ist.«

Eine junge hochschwangere Frau ging vorüber, die Aletta schüchtern zunickte. »Moin!«

»Moin, Frau Mügge! Ist es bald so weit?«

»Kann jeden Moment losgehen«, gab die junge Frau Mügge zurück und lief vor Freude rot an, weil eine berühmte Sängerin an ihrem Schicksal Interesse zeigte.

Als sie weit genug entfernt war, raunte Aletta: »Gut, dass es in der Familie Mügge keinen Alten gibt, der demnächst beerdigt werden könnte. Der junge Mügge musste an die Front. Wenn er fällt, wird er auf einem Soldatenfriedhof seine letzte Ruhe finden.« Die Übelkeit, die ihr mittlerweile vertraut war, stieg wieder in ihr hoch. Sie atmete tief ein, ehe sie sagte: »Sie haben Glück, Herr Stobart! Ich habe gehört, dass Leute wie Sie in Soldatenkreisen nicht gern gesehen werden.«

»Ich habe sogar gehört, dass sie gequält und misshandelt werden«, kam es mit gepresster Stimme zurück.

»Dann ist es ja gut, dass niemand davon weiß. Für den Fall, dass der Krieg länger dauert und Sie doch noch an die Front müssen.«

Nun sah er so erschrocken aus, als wäre ihm diese Idee noch nicht gekommen. »Dann würde ich abhauen. So wie Sönke.«

Aletta wollte eigentlich weitergehen, denn das Gespräch wurde ihr zu persönlich, sie zögerte aber, weil ihr ein Gedanke kam. »War es Ihre Idee, dass Sönke sich verstecken sollte? Wollten Sie nicht auf ihn verzichten? Wissen Sie, wo er ist?«

Aber Dirk Stobart schüttelte den Kopf. »Ich habe große Angst um ihn. Zwar kennt er sich auf Sylt gut aus, aber er wird gesucht. Ein Fehler, und sie haben ihn. Selbst wenn sein Versteck gut ist, er muss es hin und wieder verlassen, um sich etwas zu essen zu besorgen.«

Aletta dachte an die Entenjäger, die der Inselwache ein Dorn im Auge waren, und ein Schauer der Angst zog über ihren Körper. Wieder spürte sie den Säugling in ihren Armen, die weiche Haut an ihrer Wange und litt noch einmal unter seiner Hilflosigkeit, wie sie jetzt unter seiner Angst litt, obwohl sie von Sönke kaum etwas wusste. Doch ihre heimliche Gemeinschaft, die in den ersten Stunden seines Lebens entstanden war und von der er nichts wusste, hatte ein Band geknüpft, das Sönke selbst niemals in der Hand halten würde. Doch es war da. Das spürte Aletta ganz deutlich, der die Sorge um Sönke wehtat, als wäre er ihr nahe.

Sie ließ Dirk Stobart stehen und beschloss, noch nicht nach Hause, sondern zurück zum Meer zu gehen. Sie wollte den Strandübergang am Ende der Damenbadstraße nehmen, weit vom »Miramar« entfernt, wo die Erinnerung an ihr altes Leben wohnte. Und die Erinnerung an Ludwig.

Als sie am »Grand Hotel« vorbeiging, trat eine Frau aus einem Nebeneingang, und diesmal wusste Aletta ganz sicher, wen sie vor sich hatte. Entschlossen trat sie auf Weike Broders zu. »Wie schön, dich wiederzusehen!«

Als Weike den Kopf hob, musste Aletta ihr Erschrecken verbergen. Weike war nicht zehn, sondern mindestens zwanzig Jahre gealtert. Obwohl sie erst Mitte dreißig war, sah sie aus wie eine Fünfzigjährige. Ihr Haar wies bereits graue Strähnen auf, ihre Haut die ersten Falten, die das Leben in ein Gesicht gezeichnet hatte, in dem es keine Fröhlichkeit und kein Lachen mehr gab. Furchen zogen die Mundwinkel herab, Querfalten runzelten ihre Stirn, als gäbe es für Weike Broders viele Gründe, sich zu grämen.

Sie knickste, was Aletta noch mehr bestürzte als ihre äußerliche Veränderung. »Guten Tag, gnädige Frau. Sehr freundlich, dass Sie mich ansprechen!«

Aletta griff nach ihren Armen. »Ich bin's! Aletta! Erkennst du mich nicht?«

»Doch! Natürlich!«

Weike senkte den Blick wieder und nestelte an der weißen Schürze herum, die sie über den Arm gehängt hatte. Vermutlich, um sie zu waschen und zu bügeln, damit sie am nächsten Tag dem »Grand Hotel« Ehre machte.

Aletta verstand nun, was Weike zusetzte. »Ich bin keine andere geworden, Weike, nur weil ich nun Sängerin bin.«

»Eine berühmte Sängerin«, korrigierte Weike und wagte noch immer nicht aufzublicken.

Aletta spürte, sie würde noch so oft zusichern können, dass ihr Ruhm nichts zwischen ihnen verändert hatte – wenn Weike glauben sollte, dass ihr die gemeinsame Erinnerung etwas bedeutete, dann musste sie ihr zeigen, dass sie nichts vergessen hatte. So schwer es ihr fiel. Unauffällig wickelte sie den kostbaren fliederfarbenen Seidenschal vom Hals, den sie ausgerechnet heute wieder vom Haken genommen hatte und ließ ihn in der geschlossenen Hand verschwinden, während sie fragte: »Hast du je wieder von Boncke gehört?«

Tatsächlich veränderte sich nun etwas in Weikes Gesicht. Sie blickte auf und lächelte zaghaft. »Sie erinnern sich?«

»Bitte, sag du zu mir. So wie früher.«

»Du erinnerst dich?«, wiederholte Weike folgsam.

»Er war von einem Tag auf den anderen verschwunden.«

»Er ist vor kurzem in Hamburg gesehen worden. So weiß ich, dass er noch lebt. Ich dachte, er hätte sich nie gemeldet, weil er längst tot ist.«

Weikes Schicksal türmte sich in Sekundenschnelle vor Aletta auf und fiel genauso schnell wieder in sich zusammen. Der Mann, den Weike geliebt hatte, war gerade in dem Moment, als sie glauben konnte, dass er nicht mehr am Leben war und sie ihn für tot erklären lassen wollte, gesehen worden. Die Hoffnung, die Weike vielleicht soeben überwunden hatte, war wieder da gewesen. Ein neues Leben mit einem anderen Mann, einer Familie, einem kleinen Glück war daraufhin erneut unmöglich geworden. Boncke hatte Weikes Leben mitgenommen, als er Sylt Hals über Kopf verließ. Und Weike konnte nicht ahnen, dass Aletta Lornsen etwas damit zu tun hatte. Deswegen war sie fassungslos, als Aletta ihr anbot: »Wenn du etwas brauchst, sag mir Bescheid. Ich helfe dir gern, wenn ich kann.«

»Wie willst du mir helfen?«, fragte Weike atemlos zurück.

Aletta merkte, dass sie rot wurde. Diese Frage beschämte sie. Ja, wie sollte sie Weike helfen? Geld hatte sie zurzeit genauso wenig wie sie, und mit ihren guten Beziehungen in der Welt der Theater und Konzertsäle konnte Weike nichts anfangen. Was hatte sie sich nur bei diesem Angebot gedacht? Damit hatte sie sich selbst bewiesen, was es Weike so schwergemacht hatte, auf sie zuzugehen und was Insa ihr ständig vorhielt: Sie gehörte auf Sylt nicht mehr dazu.

Weike bemerkte Alettas Bestürzung. »Trotzdem danke für das Angebot«, sagte sie. »Und alles Gute.«

Sie wandte sich ab und ging davon. Während Aletta ihr nachblickte, verglich sie ihr eigenes Leben mit den zehn Jahren, wie sie für Weike vergangen waren. Noch jemand, der für den großen Erfolg der Sängerin Aletta Lornsen hatte zahlen müssen! Und das war nicht wiedergutzumachen. Geld ließ sich zurückzahlen, aber nicht solch ein Unglück. Aletta musste mit den Tränen kämpfen, während sie ihren Seidenschal glattstrich und sich wieder um den Hals legte.

Dass das Betreten des Strandes seit Kriegsbeginn verboten war, fiel ihr zwar ein, aber da der Strandübergang nicht bewacht war und sich ihr niemand in den Weg stellte, schüttelte sie den Gedanken wieder ab. Dass es dort auch gefährlich sein konnte, weil die Inselwache den Strand mit Minen versetzt hatte, daran dachte sie jedoch nicht.

Während sie die Schuhe auszog und durch den Sand auf die Wasserkante zuging, stand Ludwig vor ihren Augen, elegant, lächelnd, charmant. Sein Bild in Uniform wollte sich nicht darüberschieben lassen, erst recht nicht das Bild, das ihn in einem Schützengraben zeigte, schmutzig, hungernd, frierend, verzweifelt, womöglich verwundet, schreiend vor Angst und Schmerzen, bereit, zu töten!

In einiger Entfernung sah Aletta mehrere Soldaten direkt an der Wasserkante stehen, die sich um etwas scharten, was zu ihren Füßen lag. Aus der Ferne konnte man es für einen Toten halten. Nun lösten sich aus den Dünen weitere Soldaten, schon rief ein anderer und winkte seine Kameraden zur nächsten Stelle, wo es genauso aussah. Auch hier lag etwas im Sand, so groß wie ein Mensch. Aletta gab sich Mühe, konnte aber nicht erkennen, worum es ging. Strandgut vermutlich. Die Soldaten der Inselwache waren mittlerweile bekannt dafür, erfolgreiche Strandgutsammler zu sein.

Sie hockte sich in den Sand, blickte aufs Meer hinaus, wurde aber aufs Neue von der Unruhe abgelenkt, die immer mehr Soldaten anlockte. Gern wäre sie näher herangegangen, aber sie traute sich nicht.

Nach einer Weile hatte sie das Gefühl, nicht mehr allein zu sein. Als sie sich umblickte, entdeckte sie einige Soldaten der Inselwache hinter sich in den Dünen, die ihren Wachdienst ernster nahmen als die, die sich am Ufersaum aufhielten und dort nach wie vor aufgeregt hin und her liefen. Sie wurde beobachtet! Dreimal eine Bewegung, ein dunkler Punkt, herunterrieselnder Sand, eine Kappe, der Lauf eines Gewehrs. Jemand rief zu der Gruppe und winkte aufgeregt in Alettas Richtung.

Trotzig drehte sie sich zurück, als sich eine Gestalt aus der

Gruppe löste und auf sie zukam. Bald stob Sand in ihren Augenwinkeln auf, schwere Schuhe erschienen, schließlich setzte sich jemand neben sie in den Sand. Als sie seine Hände sah, wusste sie, um wen es sich handelte.

»Wollen Sie einer Sylterin etwa den Aufenthalt am Strand verbieten?«, fragte sie, ehe er den Mund aufmachen konnte.

»Ich muss«, entgegnete Reik Martensen.

Aletta nickte zu seinen Kameraden. »Was ist da los?«

»Mehrere tote Soldaten sind angetrieben worden.«

Aletta erschrak. »Was? Deutsche?«

Reik nickte. »Zwei Kreuzer sind vor Helgoland im Gefecht gesunken. Das sind die Opfer. Einige von ihnen …«

Aletta starrte ihn ungläubig an. Krieg! Da war er! In seiner ganzen Grausamkeit! Der Krieg war auf Sylt angekommen!

Reik Martensen wollte sie anscheinend ablenken. »Ich kann verstehen, wie gern Sie hier sind. Mir geht's genauso. Ich merke jetzt erst, dass ich Heimweh hatte.«

Aletta schüttelte den Gedanken an die toten Marinesoldaten ab. »Warum sind Sie nie zurückgekommen? Wenigstens für einen Besuch? Wegen Insa?«

Er antwortete nicht, starrte aufs Meer und folgte einer Gischtkrone so lange mit den Augen, bis sie sich zu seinen Füßen auflöste. Erst als Aletta sich ihm zuwandte, nickte er. »Alle sagten, wir seien noch zu jung, um von Liebe zu reden. Das habe ich so oft gehört, bis ich es selbst geglaubt habe.«

»Aber es stimmt nicht? Man ist auch schon mit fünfzehn oder sechzehn reif genug für die Liebe?«

Reik griff mit beiden Händen in den Sand und ließ ihn durch die Finger rieseln. »Insa anscheinend nicht. Ihr Vater sagte, ich solle aufhören, an sie zu denken. Aus den Augen, aus dem Sinn!«

»Sie haben mit unserem Vater darüber gesprochen?«

»Als Insa nicht aus Hamburg zurückkam, bin ich zu ihm gegangen. Er hat mich gleich wieder weggeschickt. Insa wolle mit ihrer Mutter in Hamburg bleiben, sagte er. Ein halbes Jahr etwa würde es dauern.« Aletta spürte, dass er sie betrachtete. »Wissen Sie warum?«

»Weil meine Mutter in Hamburg feststellte, dass sie schwanger war. Eine Fehlgeburt drohte, sie musste sich schonen und konnte nicht zurück nach Sylt.«

Reik verzog das Gesicht zu einem schiefen Lächeln. »Also sind Sie gewissermaßen schuld?«

Der Versuch, das Schwere von ihnen zu nehmen und es durch die Leichtigkeit vieler vergangener Jahre zu ersetzen, misslang gründlich. Ein Pfiff ertönte in den Dünen, eine barsche Stimme forderte Reik auf, endlich für Ordnung zu sorgen.

Reik stand auf und reichte Aletta die Hand, um sie in die Höhe zu ziehen. Aber sie erhob sich aus eigener Kraft.

»Hatten meine Eltern verboten, dass Insa Kontakt zu Ihnen aufnahm? Gab es Probleme zwischen Ihnen und meinen Eltern?«

Reik nahm ihren Arm und dirigierte sie zum Strandübergang. »Wenn es Vorbehalte gab, dann nicht gegen mich, sondern gegen meinen Vater. Zwischen Ihrem und meinem Vater hat es einen heftigen Streit gegeben. Ich weiß aber nicht, worum es ging.«

»Wann war das?«

»Kurz bevor Insa mit ihrer Mutter nach Hamburg fuhr.«

Aletta blieb stehen und befreite sich von Reiks Arm. Sie starrte in sein Gesicht, betrachtete seine kleine Nase, den breiten Mund mit den vollen Lippen, die starken Brauen und sah in seine braunen Augen. Sie machte ein paar Schritte den Strandübergang hinauf, dort drehte sie sich noch einmal um. »Lieben Sie meine Schwester immer noch?«

Reik warf einen Blick zu dem Soldaten, der sich in einiger Entfernung aus den Dünen erhoben hatte und ihn tadelnd und warnend ansah. »Es hat zwar andere Frauen in meinem Leben gegeben, aber … ich habe nie geheiratet. Eigentlich hätte ich gern Kinder gehabt, doch es gab keine Frau, die ich zur Mutter meiner Kinder hätte machen wollen.«

»Wegen Insa«, stellte Aletta fest, obwohl es eigentlich eine Frage sein sollte.

Und Reik Martensen bekräftigte: »Ja, wegen Insa.«

Er drehte sich um und kehrte zu seinen Dienstpflichten zurück. Sie stand noch eine Weile da und starrte ihm nach. Geert Lornsen und der alte Martensen! Konnte sich zwischen diesen beiden ihr Schicksal entschieden haben?

Dass Jorit ihr nachgelaufen kam, bemerkte sie erst, als sie schon ein gutes Stück der Strandstraße hinuntergegangen war. »Aletta! Warte!«

Erstaunt sah sie ihm entgegen, stellte fest, dass seine Uniformjacke nachlässig zugeknöpft war und die Mütze schief auf dem Kopf saß.

»Wie kannst du einfach an den Strand kommen? Du weißt doch, dass Zivilpersonen den Strand nicht betreten dürfen.«

»Ich hab's vergessen.«

»Was hattest du mit Kamerad Martensen zu besprechen? Woher kennst du ihn überhaupt?«

Aletta wollte darauf nicht antworten. »Wieso kannst du einfach deinen Posten verlassen?«, wich sie aus.

Jorit winkte ab. »Es ist nichts los! Und niemand erwartet einen Angriff. Der Krieg findet woanders statt. Jedenfalls jetzt noch.«

»Wie geht's deiner Frau?«

Jorits Miene, die soeben noch hell gewesen war unter dem Licht des Eifers und der Neugier, verdüsterte sich prompt. »Es ändert sich nichts. Es geht ihr jeden Tag gleich schlecht.«

»Erkennt sie dich?«

»Manchmal kommt es mir so vor, aber dann wieder … ich weiß es nicht.« Er schob den Schleier beiseite, der sich über seine Augen gelegt hatte. »Nun sag schon! Was will Reik Martensen von dir?«

»Von mir gar nichts. Er will …« Plötzlich öffnete sich eine Tür ihres Herzens, sie wusste mit einem Mal, dass sie die vielen

Fragen rauslassen durfte, die sie quälten. Diese Tür führte direkt in Jorits Herz hinein, in sein Vertrauen, in seine Verschwiegenheit. Schon früher hatte sie vor ihm alles ausbreiten und bloßlegen können, auch deshalb hatten ihre Lügen, bevor sie von Sylt floh, besonders schwer gewogen. »Können wir uns treffen? Heute Abend?«

Er sah sie aufmerksam und ein wenig kritisch an. »Geht's um Martensen? Er ist ein Verehrer von dir. Und er hat sich überall nach der Familie Lornsen erkundigt.«

»Du bist der Einzige, mit dem ich reden kann. Insa darf nichts davon erfahren.«

Jorit nickte ernst, als erschiene es ihm selbstverständlich, dass er dazu ausersehen war, Alettas Vertrauter zu sein. Wenn einmal Tomma, Ludwig und Alettas ungeborenes Kind zwischen ihnen gestanden hatte, so war jetzt nichts davon zu spüren. Hätte sie es beschreiben müssen, wäre Aletta versucht gewesen, von Freundschaft zu reden, aber nur deshalb, weil es kein Wort für das gab, was sie mit Jorit verband. Nein, Freundschaft war es nicht, obwohl die Freundschaft als wichtiger Teil dazugehörte. Liebe war es nicht mehr, obwohl die Erinnerung an ihre Liebe das Gefühl ermöglichte, für das sie in diesem Augenblick so dankbar war. Es waren wohl vor allem die Selbstverständlichkeit, mit der der eine bitten konnte und der andere sich bitten ließ, und die Gewissheit, dass beides richtig war und keiner Erklärung bedurfte. Ein Vertrauen, wie man es nur sehr guten Freunden und den Menschen, die man liebt, entgegenbringt. Also hatte es wohl doch etwas mit Freundschaft und auch mit Liebe zu tun. Trotz ihrer Liebe zu Ludwig und trotz der Enttäuschung, die sie Jorit einmal zugefügt hatte …

Ein Mann in der Uniform eines Oberleutnants kam vorbei. Ein noch junger Kerl mit einem glatten Gesicht und hellen, klaren Augen, die wie Metall glitzerten. Kühl waren sie und seine Lippen so schmal, als wollte er ständig seine Missbilligung ausdrücken.

Jorit nahm Haltung an und grüßte zackig. »Moin, Herr Oberleutnant!«

Der Mann blieb stehen und bedachte Jorit zu Alettas Erstaunen mit einem kumpelhaften Blick. »Endlich habe ich den ersten dieser Kerle erwischt, die sich vorm Kriegsdienst drücken wollen. Bei seiner alten Tante hatte er sich versteckt. So ein mieser Feigling! Bringt die gute Frau auch noch in Gefahr!« Er lächelte, so dass seine Lippen gar nicht mehr zu sehen waren. »Feiglinge eben! Alles Feiglinge!«

Aletta spürte, dass ihr die Knie weich wurden. Am liebsten hätte sie nach Jorits Arm gegriffen, um sich festzuhalten.

Der hatte ebenfalls mit seiner Fassung zu ringen. »Kennen Sie den Namen, Herr Oberleutnant?«, fragte er.

Er bekam ein Schulterzucken zur Antwort. »Habe ich vergessen! Aber der Name wird früh genug am Rathaus angeschlagen. Jetzt ist er erst mal verhaftet und sitzt ein. Dann wird wohl ein Exempel statuiert.«

»Was soll das heißen?«, fragte Jorit.

»Heute Abend werde ich es wissen«, entgegnete der Oberleutnant. »Öffnen Sie wieder Ihren Weinkeller? Dann erzähle ich es Ihnen.«

»Natürlich«, stotterte Jorit. »Für Sie immer gern.«

Nun begriff Aletta, wen sie vor sich hatte: den Soldaten, der im »Hotel Lauritzen« einquartiert worden war. Jorit hatte von ihm gesprochen, von einem Willem Schubert, dessen Aufgabe es war, nach den Deserteuren zu fahnden.

»Der Kommandant wird den Befehl zur Erschießung geben«, vermutete Oberleutnant Schubert. »Und wenn Sie mich fragen, zu Recht. Was mit der alten Tante geschieht, wird sich zeigen. Ins Gefängnis kommt sie auf jeden Fall. Schon wegen der Abschreckung! Aber wie ich Oberst von Rode kenne, lässt er sie leben. Ob das Abschreckung genug ist? Besser wäre, sie würde gleich neben ihren Neffen an die Wand gestellt. Wetten, dass die anderen Deserteure dann aus ihren warmen Nestern geworfen werden?«

Er lachte meckernd, dann gönnte er Aletta einen langen und sehr aufmerksamen Blick. Er schien zu den Männern zu gehören, die sich erst mit lauten Reden einen Platz an der Macht erobern müssen, ehe sie sich der Konfrontation mit einer Frau gewachsen fühlten. Zum Glück schien er kein Freund des Theaters zu sein, denn er ließ nicht erkennen, dass er wusste, wen er vor sich hatte. »Charmant, mein lieber Lauritzen! Lassen Sie das Ihre Schwiegermutter nicht merken!«

Aletta sah, dass Jorit eine Bemerkung auf der Zunge hatte, die ihn entlasten sollte, aber der Oberleutnant ließ ihn nicht zu Wort kommen. Mit einer zackigen Bewegung der rechten Hand beendete er die Konversation mit dem Gefreiten Lauritzen und ging weiter, nachdem Jorit sich in angemessener Form von ihm verabschiedet hatte.

Aletta schwieg so lange, bis Willem Schubert verschwunden war. »Sönke hat keine alte Tante«, sagte sie dann.

Während sie heimging, riss Aletta sich gewaltsam Sönkes Namen aus dem Gedächtnis. Er hatte keine Verwandten, er konnte nicht derjenige sein, der als Deserteur verhaftet worden war. Niemand auf Sylt würde bereit sein, ausgerechnet ihn zu verstecken, für das Findelkind Sönke Leben und Freiheit aufs Spiel zu setzen. Sönke wurde zwar von allen gemocht, aber er hatte keine festen Bindungen. In seinen Pflegestellen hatte er keine Familien gefunden, und von Dirk Stobart konnte er keine Hilfe erwarten. Er würde sich weiterhin in den Dünen versteckt halten müssen.

Aletta wurde das Herz schwer. Dort würde man Sönke über kurz oder lang finden. Wenn nicht Willem Schubert oder die Soldaten der Inselwache, dann irgendein Sylter Bürger, der Angst vor dem Feind nicht gelten ließ. Sönke war verloren. Schon jetzt! Das hilflose Kind, das sie von der Kirchentreppe gehoben hatte, würde nicht erwachsen werden dürfen.

Sie schüttelte den Kopf, um den Gedanken an Sönke zu vertreiben. Tatsächlich gelang es ihr, weil der Gedanke an Jorit so überragend war, dass alles andere leicht daneben verblasste. Warum verlor sie mit der gleichen Selbstverständlichkeit, wie sie Jorit vertraute, kein Wort über ihre Schuld, über ihre Diebstähle, über Dirk Stobarts Erpressungen, über ihre Nächte auf dem Friedhof und den Toten, der nicht ins Grab der Familie Mügge gehörte? War Scham eine Begründung, die Jorit gelten lassen würde, wenn er davon wüsste?

VIII.

Mit vierzehn Jahren wurde sie aus der Schule entlassen und in eines der neuen Hotels geschickt, die in den letzten Jahren wie Pilze aus dem Boden gewachsen waren. Aletta musste Geld verdienen. Die paar Pfennige, die sie nach den Besuchen bei Vera Etzold nach Hause brachte, waren nun nicht mehr genug. Was sie als Zimmermädchen verdiente, würde jedoch reichen, um bei den Eltern einen angemessenen Betrag abzuliefern. Den Rest sollte sie zurücklegen für die Aussteuer, die sie über kurz oder lang brauchen würde.

Vera Etzold wollte versuchen, Aletta eine Stelle im »Miramar« zu verschaffen, aber das hätte für die Lornsens bedeutet, nach den Sternen zu greifen. Insa war für ihre kleine Schwester sogar voller Hohn gewesen. »Sieh mal an! Die Kleine will hoch hinaus! Im ›Miramar‹ kennt sie sich ja schon bestens aus!«

Diesmal hatte sogar der Vater zugestimmt, der sich sonst gern heraushielt und durch Schweigen Zustimmung oder Ablehnung ausdrückte, je nachdem was von ihm erwartet wurde. Geert Lornsen schwieg oft, war wohl immer schon ein schweigsamer Mensch gewesen, machte im Verlauf seines Lebens jedoch das Schweigen zu einem Raum, den es in seinem Hause nicht gab: vier Wände nur für ihn allein.

Witta Lornsen war es also, die sich darum kümmerte, dass ihre Tochter Aletta eine Anstellung fand. Schwer war es nicht. Mittlerweile gab es fast dreißig Hotels in Westerland, die großen

Bedarf an Personal hatten. Die meisten Hoteliers waren keine Sylter, sondern vom Festland gekommen, um im aufblühenden Erquickungsgewerbe, wie es genannt wurde, Geld zu verdienen. Sie waren den Syltern schon bald finanziell haushoch überlegen, die nur schwerfällig den Weg in einen größer dimensionierten Handel und in ein saisonunabhängiges Gewerbe fanden, das dem Fremdenverkehr diente. Zimmervermieter gab es unter ihnen zwar mittlerweile reichlich, auch neue Kolonialwaren- und Delikatessgeschäfte waren entstanden, Bäckereien, Schlachterläden und Fischhandlungen hatten sich vergrößert, sogar Textilgeschäfte und Läden mit Galanteriewaren, Strandartikeln und Reiseandenken gab es nun. Die großen Hotels jedoch wurden von Geschäftsleuten gegründet und geführt, die vom Festland gekommen waren und auf Sylt ihre Chance gesehen hatten.

Auch der Besitzer des »Grand Hotel« war kein Sylter, sondern stammte aus Hamburg. Er hatte sein Haus in der Nähe des Südbahnhofs errichtet, direkt am Strand, wie es die Feriengäste gernhatten, und warb mit Hamburger Küche und gepflegten Weinen. Er konnte ein Zimmermädchen brauchen, und so trat Aletta schon zehn Tage nach ihrem letzten Schultag dort ihren Dienst an.

Sie weinte, als sie Vera Etzold davon erzählte. »Zimmermädchen! Dabei will ich doch Sängerin werden!«

Vera zog sie in ihre Arme, was sie noch nie getan hatte. Und Alettas Tränen versiegten im Nu, als sie Veras Duft einatmete, den weichen Stoff ihres Kleides an ihrer Wange spürte und die zarten, gepflegten Hände auf ihrem Rücken, die niemals fest zugriffen. Auch bei der Begrüßung legten sie sich nur sanft in die Handfläche ihres Gegenübers, ohne die Finger zu krümmen.

»Wenn deine Eltern dir bisher den Gesangsunterricht erlaubt haben«, tröstete sie vorsichtig, »werden sie es sicherlich auch in Zukunft tun. Wir müssen uns natürlich nach deinen Arbeitszeiten richten, aber das wird schon gehen.«

Aletta löste sich von ihrer Brust, dachte an das Geld, das sie in ihrem Zimmer versteckt hielt, und war nun zuversichtlich, dass sie die Erlaubnis erhalten würde, auch zukünftig ins »Miramar« gehen zu dürfen.

»Frau Etzold will mir mehr bezahlen«, behauptete sie, als sie ihrer Mutter erklärte, dass die reiche Frau, der sie dreimal pro Woche vorlas, nicht auf ihre Dienste verzichten wollte. »Weil ich jetzt kein Kind mehr bin, bekomme ich doppelt so viel.«

Nun war sie sogar froh, dass Dirk Stobart sie gezwungen hatte, mehr und immer mehr Geld zu stehlen. Ihre Ersparnisse waren zu einer beachtlichen Summe angewachsen, sie würde ihrer Mutter demnächst ohne weiteres mehr Geld auf den Küchentisch legen können, wenn sie aus dem »Miramar« zurückkehrte.

Witta Lornsen war einverstanden und lobte sogar den Eifer ihrer jüngsten Tochter, und Insas Fragen nach der Lektüre, die der reichen Frau Etzold zu Gemüte geführt wurde, konnte Aletta zum Glück ausweichend beantworten. So trat sie ihren Dienst im »Grand Hotel« in der sicheren Erwartung an, dass ihr ein Intermezzo bevorstand, das für ihr Leben keine Bedeutung haben würde. Vera Etzold hatte gesagt, sie brauche noch ein paar Jahre, vier oder fünf, dann sei sie so weit, die Welt der Theater und Konzertsäle zu betreten. Diese Zeit, die sie als Zimmermädchen im »Grand Hotel« verbrachte, würde sie dann schnell vergessen.

Die Hausdame des Hotels hieß Weike Broders, sie war dafür zuständig, die neuen Zimmermädchen anzulernen. Eine Frau von Mitte zwanzig, die mit Boncke Broders, einem Dünenbepflanzer, verheiratet war, der gerade erst neunzehn geworden war. Zu ihrem Leidwesen verdiente er so wenig, dass sie gezwungen war, zum Familieneinkommen beizutragen. Dabei wollte sie nichts lieber, als so bald wie möglich Mutter werden und dann auf die Arbeit im Hotel verzichten zu können. Weike hätte es gern gesehen, dass ihr Mann sich eine Stelle im Baugeschäft suchte, wo neuerdings zahlreiche Einheimische zu guten Löhnen beschäftigt wurden, oder im Hotel- oder Restaurantgewerbe, wo ebenfalls gut gezahlt wurde. Aber Boncke Broders schien sich weder für das eine noch für das andere zu eignen und blieb, was er war. Nur gelegentlich söhnte er seine Frau damit aus, dass er als Nachtportier in einem Westerländer Hotel aushalf und damit für zusätzlichen Lohn sorgte. Den legte Weike auf die hohe Kante, damit sie etwas für ihr erstes Kind hatte, auf das sie sehnsüchtig wartete.

Aletta war von Anfang an ihr Liebling. Sie bekam immer die leichtesten Arbeiten aufgetragen, und mit ihr unterhielt Weike sich gerne, wenn sie eine Pause einlegten. Aletta genoss es, nun wie eine Erwachsene behandelt zu werden und nicht mehr wie ein Schulkind. Dazu gehörte auch, dass Weike mit ihr über Probleme redete, von denen Aletta noch nie etwas gehört hatte. Im Hause Lornsen wurde nicht über Sexualität gesprochen; was Aletta darüber wusste, hatten ihr Gleichaltrige ins Ohr getuschelt, andere widerrufen und Ältere besser gewusst. So hatte sie zwar diffuse Kenntnisse von dem, was sich zwischen Mann und Frau abspielte, wusste aber nichts Genaues.

Von Weike erfuhr sie alles, was ihr bisher dahin nicht klar gewesen war. Und sie erfuhr auch von den Schwierigkeiten, die daraus erwachsen konnten. So klagte Weike häufig darüber, dass ihr Mann so selten in ihr Bett kam und immer nur dann, wenn sie ihn lange und ausgiebig bedrängt hatte. »Kannst du das verstehen?«, fragte sie Aletta, die nur mit großen, ungläubigen Augen dasaß und nicht wusste, was sie darauf antworten sollte. Aber Weike erwartete keine Antwort, sondern fuhr schon fort: »Bin ich etwa so hässlich, dass mein Mann mich nicht begehrt? Oder liegt es daran, dass ich älter bin als er?«

Daraufhin schüttelte Aletta immerhin energisch den Kopf. Denn Weike war zwar keine Schönheit, aber hässlich war sie auf keinen Fall. Und sie liebte ihren Mann. Was die Liebe mit dem Alter zu tun haben sollte, konnte Aletta sich nicht vorstellen, und warum Boncke die Liebe seiner Frau nicht mit Begehrlichkeit belohnte, dazu wusste sie auch nichts zu sagen. Das erfuhr sie erst später. In der Nacht, in der Kai Stobart sein Leben ließ. Und in dieser Nacht wurde ihr auch endlich klargemacht, dass Dirk Stobart keine Macht mehr über sie hatte. Er konnte sie nicht zwingen, für ihn zu stehlen. Das war von da an vorbei!

Sie hatte sich früh zurückgezogen und behauptet, sie sei sehr müde und wolle zeitig schlafen gehen. Insa hatte ihr nur gleichgültig zugenickt, sie ging immer erst zu Bett, wenn alle Gäste sich in ihre Zimmer verabschiedet hatten. Diesmal hatte sie womöglich sogar die Absicht, auf die Rückkehr der beiden Soldaten zu warten, die einen Besuch im Nachbarhaus machten. Dort war ein weiterer Hauptmann einquartiert worden, mit dem Augustin Hütten bestens bekannt war. Mit Robert Fritz und einer Flasche Schnaps war er losgezogen, um das Wiedersehen zu feiern. Aletta hatte den beiden hinterhergesehen, bis sie von der Nachbarin eingelassen worden waren. Sah so der Krieg aus? Wenn ein Soldat den anderen besuchte, um einen Abend mit Schnaps zu genießen? Hoffentlich ging es auch Ludwig so gut wie den Soldaten der Inselwache. Aber sie wusste, dass sie sich etwas vormachte, wenn sie daran glaubte. Ludwig war an der Front! Dort, wo gekämpft und gestorben wurde, dort, wo jeder froh war, wenn er überlebte, egal wie.

Sie schrieb ihm jeden Tag, und einmal pro Woche schickte sie ihre Briefe ab. Ob sie Ludwig erreichten, wusste sie nicht, er hatte ihr bisher kein einziges Mal geantwortet. Der Brief, den er geschrieben hatte, bevor er zur serbischen Front aufbrach, war der einzige gewesen. Aletta war sicher, dass er ihr weitere Briefe schrieb, wenn er die Gelegenheit dazu hatte.

Allmählich wuchs die Unruhe in ihr. Über das Schicksal der österreichischen Soldaten erfuhr sie auf Sylt nichts, der Brief, den sie Ludwigs Schwester geschrieben hatte, war ebenfalls unbeantwortet geblieben. Und niemand konnte ihr sagen, ob die Post überhaupt über die Grenze gebracht wurde.

Während sie es sich in dem kleinen Gartenhaus bequem machte, in dem des Nachts die Liegestühle und Sonnenschirme untergebracht und die Gartengeräte aufbewahrt wurden, machte sie sich Mut, Ludwig von ihrer Schwangerschaft zu berichten. Noch ahnte er nicht, dass er Vater wurde, und sie gestand sich nun ein, dass sie Angst hatte, es ihm zu offenbaren. Es gab Stunden des Tages, in denen sie sich einredete, ihn bei seiner Rückkehr mit der freudigen Nachricht überraschen zu wollen, aber in Stunden wie dieser, in denen sie allein war, noch dazu in Stille und Dunkelheit, wagte sie sich zu fragen, was diese Nachricht für Ludwig bedeuten mochte. Würde sie ihm helfen und Kraft geben, all das Schreckliche zu überstehen, was er erleben musste? Oder würde er sich dann noch mehr Sorgen um die Zukunft machen, die schon ohne Kinder ungewiss genug war? Ludwig konnte nicht wissen, wie ruhig es auf Sylt war, dass die Inselwache noch keinen Angriff abzuwehren hatte, dass ein Kind hier im Frieden geboren wurde, wenn es auch nur ein scheinbarer Frieden war.

Sie würde ihn gerne stärken. Aber machte es ihn stärker, wenn er erfuhr, dass das Leben nach dem Krieg nicht so weitergehen würde wie bisher? So, wie er es sich sehnlich wünschte? Also würde sie ihm morgen wohl wieder nur schreiben, dass sie jeden Tag sang, um ihre Fähigkeiten zu erhalten, und immer dann, wenn sie ihm nah sein wollte. Das würde ihn beruhigen und ihm die Zuversicht geben, dass dieser Krieg nichts geändert hatte, wenn er vorbei war.

Aletta seufzte auf, strich den Rock des derben Kleides glatt und lehnte sich zurück. Als Kind hatte sie in diesem Häuschen gelegentlich gespielt, hatte ihre Puppe dort versorgt und es ihr Puppenhaus genannt. Ihr Vater hatte ihr schließlich sogar einen alten, ramponierten Sessel hineingestellt, auf dem sie gerne gesessen und ihr Reich betrachtet hatte, mit ihrer Puppe auf dem Schoß. Ob es ihrem Vater schwergefallen war, sich um seine Jüngste zu kümmern? Oder hatte er irgendwann den Mann vergessen, der ihr leiblicher Vater war?

Aletta sah sich um. Wo mochte ihre Puppe geblieben sein? Auf dem Speicher? Sie würde die nächste Gelegenheit nutzen, um sie dort zu suchen. Vielleicht würde sie im nächsten Frühling ein Mädchen zur Welt bringen, dann konnte diese Puppe das erste Spielzeug ihrer Tochter sein. Auf jeden Fall konnte die Puppe als Ausrede herhalten, wenn Insa sie jemals dabei ertappen sollte, wie sie auf dem Speicher nach den Aufzeichnungen ihrer Mutter suchte. Und dass sie das tun würde, war gewiss. Sie musste herausfinden, wer ihr Vater war und was er ihrer Mutter bedeutet hatte.

St. Nicolai schlug zehn, Jorit musste jeden Augenblick kommen. Aletta spürte, dass sie lächelte, obwohl sie alles andere als frohgemut war. Nun waren sie beide erwachsene Menschen, Jorit ein erfolgreicher Hotelbesitzer und sie selbst eine gefeierte Sängerin, doch noch immer trafen sie sich heimlich in einer unwürdigen Umgebung. Damals musste es sein, damit sie sich ungestört küssen und ihre ersten schüchternen Erfahrungen in der Sexualität machen konnten, und heute, weil es sich nicht schickte, dass ein verheirateter Mann, noch dazu der Ehemann einer schwerkranken Frau, mit einer Sängerin, der schon von Berufs wegen Flatterhaftigkeit unterstellt wurde, in der Dunkelheit spazieren ging. Wenn sie mit Jorit allein sein wollte, gab es nur diese Möglichkeit. Dass sie ein wenig Parfüm benutzt und sich die Wangen gepudert hatte, beschämte sie mit einem Mal. Aber es war schön gewesen, diese kleinen Schätze, die sie sorgsam vor Insa verbarg, hervorzuholen. Ebenso wie die seidene Unterwäsche, von der Insa genauso wenig wissen durfte.

Auf der Rückseite des Nachbarhauses rührte sich etwas, eine Tür wurde geöffnet, leise Stimmen waren zu vernehmen. Eine gehörte Hauptmann Hütten, die andere war Aletta fremd. Der Mann, der mit Augustin Hütten sprach, war vermutlich der einquartierte Soldat der Nachbarn. Die beiden stellten sich an den Zaun, statt das Holzhäuschen zu benutzen, das in jedem Garten der Stephanstraße stand. Aletta drehte sich erschrocken um, als ihr klarwurde, was die beiden vorhatten. Trotzdem konnte sie nicht verhindern, dass das Plätschern bis in das Gartenhäuschen drang. Die Fenster bestanden aus dünnem Glas, die Tür war nicht mehr fest zu schließen, sondern hinterließ einen fingerbreiten Spalt, durch den Kälte, Wind und Geräusche drangen.

Die fremde Stimme fragte: »Ich habe heute die Frau gesehen, bei der du wohnst.«

Augustin Hütten antwortete: »Du meinst die berühmte Sängerin? Ich habe vorher nie was von ihr gehört. Aber Robert ist ganz verrückt vor Bewunderung.«

»Die meine ich nicht. Die andere, die Ältere.«

»Das ist ihre Schwester.«

»Die habe ich schon mal irgendwo gesehen. Ich überlege die ganze Zeit, wo.«

»Ich denke, du warst noch nie auf Sylt?«

»War ich auch nicht. Ich muss sie also woanders gesehen haben. Und das ist verdammt lang her. Aber sie scheint sich nicht sehr verändert zu haben. Es kommt mir vor, als hätte sie mir damals schon gefallen.«

Das Plätschern hatte ein Ende, es entstand ein kurzer Moment der Stille, in dem die Männer ihre Kleidung richteten. Dann sagte die fremde Stimme: »Aber ich komme noch dahinter!«

Als die Schritte sich entfernten, blickte Aletta ihnen nach. Leicht schwankend gingen sie auf die Tür des Nachbarhauses zu.

Sie schüttelte den Kopf. Insa sollte außerhalb von Sylt gesehen worden sein? Da täuschte sich der Soldat aber gründlich. Insa hatte ihr ganzes Leben auf der Insel verbracht. Nur um nach Hamburg zu Mutters Familie zu fahren, hatte sie Sylt gelegentlich verlassen. Aber das war lange her. Alettas Großeltern lebten nicht mehr, und ihre Tante, die verwitwete Schwester ihrer Mutter, war in den Schwarzwald zu ihrer Tochter gezogen, die dort verheiratet war.

Aletta musste noch eine Viertelstunde warten, bis sie endlich das Rascheln der Hecke und Jorits fast lautlosen Schritte auf dem Gras hörte. So wie damals hatte er sich über das Gelände der Post geschlichen, um von hinten das Grundstück der Lornsens zu betreten. Die Hecke war zwar höher und dichter geworden, aber Jorit hatte es dennoch geschafft, sie zu überwinden.

Noch bevor er das Gartenhäuschen erreicht hatte, schob Aletta leise die Tür auf. Jorit lachte, als er ihr in der Dunkelheit gegenüberstand und nach ihren Armen griff, als wollte er sich vergewissern, dass sie es wirklich war. »Es ist so wie früher.« Dann erkannte sie, dass sein Gesicht schnell wieder ernst wurde. »Tut mir leid, dass ich zu spät bin. Meine Schwiegermutter hatte noch so viel mit mir zu besprechen …«

Sie gewöhnten sich schnell an das schwache Licht. Die Konturen schälten sich allmählich aus der Dunkelheit, das Helle, Jorits Hemd, Alettas Schürze, seine Augäpfel, ihre Zahnreihe, wurde immer deutlicher. Sie ließ sich wieder auf dem Sessel nieder, den ihr Vater der damaligen Puppenmutter ins Gartenhäuschen gestellt hatte, er hockte sich auf einen ausgedienten Schemel, dessen drei Beine wackelten.

»Ist Sönke gefunden worden?«, fragte Aletta.

Jorit verneinte. »Aber wir sind nicht hier, um über Sönke zu reden«, stellte er klar, und es tat sich eine kurze Stille zwischen ihnen auf, die schwer zu füllen war. »Was ist mit Reik Martensen? Seinetwegen sind wir doch hier, oder?«

Aletta war dankbar, dass sie weder von Tomma noch von Ludwig oder ihrer Schwangerschaft reden mussten. »Es könnte sein, dass er mein Bruder ist«, antwortete sie. »Ich kann nur mit dir darüber reden. Nicht mit Insa! Mit Insa auf keinen Fall!«

Jorit starrte sie bewegungslos an, schien wie betäubt, unfähig zu antworten. Deswegen ergänzte Aletta: »Insa war anscheinend mal in Reik Martensen verliebt. Und wie es aussieht, liebt er sie immer noch. Sie waren noch sehr jung, aber …«

Nun hatte Jorit sich gefangen und unterbrach sie: »Dein Bruder? Was redest du für einen Unsinn?«

Aletta begriff, dass sie von vorn anfangen musste. Von ihrer sterbenden Mutter, die ihr ein Geheimnis anvertrauen wollte, von Insa, die es verhindert hatte, von der Truhe auf dem Speicher, die die Reste eines Tagebuches enthielt, das ihre Mutter geführt hatte und das seitenweise von ihrem Vater vernichtet worden war. Und dann die Hinterlassenschaft ihrer Mutter, dass Geert Lornsen nicht ihr Vater war! »Sie muss ein Verhältnis mit einem anderen Mann gehabt haben!«

Jorit hatte seine Fassung wiedergewonnen. »Deine Mutter? Sie war nicht der Typ für so was.«

Das hätte Aletta auch bis zu dem Tag gesagt, an dem ihr der Beweis in die Hände gefallen war, dass ihre Mutter anders gewesen war, als sie gedacht hatte. »Ich hatte den Pfarrer in Verdacht. Er ist oft in unser Haus gekommen, und seit ich zurück bin, ist er täglich bei uns.«

Nun hielt es Jorit nicht mehr auf dem Hocker. »Der Pfarrer?«, stieß er hervor. »Bist du von allen guten Geistern verlassen?«

Auch Aletta stand auf. »Vielleicht habe ich mich wirklich getäuscht. Reik Martensen hat mir erzählt, dass sein Vater einen schweren Streit mit meinem Vater hatte. Das war, kurz bevor meine Mutter mit Insa die Reise nach Hamburg machte.«

»Von der sie erst Monate später zurückkehrte, weil sie nicht reisefähig war?«

»Und Reik Martensen hat vergeblich auf Briefe von Insa gehofft. Aber sie hat ihm nie geschrieben. Vater soll zu ihm gesagt haben, Insa habe ihn längst vergessen. Aus Enttäuschung darüber ist er nie nach Sylt zurückgekehrt. Schon bevor Insa und meine Mutter mit mir zurückkamen, hatte er die Insel verlassen. Und wenn er nicht zur Inselwache gerufen worden wäre, hätte er Sylt nie wieder betreten.«

»Und Insa? War Reik ihr wirklich gleichgültig geworden, während sie mit ihrer Mutter in Hamburg war?«

Aletta dachte an die Aufzeichnungen ihrer Mutter. Insa hatte versucht, Briefe zu schreiben und war gleich nach ihrer Rückkehr nach Wenningstedt geradelt. Wie passte das zusammen?

Sie schwieg lange, ehe sie antwortete: »Vielleicht hat sie eingesehen, dass sie Reik Martensen nicht lieben durfte. Meine

Mutter musste ihr womöglich gestehen, dass Reik mein Halbbruder ist. Die Familien Martensen und Lornsen unter diesen Umständen durch eine Ehe miteinander verbunden?«

»Unmöglich«, bestätigte Jorit flüsternd.

»Also musste Insa verzichten. Und dafür hat sie mich mein Leben lang gehasst.«

Stille zog in die Hütte ein. Jorit setzte sich wieder, auch Aletta nahm erneut in ihrem Sessel Platz. Der Wind schlich ums Haus, das Mondlicht schwankte vor dem Fenster, Stimmen kamen von weit her und verstummten wieder, jedes leise Geräusch schrillte vor dem Hintergrund der Stille.

Schließlich fragte Jorit: »Weiß Reik Martensen davon?«

Aletta schüttelte den Kopf, sicher, dass Jorit es sehen konnte.

»Willst du mit Insa darüber reden?«

Sie machte eine erschrockene Bewegung. »Auf keinen Fall! Sie würde alles bestreiten. Und sie würde mir vorwerfen, auf dem Speicher herumgeschnüffelt zu haben.«

»Aber du hast ein Recht auf die Wahrheit.«

»Das wird Insa anders sehen. Sie wurde damals gezwungen, ihr eigenes Glück einzutauschen gegen das unserer Mutter. Mein Vater war bereit, Mutter ihren Fehltritt zu verzeihen, aber seine Bedingung war sicherlich, dass niemand davon erfahren durfte. Ein Mann, der bereit ist, das Balg eines anderen großzuziehen? Der seiner Frau einen schweren Ehebruch verzeiht? Man hätte über ihn gelacht. Ein Schwächling wäre er genannt worden.«

»Vielleicht wollte er dich auch mit seinem Schweigen schützen.« Jorit war nun sehr nachdenklich geworden. »Also musste deine Mutter gar nicht in Hamburg bleiben, weil es Schwierigkeiten mit der Schwangerschaft gab? Sie ist so lange in Hamburg geblieben, bis sie sicher war, dass Insa sich von Reik gelöst hatte.«

So weit hatte Aletta noch nicht gedacht. »Du meinst, sie hat in Hamburg gewartet, bis Reik und seine Familie Sylt verlassen hatten?«

Jorit wurde nun sehr aufgeregt. »Sie hat Reiks Vater die Verpflichtung auferlegt, aus ihrem Leben zu verschwinden! Und der hat sich daran gehalten.«

Jorit wollte weitersprechen, stockte aber plötzlich und gab Aletta ein Zeichen, zu schweigen. Er stand auf, machte einen Schritt zur Tür und legte sein Ohr daran. »Da ist jemand im Garten«, zischte er.

Aletta erhob sich lautlos und ging zu ihm. »Kannst du was sehen?«, fragte sie wispernd.

Sie spürte, dass Jorit die Schultern zuckte, und hielt den Atem an, als er vorsichtig versuchte, die Tür aufzudrücken. Sie quietschte leise, er zuckte zurück, wartete und versuchte es dann erneut. Schließlich war der Spalt breit genug.

Aletta reckte den Hals, so dass sie ihm über die Schulter blicken konnte. Am Rande des Küchengartens sah sie zwei Frauen, Insa und Frauke Lützen. Sie redeten leise miteinander und blickten sich gelegentlich um. Anscheinend fürchteten sie, gesehen oder belauscht zu werden.

Aletta starrte die beiden an, als wollte sie Insa zwingen, Frauke ein lautes, lachendes Wort zuzuwerfen, damit sie nicht mehr glauben musste, was sie sah. Schon einmal hatte sie die beiden beobachtet, und auch da schienen sie nicht gesehen und gehört werden zu wollen. Was verband ihre Schwester mit der Engelmacherin? Welches Geheimnis umgab sie?

Dann kam erneut ein Geräusch vom Nachbarhaus herüber. Diesmal war es Robert Fritz, der vom gleichen Wunsch nach draußen getrieben worden war wie die beiden anderen Soldaten kurz vorher. Aber er schritt, wie es sich gehörte, zu dem Holzhäuschen mit dem geschnitzten Herzen und verschwand darin.

Insa und Frauke Lützen waren erschrocken zusammengefahren und hatten sich blitzschnell hinter den Johannisbeerbüschen geduckt. Erst, als sich die Tür hinter Leutnant Fritz geschlossen hatte, zeigten sich ihre Köpfe wieder. Erneut tuschelten sie miteinander, dann verließ Frauke Lützen das Grundstück in Richtung Stephanstraße. Aletta sah, dass sie an der Hausecke stehen blieb und sich sichernd umsah. Die Luft schien rein zu sein, kein Passant auf der Stephanstraße! Frauke Lützen verschwand, und Insa ging durch die Küchentür ins Haus zurück.

Die Nacht, in der Kai Stobart sein Leben ließ, war schwarz, kalt und stürmisch gewesen. Es war auch die Nacht, in der Aletta endlich erkannte, dass sie sich Dirk Stobart widersetzen konnte, dass er sie nicht in der Hand hatte, dass sie für ihn genauso eine Gefahr darstellte wie er für sie. Und es war die Nacht, in der Aletta zum ersten Mal den Mann sah, den Dirk liebte.

Wieder einmal hatte sie auf dem Friedhof erscheinen müssen, um Dirk seinen Anteil an dem gestohlenen Geld zu übergeben. Auch diesmal mitten in der Nacht, wieder mit der großen Angst, gesehen, erwischt, zu Hause vermisst zu werden. Seit Jahren war diese Angst nun schon in ihr, jedes Mal glaubte sie, dass es beim nächsten Mal so weit sein würde, dass ein Nachbar zufällig des Nachts aus dem Fenster sah und Aletta Lornsen beobachtete, dass die Mutter einen ihrer Herzanfälle bekam und der Vater seine Jüngste mitten in der Nacht zu Hilfe holen wollte oder dass sie bei ihrer Rückkehr ein Geräusch verursachte, das sie verraten würde. Aber es ging jedes Mal gut, ein ums andere Mal. Die Schuld wog von Mal zu Mal leichter, und das, obwohl sie nicht zur Beichte ging, damit ihr vergeben wurde. Pfarrer Frerich mahnte seine Gemeinde jeden Sonntag, sich in der Beichte von der drückenden Schuld zu befreien, aber Aletta stellte fest, dass die Gewohnheit etwas Ähnliches vollbrachte. Zwar war sie nie ohne Angst, aber die Angst war von Schuld zu Schuld leichter zu ertragen.

Nichts deutete darauf hin, dass diesmal etwas anders sein würde. Aletta hatte Rosi Nickels um einen Teil ihres Gewinns gebracht, als sie für ihre Mutter eingekauft hatte und im Stuben-Laden ein paar Augenblick allein gewesen war. Aber Rosi Nickels verdiente mit ihrem Laden nicht viel, Aletta wusste, dass Dirk nicht zufrieden sein und ihr drohen würde, aller Welt zu erzählen, dass sie eine Diebin war. So blieb ihr nichts anderes übrig: Sie musste in die Handtasche der Frau greifen, die ihr vertraute und der sie viel zu verdanken hatte. Vera Etzold merkte vermutlich nicht einmal, dass ihr ein Geldschein fehlte. Dennoch litt Aletta schwer unter der Gewissheit, dass sie ihre verkaufte Seele nicht wieder zurückverlangen konnte.

Sie stieg über die Hecke von St. Niels, wie sie es schon unzählige Male vorher gemacht hatte, und ging um die Kirche herum zur Tür der Sakristei. Dort wartete Dirk schon auf sie, breitbeinig, das Grinsen im Gesicht, mit dem er seine Überlegenheit unter Beweis stellen wollte, mit der ekelhaften Sicherheit, an die sie in diesem Augenblick selbst noch glaubte.

Sie zählte Dirk das Geld in die Hand und fragte sich, wie jedes Mal, wenn es so weit war, warum er es brauchte, warum er es nicht von seinem Vater bekam, der eine gutgehende Zimmerei besaß. Und wie immer spürte sie, dass sie auf diesem Friedhof nicht mit Dirk allein war. Manchmal war es nur ein Knirschen im Kies, dann wieder ein unterdrücktes Räuspern, manchmal schien sogar ein fremder Atem nahe zu sein. All das war auch dann zu spüren, wenn der Sturm ging. Zu sehen war jedoch nie etwas, auch wenn die Nächte heller waren.

»Brav«, flüsterte Dirk, der auf dem Friedhof niemals laut sprach. »Nächste Woche bist du wieder hier. Zur selben Zeit.«

»Nächste Woche schon?«, fragte sie erschrocken zurück. »Wie soll das gehen?«

Dirks selbstsicheres Lächeln vertiefte sich. »Dir wird schon was einfallen. Einem unbescholtenen jungen Mädchen wie dir traut ja zum Glück niemand was Schlechtes zu. Du gehst doch im ›Miramar‹ ein und aus. Da gibt es jede Menge reicher Leute, die das Geld locker in der Tasche sitzen haben.«

Wie ein geprügelter Hund war sie zur Hecke zurückgeschlichen, hatte sich vom Sturm dorthin treiben lassen, spürte ihn in ihrem Rücken, als wollte er ihr helfen, zu verschwinden, war in Gedanken schon dort, wo sie das nächste Mal in eine fremde Geldbörse greifen würde, geduckt unter einer neuen Beschaffenheit ihrer Angst. Dirks Unersättlichkeit konnte ihr Verderben werden, seine Gier am Ende das Maß vollmachen, und sie würde es dann sein, die ausbaden musste, was er angerichtet hatte. Sein einflussreicher Vater würde dafür sorgen, dass der Ruf seines Sohnes keinen Schaden nahm. Und wenn sie gestehen musste, dass der allererste Diebstahl, der Raub der Kollekte aus der geschlossenen Sakristei, ganz allein auf ihr Konto ging, brauchte sie gar nicht den Versuch zu machen, auf Dirks Teil der Schuld hinzuweisen. Was sollte der Sohn aus gutem Hause nachts auf dem Friedhof verloren haben? Diese Frage würde Aletta nicht beantworten können. Sie hatte sie sich ja selbst oft genug vergeblich gestellt.

Sie erschrak zu Tode, als sie den Schrei hörte: »Habe ich dich endlich, du schwule Sau!«

Aletta wollte gerade ein Bein über die niedrige Hecke heben. Wie erstarrt blieb sie stehen, unfähig, die Hecke zu überwinden und die Flucht zu ergreifen. Schwule Sau? Was hatte das zu bedeuten? Keuchen drang zu ihr herüber, Angriffslust, Verteidigung, blinde Wut, unbesonnene Schläge, verzweifelte Verteidigung. Schwul? Sie kannte dieses Wort. Weike Broders hatte es erwähnt und gelacht, als sie merkte, dass Aletta nicht wusste, wovon sie sprach. Die Schreie, die sie hörte, wurden hilfloser, spitzer, als schluchzte jemand, der eigentlich brüllen wollte. Schwul! Weike hatte von einem Freund ihres Mannes erzählt, der verdächtigt wurde, schwul zu sein, nicht Frauen zu lieben, wie es sein sollte, sondern Männer, wie es nicht sein durfte. Von Weike wusste sie auch, dass so etwas unter Strafe stand. Schwul! In Alettas Kopf riss eine Schnur, und die Perlen auf dieser Schnur, die für Zwang, Erpressung und Lüge aufgereiht worden waren, rollten nun in ihrem Kopf herum. Schwul! Die Aggression wurde heftiger, der Hass gewaltig, die Schläge waren nun bis zur Hecke zu hören, im gleichen Rhythmus das Stöhnen und Ächzen.

Dann eine Stimme, die sie noch nie gehört hatte. »Hört auf!«

Aletta machte ein paar Schritte zurück. Bis zur Ecke der Kirche traute sie sich. Dort blieb sie stehen und lauschte angestrengt. Aber sie hörte nur das eine Wort in ihrem Kopf hämmern: schwul, schwul, schwul! Und allmählich konnte sie die Perlen, die von der Schnur geplatzt waren, wieder in eine Ordnung bringen. Eine ganz neue Ordnung …

Sie schaute um die Ecke der Kirchenmauer und sah zwei Männer miteinander ringen. Von einem dritten konnte sie nur die Beine sehen, sein Oberkörper wurde von einem dichten Busch verdeckt, der auf einem der Gräber stand.

Dirk Stobart gewann soeben die Oberhand. Mit beiden Fäusten stieß er seinen Angreifer zurück, der taumelte und Mühe hatte, sich auf den Beinen zu halten. Nun erkannte Aletta ihn. Es war Kai, Dirks älterer Bruder. Soeben fand er sein Gleichgewicht zurück, stieß wieder nach vorn wie ein wütender Stier, der seine Hörner als tödliche Waffe gebrauchen will. Aber Dirk hielt seinem Angriff stand und fing ihn mit den Fäusten auf. Seine Rechte fuhr in Kais Gesicht, landete auf dessen Nase. Das Blut schoss heraus und lähmte Kai für ein paar Augenblicke. Er ließ sich jedoch davon nicht aufhalten. Er wischte sich mit dem Unterarm über die Nase und ging sofort erneut zum Angriff über. Es sah so aus, als wäre mit dem Blut, das nun floss, sein Zorn zu einer Waffe geworden, mit der er Dirk überlegen war. Blindwütig schlug er auf seinen Bruder ein, der sein Zögern schnell überwand und sich genauso erbittert wehrte. Schließlich versetzte er Kai einen Faustschlag aufs Kinn, der ihn von den Beinen hob. Haltsuchend griff er um sich, drehte sich auf einem Bein, das Gesicht zum Himmel gewandt, in gefährlicher Rückenlage. Dirk nutzte die Wehrlosigkeit seines Bruders und schlug noch einmal zu. Kai stürzte hintenüber, auf den kantigen Findling des nächsten Grabes. Das Geräusch, das aus berstendem Knochen und einem furchtbaren Saugen bestand, machte Aletta bewegungsunfähig. Wie betäubt stand sie da, starrte auf Kai Stobart, dessen Glieder noch einmal zuckten. Dann sackte sein Körper in sich zusammen, sein Kopf fiel in einem unnatürlichen Winkel zur Seite.

Die fremde Stimme klang weinerlich und verzagt: »Ist er tot?«

Auch Dirks Stimme schwankte. »Verdammt! Ich habe doch nichts getan! Er ist schuld! Er hat mich angegriffen.«

Aletta sah Dirk Stobart neben dem Grab der Mügges stehen, in dem am nächsten Tag der Senior der Familie beigesetzt werden sollte. Vor ihm lag sein Bruder, die Arme ausgebreitet, das Gesicht ihm zugewandt. Der Sturm riss an seiner offenen Jacke, das konnte Aletta trotz der Finsternis erkennen. Und als in diesem Augenblick die Wolkendecke aufriss und ein weißer Lichtstreif auf die Erde traf, erkannte sie, dass Kai Stobart aus einer Kopfwunde blutete, und bemerkte, dass der Findling neben dem Grab der Mügges voller Blut war.

Und wieder die Stimme: »Was sollen wir jetzt tun?«

Der Mann, dem sie gehörte, trat nun endlich einen Schritt vor, als wollte er auf Dirk zugehen, um ihn zu berühren, um ihn zu schütteln oder seinen Arm zu greifen, um ihn wegzuzerren. Aber zwischen ihnen lag Kai Stobart, regungslos, leblos, wie tot.

Dirk sah auf und starrte den Mann an, als sähe er ihn zum ersten Mal. Und nun, als hätte Dirk ihn mit einer Taschenlampe angeleuchtet, erkannte Aletta ihn: Es war Boncke Broders, Weikes Mann.

Sie wusste nicht, ob sie einen Laut von sich gegeben hatte, aber es musste wohl so sein, denn beide Männer schauten plötzlich in ihre Richtung. Boncke Broders schlug erschrocken die Hand vor den Mund und wandte sich ab, Dirk dagegen winkte sie mit einer herrischen Geste heran. »Bleib hier!«

Aletta wäre ihm nicht gefolgt, wenn nicht immer noch das Wort durch ihren Kopf gekreist wäre. Schwul! Dirk Stobart war schwul, Boncke Broders ebenfalls. Die beiden waren ein Liebespaar, obwohl es so etwas unter Männern nicht geben durfte.

Weikes Mann arbeitete also nicht gelegentlich als Nachtportier, nein, er traf sich dann mit Dirk Stobart auf dem Friedhof, und sie, Aletta, hatte den beiden ahnungslos das Geld gegeben, das Weike später von ihrem Mann erhielt und für ihr erstes Kind auf die Seite legte.

»Komm! Hilf mir!«

Dirk warf Boncke Broders einen Blick zu und schien zu begreifen, dass er von ihm keine Hilfe erwarten konnte. Er hatte recht! Boncke duckte sich weg, als Aletta herankam, und ergriff die Flucht. Wie von Furien gehetzt jagte er über die Gräber und war Augenblicke später nicht mehr zu sehen.

»Los! Nimm seine Füße!«

Dirk beugte sich über seinen Bruder, vergewisserte sich erneut, dass kein Leben mehr in ihm war, dann griff er nach dessen Handgelenken und forderte Aletta erneut auf: »Nimm seine Füße!«

Als sie den Kopf schüttelte, fluchte er so laut und gottlos, dass Aletta mit einem Blitz rechnete, der direkt aus dem Himmel auf sie niederfahren würde.

»Tu, was ich dir sage! Sonst ...«

»Ich tue nie wieder, was du sagst«, antwortete Aletta. »Und du wirst schweigen, das weiß ich jetzt. Wenn du verrätst, dass ich gestohlen habe, werden alle erfahren, dass du schwul bist.« Sie hatte das Wort genauso ausgesprochen wie Weike, verächtlich und kränkend.

Dirk warf ihr nur einen kurzen Blick zu und mühte sich wortlos ab, seinen Bruder in das Familiengrab der Mügges zu stoßen. Doch es wollte ihm nicht gelingen, ihn über den Erdhaufen zu bugsieren, den die Totengräber neben dem offenen Grab angehäuft hatten.

Aletta starrte ihn fassungslos an. »Kai soll morgen mit dem alten Mügge beerdigt werden?«

Dirk stöhnte leise. »Schlaues Kind. Da wird ihn niemand finden.«

»Dann musst du das Grab noch weiter ausheben. Sonst werden die Sargträger sofort merken, dass die Grube nicht tief genug ist.«

Man sah Dirk an, dass er die Absicht gehabt hatte, seinen Bruder in das Grab zu rollen und ihn notdürftig mit Erde zu bedecken. Anscheinend war er unfähig, nachzudenken. Er wollte nur nichts mehr von dem sehen, was er angerichtet hatte.

Jetzt aber sah er ein, dass Aletta recht hatte. »Hilf mir!«

Doch sie schüttelte den Kopf. »Ich werde dir niemals mehr helfen!«

»Woher soll ich einen Spaten nehmen?«

Sie wies mit dem Kopf zum Ende des Friedhofs, wo die Totengräber ihre Werkzeuge in einem kleinen Schuppen unterbrachten. Dann wandte sie sich ab und verließ den Friedhof. Langsam und mit ruhigen Schritten, nicht von Schatten zu Schatten huschend und voller Angst, gesehen und erkannt zu werden. Sie rechnete fest damit, dass sie für ihre Befreiung zahlen musste, dass sie in dieser Nacht, in der Schluss war mit Dirks Erpressungen, büßen musste. In dieser Nacht würde sie jemand erkennen und ihren Eltern etwas zutuscheln, oder zu Hause würde der Vater in der Tür stehen und sie erwarten, vielleicht würde ihr auch beim Betreten des Hauses ein Missgeschick passieren, das ihre Familie aus dem Schlaf riss …

Aber nichts dergleichen geschah. Sie gelangte genauso ungesehen ins Haus und in ihre Kammer wie immer. Und das schien ihr der Beweis zu sein, dass ihre Sünde leichter wog, als sie gedacht hatte.

Nur am nächsten Tag duckte sie sich noch einmal unter der Last der Schuld. Da erzählte Weike ihr weinend, dass ihr Mann sie verlassen habe. Verschwunden sei er, nur einen Zettel mit einem einzigen Satz habe sie vorgefunden. Vermutlich habe er in der Frühe den ersten Dampfer genommen.

»Warum nur? Warum?«, weinte sie. »Wir waren doch glücklich miteinander.«

Sylter Kriegsblatt: An der Marne sind heftige Gefechte entbrannt. Die Franzosen sind nicht überlegen, dennoch ist es ihnen gelungen, die Lücken im deutschen Vorstoß zu vergrößern. Ein Überraschungsangriff der französischen Armee zwingt die Deutschen zum Rückzug! Doch noch am selben Tag verhält es sich genau umgekehrt: Die Deutschen greifen die Franzosen an und erobern ihr Terrain zurück. Die deutsche Armee hat also keine ernsthafte Niederlage erlitten.

Aletta fühlte sich wohler an diesem Morgen. Nicht nur, weil sie von der Übelkeit verschont blieb, sondern vor allem, weil sie am Vorabend mit Jorit gesprochen hatte, weil er nun das Geheimnis ihrer Mutter mit ihr teilte. Sie hatte ihn an ihrer Seite! Sowenig sie es auch verdiente und trotz der Bürde, die ihnen beiden auf den Schultern lastete – Jorit würde ihr beistehen, er machte ihre Probleme zu seinen. Während Aletta die Treppe ins Erdgeschoss hinabstieg, hoffte sie inständig, ihm diese Unterstützung irgendwann vergelten zu können.

Hinter der Küchentür war Geschirrklappern zu hören. Hauptmann Hütten und Leutnant Fritz hatten anscheinend bereits das Haus verlassen. Aletta legte die Hand auf die Türklinke und atmete tief durch, ehe sie sie herunterdrückte und die Küche betrat.

Insa schaute nicht auf. »Bequemt sich die große Sängerin endlich aus dem Bett?«

Aletta schluckte den Tadel hinunter wie jeden Morgen, weil es ihr noch nie gelungen war, vor Insa in der Küche zu erscheinen. »Guten Morgen!«

Die Küche war voller Licht, Wärme und Wohlgerüchen. Ein blauer Himmel war über den Häkelgardinen zu sehen, die Sonne ließ vergessen, dass die Küche von dem Herd gewärmt wurde, den Insa direkt nach dem Aufstehen anzufeuern pflegte, sommers wie winters.

Aletta setzte Wasser auf, um sich einen Tee zu kochen. Während sie sprach, drehte sie Insa den Rücken zu. »Es war ein Fehler, Mutters Kleider zu Frauke Lützen zum Ändern zu geben. Wenn mein Bauch dicker wird, muss sie die Abnäher wieder rauslassen.«

Insa begann mit dem Spülen und antwortete nicht.

»Als ich gestern Abend ihre Stimme hörte«, fuhr Aletta fort, »habe ich mir überlegt, noch einmal aufzustehen, um ihr die Kleider gleich mitzugeben.«

Insa unterbrach ihre Arbeit, und Aletta wandte sich ihr zu. Sie wollte nun Insas Gesicht sehen.

»Wo hast du ihre Stimme gehört?«

»Im Garten! Merkwürdig, dass sie so spät noch einen Besuch bei dir macht!«

»Sie hat mich nicht besucht. Du hast dich getäuscht.«

»Ich bin ganz sicher, dass es Frauke Lützens Stimme war.«

»Eine Engelmacherin bei mir zu Besuch? Man merkt, dass du keine Sylterin mehr bist. Hier gibt es noch anständige Leute, die mit einer solchen Frau nichts zu tun haben wollen.«

»Ich denke, du hast Verständnis für Frauen, die ihr Kind nicht bekommen wollen.«

»Natürlich«, bestätigte Insa. »Aber muss ich deshalb Verständnis für eine Frau haben, die etwas tut, was unter Strafe steht?«

Insa wartete eine Antwort nicht ab, sondern ließ das Geschirr im Spülwasser stehen und ging nach draußen, während sie sich ihre nassen Hände an der Schürze abtrocknete.

Aletta lehnte sich gegen den Herd, horchte auf das Summen des Kessels und blieb immer noch unbeweglich stehen, als ihr Teewasser zu kochen begann. Insa belog sie! Warum?

Langsam folgte sie ihrer Schwester in den Garten, wo Insa sich hektisch im Kräuterbeet zu schaffen machte, als ginge es darum, den Schnittlauch keine Minute länger im Beet zu lassen. Aletta betrachtete eine Weile ihren gebeugten Rücken, schließlich ging sie ins Haus zurück und spülte das Geschirr ab. Dann erst kochte sie den Tee, den sie zum Frühstück trinken wollte. Sie setzte sich an den Tisch und wartete auf Insa, aber ihre Schwester erschien nicht. Als Aletta im Garten nach ihr suchte, lag das Kräuterbeet verlassen da. Insa war verschwunden. Und sie war noch nicht wieder aufgetaucht, als Reik Martensen erschien.

Der sonnige Morgen hatte sein Versprechen gehalten. Zwar breitete sich bereits Herbstkühle aus, die der Wind mit nadelfeinen Stichen in den Sonnenschein stickte, aber der wolkenlose Himmel war so blau wie sonst nur im Hochsommer.

Schon am Vorabend hatte Insa sie mit der Weißkohlernte beauftragt, hatte ihr die Kohlköpfe gezeigt, die erntereif waren, und Aletta angewiesen, darauf zu achten, dass sie nur die festen Köpfe abschnitt. »Die anderen mitsamt den Wurzeln ausgraben! Dann hängen wir sie mit dem Kopf nach unten in den Keller und haben den ganzen Winter über zu essen. Bis dahin sind unsere Vorräte womöglich aufgebraucht. Dann müssen wir sehen, wie wir zurechtkommen.«

Die äußeren Blätter sollte sie entfernen und die Kohlköpfe, die Insa für die sofortige Verarbeitung zu Sauerkraut vorgesehen hatte, in feine Streifen schneiden. Nach diesen Anweisungen war Insa ins Haus zurückgegangen. Eine Viertelstunde später war Aletta ihr gefolgt, um sich ein Glas Wasser aus der Küche zu holen, aber dort hatte sie Insa nicht vorgefunden. Auch in den anderen Räumen sah sie sich vergeblich nach ihr um. Hielt sie sich in einem der beiden Gästezimmer auf? Dort mochte Aletta nicht nachschauen. Aber als sie sich wieder an die Arbeit machte, rumorten die Fragen in ihr. Nicht nur die Frage nach dem, was Insa vor ihr verbarg, sondern vor allem die Frage, ob sie das Recht hatte, Insas Heimlichkeiten auf den Grund zu gehen. Was immer es sein mochte, es ging sie nichts an. Insa sagte es gelegentlich und zeigte es ihr oft: Ihr Aufenthalt in diesem Hause sollte nicht von Dauer sein, sie war ein Gast, obwohl sie das Haus zur Hälfte besaß, sie gehörte nicht hierher. Sobald der Krieg vorbei war, würde ihre Schwester ihr die Tür weisen und sie in ihr altes Leben zurückschicken. Was Insa auf Sylt tat, was sie plante, dachte, fühlte und auch, was sie zu verbergen hatte, durfte Aletta nicht kümmern.

Sie benutzte den Gartentisch zum Schneiden des Kohls. Die frische Luft wollte sie genießen, sooft es ging, ehe der kühle Herbst begann. Wie würde das Weihnachtsfest werden? Ob der

Krieg dann zu Ende war und Ludwig gesund zurück? Sie beide wieder in Wien unter dem riesigen Weihnachtsbaum, für den das Wohnzimmer ihrer Wohnung groß genug war? Sie hatten immer viele Gäste gehabt, waren selbst zu Weihnachtsgesellschaften eingeladen worden, und Aletta hatte nach den Festtagen manchmal erschrocken festgestellt, dass sie kein einziges Mal an ihre Eltern und Insa gedacht hatte, an deren bescheidenes Weihnachtsfest auf Sylt, an die kleine Tanne auf dem niedrigen Tisch, der dann vors Wohnzimmerfenster gerückt wurde.

Sie ließ die Sonne auf ihren Rücken brennen und bildete sich ein, sie täte ihr gut, ihre Wärme könnte die Starre auflösen, unter der sie sich nicht aufrichten konnte. Sie zwang sich schließlich dazu, ließ das Messer sinken, nahm die Haltung ein, in der sie ihre Stütze aufbauen konnte, aber das Unbehagen blieb. Sie versuchte es mit ihren Stimmübungen, doch das flaue Gefühl ließ sich nicht wegsummen und keiner Tonleiter aufhalsen. Es blieb! Und schließlich wusste sie, was sie quälte, was ihr die Freude an der Sonne, der leichten Brise und an dem Geschrei der Möwen nahm: Sie schämte sich. Sie hatte all das, was sie sich selbst auf keinen Fall zugestehen wollte, am Morgen getan. Sie hatte Insas Gespräch mit Reik Martensen belauscht.

Aletta hatte nach ihrer Schwester gerufen, hatte sie im ganzen Haus gesucht und war dann überrascht gewesen, als sie in der Diele neben Reik Martensen stand, ohne dass Aletta sich erklären konnte, woher sie gekommen war. Auf ihre Frage hatte Insa nur abgewinkt und war mit Reik in die Küche gegangen, wo sie ihm einen Tee anbot. Neben der Tür, die in den Küchengarten führte, hatte Aletta sich an die Erde gekauert, sich für ihre Neugier geschämt, sich vorgestellt, wie entsetzlich peinlich es sein würde, wenn sie erwischt wurde, und es doch nicht fertiggebracht, aufzustehen und zu gehen. Was Insa mit Reik verband, hatte womöglich auch mit ihrem Schicksal zu tun. Das sagte sie sich immer wieder und schaffte es damit, neben der Küchentür hocken zu bleiben und das Unrecht zu ertragen, das sie beging.

»Hat dir unsere Liebe wirklich nichts bedeutet, Insa? Wir waren uns unserer Gefühle so sicher! Warum war das plötzlich vorbei?«

Aletta hörte, wie der Kessel auf dem Herd verschoben wurde, zwei, drei leichte Schritte, das Knarren der Schranktür, leises Klirren, als würde Geschirr herausgenommen, dann das Schließen der Tür. Insa antwortete nicht.

»Schon Wochen bevor du mit deiner Mutter nach Hamburg gefahren bist, hatte sich alles verändert. Warum? Was war geschehen? Ich habe mich tausendmal gefragt, was ich falsch gemacht habe.«

Aletta hörte das metallische Geräusch der Keksdose, das leichte Saugen, als der Deckel angehoben wurde, das Klappern, als Insa ihn kopfüber auf den Tisch legte und die Dose hineinstellte, deren Boden genau in die Innenseite des Deckels passte. Noch immer sprach sie kein Wort.

»Dein Vater hat mir gesagt, du hättest keine Gefühle mehr für mich. Warum konntest du mir das nicht selber sagen?«

Nun endlich war Insas Stimme zu vernehmen: »So war es eben. Ja, ich hätte dir wohl schreiben und dir alles erklären sollen. Aber damals … fand ich das nicht so wichtig.« Und dann heftig: »Ich war fünfzehn, Reik!«

»Ich war auch erst sechzehn«, kam es ebenso heftig zurück. »Warum darf man von einem jungen Menschen keine Aufrichtigkeit erwarten? Eine Erklärung wäre das mindeste gewesen!«

Wieder verstummte Insa, und diesmal stimmte Reik für eine Weile in ihr Schweigen ein, ehe er schließlich fragte: »Kann es sein, dass du froh warst, mich nicht mehr auf Sylt anzutreffen, als du mit deiner Mutter zurückgekommen bist?«

Insas Stimme klang nun so ausdruckslos, als ginge es nicht um ihre eigene Vergangenheit, sondern um das Leben einer Fremden. »Für mich war die Sache abgeschlossen, als ich zurückkam. Da passte es ganz gut, dass du nicht mehr da warst.«

»Es passte ganz gut?«

Aletta konnte verstehen, dass Reik fassungslos über diese lapidare Antwort war. Und sie erkannte, dass das Gespräch nicht mehr lange dauern würde. Reik Martensen würde sich kein zweites Mal abspeisen lassen. Schon hörte sie seinen Stuhl rücken, er schien sich erheben zu wollen.

Er räusperte sich, ehe er sagte: »Ich habe mit deiner Schwester gesprochen …«

Prompt war es vorbei mit Insas Abgeklärtheit. »Lass Aletta aus dem Spiel! Sie hat nichts damit zu tun.«

»Natürlich nicht«, entgegnete Reik mit unnatürlicher Freundlichkeit. »Sie war ja damals noch nicht geboren.«

»Warum also redest du mit ihr?«

»Es hat sich so ergeben.« Aletta hörte Reiks Schritte, als bewegte er sich auf die Küchentür zu. »Sie ist übrigens eine interessante Frau. Sie gefällt mir.«

Insas Stimme wurde schrill. »Ich will, dass du sie in Ruhe lässt.«

Aber Reik ließ sich nicht beirren. »Sie meint, deine Eltern könnten dir verboten haben, mich zu lieben, weil es einen Streit zwischen unseren Vätern gegeben hat. Weißt du etwas darüber?«

Die Geräusche, die nun in den Garten drangen, waren so heftig, als würde Reik von Insa angegriffen. »Ich sag's dir noch einmal: Lass Aletta aus dem Spiel! Hast du mich verstanden?«

Ob Reik sich Insas Forderung beugen wollte, erfuhr Aletta nicht mehr. Sie lief ums Haus herum und machte sich an den Rosen im Vorgarten zu schaffen, die voller vertrockneter Blüten waren. Einige hatte sie schon entfernt, als sich die Haustür öffnete und Reik herauskam, gefolgt von Insa, die die Tür heftig hinter ihm zuschlug.

Reik blieb neben Aletta stehen und sah ihr eine Weile bei der Arbeit zu, bis sie den Eimer mit den vertrockneten Blüten zur Seite stellte und aufblickte. »Ich verstehe Insa nicht«, sagte er leise. Dann verbeugte er sich leicht, ohne eine Entgegnung abzuwarten, trat durch das Gartentor und ging die Stephanstraße hinab. Aletta hatte ihm lange nachgesehen und zögernd die Frage zugelassen, ob Insa sie verteidigt hatte, als sie von Reik verlangte, ihre Schwester nicht mit ihrem Problem zu behelligen. Was hatte Insa damit bezweckt? Wollte sie ihre Schwester beschützen oder aus ihrem Leben heraushalten? Sosehr Aletta sich nach dem einen sehnte, so wenig konnte sie das andere ausschließen. Und das war nicht die einzige Frage, die unbeantwortet blieb. Warum gab Insa nicht zu, dass sie damals unter der Trennung von Reik gelitten hatte? Warum machte sie ihm weis, er hätte ihr nichts mehr bedeutet? Das Tagebuch ihrer Mutter sprach eine andere Sprache. Dort hieß es, Insa sei unglücklich und voller Sehnsucht gewesen und habe versucht, Briefe zu schreiben. An wen? Natürlich an den Jungen, den sie liebte! An Reik! Und nach ihrer Rückkehr sei sie sofort nach Wenningstedt geradelt. Das konnte nur bedeuten, dass sie Reik besuchen wollte. Warum durfte er nicht erfahren, dass sie ihn vermisst hatte?

Insa kam aus dem Haus, einen großen Steinguttopf im Arm, in der anderen Hand einen Krautstampfer. Sie ging zu Aletta, die das Messer in den Erinnerungen zur Seite gelegt hatte und nun schleunigst wieder zur Hand nahm.

»Wo warst du?«, fragte sie, ohne ihre Schwester anzusehen.

Insa runzelte die Stirn. »Hast du mich gesucht?« Sie wartete Alettas Antwort nicht ab. »Ich war im Keller. Salz holen fürs Sauerkraut.«

Sie stellte den Steinguttopf auf den Tisch und zeigte Aletta den Krautstampfer. »Ich darf wohl davon ausgehen, dass du noch nie selber Sauerkraut gemacht hast?«

Aletta nickte. »Aber ich weiß noch, wie Mutter es gemacht hat. Sie hat es mir erklärt. Der Krautstampfer zieht den Saft aus dem Weißkohl. Das Salz setzt diesen Prozess fort und konserviert den Saft.«

»Wichtig ist, dass keine Luft zwischen dem frischen Kohl bleibt«, ergänzte Insa. »Vier bis sechs Wochen muss er gären.«

Aletta nickte wie ein gehorsames Schulkind. »Mutter hat einen schweren Stein auf das Kraut gelegt.«

Unvermittelt nahm Insa Alettas Frage wieder auf. »Und du? Wo warst du heute Nachmittag?«

Aletta schichtete den geschnittenen Weißkohl in den Topf, während sie antwortete: »Bei Beeke Lauritzen. Ich hatte sie noch nicht begrüßt.«

Insa zog die Mundwinkel herab. »Beeke wird es nicht leichthaben, seit Jorits Schwiegereltern auf Sylt sind. Tommas Mutter ist sehr anstrengend.«

Aletta hätte gern mehr erfahren, aber in diesem Moment betrat Pfarrer Frerich den Garten. »Ich wollte mal nach den Schwestern schauen«, sagte er und gab sich launig und heiter. »Aber ich sehe, es ist alles in Ordnung.«

Aletta fragte sich, woran er das zu erkennen glaubte, doch sie nickte. Und sie ließ sich ein weiteres Mal von ihm »Mein Kind« nennen und väterlich umarmen, während Insa mit ihrem Namen angesprochen wurde und einen Handschlag erhielt. Während er Aletta beim Kohlschneiden zusah, erzählte er ihr von zwei weiteren Opfern des Krieges, von dem Leid der Angehörigen, dem Trost, den er spenden musste, und leitete dann zu den Ereignissen im Hause Mügge über, wo der Geburt des jüngsten Familienmitgliedes entgegengesehen wurde. Aletta betrachtete seine Hände und seine Fingernägel. Glichen sie ihren eigenen? Sie beobachtete das Beben seiner Nasenflügel und fragte sich, ob ihre sich genauso verhielten, wenn sie konzentriert war. Und sie sah so lange auf seine langgezogenen Ohrläppchen, bis sie zu der Überzeugung gelangte, dass sie sich von ihren eigenen deutlich unterschieden. Erneut fühlte sie die Verunsicherung, die sie angefallen hatte, als sie auf das Tagebuch ihrer Mutter gestoßen war, diesen schrecklichen Verlust ihrer eigenen Identität, seit sie nicht mehr sicher sein konnte, wo ihre Wurzeln lagen. Würde sie je der Wahrheit auf die Spur kommen?

In ihren schweren Gedanken hatte sie nicht bemerkt, dass

das Gesicht des Pfarrers ernst geworden war. Er sprach leise, so leise, als hätte er gerne darauf verzichtet, über diesen grausamen Vorfall zu reden: »Heute Morgen bei Tagesanbruch ist Josef Johannsen erschossen worden. Man hat ihn im Keller seiner Tante gefunden, wo er sich versteckt hielt, weil er nicht an die Front wollte. Die alte Sefa ist eingesperrt worden. Lebenslang soll sie sitzen, weil sie barmherzig sein wollte. Sobald wieder ein Schiff geht, soll sie in ein Zuchthaus auf dem Festland überstellt werden. Ich frage mich, ob es nicht besser gewesen wäre, sie auch zu erschießen. Die arme Sefa war noch nie auf dem Festland.«

Insgeheim hatte Aletta darauf gehofft, auch Jorit anzutreffen. Der Dienst der Inselwache forderte die Männer nicht besonders, gelegentlich waren sie in der Stadt zu sehen und wurden manchmal sogar dabei beobachtet, wie sie sich in den Dünen sonnten oder während des Dienstes in ihren Häusern nach dem Rechten sahen. Einen Angriff schienen sie nicht zu erwarten, und auch die Bevölkerung von Sylt wiegte sich mehr und mehr in Sicherheit. Von einer alliierten Großlandung in Nordjütland war nicht mehr die Rede und von der Beschießung der Sylter Westküste, die in diesem Zusammenhang befürchtet worden war, auch nicht. Der Inselkommandant warnte zwar immer noch, aber wenn die Sylter das sorglose Gebaren der Inselwache beobachteten, wollten sie nicht recht daran glauben. Die vier Kompanien, die von List bis Hörnum für eine lückenlose Kontrolle des Strandes zu sorgen hatten, standen in dem Ruf, sich mehr um das Sammeln von Möweneiern und Strandgut zu kümmern als um ihre militärischen Aufgaben. Auch beim Baden waren die Soldaten der Inselwache schon gesichtet worden.

Aletta hatte sich entschlossen, nicht direkt zur Paulstraße, sondern zunächst zum Rathaus zu gehen, um nach den Bekanntmachungen zu sehen. Der Bürgermeister Dr. Frommhold ersuchte seine Bürger in vielfältiger Form, diese Bekanntmachungen regelmäßig zu studieren und sich nach ihnen zu richten. »Unwissenheit schützt vor Strafe nicht!«, hatte er in einer Versammlung erklärt, die im Rathaus abgehalten worden war, weil Dr. Frommhold es für nötig hielt, seine Mitbürger zur Vorsicht und Umsicht zu ermahnen. Dass die Inselwache bisher keine anlandenden Feinde gesichtet hatte, hieß nicht, dass Sylt vom Krieg verschont blieb. Und Dr. Frommholds Sorge, dass Spione über Sylt nach Deutschland eingeschleust wurden, war besonders groß.

Tatsächlich gab es wieder eine neue Bekanntmachung, als Aletta vor dem Rathaus ankam.

Auf Ersuchen der Inselkommandantur wird Folgendes bekannt gemacht:

Von Wachposten und Patrouillen sind des Nachts in den Dünen bei Westerland und auf Häusern Westerlands Lichter beobachtet worden, die den Verdacht erweckt haben, dass sie landesverräterischen Zwecken dienen oder die Posten irreführen sollen und deren Herkunft nicht hat festgestellt werden können, weil sie bei Verfolgung erloschen. Die Posten und Patrouillen sind angewiesen worden, auf solche Lichter zu schießen.

Es wird ferner eindringlich davor gewarnt, an Posten und Patrouillen heranzutreten oder eine Unterhaltung mit ihnen anzuknüpfen, sofern nicht Gründe der militärischen Sicherheit hierfür gegeben sind. Zuwiderhandelnde werden festgenommen.

Die Polizei-Verwaltung Dr. Frommhold

Aletta drehte sich um. Prompt wichen zwei Frauen scheu zur Seite, als sie die Sängerin Aletta Lornsen erkannten. Ein Mann, der ihr völlig fremd war, lüftete den Hut und verbeugte sich. Noch vor Monaten hätte sie über diese Form der Ehrerbietung lächelnd hinweggesehen, jetzt war sie ihr unangenehm.

»Guten Morgen«, grüßte sie freundlich, darauf bedacht, sich damit zu einer der ihren zu machen. »Will nicht endlich jemand dem Inselkommandanten erzählen, dass es auf Sylt Entenjäger gibt? Dass nicht die Wachposten, sondern die Enten irritiert werden sollen?«

Die Umstehenden begannen zu lachen. Plötzlich schienen sie auch das alte dunkle Kleid wahrzunehmen, das Aletta trug, die schlichte Frisur, das ungeschminkte Gesicht. Mit diesem einen Satz war es ihr gelungen, sich gleichzumachen. Als sie den Weg zur Paulstraße einschlug, war sie berührt davon, dass es so einfach sein konnte, eine Distanz, die sich durch Popularität geöffnet hatte, wieder zu schließen. Und sie stellte fest, dass der Erfolg sie glücklich machte.

Bereits beim Betreten des »Hotel Lauritzen« erfuhr sie, dass Jorit Dienst hatte. Der Hausdiener teilte es ihr mit, noch ehe sie nach ihm gefragt hatte.

Lächelnd korrigierte sie ihn: »Ich möchte Beeke Lauritzen einen Besuch abstatten.«

Der junge Mann lief rot an und beeilte sich, Jorits Schwester herbeizuholen.

Beeke kam mit ausgebreiteten Armen auf Aletta zu. »Endlich! Ich habe mich schon gefragt, ob ich es wagen kann, in die Stephanstraße zu kommen, um dich auf Sylt zu begrüßen.«

Sie war eine runde Person, mit einem runden Gesicht und einem runden Körper. Alles an ihr war rund und behaglich. Die beiden umarmten sich, und als Aletta sich aus Beekes Armen gelöst hatte, fragte sie: »Warum hast du es nicht getan?«

Beeke wurde verlegen. »Ich wusste nicht … war mir nicht sicher, ob du …« Dann entschloss sie sich zur Offenheit. »Ich war bei deinem Konzert. Es war einfach … wunderbar. Ich hatte das Gefühl … das da oben, auf der Bühne … das ist nicht mehr die Aletta Lornsen, die ich kenne. Das ist … eine andere Frau. Keine, der ich mal eben einen Besuch abstatten kann.«

Aletta griff nach Beekes Hand und drückte sie. »Du irrst dich, Beeke. Aber ich muss es wohl verstehen. Nicht einmal für Insa bin ich noch die kleine Schwester. Sie behandelt mich gelegentlich auch wie eine Fremde.«

Beekes Gesicht verschloss sich. »Ach ja, Insa …« Sie ging Aletta voran zu einer Sitzgruppe, die in der Empfangsdiele stand, und wartete, bis ihr Gast sich niedergelassen hatte. Dann setzte sie sich ebenfalls und ergänzte: »Insa hat bisher nicht viel vom Leben gehabt. Sie hätte heiraten und eine eigene Familie gründen sollen.«

»Anscheinend wollte sie nicht.« Aletta griff nach Beekes Hand. »Jorit hat mir von dem Tod deines Verlobten erzählt. Es tut mir leid.«

Beeke dankte ihr mit einem kurzen Nicken, wollte aber augenscheinlich nicht von ihrem eigenen Schicksal sprechen. »Als junges Mädchen war Insa mit Reik Martensen zusammen, daran erinnere ich mich, aber danach …«

»Er ist auf Sylt«, warf Aletta ein. »Man hat ihn zur Inselwache eingezogen.«

Beeke sah sie überrascht an. »Davon weiß ich nichts.«

Aletta sah auf ihre Hände, während sie sie leise fragte: »Weißt du, was zwischen meinem Vater und dem alten Martensen vorgefallen ist? Sie sollen einen schweren Streit gehabt haben. Kurz bevor Martensen mit Reik aufs Festland gezogen ist.«

Beeke dachte nach und antwortete dann zögerlich: »Soviel ich weiß, ging es um eine Grundstücksgrenze. Dein Vater hatte damals eine Schafweide Richtung Wenningstedt. Die Weide der Martensens lag direkt daneben. Der Besitzer des ›Hotels Victoria‹ wollte beide Weiden kaufen, und dein Vater hat dem alten Martensen vorgeworfen, die Grenzsteine versetzt zu haben, um einen größeren Gewinn zu erzielen.« Sie hob beide Hände, als wollte sie einen Einwand abwehren, bevor Aletta ihn erheben konnte. »Ich habe meine Mutter mal davon reden hören. Aber wie genau sie darüber Bescheid wusste, kann ich dir nicht sagen.«

»Was war der Vater von Reik Martensen für ein Mann?«

Beeke sah Aletta erstaunt an. »Warum willst du das wissen?«

Aber bevor Aletta sich in eine banale Antwort flüchten konnte, betrat eine Dame die Diele. Aletta war es sehr recht. So wurde sie einer Antwort, die nur kläglich ausfallen konnte, enthoben.

Die Frau stutzte, dann kam sie auf Aletta zu. »Frau Lornsen? Die Sängerin? Wie schön, Sie kennenzulernen!« Sie ergriff Alettas Hand und drückte und schüttelte sie. »Wir haben Sie vor Jahren in Hamburg gesehen! Als Turandot! Großartig!«

Sie mochte Mitte fünfzig sein, war sehr schlank, hatte ein schmales Gesicht mit einer spitzen Nase und kleinen, flinken Augen. Ihre Haare, die nur wenige graue Strähnen aufwiesen, lagen in kunstvollen Wellen eng am Kopf. Sie trug ein schlichtes graues Strickkleid, dazu eine lange Perlenkette. Eine elegante Frau, die sich bemüht hatte, ihrem Äußeren etwas Schlichtes, Unauffälliges zu geben, ohne gänzlich auf ihren Schick zu verzichten.

Aletta wurde an ihre eigene Ankunft auf Sylt erinnert. Auch ihr war es wichtig gewesen zu zeigen, was sie erreicht hatte, aber zum Glück hatte Ludwig dafür gesorgt, dass sie es mit der Prachtentfaltung nicht zu weit trieb. Dass sie nun hier in dem alten dunklen Kleid ihrer Mutter saß, schien genau richtig zu sein, obwohl ihr Gegenüber einen kritischen Blick über ihre Figur fliegen ließ. Den Gedanken an ein ähnliches graues Kleid, das in Wien in ihrem Schrank hing, schüttelte Aletta schnell wieder ab. Der Krieg würde bald vorbei sein! Ludwig hatte es gesagt.

Beeke stand auf, was Aletta erst gelang, als die Frau ihre Hand endlich losgelassen hatte. »Maike Peters«, stellte Beeke vor. »Tommas Mutter.«

»Tommas unglückliche Mutter«, korrigierte Frau Peters. »Was meiner armen Tochter widerfahren ist …« Ihre eben noch hocherfreute Miene verdüsterte sich schlagartig. »Sicherlich möchten Sie Tomma kennenlernen?« Eine Antwort wartete sie nicht ab, sondern tuschelte Aletta vertraulich entgegen: »Ich weiß natürlich, dass Sie mal mit meinem Schwiegersohn befreundet waren.« Sie kicherte hektisch und ohne jede Fröhlichkeit. »Oder wie sollte man es nennen?«

Aletta spürte, dass sich Widerstand in ihr regte, ein Trotz, als würde ihr etwas vorgeworfen, an dem sie unschuldig war. »Wir waren mal ineinander verliebt«, sagte sie, ohne eine Miene zu verziehen. »Das ist lange her. Damals waren wir noch sehr jung.«

Maike Peters kicherte erneut, noch immer voller Anspannung und Nervosität. »Ich weiß! Jorit ist stolz darauf, dass er mit einer so berühmten Sängerin …« Sie vervollständigte den Satz nicht, da ihr offenbar noch immer kein Wort passend erschien für das, was Aletta und Jorit einmal verbunden hatte. Alettas deutliche Worte mochte sie anscheinend nicht wiederholen.

Aletta beschloss, sich so bald wie möglich zu verabschieden. Zwar hatte sie die Hoffnung gehabt, sich mit Beeke zu unterhalten, bis Jorit von seinem Dienst bei der Inselwache zurückkehrte, aber jetzt wollte sie nur noch weg.

Beeke spürte, wie unangenehm Aletta die Anwesenheit von Maike Peters war, und wollte ihr helfen. »Du hast sicherlich wenig Zeit, Aletta. Die einquartierten Soldaten machen viel Arbeit.« Sie lächelte schief. »Und bringen wenig Geld.«

Maike Peters griff sich entsetzt ans Herz. »Sie müssen für diese Soldaten arbeiten? Sie womöglich bedienen? Das ist unzumutbar. Sie sind eine große Künstlerin.«

Nun reichte es Aletta. »Zurzeit bin ich das, was alle Frauen sind, die versuchen, Haus und Heim zu retten, bis die Männer aus dem Krieg zurück sind.«

»Sie sind verheiratet?«, fragte Maike Peters zurück. »Das wusste ich nicht.«

Aletta gab darauf keine Antwort. Sollte Jorits Schwiegermutter doch denken, was sie wollte! Sie empfand wie Ludwigs Frau, sie fühlte sich wie seine Frau, sie bekam sein Kind, als wäre sie seine Ehefrau, und bald würde sie es tatsächlich sein! Maike Peters kam ihr nicht wie eine Person vor, die Verständnis für eine Lebensform hatte, die in Künstlerkreisen nichts Besonderes war. Ihre hochgezogenen Augenbrauen hätten vermutlich bis zum Haaransatz gereicht, wenn sie zu hören bekommen hätte, dass die gefeierte Sängerin ein unstetes Leben führte und als Folge davon ein uneheliches Kind erwartete.

Sie wollte sich mit einem kurzen und unverbindlichen Nicken von Maike verabschieden, als der Hausdiener plötzlich die Tür aufriss. Ein hölzerner Rollstuhl wurde von einem Mann hereingeschoben, in dem Aletta Tommas Vater erkannte. Er war ebenso schlank und elegant wie seine Frau, ihm fehlte jedoch das Strenge, das Maike Peters ausstrahlte. Als Aletta zusammen mit Emme am Südbahnhof der Ankunft von Jorits Frau entgegengesehen hatte, war ihr gleich das Ungezwungene, Heitere an Tommas Vater aufgefallen. Deswegen erkannte sie ihn, obwohl sie ihn nur von ferne gesehen hatte, während ihr der Anblick von Maike Peters nicht im Gedächtnis geblieben war.

Dr. Ocke Peters zögerte, als er seine Frau in der Gesellschaft von Beeke und Aletta vorfand, auch über sein Gesicht flog das Erkennen, als er Aletta anblickte. Aber er enthielt sich einer Äußerung, als spürte er, was in ihr vorging. Sie wollte nicht zulassen, dass sich die Aufmerksamkeit auf sie richtete, während Tomma Lauritzen in ihrem Rollstuhl lehnte und mit leerem Blick an die Wand starrte. Ihr Vater hatte sie in Decken gehüllt und ihr ein gestricktes Tuch über den Kopf gelegt. Tommas Gesicht stach weiß unter der dunklen Wolle hervor, ihre Gesichtshaut war fahl, die Augen hatte sie unnatürlich weit aufgerissen. Ihr rechter Mundwinkel hing herab, ein dünner Speichelfaden sickerte in die Decke.

Aletta wurde von einer Welle des Mitleids erfasst, das nicht nur Tomma, sondern auch Jorit galt. Sie machte einen Schritt auf den Rollstuhl zu und legte ihre Hand auf die Decke, dorthin, wo sie Tommas Hand vermutete. »Es tut mir so leid«, flüsterte sie.

Ocke Peters nickte ihr freundlich zu, dankbar und zufrieden, als hätte er etwas anderes erwartet. Er blieb stumm, während seine Frau begann, Tommas Leidensgeschichte zu schildern, ihr unbeschwertes Leben vor dem Schlaganfall und ihre eigene mütterliche Verzweiflung, die sie Tag für Tag überkam, wenn sie ihr Kind in diesem hilflosen Zustand sehen musste. Ihr Mann versuchte mehrmals, sie zu unterbrechen, aber es gelang ihm nicht.

Erst das Erscheinen von Oberst von Rode änderte etwas. Er hatte sich anscheinend mit seinem alten Freund Dr. Peters verabredet, denn er begrüßte Maike nur flüchtig und entschuldigte sich bei Ocke Peters, dass er leider verhindert sei und ihr Schachspiel auf einen anderen Tag verschoben werden müsse.

Maike Peters versuchte, das Gespräch an sich zu reißen, indem sie den Oberst auf Aletta aufmerksam machte. »Sie kennen sicherlich die berühmte Sängerin Aletta Lornsen? Sie ist in ihre Heimat zurückgekehrt. Natürlich nur, solange Krieg ist.«

Aletta wäre es lieber gewesen, unerkannt das »Hotel Lauritzen« zu verlassen, aber nun blieb ihr nichts anderes übrig, als einen Schritt auf Oberst von Rode zu zu machen. Jetzt hätte sie doch gern ein anderes Kleid als das ihrer Mutter getragen, das der Oberst verwundert musterte. So zögernd nahm er ihre Hand und beugte sich so flüchtig darüber, als habe er Zweifel, der echten Aletta Lornsen gegenüberzustehen, die er womöglich schon in einem Theater beklatscht hatte.

»Ich bewundere Sie für Ihre Bescheidenheit«, sagte er und meinte wohl, dass ihn ihr Äußeres in Erstaunen versetzte.

Aber Aletta ließ sich nicht kränken. Sie konnte den Oberst sogar verstehen. Der fliederfarbene Seidenschal reichte einfach nicht aus, um die Erinnerung an den Frieden mit seiner Leichtigkeit zu wecken.

»Ich muss unbedingt meinem Freund Anton Heussner sagen, dass ich Sie getroffen habe.«

Mit diesem Satz veränderte er alles. Alettas Interesse war jäh geweckt, ihr Kleid spielte keine Rolle mehr, hastig griff sie nach ihrem Seidenschal wie nach ihrem alten Leben. »Haben Sie Kontakt zu ihm? Er wollte eigentlich in dieser Saison in der Hamburger Staatsoper dirigieren.«

»Er wollte?«, fragte der Oberst lachend. »Er wird!«

»Die ›Madame Butterfly‹ wird gegeben?«, fragte Aletta. »Obwohl Krieg ist?«

Oberst von Rode nickte. »Der Intendant ist eingezogen worden, aber Anton Heussner hat irgendwie Ersatz gefunden und kümmert sich selbst um alles. Sollten Sie nicht die Madame Butterfly singen?«

Aletta nickte. Ihre Rolle! »Wer wird mich ersetzen?«, fragte sie.

Aber dazu konnte Oberst von Rode nichts sagen. »Ich weiß nur, dass Anton nach Ihnen gesucht hat. Er behauptet, er habe ganz Wien abgeklappert, aber niemand konnte ihm sagen, wohin Sie geflohen sind.«

Aletta hatte Mühe, ihre Fassung zu bewahren und an ihrer Haltung festzuhalten, damit niemand merkte, wie schwer es ihr fiel, ihre Rolle einer anderen zu überlassen. »Bitte, grüßen Sie ihn von mir, wenn Sie ihn sehen oder von ihm hören sollten«, sagte sie förmlich.

»Kann schon sein, dass ich mit ihm telefoniere!«, rief Oberst von Rode. »Na, der wird staunen …!«

Mit diesen Worten klopfte er Ocke Peters' Rücken, verbeugte sich zunächst vor Maike Peters, dann vor Aletta, schlug die Hacken zusammen und verließ das Hotel wieder.

Maike Peters setzte auf der Stelle fort mit ihren Klagen über Tommas Zustand, während Beeke sich vorsichtig zurückzog und etwas von viel Arbeit in der Küche murmelte. Aber Maike Peters schien es nicht zur Kenntnis zu nehmen. Erst von Jorits Erscheinen ließ sie sich unterbrechen. »Sieh nur, Tomma! Dein Mann kommt!«

Tomma reagierte mit keiner Regung, als sie Jorits Stimme hörte. Er trat mit einem Gruß auf seine Schwiegereltern und seine Frau zu, dann erst bemerkte er Aletta. Sein Gesichtsausdruck veränderte sich, aus seiner kühlen Höflichkeit wurde echte Freude, und in seiner Miene war zu lesen, dass er viel Mühe aufwandte, um die Freude nicht erkennen zu lassen. Mit solcher Ehrerbietung nahm er Alettas Hand, dass Maike Peters prompt argwöhnisch die Stirn in Falten legte, und er sah ihr mit einer Intensität in die Augen, als wollte er sie daran erinnern, dass es besser war, ihre Freundschaft in Gegenwart anderer zu leugnen.

Kurzum – Jorit benahm sich wie ein verheirateter Liebhaber, der seine heimliche Geliebte traf. Warum er seiner Schwiegermutter weismachen wollte, dass Aletta ihm in den vergangenen zehn Jahren fremd geworden war, konnte sie sich nicht erklären. Und dass es ihm nicht gelang, war ohne weiteres zu erkennen. Maike Peters' Blick wanderte aufmerksam zwischen ihnen hin und her, und Aletta ging es daraufhin ähnlich wie Jorit: Sie gab etwas vor, als sollte etwas nicht sein, obwohl es nichts zwischen Jorit und ihr gab, was verheimlicht werden musste. Als sie erkannte, dass sie sich unwillkürlich Jorits Verhalten angepasst hatte, war es zu spät, den Eindruck, den sie auf Tommas Eltern machen musste, zurückzuholen und noch einmal neu zu beginnen. Aletta konnte an Maike Peters' Miene ablesen, dass sie zwischen ihnen etwas Unrechtes zu sehen glaubte. Es hatte keinen Sinn, ihr zu erklären, dass weder Aletta noch Jorit ihrer Tochter etwas nehmen wollten. Jede Erklärung hätte alles noch schlimmer gemacht.

Aletta war verärgert, als sie sich verabschiedete »Ich muss nach Hause, meine Schwester erwartet mich.«

Jorit nickte und machte damit den nächsten Fehler. Seine Schwiegermutter wies ihn darauf hin, indem sie so reagierte, wie es von Jorit zu erwarten gewesen wäre: »Wollen Sie nicht auf einen Tee bleiben?«

Aletta schüttelte den Kopf. »Ich hatte nur Beeke begrüßen wollen.« Sie sah Jorit nicht an, merkte dann, dass es falsch war, warf ihm daraufhin einen Blick zu, den er jedoch nicht erwiderte, und ärgerte sich erneut über die verfahrene Situation, in die sie geraten war, nur weil Jorit es für richtig befunden hatte, sie wie eine Fremde zu begrüßen. Jetzt wünschte sie sich doch, eines ihrer teuren Kleider zu tragen, ihren schönsten Hut auf dem Kopf zu haben und ihren Spazierstock mit dem kostbaren Silberknauf vor Maike Peters' Augen spielen lassen zu können. Ein Abgang, der von rauschender Seide, dem Klacken hoher Absätze und dem Duft eines teuren Parfums begleitet worden wäre, hätte ihr nun gutgetan.

»Ist Ihr Mann auch bei der Inselwache?«, fragte Maike Peters, ehe Aletta sich abwenden konnte. »Oder musste er an die Front?«

Jorit beantwortete die Frage: »Aletta Lornsen ist nicht verheiratet.« Damit hatte er den nächsten Fehler gemacht, obwohl er die Wahrheit gesagt hatte.

Und Aletta setzte noch einen Fehler obenauf: »Sobald der Krieg vorbei ist, werde ich heiraten.«

Auch dies war die reine Wahrheit, hörte sich aber an wie eine Rechtfertigung. Als sie Maike und Ocke Peters zum Abschied zunickte, wusste sie, dass die beiden sich nun Sorgen um die Ehe ihrer Tochter machen würden.

Den Mann in Uniform, der eintrat, erkannte sie erst auf den zweiten Blick. Oberleutnant Willem Schubert! Und sie sah, dass Dr. Ocke Peters sich abwandte, während seine Frau ihm lächelnd entgegensah. »Haben Sie endlich alle Deserteure gefunden?«

Willem Schubert kam zu ihr und küsste ihr die Hand, die sie ihm auffordernd entgegenstreckte. »Es wird nicht mehr lange dauern, gnädige Frau. Bei den meisten ist es einfach. Sie haben Familie, Verwandte und Freunde auf Sylt, und wir brauchen nur deren Häuser abzuklappern. Schon haben wir die Burschen!«

Aletta verabschiedete sich hastig und trat auf die Paulstraße hinaus. Sie atmete tief durch, ehe sie sich auf den Weg machte. Wie konnte Jorit den Eindruck vermitteln, zwischen ihnen gäbe es ein Gefühl, das für einen verheirateten Mann und eine Frau, die von ihrem Verlobten ein Kind erwartete, unangemessen war? Zwischen ihnen gab es nichts, was unterschlagen werden musste! Nur das Wissen um das Geheimnis ihrer Mutter und dass sie Jorit vertraute wie sonst nur Ludwig. Aber war das ein Grund, sich zu schämen?

Diese Frage wurde augenblicklich von der nächsten verdrängt. Wo war Sönke? Wenn sie ihm nur helfen könnte! Sie würde es tun, das wusste sie! Allen Gefahren zum Trotz! Sie hatte ihm zu Beginn seines Lebens geholfen, sie würde es wieder tun.

Als sie die Maybachstraße überquert hatte, hörte sie schnelle

Schritte hinter sich. Kurz darauf war Jorit an ihrer Seite. »Warte!«

Aletta fuhr empört zu ihm herum. »Hat deine Schwiegermutter gesehen, dass du mir gefolgt bist? Wieso erweckst du den Eindruck, dass du deine Frau mit mir betrügst?«

Jorit sah sie erschrocken an. »Aber … das wollte ich nicht. Ich habe mir große Mühe gegeben …«

»Eben! Warum gibst du dir Mühe, diesen Eindruck nicht zu erwecken, wenn es gar nicht nötig ist, sich zu bemühen? Wir lassen uns nichts zuschulden kommen.«

Jorit griff hastig nach Alettas Arm. »Ja, ja, aber … meine Schwiegermutter ist immer so misstrauisch. Sie kann nicht glauben, dass ich mich damit abfinde, mit einer schwerkranken Frau verheiratet zu sein. Sie führt mir immer wieder meinen Anteil an Tommas Schicksal vor Augen.«

Aletta schüttelte den Kopf. »Weil es geschah, als sie dein Kind zur Welt brachte?«

»Ich glaube, sie würde mir eine Liebschaft zugestehen, wenn gesichert wäre, dass ich Tomma nicht im Stich lasse.«

»Ich soll diese Liebschaft sein?«, fragte Aletta wütend zurück.

»Eben nicht«, beschwichtigte Jorit. »Deswegen habe ich ja versucht …«

Sie ließ ihn nicht ausreden. »Ja, du hast versucht, deinen Schwiegereltern weiszumachen, zwischen uns gäbe es nichts als eine gemeinsame Erinnerung, die so lange zurückliegt, dass sie ohne jede Bedeutung ist. Das haben sie gemerkt! Und genau deshalb werden sie nun glauben, dass mehr ist zwischen uns, als wir zugeben.«

Jorit sah sie verwirrt an. »Ich verstehe dich nicht. Ich wollte doch nur …«

Aletta schnitt seinen Satz mit einer energischen Handbewegung ab. »Versuch's nicht zu erklären. Es wird mit jeder Begründung schlimmer.« Sie blieb stehen und sah sich um. »Haben deine Schwiegereltern gemerkt, dass du mir nachgelaufen bist?«

Jorit winkte ab. »Nein, ich bin erst losgegangen, als sie in ihrem Zimmer waren. Und ich habe erwähnt, dass ich mich hinlegen wollte. Mein Dienst hat früh begonnen.«

»Und wenn sie aus dem Fenster geschaut haben? Dann wissen sie, dass du sie belogen hast. Wer lügt, hat etwas zu verbergen.«

Jorit sah auf seine Schuhspitzen wie ein kleiner Junge, der gescholten wurde. »Bist du wirklich nur gekommen, um Beeke zu begrüßen?«

Aletta zögerte, dann antwortete sie fest: »Ja, nur deshalb.«

Er nickte, als hätte er nichts anderes erwartet, und schwieg. Aber er schwieg so reuig und schuldbewusst, dass Aletta etwas tun und sagen wollte, was die Schwermut löste. »Ich habe gelesen, dass ihr immer noch hinter den Entenjägern her seid. Habt ihr etwa schon auf sie geschossen?«

»Du denkst an Sönke?« Er wartete ihre Reaktion nicht ab, sondern fuhr gleich fort: »Während der letzten beiden Nächte sind keine Blinkfeuer gesehen worden. Hoffentlich ist das ein gutes Zeichen.«

»Natürlich! Sönke hat mitbekommen, wie gefährlich es ist, wenn er heimlich auf Entenjagd geht.«

»Oder er ist verhaftet oder sogar erschossen worden.«

Aletta sah Jorit erschrocken an. »Das hältst du für möglich?«

»Ich habe nachts öfter Schüsse gehört. Vielleicht liegt er schon irgendwo tot in den Dünen. Oder sie haben ihn geschnappt, und er wartet irgendwo auf sein Urteil. Wer sollte sich darum kümmern? Sönke hat keine Familie.«

»Was ist mit Dirk Stobart? Er würde es nicht zulassen.«

»Dirk wird es nicht wagen, sich öffentlich für Sönke einzusetzen.«

Aletta warf Jorit einen Blick zu, den er nicht erwiderte. Wusste er, dass Dirk Stobart homosexuell war? Hatte Dirk es trotz aller Schuld, die daraus erwachsen war, nicht geschafft, seine Veranlagung zu verstecken? Sie spürte eine Gänsehaut über ihren

Rücken laufen. »Vielleicht hat er irgendwo einen Unterschlupf gefunden, wo ihm geholfen wird.«

»Wer hilft schon einem Deserteur? Würdest du das tun? Die Strafe ist hart, wenn jemand dabei erwischt wird. Wir haben Krieg! Im Krieg werden Deserteure erschossen, und manchmal geht man mit ihren Helfern genauso um.«

Sie schwiegen. Aletta blickte kurz auf, um in Jorits Gesicht etwas zu lesen, er ließ die Augen hochschnellen, um zu sehen, was sie dachte. Schließlich setzte Aletta sich in Bewegung, und Jorit blieb an ihrer Seite. »Vielleicht hat Dirk Stobart ihn doch versteckt«, meinte er.

»Wie sollte er das vor Emme geheim halten? Sie hat kein Verständnis für Deserteure. Sie hasst Feiglinge, das hat sie mir selber gesagt.«

Nun sah Jorit sehr traurig aus. »Dann müssen wir abwarten, was geschieht. Hoffentlich wird er nicht geschnappt.«

Insa nickte, als hätte sie nichts anderes erwartet. »Tommas Mutter hat mir schon bei der Hochzeit nicht gefallen. Aber ihr Vater scheint ein netter Mensch zu sein. Er ist Arzt, hat aber seine Praxis aufgegeben, als Tomma pflegebedürftig wurde.«

»Ihr zuliebe? Großartig!«

Der späte Nachmittag prunkte mit satten Farben. Wenn auch alles Grüne und Gelbe einen braunen Schimmer bekommen hatte, die Farben schienen vorerst das Einzige zu sein, was der Sommer dem Herbst überließ. Als der Wind eingeschlafen war, zeigte die Sonne ihre Kraft, und die tanzenden Mücken schienen noch nichts vom Herbst gehört zu haben. Aletta schloss die Augen und hielt ihr Gesicht der Sonne hin, Insas Stimme wurde plötzlich schläfrig. Sie streckte die Beine weit von sich und legte den Kopf zurück.

»Die Peters sind vermögend«, erzählte sie. »Es kommt nicht darauf an, dass Dr. Peters als Arzt Geld verdient. Er ist anscheinend ein großzügiger Mensch! Seit er auf Sylt ist, hat er schon mehreren unentgeltlich geholfen. Dass seine Frau ihn zu jedem Patienten begleitet, scheint allerdings niemandem zu gefallen.«

Aletta stimmte aufgeheitert zu. So sehr freute sie sich an der ungewohnten Gemeinsamkeit mit ihrer Schwester, dass sie die Ansicht über Tommas Mutter noch ein wenig mit ihr teilen wollte, und sie schilderte Maike Peters' Omnipräsenz, bis Insa sogar über ihre Dramatisierungen lachte. Nur von dem misstrauischen Blick, der Aletta getroffen hatte, nachdem Jorit dazugekommen war, sagte sie nichts. Dieser Augenblick ihrer Übereinstimmung war so kostbar, dass er nicht getrübt werden durfte. Etwas, was sich anfühlte wie Glück, füllte sie aus, während Insa lachte und solange das Lächeln in ihrem Gesicht stand. Hätte sie nicht die Rede auf Tommas schweres Schicksal gebracht, wäre Aletta versucht gewesen, das Gesicht von Maike Peters, ihre Mimik, ihren abgespreizten kleinen Finger, den blasierten Augenaufschlag, die spitze Empörung und die hochgezogenen Augenbrauen noch länger und drastischer zu überzeichnen, nur um Insa noch länger zu amüsieren.

Aber nun schwieg sie, als Insa den leichten Moment wieder schwer machte, indem sie den Tag schilderte, an dem Tomma in den Wehen lag, als sich herumsprach, dass sie unter der Geburt einen Schlaganfall erlitten hatte, als das Kind starb, kaum dass es auf der Welt war … Aletta legte die Hände auf den Bauch, ließ den Blick durch den Garten wandern und versuchte, sich von Insas Worten zu distanzieren. Die Angst, dass es ihr so ergehen könnte wie Tomma, wog plötzlich schwer, das Heitere, das sie für wenige Minuten mit ihrer Schwester verbunden hatte, war dahin.

»Maike Peters ist eine erstaunliche Frau«, sagte Insa plötzlich. »Jorit hat mir von ihrem Schicksal erzählt. Mit großer Hochachtung!«

Aletta war unangenehm berührt, dass Insa etwas wusste, worüber Jorit mit ihr selbst noch nicht gesprochen hatte. »Jetzt habe ich eher den Eindruck, dass er Angst vor ihr hat.«

Insa nickte, als hätte sie dafür Verständnis. »Kluge Frauen erzeugen in Männern häufig Angst. Kluge Frauen werden oft hart und streng.« Sie richtete sich auf und warf Aletta einen Blick zu. »Das wärst du vielleicht auch geworden, wenn du nicht die Chance bekommen hättest, Sängerin zu werden.«

Aletta war erstaunt über Insas Anschauungsvermögen. »Hat Maike Peters auf eine berufliche Laufbahn verzichten müssen?«

»Ja, sie wollte Medizin studieren, Ärztin werden. Aber ihre Eltern waren dagegen. Sie durfte zwar das Abitur machen, aber ein Studium kam nicht in Frage. Wie Jorit erzählte, hat sie trotzdem versucht, sich an einer Universität einzuschreiben, aber dort wurde sie abgelehnt. Frauen waren an der Universität nicht erwünscht. Maike Peters durfte nicht Ärztin werden, obwohl sie sich nichts sehnlicher wünschte. Und obwohl sie die besten Voraussetzungen bot.«

Aletta war beeindruckt. Eine Frau mit diesem Anspruch, wenn sie ihn auch nicht hatte durchsetzen können, flößte ihr Achtung ein, und ebenso imponierte ihr, dass Insa genauso beeindruckt war. Die Frage, warum Alettas Wunsch, Sängerin zu werden, in ihrer Schwester nicht genauso viel Respekt erzeugt hatte, sprang durch ihren Kopf, wurde aber von Maike Peters' Schicksal verjagt.

»Sie hat ihren Mann während dieser Zeit kennengelernt«, erzählte Insa weiter. »Er hat sie sogar unterstützt. Als sie dennoch keinen Erfolg hatte, soll er mit ihr das Studium geteilt haben.«

Aletta runzelte die Stirn. »Wie meinst du das?«

»Sie haben gemeinsam studiert. Maike Peters konnte zwar nicht zu den Vorlesungen gehen, aber Ocke hat ihr alles erzählt, was er im Hörsaal gelernt hatte. Und er hat ihr das Unterrichtsmaterial mitgebracht. Sie hat genauso gebüffelt wie er. Nur an dem praktischen Teil konnte sie natürlich nicht teilnehmen. Sie durfte nicht mit in die Pathologie, um Leichen zu sezieren, und sie konnte nicht im Krankenhaus als Assistenzärztin arbeiten, um für die Arbeit am Patienten gerüstet zu sein. Aber sie soll eine hervorragende Theoretikerin geworden sein. Wenn es um schwierige Diagnosen geht, wendet sich Ocke Peters immer an seine Frau.«

Aletta hätte das Gespräch gern fortgesetzt, aber sie wurden durch Geräusche aus dem Nachbargarten abgelenkt. Hinrika Oselich, die Nachbarin, war an den Zaun getreten. »Habt ihr's gehört? Bei den Mügges ist ein kleiner Junge angekommen.«

»Alles gesund?«, fragte Insa.

Die Nachbarin zuckte die Schultern. »Genaues weiß ich nicht. Nur dass der Lütte da ist.«

Aletta hatte sich nur kurz zu Hinrika umgeblickt und dann mit der Arbeit weitergemacht. Genauso, wie ihr die Erzählungen von Tommas Niederkunft zusetzten, wollte sie jetzt auch nichts von der Geburt des kleinen Mügge hören. Sie hatte Angst, dass Hinrika schreckliche Einzelheiten preisgab, dass sie von ihren eigenen Entbindungen zu reden anfing, die Schmerzen schilderte, Komplikationen anführte und am Ende den tiefen Seufzer von sich gab, den so viele Mütter beherrschten. »Was soll man machen? Da muss man durch.«

Nein, das alles wollte sie nicht hören, deshalb kehrte sie Hinrika Oselich den Rücken zu und konzentrierte sich wieder auf den Weißkohl. So erkannte sie nicht, was Insa sah. Aber sie wurde auf die Miene ihrer Schwester aufmerksam, die erst sehr konzentriert wurde, dann einen erschrockenen Ausdruck annahm und sich mit einem Mal verschloss. Es sah so aus, als wolle Insa aufspringen und ins Haus laufen.

Hastig wandte sie sich ab, aber eine männliche Stimme hielt sie zurück: »Moin, Frau Lornsen! Kennen wir uns nicht? Ist schon lange her! Aber ich habe Sie nicht vergessen.«

Widerwillig drehte Insa sich zurück. »Ich kann mich nicht erinnern«, antwortete sie, lehnte sich zurück und machte deutlich, dass sie nicht die Absicht hatte, aufzustehen und an den Zaun zu treten.

Hinrika Oselich schien zu spüren, dass hier eine Bekanntschaft vertieft werden sollte, die nicht von beiden gleichermaßen begrüßt wurde, und zog sich hastig zurück. Ein Blick in Insas Gesicht sprach Bände.

Der Mann in der Uniform eines Hauptmanns ließ sich jedoch nicht beirren. »Mein Name ist Eberhard Kalkhoff! Aus Buxtehude! Na?« In seinem runden Gesicht stand die Erwartung, dass in Insa nun die Erinnerung wach wurde, auf die er hoffte. Aber er wurde enttäuscht.

»Ich war noch nie in meinem Leben in Buxtehude«, entgegnete Insa und machte deutlich, dass das Gespräch für sie damit beendet war.

»Pension Kalkhoff!«, versuchte es der Hauptmann noch einmal. »Die können Sie nicht vergessen haben.«

Nun lachte Insa sogar. »Pension? Sehe ich so aus, als könnte ich mir Sommerfrische auf dem Festland erlauben?«

Nun ging in der Miene des Hauptmanns eine Veränderung vor, die Aletta sich nicht erklären konnte. Seine Augen verengten sich, eine schwere Kränkung erschien auf seinem Gesicht, sein Lächeln erlosch, als wäre es ihm aus dem Gesicht geschlagen worden. »Dann muss ich mich wohl geirrt haben«, sagte er schroff und ging ins Haus zurück, ohne sich zu verabschieden.

Aletta sah, dass Insas Hände zitterten, als sie kopfschüttelnd meinte: »Hat man so was schon erlebt! Der ist beleidigt, weil ich nicht die bin, für die er mich hält. Leute gibt es!«

IX.

Die österreich-ungarische Armee überschreitet die Drina. In einer zehntägigen Schlacht gelingt es ihr, eine Reihe von Brücken einzunehmen und die Serben zum Rückzug zu zwingen.

Nichts wies darauf hin, dass dieser Tag anders enden sollte als die Tage vorher. Aletta war früh erwacht und erhob sich mit dem

Vorsatz, einmal so zeitig in der Küche zu erscheinen, dass Insa sie ohne Vorwurf empfing. Während sie sich wusch und anzog, fiel ihr ein, dass sie in der Nacht mehrmals von Schüssen geweckt worden war. Hatte die Inselwache Jagd auf Entenjäger gemacht? Die Sorge um Sönke begann sie prompt zu quälen. Mit kaltem Wasser versuchte sie, die Angst zu verscheuchen, aber vergeblich. Dabei kannte sie Sönke kaum! In seinen ersten Lebensjahren hatte sie ihn gelegentlich gesehen, hatte gehört, dass er von einer Pflegestelle zur anderen wanderte, dass noch nach Jahren darüber gerätselt wurde, wer seine Mutter sein mochte. Auch dass diese Frau eine Diebin sein musste, war in den Köpfen der Sylter geblieben, die damit Sönkes verzögerte Entwicklung und die Fremdartigkeit erklärten, die sie in seiner dumpfen Naivität zu erkennen glaubten. Aletta hatte nie etwas dazu gesagt, wenn in ihrer Gegenwart von Sönke geredet wurde, aber sie hatte jedes Mal genau zugehört. Sie fühlte sich ihm verbunden, auch heute noch, wenn Sönke selbst auch nichts von diesem Band wusste.

Sie trat aus ihrem Zimmer, mit dem Waschgeschirr in der Hand, um es in der Waschküche auszuleeren. Aber auf dem Treppenabsatz blieb sie stehen. Es war still im Haus, sehr still. Kein Geräusch drang von unten herauf, keine Stimme war zu hören. Zwar kam es häufig vor, dass Hauptmann Hütten und Leutnant Fritz schon vor Tagesanbruch aufbrachen, aber die Ruhe, die nun im Haus stand, war nicht auf das Fehlen von Stimmen zurückzuführen. Aletta vermisste die Geräusche, die aus der Küche drangen, wenn Insa den Tisch abräumte oder das Geschirr spülte. Selbst wenn sie im Küchengarten arbeitete, war die Stille im Haus eine andere. Dann gab es dieses Knistern nicht, das sanfte Scharren, das kaum vernehmbar war, aber so nah, dass das Stöhnen des Windes und das Schreien der Möwen es nicht übertönen konnten. Nicht Stille war es, sondern eine Lautlosigkeit, die aus dem Anhalten des Atems entsteht.

Aletta schüttelte die Angst ab, die ihr aus ihrer Kindheit bekannt war, die Angst, allein zu sein. Doch auf der Treppe blieb sie noch einmal stehen und lauschte. Da war es wieder, dieses Schaben, die Bewegung der Luft, die aus einem Flüstern entstanden sein konnte. Sie machte kehrt, ging zu Insas Zimmertür und klopfte leise. »Insa? Bist du da drin?«

Insa hielt sich in ihrem Zimmer nur während der Nacht auf, tagsüber betrat sie es lediglich, wenn sie sich umziehen wollte. Aletta klopfte noch einmal, dann öffnete sie die Tür und sah ins Zimmer. Es war leer, das Bett säuberlich gemacht, das Fenster zum Lüften geöffnet. Nun stieg sie entschlossen die Treppe hinab, leerte ihr Waschgeschirr aus und stellte es in den Küchengarten, um es später gründlich zu reinigen. Von Insa war nichts zu sehen. Vielleicht war sie damit beschäftigt, in den Gästezimmern die Betten frisch zu beziehen?

Sie hatte gerade ihr Teewasser aufgesetzt, als sie Insas Schritte auf der Treppe hörte. Erstaunt sah sie sich um und wartete auf das Erscheinen ihrer Schwester. Aus den Gästezimmern hätte sie durch die Verbindungstür im Flur kommen müssen.

Insa wirkte gehetzt, als sie die Küche betrat. »Du bist schon auf? Sonst kommst du immer erst später herunter.«

»Sonst ermahnst du mich immer, früher aufzustehen«, gab Aletta zurück. »Heute ist es mir gelungen.«

Insa war weniger erfreut, als Aletta erhofft hatte. Es schien sie nicht einmal zu interessieren. Sie ging zum Küchenschrank, öffnete eine Schublade, suchte darin herum, verwünschte leise ihr schlechtes Gedächtnis, weswegen sie ständig suchen müsse, verriet aber nicht, was ihr fehlte.

»Wo warst du?«, fragte Aletta, obwohl sie wusste, dass solche Fragen gefährlich waren, weil Insa Vertraulichkeiten vermied und sehr ungehalten werden konnte, wenn sie glaubte, dass sie das Opfer von Neugier werden sollte.

Aber Insa antwortete ohne Missbilligung: »In meinem Zimmer. Hast du mich gesucht?«

Sie wartete Alettas Antwort nicht ab, und diese war froh, keine geben zu müssen. Unter leisen Verwünschungen verließ Insa die Küche wieder, und diesmal hörte Aletta das Öffnen und Schließen der Verbindungstür, die in den Trakt mit den Gästezimmern führte.

Wieder hatte Insa sie belogen. Warum? Sie musste in der ersten Etage gewesen sein, sonst hätte sie nicht die Treppe benutzt. In ihrem eigenen Zimmer war sie nicht gewesen, blieb nur die winzige Kammer, die früher Alettas Schlafzimmer gewesen war, oder … der Speicher. War Insa aufgefallen, dass ihre Schwester sich gelegentlich hinaufgeschlichen hatte? Wenn ja, dann wusste sie, was Aletta dort suchte. Und wenn sie verhindern wollte, dass das Geheimnis ihrer Mutter ans Licht kam, hatte sie womöglich auf Alettas Spuren weitergesucht und nun vernichtet, was ihr kompromittierend erschien. Aletta spürte, wie sich erneut die Übelkeit in ihr drehte und wand. Insa hatte bestritten, dass es ein Geheimnis gab, aber wenn Alettas Vermutung richtig war, kannte sie das Geheimnis und hatte ein eigenes Interesse daran, dass es nicht ans Licht kam. Was konnte das sein? Und wie konnte Aletta verhindern, dass Insa die Spuren zerstörte, von denen sie erst einige gefunden hatte? Sie musste sich unbedingt bei nächster Gelegenheit erneut auf den Speicher schleichen, um weiterzusuchen. Notfalls musste sie es nachts versuchen, wenn Insa schlief. Allerdings hatte der Vater ihr oft eingeschärft, niemals auf dem Speicher eine Kerze anzuzünden. Sie konnte umfallen, etwas in Brand setzen, und im Nu würde der ganze Dachstuhl in Flammen aufgehen. Die Angst, die ihr als Kind eingeflößt worden war, hielt noch an. Nein, sie würde eine andere Gelegenheit nutzen, um weiterzusuchen. Sie musste herausfinden, wer ihr Vater war. Wenn es der alte Martensen war … warum wollte Insa nicht, dass sie das Rätsel nach so vielen Jahren löste?

Sie wurde aus ihren Gedanken gerissen, als es an der Haustür klopfte. Der Postbote stand davor und hielt ihr einen Brief hin. »Aus Wien!«

Aletta warf einen Blick auf den Absender und bedankte sich

erleichtert. Endlich Post von Ludwigs Schwester! Vielleicht hatte sie Nachricht von Ludwig und wusste, wie es ihm ging!

Sie speiste den Postboten mit einem kurzen Gruß ab und lief in die Küche. Mit fliegenden Fingern holte sie ein Messer hervor und schlitzte den Briefumschlag auf. Sie wollte sich auf einen Stuhl sinken lassen, um in Ruhe zu lesen, doch schon die Anrede und der erste Satz, den Ludwigs Schwester formuliert hatte, erzeugten einen Schwindel in ihr, dem eine schreckliche Machtlosigkeit folgte. Vornübergebeugt blieb sie stehen, griff sich erst an den Kopf, dann an den Leib, starrte die Zeilen an, ließ sie vor den Augen verschwimmen und wusste doch, was dort stand. Eine Welle des Schmerzes fegte über sie hinweg, die Schwäche, die sie erzeugte, war so gewaltig, dass sie zu Boden sank, den Brief noch in den Fingern. Erst als sie hörte, dass jemand die Küche betrat, begann sie zu schreien. Und sie schrie und schrie und schrie …

»Ganz ruhig, mein Kind! Ganz ruhig! Ja, weine nur, es tut gut zu weinen. Ach, mein armes Kind …«

Jemand wiegte sie, hielt sie im Arm, tröstete sie mit einem warmen, weichen Körper, mit starken Armen und diesen heilsamen Worten.

»Ganz ruhig, mein Kind! Alles wird wieder gut.«

Wer hielt sie? Wer tröstete sie auf so wunderbare Weise? Sie schlug die Augen auf und sah in Insas Gesicht. Ihre Schwester war es, die sie im Arm hielt, die immer wieder die Lippen auf ihr Haar drückte, die sich sanft vor und zurück bewegte. Es war das erste Mal, dass sie Insa so nah war, dass sie ihren Atem riechen und die Haut an ihrem Hals schmecken konnte.

»Ich habe nach Pfarrer Frerich schicken lassen. Er wird gleich da sein.«

»Warum?«

Prompt rückte Insa von ihr ab und sah sie misstrauisch an. »Du warst ohnmächtig. Hast du den Brief vergessen?«

Der Brief! O Gott, der Brief! Aletta rang nach Atem, öffnete den Mund, als wollte sie wieder schreien, aber Insa kam ihr zuvor: »Pscht! Du musst jetzt stark sein.«

Sie schob Aletta von sich weg und half ihr beim Aufstehen. Als sie voreinanderstanden, hätte Aletta sich am liebsten vornüber an Inas Brust fallen lassen, doch ihre Schwester schien die Absicht zu spüren und trat einen Schritt zurück. Die Distanz war wieder da. Aber Aletta würde nie vergessen, wie es war, von Insa im Arm gehalten zu werden, nachdem sie den Brief gelesen hatte …

Meine arme Aletta! Es ist entsetzlich, dass ich Dir diese traurige Mitteilung machen muss. Ich weiß ja, dass sie für Dich noch um ein Vielfaches trauriger ist als für mich. Und ich bin sehr, sehr traurig. Unser geliebter Ludwig ist tot. Nicht auf dem Feld der Ehre gefallen, er ist so gestorben, wie er gelebt hat: als Gentleman. Er hat die Übergriffe der Soldaten der k. u. k. Armee auf die Zivilbevölkerung nicht zulassen wollen und hat sich vor unschuldige Menschen gestellt, um ihr Leben zu schützen. In Serbien wird anscheinend ein regelrechter Krieg gegen die Zivilbevölkerung geführt. Stell Dir vor, gegen die eigene Bevölkerung! Entweder werden ihnen russophile Neigungen unterstellt oder Spionage und Kollaboration mit dem Feind. In dem serbischen Städtchen Šabac ist es anscheinend zu einem Massaker an den Bewohnern gekommen. Massenhinrichtungen soll es gegeben haben, nicht Übergriffe, die im Getümmel des Gefechts geschahen, sondern planmäßig und auf höheren Befehl erfolgtes Töten von vermutlich unschuldigen Menschen. Bei diesem entsetzlichen Treiben wollte unser geliebter Ludwig nicht mitmachen. Er wehrte sich dagegen, weigerte sich, an Erschießungen teilzunehmen, und wurde so ein Opfer seiner Menschenliebe, seines Gerechtigkeitssinnes und seines Mutes. Er wurde wegen Befehlsverweigerung erschossen. Die Trauer um meinen geliebten Bruder ist unendlich. Ich hoffe, dass dieser unsägliche Krieg bald ein Ende findet, dass wir uns in Wien wiedersehen und gemeinsam um Ludwig weinen können. Für immer – Gertraude Burger.

Die Tage danach verbrachte Aletta bei Ludwig. Sie schloss sich in ihrem Zimmer ein, kam nur gelegentlich in die Küche, um sich etwas zu essen oder zu trinken zu holen, ging dann wieder hinauf, auch wenn Insa sie anflehte, in ihrer Nähe zu bleiben. Pfarrer Frerich klopfte an ihre Tür und bot seelischen Beistand und gemeinsame Gebete an. Jorit, der von Insa alarmiert worden war, rief ihren Namen, und schließlich erschien sogar Reik Martensen vor ihrer Tür und fragte, ob er ihr helfen dürfe. Keinen Einzigen ließ sie herein. Auf alle Fragen rief sie nur eine Antwort durch die geschlossene Tür zurück, damit sie nicht glaubten, sie habe sich etwas angetan, und am Ende noch gewaltsam in ihr Zimmer eindrangen.

»Lasst mich in Ruhe!«

Mehr bekam Insa nicht zu hören, wenn sie nach Aletta rief, und mehr ernteten auch Frerich, Jorit und Reik nicht. Aletta wusch und kämmte sich nicht, sie lag in ihren Kleidern auf dem Bett, zog sich nicht aus, wenn es Nacht wurde, kleidete sich nicht um, wenn der nächste Tag anbrach. Nur den fliederfarbenen Seidenschal wusch sie jeden Abend, hängte ihn des Nachts über eine Stuhllehne zum Trocknen und legte ihn sich morgens wieder um.

Manchmal stand sie auf, ging zum Spiegel und starrte ihr bleiches Gesicht an, gelegentlich kramte sie die Aufzeichnungen ihrer Mutter hervor, um sie Ludwig vorzulesen, dann warf sie sich wieder aufs Bett und starrte zur Decke, wo ihr sein Bild erschien.

Sie lernte ihn noch einmal kennen, sah ihn zum ersten Mal in einer Schar von Verehrern, aus denen er herausragte, obwohl er nicht größer war als die anderen, war noch einmal hingerissen von seinem Charme, seiner Höflichkeit, seiner Bildung, seinem Wissen, das alle anderen in den Schatten stellte, staunte noch einmal über die Tiefe ihrer Gefühle für ihn, genoss seine Liebe, die so stark und unverbrüchlich war, dass nichts ihr etwas anhaben konnte, kein Krieg, keine Befehlsverweigerung. Sie wärmte sich wieder und wieder in seinem Schutz und seiner Fürsorge und versuchte zu singen, weil sie ihm so nahe war. Doch nicht einmal eine Tonleiter brachte sie heraus. Verzweifelt stand sie vor dem Spiegel und versuchte es immer und immer wieder. Aber sogar die Atemübungen gelangen ihr nicht. Sie hörte Ludwigs Stimme, die sie bat zu singen, wenn sie an ihn dachte, zu singen, wenn sie ihm nah sein wollte, aber … sie konnte nicht singen. Und gerade als sie resignieren wollte, hörte sie seine Stimme erneut, ernster, nachdrücklicher, sogar ein wenig abweisend.

»Ich will keine Kinder, Aletta. Ich tue alles für dich, aber zwinge mich nicht, Vater zu werden.«

Es war ein Sonntag, an dem sie ein letztes Mal von den Wänden widerhallte, danach gab es Ludwigs Stimme nur noch in ihrem Kopf. Aletta merkte, dass sie ihrer Genesung näherkam. Ludwig war nun in ihr. Wo er beerdigt worden war, spielte keine Rolle, er hatte sich in ihr verewigt. Sie würde ihn nie wieder verlieren, er würde immer bei ihr bleiben. Dort, wo es ein weiteres Leben gab, das er nicht wollte, das ihn vielleicht sogar von ihr entfremdet hätte, wenn er zurückgekehrt wäre. Dort, wo er sich ihre Liebe teilen musste, wo sie ihm nie ganz allein gehören würde, dort, wo es jemanden gab, der ebenfalls zu ihm gehörte, den er aber vielleicht niemals hätte lieben können …

Fünf Tage waren inzwischen vergangen. Als Insa an diesem Morgen wieder bei ihr anklopfte, öffnete Aletta ihr und bat um frisches Wasser, damit sie sich waschen konnte. Bevor Insa mit einer großen Kanne bei ihr erschien, hatte sie ihre seidene Unterwäsche aus dem Schrank geholt, ihre Haare geöffnet und angefangen, sie zu bürsten. Es war derart mühselig, dass Insa anbot, ihr die Haare zu entwirren. »Komm mit in die Küche! Dort wird es gehen. Ich koche dir einen Tee. Und ich habe frisches Brot gebacken. Es ist noch warm. Das wird dir guttun.«

Alettas Dankbarkeit sorgte für den letzten Schritt, den sie über die Schwelle ihrer Trauer setzte, zurück ins Leben. Die Tür würde nie hinter ihr zufallen, die Trauer ihr immer folgen, aber

Aletta war nun sicher, dass sie in ihrem Leben einen Platz einnehmen würde, der wie für Ludwig der richtige war: immer in ihrer Nähe, aber nie besitzergreifend. Nun erfasste sie endlich, warum Ludwig kein Kind von ihr wollte. Ein Kind hätte ihr wichtiger sein können als ihr Gesang. Ludwig hatte sie besser gekannt als sie sich selbst. Er hatte vorausgesehen, dass das Glück, das ihr die Kunst schenkte, vom Glück der Mutterschaft absorbiert worden wäre und sie am Ende weder das eine noch das andere hätte glücklich machen können.

Als sie die Küche betrat, von der Wärme umschlungen wurde, den Duft des Brotes in sich aufnahm und Insas Erleichterung spürte, war es so, als hätte sie Ludwig nun zu Grabe getragen und die schönste Blume der Insel auf seinen Sarg geworfen. Das Schlimmste war überstanden, es gab keine offenen Fragen mehr, mit den Antworten musste sie nun leben! Das würde sie lernen müssen, aber seit sie erkannt hatte, worauf es Ludwig angekommen war, glaubte sie, dass sie es schaffen würde.

Sie setzte sich an den Tisch und ließ sich von Insa Tee und Brot vorsetzen. »Insa … kannst du mich zu Frauke Lützen begleiten?«

Insa erstarrte mitten in der Bewegung. Dann sah sie Aletta an, als wüsste sie, was sie mit dieser Frage bezweckte. »Was willst du dort? Ihr die Kleider zum Weitermachen bringen?«, fragte sie dennoch.

Aletta senkte den Kopf und nahm das Schweigen auf ihre Schultern. Insa stellte einen Krug mit Butter und das Käsebrett neben ihren Teller. Sie setzte sich, ohne das Schweigen zu brechen.

Schließlich sagte Aletta: »Ich kann das Kind nicht bekommen. Es würde mir Ludwig nehmen.«

Sie hatte mit Gegenwehr gerechnet, mit Vorwürfen, moralischen Bedenken, mit Entrüstung und dem Hinweis auf den Herrn, dem es allein oblag, Leben zu geben und zu nehmen. Aber Insa sagte nur: »Kinder, die niemand haben will, sollten auch nicht zur Welt kommen.«

»Du hilfst mir?«

Aber die Zeit, in der Insa sie im Arm gehalten hatte, war vorbei. »Ich kann dir sagen, wo Frauke wohnt. Alles andere ist deine Sache.«

»Du bist einverstanden mit meiner Entscheidung?«

»Ich habe dir doch gesagt, was ich davon halte, ein Kind zu bekommen, das niemand will.«

»Ich muss singen. Für Ludwig! Wenn der Krieg vorbei ist, muss ich in mein altes Leben zurück. Ich habe es ihm versprochen. Ludwig wollte kein Kind. Die Erinnerung an ihn hätte keinen Platz neben einem Kind.«

»Und wenn er überlebt hätte?«

»Mir ist klar geworden, dass eine Schwangerschaft unsere Liebe zerstört hätte.«

»Aber er ist tot.«

»Ich will es so machen, wie er es gewollt hätte, wenn er noch lebte.«

»Und das hätte er gewollt?«

»Ich weiß es erst seit ein paar Stunden. Aber ich bin ganz sicher.«

Insa zuckte die Schultern. »Ich halte dich nicht zurück.«

Insa tat nichts, um ihren Ärger zu verbergen, obwohl Hauptmann Hütten immer wieder versicherte: »Wir werden Ihnen keine Arbeit machen und auch keine Kosten verursachen. Für Bier und Schnaps sorgen wir selber, nur Gläser brauchen wir.«

Insa machte einen letzten Versuch. »Meiner Schwester geht es nicht gut. Sie hat die Nachricht erhalten, dass ihr Verlobter nicht zurückkehren wird.«

»Gefallen?«, erkundigte sich Hauptmann Hütten einigermaßen mitfühlend.

Insa nickte der Einfachheit halber, aber Leutnant Fritz fiel ein, dass Alettas Verlobter Österreicher gewesen war, woraufhin Hütten keine Veranlassung sah, auf die Schwester seiner Wirtin

Rücksicht zu nehmen. »Wir haben Alkohol! Und der muss vernichtet werden, bevor man ihn uns verbietet.«

Leutnant Fritz, dem die Höflichkeit im Krieg nicht abhandengekommen war, ergänzte: »Die Männer der Inselwache leiden unter ihrem eintönigen Wachdienst. Leider hat sich mancher zum Alkohol verführen lassen und mit Einheimischen gezecht, statt die Insel zu beschützen. Es heißt sogar, einige von ihnen wären gezielt ausgesucht und betrunken gemacht worden, um ihnen dienstliche Geheimnisse zu entlocken.«

»Zu welchem Zweck?«, fragte Aletta, die unbemerkt hinzugetreten war.

Leutnant Fritz wurde unsicher. »Man weiß nie …«

Aletta fiel die Bekanntmachung ein, die sie am Vormittag gelesen hatte. Nachdem sie ihren Entschluss gefasst hatte, Ludwigs Vermächtnis zu erfüllen, das er ihr in den vergangenen fünf Tagen übermittelt hatte, war sie ruhig geworden, ganz ruhig. Es kam ihr nun auch nicht darauf an, den Entschluss, den sie gefasst hatte, unverzüglich in die Tat umzusetzen. Nein, sie wollte mit sich selbst vollkommen im Frieden sein, wenn sie zu Frauke Lützen ging. Sie wusste genau, was Ludwig ihr wünschte, und hatte keinen Zweifel an dem, was er sich selbst gewünscht hätte. Sie brauchte ein paar Tage des Vergessens, eine Zeit der Rückkehr in den Kriegsalltag, einen Besuch in dem Alltag, den sie verlassen hatte, und eine Zeit, in der sich der eine Alltag mit dem anderen verbinden ließ, ein Rückblick ohne Bitterkeit, eine Annahme der derzeitigen Verhältnisse, aber ein Optimismus, der sich unmissverständlich rückwärtswandte. Das alles musste sie erreichen, dann würde sie so weit sein.

Sie war wieder zum Rathaus gegangen, hatte sich gezwungen, die Nähe des »Miramar« auszuhalten, und war stolz gewesen, auf die Zeit dort wie auf eine schöne Erinnerung zu blicken. Und sie hatte erkannt, dass es womöglich leichter war, eine Erinnerung auszuhalten, für die es keine Wiederkehr gab, als eine, die mit einer Sehnsucht verbunden war, die sich irgendwann als unerfüllbar erwies. Dann, wenn sie kein Schmerz mehr war, sondern nur noch ein laues Unwohlsein.

Die neueste Bekanntmachung hatte sie sorgfältig gelesen, um nicht zum »Miramar« hinüberblicken zu müssen und sich nicht trösten lassen zu wollen von der menschenleeren Terrasse und dem verödeten Eingang.

Für die Insel Sylt verbiete ich auf das strengste, dass in den Gast- und Schankwirtschaften, Cafés und Konditoreien von den Inhabern, Pächtern und deren Angestellten alkoholhaltige Getränke in solchem Maße an Personen des Soldatenstandes verabfolgt werden, dass deren dienstliche Leistungsfähigkeit dadurch irgendwie beeinträchtigt werden könnte. Zuwiderhandlungen werden nach § 9 des Gesetzes über den Belagerungszustand mit Gefängnis bis zu einem Jahr bestraft. Die Konzessions-Inhaber sind persönlich für die Befolgung dieses Verbots haftbar. Der Kommandant der Insel Sylt.

»Es ist also wichtig, die alkoholhaltigen Getränke in privater Atmosphäre zu sich zu nehmen?«, fragte Aletta und merkte, dass sie den Nagel auf den Kopf getroffen hatte. Hauptmann Hütten und Leutnant Fritz mussten zugeben, dass sie sich auf diese Weise über die Anordnung hinwegzusetzen gedachten. Wer sich unbekümmert betrinken wollte, musste dafür sorgen, dass er nicht beobachtet wurde.

»Aber Sie brauchen sich keine Sorgen zu machen«, erklärte der Leutnant hastig. »Wir beschaffen uns die Getränke selber und zwingen Sie nicht, uns beim Trinken zuzusehen. Die Gläser holen wir uns aus der Küche, wenn Sie gerade in einem anderen Raum des Hauses sind. Notfalls können Sie später behaupten, von nichts etwas gewusst zu haben.«

Dass auch Jorit Lauritzen und Reik Martensen zu den Gästen gehören würden, die von Hauptmann Hütten zum Umtrunk geladen worden waren, damit hatte Aletta nicht gerechnet. Dass

Eberhard Kalkhoff, der bei den Nachbarn einquartiert worden war, vor der Tür erschien, wunderte sie allerdings nicht. Sie warf Insa einen Blick zu, die dem Hauptmann, der sie zu kennen vorgab, jedoch den Rücken zukehrte und in der Küche verschwand. Aletta folgte ihr, denn so war es abgemacht. Sie wollten nichts wissen, nichts sehen oder hören von dem Gelage der Soldaten.

»Dass man sich so etwas bieten lassen muss«, brummte Insa, als Aletta sich zu ihr setzte. »Es ist mein Haus, und ich darf niemandem die Tür weisen, der mir nicht passt?«

»Es ist unser Haus«, korrigierte Aletta.

Insa sah erschrocken auf, und Aletta legte beruhigend eine Hand auf ihre, als sie sah, wie verlegen ihre Schwester wurde. Aber die Hand wurde ihr prompt entzogen. Nach der wundervollen Einigkeit, die Ludwigs Tod für kurze Zeit erzeugt hatte, war Insa erneut von ihr abgerückt. Nicht einmal die Frage, ob es richtig war, auf Ludwigs Kind zu verzichten, hatte wieder für Annäherung gesorgt. Insa bot kein Gespräch und keine Hilfe an. Aber sie war bereit, Alettas Entscheidung zu akzeptieren und ihr sogar beizupflichten. Mehr nicht! Musste das nicht genügen? Insa wusste genauso gut wie Aletta, dass der Abbruch einer Schwangerschaft ein Vergehen war, das unter Strafe stand. Um mehr als ihr Schweigen konnte Aletta nicht bitten.

Als es leise an der Tür klopfte, runzelten beide unwillig die Stirn. Aber als Jorit den Kopf in die Küche steckte, entspannte sich Insas Miene, und Aletta lächelte.

»Geht's dir besser?«, fragte Jorit leise und sah Aletta so ängstlich an, dass sich ihr Lächeln vertiefte.

Sie nickte ihm beruhigend zu. »Wie lange hast du gebraucht, um dich mit Tommas Zustand und dem Verlust eures Kindes abzufinden? So lange werde ich auch brauchen.«

Lange dauerte es nicht, bis das nächste Klopfen die Schwestern aufschreckte. Wieder stand die bange Frage in ihren Gesichtern, ob jemand hereinkommen würde, den sie nicht sehen wollten, der etwas sagen und tun würde, was später die Behauptung unmöglich machte, von dem Alkoholkonsum in ihrem Hause nichts gewusst zu haben.

Diesmal war es Reik. Er war mutiger als Jorit, begnügte sich nicht mit einem Blick durch den Türspalt, sondern kam herein und ließ sich ohne Aufforderung neben ihnen nieder. »Schön, dass es Ihnen besser geht«, sagte er zu Aletta. »Jetzt muss nur noch die Zeit ihre Arbeit erledigen.«

»Alle Wunden heilen?«, fragte Aletta. Sie versuchte ein Lächeln, brachte es jedoch nicht fertig.

Auch Reik blieb ernst. »Ich habe mir etwas überlegt ... Was halten Sie davon, wenn ich dem Inselkommandanten vorschlage, den Wachsoldaten ein Konzert zu geben? Die Männer brauchen Abwechslung, er wird ein solches Angebot gern annehmen. Und Ihnen würde es sicherlich guttun.«

Aletta sah ihn ungläubig an. »Ich soll vor den Soldaten der Inselwache singen? Nein, das kann ich nicht.«

»Warum nicht?«

»Ich? Allein? Vor so vielen Männern?«

Nun lächelte Reik. »Wenn Sie wollen, stelle ich mich für das eine oder andere Duett zur Verfügung.«

Aletta fiel ein, was sie gedacht hatte, als sie Reiks Stimme zum ersten Mal hörte. »Bariton?«, fragte sie.

Er nickte. »Wir müssten allerdings gründlich proben. Ich bin aus der Übung.«

»Ich auch«, gab Aletta zurück und spürte eine Leichtigkeit in sich aufsteigen, die sie mehr tröstete als jedes noch so gut gemeinte Wort, das sie nach Ludwigs Tod gehört hatte.

»Sing, wenn du an mich denkst! Sing, wenn du mir nah bist!«

Sie würde proben, ihr Repertoire auffrischen, ihre Stimmübungen mit einem konkreten Ziel absolvieren! Sie spürte, dass die lähmende Traurigkeit ein Stück weit von ihr abfiel. Singen! Damit konnte sie den Krieg hinter sich lassen, vielleicht sogar für kurze Zeit Ludwigs Tod vergessen und ihm, dem lebenden Ludwig, so nah sein, als könnte sie ihn bald zurückerwarten.

»Was für eine dumme Idee!«, fuhr Insa nun Reik an. »Aletta und du? Ein Freizeitsänger und eine Operndiva? Du traust dich was!«

Reik blieb ganz ruhig. »Ich kann mich erinnern, dass du meine Stimme mal sehr gerngehabt hast. Am Strand musste ich dir vorsingen, und du …«

»Damals war ich fünfzehn«, unterbrach Insa ihn.

»Ich weiß«, erwiderte Reik, immer noch scheinbar unberührt von ihrem Spott. »Zu jung für die Liebe! Aber vielleicht auch zu jung, um meine Stimme zu beurteilen?«

»Warst du damals überhaupt schon im Stimmbruch?«, höhnte Insa.

»Nicht einmal daran kannst du dich erinnern?« Nun ließ Reik die Maske fallen und zeigte, wie sehr ihn Insas Anzüglichkeiten verletzte.

Aletta war froh, dass ihr endlich ein Einwand gelang. »Warum sollen wir es nicht probieren? Wenn es nicht klappt, lassen wir es eben bleiben.«

Reik lächelte sie dankbar an. »Ich schreibe auf, welche Stücke ich leidlich beherrsche. Dann können wir uns ein Repertoire überlegen.«

Er verließ die Küche mit einem warmen Lächeln für Aletta und ohne einen Blick für Insa.

Aletta wartete, bis seine Schritte verklungen waren, dann fragte sie: »Warum gehst du so mit ihm um? Er hat dich mal geliebt. Und du warst doch auch mal verliebt in ihn!«

»Das gibt ihm nicht das Recht, sich in mein Leben einzumischen.« Und heftig, so heftig, dass Aletta zusammenzuckte, ergänzte sie: »Ich wollte, er wäre nie wieder nach Sylt gekommen!«

Aletta war mehrmals in der Nacht geweckt worden. Vom Gelächter der Soldaten, von einer schlagenden Tür und von lauten Gesprächen unter ihrem Fenster, wenn sich zwei oder drei gemeinsam auf den Weg zu dem Holzhäuschen mit dem Herz in der Tür machten. Sie hatte dann jedes Mal gehofft, dass sie wirklich so weit kamen und es nicht so machten wie Hauptmann Kalkhoff und die anderen Soldaten im Nachbarhaus, die sich einfach an den Zaun stellten.

Als sie diesmal erwachte, war jedoch etwas anders. Die Geräusche, die sie geweckt hatten, waren näher gekommen, Stimmen, Geflüster, ein Zischen, voller Zorn, aber dennoch kaum hörbar, ein leises Lachen, dann abfälliges Gemurmel. Und schließlich eine heftige Abwehr, begleitet von einem Stöhnen, ein unbedachtes Geräusch, das im Eifer des Gefechts entstanden war, ein schweres Ächzen, ein gequältes Seufzen. Aletta fuhr in die Höhe. Da war jemand in Not! Jemand, der angegriffen wurde und sich zu verteidigen suchte. Sie sprang aus dem Bett und schlich zur Tür. Jemand, der darauf verzichtete, laut um Hilfe zu rufen?

Sie legte ein Ohr ans Türblatt, aber nun war alles ruhig. Dann hörte sie ein Wispern und eine Männerstimme, die leise, aber deutlich sagte: »Überleg dir, was du tust. Wenn du nicht willst, dass es herauskommt, solltest du ein wenig entgegenkommender sein.«

Nun glaubte Aletta genug gehört zu haben. Entschlossen riss sie die Tür auf. Vor ihr stand Hauptmann Kalkhoff aus Buxtehude, der ihr den Rücken zuwandte und mit seinem Körper ihre Schwester verdeckte, die er an die geschlossene Tür ihres Zimmers gedrängt hatte.

»Was machen Sie da?«

Hauptmann Kalkhoff fuhr herum und starrte sie aus glasigen Augen an. Er schwankte leicht, als er sich von Insa löste. Dass ihre Schwester sich wie ein verängstigtes Kind zwei, drei Schritte zur Seite rettete, konnte Aletta nicht verstehen. Warum nutzte Insa ihr Erscheinen nicht, um auf den Kerl loszugehen? Sie konnte sich ihres Beistandes sicher sein. Sie musste sich nicht darum kümmern, welchen Rang Kalkhoff hatte, wenn der meinte, mit seiner Befehlsgewalt auch über Frauen herrschen zu können.

Aletta machte einen Schritt aus ihrem Zimmer heraus. »Was ist hier los?«

»Das geht Sie gar nichts an«, erwiderte Kalkhoff.

Aletta sah Insa an. »Was will er von dir?«

»Er ist betrunken«, antwortete Insa, und es hörte sich so an, als wolle sie damit Hauptmann Kalkhoffs Benehmen entschuldigen.

Aletta war fassungslos. »In diesem Teil des Hauses haben Sie nichts zu suchen«, fuhr sie Kalkhoff an. »Wenn Sie noch einmal versuchen, meine Schwester zu belästigen, melde ich Sie dem Inselkommandanten.«

Kalkhoff lachte. »Ach, wirklich? Das würde mich aber wundern.« Wieder lachte er, diesmal so heftig, dass er sich am Treppengeländer festhalten musste, weil ihn das Lachen schüttelte und ihn beinahe von den Beinen riss. »Aber es ist wohl besser, wenn die Damen das unter sich ausmachen.« Er wandte sich Insa zu, die gerade versuchte, in Alettas Nähe zu gelangen, ohne den größtmöglichen Abstand zu ihm aufzugeben. »Wir sprechen uns noch. Und vergiss nicht, was ich dir gesagt habe.«

Er machte einen Schritt auf Insa zu, die erschrocken zurückwich, dann schien er dieses Ziel nicht mehr für lohnend zu halten und wandte sich Aletta zu, die sich redlich bemühte, den ganzen Türrahmen auszufüllen. »Die arrogante Miene können Sie sich sparen, Gnädigste.« Er beugte sich vor, als wolle er Aletta etwas Vertrauliches zuflüstern, verlor dabei aber das Gleichgewicht und stürzte ihr mit einem Mal entgegen. Zwar versuchte er erschrocken, irgendwo Halt zu finden, aber da er den Türrahmen verfehlte, sah es so aus, als wolle er Aletta in die Arme fallen.

»Trottel!« Entsetzt wehrte sie ihn mit beiden Händen ab und stieß ihn zurück, so dass er mehrere Schritte rückwärtstaumelte, auf die Treppe zu, und drauf und dran war, ausgerechnet vor der oberen Stufe das Gleichgewicht zu verlieren. Doch er hatte Glück und konnte sich im letzten Augenblick am Pfosten des Geländers festhalten.

Mühsam richtete er sich auf. Als er nun das Geländer losließ, war deutlich, dass sein Zorn mehr Macht über seinen Körper hatte als der Alkoholeinfluss. Er schwankte nicht mehr. Fest stand er auf beiden Beinen, und als er den ersten Schritt auf Aletta zu machte, sah sie die Gefahr, die von ihm ausging, in seinen Augen. Wenn gekränkte Eitelkeit und Trunkenheit sich aneinander rieben, entstand oftmals eine Kraft, die nur auf diesem Punkt, genau zwischen dem Vollbesitz der geistigen und körperlichen Kräfte und dem Vollrausch, zustande kam. Wäre Hauptmann Kalkhoff nüchtern gewesen, hätte er auf die Kränkung durch eine Frau mit Arroganz und einer leeren Drohung geantwortet, im Zustand der Volltrunkenheit hätte er sich mit ein paar Beleidigungen begnügt und sich am nächsten Morgen an nichts erinnern wollen. In diesem Zustand jedoch war er zu keinem rhetorischen Gefecht fähig und für eine Niederlage nicht betrunken genug. Hinter dem Schleier, den er vor seine Augen gezogen hatte, gab es nur eines: Vergeltung. »Nicht von einer Frau! Erst recht nicht von dieser … dieser …«

Aletta hätte am liebsten ihre Tür zugeworfen, sie schleunigst verriegelt und sich damit in Sicherheit gebracht. Aber damit hätte sie ihre Schwester ebenfalls ausgesperrt. Sie musste sich zwingen, genau das Gegenteil zu tun, und trat dem Hauptmann entgegen, obwohl ihre Unterlegenheit doppelt wog. Sie bestand nicht nur aus ihren schwächeren Kräften, sondern auch – sogar vor allem – in der Tatsache, dass sie nichts als ein Nachthemd ihrer Mutter trug und auf bloßen Füßen stand. Doch auch ihre Verzweiflung verdoppelte sich in diesem Augenblick und damit ebenso ihr fester Vorsatz und ihr Wille.

Als Kalkhoff nach ihrem Arm greifen wollte, schüttelte sie ihn entschlossen ab und stieß ihn mit einer Kraft zurück, die er ihr anscheinend nicht zugetraut hatte.

Insa schrie auf und flehte ihre Schwester an, sich nicht auf den Hauptmann einzulassen. Doch Aletta rief ihr nur zu, kurz bevor sie von Kalkhoff gepackt wurde: »Hol Hilfe! Schnell!«

Dann schrie sie auf, als die schweren Soldatenstiefel nach ihren nackten Füßen traten und ihr Hinterkopf an die Wand schlug. Als ihr ein Knie in den Leib gerammt wurde, kippte sie zur Seite, drängte sich an die Wand, blieb zusammengekauert liegen und versuchte, in dieser Haltung Schutz zu finden.

Sie hatte Glück. Hauptmann Kalkhoff war noch nicht derart verroht, dass er auf eine am Boden liegende Frau eintrat.

Aletta hörte seine schweren Schritte auf der Treppe, die Haustür ins Schloss fallen und kurz darauf aufgeregte Stimmen, die sich näherten. In diesem Moment merkte sie, dass sie blutete.

Und im nächsten Augenblick hörte sie Jorits Stimme: »Ich hole einen Arzt!«

X.

Ludwig war ihr nah, ganz nah. Sie hielt die Augen geschlossen, damit sie nicht sehen musste, wer an ihrem Bett saß, und konzentrierte sich weiterhin auf das warme Gefühl in ihrem Innern, das immer weiter heranwuchs, je stärker sie blutete. Sie achtete nicht auf Insas Hände, die sich unter ihr zu schaffen machten und dafür sorgten, dass sie die Matratze nicht durchblutete, und wollte nicht wissen, wem die fremden Stimmen gehörten, die auf einmal auf sie zukamen. Auf die Mutmaßungen, die neben ihr ausgesprochen wurden, hätte sie reagieren können, wollte es aber nicht.

»Das muss der Schreck gewesen sein. In so einem frühen Stadium der Schwangerschaft können schon Kleinigkeiten zum Abort führen.«

Auch zu den Bagatellisierungen ihrer Schwester mochte sie nichts sagen. »Er war betrunken. Wie Männer so sind …«

Sie wollte weiterhin Ludwigs Wärme spüren, seinen Atem auf ihrer Haut, sein Flüstern in ihrem Kopf hören, seine Dankbarkeit für das Opfer fühlen, das sie ihm gebracht hatte. Es durfte nicht geringer werden, nur weil es ihr abgezwungen worden war. Und sie wollte sich die Sünde von ihm abnehmen und sich versichern lassen, dass sie nichts falsch gemacht hatte.

Sie öffnete die Augen erst, als sie immer wieder dazu aufgefordert worden war, und spürte, dass man sich Sorgen um sie machte. Insas Gesicht war das Erste, was sie wahrnahm. Was sie flüsterte, konnte sie nicht verstehen, aber es tat ihr gut. Insas Stimme war weich und tröstend, so wie ihre Arme und ihr Körper gewesen wären, wenn sie sich hätte an sie schmiegen dürfen. Sie streckte die Hand nach ihrem Seidenschal aus, und Insa verstand und legte ihn in ihre Hände, damit sie ihn auf den Hals legen konnte.

Dann erschien ein fremdes Gesicht neben ihr, das sie erst nach einigen Augenblicken erkannte. Dr. Ocke Peters, Jorits Schwiegervater!

Er schien zu ahnen, warum sie ihn anstarrte. »Ich bin Arzt«, erklärte er. »Jorit hat mich geholt.« Er zog ihr fürsorglich die Decke bis zur Brust hoch, dann richtete er sich auf und gab damit den Blick auf Maike Peters frei. »Meine Frau ist meine Assistentin. Deswegen habe ich sie mitgebracht. Tomma ist derweil in Beekes Obhut.«

Aletta wurde klar, dass er ihr diese ausführlichen Erklärungen gab, weil er sie ablenken wollte, weil er sie Schritt für Schritt und nicht jählings zu der Erkenntnis führen wollte, dass sie ihr Kind verloren hatte. Er konnte ja nicht ahnen, dass sie längst wusste, was geschehen war, dass sie sich nicht dagegen wehrte und sich nicht auflehnen würde.

Maike Peters stellte sich an die Seite ihres Mannes und sah auf Aletta herab, die sich erneut unwohl fühlte unter ihrem Blick. »Wie ich höre, ist der Vater Ihres Kindes gefallen?« Es hörte sich so an, als wollte sie anfügen: Dann ist es ja eine glückliche Fügung, dass Sie kein uneheliches Kind aufziehen müssen.

Aber sie schluckte eine Ergänzung hinunter, als ihr Mann sie mit einer kleinen Geste unterbrach. Trotzdem hatte sie es fertiggebracht, Ludwigs Bild zu verjagen und seine Stimme zum Schweigen zu bringen. Und als Jorit schließlich die Erlaubnis erhielt, ins Zimmer zu kommen und an Alettas Bett zu treten, stahl sich gleich wieder das Misstrauen in ihre Augen. Maike Peters wusste nun, dass sie frei war, frei von ihrem Verlobten und frei von einem Kind.

Als Jorit am nächsten Morgen, noch vor Dienstantritt, erneut bei ihr erschien, fragte Aletta: »Weiß deine Schwiegermutter, dass du hier bist?«

Jorit versuchte, die Frage auf die leichte Schulter zu nehmen. »Warum sollte sie? Ich bin ein freier Mann.«

»Ein Ehemann«, hielt Aletta ihm vor.

»Das hat mit uns beiden nichts zu tun«, beharrte Jorit. »Wir sind Freunde. Dass wir uns mal geliebt haben, spielt heute keine Rolle mehr.«

Aletta bestätigte es nachdenklich, dennoch hatte sie Zweifel. »Ob deine Schwiegermutter genauso denkt …?«

Jorit wollte davon nichts hören. »Sag mir lieber, wie es dir geht.«

Aletta zögerte mit einer Antwort. Schließlich fragte sie: »Was ist dieser Hauptmann Kalkhoff für ein Mensch?«

Jorit setzte sich auf ihre Bettkante, obwohl er vorher noch erklärt hatte, dass er nicht viel Zeit habe, weil sein Vorgesetzter es mit dem pünktlichen Dienstbeginn sehr genau nahm. »Er ist bisher nie aufgefallen«, begann er langsam. »Ich hätte ihm nicht zugetraut, dass er eine Frau schlägt.«

Aletta schob sich ein Kissen hinter den Kopf und richtete sich ein wenig auf. Den Schmerz, der durch ihren Unterleib fuhr, ignorierte sie. »Kalkhoff hat versucht, in Insas Zimmer zu kommen. In ihr Bett! Er war drauf und dran, ihr Gewalt anzutun.«

Jorit sah Aletta verblüfft an. »Insa? Deine Schwester ist angelaufen gekommen und hat geschrien, du würdest vergewaltigt.«

»Ich?« In Alettas Kopf drehte sich alles. Sie schüttelte ihn, als könne sie dadurch Ordnung in ihre Gedanken bringen. »Das musst du falsch verstanden haben.«

»Nein!«, beharrte Jorit. »Ich bin ganz sicher.«

Aletta starrte eine Weile an die gegenüberliegende Wand. »Es war genau umgekehrt«, sagte sie dann leise. »Hauptmann Kalkhoff wollte Insa Gewalt antun.«

»Warum wollte sie das nicht eingestehen?«

Wieder überlegte Aletta lange, bis sie antwortete: »Weil Kalkhoff etwas gegen sie in der Hand hat. Sie sagt zwar, er verwechsle sie mit einer anderen Frau, aber nun bin ich sicher, dass sie lügt. Schon wieder.« Sie sah in Jorits verständnisloses Gesicht und wusste, dass er eine Erläuterung brauchte. »Kalkhoff hat behauptet, er kenne Insa von früher. Angeblich aus der Pension seiner Familie in Buxtehude. Aber Insa sagt, sie sei nie in Buxtehude gewesen, schon gar nicht in einer Pension.«

»Dann wird es wohl so sein.«

»In der letzten Nacht hatte ich aber das Gefühl, dass Kalkhoff Insa in der Hand hat, dass sie sich nicht gegen ihn wehren konnte. Er hätte dann etwas verraten, was sie geheim halten will.«

»Was könnte das sein?«, fragte Jorit aufgeregt.

»Er hat gesagt, sie solle sich überlegen, ob sie möchte, dass es herauskommt.«

»Was?«

»Das weiß ich nicht. Aber Insa ist nicht aufrichtig. Sie belügt mich! Nicht zum ersten Mal! Warum gibt sie nicht zu, dass sie sich nachts mit Frauke getroffen hat? Und warum hat sie verhindert, dass Mutter mir ihr Geheimnis anvertraut? Wenn sie weiß, wer mein Vater ist, warum verrät sie es mir nicht? Irgendwas stimmt nicht mit ihr. Wenn ich nur wüsste, was!«

In den nächsten Tagen wurden erneut die Namen einiger Gefallener vor dem Rathaus angeschlagen. Einer hatte sein Leben beim Angriff auf Lüttich gelassen, zwei bei der Verteidigung Mülhausens, und fünf waren in Lothringen gefallen. Auf Sylt dagegen blieb nach wie vor alles ruhig. Dennoch bekam der Krieg durch die Namen der Gefallenen, die immer mehr wurden, auch auf der Insel ein neues Gesicht, eine hässliche Fratze. Die Kontrollgänge und Patrouillen der Soldaten der Inselwache wurden verstärkt, weil niemand daran glauben konnte, dass Sylt verschont bleiben würde. Die Marineflugstation schickte einen Flieger nach dem anderen hoch, weil der Marinekommandant damit rechnete, dass die englische Flotte eine Fernblockade der deutschen Bucht plante. Diese Sorge war nicht neu, deshalb waren schon vor dem Krieg in List und auch in Tondern, auf Norderney, Helgoland und Borkum, in Wilhelmshaven und Tönning Seeflugstationen und -stützpunkte entstanden. Zum Vorkommando der Marineflieger, das direkt nach Ausbruch des Krieges in List eingetroffen war, waren mittlerweile zahlreiche weitere Seeflugzeuge hinzugekommen. List war ein idealer Standort. Die Lage an der deutschen Nordflanke und die natürlichen Voraussetzungen hatten dazu geführt, dass die Marineflugstation nicht in Westerland, wie es zunächst beabsichtigt gewesen war, sondern in List errichtet wurde. Dort war man vor dem offenen Seegang geschützt und unabhängig von den Gezeiten. Da die Vorarbeiten für eine Dammverbindung zwischen Insel und Festland bei Ausbruch des Krieges bereits im Gange waren, hatte man auch an eine gesicherte Versorgung der Garnison geglaubt. Dass der Damm nicht mehr fertig geworden war, konnte zu Problemen führen, wenn der Krieg länger dauern sollte, als man glaubte und hoffte.

Die Soldaten der Inselwache, die unter dem eintönigen Wachdienst litten, schauten oft neidisch zum Himmel, wenn wieder mal ein Wasserflugzeug zu einem Erkundungsflug startete oder von See zurückkehrte. Aletta lauschte auf das Dröhnen der Motoren, während sie im Bett lag, und versuchte, die Stimmen vor dem Haus nicht zur Kenntnis zu nehmen. Hoch über den Wolken! Die Sehnsucht, über den Dingen zu schweben und sich aus der Realität zu entfernen, war während dieser Tage gewaltig.

Dr. Peters erschien noch zweimal an ihrem Bett, jedes Mal hatte er auf die Begleitung seiner Frau verzichtet. Und jedes Mal war er sehr freundlich und hilfsbereit, als wollte er die Anzüglichkeiten seiner Frau ausgleichen.

»Sie sind wieder gesund«, sagte er, als er sich zum letzten Mal verabschiedete. »Jedenfalls körperlich. Nur ein wenig Schonung wäre noch angebracht.« Er sah Aletta forschend an. »Ob Sie seelisch schon wieder genesen sind, kann ich nicht beurteilen.«

Aber Aletta versicherte: »Es ist gut.« Und damit gab Ocke Peters sich zufrieden.

Als sie zum ersten Mal aufstand, um in die Küche hinunterzugehen, glaubte sie sich leichter zu fühlen, so, als hätte sie vorher bereits schwer an ihrem Kind zu tragen gehabt. Gab es ein Bedauern in ihr, eine Traurigkeit um etwas, was nie wiederkehren konnte? Nein, Aletta spürte nichts dergleichen. Der Trauer um Ludwig konnte nichts gleichkommen, nichts konnte sie überragen. Als sie auf die Küchentür zuging, war sie froh, dass Insa schweigen und nicht nach einem göttlichen Sinn fragen würde, wie andere Frauen es gern taten, die sich oft schon von den Fragen begütigen ließen und am Ende die Antworten nicht mehr brauchten, um getröstet zu sein.

Die Leichtigkeit, die Aletta empfand, diese Erlösung, wenn sie auch die Hand nach der Trostlosigkeit ausstreckte, war ihr Beweis genug, dass es richtig gewesen war, sich gegen ein Kind zu entscheiden, das Ludwig nicht hatte haben wollen. Es wäre unrecht gewesen, ihm die Vaterschaft post mortem aufzuzwingen, genauso unrecht wäre es gewesen, ihn nach seiner Rückkehr aus dem Krieg damit zu überfallen. Er hätte sich betrogen gefühlt, hätte dem Frieden nicht trauen können, wenn er, statt heimzukehren, in einen neuen Konflikt gekommen wäre. Sie wusste, dass es unzählige Argumente gab, die genau das Gegenteil belegten, aber sie ließ sich auf Begriffe wie Vernunft, Moral oder gar Mutterliebe nicht ein. Es mussten auch andere Begriffe gelten, die nicht so wohlklingende Namen hatten. Scharfblick und

Einsicht zum Beispiel. Ludwig hätte die Entscheidung für oder gegen ein Kind mit dem Kopf getroffen, nicht mit dem Herzen. Und so wollte sie es auch tun.

Noch bevor Aletta die Küche betrat, fasste sie den Entschluss, nicht mehr von Ludwig zu reden und auch sein Kind dem Schweigen zu überliefern. Beide trug sie in sich, dort war Ludwigs Platz, und dort wollte sie auch einen Platz für das Ungeborene einrichten, was niemand verstehen würde, der wusste, was sie getan hätte, wenn Hauptmann Kalkhoff nicht Schicksal gespielt hätte. Ihr war, als würde mit jedem, der Ludwigs Namen nannte, etwas von ihm aus ihr herausgesprochen, was ihr danach fehlte. Nun würde es möglich sein, beide in sich zu tragen, jeder ein Opfer und sich deswegen gleich. Ludwig ein Opfer seines Mutes, mit dem er Gräueltaten hatte verhindern wollen, sein Kind ein Opfer ihrer Liebe. Ludwig hatte sein Leben umsonst gegeben, hatte damit kein anderes Leben retten können, sein Kind aber hatte das Leben hingegeben, um ihre Liebe zu retten. Diese Liebe über den Tod hinaus. Diese Liebe, deren Namen nicht mehr genannt werden sollte. Ludwig würde Teil ihrer Gedanken sein, aber nicht ihrer Worte. Auf die Namen von Ausländern wurde in diesen Wochen sowieso nicht freundlich reagiert. Aletta war erleichtert, dass sie einen Weg gefunden hatte, auf dem ihr kein verächtliches Wort begegnen würde.

Insa begriff sofort, worum es ihr ging. Sie erwähnte Ludwig kein einziges Mal und die Fehlgeburt ebenso wenig. Auch als Frauke Lützen ins Haus kam, wurde nicht darüber gesprochen, dass Aletta drauf und dran gewesen war, ihre Hilfe in Anspruch zu nehmen. Frauke kam nun häufiger, und jedes Mal hatte sie eine große Tasche bei sich, die sie neben ihren Küchenstuhl stellte und stets gut verschlossen hielt. Angeblich trug sie die Näharbeiten ihrer Kundschaft aus, und auf die Frage, warum sie alle paar Tage zu Besuch kam, antwortete Insa gereizt: »Muss ich mich dafür rechtfertigen?« Die Abneigung sprühte aus ihren Augen, während sie hervorstieß: »Du bist auf Sylt nur zu Gast, vergiss das nicht! Dass dir die Hälfte dieses Hauses gehört, ändert nichts daran.«

Es war, als hätte es nie eine tröstende Umarmung gegeben, als hätte Aletta nie Insas weichen Körper und nie ihre Lippen auf ihrem Haar gespürt und als hätte es nie die Nacht gegeben, in der sie ihre Schwester aus den Händen von Hauptmann Kalkhoff befreit hatte. Und dass Insa den Hauptmann beschuldigt hatte, ihrer Schwester Gewalt antun zu wollen, statt von einem Angriff auf sich selbst zu reden, sollte auch vergessen werden. Insa winkte immer wieder ärgerlich ab, wenn Aletta sie darauf ansprach. »Das war ganz intuitiv«, behauptete sie. »Wer hätte schon geglaubt, dass jemand eine Frau in meinem Alter vergewaltigen will? Ich bin über vierzig!«

Jorit und Reik hatten Insa und Aletta angefleht, diesen Vorfall anzuzeigen, aber Insa hatte es strikt abgelehnt, was für Aletta nicht überraschend gekommen war. »Man würde uns sowieso nicht glauben«, behauptete Insa. »Wir können es nicht beweisen.«

Aletta wusste, dass Kalkhoff sich Hauptmann Hütten und Leutnant Fritz gegenüber bereits erfolgreich herausgeredet hatte. Angeblich konnte er sich nicht erinnern, sei nicht mehr Herr seiner Sinne gewesen, habe einfach zu viel Alkohol getrunken. Aber natürlich habe er niemandem Gewalt antun wollen, so etwas komme für ihn nicht in Frage. Und überhaupt hätten die Damen ein bisschen übertrieben. Dass Aletta Lornsen in jener Nacht eine Fehlgeburt erlitten habe, tue ihm zwar leid, aber er habe damit nichts zu tun. Hütten und Fritz hatten ihm geglaubt.

Aletta musste ihrer Schwester recht geben: Sie hatten keine Beweise, es stand Aussage gegen Aussage. Und auf wessen Seite sich der Inselkommandant stellen würde, lag auf der Hand. Schließlich sahen auch Jorit und Reik es ein, und Insa atmete erleichtert auf. Womit der Hauptmann sie in der Hand hatte, was er verraten wollte, wenn Insa sich ihm widersetzte, blieb im Verborgenen. Alettas Frage hatte Insa brüsk zurückgewiesen. »Du hast dich verhört, so was hat er nie gesagt.«

Die Frage, wie Insa sich vor weiteren Übergriffen schützen wolle, hatte Aletta gar nicht erst gestellt.

Natürlich war auch der Pfarrer gekommen, jeden Tag, an einigen Tagen zweimal. Er schien zu ahnen, dass es um Alettas Fehlgeburt ein Geheimnis gab, fragte aber nicht, weil er sicher war, keine ehrliche Antwort zu bekommen. Doch er wurde wachsamer in diesen Tagen, sein Blick ruhte nicht mehr auf den beiden Schwestern, er huschte flink zwischen ihnen hin und her, als wollte er etwas einfangen, was unausgesprochen zwischen Aletta und Insa stand. Ob er etwas fand, blieb unklar, aber dass er weiterhin suchen würde, war gewiss.

Es waren merkwürdige Tage, diese Zeit ihrer Genesung, die Aletta wie Stillstand erschien, als dümpelte ihr Leben auf Sylt in einer Flaute und käme nicht mehr voran. Sie segelte nicht mehr auf die Zukunft zu, wusste nicht einmal mehr, wo sie lag, ihre Zukunft, in der es Ludwig nicht geben würde. Sie starrte über die Reling ihres Lebens und ließ geschehen, was geschah, sich an irgendein Ufer spülen oder erneut vom Wind erfassen.

Über der Insel stand nach wie vor die Angst vor dem Krieg, der woanders längst tobte. Auf Sylt zeigte er sich jedoch noch immer nicht. Insa war zur Tagesordnung übergegangen, aber wie die Ordnung aussah, wusste nur sie selbst. Frauke Lützen erschien und ging wieder, ohne dass sich etwas veränderte, Hauptmann Kalkhoff blickte häufig über den Zaun und verlangsamte seinen Schritt, wenn er am Haus vorbeiging, aber er schien den Mut für weitere Angriffe verloren zu haben. Jorit kam häufig auf einen kurzen Besuch vorbei, war aber so unfähig wie Aletta selbst, ein Segel zu setzen, dem Leben eine Richtung zu geben und Fahrt aufzunehmen. Nur Reik gab einen Kurs vor, wenn er erschien, um Aletta Noten zu bringen, die er irgendwo aufgetrieben hatte, und mit ihr das Repertoire für ihr Konzert zu besprechen. Und dann brachte die Familie Mügge Bewegung in Alettas Leben, ohne es zu ahnen …

Das war, als Jorit wieder einmal nach dem Dienst zu den

Lornsens gekommen war, um nach Aletta zu sehen. »Dem kleinen Mügge geht es schlecht«, wusste er zu berichten. »Er hat Gelbsucht! Seine Mutter hat meinen Schwiegervater geholt, weil ihr das Geld für einen Arztbesuch fehlt. Es tut mir so leid für Frau Mügge. Der Mann im Krieg und der kleine Sohn in Lebensgefahr …«

Mit der Flaute war es schlagartig vorbei. Das Ruder ihres Lebens wurde herumgerissen. Und das noch einmal, als Aletta zufällig aus dem Fenster blickte und Maike Peters am Haus vorbeigehen sah.

»Deine Schwiegermutter weiß, dass du hier bist«, flüsterte sie und zeigte auf das Fahrrad, das Jorit am Zaun abgestellt hatte.

Jorit versuchte, sorglos auszusehen. »Na, und? Wir tun nichts Verbotenes.«

»Darauf kommt es nicht an«, antwortete Aletta. »Wenn deine Schwiegermutter glaubt, dass wir etwas Verbotenes tun, wird es schwer sein, sie vom Gegenteil zu überzeugen.« Und hastig ergänzte sie: »Versuch es um Himmels willen nicht! Damit machst du dich erst recht verdächtig!«

Dass sie ihn nicht erreichte, dass er ihr nicht glaubte, dass er sich selbst für einen guten Taktiker hielt, erkannte sie daran, dass er schleunigst das Thema wechselte. »Meine Schwiegermutter hat mir von diesem Hamburger Dirigenten erzählt, der trotz des Krieges die Madame Butterfly auf die Bühne bringen will.«

»Anton Heussner.«

»Sie behauptet, Oberst von Rode wolle dafür sorgen, dass du die Hauptrolle singst. Anscheinend ist dieser Dirigent …«

»Anton Heussner.«

»Ja, dieser Anton Heussner ist nicht zufrieden mit der Sängerin, die statt deiner die Rolle singt.«

»Du meinst, deine Schwiegermutter möchte, dass ich die Rolle singe, so wie es ursprünglich geplant war? Damit ich von Sylt verschwinde?«

Jorit sah sie erschrocken an. Und nun schien er sogar selbst zu erkennen, dass er nicht der große Taktiker war, für den er sich selbst gehalten hatte. »Du meinst …«

Sie sorgte dafür, dass er es nicht aussprach. »Anton Heussner muss ohne mich zurechtkommen. Ich werde auf Sylt bleiben, bis der Krieg vorbei ist. Und vor allem … bis ich dem Geheimnis meiner Mutter auf die Spur gekommen bin.«

»Wenn du gehst, gehe ich mit. Noch einmal lasse ich dich nicht ziehen.« Erschrocken starrte er sie an, als wäre ihm jetzt erst klar, was er gesagt hatte.

»Das geht heute noch weniger als vor zehn Jahren«, antwortete Aletta ganz ruhig. »Es ist Krieg. Du willst doch nicht etwa desertieren?«

»Vor zehn Jahren wäre es gegangen.«

Sie berührte mit einer zärtlichen Geste seinen Arm. »Lass es gut sein, Jorit. Ich weiß, ich habe mich damals schäbig benommen.«

»Das habe ich dir verziehen. Aber … du tust es nie wieder?«

»Heimlich weggehen? Meinst du das?«

Er nickte, trotzdem kam es Aletta so vor, als meine er auch etwas anderes. »Es war die schwerste Demütigung meines Lebens.«

Sie war überrascht und sehr betroffen. Von Trauer hätte sie gesprochen, Enttäuschung und Verzweiflung, aber Demütigung? »Ich werde es nie wieder tun. Versprochen!«

Sie erhoben sich gleichzeitig, jeder wollte in eine andere Richtung fliehen, dieses Gespräch hinter sich lassen und tun, als hätte es Jorits Worte nie gegeben. Aber sie blieben stehen, alle beide, auf den Fleck gebannt, und sahen sich in die Augen.

»Ach, Aletta«, flüsterte Jorit und streichelte sanft ihre Wange.

Dann hatte er es plötzlich eilig, verabschiedete sich hastig und radelte nach Hause. Aletta sah ihm durchs Fenster nach, auch noch, als er längst um die Ecke verschwunden war. Über seine letzten Worte wollte sie nicht nachdenken. Auf keinen Fall!

Sie wandte sich in Gedanken Frau Mügge zu. Die Arme! Ein Kind herzugeben musste schrecklich sein! Sie war überrascht, dass sie zu dieser Überzeugung kam, schüttelte sie aber schnell wieder ab, weil eine ganz andere Frage sie bedrängte. Was würde geschehen, wenn der kleine Mügge starb? Wenn es eine Beerdigung geben würde? Wenn das Familiengrab der Mügges geöffnet wurde …?

Allmählich verschwand das Mitleid aus allen Augen, von Tag zu Tag etwas mehr. Der Tod war näher gerückt, seit der Krieg ausgebrochen war, jedes einzelne Schicksal hatte angesichts der großen Gefahr, die über allen schwebte, an Gewicht verloren. Es konnte jeden treffen, zu jeder Stunde. Kein Tod war exklusiv oder erstklassig, auch nicht, wenn er Aletta Lornsen traf.

Der Inselkommandant bat Aletta zu sich, versicherte ihr sein Mitgefühl und bedankte sich für ihre Bereitschaft, ein Konzert im Soldatenlager des Klappholttals zu geben. Sein Bedauern über Ludwigs Tod fiel allerdings knapp aus, schließlich war er nicht ihr Ehemann gewesen, was Oberst von Rode andererseits begrüßte, da es nicht wünschenswert sein konnte, dass sie mit einem Mann verheiratet war, der nicht in der deutschen Armee Dienst tat. Das sagte er selbstverständlich nicht in dieser Deutlichkeit, ließ es aber so weit durchblicken, dass Aletta ihn verstand.

Dass sie ihr Kind verloren hatte, war ihm anscheinend zugetragen worden, aber auch hier schien er der Ansicht zu sein, dass erstens das Kind eines Deutschen und zweitens das eheliche Kind einer ordentlich verheirateten Frau wichtiger sein müsse. Doch auch hier hielt er sich mit einer deutlichen Aussage zurück, die sich nicht mit dem Wunsch verstanden hätte, Aletta Lornsen um ein Konzert zu bitten, das den Männern der Inselwache ihren eintönigen Wachdienst erträglicher machte.

Er hatte sie vor seinen Schreibtisch gebeten, damit sie sich anhörte, wie entzückt er über ihre Bereitschaft war, im Klappholttal für seine Männer zu singen, wie er es nannte, und dass er sie nicht nur für eine berühmte, sondern vor allem für eine sehr attraktive Person hielt. Der Oberst war ein Freund der Weiblichkeit, das war bekannt, auf Sylt hatte er aber noch keine Frau zu Gesicht bekommen, für die sich ein entsprechendes Engagement gelohnt hätte. Das war ebenfalls bekannt. Dass Aletta sich in ihrer Kleidung nicht von den anderen Sylterinnen unterschied, irritierte ihn sichtlich, aber da er wusste, dass sie mit gleicher Selbstverständlichkeit ein aufwendiges Abendkleid tragen konnte, sah er darüber hinweg. Er ließ seinen Charme spielen, seine Augen über ihren Körper wandern, ließ sich sogar zu feinen Anzüglichkeiten herab, bekam aber nicht das Echo, auf das er gehofft hatte. Aletta tat so, als merke sie gar nicht, dass er ihr schöne Augen machte. Seit Ludwigs Tod, nein, schon seit sie ihr altes Leben verlassen hatte, gab es diese Leichtigkeiten nicht mehr, Galanterien waren ihr fremd geworden. Es gelang ihr, mit solcher Eindeutigkeit darüber hinwegzuschauen, dass sie sie am Ende tatsächlich nicht mehr zur Kenntnis nahm. Ihr ging nicht einmal auf, dass der Oberst darüber verärgert war.

Den liebenswürdigen Tonfall behielt er jedoch bei und berichtete, während er die Enden seines Schnurrbartes zwirbelte, dass ein Pianist gefunden worden sei. »Sogar zwei, um genau zu sein. Ein Oberleutnant und ein Gefreiter! Aber selbstverständlich werde ich Ihnen nicht zumuten, sich von einem gemeinen Soldaten bei Ihrem göttlichen Gesang begleiten zu lassen.«

Alettas Gesicht blieb so unbewegt, wie Ludwig es ihr früher geraten hatte, wenn sie Komplimente von Männern entgegennehmen musste, die im Schatten einer ganz anderen Absicht daherkamen. »Wenn er gut spielt, ist mir sein Rang egal.«

Oberst von Rode gab sich empört. Zwar heiße es, sagte er, der Gefreite habe vor dem Krieg als Pianist Erfolge gefeiert, aber auch der Oberleutnant sei ein geübter Klavierspieler. »Allerdings hat er nie vor einem zahlenden Publikum gespielt – völlig unmöglich bei seinem Stand!« Doch seine Fähigkeiten seien nur wenig geringer als die des Gefreiten, fügte der Oberst an.

Aletta neigte dazu, sich für den Gefreiten zu entscheiden, merkte aber, dass sie diese Möglichkeit nicht erhalten würde.

Oberst von Rode hatte seine Entscheidung längst getroffen. »Der Oberleutnant sagt, Sie sollen ihm Ihr Repertoire nennen, und er wird die Begleitung einüben. Alles kein Problem! Eine Generalprobe reicht ihm aus.« Dass bis jetzt noch kein Klavier aufgetrieben worden war, machte dem Oberst kein Kopfzerbrechen. »Das finden wir! Notfalls beschlagnahmen wir eines!«

Aletta hielt das Gespräch für beendet und wollte sich verabschieden, aber da stellte sich heraus, dass der Oberst noch einen Trumpf im Ärmel hatte. »Ich soll Sie von meinem Freund Anton Heussner grüßen«, sagte er mit einem geheimnisvollen Lächeln. »Er wartet in Hamburg quasi auf Sie. Ein Wort von Ihnen, und Ihr Ersatz wird auf den zweiten Platz verwiesen.«

Tatsächlich war es jetzt mit Alettas kühler Beherrschung vorbei. Wieder singen! Wieder auf der Bühne stehen! In einem großen Theater, nicht in einer Baracke vor Soldaten, die noch nie ein Konzert erlebt hatten! Aber … Sylt verlassen? Ohne dem Geheimnis ihrer Herkunft auf die Spur gekommen zu sein? Sie spürte, dass sie damit ihre letzte, nein, ihre einzige Chance vertun würde. Wenn nicht jetzt, dann würde sie niemals erfahren, wer ihr Vater war, von wem sie abstammte und was dieser Mann für ihre Mutter bedeutet hatte. Zurzeit war sie als Sylterin hier, als Mitbesitzerin des Hauses, in dem sie wohnte. Hätte sie einmal ihre Koffer gepackt, konnte sie nur noch als Gast zurückkehren, mehr würde Insa nicht zulassen.

Oberst von Rode, der ihr Zaudern bemerkte, half ihr: »Selbstverständlich müssen Sie sich nicht sofort entscheiden. Überlegen Sie sich die Sache.«

Aletta stand auf und streckte ihm die Hand hin. »Das werde ich. Es gibt noch ein paar Dinge für mich zu erledigen, aber danach …«

Sie wagte es nicht, den Satz zu Ende zu sprechen, doch wie er sich in ihrem Kopf vervollständigte, gefiel ihr durchaus. Der Oberst war es dann, der etwas zu Sprache brachte, woran sie nicht gedacht hatte. Auf Sylt hatte sie bis jetzt ohne Gefahr gelebt. Kein Angriff von See, keine Bombardements, kein Einmarsch. »In Hamburg ist es zwar nicht so ruhig wie hier, man muss täglich mit Luftangriffen rechnen, aber das Theater hat einen guten Luftschutzkeller.« Als er merkte, dass er Aletta ein Gegenargument in die Hand gegeben hatte, ergänzte er schnell: »Das kann auch auf Sylt passieren. Ich denke gerade darüber nach, die Verdunkelung anzuordnen, damit wir wenigstens nachts vor Luftangriffen geschützt sind.«

Aletta zögerte. Auf Sylt brauchte sie keinen Luftschutzkeller. Jedenfalls bis jetzt nicht! Und Ludwig hatte sich gewünscht, dass sie hierblieb, weil sie auf Sylt am sichersten war. Sie hatte es ihm versprochen. Sie zwang sich zu einem Lächeln. »Wie gesagt … ich überlege es mir.«

Der Alltag kehrte zurück, auch in die Herzen derer, die Aletta nahestanden. Man wandte sich wieder den Gewohnheiten zu, Jorit aber blieb bei seinen häufigen Besuchen, beendete fast jeden Dienst am Strand im Hause Lornsen und wollte nicht darüber rätseln, ob seine Schwiegermutter davon Kenntnis hatte. Reik kam ebenso oft, um mit Aletta zu üben. Wenn Insa ihn hereinließ, drehte sie sich nach einem kurzen Gruß um, ließ die Tür offen stehen und kümmerte sich nicht darum, ob Reik eintrat und wohin er sich wandte. Sie blieb dann so lange verschwunden, bis die Proben abgeschlossen waren, am liebsten kam sie erst wieder hervor, wenn Reik aus dem Haus war. Jorit allerdings hörte den Proben gern zu, gab Ratschläge, was das Repertoire betraf, konnte genau schildern, wie die Darbietung auf ihn wirkte, und mutmaßen, welche Gefühle sie bei den Kollegen der Inselwache auslösen musste, unter denen es viele gab, die noch nie einem Konzert beigewohnt hatten. Er wurde zu einem so wertvollen Ratgeber, wie Ludwig einer gewesen war. Dass er oft die Blicke zwischen Reik und Aletta hin- und herwandern ließ, dass er sie verglich, dass er Einzelheiten in dem einen entdeckte und im anderen suchte, bekam nur Aletta mit.

»Ihr seht euch ähnlich«, sagte er an einem Abend leise zu Aletta. »Und ihr habt dieselbe Begabung. Vielleicht hätte auch Reik eine Laufbahn als Sänger einschlagen können, wenn er das Glück gehabt hätte, ausgebildet zu werden.«

Dieser Gedanke war Aletta längst gekommen, und sie war Vera ein weiteres Mal dankbar für ihre Hilfe. Dass sie für ihr Ziel Unrecht hatte begehen müssen, wog nicht mehr schwer, nein, hatte sogar jedes Gewicht verloren. Dirk Stobart und Sönke, die unglücklich verheiratete Emme, Weike, die von ihrem Mann verlassen worden war, Kai Stobart, der als verschollen galt, sie waren nun Teil ihres Publikums geworden, Ehrengäste, die in der ersten Reihe sitzen durften, weil jeder von ihnen ein Scherflein zu Aletta Lornsens Erfolg beigetragen hatte. Opfer wurden sie in Alettas Gedanken nicht mehr genannt.

»Ihr habt die gleiche Nase«, flüsterte Jorit, als wäre ihm diese Feststellung nicht geheuer, »und eine ähnliche Ausstrahlung. Anscheinend hast du recht, er ist dein Halbbruder!« Er sah sie an und nickte, obwohl sie nicht geantwortet hatte. »Ja, ich verstehe, dass dir die Vermutung nicht ausreicht. Du willst Gewissheit.«

In seinem Gesicht erschien das Lächeln, das sie schon vor Jahren verzaubert hatte, in seinen Augen lag die Liebe, an die sie damals fest geglaubt und die sie glücklich gemacht hatte, die ihr jetzt jedoch Angst einflößte. Aber sie wusste auch, dass sie Jorit diese Gefühle nicht verbieten durfte, weil sie, wenn sie erst beim Namen genannt worden waren, zwischen ihnen stehen und sie auseinanderdrängen würden. Doch sie genoss seine Fingerspitzen, wenn sie über ihre Wangen huschten, und seine flüchtigen Abschiedsküsse, die nur ein Hauch waren und doch stundenlang auf ihrer Stirn brennen konnten.

Reiks Stimme gehörte zu denen, die mit einer Ausbildung zwar ausdrucksvoller geworden wären, deren Charakter aber andererseits gerade in der Schlichtheit und Schmucklosigkeit bestand, mit der er sie einsetzte. Kraftvoll, ohne Raffinesse, schnörkellos! Er gab zurück, was die Natur ihm geschenkt hatte, so, wie er es bekommen hatte, reichte er sein Talent weiter, während Aletta es mit Vera Etzolds Hilfe wie einen Edelstein geschliffen und immer kostbarer gemacht hatte.

Ihr Programm nahm allmählich Gestalt an. Sie entschieden sich für Lieder – vornehmlich Schumann- und Mendelssohn-Duette –, die mit Klavierbegleitung darzubieten waren, da es ja kein Orchester gab, das sie begleiten konnte. Noch fehlte zwar das Klavier, aber der Inselkommandant hatte sich wie versprochen dafür eingesetzt, dass eines zur Verfügung stehen würde. Das »Grand Hotel« besaß ein Klavier, das seit Kriegsbeginn nicht mehr benutzt worden war, und der Hotelbesitzer war bereit, es für den Auftritt von Aletta Lornsen in die größte Baracke der Inselwache transportieren zu lassen, die im Klappholttal stand. Und Oberst von Rode würde den Oberleutnant, der ein guter Pianist sein sollte, vom Dienst freistellen, solange und sooft Aletta es wollte.

»Wenn ich ein Vöglein wär …« Damit würden sie das Konzert eröffnen. Reik war zwar der Meinung, Aletta solle mit einem Solo beginnen, aber sie bestand darauf, gemeinsam mit ihm vor ihr Publikum zu treten. Dann erst würde sie ein Solo, vielleicht eine Opernarie, singen, bis es mit dem Duett »So wahr die Sonne scheinet« weitergehen würde. Am Ende dann das Schumann-Lied »An den Abendstern«, und an den Schluss des Programms setzte Aletta auch diesmal »Guten Abend, gut' Nacht …«.

Sie sang es über die Köpfe von Reik und Jorit hinweg, nur Ludwigs Gesicht vor Augen, sein Lächeln, seine Anerkennung, seine Liebe.

»Sing, wenn du an mich denkst! Sing, wenn du mir nah bist!«

Es war sowohl von Jorits als auch von Reiks Gesicht abzulesen, dass sie wussten, für wen sie sang, wenn sie das Konzert mit diesem Lied abschloss.

»Schau im Traum 's Paradies …«

Sie kehrte von einer langen Reise zurück, als die beiden zu applaudieren begannen, von einem geraden Weg an Ludwigs

Seite und einer beschwerlichen Strecke mit einem kleinen Kind auf dem Arm – dann war sie wieder auf Sylt angekommen. Zunächst im Alten Kursaal, wo Insa nicht unter den Zuschauern gewesen war, dann in diesem Zimmer, wo sie ebenfalls auf Insas Anwesenheit verzichten musste.

Sie dachte an den Abend, an dem sie für die letzten Gäste der Pension Lornsen gesungen hatte, und an die Tränen, die Insa vergossen hatte, als sie ihr im Garten lauschte, wo sie sich unbeobachtet glaubte …

Reik stand auf, griff nach Alettas Hand und küsste sie. »Was für eine Stimme! Ich bewundere dich!«

Dass er sie nun duzte, begründete er nicht, Aletta verlangte auch keine Erklärung, sondern nahm die vertrauliche Anrede auf, die in dieser Stunde der Gemeinsamkeit so selbstverständlich war wie das Ineinandergreifen ihrer Hände beim letzten Ton ihres Duetts.

Jorit stand auf und trat auf sie zu, mit einem Lächeln, wie es auch auf Ludwigs Gesicht gestanden hatte, wenn er einer Probe beigewohnt hatte, die Aussicht auf ein besonders gelungenes Konzert versprach.

»Die Kameraden werden begeistert sein«, sagte Jorit. Er starrte durch das Fenster und runzelte die Stirn. »Wo ist Insa geblieben?«

Aletta fuhr herum. »Sie hat zugehört? Im Garten?«

Jorit nickte. »Aber anscheinend sollten wir es nicht bemerken.« Er starrte auf den Punkt, an dem er Insa gesehen hatte, dann sagte er: »Sie ist verändert. Der Angriff von Kalkhoff macht ihr wohl immer noch zu schaffen?«

Aletta nickte. »Sie hat Angst, dass er es noch einmal versucht.«

Jorit drehte sich zu ihr um, und in seinen Augen stand die Frage, die er gestellt hätte, wenn sie allein gewesen wären. Aletta hätte sie ihm nicht beantworten können. Warum Hauptmann Kalkhoff glaubte, Macht über Insa zu besitzen, wusste sie ebenso wenig wie Jorit.

Reik sah zwischen ihnen hin und her. Die Sprache ihrer Augen konnte er nicht verstehen. Anscheinend kannte er auch Hauptmann Kalkhoff nicht näher und wusste nicht, was er getan hatte, Insa und Aletta sprachen nicht darüber – wenn sie auch aus unterschiedlichen Gründen schwiegen –, Kalkhoff selbst redete natürlich auch nicht, und seine Kameraden und Vorgesetzten waren davon überzeugt worden, dass er keine bösen Absichten gehegt hatte. Insas Hilferufe waren daraufhin schnell in Vergessenheit geraten.

An diesem Abend fühlte Aletta sich wieder stark genug, um auf den Speicher hinaufzusteigen und nach weiteren heimlichen Aufzeichnungen ihrer Mutter zu suchen. Zwar wurde es bereits dämmrig, aber sie wollte es dennoch versuchen. Insa war in der Küche beschäftigt und hatte akzeptiert, dass Aletta sie mit der Hausarbeit allein ließ. Sie fühle sich nicht gut und wolle früh schlafen gehen, hatte sie erklärt und davon profitiert, dass Insa Verständnis für ihren Wunsch hatte, über Ludwigs Tod und die Fehlgeburt zu schweigen. Das Schweigen wurde immer mehr zu Insas Stärke, auf ihr Schweigen war Verlass.

Aletta verzichtete auf Schuhe und schlich auf ihren dicken Socken zu der Tür, hinter der die Treppe zum Speicher hinaufführte. Ein letztes Mal lauschte sie ins Haus, aber im Erdgeschoss war alles ruhig. Sie hörte ein leises Klirren in der Küche, Insas Schritte, das Scharren eines Stuhls, als Insa sich wieder setzte, um mit dem Ansetzen des Brotteigs weiterzumachen, den sie am nächsten Morgen, direkt nach dem Aufstehen, backen würde. Vorsichtig öffnete Aletta die Tür und wunderte sich, dass sie kein Geräusch verursachte. Bisher hatte sie immer besonders vorsichtig sein müssen, damit das leise Knarzen der Klinke nicht zu hören war.

Umso besser! Sie drückte die Tür vorsichtig hinter sich ins Schloss und schlich die ersten Stufen der Treppe hoch. Doch noch bevor ihre Augen über den Fußboden des Speichers wandern konnten, stockte sie. Der Geruch hatte sich verändert! Da gab es nicht mehr nur den dumpfen Mief von Staub, nein, etwas Neues war hinzugekommen. Aber was? Aletta konnte es sich nicht erklären und war geneigt, an Einbildung zu glauben. Trotzdem blieb sie wachsam und nahm die nächste Stufe besonders vorsichtig und lautlos. Nun konnte sie den Fußboden des Speicherraums überblicken. Alles sah so aus, wie sie es in Erinnerung hatte. Und dennoch … kaum stand sie auf der obersten Treppenstufe, kam ihr wieder ein Geruch entgegen, der sie beunruhigte. Und plötzlich wusste sie, was es war: frische Luft, der Duft des Meeres, des Gartens, die Ausdünstungen der Straße, der Geruch von Pferdeäpfeln. Geräusche von draußen drangen herein. Lauter als sonst! Und nun sah sie es: Das Dachfenster stand einen Spalt offen. Sie überlegte, ehe sie den nächsten Schritt machte. War Insa in der Zwischenzeit hier oben gewesen und auf die Idee gekommen zu lüften? Ja, so musste es sein! Alles ganz harmlos!

Dennoch blieb sie wachsam. Und dann, als sie den Deckel der Korbtruhe anhob, hielt sie mitten in der Bewegung inne. War da ein Geräusch? Sie lauschte so angestrengt, dass ihr Blut in den Ohren rauschte, dann öffnete sie den Deckel ganz und horchte erneut, ob das Knarren ein Echo hervorrief. Aber es war still, mucksmäuschenstill. Dennoch blieb das Gefühl, nicht allein zu sein. Und sie wusste, dass sie ihm nachgeben musste, wenn sie in Ruhe und mit der nötigen Aufmerksamkeit der Vergangenheit ihrer Mutter auf die Spur kommen wollte.

Sie ließ von der Truhe ab und wagte sich mit kleinen, zaghaften Schritten tiefer in den Speicherraum hinein. Der Rest des Tageslichts, das durch das Dachfenster hereinfiel, reichte nicht weit. Am Ende gab es einen alten Schrank, in dem Insa das Werkzeug ihres Vaters untergebracht hatte, dahinter war es stockfinster. Dort hatte Sönke das Bett ihrer Eltern abgestellt. Sie wusste es, aber sie sah es nicht. In dieser Ecke herrschte Dunkelheit, nur einen weißen Fleck konnte sie ausmachen, vermutlich die Matratze, die Insa mit einem alten Betttuch abgedeckt hatte.

Wenn sie etwas sehen wollte, brauchte sie Licht. Sie tastete nach den Streichhölzern, wusste aber, dass sie es nicht wagen würde, sie anzuzünden. Nicht, solange es diese Feigheit in ihr gab. Die Angst vor dem, was sie zu sehen bekommen würde, wog plötzlich schwerer als die Ungewissheit.

Vorsichtig machte sie einen Schritt zurück und erschrak vor dem Geräusch, das er verursachte. Sie würde am nächsten Tag wiederkommen, beschloss sie. Es würde sich schon eine Gelegenheit ergeben, in der sie genauso sicher vor Insas Kontrolle sein würde wie an diesem Abend. Noch ein Schritt rückwärts, die Augen starr auf den hellen Fleck gerichtet, der im Zwielicht vor ihren Augen flimmerte und verschwamm, je intensiver sie ihn fixierte. Ein weiterer Schritt zurück! Nun, da sie der Tür näher kam, entstand der Impuls, sich umzudrehen und so schnell wie möglich vom Speicher zu fliehen. Doch bevor sie ihm nachgeben konnte, war es schon zu spät. Ein heftiges Geräusch sprang ihr in den Rücken, bekam Arme und Hände, die nach ihr griffen, machten sie schlagartig wehrlos und genauso schnell stumm. Ein Unterarm legte sich über ihre Kehle und drückte sie zu. Entsetzt rang sie nach Luft, wich vor der Qual zurück, drängte sich notgedrungen an einen Körper, der ihr fremd war und der sie nun wütend vorwärts stieß.

Sie wollte um Hilfe schreien, konnte aber nur hervorwürgen: »Insa!«, ehe sie auf die Matratze geworfen wurde. Und in dem winzigen Augenblick, in dem der Angreifer ihr Luft ließ, versuchte sie es noch einmal mit dem Hilfeschrei: »Insa!«

Aber schon war er über ihr und presste ihr die Hand so fest auf Mund und Nase, dass sie keine Luft mehr bekam. Sie roch erstaunlich angenehm, diese Hand, das war ihr letzter Gedanke, ehe sie ohnmächtig wurde …

Als sie wieder zu sich kam, war sie geknebelt und gefesselt. Mit angezogenen Beinen lag sie auf der Seite und versuchte, sich zu bewegen. Es ging nicht. Ihre Füße waren hinter dem Körper gefesselt, die Handgelenke auf dem Rücken. Wimmernd versuchte sie, den Kopf zu bewegen, um den Knebel zu lockern, aber es gelang ihr nicht. Mit aller Macht unterdrückte sie das Würgen, das in ihrer Kehle entstand und einen Weg nach draußen suchte. Nur nicht erbrechen! Sie würde ersticken, qualvoll, hilflos, unfähig, sich gegen den Tod zu wehren. Ludwigs Bild erschien wie ein Blitz vor ihren Augen. Hatte er auch diese Todesangst erlebt? Versucht, sich zu retten und um sein Leben gefleht? Nein, sie wusste, er war aufrecht in den Tod gegangen. Bittend, flehend und jammernd konnte sie sich Ludwig Burger nicht vorstellen. Aber dass sie selbst genauso tapfer sein würde, glaubte sie nicht.

Stöhnend machte sie auf sich aufmerksam. Der Mann, der sie niedergeschlagen, geknebelt und gefesselt hatte, musste in ihrer Nähe sein! Oder hatte er sie etwa allein zurückgelassen? Hilflos? Ausgeliefert? Wenn ja, wohin war er dann gegangen? Ins Haus, die Treppe hinunter, aus der Tür hinaus? Unmöglich! Insa hätte ihn bemerkt.

Panik stieg in ihr hoch, stand wie heruntergeschluckte Tränen in der Kehle, vergrößerte die Atemnot und den Reiz, zu würgen. Aber dann endlich hörte sie ein Geräusch: das Scharren von Füßen, das Klappern eines Schemels. Sie versuchte, die Gestalt zu erkennen, die auf sie zukam, doch es war zu dunkel, um dem Mann ins Gesicht sehen zu können. Nur dass es sich um einen Mann handelte, wusste sie.

»Warum bist du auch hier raufgekommen?«, fragte er, und ihr fiel nun auf, dass sie seine Stimme schon einmal gehört hatte. »Selber schuld. Hier darf sonst keiner sein. Nur ich. Und die Frau.«

Welche Frau?, hätte sie gerne gefragt, brachte aber nur ein Wimmern heraus.

Seine Stimme klang erschöpft. »Wenn sie kommt, frage ich sie. Sie weiß, was zu tun ist. Morgen früh kommt sie. Sie weiß alles. Sie weiß auch, was mit dir geschehen soll.«

Morgen früh? Aletta dachte nach. Meinte er etwa Insa? Außer Insa konnte niemand auf den Speicher kommen.

»Eine gute Frau«, sagte die Stimme, und nun bemerkte sie das Nuscheln, die Schwierigkeit, klare Laute herauszubringen, die tief in der Kehle sitzenden Konsonanten. Seine Sätze waren schlicht. Was er sagte, klang hilflos. »Die andere Frau ist auch gut.« Nun wurde seine Stimme plötzlich sicher, geradezu siegessicher. So, als hätte er Zusammenhänge erkannt und verstanden, auf die er stolz war. »Ich kenne die Namen, aber ich sage sie nicht. Das ist gefährlich. Ich sage keinen Namen. Ich verrate sie nicht. Das habe ich versprochen.«

Aletta schaffte es nun, sich zu entspannen, die Muskeln locker zu lassen, sich nicht mehr gegen die Fesselung und den Knebel zu wehren. Es tat ihr gut. Die Schmerzen in den Beinen und im Rücken ließen nach, die Mundhöhle weitete sich, der Knebel quälte etwas weniger. Die Angst wurde geringer, als sie mit einem Mal begriff, von wem sie überwältigt worden war. Nein, er war nicht gefährlich, er war nur voller Angst. Er würde ihr kein Haar krümmen, wenn er nicht fürchten musste, verraten zu werden.

Mit rhythmisch hervorgestoßenen Lauten versuchte sie, ihn darauf aufmerksam zu machen, dass sie etwas sagen wollte. Tatsächlich verlor er nun seine Starre. Sehen konnte sie es nicht, aber sie spürte und hörte, dass er sich bewegte. Als er sich über sie beugte, konnte sie ihn schattenhaft sehen und seinen Atem riechen.

»Was willst du?«, fragte er.

Sie antwortete mit aufgeregten Lauten, und schließlich nahm er ihr den Knebel aus dem Mund.

»Danke«, stieß sie hervor. »Ich werde nicht schreien. Ganz bestimmt nicht.«

»Leise«, zischte er. »Niemand darf uns hören.«

Ihre Hand suchte nach ihm. Als sie einen groben wollenen Stoff erreichte, hielt sie sich an ihm fest. »Ich bin schwanger«, log sie. »Morgens wird mir übel. Dann muss ich erbrechen. Stell dir vor, das passiert, während ich geknebelt bin. Ich werde ersticken. Dann hast du ein Menschenleben auf dem Gewissen. Willst du das?«

Er antwortete nicht, aber sein Atem ging schneller.

»Ich habe Schmerzen«, fuhr sie fort. »Meine Beinmuskeln sind schon ganz starr. Es tut schrecklich weh. Morgen früh werde ich es vor Schmerzen nicht aushalten können. Wenn du mich fesseln musst, dann bitte anders.« Als er nicht reagierte, versuchte sie, noch einmal an sein Gewissen zu rühren. Sie war sicher, dass er noch nie jemandem etwas zuleide getan hatte. »Wenn ich die Schmerzen nicht mehr aushalte, wird mein Herz stillstehen. Dann bin ich tot.«

Nun fühlte sie seine Hände. Er war tatsächlich bereit, ihre Fesseln zu lösen. Sie stöhnte erleichtert auf, als sie ihre Beine ausstrecken konnte. »Danke.«

»Die Hände nicht«, sagte er mit einer harten Stimme, zu der er sich zwang. Aletta war sicher, dass er noch nie so gesprochen hatte.

Sie versuchte nicht, ihn dazu zu überreden, auch ihre Hände freizugeben. Nicht zu viel verlangen! Er war so schwach, hatte Angst, etwas Falsches zu tun. Sie durfte ihn nicht weiter verunsichern.

»Danke«, sagte sie noch einmal, um seinem Selbstbewusstsein Stärke zu geben. »Du könntest zu meiner Schwester gehen und ihr sagen, dass ich hier bin. Dann wird alles gut.«

»Du darfst nichts wissen«, sagte er erschrocken, und sie bekam es mit der Angst zu tun, als sie das Zittern seiner Stimme hörte. In diesem Moment schien ihm aufzugehen, dass etwas geschehen war, was nicht sein durfte, was ihn in Schwierigkeiten bringen konnte. Insa hatte ihm eingeschärft, ruhig zu sein, damit ihre Schwester nicht hörte, dass sich jemand auf dem Speicher versteckte.

»Du darfst nichts wissen«, wiederholte er, und es klang, als würde er gleich in Tränen ausbrechen.

»Ich sage nichts«, antwortete Aletta hastig. »Auf keinen Fall werde ich dich verraten. Es ist richtig, dass du nicht in den Krieg gezogen bist. Krieg ist schrecklich.«

Sie wartete angespannt auf seine Reaktion. Nun musste er wissen, dass sie ihn erkannt hatte. Wie würde er damit umgehen?

»Du entkommst mir nicht«, zischte die Stimme. »Ich habe dich in der Hand. Wann kapierst du das endlich?«

Eine Antwort kam nicht, nur ein sprungartiges Geräusch folgte, ein Stöhnen, das in einem langgezogenen Seufzer endete.

»Das wird ein Spaß, wenn alle Welt davon erfährt! Jedenfalls für mich! Oder was glaubst du?«

Das Schweigen, das diese Frage beantwortete, schien tödlich zu sein. Ein Schweigen, das schreien konnte!

»Du wirst mich nicht los. Ich habe jetzt alles durchschaut. Ich weiß, dass ich recht habe. Ich weiß es genauso gut wie du. Also, überleg's dir. Lieber ist mir natürlich, du tust es freiwillig. Aber nötig ist es nicht. Ich kann auch anders.«

Die Geräusche, die folgten, rührten eindeutig von einem körperlichen Angriff her. Jemand wurde bedrängt, der sich heftig wehrte. Aber wer der Stärkere war, wurde genauso deutlich. Das Wimmern war weiblich, das verächtliche Lachen männlich.

»Du hast recht, es könnte jemand vorbeikommen. Das wollen wir nicht. Ich muss auf meinen Ruf achten.«

Ein unerwartetes Stöhnen folgte, dann das Rumpeln von Metall, leises Klirren, ein winziger Aufschrei.

»Heute habe ich leider keine Zeit mehr. Aber bald! Richte dich darauf ein.«

Schritte ertönten, feste, derbe Schritte. Sie gingen nicht weit. Das Gartentor der Nachbarn kreischte auf, die Schritte verloren sich auf weichem Untergrund. Unter dem Dachfenster wiederholten sich die Geräusche: das Rumpeln von Metall und leises Klirren. Was in Unordnung geraten war, wurde wieder zurechtgerückt. Dann Schritte, die so leise waren, als ginge jemand auf

Zehenspitzen. Ein leichtes Schnauben von jemandem, der kein Taschentuch zur Hand hatte, dann das Schnappen einer Tür. Stille! Die Soldaten, die kurz drauf mit lauten und unverschämten Reden die Stephanstraße entlanggingen, glaubten vermutlich, sie seien die Einzigen, die sich noch nicht zur Nachtruhe begeben hatten.

Als Aletta erwachte, war ihr Körper verspannt, ihr Rücken schmerzte, ihre Waden verkrampften sich. Das Bedürfnis, die Beine anzuziehen, war so groß, dass ihr die Tränen kamen, als ihr klarwurde, dass es nicht möglich war. Sönke hatte ihre Füße an die Bettpfosten gebunden. Zwar war sie erleichtert, denn diese Fesselung war weniger quälend als die, für die Sönke sich zunächst entschieden hatte, aber jetzt erschien ihr die Lage ihres Körpers unerträglich. Vorsichtig hob sie die gefesselten Hände hoch, streckte die Arme über den Kopf, dann drehte sie den Oberkörper so weit wie möglich nach rechts und links, krümmte ihn und rutschte zum Fußende des Bettes, um die Knie anwinkeln zu können. Danach ging es ihr besser.

Sie öffnete die Augen, bleiches Morgenlicht fiel durch das Dachfenster. Es musste noch sehr früh sein. Kein Pferdegespann war zu hören, keine Stimmen drangen herauf. Sogar das Schreien der Möwen klang noch müde und schwach. Die Sehnsucht nach Ludwig brannte wie Feuer in ihr. Wüsste sie ihn am Leben, hätte sie darauf gewartet, dass er sie befreite. Auch wenn es wider alle Vernunft gewesen wäre! Dass er ihr nie wieder helfen würde, war in dieser Minute deutlicher als je zuvor. Und die Verzweiflung trieb ihr die Tränen in die Augen.

Sie wandte den Kopf und sah Sönke an, der neben ihr schlief. Sein Mund war leicht geöffnet, sein Atem kaum hörbar. Endlich konnte sie ihn genau betrachten, sein kindliches Gesicht, den dunklen Teint, die Schatten auf seinen Lidern, die kräftigen Augenbrauen und die kerzengerade Nase. Sönke hatte ein wohlproportioniertes Gesicht, das war es vermutlich, was ihn so hübsch machte. Augen, Nase, Mund – alles hatte den richtigen Abstand zueinander, die Symmetrie in seinen Zügen war perfekt. Und wenn er die Augen geschlossen hielt, war nichts von seiner schwachen Intelligenz zu erkennen.

Wie immer, wenn sich ihre Gedanken um Sönke drehten, fühlte sie ihn in ihren Armen, spürte wieder seine weiche Haut an ihrer Wange und sog seinen Geruch ein, diesen puderweichen Duft eines Neugeborenen, der sich mit einer hauchzarten Frische zu einer unwiderstehlichen Mischung verband. In ihrem süßlichen Wohlgeschmack so alt wie die Menschheit selbst! Hatte seine Mutter sich in diesen Tagen verraten? Die Frage, die vor dem Einschlafen in Aletta hochgeschossen war, hatte sie während der ganzen Nacht begleitet, das wusste sie jetzt. Sie war ihr in jeden Dämmerschlaf gefolgt, hatte sofort auf ihrer Brust gelastet, wenn sie aufgewacht war, und stand jetzt wieder neben ihr. Die andere Frau, von der Sönke gesprochen hatte! Seine Mutter, die ihn nicht aufziehen konnte? Die jetzt dabei half, sein Leben zu retten? Aletta dachte an Frauke Lützen, mit der Insa ein Geheimnis verband. Trug dieses Geheimnis den Name Sönke? Warum hatte Insa sich auf das Risiko eingelassen, einen Deserteur zu verstecken? Und wie hatte sie sich Hauptmann Kalkhoff zu ihrem Feind gemacht? Aletta hatte seine Stimme erkannt, von der sie wach geworden war, und war sicher, dass seine Aggression sich in der Nacht gegen Insa gerichtet hatte. Warum glaubte er, sie zwingen zu können? Ihre Schwester wurde ihr immer rätselhafter. Aber welche Fragen sie ihr auch stellen würde, Aletta war ohne Hoffnung, dass sie eine ehrliche Antwort erhalten würde.

Ihre Augen wanderten über Sönkes Gesicht hinweg zum Dachfenster, dessen Rechteck immer heller wurde. Bald würde die Sonne ihre Strahlen in diesen Teil des Speichers schicken, der sich so erfolgreich von dem übrigen trennte, dass jemand, der sich auf den Speicher verirrte, hinter dem alten Schrank kein Versteck vermuten würde.

Sönke hielt seinen kleinen Zufluchtsort sauber, nirgendwo gab es Staub oder Spinnweben. Insa hatte ihm sogar etwas gegeben, was ihm Behaglichkeit schenkte, ein Deckchen auf dem wackeligen Tisch, ein paar Kissen und ein Regalbrett, auf dem einige Bücher standen. Anscheinend sollte Sönke diese Zeit nutzen, um seine Bildung zu verbessern.

Wieder blickte sie in sein Gesicht, in dem es nun zuckte. Winzige Bewegungen entstanden in seinen Mundwinkeln und Nasenflügeln, Sönke würde bald erwachen. Wie lange sollte er sich hier verstecken? Bis der Krieg zu Ende war? Ludwig hatte gesagt, er würde nicht lange dauern. Aber was, wenn doch? Ein junger Mann wie Sönke, der frische Luft und körperliche Arbeit gewöhnt war, konnte sich nicht monate- oder gar jahrelang auf einem Speicher verstecken!

Seine Lippen bewegten sich, er gab Schmatzgeräusche von sich und runzelte die Stirn, als fühlte er sich gestört. Seine Augenlider zuckten, er blinzelte. Alettas Anblick erschreckte ihn derart, dass er zusammenzuckte und die Schläfrigkeit aus seinem Gesicht fiel.

»Guten Morgen.« Aletta versuchte ein Lächeln. »Wird meine Schwester bald kommen?«

Sönke rieb sich die Augen. »Sie kommt immer, bevor die Soldaten aufwachen oder nachdem sie das Haus verlassen haben. Aber immer, bevor ihre Schwester aufwacht.«

»Warst du mal wieder an der frischen Luft, seit du hier bist?«

Er schüttelte den Kopf. »Geht nicht.«

»Warum hast du dich nicht in Dirk Stobarts Haus versteckt?«

»Geht nicht«, antwortete Sönke auch diesmal. »Seine Frau hätte mich gefunden.«

»Du bist zuerst in die Dünen geflohen? Da hast du Enten gejagt?«

»Und dann über einem Feuer gebraten. Aber die Inselwache ist überall.«

»Wer hat dich hierhergebracht?«

»Die Frau. Die andere.«

»Warum hat sie das getan? Warum hat sie dich nicht zur Polizei gebracht?«

In Sönkes Gesicht stand mit einem Mal grelle Angst. »Sie ist eine gute Frau. Sie kennt mich. Sie hat gesagt, sie hilft mir, weil sie mich gernhat.«

»Warum hat sie dich nicht in ihrem Haus versteckt?«

»Geht nicht. Dort ist kein Platz.«

»Deswegen hat sie meine Schwester gebeten, dir zu helfen?«

Sönke wurde unsicher, so, als käme es ihm jetzt ebenfalls merkwürdig vor, dass Insa bereit gewesen war, dieses hohe Risiko auf sich zu nehmen. »Sie ist eine gute Frau«, sagte er und wiederholte es so oft, bis er wieder sicher war, dass eine gute Frau mehr Macht hatte als der Krieg.

»Du hast nie erfahren, wer deine Mutter ist?«, fragte Aletta, obwohl sie die Antwort kannte.

Sönke schüttelte den Kopf. »Sie muss eine schlechte Frau gewesen sein. Ich hasse sie.«

»Vielleicht konnte sie nicht anders«, meinte Aletta. »Aber was ist mit Dirk Stobart? Liebst du ihn?«

Sönke hatte noch nie über Liebe gesprochen. Oder er hatte Angst vor diesem Wort. Während er nach einer Entgegnung suchte, ergänzte Aletta: »Du musst keine Angst haben. Von mir erfährt niemand, dass du homosexuell bist.«

»Homo …?«

»Schwul!«

»Das darf nicht sein«, flüsterte Sönke.

»Ich weiß. Homosexualität wird bestraft.«

Sönke hatte nun Tränen in den Augen. »Wenn man nicht in den Krieg will … das wird auch bestraft.«

»Der Krieg wird nicht lange dauern«, versuchte Aletta zu trösten. Ludwig hatte es gesagt, immer wieder, bevor er Sylt verlassen musste, er war womöglich genauso wenig zuversichtlich gewesen, wie Aletta es jetzt war. Aber so, wie sie Ludwig geglaubt hatte, hing nun auch Sönke an ihren Lippen und suchte dort nach Worten, die er glauben konnte. »Die Schlacht bei Tannenberg hat über neunzigtausend Russen in deutsche Gefangenschaft gebracht«, sagte sie, obwohl sie nicht wusste, ob Sönke es verstehen würde. »Die Russen hatten Schwierigkeiten mit der Logistik. Sie haben es nicht geschafft, rechtzeitig für Nachschub zu sorgen. Außerdem vertrauen sie immer noch auf die Kavallerie. Ein schwerer Fehler! Die russischen Reiter sind direkt in die Maschinengewehrsalven geritten.«

Nun schien Sönke zu verstehen. »Deutschland gewinnt den Krieg?«

Aletta nickte, schloss kurz die Augen und hielt wieder das Neugeborene im Arm, dem sie zuflüsterte, dass alles gut würde. »Natürlich. Schon bald.«

Eine halbe Stunde später drang ein Geräusch in Sönkes Versteck. Aletta erzählte noch von den Erfolgen der deutschen Armee, da griff Sönke plötzlich nach ihrem Arm. »Pscht!«

Nun hörte Aletta es auch. Die Türklinke knarrte zwar nicht mehr, weil sie geölt worden war, aber das Aufschieben der Tür war zu vernehmen, dann das Einklinken und zwei Schritte auf der Treppe. Danach Stille! Dann ein Pochen! Zweimal lang, dreimal kurz. Anscheinend kündigte Insa sich mit diesem Zeichen an, und Sönke gab einen zustimmenden Laut von sich. Nun wurden die Schritte energisch und sorglos, kurz darauf stand Insa vor dem Bett und starrte ihre Schwester fassungslos an.

Insa behandelte sie wie ein Kind, das sich durch Unachtsamkeit verletzt hatte. »Was hast du auf dem Speicher zu suchen?«, fragte sie, obwohl sie diese Frage schon mehrmals gestellt hatte.

»Ich wollte nach meiner Puppe schauen«, wiederholte Aletta geduldig. »Ich dachte, Vater hätte sie auf den Speicher getragen.«

»Er hat sie schon vor Jahren einem armen Mädchen geschenkt, das kein Spielzeug hatte«, sagte Insa und setzte Aletta eine Tasse Tee vor. »Du hättest mich fragen können.« Das Schuldgefühl flackerte in ihren Augen. Dass sie Aletta eine unangenehme Nacht beschert hatte, schien ihr zuzusetzen.

»Warum tust du das, Insa? Wie kannst du dieses Risiko eingehen? Weißt du nicht, was der alten Sefa Johannsen passiert ist? Sie hat ihren Neffen versteckt.«

Insa ließ sie nicht zu Ende reden. »Ich weiß. Josef ist erschossen worden, und Sefa sitzt im Gefängnis.«

»Dir könnte es genauso gehen!«

»Willst du mich etwa anzeigen? Mich ins Gefängnis bringen? Und Sönke erschießen lassen?«

Aletta stellte ihre Tasse zurück. »Was denkst du von mir!?«

Insa antwortete nicht. Sie lehnte sich an den Spülstein und starrte an Aletta vorbei zur Tür, als könnte sie sich öffnen und jemand eintreten, der ihr Problem mit einem Satz löste.

»Sönke hat von zwei Frauen gesprochen«, sagte Aletta leise und beobachtete Insa genau. Sie wusste, wie schnell es mit ihrem Entgegenkommen vorbei sein konnte, wenn sie sich angegriffen fühlte oder glaubte, dass Aletta sich etwas herausnahm, was ihr nicht zustand. »Die andere ist Frauke Lützen?«

Insa löste ihren Blick von der Tür und sah Aletta nun an. Ihre Verblüffung war zu groß, um ihren Gesichtsausdruck zu maskieren. »Wie kommst du darauf?«, fragte sie entgeistert.

»Sie war heimlich hier«, antwortete Aletta. »Du weißt, ich habe ihre Stimme gehört, aber du hast es bestritten. Das musste ja einen Grund haben.« Sie fasste den Plan ins Auge, Insa zu gestehen, dass sie ein Gespräch belauscht hatte, in dem Frauke damit gedroht hatte, etwas zu verraten. Aber sie wusste, dass sie damit Gefahr lief, diese Aussprache mit Insa zu verlieren und nie wieder daran anknüpfen zu können. Deshalb ergänzte sie versöhnlich: »Du wolltest nicht zugeben, dass Frauke bei dir war, damit ich nicht merkte, dass es um Sönke ging.«

Insa holte erleichtert den Käse aus dem Schrank, schnitt eine dicke Scheibe ab und legte sie Aletta auf den Teller. »Ja, wir müssen sehr vorsichtig sein.«

Aletta bedankte sich mit einem Nicken für den Käse und schnitt ihn in feine Streifen, ehe sie das Brot, das Insa am frühen Morgen gebacken hatte, damit belegte. »In ihrer großen Tasche hat sie etwas für Sönke ins Haus gebracht?«

Insa nickte nur und antwortete nicht.

»Besitzt sie so viel, dass sie für Sönke etwas abzweigen kann?«

Wieder nickte Insa, wollte eigentlich schweigen, entschloss sich dann aber doch zu einer Antwort: »Sie ist von einigen Frauen mit Lebensmitteln bezahlt worden. Davon konnte Sönke etwas bekommen.«

»Erstaunlich, dass sie für ihn so viel opfert.«

Insas Schweigen war nun nicht mehr verstockt, sondern aggressiv. Das war ihren Händen anzusehen, die sich in einem schnellen Rhythmus öffneten und schlossen, als wollen sie zugreifen und schütteln, drosseln und wieder loslassen. Aber Aletta tat ihr den Gefallen nicht, dieses Gespräch zu beenden. »Was, wenn der Krieg doch länger dauert? Sönke kann nicht jahrelang auf dem Speicher leben.«

»Wir müssen nur so lange warten, bis die Fischerei an der Wattseite wieder erlaubt ist. Das kann nicht mehr lange dauern. Die Fischer leiden bereits Hunger und fangen schon wieder heimlich an zu fischen. Wenn die Pensionen und Hotels ihre Vorräte verbraucht haben, wird die Insel die Fischerei brauchen, das muss dann auch der Kommandant einsehen. Und von da an wird es leicht sein, einen Fischer zu überreden, Sönke aufs Festland zu bringen.«

»Er hat sein ganzes Leben auf der Insel verbracht. Wie soll er allein auf dem Festland zurechtkommen?«

»Besser als im Krieg wird es allemal für ihn sein.«

Aletta betrachtete ihre Schwester kopfschüttelnd. »Ich verstehe immer noch nicht, warum du dich darauf eingelassen hast. Frauke Lützen ist keine Freundin von dir. Trotzdem lässt du dich von ihr dazu verleiten, einen Deserteur zu verstecken?«

»Es geht nicht um Frauke, sondern um Sönke. Er ist ein lieber

Kerl. Frauke kennt ihn von klein auf. Sie kann es genauso wenig ertragen wie ich, dass er zu Kanonenfutter wird.«

Aletta ließ sich viel Zeit mit dem Käse und dem Verzehr des Brotes. Bevor sie hineinbiss, sagte sie so lapidar wie möglich: »Sie ist Sönkes Mutter. Habe ich recht?«

Aber nun hatte sie den Bogen überspannt. Mit der kurzen Annäherung war es vorbei. Als Insa sie gefesselt vorgefunden hatte, war aus Mitleid und Schuldbewusstsein ein Moment der Wärme entstanden. Aber nun hatte Aletta sich zu weit vorgewagt. Insa überschüttete sie mit eiskalter Verachtung.

»Sönkes Mutter? Sie war eine ganz gemeine Diebin! Sie hat nicht nur ihr Kind ausgesetzt, sondern auch die Kollekte gestohlen. Nicht nur ein einziges Mal! Immer wieder! Die anderen Diebstähle, die es zu jener Zeit gab, gehen vermutlich auch auf ihr Konto. Weißt du eigentlich, was du da behauptest?«

»Ich dachte nur …«

»Damals war Frauke noch gar nicht auf Sylt!«

Aletta wurde einer Entgegnung enthoben. Es klopfte an der Tür, und das laute Pochen hörte sich so an, als hätte derjenige, der auf der Schwelle stand, schon mehrmals Einlass begehrt.

Insa stockte, schluckte ihren Ärger hinunter und wischte sich die Empörung aus dem Gesicht. Staunend betrachtete Aletta diese Verwandlung und fragte sich, ob sie auch schon so oft von ihrer Schwester getäuscht worden war wie Hinrika Oselich, die kurz darauf in der Küche erschien und nichts davon mitbekam, dass es noch kurz zuvor einen schweren Konflikt zwischen den Schwestern gegeben hatte.

»Stellt euch vor!«, rief sie. »Der kleine Mügge ist gestorben! Ist das nicht entsetzlich? Seine Mutter würde sich vor lauter Verzweiflung am liebsten umbringen!«

XI.

Auf Sylt war es schon immer so gewesen, dass die Nachbarschaft zusammenkam, wenn es einen Todesfall gegeben hatte. Die Hinterbliebenen sollten nicht allein sein und sich davon trösten lassen, dass viele mit ihnen trauerten. Insa ordnete ihre Haarflechten neu, band sich die helle Schürze ab und forderte Aletta auf, das Gleiche zu tun. »Wir müssen kondolieren.«

Als sie aus dem Haus traten, kam Pfarrer Frerich die Stephanstraße herab, eiligen Schrittes, um so schnell wie möglich seinen seelsorgerischen Pflichten nachzukommen. Er winkte den Schwestern zu, betrat vor ihnen das Haus der Mügges und ließ die Tür offen, damit sie folgen konnten.

Okka Mügge saß im Wohnzimmer in einem tiefen Sessel, der eigentlich ihrer Schwiegermutter vorbehalten war, die ihn aber für diesen Fall geräumt hatte. Sie hatte die Hände vors Gesicht geschlagen und weinte. Die alte Mügge stand hinter ihr und streichelte hilflos ihre Schultern, Okkas Tränen jedoch versiegten nicht. Als der Pfarrer auf sie zutrat und sie ansprach, nahm sie die Hände vom Gesicht, hörte aber nicht auf zu weinen. Ihr Gesicht war verquollen, ihre Augen waren blind vor Tränen, der Speichel lief ihr aus den Mundwinkeln. Sie warf sich, als der Pfarrer nach ihrer Hand griff, gegen die Rückenlehne des Sessels und weinte mit weit geöffnetem Mund.

Ihr Leid machte Aletta stumm. Sie starrte Okka Mügge auf die Füße, während sie an ihr eigenes Kind dachte. Auch ihr war es genommen worden, aber sie hätte es für Ludwig hergegeben, wenn Hauptmann Kalkhoff nicht Schicksal gespielt hätte. Wäre sie auch zu dieser Trauer fähig gewesen, wenn sie ihr Kind geboren hätte? Wenn es in ihrem Arm gelegen, sich vertrauensvoll an sie geschmiegt hätte, so wie Sönke? Wenn sie es aus ihrem Körper gequält, wenn es an ihrer Brust gesaugt hätte? Sie spürte, dass der Schmerz der jungen Mutter einen gefährlichen Sog ausübte, sie zu sich heranzog, obwohl sie es nicht wollte, sie mit ihrem Kummer umschlang und dass sie selbst drauf und dran war, ebenso um ihr Kind zu weinen wie Okka Mügge.

Der Pfarrer setzte sich zu der verzweifelten Mutter und nahm ihre Hand. »Wir brauchen einen Arzt«, sagte er und sah in die Runde.

Okkas Schwiegermutter antwortete: »Jorit holt gerade seinen Schwiegervater. Dr. Hein ist ja eingezogen worden, und der alte Dr. Meier ist selber krank.«

Pfarrer Frerich versuchte, Okka zu einem gemeinsamen Gebet zu ermuntern, aber sie hörte ihm nicht einmal zu. Der Tod ihres Kindes sollte Gottes Wille sein? Angesichts ihres Unglücks nannte er den Herrn gnädig und allmächtig? Nein, davon wollte sie nichts hören. Aletta konnte sie gut verstehen.

Insa ließ sich von einer Nachbarin mitziehen ins Schlafzimmer, wo der tote Säugling aufgebahrt worden war. Sie winkte ihrer Schwester, damit sie ihr folgte, aber das wäre über Alettas Kräfte gegangen. Zwar verließ sie das Wohnzimmer, als wollte sie neben dem toten Kind ein Gebet sprechen, aber statt zur Schlafzimmertür bewegte sie sich auf die Haustür zu.

Sie wurde aufgerissen, kaum dass sie nach der Klinke greifen konnte. Dr. Peters kam ins Haus, seinen Arztkoffer in der Hand, seine Frau folgte ihm, und hinter ihr erschien Jorit. Ocke Peters schob sich mit einem kurzen Gruß an Aletta vorbei und begab sich ins Wohnzimmer, seine Frau blieb vor Aletta stehen.

Jorit trat von einem Bein aufs andere. Er gehörte nicht zu den Nachbarn, war nicht verpflichtet, der trauernden Mutter seine Aufwartung zu machen, machte auch keinen Hehl daraus, dass er sich vor dieser schweren Aufgabe gern drücken wollte.

Maike Peters, deren wieselflinke Augen von Jorit zu Aletta huschten, sagte: »Mein Schwiegersohn ist nur mitgekommen, um uns den Weg zu zeigen. Er muss zurück zu seiner Frau. Beeke hat heute keine Zeit für Tomma.«

Damit folgte sie ihrem Mann, um ihm zu assistieren, falls es nötig sein sollte.

»Sie hat Angst«, flüsterte Aletta Jorit zu, »dass ich deine Ehefrau vergessen könnte.«

Jorit öffnete die Haustür und schob Aletta hinaus. Währenddessen raunte er zurück: »Und sie kann es nicht leiden, wenn ich auch nur einen Augenblick meines Lebens fröhlich bin, obwohl es Tomma so schlechtgeht!«

Sie traten auf die Straße und atmeten tief durch. Die Luft im Hause Mügge war schwer und dicht und von Trauer verbraucht gewesen, so dass das Atmen schwergefallen war.

Jorit steckte die Hände in die Hosentaschen, blickte in den Himmel und sah mit einem Mal so aus, als wollte er über das Wetter plaudern. »Die Entenjäger haben aufgegeben«, sagte er, ohne den Blick aus den Wolken zu nehmen. Auf dem Umweg über etwas Lapidares war er schon früher gern auf das zugegangen, was ihm wichtig erschien und was gleichzeitig heikel war. »Man sagt, Sönke würde irgendwo versteckt gehalten. Er muss Hilfe in der Bevölkerung gefunden haben. Unmöglich, dass er die Insel verlassen hat.« Nun wanderte sein Blick zu dem Dachfenster von Alettas Elternhaus, das einen Spaltbreit offenstand. »Frauke Lützen ist verdächtigt worden. Emme hat sie angeschwärzt, habe ich gehört. Frauke hat Sönke schon früher oft geholfen. Als er bei dem Bauern in der Braderuper Heide in Pflege war, hat sie ihm etwas zu essen zugesteckt, weil er dort schlecht versorgt wurde.«

»Aber Frauke hat Sönke nicht versteckt?«

Jorit schüttelte den Kopf und blickte immer noch zu dem Dachfenster. »Ihr Haus ist klein. Sie hatte nichts dagegen, dass es durchsucht wurde. Bei ihr verbirgt Sönke sich nicht.«

Nun zwang Aletta ihn, sie anzusehen. »Was denkst du?«

Ernst und sorgenvoll sah Jorit sie an. »Ich denke daran, dass wir Frauke Lützen und deine Schwester beobachtet haben, wie sie in der Dunkelheit durch euren Garten schlichen.«

Er sah sie so lange derart eindringlich an, dass Aletta schließlich den Blick senkte. »Du hast recht.«

Jorit schöpfte so tief Atem, dass er sich daran verschluckte und zu husten anfing. Als er wieder reden konnte, stieß er hervor: »Wie kannst du das unterstützen?«

»Ich weiß es erst seit gestern Abend«, erklärte Aletta. »Ich war wieder auf dem Speicher, um nach weiteren Tagebuchaufzeichnungen zu suchen.« Mit wenigen Worten erzählte sie Jorit, wie sie die Nacht verbracht hatte. Dann schloss sie: »Du wirst meine Schwester doch nicht verraten?«

Die Tür hinter ihnen öffnete sich. Ohne sich umzublicken, griff Jorit nach Alettas Arm und zog sie außer Hörweite. »Dass bloß niemand dahinterkommt«, tuschelte er aufgeregt. »Hast du eigentlich eine Ahnung, wie groß die Gefahr ist?«

Als die Stimme hinter ihnen ertönte, fuhren sie herum. »Wolltest du nicht so schnell wie möglich wieder nach Hause gehen?«, fragte Maike Peters ihren Schwiegersohn, sah aber nicht Jorit, sondern Aletta an. »Tomma braucht dich.«

Jorit murmelte etwas Zustimmendes, drehte sich um und lief eilig davon. Aletta hoffte, sich genauso schnell davonmachen zu können, aber sie hatte sich getäuscht. Maike Peters hielt sie auf.

»Es tut mir leid für Sie, dass Sie erst Ihren Lebensgefährten und dann noch Ihr Kind verloren haben. Ich kann gut verstehen, dass Sie Trost brauchen. Und ich finde es rührend von Jorit, dass er Ihnen beisteht.« Das alles gab sie in einem Ton von sich, der Aletta zeigen sollte, dass sie exakt das Gegenteil von dem meinte, was sie sagte. »Verzeihen Sie, dass ich Ihr Gespräch stören musste. Aber Tomma geht nun mal vor. Sie ist ja völlig hilflos, seit sie Jorits Kind zur Welt brachte.«

Aletta verbot sich eine Antwort, die nicht sehr freundlich ausgefallen wäre. Die Gedanken rasten durch ihren Kopf. Konnte Maike Peters Jorits letzte Sätze gehört haben? Niemand dürfe dahinterkommen, und die Gefahr sei groß? Wenn sie das nun falsch interpretierte? Andererseits wäre es genauso schlimm, wenn sie es richtig verstand. Aletta wusste, dass sie es nicht so machen durfte wie Jorit. Jeder Versuch, sich zu rechtfertigen, würde für Maike Peters eine Bestätigung ihres Verdachts sein.

»Ihre Tochter hat mein ganzes Mitgefühl«, sagte sie deshalb nur steif. »Wenn Sie mich jetzt bitte entschuldigen würden …«

Sie überquerte die Straße und ging auf das Gartentor zu, hinter dem ihr Elternhaus lag. Noch bevor sie es erreicht hatte, hörte sie die Tür der Mügges ins Schloss fallen. Sie drehte sich um. Maike Peters war nicht mehr zu sehen. Daraufhin entschied Aletta sich anders und lief eilig die Stephanstraße hinab. Sie erreichte Jorit, kurz bevor er die Maybachstraße überquerte.

Er blieb stehen, als sie seinen Namen rief, und drehte sich um. Mit ernstem Gesicht blickte er ihr entgegen. »Du hast es mir noch nicht versprochen«, meinte Aletta atemlos. »Sag mir, dass du Insa … dass du uns nicht verraten wirst. Bitte!«

Jorit gab mit einer wegwerfenden Handbewegung zu verstehen, dass Verrat für ihn nicht infrage kam, warnte aber gleichzeitig: »Halt du dich da raus, Aletta. Ich habe Angst um dich! Wenn deine Schwester das Risiko eingeht … niemand würde dir verübeln, dass du sie nicht der Polizei auslieferst. Aber selbst da bin ich nicht sicher. Lass dich nicht wieder auf dem Speicher blicken. Sollte Sönke gefunden werden, wird er ins Verhör genommen. Und Sönke ist nicht fähig zu lügen, das weiß jeder. Er wird bei der Wahrheit bleiben, er kann gar nicht anders. Wenn er aussagt, dass du dich nicht an seiner Versorgung beteiligt hast, dann wird man ihm glauben. Und du kannst davonkommen, obwohl du von Sönke gewusst hast. Man wird dir zugutehalten, dass du deine Schwester schützen wolltest.«

Es kam Aletta so vor, als wollte er weitergehen und keine Entgegnung von ihr hören, deshalb griff sie nach seinem Arm und hielt ihn fest. »Ich kann mich nicht raushalten! Wenn ich Insa jetzt im Stich lasse, wird sie mich erst recht zurückweisen. Sönke ist die Chance, dass sie mich endlich akzeptiert.« Und hilflos setzte sie hinzu: »Vielleicht hat sie mich sogar ein bisschen lieb, wenn ich ihr helfe.«

Jorit starrte sie an, als könnte er nicht glauben, was sie sagte. »Aletta Lornsen, die berühmte Sängerin …?«

»Damit ist es vorbei«, unterbrach Aletta ihn heftig. »Jedenfalls fürs Erste. Hier bin ich keine berühmte Sängerin, siehst du das nicht? Und solange Krieg ist, bin ich es sowieso nicht. Du weißt, wie das ist mit Insa und mir. Sie hat mich immer abgelehnt. Und mittlerweile weiß ich, warum.«

»Du glaubst es zu wissen«, stellte Jorit richtig.

»Sie hat meinetwegen auf ihre Liebe verzichten müssen«, beharrte Aletta. »Vielleicht verzeiht sie mir, wenn sie sich jetzt auf mich verlassen kann.«

Jorit seufzte und schüttelte den Kopf, sagte aber: »Von mir erfährt keiner etwas, so viel ist klar. Mir würde es für den armen Sönke ja auch schrecklich leidtun …«

Aletta nickte nur, weil sie nicht sagen konnte, warum ihr Sönke ebenfalls am Herzen lag. Noch mehr als allen anderen! Gern hätte sie Jorit gestanden, dass sie als Zehnjährige das Findelkind von der Stufe der Kirchentreppe gehoben und in die Sakristei getragen hatte, dass Sönke ihrem Herzen seitdem so nahe war, wie ihr eigenes Kind ihr nicht hatte kommen können. Doch dann hätte sie auch gestehen müssen, dass sie eine Diebin war, dass sie keinen Einspruch erhoben hatte, als Sönkes Mutter in den Verdacht gekommen war, die Kollekte gestohlen zu haben, und sie hätte erklären müssen, was in der Nacht geschehen war, in der Kai Stobart verschwand. Und dass sie von Angst gequält wurde, seit der kleine Mügge gestorben war, müsste dann auch zur Sprache kommen.

Als sie am Ende dieser Gedanken angekommen war, stellte sie fest, dass Jorit sie aufmerksam betrachtete. »Ich muss es dir sagen«, flüsterte er, und sein Gesicht nahm einen Ausdruck an, der so voller Angst war, dass Aletta erschrak. »Ich bin verheiratet, du hast gerade den Mann verloren, den du geliebt hast, du hast sogar dein Kind verloren, aber … ich muss es trotzdem sagen. Du sollst es wissen. Vielleicht hilft es dir, wenn du in Schwierigkeiten kommst.«

Aletta spürte, dass ihr die Knie zitterten. Aber Jorit schwieg, weil zwei in Schwarz gekleidete Frauen vorübergingen, die in die Stephanstraße einbogen, vermutlich, um Okka Mügge zu kondolieren. Er wartete, bis sie außer Hörweite waren, dann sagte er: »Ich liebe dich, Aletta. Es hat sich nichts geändert, seit du vor zehn Jahren gegangen bist. Ich habe es mir nur eingebildet. Und es tut mir schrecklich weh, wenn ich daran denke, was aus unserer Liebe hätte werden können, wenn ich damals die Chance bekommen hätte, mit dir zu gehen.«

Aletta stand mit hängenden Armen da, sah in sein Gesicht, ertrug es dann nicht mehr und ließ den Blick über seine Uniformknöpfe hinabfallen auf ihre Füße. Wäre sie dorthin gekommen, wo sie vor dem Krieg gestanden hatte, ohne Ludwig?

Bevor sie sich diese Frage beantwortete, sagte Jorit: »Ich weiß, ich hätte dir bei deinem Aufstieg nicht helfen können, so wie Ludwig Burger es konnte. Aber bei deinem Talent hättest du es sowieso geschafft. Und ich hätte dich nicht weniger geliebt als er.«

Er griff nach ihren Armen, zog sie näher zu sich heran, widerstand aber der Versuchung, sie fest an seine Brust zu ziehen und vielleicht sogar zu küssen. Trotzdem würde jeder, der sie sah, diese Verlockung erkennen, so deutlich stand sie zwischen ihnen, und auch das tiefe Gefühl, das sie verband, wenn Aletta es auch immer noch Freundschaft nannte. Sie wollte gerade ansetzen, Jorit zu erklären, wie kostbar für sie die Liebe war, die sie früher verbunden hatte, und dass sie nicht weniger kostbar geworden war, seit sie dieser Liebe einen anderen Namen gegeben hatte. Und sie wollte ihm erklären, wie wichtig es war, dafür Sorge zu tragen, dass diese Liebe nicht erneut in ihre Gegenwart eindrang … Aber als ihre Augen sich in sein Gesicht zurück wagten, bemerkte sie, dass seine Haltung starr wurde und er über ihren Kopf hinwegsah. Erschrocken ließ er von ihr ab, so heftig, als wollte er sie eigentlich zurückstoßen. Ohne sich umzudrehen, war Aletta klar, dass Maike Peters sich näherte.

Schon Stunden vorher hatte sie ihren Seidenschal umgelegt, damit er ihre Stimme warmhielt. In letzter Zeit hatte sie ihn gelegentlich am Haken neben der Haustür hängen lassen, aber nun trug sie ihn im Hause genauso wie draußen, bei gutem und schlechtem Wetter gleichermaßen. Nach den Stimmübungen, die für Reik neu waren, die er aber gewissenhaft absolvierte, sangen sie ihr Repertoire, änderten nach den Vorschlägen von Robert Fritz, der sich als sehr erfahrener Konzertbesucher entpuppte, die Reihenfolge der Lieder, versuchten es nach dieser Umgestaltung noch einmal und genossen, als der Abend hereinbrach, das berauschende Gefühl, auf dem richtigen Weg zu sein. Für Reik waren sie neu, diese Sicherheit, das passende Programm ausgewählt zu haben, und der Optimismus, damit einen Erfolg zu verbuchen. Für Aletta war beides notwendig, sonst hätte sie niemals eine Bühne betreten.

Während sie ihre Soli probierte, sang sie zunächst in Reiks Gesicht, das voll verklärter Bewunderung war, dann in Robert Fritz' schwärmerisches Lächeln, wandte den Blick dann aber nach innen, Ludwig zu.

»Sing, wenn du an mich denkst! Sing, wenn du mir nah bist.«

Sie sang für Ludwig, sie war ihm so nah, wie sie ihm immer gewesen war, wenn sie sang, und wusste, dass es so bleiben würde, solange sie singen konnte, dass sie nicht mehr würde singen können, wenn sich daran etwas ändern sollte. Sie sang, wie jeder Sänger singen sollte, der seine Zuhörerschaft berühren will, ob sie aus zwei Männern oder einem riesigen Publikum bestand. Dass sie alles richtig gemacht hatte, dass sie immer noch alles richtig machen konnte, dass ein paar Kriegsmonate und Schicksalsschläge daran nichts geändert hatten, wurde ihr klar, als sie in die Gesichter von Reik und Robert Fritz sah, nachdem sie »Guten Abend, gut' Nacht« gesungen hatte. »Schau im Traum 's Paradies ...«

Als Aletta die Augen wieder öffnete, sah sie, dass nun auch Hauptmann Hütten zu ihrem Publikum gehörte. Er, der noch nie ein Konzert besucht und nur verächtlich reagiert hatte, wenn Leutnant Fritz ihn an seinem Kunstverständnis teilhaben lassen wollte, saß da wie verzaubert. In seinen Augen stand etwas, was Aletta noch nie dort gesehen hatte. Und sie nahm an, dass es an diesem Tag zum ersten Mal entdeckt worden war. Hauptmann Hütten würde nie wieder spöttisch lachen, wenn Leutnant Fritz ihm versicherte, dass Aletta Lornsen die Marzelline in »Fidelio« besser gesungen habe als jede Sopranistin zuvor.

Dem Applaus von drei Menschen fehlte zwar das gewaltige Rauschen, das im Beifall eines großen Publikums entsteht, aber es machte Aletta nicht weniger froh. Und die Freude auf das Konzert, so stümperhaft es auch organisiert sein würde und so wenig es den äußeren Voraussetzungen entsprach, die bisher für sie selbstverständlich gewesen waren, füllte sie ganz und gar aus. Für ein paar Augenblicke war ihr altes Leben zu ihr zurückgekehrt. Sie hatte es mit offenen Armen empfangen, obwohl sie wusste, dass es nicht bei ihr bleiben würde. Aber darauf kam es in diesem Moment nicht an. Nur das Glück, zu singen, zählte.

»Ich hoffe, der Pianist versteht sein Handwerk wirklich«, sagte sie, weil die Bewunderung von Reik und Robert Fritz so schwer wog, dass sie etwas Leichtes beisteuern wollte.

Nachdem Fritz und Hütten sie mit vielen Komplimenten verlassen hatten, trat Aletta ans Fenster. Dass es im Garten einen weiteren Zuhörer gegeben hatte, bemerkte sie erst, als sich eine Gestalt aus den Büschen löste und sich davonmachte. Frauke Lützen, die wieder ihre große Tasche mit sich trug!

Aletta spürte das dringende Verlangen, ihr zu sagen, dass sie nun zu den Eingeweihten gehörte, dass sie nicht mehr nur die Sängerin Aletta Lornsen war, sondern vor allem die Schwester von Insa Lornsen, von der sie ins Vertrauen gezogen worden war. Warum? Weil sie ihre nächste Angehörige war und weil sie von ihr geliebt und geachtet wurde! Der Wunsch, alle ungeklärten Fragen, alle Unwahrheiten aus ihrem Leben zu verbannen, wuchs heran. Sie hätte etwas darum gegeben, die Vergangenheit ins Licht zu ziehen, wo jedermann sie von allen Seiten betrachten konnte und wo ein Weg direkt aus diesem Licht in die Gegenwart führte, der keine Abzweigung besaß, die in die Irre führte.

»Morgen können wir im ›Grand Hotel‹ die Generalprobe machen«, sagte Reik in ihre Gedanken hinein. »Anschließend wird das Klavier ins Klappholttal befördert. Jorit Lauritzen hat von Oberst von Rode den Auftrag bekommen, sich darum zu kümmern. Schließlich ist er selber Hotelier und kennt den Besitzer des ›Grand Hotels‹ gut.«

Eine halbe Stunde später schien das Haus leer zu sein. Reik hatte seinen Dienst antreten müssen, Hauptmann Hütten und Leutnant Fritz waren längst aufgebrochen. Aletta wusste, dass Insa im Hause war und vermutlich auch Frauke Lützen, aber zu hören war keine der beiden. Die Küche war leer, im Hause war alles still. Vermutlich waren sie auf dem Dachboden bei Sönke.

Kurz darauf bekam sie es bestätigt, als plötzlich Schritte von oben zu hören waren, die aus dem Nichts zu kommen schienen, die in keinem Zimmer entstanden waren. Sie setzten ein geräuschloses Schleichen fort, das direkt hinter der Tür zum Speicher zu Schritten wurde, die nun gehört werden durften.

Als Frauke und Insa zu ihr in die Küche kamen, sah sie ihnen erwartungsvoll entgegen, und tatsächlich machte Insa ihr das erste große Geschenk ihres Lebens. »Ich habe Frauke gesagt, dass du nun Bescheid weißt.«

Frauke Lützen schien das Vertrauen, das Insa in ihre Schwester gesetzt hatte, kleiner reden zu wollen. »Dafür hat Sönke selber gesorgt. Der dumme Junge!«

Aber Insa ließ nicht zu, dass das geschenkte Vertrauen weniger wert sein sollte, nur weil Sönke es erzwungen hatte. »Sie will uns bei Sönkes Versorgung helfen«, betonte sie.

Frauke schien zufrieden zu sein. Sie stellte ihre Tasche ab, der Aletta ansehen konnte, dass sie nun leer war. »Ich fürchte, er bekommt so was wie einen Lagerkoller. Wie alle Eingeschlossenen ihn irgendwann kriegen.«

Aletta runzelte die Stirn. »Was meinen Sie damit?«

»Wir müssen auf ihn aufpassen«, erklärte Frauke. »Nicht, dass er durchdreht und wegläuft!«

Aber Insa teilte ihre Sorge nicht. »Er weiß, dass Soldaten hier wohnen und dass er keinen Schritt ins Innere des Hauses setzen darf. Er ist zwar nicht besonders helle, aber dieses Risiko wird er nicht eingehen.«

»Gefangene, die so einen Koller kriegen, haben nur noch einen Gedanken: raus!«

»Er kann das Dachfenster geöffnet halten. Dann spürt er die Luft, er riecht sie und hört Stimmen. Vor allem das Schreien der Möwen.«

Doch Frauke blieb sorgenvoll. »Er hat immer im Freien gearbeitet. Wenn Dirk Stobart ihn verdonnerte, mal zwei Stunden im Kontor die Rechnungen zu sortieren, hat er es nicht ausgehalten.«

»Weil er mit dem Sortieren von Rechnungen nicht klarkommt«, gab Insa zurück. »Nur deswegen!«

»Ich weiß nicht …« Frauke blieb skeptisch. »Gerade war er so nervös. So ruhelos.«

»Weil gestern Aletta auf dem Speicher aufgetaucht ist«, beruhigte Insa sie. »Das hat ihn verunsichert. Aber nun haben wir ihm ja erklärt, dass er sich keine Sorgen machen muss.«

Aletta wollte unbedingt Teil dieser verschworenen Gemeinschaft sein und rückte ihren Stuhl noch näher an den Tisch heran. »Er muss die Zeit da oben nutzen. Er sollte etwas lernen. Das hilft ihm. Dann vergeht die Zeit schneller.«

»Ich habe ihm was zu lesen gebracht«, sagte Insa. »Aber er tut sich schwer mit dem Lesen.«

Sie goss neuen Tee auf, Aletta starrte in den aufsteigenden Wrasen, bis Insa ihn mit dem Aufsetzen des Deckels abschnitt. »Nun sind wir zu dritt«, sagte sie leise. »Dass bloß kein Weiterer etwas von Sönke erfährt! Je mehr Leute Bescheid wissen, desto größer ist die Gefahr, dass etwas durchsickert.«

Aletta wollte ihr eifrig zustimmen, weil Zustimmung die Reaktion war, die am besten zu diesem Bündnis passte, das sie nun fest mit Insa verband. Doch bevor sie ihre Worte bestätigen konnte, fiel ihr Jorit ein. Er war zum Mitwisser geworden! Nicht, weil auf Alettas Verschwiegenheit kein Verlass war, sondern weil Jorit mit Aletta zusammen im Gartenhäuschen das verschwörerische Treffen von Insa und Frauke belauscht hatte. Und weil er gehört hatte, wie Frauke Druck auf Insa ausübte. Aber das konnte sie ihrer Schwester unmöglich gestehen. Dass sie sich mit Jorit heimlich getroffen hatte, um mit ihm über das Tagebuch ihrer Mutter zu reden … wie sollte sie Insa das erklären? Zugeben, dass sie immer noch dem Geheimnis der Mutter nachjagte? Heimlich? Nein, das würde Insa ihr nicht verzeihen.

Plötzlich wurde ihr der Hals eng, und sie musste kräftig schlucken, um die Angst zu überwinden, dass die wunderbare Einigkeit mit Insa bereits wieder in Gefahr war. Sie hatte Heimlichkeiten vor ihrer Schwester, so wie diese Heimlichkeiten vor ihr hatte, sie belogen sich, sie täuschten sich gegenseitig! Und trotzdem glaubte Aletta, dass die momentane Verbundenheit etwas sein könnte, was ihr Verhältnis von Grund auf verbesserte? Die Euphorie verflog, als hätte jemand das Fenster geöffnet und das schöne, leichte Gefühl wäre wie eine Feder nach draußen gezerrt worden.

Sie erhob sich und band ihre Schürze ab. »Ich brauche frische Luft. Ich war heute auch noch nicht am Rathaus, um nach den Bekanntmachungen zu sehen.«

»Aber komm zurück, ehe es dunkel wird«, rief Insa ihr nach.

Aletta blieb, mit dem Rücken an die geschlossene Haustür gelehnt, noch eine Weile stehen, ehe sie in den Vorgarten trat. Kurz vorher noch hätte sie Insas Sorge genossen, aber nun war ihr, als hätte sie etwas bekommen, was ihr nicht zustand, etwas, was sie sich ergaunert hatte.

Aletta brauchte eine Weile, bis sie die Stimme und den missbilligenden Blick von Tommas Mutter abgeschüttelt hatte. Sie litt unter ihrem Vorwurf, während sie die Wilhelmstraße zurückging, er tat besonders weh, weil sie sich unter Maike Peters' Verdacht ungerecht behandelt fühlte und seit Jorits Geständnis gleichzeitig schuldig. Der Wunsch, Tommas Mutter ihre Sorgen zu nehmen und ihr zu versichern, dass ihrer Tochter nichts genommen werden sollte, drückte sie nieder, als sie in die Stephanstraße zurückkehrte, die Hilflosigkeit trieb ihr Tränen in die Augen. Aber dann sah sie die geschlossene Kutsche, die ihr entgegenkam, und eine Sorge verjagte die andere.

Dirk Stobart saß auf dem Bock, er hatte das Tempo gedrosselt. Der Wagen bewegte sich langsam und würdevoll auf das Trauerhaus zu. Wenn Dirk mit diesem Wagen durch Westerland fuhr, wusste jeder, welchen Auftrag er auszuführen hatte. Im Laufe des Tages würde er einen Kindersarg zimmern müssen, in dem der kleine Mügge zur letzten Ruhe gebettet wurde.

Aletta blieb stehen und sah Dirk Stobart entgegen. Er warf ihr einen kurzen Blick zu, dann sorgte er dafür, dass die Pferde direkt vor der Tür zum Stehen kamen, zog die Bremse an und stieg ab. Erst als er neben seinem Wagen stand, blickte er wieder zu Aletta, die sich noch nicht weiterbewegt hatte und ihn beobachtete. Als sähe er schweren Herzens ein, dass sich so manches nicht einfach totschweigen ließ, kam er schließlich zu ihr und grüßte sie scheu. All das Anmaßende war verflogen, das Siegessichere sowieso, und das Verschlagene, das in seinen Augen gestanden hatte, als er Aletta zum Schweigen zwingen wollte, hatte nackter Angst Platz gemacht.

»Wer hätte gedacht, dass es bei den Mügges so bald wieder eine Beerdigung geben würde«, sagte er und beobachtete Aletta so scharf, als erwartete er von ihr eine Bemerkung, die alles ändern würde.

Aber sie zuckte nur mit den Schultern und sah an ihm vorbei zur Haustür der Mügges. »Vielleicht haben Sie Glück«, sagte sie leise. »Für den kleinen Sarg muss das Grab nicht besonders tief ausgehoben werden.«

Diese Hoffnung machte Dirk sich anscheinend auch, aber sein Gesicht blieb sorgenvoll, seine Nasenflügel bebten, und sein linkes Augenlid zuckte. Er sah so aus, als hätte er nicht mehr richtig geschlafen, seit der kleine Mügge krank geworden war. »Vielleicht war es ein Fehler«, meint er leise, »Kais Sachen mit ihm zusammen zu begraben.«

Aletta sah ihn ungläubig an. »Sie haben danach sein persönliches Hab und Gut geholt und dann …« Sie brachte den Satz nicht zu Ende, sondern nur ein Stöhnen zustande.

»Wo sollte ich es sonst lassen?«, verteidigte sich Dirk. »Ich dachte, in dem Grab findet niemand den Kasten mit seinen Papieren. Es sollte doch alles so aussehen, als hätte er Sylt verlassen, weil er Pfaffe werden wollte und kein Zimmermann. Meine Eltern wussten, dass er als Vaters Nachfolger nicht glücklich war. Sie haben damit gerechnet, dass er irgendwann in einem schwarzen Talar wieder auftaucht.«

»Und sie haben sich nicht gewundert, dass er nie etwas von sich hören ließ?«

»Doch«, gab Dirk zu. »Aber sie sind ja bald gestorben …«

Er sah auf seine Füße und beobachtete seine unruhigen Zehen, die die Spitzen seiner Arbeitsschuhe vibrieren ließen. »Er wäre nie ohne den Siegelring gegangen, den er als Ältester von unserem Großvater geerbt hatte, und nie ohne die Armbanduhr, die er bekommen hatte, als er die Meisterprüfung bestand. Und natürlich hätte er auch seine Zeugnisse mitgenommen, denn er musste schließlich auf dem Festland irgendwie sein Geld verdienen.«

»Und das alles steckt in dem Holzkästchen, das Sie mit ihm begraben haben?« Aletta betrachtete ihn kopfschüttelnd. »Wenn morgen in dem Grab eine Leiche gefunden wird, wüsste niemand, um wen es sich handelt. Aber diese Grabbeigaben werden alles verraten.«

Dirks Stimme klang jetzt weinerlich. »Ich war völlig kopflos in jener Nacht. Erst Kais Vorwürfe und dann noch Bonckes

Flucht … Ich habe geschworen, danach ein normales Leben zu führen, mit der Zimmerei, mit einer Frau und einer Familie.«

»Und einem jungen Geliebten«, ergänzte Aletta höhnisch.

»Das wollte ich nicht.«

»Soll das heißen, Sönke hat es so gewollt?«

Stobart antwortete nicht, er sah sogar so aus, als hätte er mit den Tränen zu kämpfen.

»Machen Sie sich Sorgen um ihn?«, fragte Aletta leise.

Dirk nickte verlegen. »Erstaunlich, dass sie ihn noch nicht gefunden haben. Da gibt es einen Oberleutnant, der hat alle Häuser durchsucht, wo Menschen wohnen, die mit Sönke Kontakt hatten.«

»Ihr Haus auch?«

»Natürlich. Und die Häuser sämtlicher Pflegeeltern, bei denen Sönke gewohnt hat.«

»Dann scheint er bei Leuten versteckt zu sein, die keine enge Beziehung zu ihm haben.«

»Das glaube ich nicht«, sagte Dirk. »Wer geht ein solches Risiko ein? Nein, er wird sich irgendwo in den Dünen verborgen halten.«

»Dort hat sich die Inselwache breitgemacht.«

»Sönke kennt sich aus. Er wird ein gutes Versteck gefunden haben.«

»Aber wie lange wird er sich dort verborgen halten können? Er muss sich gelegentlich herauswagen, um sich etwas zu essen zu besorgen. Die Entenjagd ist schwierig geworden …«

Bevor sie eine Antwort bekam, öffnete sich die Tür der Mügges, jemand trat auf die Straße und stutzte, als er den Wagen der Zimmerei Stobart erkannte. Dirk verabschiedete sich hastig von Aletta und wollte hinüberlaufen.

Doch sie hielt ihn zurück. »Eines noch, Herr Stobart! Was ist … wenn Ihr Bruder gefunden wird? Und wenn Sie in Verdacht kommen? Was soll dann werden?«

Dirk sah sie sehr nachdenklich an. »Sie könnten bezeugen, dass es ein Unfall war.«

»Boncke Broders auch.«

»Der ist weg. Verschwunden.«

»Aber wenn ich bezeuge, dass es ein Unfall war, dann wird man mich fragen, was ich auf dem Friedhof gemacht habe. Warum ich nicht vorher zur Polizei gegangen bin. Wie es überhaupt möglich sein konnte, dass wir uns nachts auf dem Friedhof von St. Niels trafen.«

Dirk sah sie nicht an. »Dann wird herauskommen, dass ich … anders bin.«

»Immer noch besser, als wegen Mordes angeklagt zu werden.«

Dirk kniff fest die Augen zusammen, dann schüttelte er noch einmal den Kopf. Und plötzlich blickte er auf. Aletta sah, dass seine Augen eiskalt geworden waren. »Unterstehen Sie sich! Wenn Sie mich verraten, verrate ich Sie auch. Nicht nur die Diebstähle, auch dass Sie Sönke gefunden und in die Sakristei gelegt haben.« Das Grinsen, das sich über sein Gesicht legte, bereitete Aletta Übelkeit. »Was sagen Sie? Sönke wird bei Menschen versteckt, die keine enge Beziehung zu ihm haben?« Er stieß ein Lachen aus, das Aletta nie hässlicher und gemeiner gehört hatte. »Es gibt jemanden, der hat diese enge Beziehung zu ihm. Nur … keiner weiß es.«

Unter den Augen eines Nachbarn, der Okka Mügge kondoliert hatte, hob er die Holzkiste aus dem Wagen. »Meinen Sie, ich merke nicht, dass Frauke Lützen täglich bei mir vorbeigeht? Immer auf dem Weg in den Ort! Und dass sie sich häufig bei Ihnen aufhält, ist mir auch schon aufgefallen. Man weiß ja, dass Frauke einen Narren an Sönke gefressen hat.«

»Sie würden ihn verraten? Ich dachte, Sie lieben ihn!«

»Jeder ist sich selbst der Nächste!«

Nun setzte er die Miene auf, die von ihm erwartet wurde, und trug die Kiste ins Haus. Aletta sah ihm nach, bis er verschwunden war, aber Dirk warf keinen Blick mehr zurück.

Aletta dachte an Jorits Warnung, dennoch stieg sie mit Insa auf den Speicher, brachte Sönke frisches Wasser, war bereit, seine Wäsche zu waschen und sie heimlich in ihrem Schlafzimmer zu trocknen, damit niemand sie zu sehen bekam. Jorit mochte recht haben mit seinen Mahnungen, aber die Anerkennung, die Aletta in Insas Augen sah, wog schwerer. Dass sie der Anlass für ihre Erleichterung war, machte sie froh.

»Jetzt brauche ich nur noch aufzupassen, dass Hütten und Fritz nichts bemerken«, sagte Insa und schenkte Aletta einen Blick, der reinstes Glück in ihr erzeugte.

Am späten Nachmittag saßen sie in der Küche und hackten Kräuter für die Gemüsesuppe, die auf dem Herd kochte. Für Sönke hatte Insa bereits einen Teller mit Brot, Butter und Salz vorbereitet. »Unser letztes Brot! Vor dem Schlafengehen muss ich einen neuen Teig ansetzen. Er wird dann morgen früh gebacken.«

Sie legte das Wiegemesser zur Seite, setzte Teewasser auf und holte Kekse aus der Dose, in der schon ihre Mutter das Gebäck aufbewahrt hatte. Dann erhöhte sie schließlich diese Stunde noch damit, dass sie das Gespräch auf eine gemeinsame Kindheitserinnerung brachte. Am Ende konnten sie zusammen über den alten Großonkel lachen, der so schwerhörig gewesen war, dass ihn der Blitz, der in sein Haus einschlug, glücklich machte, weil er ihn gehört hatte, ohne mehrmals nachfragen zu müssen. Zwischen den Schwestern entstand eine Wärme, wie Aletta sie noch nie empfunden hatte. Insa berührte sogar gelegentlich ihren Arm und wich nicht zurück, als Aletta sie kurz von hinten umarmte. Auch das Mitleid für Okka Mügge nahm die Wärme nicht aus der Küche. Aletta wagte es sogar, Insa von Jorits Liebesgeständnis zu erzählen und mit ihr die Frage zu erörtern, wie sie damit umgehen solle. Schließlich stand die Frage im Raum, wie es um Alettas Gefühle für Jorit bestellt war, aber Insa war feinfühlig genug, sie nicht auszusprechen. Am Ende hielt Aletta es für möglich, irgendwann mit Insa über Reik Martensen zu sprechen, über Insas junge Liebe zu ihm, über seinen Vater, über das Tagebuch ihrer Mutter, auch über die Möglichkeit, dass Insa sich Reik erneut zuwandte, vielleicht sogar über ihre Schuld und die nächtlichen Besuche auf dem Friedhof. Aletta hielt alles für möglich in diesen Stunden, in denen Sönke oben auf dem einsamen Speicher ein kleines Wunder hervorgebracht hatte. Auch dass sie von Insa belogen worden war, spielte in dieser Stunde keine Rolle. Aber dann klopfte es an der Tür, und Reik Martensen kam …

Zwei Abende später sollte ihr Konzert im Klappholttal stattfinden. Vier Duette wollten sie singen, und da Reik es nicht gewöhnt war, sich einem Publikum zu präsentieren, wollte er sie immer und immer wieder üben. Am nächsten Abend sollte die Generalprobe mit dem Pianisten stattfinden.

Das Heitere, das Gemeinsame, die emotionale Wärme standen noch in der Küche, als Reik eintrat. Doch als hätte er für Durchzug gesorgt, fiel die Tür zu Insas Herzen zu. Kälte fuhr herein und riss mit, was die beiden Schwestern für eine Weile verbunden hatte.

Insa erhob sich und sagte brüsk: »Ich will nicht stören.«

Reik griff nach ihrem Arm. »Bleib doch.«

»Wozu? Um dich zu bewundern?« Die Zurückweisung in ihren Mundwinkeln zitterte zwar, aber in den Augen bewahrte Insa sie eisern. »Ich weiß ja, dass du eine schöne Stimme hast. Und von Aletta weiß es jedermann.« Sie wand sich aus Reiks Griff. »Ihr könnt im Wohnzimmer proben.«

In diesem Moment betraten Hauptmann Hütten und Leutnant Fritz das Haus. Sie waren wohl in der Hoffnung gekommen, dass sie Insa zu einem Imbiss überreden konnten, denn das Essen, das ihnen in der Baracke des Klappholttals vorgesetzt wurde, schmeckte niemandem. Hütten und Fritz nutzten daher jede Gelegenheit, eine Pause oder den Feierabend in Insas Küche zu verbringen, wo es noch immer großzügig zuging, im Gegensatz zu manch anderem Sylter Haushalt. Vielfach sorgte der fehlende

Fischfang bereits für Not. Das wenige, was in den Geschäften zu haben war, wurde von Tag zu Tag teurer, so dass sich die Gemeindevorstände entschlossen hatten, Höchstpreise für die Lebensmittel des täglichen Bedarfs festzusetzen. So durften die Preise für Fleisch und Wurstwaren die Obergrenze von drei Mark pro Kilo nicht überschreiten.

Von Fisch hatten sich viele ernährt, und der Verkauf von Fisch hatte das Geld gebracht, das nun zum Einkaufen fehlte. Da es keinen Nachschub gab, waren die Lebensmittel seit Kriegsbeginn bereits teurer geworden. In der Pension Lornsen jedoch war die Vorratskammer noch voll genug, um bis zum Weihnachtsfest keine Not zu leiden. Insas Vertrauen, dass der Krieg dann zu Ende sein würde, ließen die beiden Soldaten immer unkommentiert, um sie nicht zur Sparsamkeit aufzufordern.

Hauptmann Hütten, der ständig hungrig war und sich schon mit gutgefülltem Magen überlegte, wie die nächste Mahlzeit aussehen könnte, steckte den Kopf zur Tür herein. »Ist vielleicht noch was vom Mittagessen übrig?«

Insa drehte sich nicht zu ihm um, während sie antwortete: »Tut mir leid! Alles aufgegessen!«

»Aber es war etwas übrig!«, beharrte Hütten. »Sie haben ein paar Kartoffelplätzchen zur Seite gestellt.«

Aletta, die wusste, dass Sönke sie bekommen hatte, sagte schnell: »Die habe ich gegessen.«

Hütten maß sie erstaunt von Kopf bis Fuß. »Sie haben einen guten Appetit. Und trotzdem sind Sie so schlank?« Erneut wandte er sich an Insa. »Und das Abendessen?«

»Die Suppe ist noch nicht fertig.«

»Brot? Frische Butter?«, versuchte der Hauptmann es weiter und ignorierte, dass Leutnant Fritz hinter ihn trat und ihn am Ärmel zupfte, weil er sich des Hauptmanns und seines unbändigen Appetits schämte.

»Nichts mehr da«, antwortete Insa. »Morgen früh backe ich neues Brot.«

»Ich hole schon mal die Noten«, warf Reik ein und trat auf den Hauptmann zu, damit er die Tür freigab.

»Sie werden für das Konzert üben?«, rief der Leutnant entzückt. »Darf ich zuhören?«

Reik zögerte und warf Aletta einen fragenden Blick zu.

Sie nickte. »Du musst lernen, vor Publikum zu singen.«

Hauptmann Hüttens Blick fiel auf den Teller, den Insa für Sönke angerichtet hatte. »Da ist ja doch noch Brot!«

Insa machte einen Schritt auf den Teller zu, als wollte sie ihn mit ihrem Körper verdecken. »Das ist nicht für Sie.«

»Für wen dann?«

Aletta fiel eher etwas ein als Insa. »Für Okka Mügge. Die Nachbarin hat soeben ihr Kind verloren. Sie hat einfach keine Kraft, sich etwas zu essen zu machen.«

Insa nickte dankbar. »Ich bringe es ihr gleich rüber.«

Brummend verzog Hauptmann Hütten sich, und Aletta stellte erleichtert fest, dass die Wärme, die Zuwendung und die wunderbare schwesterliche Kumpanei, die durch Reiks Erscheinen vertrieben worden waren, zurückkehrten.

Der Leutnant lief schon ins Wohnzimmer, begeistert, dass er die Stimme von Aletta Lornsen zu hören bekommen würde. »Wenn ich das später meiner Familie erzähle …«

Er merkte nicht, dass Reik zögerte und Aletta ansah, als wartete er auf eine Erklärung. Erst als sie nicht kam, machte er Anstalten, dem Leutnant zu folgen. Doch in der geöffneten Küchentür blieb er noch einmal stehen. »Ich war auch bei Okka Mügge zum Kondolieren. Ihre Schwiegermutter war eine Nachbarstochter, ehe sie Johann Mügge heiratete und nach Westerland zog. Und die ist nicht bereit, ihrer armen Schwiegertochter etwas zu essen zu machen?«

»Natürlich ist sie bereit«, antwortete Aletta hastig. »Aber wir wollen ihr helfen, damit sie nicht so viel Arbeit hat.«

Reik warf noch einen Blick auf den Teller, dann schloss er die Tür hinter sich.

»Bring das Brot zu Sönke«, flüsterte Aletta ihrer Schwester zu, ehe sie Reik folgte. »Damit es verschwunden ist und niemand mehr daran denkt.«

XII.

Soldaten! Lasst euch nicht ausfragen! Seid vorsichtig bei euren Unterhaltungen! Spione und Spioninnen treiben sich allerorts auf den Bahnhöfen, in den Zügen und in öffentlichen Lokalen umher. Sie knüpfen mit euch, besonders mit Verwundeten, Unterhaltungen an, bewirten euch und suchen Truppenstellungen, Truppenverschiebungen, Neuformationen und militärische Einrichtungen und Maßnahmen zu erfahren. In verdächtigen Fällen lasst sie durch Wachen festnehmen und achtet während des Transportes darauf, dass sie nichts fortwerfen oder zerreißen. Das stellvertretende Generalkommando.

Aletta drehte, nachdem sie die Bekanntmachung gelesen hatte, dem Rathaus den Rücken zu und blickte aufs »Miramar«. Zum ersten Mal ohne Bedauern! Insa stärkte ihr den Rücken, sie flüsterte ihr zu, dass es nicht wichtig sei, in einem Luxushotel zu wohnen, Insa erinnerte sie daran, dass ihr Zuhause in der Stephanstraße war und nicht hier, am Ende der Plattform, mit Blick aufs Meer, Insa tröstete sie, indem sie ihr vorhielt, dass sie nun beide eine Familie seien, und sie schien sogar zu flüstern, dass es nicht darauf ankomme, wer ihr Vater sei. Hauptsache, sie, die beiden Schwestern, hielten zusammen.

Aletta hatte die Zweifel überwunden und konnte nun sogar lächeln, während sie das Fenster betrachtete, an dem sie gestanden und geweint hatte, als sie vom Tod ihrer Mutter erfuhr und Ludwig sie für immer verließ.

Während sie die Friedrichstraße hinabging, zog die Dämmerung einen hauchzarten Schleier über die Insel. Das Licht schien noch mühelos hindurch, aber es war grau geworden hinter den Wolken. Ein schöner Sonnenuntergang war nicht zu erwarten, dieser Abend würde ohne den Glanz der Sonne zu Ende gehen, wenn sie sich auf den Horizont senkte und ihn noch rötlich färbte, nachdem sie schon längst im Meer verschwunden war. Die Luft war noch milde, aber die Spitzen des Windes stachen bereits mit herbstlicher Kälte zu. Bald würden die ersten Stürme nach allem greifen, was sie zu fassen bekommen konnten.

Aletta stockte, als sie die beiden Männer sah, die aus der Elisabethstraße kamen, einer mit einem schweren Spaten über der Schulter, der andere mit einer großen Schaufel. Der Pfarrer lief neben ihnen her, als er jedoch Aletta bemerkte, blieb er stehen und ließ die beiden allein weitergehen. Aletta sah ihnen nach, während der Pfarrer auf sie zutrat. Vor zehn Jahren waren sie kräftige, gesunde Kerle gewesen, die ihre Arbeit nicht nur auf dem Friedhof, sondern auch im Garten des Pfarrhauses verrichtet hatten. Nun hatte der eine ein steifes Bein und bewegte sich nur mühsam vorwärts, der andere schien unter Gicht zu leiden. Die Hände, mit denen er die Schaufel hielt, waren steif und verkrümmt. Mochten sie bisher unter ihren gesundheitlichen Problemen gelitten haben, waren sie nun womöglich froh über ihre Behinderungen. Die hatten vermutlich dafür gesorgt, dass sie ausgemustert worden waren und nicht in den Krieg ziehen mussten.

Pfarrer Frerich war vor Aletta angekommen und folgte ihrem Blick. »Die Totengräber«, erläuterte er. »Der kleine Mügge soll so bald wie möglich beerdigt werden, damit seine Mutter zur Ruhe kommt.«

Der Pfarrer ging an Alettas Seite die Friedrichstraße hinunter, als wäre auch sein Ziel die Stephanstraße. Er grüßte mal nach links, mal nach rechts, jeder, der ihnen entgegenkam, kannte ihn. Mancher Gruß galt auch Aletta, von den meisten jedoch wurde sie nach wie vor scheu betrachtet oder wortlos angestaunt, obwohl nichts mehr an die berühmte Sängerin Aletta Lornsen erinnerte, die sich, als sie auf Sylt ankam, Gedanken über den Federputz an ihren Hüten gemacht hatte.

»Wie läuft es mit Insa und dir?«, fragte der Pfarrer. »Vertragt ihr euch?«

Über Alettas Gesicht ging ein Lächeln. »Es wird von Tag zu Tag besser.«

Frerich war überrascht. »Tatsächlich? Ihr redet miteinander? Das freut mich. Hat Insa dir … irgendwas erzählt? Von früher …?«

Aletta sah ihn an und blickte wie in ein verschlossenes Fenster, das einen winzigen Spalt geöffnet worden war. »Was könnte sie mir erzählen? Ein Geheimnis?«

Pfarrer Frerich antwortete nicht. Der winzige Spalt des Fensters wurde geschlossen, sein Gesicht wies wieder die routinierte Teilnahme auf, die er sich in vielen Jahren seelsorgerischer Arbeit angeeignet hatte. Insas Stimme, die ihr beim Anblick des »Miramar« Tröstendes und Stärkendes zugeflüstert hatte, verstummte.

»Was wissen Sie von meiner Mutter?«

»Das, was alle wissen«, antwortete Frerich so prompt, als hätte er sich diese Antwort schon vor längerer Zeit zurechtgelegt. »Sie war eine rechtschaffene Frau.«

Langatmig, wie es seine Art war, berichtete er Aletta, wie sehr er ihre Mutter geschätzt habe, fügte ein paar Ereignisse an, an die er sich gern erinnerte, und wollte mit salbungsvollen Worten schließen.

Doch Aletta unterbrach ihn: »Kannten Sie den Vater von Reik Martensen genauso gut?«

Sie waren an der Maybachstraße angekommen, und der Pfarrer blieb stehen, als wollte er zunächst ein Pferdefuhrwerk vorbeilassen, das aber noch weit entfernt war. »Warum fragst du nach ihm?«

»Kannte meine Mutter ihn? Ich meine … kannte sie ihn gut?«

Pfarrer Frerich betrachtete sie, als wollte er einerseits hinter den Sinn ihrer Frage kommen, sie aber andererseits lieber nicht verstehen. »Zwischen den Familien Martensen und Lornsen bestand kein gutes Einvernehmen«, sagte er dann.

»Wegen der Weide? Oder gab es noch andere Gründe?«

Der Pfarrer zuckte die Achseln. »Ich kann mich nicht erinnern.«

Das Fuhrwerk war vorüber, sie überquerten die Straße.

»Der alte Martensen war ein schwieriger Mensch«, fuhr der Pfarrer vorsichtig fort. »In seiner Ehe stand es nicht zum Besten. Einmal hat er seinen Geflügelhof im Stich gelassen – für ein ganzes Jahr – und ist zur See gefahren. Dass seine Frau damals schon schwerkrank war, wusste er allerdings nicht. Sie hat versucht, den Hof über Wasser zu halten, mit Hilfe ihres Ältesten und mit einigen Gelegenheitsarbeitern, aber man konnte zusehen, wie ihre Kräfte schwanden. Auch Reik musste mit anpacken, obwohl er schon seine Bäckerlehre begonnen hatte. Und natürlich wollte er seine freie Zeit eigentlich lieber mit deiner Schwester verbringen …«

Aletta blieb stehen, was der Pfarrer erst bemerkte, als er schon einige Meter weitergegangen war. Irritiert blickte er sich nach ihr um. Daraufhin schloss Aletta den Abstand zwischen ihnen mit ein paar eiligen Schritten wieder.

»Das war in dem Jahr, als Insa in Reik verliebt war?«, fragte sie atemlos. »Also in dem Jahr vor meiner Geburt?«

Der Pfarrer sah sie erstaunt an. »Warum fragst du?«

»Reiks Vater war ein Jahr auf See? Oder vielleicht nur ein halbes Jahr? Ein Dreivierteljahr?«

Der Pfarrer wurde ärgerlich. »Ein Jahr und drei Monate, um genau zu sein. Noch vor dem ersten Advent war er gegangen, und zum übernächsten Biikebrennen kehrte er zurück. Plötzlich stand er wieder zwischen seinen Gänsen. Sogar viel Geld brachte er mit. Aber Glück hat es ihm nicht gebracht. Seine Frau fand er sterbend vor, und sein ältester Sohn war gerade tödlich verunglückt.«

Aletta griff aufgeregt nach Frerichs Arm. »Als meine Mutter

die Verwandten in Hamburg besuchte … als sie mit mir schwanger war … da hatte sie Reiks Vater seit einem Jahr nicht gesehen?«

Der Pfarrer weigerte sich, die zeitlichen Angaben zu überprüfen. »Mein Kind! Was geht in deinem Kopf vor?«

Er ging weiter, legte die Handflächen ineinander, als könnte sein schwarzer Anzug mit dem Beffchen, diesem weißen Kragen der Kirchenmänner, nicht ausreichen, der Welt zu beweisen, dass er zu den geistlichen Herren gehörte. »Du solltest die Vergangenheit ruhen lassen, mein Kind. Versuch, mit deiner Schwester auszukommen, ihr habt ja nur noch einander.«

Aletta spürte den Zorn in sich, wie sie vorher das Glück über die neue Nähe zu Insa gespürt hatte. Und die Frömmigkeit, die der Pfarrer gut sichtbar durch die Straßen trug, war wie eine Ohrfeige, ohne dass sie begriff, wem sie verpasst wurde. »Sie verschweigen mir etwas. So wie Insa! Und Sie belügen mich! Genau wie Insa!«

Sie bogen in die Stephanstraße ein. Der Schritt des Pfarrers veränderte sich nicht, auch seine Mimik und seine Gesten blieben ruhig und unberührt. Er warf Aletta einen Blick zu, als habe er ihr soeben die Beichte abgenommen und ihr alle Sünden verziehen. »Ich gehe jetzt mit Okka Mügge in die Zimmerei Stobart. Sie möchte ihren Kleinen noch einmal sehen, ehe der Sarg geschlossen wird.«

Aletta machte kehrt und ging die Friedrichstraße zurück. Nicht nach Hause! Nicht dorthin, wo Insa auf sie wartete! Sie musste allein sein. Ihr Kopf war voll wirrer Gedanken, ihr Herz angefüllt mit Ratlosigkeit. Die kleinen Antworten, die sie vorher gefunden hatte, waren wieder zu großen Fragen geworden. Reik Martensen konnte nicht ihr Bruder sein! Sie hatten keinen gemeinsamen Vater! Völlig unmöglich! Die Ähnlichkeiten, die Jorit bemerkt hatte, gab es nicht. Ihre schönen Stimmen waren auch kein gemeinsames Erbe, sondern eine zufällige Fügung. Sie musste wieder ganz von vorne anfangen. Dem Rätsel um ihre Herkunft war sie keinen Schritt näher gekommen. Sie hatte es geglaubt, gehofft, aber sie war in die Irre gelaufen. Das Geheimnis ihrer Mutter senkte sich erneut wie eine schwarze Wolke über sie. Das Atmen fiel ihr schwer, als bestünde diese Wolke aus Rauch, der aus einem vernichtenden Feuer aufstieg.

Die Stimme nahm sie erst wahr, als sie direkt hinter ihr ertönte. »Aletta!« Und nun wurde ihr klar, dass sie ihren Namen schon mehrmals gehört hatte. »Aletta! Warte!« Reik Martensen erschien neben ihr. »Wo willst du hin?«

Sie sah in sein Gesicht, fand, dass seine Nase ihrer eigenen doch nicht ähnelte und die Augenfarbe auch nicht. »Zum Strand.«

Er schüttelte den Kopf und runzelte die Stirn, als könne er nicht glauben, was er hörte. »Hast du schon wieder vergessen, dass das Betreten des Strandes verboten ist?«

»Ich muss ...« ... allein sein, hätte sie gern ergänzt, wollte aber nicht unhöflich sein. »Ich muss nachdenken«, sagte sie stattdessen.

Reik griff nach ihrem Arm und zog sie mit. »Ich habe meine Noten bei euch vergessen. Hoffentlich hat Insa sie nicht verbrannt.«

»Warum sollte sie?«, fragte Aletta und ließ sich in den Rhythmus seiner Schritte fallen.

»Sie mag es nicht, wenn wir zusammen singen.«

Aletta wollte darauf nicht eingehen. »Reik, wann ist dein Vater zur See gefahren?«

Er ließ ihren Arm los und sah sie misstrauisch an. »Warum fragst du das?«

»War das im Jahr vor meiner Geburt? In dem Jahr, in dem du mit Insa zusammen warst?«

Er bestätigte es mit einem flüchtigen Nicken und hatte nun seinerseits Mühe, ihr zu folgen, die unbeirrt an dem Schritttempo festhielt.

»Dein Vater kam zum Biikebrennen zurück?«

Reiks Stimme klang nun bitter. »Sogar Weihnachten hat er uns alleingelassen. Zwei Mal! Insa war auch nicht bei mir, und meine Mutter so krank … Diese beiden Weihnachtsfeste würde ich gern vergessen.«

»Ich bin kurz vor dem Biikebrennen zur Welt gekommen. Nur wenige Tage, bevor dein Vater nach Sylt zurückkehrte.«

»Was hat deine Geburt mit meinem Vater zu tun?«

»Nichts«, antwortete Aletta. »Überhaupt nichts.«

Insa empfing sie mit besorgter Miene. »Ich hatte dich doch gebeten, vor Einbruch der Dunkelheit zurück zu sein.«

Aletta warf einen Blick zurück. »Es ist noch nicht dunkel. Außerdem war ich nicht allein. Ich hatte männlichen Schutz.«

Das besänftigte Insa nicht. Feindselig blickte sie Reik an. »Danke, dass du Aletta begleitet hast.« Sie machte einen Schritt auf ihn zu, als wollte sie ihn, der gerade einen Schritt ins Haus setzte, hinausdrängen.

Aber Aletta zog ihn herein und ging mit ihm ins Wohnzimmer. »Dort liegen deine Noten.«

Reik nahm sie auf, blätterte sie durch, dann fiel ihm auf, dass Insa ihnen gefolgt war und in der offenen Tür stand. »Stört es dich, wenn Aletta und ich noch einmal das Programm durchgehen?« Er sah Aletta an. »Wärst du bereit?«

Sie nickte, sah aber Insa fragend an. In diesem Augenblick ging die Haustür, Hütten und Fritz kehrten zurück. Insa verzog spöttisch das Gesicht. »Legt ihr Wert auf Publikum? Oder ist es erlaubt, die beiden Herren zur Gemüsesuppe zu bitten?«

Sie wartete eine Antwort nicht ab, sondern verschwand Richtung Küche. »Nur ein allerletzter Durchgang«, sagte Aletta leise. »Wir dürfen Insa nicht verärgern.«

Sie begannen mit Stimmübungen, die Reik bereitwillig nachahmte, sangen sich ein, ignorierten den Blick, den Leutnant Fritz durch die Tür warf, und Insas scharf vorgetragene Bitte, diesmal ihren Kochkünsten den Vorzug zu geben. Als sie das erste Duett sangen, gelang es Aletta bereits wieder, zu vergessen. Ludwig stand vor ihr auf, lächelte sie an, machte ihr Mut, sagte ihr, dass ihn nichts so bewege wie ihr Gesang …

In diesem Augenblick hörte sie die Dielen über sich ächzen. Leise nur, aber sie kannte jedes Geräusch in diesem Haus. Sie wusste, in welchen Ecken der Wind stöhnte, durch welche Fenster der Sturm heulte, welche der Holzdielen in der ersten Etage knarrten und welche nur dann zu hören waren, wenn jemand von einer Tür zur Treppe huschte. In den Jahren, in denen sie sich nachts aus dem Haus hatte schleichen müssen, um zum Friedhof zu gehen, wo Dirk Stobart auf sie wartete, hatte sie sich jeden Ton dieses Hauses eingeprägt. Sie kannte das Geräusch jeder einzelnen Treppenstufe und wusste, welche sie gefahrlos mit dem ganzen Fuß betreten konnte, welche sie niemals berühren durfte, wenn sie ungehört bleiben wollte, und welche nur an einer bestimmten Stelle, außen, innen oder an der vorderen Kante.

Sie hatte Insas Schritte gehört, als sie in die erste Etage hochgestiegen war, und wusste auch, dass sie nicht in ihr Zimmer gegangen war, sondern die Tür geöffnet hatte, hinter der die Stiege in den Speicher führte. Das Holz vor dieser Tür war weniger abgenutzt, es knurrte nicht, sondern kicherte leise und hell wie ein junges Käuzchen. Und sie hatte Insa auch zurückkommen hören und das Öffnen und Schließen der Küchentür vernommen. Seit sie wusste, dass auf dem Speicher jemand versteckt wurde, vergewisserte sie sich bei allem, was sie hörte, ob etwas auf sie zukam, was sie verraten konnte.

Jetzt war die Gefahr nahe. Von oben war sie heruntergekommen und verharrte nun auf der Treppe. Auf der dritten Stufe von unten! Sönke? Hatte er sein Versteck verlassen? Wie konnte er sich einer solchen Gefahr aussetzen? Und die Menschen, die ihn zu retten versuchten, gleich mit!

Erschrocken wandte sie sich Reik zu und sagte: »Lass uns

noch mal ›So wahr die Sonne scheinet‹ probieren. Das war eben zu schnell. Wenn der Pianist sich streng an die Noten hält …«

Reik sah sie erstaunt an, stimmte aber bereitwillig zu. Er sang gut! Seine Stimme hatte eine wundervolle Wärme, eine schöne Tiefe, dazu eine Höhe, mit der er gut umgehen konnte. In diesem Augenblick, in dem sie sang und gleichzeitig ins Haus lauschte, hörte sie noch genauer als vorher, wie groß Reiks Stimmvolumen war. Sie selbst sang schlechter als sonst, das hörte sie ebenfalls. Sie huschte über die Töne, hielt die Höhe nicht lange genug, atmete zu hastig und verlor am Ende sogar die Stütze. Reik sah sie verwundert an, sagte aber nichts. Doch sie spürte seine Aufmerksamkeit und Anspannung, als merkte auch er, dass sich eine Gefahr von der ersten Etage ins Erdgeschoss bewegte.

Kurz darauf hielt sie es nicht mehr aus. Sie lief zur Tür, riss sie auf und rannte in die Diele. Ein mehrfaches Knarren folgte, und acht Schläge, von denen der dritte und vierte hohl klangen. Sie bewiesen ihr, dass jemand über die Treppe nach oben geflohen war.

»Sönke!«, zischte sie.

Aber schon schrie die vorletzte Dielenbohle auf, die gut geölte Tür schloss sich, die Schritte auf der Stiege waren kaum zu hören, doch Aletta spürte sie in ihrem Herzschlag, an ihrer Schläfe, in ihrem stoßweisen Atmen.

Dass Hauptmann Hütten hinter ihr stand, bemerkte sie erst, als er sagte: »Ist da oben jemand?«

Aletta fuhr herum. »Wie kommen Sie darauf?«

»Ich dachte, ich hätte etwas gehört.«

»Unsinn! Da oben ist niemand! Ich habe nur etwas vergessen. Ich hole es schnell.«

Aletta lief die Treppe hoch. Auf der oberen Stufe hörte sie die Küchentür klappen. Der Hauptmann war zu seiner Gemüsesuppe zurückgekehrt. Schwer atmend stand sie da und zwang sich, Sönke nicht zu folgen. Sie würde ihm später die Meinung sagen. Die Speichertür musste abgeschlossen werden, er musste unbedingt daran gehindert werden, ins Haus zu kommen! Sönke war nicht intelligent genug, um die Gefahr zu erkennen, in die er sie alle brachte. Zum Glück war diesmal alles gutgegangen. So etwas durfte nie wieder passieren.

Tief atmete sie durch und drehte sich um. Beinahe wäre sie gestolpert, als sie die Treppe hinabgehen wollte. Denn an ihrem Fuß stand Reik Martensen und sah fragend zu ihr hinauf.

Sie starrte ihn an, wartete auf eine Frage, aber er kehrte ohne ein Wort ins Wohnzimmer zurück. Langsam folgte sie ihm. Als sie an der Küchentür vorbeikam, hörte sie, wie Insa den Hauptmann auslachte, weil er angeblich die Flöhe husten hörte und nun sogar schon davon aufgeschreckt wurde, dass ein paar Mäuse durchs Haus huschten.

Reik hatte die Noten zur Hand genommen und blätterte darin herum, als sie den Wohnraum betrat. »Mir war plötzlich übel«, sagte sie und wusste, wie lächerlich diese Erklärung klang.

Reik vergewisserte sich, dass die Tür fest im Schloss saß, dann fragte er: »Wen versteckt ihr da oben?«

XIII.

Die Deutschen haben damit begonnen, einen Festungsgürtel von Antwerpen mit schweren Belagerungsgeschützen systematisch zu beschießen. König Albert befindet sich in der belagerten Stadt, die sich, wie zu vernehmen ist, bereits auf eine Evakuierung vorbereitet.

Es war eine unruhige Nacht gewesen. Aletta war mehrmals aufgewacht, hatte jedes Mal auf unbekannte Geräusche gelauscht, die sie geweckt hatten, und war dann doch zu der Ansicht gekommen, dass nichts Fremdes die Nacht gestört hatte. Es mussten ihre eigenen Gedanken gewesen sein, die sie aufgeschreckt hatten, der Verlust der kurzen Gewissheit, die ihr für eine Weile Ruhe vermittelt hatte. Das Geheimnis ihrer Mutter war noch nicht gelüftet. Noch immer nicht! Sie musste weitersuchen. Nichts hatte sie bisher erreicht. Gar nichts! Wie gern hätte sie Ludwig um Hilfe gebeten. Oder Jorit! Jorit, der sie noch immer liebte, dessen Liebe sie gar nicht verdiente …

Der Wind huschte ums Haus, ein Hund kläffte, eine Katze schrie. Alles wie immer, kein Grund zur Sorge! Beruhigt war sie ein ums andere Mal wieder eingeschlafen und doch wieder hochgeschreckt. Reik Martensen war zu ihrem Mitwisser geworden! Insa hatte sich nicht lange an der Erleichterung gefreut, dass er schweigen wollte. Geschworen hatte er es! Niemals sollte ein Wort über seine Lippen kommen! Aber ihre Ablehnung hatte sich sogar noch gesteigert, während Reik es seinerseits genoss, dass ihn nun wieder etwas mit Insa verband. Aletta selbst hatte keinen Moment daran gezweifelt, dass sie Reik vertrauen konnten, seine Liebe zu Insa, ob sie nun vergangen oder noch wach war, machte ihn zum Idealisten. Nein, vor ihm brauchten sie keine Angst zu haben, sie konnte ganz ruhig sein und wieder einschlafen, Angst und Sorge hatte sie sich eingebildet …

Aber als jemand nach ihrer Schulter griff und sie rüttelte, wusste sie sofort, dass sie sich geirrt haben musste. Etwas war geschehen in dieser Nacht.

Sie starrte Insa ins Gesicht, das in der schwachen Morgendämmerung kaum zu erkennen war. »Was ist passiert?«

Insa legte einen Zeigefinger auf den Mund und ging zur Tür. Dort blieb sie stehen und wartete darauf, dass Aletta aufstand und ihr folgte.

»Sönke?«, fragte Aletta flüsternd.

Insa öffnete geräuschlos die Tür und gab ihrer Schwester ein Zeichen, damit sie ihr folgte. Hastig warf Aletta sich ein Wolltuch ihrer Mutter über und zog sich dicke Socken über die Füße. Insa machte ungeduldig einen Schritt auf den Flur hinaus, deshalb verzichtete Aletta auf Schuhe und huschte hinter ihr her. Insa trug bereits das dunkle Baumwollkleid, das sie sich jeden Morgen über den Kopf zog, ihre Haare hatte sie jedoch noch nicht geflochten, sondern sie mit einem Band notdürftig im Nacken zusammengefasst.

Aletta wünschte sich, die Standuhr würde in diesem Moment schlagen, damit sie wusste, wie spät es war. Aber im Hause war alles ruhig. Auch in dem Anbau für die Gäste rührte sich nichts. Als sie die Küche betraten, sah sie einen grauen Morgen vor den Fenstern stehen. Während sie Insa in den Garten folgte, bemerkte sie auch den hellen Saum, der sich am Horizont bildete. Der Tag war nicht mehr fern, die Sonne würde in Kürze aufgehen. Es musste bald fünf sein, eine Stunde, in der auf Sylt der Morgen begann. Sie hörte ein Fahrrad über die Straße rumpeln, vielleicht ein Soldat der Inselwache, der seinen Dienst begann. Im Nachbarhaus klappte eine Tür, Schritte raschelten im Gras, dann war das Knarren einer Holztür zu hören. Jemand, der auf die Benutzung des Nachttopfs verzichten wollte!

Nun hörte sie auch das gequälte Stöhnen! Ein Ächzen, als müsste sich jemand mit aller Macht einen gewaltigen Schmerz verbeißen. Sönke? Ja, er hockte am Rande des Gurkenbeetes, so dicht wie möglich an die Hauswand gedrängt, und hielt sich mit schmerzverzerrtem Gesicht das rechte Bein.

Aletta kniete sich neben ihn. »Wie kommst du hierher?«

Insa antwortete an seiner Stelle: »Er sagt, er wollte frische Luft schöpfen und das Meer sehen.«

Aletta blickte zur Dachluke hoch. »Er ist da oben rausgeklettert? Übers Dach?«

»Durch die Tür konnte er ja nicht. Die hatten wir abgeschlossen.«

Sönke hatte geweint, als er merkte, was Insa und Aletta vorhatten, aber sie waren unerbittlich gewesen. »Du wirst nicht noch einmal den Speicher verlassen! Du bringst uns alle in Teufels Küche!« Immer wieder hatte Insa ihm vorgehalten, dass sie durch seine Schuld nun einen Mitwisser hatten. »Ein Soldat! Wenn der uns verrät, ist es aus!«

Dass Reik sie niemals verraten würde, dass sie diesbezüglich ohne Sorge war, erwähnte sie natürlich nicht. Sönke erfuhr auch nicht, wie schwer es für Insa war, dass sie ausgerechnet auf Reik vertrauen musste, der nichts mit ihrem Leben zu tun haben sollte und der nun ein weiteres Stück herangerückt war. Viel zu nah! Aber jetzt konnte sie ihn nie wieder zurückstoßen, sie musste seine Hilfe annehmen, ob sie wollte oder nicht.

»Niemand hätte etwas erfahren dürfen. Niemand! Wie konntest du den Speicher verlassen!«

Sönke hatte sich damit gerechtfertigt, dass der Gesang ihn angelockt, dass er noch nie so etwas Schönes gehört habe und diesem Gesang einfach habe näher kommen müssen.

»Er wollte anschließend über die Leiter wieder zurück«, erklärte Insa, »und sie dann in den Garten fallen lassen, damit sie niemandem auffällt.«

»Was machen wir jetzt?« Aletta betrachtete Sönke kopfschüttelnd, der das Gesicht in den Armen vergraben hatte und wimmerte. Leise zwar, aber für die morgendliche Stille zu laut.

»Er muss ins Haus«, zischte Insa, »bevor die Nachbarschaft alarmiert wird.« Sie griffen unter seine Achseln und halfen ihm hoch. »Er muss auf den Speicher, ehe Hütten und Fritz aufwachen.«

Aletta warf einen Blick auf Sönkes Bein, sah die blutverkrustete Hose, stellte aber schnell fest, dass die schwerste Verletzung von anderer Art war. Augenscheinlich hatte er sich das Bein gebrochen. Sein Fuß schaute in einem unnatürlichen Winkel aus dem Hosenbein heraus, und als er den unvorsichtigen Versuch machte, den Fuß aufzusetzen, stieß er einen Schrei aus und klammerte sich an Aletta, um nicht umzufallen.

»Still!«, zischte Insa. »Oder willst du heute noch erschossen werden?«

Sönkes Gesicht wurde bleich, er lehnte sich an die Hauswand und schloss die Augen. Tränen rollten über seine Wangen, seine Lippen bebten. Aber er gab keinen Laut mehr von sich. Sein Kehlkopf zitterte auf und ab, als schlucke er jeden Schmerzensschrei hinunter. Langsam rutschte er an der Hauswand hinab, bis er wieder auf dem Boden saß.

Aletta schob vorsichtig sein Hosenbein hoch, was Sönke sich mit zusammengebissenen Zähnen gefallen ließ. Die Wunde über dem Schienbein hatte längst aufgehört zu bluten, er war wohl schon vor Stunden vom Dach gefallen. Die Bruchstelle war leicht zu erkennen. Anscheinend ein glatter Bruch des Schienbeins.

»Er muss ins Haus«, flüsterte Aletta. »Sofort!«

Wieder griffen sie unter Sönkes Achseln, während er versuchte, auf seinem gesunden Bein in die Höhe zu kommen. Die geringste Bewegung entlockte ihm ein Stöhnen. Als er endlich wieder aufrecht stand, an sich herabsah und an dem nach außen gedrehten Fuß bestätigt bekam, was mit seinem Bein geschehen war, begann er zu jammern. »Nein, nein!«

Aletta brachte ihn mit einem wütenden Zischen zur Ruhe und Insa mit einer so energischen Handbewegung, dass Sönke erschrak, ins Wanken geriet und mit dem Fuß des gebrochenen Beins die Hauswand berührte. Zwar gab er sich Mühe, den Schmerz zu verbeißen, aber es gelang ihm nicht. Sein Wimmern drang durch seine zusammengepressten Lippen. So durchdringend, dass Aletta fürchtete, die ganze Nachbarschaft könne auf sie aufmerksam werden.

Dass im Garten der Oselichs erneut die Tür des Holzhäuschens knarrte und Schritte durchs Gras raschelten, hatten sie nicht bemerkt. Als die Stimme ertönte, fuhren sie erschrocken zusammen, und Sönke erstarrte, wurde noch bleicher und schloss die Augen, als wollte er nicht sehen, wie er entdeckt, am Kragen gepackt und vor ein Exekutionskommando geschleppt wurde.

»Frau Lornsen? Ist was nicht in Ordnung?«

Die Stimme kam vom Zaun, der das Grundstück der Lornsens von dem der Oselichs trennte.

»Frau Lornsen?«

Kalkhoff! Wie würde er reagieren, wenn er keine Antwort erhielt? Über den Zaun steigen und nach dem Rechten sehen?

»Frau Lornsen! Haben Sie sich verletzt?«

Seine Stimme klang nicht mitfühlend, eher fordernd, sogar ein wenig triumphierend. Aletta wurde schlagartig klar, dass Hauptmann Kalkhoff jede Gelegenheit recht war, in Insas Leben einzudringen.

»Geh zum Zaun«, zischte sie ihrer Schwester zu, »ehe er hier auftaucht! Sag ihm, du hast dich verletzt.«

Insa verstand sofort. Sie ließ Sönke los, der sich nun noch verzweifelter an Aletta klammerte, und ging bis zur Hausecke.

»Humpeln!«, rief Aletta ihr leise nach.

Insa verschwand hinkend um die Hausecke, dann war ihre Stimme zu hören. »Moin, Herr Hauptmann! Schon auf den Beinen?«

Nun klang Kalkhoffs Stimme doch ein wenig besorgt. »Was ist passiert?«

»Ein Wasserfass ist mir auf den Fuß gefallen«, behauptete Insa. »Haben Sie mich etwa stöhnen hören?«

»Lassen Sie mich mal sehen«, kam es von Kalkhoff zurück. »Sie brauchen sicherlich eine Bandage.«

Aber Insa wehrte ab. »Meine Schwester macht das schon.«

»Und kühlen!«, riet der Hauptmann. »Das ist wichtig.«

Die Sonne war inzwischen höher gestiegen, Insas Schatten fiel auf den Rasen.

»Soll ich nicht doch lieber rüberkommen?« Kalkhoffs Stimme war nun voller Anzüglichkeit. »Ich bin ein hervorragender Krankenpfleger.«

»Nein, danke.« Der Schatten bewegte sich in kleinen Schritten rückwärts.

»Besser, Sie wären ein bisschen kooperativer! Sie haben ja gesehen, was dabei herauskommt, wenn Sie sich so anstellen.« Seine Stimme war voller Spott: »Ihre arme Schwester!«

Insas Schatten vibrierte, als trete sie auf der Stelle.

»Sie sollten ein wenig entgegenkommender sein, Frau Lornsen. Oder haben Sie schon vergessen? Ein paar Tage gebe ich

Ihnen noch, dann fällt die Entscheidung. Entweder ich schweige, oder alle erfahren die Wahrheit. Sie haben die Wahl.«

Nun fuhr Insas Schatten herum, Augenblicke später humpelte sie in den Hauswinkel zurück, in dem der Küchengarten lag.

Kaum war sie aus Kalkhoffs Blickfeld verschwunden, bewegte sie sich wieder sicher und gleichmäßig.

Ihr Gesicht war blass, die Wut loderte in ihren Augen. »Dieser Widerling!«

»Er scheint was gegen dich in der Hand zu haben«, sagte Aletta und bemühte sich, diesen Satz nicht wie eine Frage, sondern wie eine Feststellung klingen zu lassen.

»Der Kerl ist wie verbohrt«, gab Insa zurück. »Der will nicht einsehen, dass er mich mit jemandem verwechselt.«

Ihre Bewegungen waren unvorsichtig geworden. Angst oder Zorn, vielleicht beides, hatten sie grob und gemütskalt gemacht. Sönke krümmte sich, als sie seinen Fuß berührte, die Küchentür klirrte, als sie aufgestoßen wurde. »Ins Haus! Schnell!«

Als Sönke es in die Küche geschafft hatte, ließ er sich erschöpft auf einen Stuhl sinken. Aber Insa trieb ihn unbarmherzig in die Höhe. »Willst du hier sitzen, wenn Hauptmann Hütten und Leutnant Fritz zum Frühstücken kommen?«

Stöhnend hob Sönke sich wieder auf sein gesundes Bein und bewegte sich, von den beiden Schwestern gestützt, auf die Küchentür zu. »Mutter Maria, hilf mir …«

»Pscht!«, machte Insa. »Keinen Mucks!«

Aletta wollte die unbarmherzigen Worte ihrer Schwester mit Trost und Zuspruch mildern, aber dann merkte sie, dass Insas Zorn auf Hauptmann Kalkhoff genau das Richtige erreicht hatte: Sönke war derart eingeschüchtert, dass er tat, was von ihm verlangt wurde. Er klagte nur ganz leise, während er sich die Treppe hochquälte, und humpelte geradewegs auf die Tür zu, hinter der die Stiege zum Speicher hochführte, obwohl er sich augenscheinlich gern am Treppengeländer ausgeruht hätte, bevor er sich an den steilen Aufstieg zum Speicher machte.

Doch erst als die Tür sich hinter ihnen geschlossen hatte, erlaubte Insa ihm eine Pause auf der unteren Treppenstufe. »Wir sind in Sicherheit.«

Aletta lehnte sich erschöpft an die Wand. »Aber was nun? Das Bein muss geschient werden. Die Wunde muss versorgt werden. Er braucht etwas gegen die Schmerzen. Sonst brüllt er uns das ganze Haus zusammen.«

Insa sah nachdenklich auf Sönkes Fuß, dann beschloss sie: »Wir müssen Frauke holen. Die kennt sich mit so was aus.« Sie sah Aletta an. »Hol dir das Fahrrad von Okka Mügge. Ich weiß, wo es steht. Und sie wird es heute nicht brauchen.«

Das Bild der weinenden Frau wollte ihr nicht aus dem Kopf gehen. Eigentlich hatte Aletta sie nicht sehen sollen, aber eine kleine Windbö, die ins Haus gefahren war, hatte den Vorhang bewegt, hinter dem die junge Frau lag. Sie war jung, noch keine zwanzig. Ihre blonden Haare fielen ihr strähnig übers Gesicht, sie hatte einen Daumen in den Mund gesteckt wie ein verängstigtes Kind. Die Beine hielt sie angezogen, als wollte sie ihren Leib schützen, der seine Frucht längst hergegeben hatte. Der winzige Augenblick, in dem der Vorhang aufgeschwungen war, hatte gereicht, Aletta das Bild einzuprägen. Ihre Flucht aus dem Haus kam zu spät.

Vor der Haustür hatte sie sich ihren Seidenschal so fest wie möglich um den Hals geschlungen und darauf gewartet, dass Frauke Lützen ihr folgte. Ihr Haus lag am Fuß der Dünen, der Eingang war dem Meer zugewandt, die Steinmannstraße führte im Rücken des Hauses vorbei. Wer sicher sein wollte, nicht gesehen zu werden, wenn er die Engelmacherin aufsuchte, konnte auch vom Strand her zu ihrem Haus gelangen. Es war, als hätte der Erbauer schon gewusst, dass später etwas in diesem Haus geschehen würde, was im Verborgenen bleiben musste.

Frauke war bald aus dem Haus getreten und zu ihr gekommen. Ehe sie etwas sagen konnte, hatte Aletta gefragt: »Warum hat sie das machen lassen, wenn sie jetzt so traurig ist?«

Aber Frauke hatte sie nur erstaunt angesehen. »Jede Frau ist traurig, wenn es vorbei ist. Auch dann, wenn sie das Kind auf keinen Fall haben wollte. Und auch dann, wenn sie andererseits voller Erleichterung ist. Aber diese hier …«, sie hatte einen Blick zurückgeworfen, »… ist von ihrem Vater gezwungen worden.«

Als es so früh an ihrer Tür geklopft hatte, war sie auf den Vater des Mädchens gefasst gewesen, der seine Tochter abholen wollte, nachdem die Schande, die sie der Familie zugefügt hatte, getilgt worden war. Frauke öffnete die Tür sonst nie für einen Fremden, solange eine Frau bei ihr war, die Hilfe bei ihr gesucht hatte.

Nun radelte Aletta die Steinmannstraße hinunter, rechts von ihr nur die Dünen, dahinter das tobende Meer. Der Morgen war frisch, die Sonne hatte noch keine Kraft. Vor der Herrenbadstraße begann die Bebauung Westerlands. Frauke Lützens kleines Haus lag einsam zwischen Wenningstedt und Westerland. Sicherlich nicht günstig für eine Näherin, aber genau richtig für eine Engelmacherin.

Ohne jede Regung hatte sie zugehört, als Aletta ihr erklärt hatte, warum sie gekommen war. »Sönke braucht Ihre Hilfe.«

Frauke hatte ein paar Fragen gestellt, dann genickt und gesagt: »Ich komme, sobald die junge Frau abgeholt worden ist. Vielleicht habe ich Glück, und ihr Vater nimmt mich auf seinem Wagen mit. Wenn er sich nicht mit mir zusammen sehen lassen will, dauert es länger.«

»Können Sie was mitbringen, was ihm seine Schmerzen nimmt?«

Frauke Lützen hatte genickt. »Getrocknete Blüten vom Wiesengeißbart! Davon kann ich einen Tee kochen.«

»Und der hilft?«

Frauke war sich nicht sicher gewesen. »Außerdem habe ich immer einen Sud im Haus, den ich aus Beinwell koche. Der hilft bei Verletzungen. Und Kamillenblüten zur Wundheilung bringe ich auch mit.«

Aletta hatte gezögert, ehe sie Frauke verließ. »Warum tun Sie das für Sönke?«, fragte sie dann leise, so leise, als hätte sie Angst vor ihrer eigenen Frage. »Und warum geht meine Schwester das Risiko ein, ihn zu verstecken?«

»Wir mögen Sönke. Alle mögen ihn! Keiner will, dass er im Krieg umkommt. Und Sönke ist jemand, den es immer trifft. Er kann sich nicht wehren.«

»Sie kennen ihn gut?«

»Er ist als kleiner Junge oft zu mir gekommen.«

»Lebten Sie schon auf Sylt, als er geboren wurde?«

Aletta hatte diese Frage betont beiläufig gestellt, während sie nach dem Fahrradlenker griff und schon einen Fuß auf die Pedale setzte.

Aber Frauke Lützen hatte verstanden, was sie wirklich fragen wollte. Sie lächelte, als wollte sie Aletta sagen, dass sie es nicht besonders klug angestellt habe, wenn sie etwas herausbekommen wolle. Sie schwieg Aletta ein wissendes Lächeln ins Gesicht, so dass dieser nichts anderes übrigblieb, als sich zu verabschieden. Wie hatte sie nur auf die Idee kommen können, dass Frau Lützen sich ihr anvertraute? Nach so vielen Jahren des Schweigens?

Sie ärgerte sich über sich selbst, während sie auf die Zimmerei Stobart zufuhr. Insa hatte gesagt, Frauke Lützen sei erst nach Sönkes Geburt auf die Insel gekommen. Aber … konnte sie das glauben? Ihre Schwester belog sie häufig. Und sie wusste nicht einmal, warum …

Sie fragte sich, wie Sönkes Leben in den letzten Jahren verlaufen war. Hatte Dirk ihn zur Liebe gezwungen, oder war er gar missbraucht worden? Hatte der Ältere den Jüngeren verführt? War daraus Liebe geworden? Oder war Sönke immer wieder aufs Neue gezwungen worden? Sie nahm sich vor, mit ihm darüber zu sprechen. Er musste sich von Dirk lösen. Wenn er auf dem Festland in Sicherheit war, durfte Dirk keinen Einfluss mehr auf ihn haben. Sönke musste ein ganz neues Leben beginnen.

Die Tür der Zimmerei öffnete sich, barsche Stimmen klangen herüber. Zwei Männer, Polizisten in ihren dunkelblauen Uniformen, traten heraus, zwischen ihnen Dirk Stobart. Jeder hielt einen Arm, so fest, als befürchteten sie, dass Dirk sich losreißen und flüchten könnte.

Aletta hörte auf zu treten und ließ das Rad rollen. Es wurde kalt in ihr, eiskalt. So gefühllos wie erstarrte Fingerspitzen war ihr Inneres. Es war also geschehen! So viele Jahre später würde man Dirk zur Rechenschaft ziehen! Wofür? Etwa für ein Verbrechen, das er nicht begangen hatte?

Nun stürzte Emme aus dem Haus. »Lasst meinen Mann los!«

Sie hängte sich an den Arm des einen Polizisten, der sie ärgerlich abschüttelte, während der zweite dafür sorgte, dass Dirk sich ruhig verhielt.

Aber Emme ließ nicht locker. »Ihr könnt ihn nicht einfach mitnehmen. Er ist unschuldig! Er hat seinen Bruder nicht umgebracht. So was würde er niemals tun!«

Nun erschien ihr Sohn in der Eingangstür. Ängstlich und verstört drückte er sich in den Türrahmen und starrte mit großen Augen auf seinen Vater, der mit gesenktem Kopf dastand, während seine Mutter ihn verzweifelt verteidigte. »Lasst ihn los!«

Aletta stieg vom Rad, schob es an den Zaun und ging zu dem Jungen. Aber der Kleine wollte sich von einer fremden Frau nicht trösten lassen. Ängstlich sah er ihr entgegen, und als sie ihn ansprach, drehte er sich um und floh ins Innere des Hauses.

»Im Familiengrab der Mügges ist ein Toter gefunden worden«, erklärte der eine der beiden Polizisten, und man merkte, dass er es Emme nicht zum ersten Mal auseinandersetzte. »Es handelt sich um deinen Schwager Kai Stobart. Der ist seit vielen Jahren verschwunden.«

»Was hat mein Mann damit zu tun?«, schrie Emme.

»Er ist erschlagen worden«, erklärte der Polizist ruhig. »Das sieht jeder. Soll ich dir den Schädel zeigen?«

»Mein Mann war das nicht!«

»Er hat als Einziger ein Motiv.«

»Vielleicht ist der Tote gar nicht sein Bruder! Dirk hat mir erzählt, dass Kai immer wegwollte. Pfarrer werden, das war sein Wunsch! Nicht Zimmermeister!«

Nun wurde der andere Polizist ungeduldig. »Lass uns weiter, Emme! Das hilft doch alles nichts. Kais Sachen sind auch in dem Grab gefunden worden, das ist Beweis genug.«

Und der andere ergänzte: »Dirk wollte die Zimmerei. Er hat früher oft darüber geklagt, dass Kai als Ältester den Betrieb erben sollte, obwohl er ihn nicht wollte, und er ihn gern hätte, aber nicht bekommen könne. Dirk hat seinen Bruder verscharrt und seine Sachen gleich mit, damit jeder glaubte, Kai wäre freiwillig gegangen. Wir brauchen nur herauszufinden, wann die Mügges ihre letzte Beerdigung hatten, dann wissen wir, wann Kai Stobart gestorben ist.«

Die beiden wollten weitergehen, zerrten Dirk voran, der nun, da er so vehement verteidigt wurde, den Versuch machte, stehen zu bleiben und sich den Griffen der Polizisten zu entwinden.

»Das kann auch ein anderer gewesen sein«, schrie Emme verzweifelt. »Wenn Kai aufs Festland gehen wollte, hatte er sicherlich Geld dabei. Man hat es ihm abgenommen, ihn erschlagen und in Mügges Grab geworfen. Und alles andere dazu!«

Aletta merkte, dass die Polizisten unsicher wurden. »So jemand hätte auch den Siegelring genommen und später zu Geld gemacht.«

Plötzlich sah Dirk auf, als hätte er Alettas Anwesenheit gespürt. Er blickte nicht Emme an, die flehentlich nach ihm griff, als wollte sie ihn festhalten, nein, er sah geradewegs in Alettas Gesicht. Und in seinen Augen erschien eine Bitte …

Aletta jagte die Steinmannstraße hinunter, Emmes enttäuschten Blick im Rücken. Aber sie konnte sich nicht um Emme kümmern, sich nicht ihre Sorgen anhören, nicht gemeinsam mit ihr darüber klagen, dass Dirk Unrecht getan wurde, oder darüber nachdenken, wie er freizubekommen war. Dass sie nicht einmal erklären konnte, warum sie keine Zeit für Emme hatte, tat weh.

Aber Insa ging jetzt vor, und dazu Sönke, der in seinen Schmerzen womöglich jede Vorsicht vergaß. Es war keine Zeit!

Emmes Wunsch jedoch, ihre Geschwister zu verständigen, konnte sie nicht zurückweisen. »Ich sage Beeke Bescheid!«, hatte Aletta gerufen, dann war sie losgeradelt, hatte gefühlt, wie ihr Seidenschal ihr nachflog, war schließlich noch einmal vom Fahrrad abgestiegen, um ihn fester zu binden, damit er ihr nicht vom Fahrtwind entrissen wurde.

Sie hatte den Blick bemerkt, den Emme auf diesen Schal geworfen hatte, der nicht zu dem schlichten Kleid ihrer Mutter passte, und befürchtete nun, dass sie für Emme wieder die berühmte Sängerin geworden war, die sich nicht um das Leid kleiner Leute scherte. Und das tat ihr am meisten weh.

Der Umweg über die Paulstraße wog zum Glück nicht schwer. Im »Hotel Lauritzen« war alles ruhig. Der Portier stand längst nicht mehr davor, die Zimmermädchen waren ebenfalls in ihre Heimatorte entlassen worden, auch Beeke war nicht zu sehen, Jorit vermutlich im Dienst. Aletta stellte das Rad am Zaun ab und wollte auf den Eingang zugehen. Aber schon nach wenigen Schritten blieb sie erschrocken stehen. Aus einem halbgeöffneten Fenster in der ersten Etage kam ein entsetzlicher Laut. Das Klagen eines Menschen, das tief in der Kehle entstand, hinter einer Zunge, so dick und schwer, dass sie jedem Laut das Menschliche nahm und aus ihm etwas Barbarisches machte. Das Klagen steigerte sich zu einem Schreien, hinter dessen Hilflosigkeit das Weh eines ganzen Lebens steckte. Aletta hätte sich am liebsten die Ohren zugehalten, um vor diesem Jammer, dieser Verzweiflung verschont zu bleiben.

Die Tür flog auf, Beeke stürzte heraus. Als sie Aletta bemerkte, veränderte sich ihre Miene. Hastig und verlegen wischte sie den Widerwillen aus ihrem Gesicht und öffnete die geballten Fäuste. Sie trat auf Aletta zu, um sie zu begrüßen, doch in diesem Augenblick steigerte sich das Schreien zu einem gurgelnden Kreischen, von einer Stimme, die sich verzweifelt abmühte, die sich noch nicht aufgegeben hatte und immer weiter versuchen würde, sich zu artikulieren. Nun aber griff eine tiefe männliche Stimme ein. Sie wiegte das Schreien, bis es schwächer wurde, und eine energische weibliche Stimme fing es schließlich auf.

Beeke und Aletta hatten wie erstarrt dagestanden, auf dieses Ende gewartet, und atmeten nun erleichtert auf. »Es ist furchtbar«, flüsterte Beeke. »Ich schäme mich, aber ich kann es nicht ertragen. Tommas Eltern sind wirklich zu bewundern. Ich frage mich, was geworden wäre, wenn Tomma hier auf Sylt hätte versorgt werden müssen.«

»Die Arme!« Mehr brachte Aletta nicht heraus, der in diesem Moment das Ausmaß dieses Schicksals ein Stück näher gekommen war. »Und der arme Jorit!«

»Es bringt ihn um«, flüsterte Beeke. »Hat er jemals mit dir darüber gesprochen?«

Aletta schüttelte den Kopf. Nein, keine einzige Klage war über Jorits Lippen gekommen. Wortlos hatte er das Schicksal angenommen und war trotzdem fähig gewesen, seine Liebe zu Aletta zu erkennen. Oder waren diese Gefühle eine Zuflucht für ihn, in der Tommas Leid erträglich wurde?

Aletta schüttelte die Frage ab, die hier an der falschen Stelle war. »Hat Jorit Dienst?«, fragte sie leise.

Beeke nickte. »Um zwölf macht er Pause. Was bin ich froh, dass er bei der Inselwache ist und nicht irgendwo im Feld, in einem Schützengraben …«

»Ob es auf Sylt so ruhig bleibt?«

Beeke zog ein bedenkliches Gesicht. »Zu erwarten ist es nicht.«

Als sollten ihre Zweifel bekräftigt werden, stiegen mehrere Marineflieger in List auf.

Beeke hielt sich die Ohren zu, bis sich der Lärm entfernte, dann fragte sie: »Soll ich Jorit was ausrichten?«

»Es geht dich genauso an. Euer Schwager ist verhaftet worden. Ich kam zufällig vorbei und habe es gesehen.«

Beeke starrte Aletta entsetzt an. »Was wirft man Dirk vor?«

»Er soll seinen Bruder umgebracht haben. Kais Leiche ist gefunden worden. Im Grab der Mügges! Seine persönlichen Sachen auch! Daran hat man ihn identifiziert.«

»Gütiger Himmel!« Beeke drehte sich um, lief zur Tür, kehrte aber noch mal zurück. »Danke, dass du Bescheid gesagt hast. Ich muss sofort zu Emme.« Wieder lief sie zur Tür, aber erneut kehrte sie zurück. »Du glaubst doch nicht, dass er Kai umgebracht hat?«

Aletta schüttelte den Kopf, ohne Beeke anzusehen.

»Niemals!«, bekräftigte Beeke. »Dirk ist zwar kein guter Ehemann, Emme ist nicht glücklich mit ihm, aber ein Mörder? Nein!« Sie sah Aletta nachdenklich an. »Kannst du Jorit abfangen, wenn er Pause macht?« Sie nickte zur ersten Etage hoch, wo die Stimme von Maike Peters mittlerweile die Vorherrschaft errungen hatte. »Die beiden sollten besser nichts davon erfahren. Jorits Schwiegermutter ...« Sie sprach den Satz nicht zu Ende, aber Aletta konnte sich vorstellen, was Beeke sagen wollte.

Jorits Schwester sprach immer schneller. »Jorit kennt vielleicht jemanden bei der Polizei. Wenn er dort vorspricht ... Ich muss Dirk was zu essen bringen, die Verpflegung im Gefängnis soll katastrophal sein.« Sie lief zur Tür, aber als sie schon die Klinke in der Hand hielt, fiel ihr noch etwas ein. »Was hattest du da draußen bei der Zimmerei zu tun?«

Aletta wurde von dieser Frage überrascht. »Okka Mügge hatte mich geschickt«, stotterte sie und wies auf Okkas Fahrrad, als könnte es als Beweis für ihre Behauptung herhalten. »Ich sollte für die Beerdigung noch etwas klären.«

Diese Aussage reichte Beeke. »Der arme Kleine!«, seufzte sie. »Und die arme Okka!«

Dann winkte sie Aletta zu und verschwand im Haus. Aletta stieg wieder aufs Fahrrad und fuhr in die Stephanstraße, wo sie zunächst Okka Mügges Fahrrad an seinen Platz stellte, ehe sie nach Hause ging.

Die Küche war leer, die benutzten Teller und die Brotreste

zeigten, dass Hauptmann Hütten und Leutnant Fritz ihr Frühstück beendet hatten. Vermutlich waren sie längst zu ihrem Dienst aufgebrochen. Aber wo war Insa?

Aletta lief in den Gästetrakt, doch in den beiden Zimmern, die die Soldaten bewohnten, fand sie ihre Schwester nicht. Die Betten waren nicht gemacht, das Waschgeschirr war noch nicht weggeräumt. Insa musste bei Sönke sein.

Sie lief zurück und stieg die Treppe hoch. Schon auf den oberen Stufen konnte sie Sönkes Weinen hören. Erschrocken riss sie die Tür zum Speicher auf, schloss sie sorgfältig hinter sich und lief die Treppe hinauf, die zu Sönkes Versteck führte.

»Still!«, rief sie, noch ehe sie bei Sönke angekommen war. »Man kann dich im ganzen Haus hören!«

Sönke lag auf dem Bett und krümmte sich, das gebrochene Bein wie einen Fremdkörper hingestreckt. Alettas Erscheinen sorgte zwar dafür, dass er sein Weinen unterbrach und sich Mühe gab, es hinter zusammengebissenen Zähnen zu unterdrücken, aber sie merkte, dass seine Schmerzen längst die Herrschaft übernommen hatten. Sönke litt, und in seinem Kopf hatte nichts anderes Platz als dieses Leid. Angst vor Entdeckung, vor Bestrafung, vor dem Tod … das war alles hinausgedrängt worden von den Schmerzen, die er litt.

Insa schob ihm ein Stück weiches Holz zwischen die Zähne und wies ihn an, fest zuzubeißen, wenn die Schmerzen zu stark wurden. Doch er spuckte es aus, und als er erneut zu schreien begann, nahm Insa ein Kissen und hielt es so lange auf sein Gesicht, bis aus dem Schreien ein Wimmern geworden war. »Wo bleibt Frauke?«

»Sie kommt, so schnell sie kann.« Aletta betrachtete Sönke verzweifelt. »Wenn sie das Bein schient … davon werden seine Schmerzen nicht geringer.«

»Nicht sofort«, gab Insa zurück, »aber irgendwann wird's ihm bessergehen.«

»Und bis dahin? Frauke will einen Tee mitbringen und einen

Sud aus irgendwelchen Kräutern … aber ob das alles gegen so starke Schmerzen hilft?«

»Was sollen wir sonst tun? Wir können nur dafür sorgen, dass ihn niemand hört.«

Frauke Lützen ließ auf sich warten. Als sie endlich an die Tür klopfte, war sie außer Atem und verschwitzt. Sie hatte den weiten Weg zu Fuß zurücklegen müssen, der Vater des Mädchens hatte sich geweigert, sie in seinem Wagen mitzunehmen. Er wollte verhindern, dass irgendein Passant sich die Wahrheit zusammenreimte, wenn er seine Tochter zusammen mit der Engelmacherin sah.

Sönke starrte Frauke ängstlich auf die Hände, als sie aus ihrer Tasche holte, was sie brauchte: hölzerne Schienen, Verbandsmaterial, den Beinwellsud und die Kamillenblüten, die sie Insa gab, damit sie sie in die Küche brachte. »Den Tee aus Wiesengeißbart werde ich gleich kochen. Er muss frisch sein.«

»Aber noch bevor die Soldaten zum Mittagessen kommen«, mahnte Insa.

Sönke wurde starr vor Angst, aber Frauke redete so lange beruhigend auf ihn ein, bis er schließlich versprach, sich gegen keine ihrer Maßnahmen zu sträuben und nicht den geringsten Laut von sich zu geben.

Aletta tuschelte Insa zu, dass sie zum »Hotel Lauritzen« müsse, dass sie Beeke versprochen habe, Jorit abzufangen. »Er muss Bescheid wissen, dass Dirk Stobart verhaftet wurde.«

Insa nickte nur, fragte nicht, was man Dirk vorwarf, und schob sie zu der Stiege, die vom Speicher hinabführte. »Beeil dich! Und schließ hinter dir ab! Der Schlüssel hängt in der Küche unter den Geschirrtüchern.«

»Schlüssel? Warum?«

»Ich möchte nicht, dass plötzlich ein Nachbar im Haus steht, der Sönke hören könnte.«

»Aber auf Sylt schließt tagsüber niemand sein Haus ab! Nur nachts! Das könnte Verdacht erregen.«

Insa schob sie weiter und antwortete nervös: »Wir müssen es wagen. Dieses Risiko ist das kleinere.«

Aletta lief in ihr Zimmer, um sich eine saubere Schürze vorzubinden, da hörte sie den Schrei. Sönke hatte sein Versprechen vergessen, der Schmerz war größer als sein Vorsatz. Aletta spürte, dass sie zitterte. Die Angst vor Entdeckung war bisher nur ein Gespenst gewesen, das gelegentlich durchs Haus huschte, aber jedes Mal von der Nähe zu Insa vertrieben worden war. Das gemeinsame Geheimnis, die Unterstützung, Insas Anerkennung, die Zusammengehörigkeit, das alles hatte bisher schwerer gewogen. Jetzt aber schrie die Angst in ihr und übertönte alles andere. Sönke musste zur Ruhe gebracht werden. Spätestens am Abend, wenn es auf Sylt still wurde und die Lichter in den Häusern erloschen, durfte vom Speicher kein Laut herunterdringen.

Aletta lauschte noch kurz auf Fraukes besänftigende Worte, auf Insas Schritte und Sönkes Stöhnen, dann lief sie die Treppe hinab, verließ das Haus und sperrte sorgfältig hinter sich ab. Die Nachbarin, die ihr kurz darauf begegnete, grüßte freundlich, eine andere war derart mit ihren eigenen Gedanken und Sorgen beschäftigt, dass sie über Aletta hinwegsah. Das schenkte ihr Ruhe und Kraft. Die Erinnerung an die Zeit, in der sie nur bei Dunkelheit unbehelligt geblieben und nur in Ludwigs Gegenwart vor lästigen Verehrern geschützt war, flog an ihr vorbei. Sie fasste sie nicht, aber die Erleichterung, dass sie wieder eine von vielen war, blieb doch bei ihr.

Als sie am »Hotel Lauritzen« ankam, war es kurz vor zwölf. Sie wusste, dass Jorit noch nicht zu Hause sein konnte. Die Kommandanten nahmen es mit den Dienstzeiten neuerdings sehr genau. Keine Minute früher durften die Gewehre zur Seite gelegt werden, und wehe, jemand meldete sich auch nur wenige Augenblicke zu spät zum Dienst zurück! Die Aussicht auf mehrere Stunden Strafexerzieren hatte alle Mitglieder der Inselwache schnell zur Pünktlichkeit erzogen.

Aletta entschloss sich, am Hotel vorbeizulaufen, um Jorit entgegenzugehen. Ihre Sorge, Maike Peters bei den Lauritzens zu begegnen, war zu groß. Sie hatte gehört, dass Jorit von einer Gefahr gesprochen hatte, davon, dass niemand dahinterkommen durfte. Wenn sie glaubte, dass mit der Gefahr ein Ehebruch gemeint war, hinter den niemand kommen durfte … nicht auszudenken, wie es jetzt in Tommas Mutter aussah! Sie würde falsche Schlüsse ziehen, Aletta selbst würde sich am Ende dazu hinreißen lassen, sich zu verteidigen, obwohl es keinen Grund dafür gab, und damit würde Maike Peters dann einen Grund gefunden haben. Nein, am besten, sie hatte mit dieser Frau so wenig wie möglich zu tun.

Sie sah Jorit, als er von der Friedrichstraße in die Paulstraße einbog. Sein Schritt war forsch, seine Haltung aufrecht, auf seinem Gesicht lag noch das Lächeln, mit dem er soeben einen Bekannten begrüßt hatte. Es erlosch, als er Aletta sah und begriff, dass sie auf ihn wartete.

»Ist was passiert?«, fragte er besorgt.

Aletta nickte. »Dirk Stobart ist verhaftet worden.«

Als sie ihm erzählen wollte, was sie beobachtet hatte, waren sie bereits vor dem Hoteleingang angekommen. Jorit unterbrach sie mit einer kleinen Geste. »Komm mit in meine Wohnung, dort können wir in Ruhe reden.«

Die Empfangsdiele war leer, es war still im Haus. In der Küche arbeitete niemand, das Kontor war verwaist, seit die Feriengäste die Insel verlassen hatten und die Dienstboten in ihre Heimatorte zurückgekehrt waren. Nur von oben drangen Geräusche herab. Die Zimmer, die die Peters mit ihrer Tochter bezogen hatten, lagen anscheinend in der ersten Etage. Hinter einer der Türen hörte Aletta die Stimme von Ocke Peters und ein leises Wehklagen, das wie der Klang einer Geigensaite vibrierte.

Jorits Wohnung lag im Dachgeschoss. Wie alle Sylter, die Fremdenzimmer zu vermieten hatten, waren seine eigenen Räumlichkeiten dort eingerichtet worden, wo es für Feriengäste nicht bequem war. Die Holztreppe knarrte, prompt ertönten hinter einer Tür Schritte. Dass Alettas Kleid raschelte und ihre leisen Schritte viel zu laut waren, um sich hinter dem Stapfen von Jorits Schritten zu verstecken, wurde ihr klar, als sie hörte, dass sich die Tür unter ihr öffnete.

»Jorit?«

Sie mussten beide längst den Blicken von Tommas Mutter entschwunden sein, trotzdem machte Aletta sich keine Hoffnung, dass ihr Besuch unentdeckt geblieben war.

»Ich komme gleich!«, rief Jorit zurück, dirigierte Aletta in ein Zimmer und zeigte ihr mit aufgeregten Gesten, dass er bald zurückkehren werde. Anscheinend hatte er die Hoffnung, dass seiner Schwiegermutter weiszumachen war, er sei allein nach Hause gekommen. Aletta sah ihm unbehaglich nach, als er aus der Tür huschte. Wenn er doch nur aufhören würde, Maike Peters etwas vorzumachen! Verstand er nicht, dass er damit all ihre Befürchtungen bestätigte?

Sie hörte seine eiligen Schritte, dann seine Stimme, die hinter einem Türenschlagen verschwand. Unwohl sah sie sich um, mit dem Unbehagen einer Fremden, die, ohne es zu wollen, in die Intimität eines anderen blickte. Aber aus diesem Unwohlsein wurde bald Neugier, als ihr klar wurde, dass sie hier in das Leben eingedrungen war, das sie selbst geführt hätte, wenn Vera Etzold nie auf sie aufmerksam geworden wäre. Jorits Wohnzimmer war klein, aber behaglich eingerichtet. Die Wände schmückte eine geblümte Tapete, dichte Häkelgardinen hingen vor den Fenstern, links und rechts davon Vorhänge aus einem schweren, dunkelroten Stoff. Der Teppich war dünn und abgelaufen, die dunklen Möbel, der Vitrinenschrank, der große Tisch und die gepolsterten Stühle, all das strahlte eine Eleganz aus, die einen größeren Raum gebraucht hätte. Aletta nahm an, dass sie aus dem Haushalt der Peters stammten, die sie ihrer Tochter mit in die Ehe gegeben hatten. Jorits Eltern hatten in wesentlich bescheidenerem Mobiliar gelebt, hatten keinen Schrank mit Glastüren besessen, hinter denen buntes Porzellan und schwere Kristallgläser aufbewahrt wurden.

Hätte sie in diesem Zimmer, in diesem Haus, mit der Arbeit in diesem Hotel, an Jorits Seite glücklich werden können? Aletta brauchte nicht lange nachzudenken. Es wäre ein gutes Leben gewesen, ja, sie wäre sicherlich glücklich geworden, wenn Vera Etzold nie in ihr Leben getreten wäre und sie nie ein Glück wie das mit Ludwig hätte genießen dürfen.

Sie löste sich von diesen Gedanken, als sie Jorits Schritte auf der Treppe hörte. Er wirkte angespannt, während er eintrat, und warf Aletta nur einen flüchtigen Blick zu, als falle es ihm schwer, sie in dieser Umgebung zu sehen. Mit hängenden Armen stand er vor ihr, dann erst sah er ihr in die Augen. »Meine Schwiegermutter besteht darauf, dass ich immer erst Tomma begrüße, wenn ich heimkomme.«

»Hast du ihr erklärt, warum ich hier bin?«

»Sie weiß nicht, dass du gekommen bist!«

»Sie hat meine Schritte gehört, ganz sicher! Und wenn du ihr verschweigst, dass ich hier bin …«

Er unterbrach sie mit einer Handbewegung, drückte sie auf einen Stuhl und setzte sich ihr gegenüber. »Sag mir, was du weißt. Was wirft man Dirk vor?«

Aletta schüttelte den Gedanken an Maike Peters ab und berichtete, was sie vor der Zimmerei beobachtet hatte. Kurz, nur ganz flüchtig, dachte sie sogar daran, Jorit die ganze Wahrheit zu sagen und ihm zu gestehen, dass sie wusste, wie Kai Stobart zu Tode gekommen war. Aber dann blieb sie doch bei dem, was Jorit wissen musste, um seiner Schwester Emme helfen zu können. »Ich habe nicht viel Zeit«, schloss sie. »Sönke ist vom Dach gefallen. Er hat sich ein Bein gebrochen. Insa braucht mich.«

Jorit war mit einem Mal Sönkes Schicksal wichtiger als Dirks. »Wie konnte das passieren?«

Während Aletta hastig erzählte, griff Jorit nach ihren Händen. Er streichelte sie nicht, seine Finger sandten keine Liebkosung aus, er hielt sie nur. Nicht, wie Ludwig es getan hatte, kräftig und fest! Nein, Jorit gab ihren Händen Schutz, mehr nicht. Sie bewegte sie nicht, um diesen Schutz nicht zu verlieren, während sie ihm erzählte, was mit Sönke geschehen war. »Er hat starke Schmerzen. Ich hoffe, er schreit nicht das ganze Haus zusammen.«

»Er braucht ein Schmerzmittel.«

»Frauke Lützen versucht es mit Tee und irgendeinem Sud.«

»Ob das hilft? Was hat Frauke Lützen überhaupt mit Sönke zu schaffen?«

Aletta zuckte leicht die Schultern, nur so, dass diese Bewegung ihre Hände nicht erreichte. »Ich weiß es nicht. Ich weiß auch nicht, was sich zwischen Insa und Frauke abspielt. Und ich weiß nicht, warum Insa mich nach wie vor belügt. Obwohl wir uns nähergekommen sind, seit ich Sönke auf dem Speicher entdeckt habe.« Sie beugte sich vor, als wollte sie ihr Gesicht auf seine Hände legen, und Jorit kam dieser Bewegung entgegen, bis ihre Stirn seine berührte. »Reik Martensen kann nicht mein Bruder sein«, flüsterte sie. »Sein Vater war in dem Jahr vor meiner Geburt gar nicht auf Sylt.«

Nun griffen seine Hände zu, seine Stirn drängte sich näher an ihre. »Dann musst du weitersuchen.«

»Das ist schwierig, solange Sönke auf dem Speicher lebt.«

»Denkst du wieder an den Pfarrer?«

Aletta nickte und gab damit den Kontakt ihrer Stirn mit Jorits auf. Sie sahen sich in die Augen, Aletta stellte wieder fest, wie kräftig die schwarze Umrandung seiner Iris war, und sah zu, wie sich der Ausdruck seiner Augen wandelte.

»Ich bin nur wegen Dirk zu dir gekommen«, flüsterte sie.

»Ich werde mich darum kümmern«, flüsterte er zurück, ohne das Geringste dafür zu tun, die wunderbare Nähe und Vertrautheit zwischen ihnen zu vertreiben.

Sie wollte flüstern, aber es wurde ein Schluchzen daraus. »Tomma und …«

»… und Ludwig, ich weiß.«

Wieder legten sie die Stirn aneinander, diesmal schloss Aletta die Augen, um diese Berührung mit allen Sinnen wahrzunehmen. Die Stille zwischen ihnen dehnte sich aus, wurde aber nicht zur Last, die Geräusche dieses Hauses waren ihr fremd, kamen aber nicht nah genug heran, um zu stören. Ihre Finger verschränkten sich, sie atmeten im Gleichtakt. Aletta spürte, wie sich Jorits Brustkorb im selben Rhythmus bewegte wie ihr eigener. Er war ihr Atem, sie war seiner.

Etwas näherte sich auf der Treppe, ein Huschen, ein Rascheln, es war, als striche etwas an der Tür entlang, ein vorsichtiger Rhythmus schien die Holzdielen vor der Tür zu bewegen. Aber Jorit blieb ganz ruhig. So glaubte Aletta, dass es der Atem des Hauses gewesen sei, der plötzlich so hörbar geworden war wie ihr eigener.

»Ich weiß, wo mein Schwiegervater seine Medikamente aufbewahrt«, flüsterte Jorit.

Als Aletta zurückkehrte, stand Insa mit zwei Nachbarinnen vor der Pforte, die in den Vorgarten führte, und besprach mit ihnen, wer ein paar Astern aus seinem Garten holen und wer daraus einen kleinen Kranz für den Kindersarg flechten solle. Sie gab Aletta mit den Augen einen Wink, damit sie nicht den Schlüssel für die Eingangstür benutzte, was zweifellos zu der Frage geführt hätte, warum die Lornsens neuerdings tagsüber ihr Haus sicherten, ob sie womöglich etwas zu verbergen hätten. So ging Aletta, als hätte sie nie etwas anderes beabsichtigt, ums Haus herum und benutzte den Eingang des Gästetraktes, um von dort in die Küche zu gelangen. Durch diesen Eingang würde niemals ein Nachbar zu Besuch kommen. Feriengäste wurden mit Hochachtung behandelt und durften nicht gestört werden. Genauso ging man auch mit den einquartierten Soldaten um, die schließlich ebenso ein kleines Einkommen sicherten und denen deswegen die gleichen Rechte zukamen.

Hütten und Fritz saßen am Küchentisch und ließen es sich schmecken. Als auch Insa in die Küche kam, verständigten sich die beiden Schwestern mit einem kurzen Blickwechsel darüber, dass für Sönke gesorgt war. Frauke würde wohl bei ihm sitzen und darauf achten, dass auf dem Speicher nichts geschah, was in der Küche zu hören war. Aber Insas Vertrauen in Fraukes Fähigkeiten schien nicht groß zu sein. Sie war äußerst nervös, strich hundertmal ihre Schürze glatt und rührte immer wieder sinnlos im Suppentopf herum.

Hütten betrachtete sie stirnrunzelnd. »Was ist los, Frau Lornsen? Sie sind so unruhig.«

Insa fuhr herum, als hätte er sie beleidigt. »Unsinn!«

»Die Beerdigung des kleinen Mügge«, warf Aletta schnell ein. »Die geht meiner Schwester an die Nieren.«

Insa schnappte nach Luft, dann nickte sie. »Ja, wir müssen gleich los.«

Leutnant Fritz verstand diesen Hinweis als Bitte, die Schwestern mit dem Abwasch allein zu lassen, und erhob sich. »Ich freue mich schon sehr auf Ihr Konzert morgen«, sagte er zu Aletta. »Wenn der Krieg vorbei ist und ich Sie wieder in einem Theater oder einem Konzertsaal hören kann, dann werde ich allen erzählen, dass ich im Haus dieser großartigen Sängerin gewohnt habe.«

Hütten wuchtete sich nun auch in die Höhe. »Sie haben einen glühenden Verehrer«, meinte er, zwinkerte Aletta plump zu und lachte laut, während Leutnant Fritz peinlich berührt zu Boden blickte.

»Apropos Verehrer ...«, wandte sich Hütten nun an Insa. »Der Kalkhoff von nebenan stellt Ihnen hoffentlich nicht mehr nach?«

Aletta starrte Insa an, die wieder damit begann, im Suppentopf herumzurühren. »Wir haben uns ausgesprochen«, sagte sie schließlich steif. Dann fiel ihr auf, wie sinnlos es war, was sie tat, und sie zog ärgerlich den Topf vom Herd.

Leutnant Fritz trat von einem Bein aufs andere, machte einen Schritt auf Hütten zu, damit dieser die Tür freigab und er sich dem peinlichen Gespräch entziehen konnte.

Doch der Hauptmann, der selbst merkte, dass er ins Fettnäpfchen getreten war, wollte sich unbedingt einen eleganten Abgang verschaffen. »Wenn man so hübsch ist wie Sie beide«, versuchte er zu schmeicheln, »und dann noch ledig ... da darf man sich nicht wundern, wenn die Männer verrückt werden vor Liebe.«

Insa trug mit versteinertem Gesicht den Suppentopf zum Spülstein, während Aletta versuchte, den heiteren Tonfall des Hauptmanns aufzunehmen. »Hauptsache, er kommt uns nicht noch einmal ins Haus.«

Hauptmann Hütten versicherte, dass er notfalls persönlich dafür sorgen wolle, dass seinem Kollegen die Tür gewiesen würde, wenn der sich ein weiteres Mal vergessen sollte. »Aber wie gesagt ...«

Nun wurde es Leutnant Fritz zu viel, der offenbar Sorge hatte, dass Hauptmann Hüttens Bemühungen, höflich zu sein, mit jedem Wort, das er anfügte, weniger erfolgreich sein würde.

Er drängte Hütten aus der Küche und zog die Tür so nachdrücklich ins Schloss, als wollte er zeigen, dass Insa und Aletta nun vor Bemerkungen sicher sein konnten, die auf die verhängnisvolle Nacht anspielten, in der Hauptmann Kalkhoff sich vergessen und Aletta ihr Kind verloren hatte.

Insa ließ sich erschöpft auf einen Stuhl fallen, Aletta setzte sich ihr gegenüber. »Was ist, wenn Kalkhoff mit seiner Drohung ernst macht?«, fragte sie. »Er hat gesagt, ein paar Tage noch, dann falle eine Entscheidung. Ich habe es gehört, Insa! Entweder er schweigt, oder alle erfahren die Wahrheit. Damit hat er gedroht!«

»Aber ich habe dir gesagt ...«, begann Insa.

»... er hat dich verwechselt, ich weiß.« Die Enttäuschung, dass Insa jetzt, da sie das Geheimnis um Sönke teilten, immer noch nicht die Wahrheit sagte, tat weh.

Insa griff nach ihrer Hand und drückte sie. »Mit Kalkhoff werde ich schon fertig. Aber die Sache mit Sönke hatte ich mir einfacher vorgestellt.« Nun lächelte sie sogar und betrachtete ihre

Schwester mit einem Blick, der so voller Dankbarkeit und Zuneigung war, dass Aletta alles andere vergaß. Bevor sie Sylt verlassen hatte, um Sängerin zu werden, hatte Insa ihr nie einen solchen Blick geschenkt.

Aletta nahm ihren ganzen Mut zusammen, griff in ihre Schürzentasche und legte ein Päckchen auf den Tisch. »Ein Schmerzmittel für Sönke!«

Insa nahm es mit gerunzelter Stirn zur Hand. »Aspirin? Dieses neue Mittel? Davon habe ich schon gehört.«

»Der Tee, den Frauke gekocht hat, wird nicht helfen. Wir müssen verhindern, dass Sönke vor Schmerzen schreit. Wir landen im Gefängnis, wenn ihn jemand hört, und Sönke vor dem Exekutionskommando.«

»Wie kommst du an dieses Aspirin? So was gibt's nur in der Apotheke. Und es muss von einem Arzt verschrieben worden sein. Im Übrigen habe ich gehört, dass es auf Sylt noch nicht zu bekommen ist.«

»Es stammt aus dem Medikamentenschrank von Jorits Schwiegervater.«

Insas Augen weiteten sich vor Staunen. Der Zuneigung, die noch immer in ihrem Blick war, gesellte sich nun sogar Bewunderung hinzu. »Wie hast du das gemacht?« Dann erschien in ihren Augen eine Erkenntnis, direkt daneben die Hoffnung, dass sie sich irren möge, und schließlich die Gewissheit, dass es nicht anders sein konnte. »Jorit hat dir dabei geholfen?«

»Wie hätte ich es sonst bewerkstelligen sollen?«

Aletta konnte zusehen, wie jedes positive Gefühl in Insas Augen erlosch. Ein Licht nach dem anderen ging aus, am Ende blieb nur finstere Abneigung. »Du hast ihn eingeweiht?«

»Er hat es selbst herausbekommen. Schon vor Tagen. Er hat gesehen, dass die Dachluke geöffnet war.«

»Daraus hat er geschlossen, dass wir einen Deserteur auf dem Speicher verstecken?«

Aletta starrte auf ihre Hände, die noch so dalagen, wie sie von

Insa gehalten worden waren. Jetzt waren sie schutzlos, verlassen, zurückgewiesen.

Die Fragen rasten durch ihren Kopf. Gestehen, dass sie sich heimlich mit Jorit im Gartenhäuschen getroffen hatte? Dass sie Insa und Frauke belauscht hatten? Dass sie noch immer auf der Suche nach dem Geheimnis ihrer Mutter war?

Sie hatte noch keine Antworten gefunden, da schob Insa den Stuhl zurück und stand auf. »Ich hätte mir denken können, dass auf dich kein Verlass ist. Wenn du es dem erstbesten Kerl erzählst, hast du es vielleicht auch noch anderen verraten?«

»Jorit wird schweigen! Er will uns helfen! Und Sönke auch!«

In Insas Augen stand Hass, ihre Stimme war voller Verachtung. »Ohne einen Mann, der Aletta Lornsen die Schleppe trägt, geht es wohl nicht? Erst der reiche Ludwig Burger! Und da er nicht mehr am Leben ist, greift Aletta Lornsen eben auf den Jugendfreund zurück. Den hat sie zwar für ihre große Zukunft verlassen, aber dafür, dass er der berühmten Operndiva dienen darf, vergisst er schon mal seine schwerkranke Frau.«

»Sprich nicht so, Insa!«

»Und wenn sie uns dann alle ans Messer geliefert hat, weil sie ihr Plappermaul nicht halten konnte, wird sich schon jemand finden, der die große Sängerin mal in ›Turandot‹ oder in ›Carmen‹ gesehen hat und davon so hingerissen war, dass sie als Einzige nicht ins Gefängnis kommt. Nur ihre Schwester! Und Frauke! Und Sönke wird vielleicht sogar an die Wand gestellt!«

»Insa! Du tust mir Unrecht!«

Doch Insa war nicht mehr zu halten. Ihre Augen sprühten, ihr blasses Gesicht glühte mit einem Mal, eine Flechte hatte sich aus ihren Haaren gelöst, Schweiß stand auf ihrer Stirn.

»Reik Martensen weiß es auch schon! Da kommt es ja auf ein paar weitere nicht mehr an!«

»Dafür konnte ich nichts. Sönke selbst hat sich verraten!«

»Dieser elende Krieg!«, schrie Insa. »Warum konnte er nicht ausbrechen, als du in Wien warst! Warum musstest du dich hier in meinem Leben breitmachen? Du machst alles kaputt! Alles! Schon immer hast du alles kaputtgemacht! Seit du auf der Welt bist …« Insa gab ihr keine Gelegenheit zur Erklärung. Sie riss ihr das Aspirin aus der Hand und lief aus der Küche.

»Höchstens zwei Tütchen von dem Pulver!«, rief Aletta ihr nach, dann fiel die Küchentür ins Schloss.

Aletta horchte ins Haus. Insa machte sich nicht die Mühe, leise aufzutreten. Die Speichertür wurde geöffnet und fiel mit einem Knall ins Schloss. Diese sekundenlange Öffnung von Sönkes Verlies hatte einen Ruf bis in die Küche dringen lassen. Ein Ruf nach Hilfe, ein Flehen, ein Stöhnen, ein Schrei. Bald würde Insa einsehen, dass es richtig gewesen war, Jorits Hilfe anzunehmen.

Sie griff in ihre Schürzentasche und holte ein Fläschchen heraus, das sie Insa erst geben wollte, wenn das Aspirin versagt hatte. Jorit glaubte, dass es nicht stark genug war, so heftige Schmerzen, wie Sönke sie litt, zu betäuben. Aber es war wohl besser, zu warten. Insa musste ihre Ablehnung erst überwinden, bis sie bereit sein würde, auch dieses Medikament anzunehmen.

Jorit hatte sie vor sich her geschoben, die Treppe hinab, einen Gang entlang, den Aletta noch von früher kannte, dann durch eine Tür, die es früher nicht gegeben hatte. Sie führte in einen der Anbauten, die Jorits Elternhaus nach und nach von einem Haus, in dem Zimmer vermietet wurden, zu einem Hotel gemacht hatten. Als Aletta in einer Nische Tommas Rollstuhl stehen sah, wusste sie, dass sie in dem Bereich angekommen waren, in dem die Peters wohnten.

Sie zauderte. »Wenn uns jemand sieht!«

Jorit schob sie ungeduldig voran. »Sie sind in der Küche! Beeke hat sie zum Essen gerufen.«

»Und Tomma?«

Jorit atmete tief durch, ehe er antwortete: »Sie wird künstlich ernährt. Mein Schwiegervater sorgt dafür. Nun schläft sie.«

Er öffnete eine Tür und drängte Aletta hindurch. Schnurstracks ging er auf einen weißen, schmalen Schrank zu, der in einer Ecke des Raumes stand, während Aletta abwartend in der Nähe der Tür stehen blieb und sich vorsichtig umsah.

Dieses Zimmer war sicherlich einmal ein Hotelzimmer gewesen. Aber das Bett war entfernt worden, damit Dr. Ocke Peters diesen Raum für die Versorgung seiner Tochter hatte einrichten können und für den einen oder anderen Sylter, der ihn um Hilfe bat. Der Medikamentenschrank war vermutlich von Hamburg nach Sylt transportiert worden, ebenso wie die medizinischen Geräte und Utensilien, die auf einem kleinen Tisch bereitstanden, und die Liege, die ein Arzt für eine Untersuchung benötigte. Dr. Ocke Peters hatte zwar seine Arztpraxis auf dem Festland seiner Tochter zuliebe aufgegeben, aber offenbar war er immer noch Arzt mit Leib und Seele.

Jorit zog eine Schublade seines Schreibtischs auf und griff hinein. In der Hand hielt er ein Päckchen mit blauer Aufschrift. »Aspirin ist harmlos, hat mir mein Schwiegervater erklärt. Gegen Kopfschmerzen und Fieber hilft es hervorragend.«

Er drückte es Aletta in die Hand, dann tastete er eine Weile auf dem Medikamentenschrank herum. Schließlich hatte er gefunden, was er suchte. Seine Hände bebten, als er versuchte, den Schlüssel ins Schloss des Medikamentenschranks zu stecken. »Ich fürchte, das Aspirin wird nicht reichen.«

Aletta sah ihm atemlos zu. »Was suchst du?«, fragte sie flüsternd.

»Opium! Vorgestern hat mein Schwiegervater es herausgeholt. Für den alten Christiansen, der unter sehr starken Schmerzen leidet. Er wird bald sterben, und mein Schwiegervater hat gesagt, mit Opium wird er schmerzfrei bleiben. Was für so einen alten, schwerkranken Mann richtig ist, kann auch für Sönke nicht falsch sein.«

»Opium ist ein Rauschgift!«

»Im deutsch-französischen Krieg hat man Verletzte damit behandelt. Sehr erfolgreich, hat mein Schwiegervater mir erzählt. Und Hamburg ist ein Umschlagplatz dafür geworden. Es gibt dort regelrechte Opiumhöhlen. Opium wirkt auch beruhigend.«

»Und wenn es zu stark ist? Wenn Sönke es nicht verträgt?«

»Der alte Christiansen ist 87, Sönke noch nicht mal zwanzig.«

Endlich steckte der Schlüssel im Schloss, Jorit öffnete die Schranktür … und verharrte wie angewurzelt in der Bewegung. Aus dem Haus drang ein Geräusch, das ihn alarmierte. Auch Aletta horchte auf, lauschte angestrengt, ohne sich zu bewegen, obwohl sie am liebsten ein Ohr an die Tür gelegt hätte. Dann das leise Klappen einer Tür! Die Verbindungstür zwischen Alt- und Neubau?

Jorit ließ von dem Medikamentenschrank ab und drängte sich an Aletta vorbei zur Tür. »Meine Schwiegermutter! Ich muss sie aufhalten.« Er lauschte mit vorgerecktem Ohr, dann schien er sich sicher zu sein. »Ich lenke sie ab. Rechts oben, das verschlossene Fach. Der Schlüssel steckt. Die dunklen Fläschchen sind die richtigen!«

»Aber …« Aletta starrte Jorit entgeistert an.

»Mach!«, drängte Jorit. »Und dann durch diesen Raum zurück!« Er zeigte auf eine Tür. »Von dort geht es auf den Flur im alten Haus.«

Ohne auf Alettas Widerstand zu achten, huschte er durch die Tür und schloss sie leise hinter sich. Kurz darauf hörte sie seine Stimme.

Mit zwei schnellen Schritten war sie am Schrank. Das rechte obere Fach! Ja, der Schlüssel steckte! Dunkle Fläschchen? Ja, es gab mehrere dort, keins von ihnen trug eine Aufschrift. Mit zitternden Händen nahm Aletta das nächstbeste an sich, wollte es in ihre Schürzentasche stecken, aber ihre fahrigen Finger griffen nicht richtig zu. Das Fläschchen fiel zu Boden und rollte unter den Medikamentenschrank. Aletta stöhnte auf. Zum Glück war es nicht zerbrochen!

Jorits Stimme kam näher. Aletta war unfähig, sich auf das konzentrieren, was er sagte, ihre Sinne waren nur auf die kleine Flasche gerichtet, die unter dem Medikamentenschrank verschwunden war. Sie ging in die Knie, fühlte mit der linken Hand über den Boden, blieb aber ohne Erfolg. Verzweifelt beugte sie sich so tief, dass sie unter den Schrank schauen konnte. Da! Nun sah sie die Flasche. Mit spitzen Fingern erreichte sie sie, stieß sie aber von sich weg, statt sie zu ergreifen. Die Flasche rollte gegen die Wand, zu weit weg, um sie zu erreichen, trudelte jedoch glücklicherweise zurück. So weit, dass Aletta es schaffte, sie zurückzuholen. Erleichtert erhob sie sich, warf viel zu laut die Lade zu, schob die Schranktür unachtsam ins Schloss, zog den Schlüssel ab und warf ihn auf den Schrank, wo Jorit ihn hergeholt hatte. Seine Stimme war schon wieder etwas näher gekommen. Es wurde Zeit! Höchste Zeit!

Zum Glück schaffte sie es trotz ihrer Aufregung, die Tür zum Nachbarzimmer leise zu öffnen und ebenso geräuschlos zu schließen. Das war ihr gerade gelungen, als sie hörte, dass das Zimmer betreten wurde, das sie soeben verlassen hatte.

Nun war Jorits Stimme gut zu verstehen. »Besuch? Nein, du irrst dich, ich habe keinen Besuch mitgebracht.«

Die gemurmelte Zustimmung konnte sowohl von Maike als auch von Ocke Peters stammen, von einem der Dienstmädchen oder von Beeke. Aber als sie die Schritte hörte, war sie sicher, dass es Maike Peters war, die durch den Raum ging. Die Ledersohlen ihrer Schuhe mit den eleganten Absätzen verrieten sie.

Aletta schloss die Augen fest und atmete tief durch, ehe sie zur gegenüberliegenden Tür huschte, um das Zimmer so schnell wie möglich zu verlassen. Dann aber stockte sie, fuhr zurück, gab einen Laut von sich, der womöglich nebenan gehört wurde, den sie trotzdem nicht unterdrücken konnte. Erst jetzt stellte sie fest, welches Zimmer sie betreten hatte. Tommas Krankenzimmer! Jorits Frau lag mit weit aufgerissenen Augen in ihrem Bett und starrte sie an. Zum ersten Mal sah Aletta den Schlauch, der aus ihrem Hals herausschaute.

»Entschuldigung«, flüsterte sie sinnlos. Dann lief sie zur Tür, klinkte sie leise auf und huschte auf den Flur, ohne sich noch einmal umzusehen. Augenblicke später stand sie erneut in Jorits Wohnzimmer. Ihre Hand lag auf der Tasche ihrer Schürze und hielt das Medizinfläschchen fest, das dort neben der Aspirinschachtel steckte.

Als Jorit eintrat, warf sie sich ihm entgegen. »Das hätten wir nicht tun dürfen.«

Er fing sie auf, schloss die Arme um sie und legte das Gesicht auf ihr Haar. »Das war knapp«, murmelte er. »Aber es ist alles gutgegangen.«

Sie wollte sich von ihm lösen, ihm ins Gesicht sehen, Jorit ließ es jedoch nicht zu. Er hielt sie so fest, als wollte er sie nie wieder freigeben. So flüsterte Aletta an seinen Hals: »Was ist, wenn dein Schwiegervater etwas merkt? Sicherlich führt er Buch über seine Medikamente.«

Nun gab Jorit sie doch frei. »Solange er nicht weiß, wer das Opium genommen hat, spielt das keine Rolle.«

»Es hat sich längst herumgesprochen, dass dein Schwiegervater überall bereitwillig hilft. Und dass er auch Medikamente kostenlos herausgibt, wenn einer nicht zahlen kann.«

»Ja, ja«, gab Jorit nervös zurück. »Er hat genug mitgebracht.«

»Wenn ihm was gestohlen wird«, fuhr Aletta fort, »weiß er, dass es um jemanden geht, für den man nicht bitten kann. Hoffentlich kommt er nicht auf die Idee, dass das Opium für einen Deserteur bestimmt ist. Du hast gesagt, der Oberleutnant sucht Sönke.«

»Und wenn schon. Wenn keiner weiß, wo er versteckt wird, kann nichts passieren. Ihr seid auf der sicheren Seite. Der Oberleutnant sieht sich vor allem in den Häusern um, in denen Menschen wohnen, die Kontakt zu Sönke hatten. Für euch war er ein Fremder.«

»Hoffentlich hast du recht.« Aletta blickte zur Tür und dann in Jorits Gesicht, der sich bemühte, die Sorgen nicht zu zeigen. »Wie komme ich jetzt wieder aus dem Haus?«

»Durch die frühere Speisekammer«, antwortete Jorit und nahm Alettas Hand. »Sie hat eine Stiege, die direkt in den Hof führt. Dort wird dich niemand sehen.«

Insa sah sie so vorwurfsvoll an, als wollte Aletta sich heimlich davonschleichen, um ihre Schwester mit all den Problemen alleinzulassen.

»Mit welcher Begründung sollte ich der Generalprobe fernbleiben?«

Dass sie Angst davor hatte, in dieses Grab zu sehen, in dem vor zehn Jahren Kai Stobart verscharrt worden war, tat dabei nichts zur Sache.

Insa nickte mürrisch. »Geh nur. Dann muss Sönke eben allein bleiben.«

»Er schläft jetzt.«

»Hoffentlich wacht er überhaupt wieder auf.«

»Das Aspirin ist nicht gefährlich.«

»Aber ob es hilft? Was ist, wenn du Sönke ganz umsonst verraten hast?«

Aletta holte das Opium-Fläschchen hervor und stellte es vor Insa hin. »Das hilft auf jeden Fall.«

Insa starrte die dunkelbraune Flasche an, wollte sie ergreifen, zuckte aber zurück, als fürchtete sie sich davor. »Was ist das?«

»Opium. Ein sehr starkes Schmerzmittel. Das hilft auf jeden Fall.«

»Warum geben wir es ihm nicht gleich?«

»Wir müssen vorsichtig sein. Bei Überdosierung droht Atemlähmung.«

»Man kann auch süchtig davon werden«, sagte Insa.

»Wir müssen eben vorsichtig damit umgehen«, antwortete Aletta. »Er muss ruhig werden. Nur so viel darf er bekommen. Wir müssen aufpassen, dass er den Bezug zur Realität nicht verliert. Sönke darf nicht in Rauschzustände geraten.«

»Du machst aus unserem Haus eine Opiumhöhle?«

»Insa, warum verstehst du mich nicht? Ich habe doch alles nur getan, um dir zu helfen. Ich war es nicht, die einen Deserteur ins Haus geholt hat.«

»Ich verstehe dich!« Eiskalt kam diese Antwort zurück. »Du kannst nicht schweigen. Du hältst dich nicht an deine Versprechen. Du machst einfach, was du willst. Anscheinend hast du vergessen, dass du nicht mehr die Operndiva bist. Hier hast du dich an Regeln zu halten, die in deinem früheren Leben wohl nicht gegolten haben. Ich hoffe, dass du bald wieder in dieses Leben zurückkehren kannst. Du bringst nur Unglück! Von Anfang an hast du nur Unglück gebracht!«

Wütend war Insa aus der Küche gelaufen, in den Kräutergarten, wo sie sich immer hinwandte, wenn sie Zeit brauchte, um etwas zu verarbeiten oder über etwas nachzudenken.

Unglücklich ging Aletta kurz darauf auf den Eingang des »Grand Hotel« zu, die Gedanken strikt auf die Vergangenheit gerichtet, weil sie die Gegenwart sonst nicht ertragen hätte. Mit welchen Hoffnungen war sie als Vierzehnjährige hier ein- und ausgegangen! Voller Optimismus, dass sie hier nur ein Intermezzo gab, bevor ihr eigentliches Leben begann. Eines Tages wollte sie als gefeierte Sängerin hier wieder einkehren. Und nun? Ja, sie hatte alle Ziele erreicht. Aber hätte sie sich vorstellen können, dass sie jemals gedrückt und niedergeschlagen, wie ein geprügelter Hund, dieses Haus betreten würde? In dem alten Kleid ihrer Mutter, schlecht frisiert und todunglücklich! Die Versöhnung mit Insa hatte sich als Luftballon erwiesen, der an einer Schnur hing, die beim geringsten Windstoß zerriss. Alles war wieder wie zuvor. Schlimmer! Aletta hatte die Lügen vergessen und darauf vertrauen wollen, dass Insa ihr irgendwann die Wahrheit sagen würde, aber jetzt war sie weiter denn je von der Wahrheit entfernt. Sehnsucht überkam sie. Sehnsucht nach Ludwig und ihrem Leben mit ihm, aber auch nach ihrer Mutter und ihrem Vater, der sie nie hatte spüren lassen, dass sie nicht sein eigen Fleisch und

Blut war. Sehnsucht sogar nach der Zeit der Unwissenheit, als sie noch nichts von einem Geheimnis ahnte, das ihre Mutter so lange gehütet hatte.

Reik Martensen erwartete sie vor dem Eingang. Er lächelte, während sie auf ihn zukam, aber sein Gesicht wurde ernst, als sie vor ihm stehen blieb. »Ist was passiert?« Er sah sich um, dann ergänzte er flüsternd: »Was mit Sönke?«

Aletta nickte, ohne ihn anzusehen. Während sie an ihm vorbeiging, flüsterte sie: »Ich erzähle es dir später!«

Reik folgte ihr und versuchte, Alettas gedrückte Stimmung aufzuheitern. »Der Pianist ist schon da. Ich glaube, der ist wirklich gut. Er hat mir unser gesamtes Repertoire vorgespielt. Fehlerlos!«

Der Hoteldirektor begrüßte Aletta vor der Tür des Saals, in dem das Klavier stand, und versicherte, man werde alles tun, damit das Instrument sicher ins Klappholttal gebracht wurde. Er brüstete sich sogar als Kunstförderer und Gönner, indem er beschlossen hatte, seinen Klavierstimmer ins Klappholttal zu bestellen, damit der dafür sorgte, dass das Instrument morgen den richtigen Klang hatte. »Einer Sängerin wie Ihnen kann man kein schlecht gestimmtes Klavier vorsetzen. Und Sie wissen ja … ein Transport macht immer eine neue Stimmung notwendig.«

Aletta bemühte sich um Freundlichkeit, dankte artig und auch ein wenig überschwänglich, als sie merkte, dass der Hoteldirektor es erwartete, dann schritt sie durch die weit geöffnete Tür und ging auf den Pianisten zu, der gerade einige Läufe probierte. Allein daran erkannte sie schon seine Qualität. Der Mann schien wirklich etwas vom Klavierspielen zu verstehen. Sie spürte, dass sie sich ganz allmählich von der Enttäuschung löste und sich ihre Stimme von dem Kloß befreite, der ihr in der Kehle saß, seit Insa sie angeschrien hatte: »Warum bist du auf die Welt gekommen?«

Sie konnte sich nun aufrichten, bemerkte erst, als sie den Oberkörper anhob, dass sie sich geduckt zum »Grand Hotel« geschlichen hatte, und ärgerte sich nun, dass sie nicht schon zur

Generalprobe eines ihrer Kleider angezogen hatte, die auf dem Speicher gelandet waren. Sie hatte einfach nicht daran gedacht. Reik Martensen dagegen hatte augenscheinlich seine Uniform gebürstet und sah so aus, als wäre die Generalprobe für ihn genauso wichtig wie der Auftritt selbst.

Nun erhob sich der Pianist und verbeugte sich vor ihr. »Wir kennen uns! Wenn ich eine Ahnung gehabt hätte …«

Aletta runzelte die Stirn. »Oberleutnant Willem Schubert?«

»Zu Diensten!«

Der Mann, der nach Sönke suchte! Ausgerechnet!

Sie hatte Mühe, sich ihr Erschrecken nicht anmerken zu lassen, aber auch hier half ihr wieder die Noblesse, die sie von Ludwig gelernt hatte. Nur nicht aus der Fassung bringen lassen! Das hatte er ihr eingeschärft, wenn es um Pressevertreter und aufdringliche Verehrer ging, und sie hatte bald erkannt, dass dieses Gesetz auch in anderen Lebenslagen galt. Dazu gehörte, dass man sich nicht auf den Menschen, sondern auf eine Sache konzentrierte.

Interessiert beugte sie sich über seine Noten. »Wir können gleich beginnen? Oder gibt es noch etwas zu klären? Im Ausdruck? Im Tempo?«

Oberleutnant Schubert war prompt beeindruckt von Alettas Professionalität, die gerade von so viel Hochmut durchsetzt war, dass sie veredelt wurde. Als Aletta sich Reik zuwandte, merkte sie, dass sie Ludwigs gelehrige Schülerin gewesen und geblieben war. Reik bewunderte sie ganz offen, ihre Haltung, ihr Selbstbewusstsein, die Selbstverständlichkeit, mit der sie dem Oberleutnant begegnete. Anscheinend wusste auch er, dass es Schuberts Aufgabe war, nach Deserteuren zu fahnden. Aletta war froh, dass der Oberleutnant dem einfachen Gefreiten Martensen keine Aufmerksamkeit schenkte, sonst hätte er vielleicht die Angst in dessen Augen gesehen, die direkt neben der Bewunderung für Aletta ihren Platz hatte. Aber ob er diese Angst richtig interpretiert hätte? Vermutlich hätte er nur an die Angst des Untergebenen vor seinem Vorgesetzten gedacht.

Aletta machte ihre Stimmübungen, in die Reik einfiel, baute ihre Stütze auf, was auch Reik mittlerweile gelernt hatte, dann fügte sie noch ein paar Atemübungen an und gab zu verstehen, dass sie bereit war. Schubert ließ ein paar Akkorde und Läufe erklingen, um zu zeigen, dass er Herr seiner Klaviatur war, dann strich er die Noten zurecht, ließ die Hände über den Tasten schweben und sah Aletta erwartungsvoll an. Reik würdigte er keines Blickes.

Aletta wandte sich dem Saal zu, der dem »Grand Hotel« in Friedenszeiten als Raum für Feste, Hochzeiten, Familienfeiern gedient hatte, als wäre er gefüllt mit einem erwartungsvollen Publikum. Dabei fiel ihr Blick auf einen Vorhang, der nicht ganz geschlossen war. Dahinter wurden Tische und zusätzliche Stühle aufbewahrt. In dem geöffneten Spalt sah Aletta eine weiße Schürze, zwei Hände, die die beiden Vorhangteile hielten, und eine Gesichtshälfte, die ihr rechtes Auge zeigte. Weike Broders!

Als sie zu singen begann, lächelte sie in den Vorhang und sang so lange ausschließlich in diese Richtung, bis Weike es endlich wagte, den Spalt weiter zu öffnen und sich ganz zu zeigen. Nach dem ersten Lied ließ sie sich sogar von Aletta bitten, sich in eine Stuhlreihe zu setzen und ihr zuzuhören. Hochrot saß sie da und genoss das erste Konzert ihres Lebens. Genau zehn Minuten! Dann gab sie Aletta mit aufgeregten Handzeichen zu verstehen, dass ihre Pause zu Ende sei und sie zurück an ihre Arbeit müsse. In diesen zehn Minuten hatte Aletta sich nicht nur auf ihren Gesang konzentriert, sondern auch auf die Erinnerung, die mit Weike verbunden war. Sie sah wieder Weikes hoffnungsvolles Gesicht vor sich, wenn sie von ihrer Zukunft mit einem Kind sprach, und ihr glückliches Lächeln, wenn sie Bonckes Namen nannte. Und sie sah die heutige Trostlosigkeit in ihren Augen, die vielen Fragen, die ohne Antworten geblieben waren, die Tränen, die sie geweint hatte, ohne zu wissen, worum sie weinte. Um ihre verlorene Ehe, ja. Aber warum sie Boncke verloren, ja, nie besessen hatte, wusste sie bis heute nicht. Und dass sie sich selbst die

Schuld am Scheitern ihrer Zukunft gab, war an der Gefügigkeit und der Ergebenheit abzulesen, die es früher in ihrem Gesicht nicht gegeben hatte.

Während Aletta »Guten Abend, gut' Nacht« sang, beschloss sie, Weike eine Antwort auf ihre Fragen zu geben. Sie hatte es verdient. Sie brauchte diese Antwort, auch wenn sie sich inzwischen damit abgefunden hatte, sie nie zu bekommen. Vielleicht bekam Weike doch noch die Chance für einen Neuanfang.

Reik hatte sich mehrere Patzer erlaubt und sah nicht besonders glücklich aus, als die Generalprobe beendet war. Alettas Trost: »Eine Generalprobe darf niemals perfekt sein, dann wird der Auftritt nicht gelingen!«, half ihm nicht. Er zweifelte plötzlich daran, ob es richtig gewesen war, ihr dieses gemeinsame Konzert vorzuschlagen. »Ich bin so viel schlechter als du. Ich habe mich überschätzt. Ich muss größenwahnsinnig gewesen sein.«

Aber Aletta beruhigte ihn und meinte es todernst: »Du hast eine wunderbare Stimme. Dass sie nicht ausgebildet wurde, macht sie nicht schlechter. Und du weißt, du hast mir mit der Idee, dieses Konzert zu geben, sehr geholfen. Allein hätte ich es nicht gewagt, das hast du gespürt, als du mir deine Hilfe angeboten hast. Also hör auf, dich zu fragen, ob es richtig war.« Sie berührte den Ärmel seiner Uniformjacke und lächelte ihn an, ohne auf Schuberts missbilligenden Blick zu achten. »Ich bin dir sehr dankbar.«

Dann ließ sie den Hoteldirektor kommen und bat darum, ein Gespräch mit Weike Broders führen zu dürfen, obwohl sie gerade den einquartierten Soldaten die Betten machte und obwohl sie dankbar dafür sein musste, dass sie im »Grand Hotel« weiterhin in Stellung war. Der Hoteldirektor war sichtbar konsterniert, aber angeblich gern bereit, in diesem Fall eine Ausnahme zu machen und Aletta Lornsen ihren Wunsch zu erfüllen, so wenig er ihn auch verstand.

XIV.

Dass sich Insas Wut noch gesteigert haben könnte, damit hatte sie nicht gerechnet. Erschrocken fragte Aletta nach Sönke, als sie Insas zorniges Gesicht sah, ob er das Aspirin nicht vertragen habe, ob es nicht wirke, ob er wieder geschrien habe …

Doch Insa schnitt ihre Fragen mit dem Vorwurf ab: »Du hast den Schlüssel nicht zurückgehängt.«

Erschrocken war Aletta in ihr Zimmer gelaufen, wo sie ihre Schürze über eine Stuhllehne gehängt hatte, ehe sie zur Generalprobe aufgebrochen war. Diese Schürze hatte sie getragen, als sie zu Jorit gegangen war, in ihren Taschen hatte sie nicht nur das Aspirin und das Opium verborgen, sondern auch den Hausschlüssel verwahrt. Hektisch begann sie zu suchen, schüttelte die Schürze immer wieder aus … aber das Ergebnis blieb ein ums andere Mal dasselbe. Beide Taschen waren leer!

Aletta ließ sich auf die Bettkante sinken und dachte nach. Das Opiumfläschchen war zu Boden gefallen, sie hatte sich gebückt, tief gebückt, um es unter dem Schrank hervorzuholen. Konnte es sein, dass der Schlüssel dabei aus der Schürzentasche gerutscht war? Dass sie es nicht bemerkt hatte? Ja, es hatte keinen Sinn, sich etwas vorzumachen. Sie war in großer Angst gewesen, ohne besondere Sorgfalt. Nur weg wollte sie, raus aus dem Zimmer, unentdeckt bleiben. Keinen Blick hatte sie zurückgeworfen, nicht einmal kontrolliert, ob der Schrank richtig verschlossen war, ob der Schrankschlüssel an genau dem richtigen Platz lag. Der Hausschlüssel, den Insa ihr anvertraut hatte, war in diesem Augenblick gar nicht in ihren Gedanken gewesen. Was würde geschehen, wenn er gefunden wurde? Wer würde ihn finden? Jorit? Dann war er bereits in Sicherheit! Dr. Peters? Der würde sich keinen Reim darauf machen können. Aber seine Frau? Aletta fühlte, dass eine Gefahr auf sie zukroch. Wenn Maike Peters den Verdacht gehabt hatte, dass ihr Schwiegersohn mit Aletta Lornsen ins Haus gekommen war, konnte sie die richtigen Schlüsse ziehen. Und wenn sie Aletta zutraute, ein starkes Schmerzmedikament zu stehlen, musste sie sich gleichzeitig fragen, wofür sie es brauchte. Und da Oberleutnant Schubert, der im »Hotel Lauritzen« einquartiert war, häufig von den Männern sprach, die sich dem Kriegsdienst durch feige Flucht entzogen hatten, würde sie vielleicht die richtigen Schlüsse ziehen …

Aletta brachte es nicht fertig, umgehend zu Insa in die Küche zurückzukehren. Die Angst vor der Wut ihrer Schwester, vor ihrer Verachtung und vor der Häme und Lieblosigkeit, die nun dort vorherrschen würden, wo es kurz vorher noch eine schwesterliche Wärme gegeben hatte, hielt sie zurück. Mit leisen Schritten ging sie zur Tür, die auf den Speicher führte. Sie tastete über den Türrahmen, wo der Schlüssel aufbewahrt wurde, fand ihn aber nicht. Insa hatte nun wohl darauf verzichtet, Sönke einzuschließen. Er war ja zurzeit nicht in der Lage, den Speicher zu verlassen.

Als sie die Tür hinter sich schloss, merkte sie jedoch, dass es noch einen weiteren Grund gab: Sönke war nicht allein. Frauke Lützen saß an seinem Bett und blickte Aletta fragend entgegen.

»Ich wollte nur mal nach ihm sehen«, flüsterte sie und starrte in Sönkes schlafendes Gesicht. »Wie geht's ihm?«

Frauke lächelte leicht. »Das Opium wirkt Wunder. Er ist ganz ruhig.«

»Das Aspirin war nicht stark genug?«

»Immerhin stärker als mein Tee, aber erst nach der Einnahme des Opiums wurde er ruhiger.«

»Woher wussten sie die richtige Dosis?«

Frauke zuckte mit den Schultern. »Ich hab's mit einem Schluck versucht.«

Aletta war erleichtert und setzte sich neben Frauke. »Waren Sie hier, während Insa bei der Beerdigung war?«

Frauke nickte. »Sie hatte Angst, Sönke allein zu lassen.«

»Aber … das Haus war abgeschlossen.«

»Man kann nicht wissen, was passiert. Wenn die Wirkung

des Schmerzmittels nachgelassen hätte, wenn Sönke wieder zu schreien begonnen hätte …«

»… dann hätte jemand versucht, ins Haus zu kommen«, vollendete Aletta, »der nachsehen wollte, was hier los ist. Und derjenige wäre am Ende durch die Küche oder den Gästetrakt hereingekommen.«

»Nachdem er sich darüber gewundert hat, dass die Haustür abgeschlossen ist«, vollendete Frauke.

Aletta warf ihr einen kurzen Blick zu. »Auf Sylt werden die Türen nur nachts verschlossen. Und das auch erst, seit es damals diese Diebstähle gab. Sie erinnern sich? Das war, nachdem das Findelkind in der Sakristei gefunden worden war.«

Frauke antwortete nicht, ließ den Blick nicht von Sönkes Gesicht und gab nicht zu verstehen, ob sie Alettas Worte überhaupt zur Kenntnis genommen hatte. Aletta betrachtete lange ihre verschlossene Miene, die fahle Haut, die Falten in den Augen- und Mundwinkeln, die Müdigkeit, die in Fraukes Gesichtszügen lag, und die Kraft, die sich gleichzeitig dort verbarg.

»Ach, richtig«, sagte sie nun. »Damals waren Sie ja noch nicht auf Sylt. Wann sind Sie vom Festland herübergekommen?«

»Kurz darauf«, gab Frauke zurück. »Mir wurde noch von dem Findelkind erzählt. Von Sönke …« Sie griff nach seiner Hand und streichelte sie. »Dass er in der Sakristei gefunden worden war, hieß es, von einer Frau, die so verdorben war, dass sie sogar die Kollekte stahl.«

Sie schwiegen eine Weile in Sönkes Gesicht hinein, das so jung war wie das eines Kindes. Schließlich flüsterte Aletta: »Haben Sie keine Angst? Es wird nach den Deserteuren gesucht. Einer ist bereits erschossen worden, und seine alte Tante, die ihn versteckt hat, sitzt im Gefängnis. Wer weiß, ob sie jemals wieder rauskommt.«

Aber Frauke schüttelte den Kopf. Aletta wartete auf eine Erklärung, woher sie ihre Zuversicht nahm, doch Frauke Lützen schwieg.

»Und meine Schwester? Ihr Risiko ist noch größer. Schließlich wird Sönke in diesem Haus versteckt, nicht in Ihrem.«

Auch diesmal antwortete Frauke nicht, sie gab auch mit keiner Geste oder Kopfbewegung zu verstehen, was sie von Insas Bereitschaft hielt, Sönke zu helfen. Sie stand auf und strich sich umständlich den Rock glatt. Dann griff sie nach dem Bettpfosten, damit sie sich ein wenig aufrichten konnte. Aber ihr gebuckelter Rücken erlaubte es ihr nicht, Aletta gerade in die Augen zu blicken. »Ihre Schwester weiß schon, was sie tut«, sagte sie und wandte sich ab. Mit einer nachdrücklichen Geste legte sie den Schlüssel zum Speicher auf Sönkes Decke.

Aletta nickte, blieb bewegungslos sitzen, bis Frauke verschwunden war, dann erst stand sie auf. Insa würde früh genug erfahren, dass sie den Hausschlüssel verloren hatte. Sie nahm den Speicherschlüssel und schloss die Tür von innen ab. Dann lief sie zu der Korbtruhe und öffnete sie. Diesmal ging sie unvorsichtiger vor, schneller, zielgerichteter. Alles, was die Mäuse bereits angeknabbert hatten, gab sie verloren und tastete sich zum Grund der Truhe, wo ihre Fingerspitzen auf unversehrtes Papier stießen. Aber sie wurde enttäuscht. Alte Rechnungen fand sie, vornehmlich von Ärzten, die den Eltern anscheinend zu wichtig erschienen waren, um sie wegzuwerfen, und verschiedene Briefe, meist mit behördlichen Köpfen, die Aletta ungesehen zur Seite legte. Dann bekam sie ein Briefblatt zu fassen, das dicker zu sein schien als alle anderen. Sie rieb es zwischen Daumen und Zeigefinger, und schon löste sich ein zweites Blatt vom ersten. Durch eine Spur von Feuchtigkeit, die jetzt noch an einem dunklen Klecks zu erkennen war, hatte sich die hintere Seite mit der vorderen verklebt.

Vorsichtig löste Aletta ein Blatt aus dem Tagebuch ihrer Mutter von dem Brief einer Ärztin, die ihr zur Geburt ihres zweiten Kindes gratulierte und sich freute, dass Witta Lornsen entgegen aller Voraussagen doch noch einmal schwanger geworden war. Aletta lauschte auf Sönkes tiefe Atemzüge, dann ließ sie sich auf einen Hocker sinken.

Tjarko ist mir eine große Hilfe. Mit ihm kann ich reden, er versteht mich, ich hätte nie gedacht, dass gerade er ein so guter Freund werden könnte. Ich nenne ihn natürlich nur beim Vornamen, wenn wir allein sind, aber es tut mir gut, diesen Namen auszusprechen, weil er mir zeigt, dass ich nicht ganz so allein bin, wie es mir manchmal vorkommt. Sonst habe ich ja niemanden zum Reden. Nur Tjarko, der mein Freund geworden ist, weil er mir mehr sein will als alle anderen. Das tut mir gut. Geert hat zur Bedingung gemacht, dass die Umstände von Alettas Erzeugung nie wieder zur Sprache kommen, und Insa würde ich vollkommen überfordern. Tjarko ist der Einzige, der mir zuhört und versteht, woran ich leide. Er weiß, wie schwer das alles für mich ist und wie gern ich manchmal die Wahrheit herausschreien möchte. Er fängt mich dann jedes Mal auf und sagt, dass man einen Weg, den man einmal eingeschlagen hat, nicht wieder zurückgehen kann. Ich weiß ja, dass er recht hat …

Aletta drehte die Seite um, aber die Rückseite war nicht beschrieben. Die Fortsetzung dieser Worte war womöglich von Geert Lornsen getilgt worden. Diese Seite hatte er wohl übersehen. Sicherlich hatte er nicht gewollt, dass der Name Tjarko überliefert wurde. Tjarko! War das der Vorname ihres leiblichen Vaters?

Sie stellte sich einen Mann mit dem Namen Tjarko vor und ihre Mutter, die ihn küsste, sich von ihm berühren ließ, seine Hände auf ihrem Körper genoss, sich ihm hingab und dabei Mann und Kind vergaß. Es fiel ihr schwer, sich dieses Bild auszumalen, aber es hatte keinen Sinn, so zu tun, als könnte etwas Derartiges niemals geschehen sein. Es musste geschehen sein! Ihre Mutter, die am Ende eines Tages stets müde von der Hausarbeit gewesen war, die tagsüber oft über die schwere Arbeit geseufzt hatte, die abends zu erschöpft gewesen war, um zu ihrem Strickstrumpf zu greifen, hatte Zeit und Gelegenheit und Kraft gefunden, sich mit einem Tjarko zu treffen und mit ihm glücklich zu sein. Wenigstens für ein paar Stunden.

Aletta fühlte, wie sie den Kopf schüttelte. Ging es allen Kindern so, dass sie ein Bild von ihren Eltern hatten, das mit der Wirklichkeit nicht übereinstimmte? Ihre Mutter hatte sich immer wohlanständig genannt, woran niemand gezweifelt hatte und wozu auch gehörte, dass im Hause Lornsen sämtliche Begriffe, die mit Geschlechtlichkeit und Fortpflanzung zusammenhingen, verpönt gewesen waren, so wie in jedem anderen Sylter Hause. Wörter wie Ehebruch, Leidenschaft und sexuelle Lust waren ganz sicherlich nie gefallen, und trotzdem musste es sie gegeben haben. Dass eine Frau eine Gebärmutter und Eierstöcke besaß, hatte Aletta von Weike erfahren, von dem Sinn der Monatsblutung ebenso, und von ihr war sie auch in die Geheimnisse des männlichen Körpers eingeweiht worden.

Weike! Sie war sich nun nicht mehr ganz sicher, ob es richtig gewesen war, ihr die Wahrheit zu sagen. Das würde vermutlich erst später zu erkennen sein, wenn Weike sich entweder mit der Wahrheit abgefunden, sie akzeptiert oder sogar als Erleichterung empfunden hatte. Letzteres hoffte Aletta inständig.

Weike hatte gespürt, dass etwas auf sie zukam, was größer war als das, was in den letzten Jahren zu ihrem Leben gehört hatte, in dem nicht nur die Freuden, sondern zum Glück auch die Probleme von Jahr zu Jahr kleiner geworden waren. Als sie sich gegenübersaßen, war es zu sehen, ohne dass Weike ein Wort gesprochen hatte. Ihr Gesicht war kleiner geworden, ihre Augen waren nicht mehr so groß, ihr ganzer Körper schien geschrumpft zu sein, und ihr Lachen war sogar gänzlich verschwunden. Ihre Aufmerksamkeit jedoch wuchs, als sie der Frau in die Augen blickte, die einmal kleiner gewesen war als sie und nun die Größe besaß, den Hoteldirektor darum zu bitten, für eine Weile ohne Weikes Arbeitskraft auszukommen.

»Es geht um deine Ehe«, hatte Aletta begonnen. »Um Boncke und sein damaliges Verhalten.«

Weiter kam sie nicht. Weike unterbrach sie, als wüsste sie schon, welche Fragen kommen würden, und als hätte sie die Antworten seit Jahren parat. »Es war wohl meine Schuld«, sprudelte sie hervor, »ich habe ihn zu sehr bedrängt. Ich wünschte mir sehnlichst ein Kind, da habe ich vergessen, dass er ein paar Jahre jünger war als ich, dass er noch Zeit brauchte, bis er für die Vaterschaft bereit sein würde. Ich hätte mehr Geduld mit ihm haben müssen. Stattdessen habe ich ihn ständig dazu getrieben, zusätzlich Geld zu verdienen, damit ich für das Kind etwas zurücklegen konnte.«

Aletta schluckte. So weit wollte sie nicht gehen, Weike zu sagen, woher dieses Geld gekommen war, das Boncke angeblich als Nachtportier verdient hatte. »Warum suchst du die Schuld bei dir?«, fragte sie. »Ist das Scheitern deiner Ehe dann erträglicher?«

Darauf hatte Weike keine Antwort. Mit dieser Frage hatte sie nicht gerechnet, hatte sie sich selbst nie gestellt und wusste nun nichts zu sagen.

»Selbst wenn du recht hättest, wenn Boncke überfordert war und sich bedrängt fühlte, soll es dann auch deine Schuld sein, dass er sich einfach feige davongemacht hat?«

»Ich hätte merken müssen, dass er es nicht mehr aushielt«, meinte Weike verzagt.

»Es war etwas ganz anderes, was er nicht ausgehalten hat.« Aletta griff nach Weikes Hand und ignorierte die zuckenden Finger, die sich gern befreit hätten. »Weike, von dir habe ich einiges gelernt, was in meinem Elternhaus nicht ausgesprochen wurde. Zum Beispiel das Wort … schwul.«

Nun war es heraus! Aletta sah, dass Weike erstarrte, erkannte die Abwehr in ihren Augen und das Feuer des Zorns, das aber sofort wieder erlosch. Der Widerstand jedoch blieb. Aletta las es von ihrem Gesicht ab: Nein, das konnte nicht sein, das war unmöglich, das hätte sie gemerkt, solche Männer waren widerliche Waschlappen, ekelhafte Kerle, sie taten Schreckliches, sie verstießen gegen das Gesetz und gegen göttliches Gebot, sie waren Sünder, so einen konnte sie nicht geheiratet haben …

Aletta unterbrach ihre Gedanken: »Er hat dich vermutlich geheiratet, um jeden Verdacht zu zerstreuen. Die Ehe ist immer noch das beste Alibi für einen Homosexuellen.«

»Du meinst … ich habe ihm gar nichts bedeutet?«

»Das kann ich nicht beurteilen«, antwortete Aletta vorsichtig. »Aber sicherlich warst du nicht das für ihn, was du sein wolltest. Vielleicht eine gute Freundin?«

Die Abwehr erlosch Stück für Stück, eine Erinnerung nach der anderen brachte sie zum Einsturz. Trotzdem fragte Weike: »Woher weißt du das?«

»Glaub mir einfach.«

»Du vermutest es nur?«

»Nein, ich weiß es ganz sicher. Du kannst dich darauf verlassen, dass ich die Wahrheit sage.«

»Ich könnte ihn anzeigen«, stieß Weike plötzlich hervor, deren Selbsterhaltungstrieb so jäh hervorschoss, dass Aletta regelrecht erschrak. »Wahrscheinlich könnte ich die Ehe sogar annullieren lassen.«

»Glaubst du, dass dir das hilft?«, fragte Aletta. »Würde es dir danach bessergehen?«

Weike dachte nach, dann schüttelte sie den Kopf. Und plötzlich schossen ihr die Tränen in die Augen. »Ich weiß nicht, wo er ist. Ich könnte ihn gar nicht anzeigen, selbst wenn ich wollte. Ich kann mich ja nicht mal von ihm scheiden lassen, solange ich nicht weiß, wo er sich aufhält!«

Aletta glaubte, dass ihr eigener Zorn auf Boncke Broders genauso heftig war wie Weikes. »Eine Scheidung würde dir helfen?«

Weike nickte heftig. »Das wäre ein Abschluss.« Und wieder kamen ihr die Tränen. »Ich habe immer gehofft, er könnte die Trennung bereuen und zu mir zurückkommen. Ich kann nicht mit ihm abschließen, solange ich mit ihm verheiratet bin. Wenn er mich schon verlassen musste, dann hätte er auch diese Hoffnung mitnehmen müssen.« Sie schluckte die Tränen hinunter, die ihr in die Augen gestiegen waren. »Einmal hat es einen anderen Mann gegeben. Einen guten, anständigen Mann! Damals war ich sogar noch jung genug, um schwanger werden zu können. Aber er wollte nicht mit einer verheirateten Frau zusammenleben. Er wollte klare Verhältnisse. Eine geschiedene Frau, das hätte er in Kauf genommen, obwohl seine Mutter ihn davor gewarnt hatte, aber eine Frau, deren Mann jederzeit wieder auftauchen und Ansprüche stellen kann? Nein, das war zu viel für ihn.«

Nun wusste Aletta, dass sie richtig gehandelt hatte, wenn Weike selbst auch noch eine Weile für diese Erkenntnis brauchen würde. »Ich könnte mich erkundigen, ob es möglich ist, trotzdem die Scheidung zu beantragen. Boncke ist ja schon seit Jahren verschwunden.«

Weike flüsterte nun. »Seit Krieg ist, denke ich daran, dass ich irgendwann eine Nachricht bekomme. Boncke Broders auf dem Feld der Ehre gefallen!« Ein kleiner Triumph hatte in dem letzten Satz mitgeschwungen, dann wurde ihr Stimme wieder leise und hoffnungslos. »Ich hatte sogar darauf gewartet, dass sein Gestellungsbefehl zu mir geschickt wird. Zu unserer gemeinsamen Adresse! Ich wohne ja immer noch dort, wo ich mit Boncke gelebt habe.«

»Demnach hat er sich umgemeldet«, überlegte Aletta. »Die Behörden kennen seine Adresse. Also müsste man seinen Aufenthaltsort herausfinden können.«

»Hoffentlich liegt er in Russland in irgendeinem Schützengraben«, sagte Weike düster. »Oder auf dem Soldatenfriedhof.«

»Wir finden ihn«, machte Aletta ihr Mut. »Spätestens nach dem Krieg. Tot oder lebendig. Und wenn er noch lebt, dann sorge ich dafür, dass du geschieden wirst und ein neues Leben anfangen kannst. Das verspreche ich dir.«

Insa hatte kein Wort mehr mit ihr gesprochen, obwohl auch Frauke ihr versichert hatte, wie gut es sei, dass Sönke nun keine Schmerzen mehr litt, und wie beruhigt sie alle sein könnten, weil sie nicht mehr Gefahr liefen, dass seine Schmerzensschreie auf die Straße drangen. Für Insa war dennoch nur eines von Bedeutung: dass sie von ihrer Schwester hintergangen worden war. So nannte sie es. Aletta konnte noch so oft beteuern, dass sie Insa nur unterstützen wollte, es half nichts. Aletta hatte ein Geheimnis verraten, hatte ihr Versprechen nicht gehalten, und das wollte Insa ihr nicht verzeihen.

Am Ende verstummten sie beide. Insas Schweigen war kränkend, verletzend, tödlich, während Alettas Schweigen in der Verzweiflung eines zurückgestoßenen Kindes entstanden war, das nichts sagte, weil es nichts zu sagen wusste. Jedes Wort wäre falsch gewesen und jedes Wort zu viel!

Hauptmann Hütten und Leutnant Fritz sahen dem Schweigen der Schwestern hilflos zu. Hütten, mit seinem mangelnden Fingerspitzengefühl, versuchte vergeblich, das Gespenst des Schweigens zu verscheuchen, auch Leutnant Fritz gelang es nicht, der es immerhin sensibler anging. Aber die Vorfreude auf das Konzert, die er immer wieder äußerte, brachte nicht die erhoffte Wirkung. Aletta reagierte nur kurz und bündig mit einer freundlichen Höflichkeit, Insa sagte auch hier kein einziges Wort.

Dass die beiden sich bald in ihre Zimmer verzogen, war trotzdem ein erfreulicher Effekt. Insa musste sich nun keine Mühe geben, unauffällig auf den Speicher zu gelangen und nach Sönke zu sehen. Als sie in die Küche zurückkam, hielt sie das Opiumfläschchen in der Hand, als wollte sie Aletta fragen, in welcher Dosis Sönkes Schmerzbehandlung weiter erfolgen solle, aber sie sprach die Frage nicht aus. Und Aletta beschloss, auf ihre Körpersprache nicht zu reagieren. Sie fühlte sich nicht schuldig, wenn sie auch einsah, dass Insa nicht wissen konnte, was sie zusammen mit Jorit in dem Gartenhäuschen belauscht hatte. Insa hätte ihr vertrauen müssen! Eine Schwester vertraute der anderen! Aber das galt wohl nicht, wenn eine Schwester die andere hasste und sich wünschte, sie wäre nie geboren worden. Nein, es gab kein Vertrauen zwischen ihnen. Die kurze Zeit der Annäherung hatte keine Nähe gebracht. Sie würde für Insa eine Fremde bleiben, die ihr Leben zerstört hatte. Womit?, hätte Aletta auch hier fragen müssen. Aber diese Antwort kannte sie bereits: damit, dass sie zur Welt gekommen war.

Hinrika Oselich, die sich auf einen längeren Plausch mit Tee und Gebäck eingestellt hatte, als sie durch den Garten in ihre Küche gekommen war, hielt es auch nicht lange aus. Sie wurde bald von dem Schweigen der Schwestern vertrieben. Aber ihr konnte Aletta wenigstens eine Frage stellen: »Gibt es jemanden auf Sylt mit dem Namen Tjarko?«

Insa antwortete wie erwartet nicht, reagierte auch weder mit einem Kopfschütteln noch einem Schulterzucken. Hinrika jedoch, die glaubte, dass das Eis des Schweigens zu schmelzen begann, ließ sich gern auf die Frage ein, rätselte lange hin und her, weil es sich um einen alten friesischen Namen handelte, der in der jungen Generation nicht mehr gebräuchlich war, und erkundigte sich dann, um das Gespräch zu verlängern, was Aletta zu dieser Frage bewogen habe.

Sie hatte damit gerechnet und sich eine, wenn auch nicht besonders überzeugende, Begründung überlegt: »Im ›Grand Hotel‹ ist eine kleine Zigarrenkiste gefunden worden. Da war der Name Tjarko eingraviert.«

Insa sprach nur diesen einen Satz, und den nicht in Alettas, sondern in Hinrikas Gesicht: »Pfarrer Frerich heißt so!«

»Richtig!« Hinrika schlug sich vor die Stirn. »Aber … der raucht doch gar nicht.«

Ihren Überlegungen, wer der Besitzer der Zigarrenkiste sein könnte, hörte Aletta nicht mehr zu. Ihr Schicksal schien sich mit einem Mal in diesem Namen zu bündeln. Tjarko! Also war ihr erster Eindruck doch richtig gewesen! Der Pfarrer, der sie »mein Kind« nannte! Der ihre Sünden vergeben hatte! Der ihr nichts nachtrug! Der täglich mit der Begründung ins Haus kam, sich um die beiden Schwestern kümmern zu wollen, die sich so schwertaten, sich wieder aneinander zu gewöhnen! Pfarrer Frerich, der so großmütig mit den Sündern umging! Warum? Weil er selber ein Sünder war!

Sie wurde erst wieder aufmerksam, als Hinrika das Gespräch auf Dirk Stobart brachte. »Glaubt ihr, dass der seinen Bruder umgebracht hat? Wie ich hörte, bestreitet er es. Aber zuzutrauen wäre es ihm. Der Dirk war ja schon immer so komisch. Und durch Kais Verschwinden hat er genau das gekriegt, was er wollte: die Zimmerei.« Hinrika sah erst Insa, dann Aletta an und wusste nun, dass sie im Hause Lornsen nicht die Unterhaltung bekommen würde, auf die sie gehofft hatte. »Emme meint ja, Kai sei einem Raubüberfall zum Opfer gefallen. Aber ob man ihr glauben kann?«

Nun entschloss sich Aletta doch zu einem Einwand. »Warum soll sie nicht recht haben? Wenn Kai die Insel verlassen wollte, hatte er sicherlich Geld dabei.«

Hinrika hatte sich schon erhoben und ließ sich nun wieder auf den Stuhl zurücksinken. »Das soll Dirk Stobart auch gesagt haben. Er bestreitet alles. Er habe mit dem Tod seines Bruders nichts zu tun.«

Insa nickte, als hätte sie nichts anderes erwartet, Aletta nickte, als glaubte sie an Dirks Unschuld. Das war Hinrika entschieden zu wenig. Sie erhob sich erneut, entschlossen, in einem anderen Nachbarhaus nach Zerstreuung zu suchen. Als sie sogar auf ihren Gruß nur ein Nicken erntete, verließ sie verärgert die Küche und stapfte über den Rasen in ihren Garten zurück.

»Wo ist der Schlüssel?«, fragte Insa, kaum dass sie allein waren.

Aletta musste ihren ganzen Mut zusammennehmen. »Ich habe ihn verloren.«

»Wo?«

»Ich weiß es nicht.«

»Du musst ihn wiederfinden.«

»Ja.«

»Wie soll ich erklären, dass von nun an unsere Haustür verschlossen ist?«

»Du kannst die Schuld auf mich schieben. Ich habe sie am Abend abgeschlossen und am Morgen den Schlüssel nicht wiedergefunden.«

Aletta war froh, dass die Antwort, die Insa auf den Lippen lag, nicht ausgesprochen wurde. Denn in diesem Moment klopfte es an der Tür. Aletta sprang auf, lief in die Diele und erkannte durch das Fenster in der Haustür Jorits Umrisse. Sie rief ihm zu, er möge den Eingang durch die Küche benutzen, und lief ihm durch den Garten entgegen.

Er war so überrascht, als sie sich in seine Arme warf, dass er beinahe das Gleichgewicht verloren hätte. »Unser Schlüssel! Hast du ihn gefunden?«

Jorit wusste nicht, wovon sie sprach. »Ich bin gekommen, um zu hören, ob das Aspirin anschlägt. Oder musstet ihr ihm das Opium geben?«

»Unser Hausschlüssel ist dir nicht aufgefallen?«

»Nein«, antwortete Jorit. »Ich will das Fläschchen holen. Es muss in den Medikamentenschrank zurück, sonst merkt mein Schwiegervater schnell, was passiert ist. Füllt es bitte in ein anderes Gefäß um. Dann stelle ich die Flasche zurück. Und bis mein Schwiegervater merkt, dass sie leer ist, kann er sich nicht mehr zusammenreimen, wo das Opium geblieben ist.«

Aletta nickte flüchtig, dann löste sie sich von Jorit und erzählte ihm, dass ihr die Flasche aus den Händen geglitten war und sie sich gebückt hatte, um sie unter dem Schrank hervorzuholen. »Dabei könnte mir der Schlüssel aus der Tasche gerutscht sein.«

Jorit runzelte die Stirn. »Ich habe nichts gesehen. Aber ich laufe sofort zurück und schaue nach. Vielleicht hast du ihn ja auch auf dem Weg verloren?«

Das wollte Aletta gern glaubten, aber es gelang ihr nicht. »Was ist, wenn deine Schwiegermutter den Schlüssel gefunden hat?«

»Sie wüsste dann nicht, wem er gehört.«

»Ach, Jorit!« Sie seufzte auf und schmiegte sich an seine Brust.

Er war Tommas Mutter einfach nicht gewachsen. Noch immer glaubte er daran, dass niemand an seiner Lauterkeit zweifeln konnte und dass die Liebe, die er Aletta gestanden hatte, das Leben nicht veränderte. Nicht sein Leben, nicht das seiner Frau und ihrer Eltern. Aber sie sagte nichts dazu, damit Jorit nicht auf die Idee kam, sich vor seiner Schwiegermutter zu rechtfertigen. Das hatte er schon viel zu häufig getan.

»Ich habe mit meinen Schwiegereltern über Aspirin und Opium geredet«, sagte er und ergänzte schnell, als er Alettas erschrockenes Gesicht sah: »Ganz unauffällig! Weil der alte Christiansen nun gestorben ist und alle froh sind, dass er ohne Schmerzen war, als er die Augen für immer schloss. Er hat einen Teelöffel bekommen, damit war er für mehrere Stunden schmerzfrei. Mehr wäre gefährlich gewesen, sagt mein Schwiegervater. Also seid vorsichtig mit der Dosierung. Am besten, ihr wartet ab, ob die Schmerzen zurückkehren. Der alte Christiansen hat immer erst den nächsten Schluck bekommen, wenn er es nicht mehr aushielt.« Er steckte nervös die Hände in die Hosentaschen. »Hol die Flasche, Aletta. Sie muss zurück in den Medikamentenschrank.«

Insa trat gerade aus der Küchentür, sie hatte den letzten Satz gehört und machte ohne ein Wort kehrt. Kurz darauf erschien sie mit der Flasche in der Hand erneut im Garten. »Ich habe es umgefüllt.«

Jorit griff nach Alettas Hand, während er bat: »Wenn Sönke kein Opium mehr braucht, gib mir, was übriggeblieben ist. Dann fülle ich es wieder in die Flasche, und niemand hat was gemerkt.«

Aletta nickte nur, ohne ihm zu sagen, wie naiv sie seinen Optimismus fand. Aber als Jorit zurückkehrte, ohne den Hausschlüssel gefunden zu haben, war auch seine Sorglosigkeit zu einem Teil von ihm abgefallen. »Du hast den Schrank nicht sorgfältig abgeschlossen«, sagte er zu Aletta. »Meine Schwiegereltern werfen es sich gegenseitig vor. Ich hoffe, es merkt niemand, dass mehrere Tüten Aspirin und ein Fläschchen Opium fehlen.«

Die Zeit verging nicht, an diesem Abend verstrich sie quälend langsam. Aletta starrte den Zeiger der Uhr an, lauschte auf ihren eigenen Herzschlag und versuchte, da draußen, in der Natur, etwas zu finden, was denselben Rhythmus hatte. Zuerst war es ein tropfendes Regenrohr, dann das Knattern einer Fahne und schließlich Insas Fingernagel, der auf der Stuhllehne Alettas Herzschlag klopfte. Als die Uhr endlich eine volle Stunde schlug, erhob sie sich, ohne zu wissen, wie spät es war. »Ich gehe schlafen.« Sie blickte in Insas Gesicht, das starr gegen die Wand gerichtet war, wie seit mindestens einer vollen Stunde. Aletta hätte gern etwas Versöhnliches gesagt, aber es fiel ihr nichts ein, von dem sie sicher sein konnte, dass es nicht erneut Insas Unmut erregte.

Aus der Ferne hörten sie Schüsse. Aletta stockte und lauschte. »Die Inselwache?«

Insa nahm den Blick nicht von der Wand. »Die Entenjäger geben nicht auf.«

Aletta betrachtete sie, ihre aufrechte Haltung, den erhobenen Kopf, die dicken Haarflechten, das blasse, ebenmäßige Gesicht. »Oder ein Spion«, antwortete sie, froh über jedes Gespräch, das sich anknüpfen ließ. »Ich habe es kürzlich an der Tafel am Rathaus gelesen: Spione treiben sich überall herum. Die wollen was herausbekommen über Truppenstellungen und militärische Einrichtungen.«

»Und warum wird auf sie geschossen?«, fragte Insa spöttisch.

Aletta bewegte sich langsam zur Tür. Jetzt bereute sie, dass sie nicht wortlos das Zimmer verlassen hatte. »Im Krieg gelten andere Gesetze.«

»Ja, man hört, dass sogar Deserteure ohne viel Federlesen erschossen werden.« Immer noch dieser Spott in ihrer Stimme!

»Trotzdem hast du dich von Frauke Lützen dazu anstiften lassen, einen Deserteur zu verstecken.«

»Was weißt du schon!«

»Nichts! Weil du mir nichts sagst.«

»Die Geschwätzigkeit überlasse ich meiner Schwester.«

»Wir sollten während der Nacht nach Sönke sehen. Wenn er wieder Schmerzen hat …«

»Das erledige ich schon.«

»Ich kann das auch übernehmen.«

»Gute Nacht.«

»Schlaf gut.« Aletta verließ das Zimmer. Auf ihrer Wange brannte eine Ohrfeige, die sie nicht erhalten hatte, in ihren Ohren gellte eine Beleidigung, die nicht ausgesprochen worden war.

Sie ging nicht sofort schlafen, sondern wie immer zunächst zur Eingangstür, wo sie sorgfältig ihren Seidenschal auf den Haken hängte, dann auf den Speicher, um nach Sönke zu sehen. Er war wach und sah ihr ruhig entgegen. Sein hübsches Gesicht wirkte gelöst, die Augen blickten klar. »Geht's dir besser?«

Er sah sie zweifelnd an, als müsste er sich zunächst überlegen, ob er ihr trauen dürfe, was er zu antworten habe, dann nickte er.

»Keine Schmerzen mehr?«

Diesmal schüttelte er den Kopf.

Aletta hob seine Decke auf und betrachtete sein Bein. Frauke hatte es sorgfältig geschient, die Wunde jedoch sah nicht gut aus. Sönke beobachtete sie ängstlich, während sie die Wunde inspizierte. »Nicht anfassen!«

Aletta nickte beruhigend. Frauke hatte die Wunde ausgewaschen, eine Pinzette über einer Flamme ausgeglüht und dann größere Schmutzpartikel entfernt, trotzdem sah die Wunde so aus, als hätte sie sich entzündet. Ob Frauke Lützen in der Lage war, eine eitrige Wunde zu säubern?

»Was ist?«, fragte Sönke ängstlich.

»Alles in Ordnung«, entgegnete Aletta so leichthin wie möglich. Vorsichtig deckte sie die Wunde wieder mit Verbandmull zu, dann griff sie nach dem Wasserkrug und gab Sönke zu trinken. »Meine Schwester wird später noch nach dir sehen.«

»Und die andere Frau?«

»Ich weiß nicht. Vielleicht morgen wieder …«

Er versuchte, sich aufzurichten, um ihr nachzublicken, aber diese leichte Bewegung bereitete ihm gleich wieder Schmerzen.

»Bleib ruhig liegen. Dann wird alles gut.«

Er zeigte zu einer Flasche mit einem weiten Hals, die Frauke mitgebracht hatte. Sie verstand, reichte sie ihm und sah zu, wie sie unter seiner Decke verschwand. Bis sie wieder zum Vorschein kam, betrachtete sie die Bücher, die Insa ihm hingestellt hatte: die Klassiker, die früher im Wohnzimmerschrank der Eltern gestanden hatten, und zwei Abenteuerromane aus der Jugendzeit Geert Lornsens. Aletta war sicher, dass Sönke keines dieser Bücher je angefasst hatte.

Mit verlegenem Gesicht reichte er ihr die Flasche, die halb gefüllt war. Dass er damit seine Körperwärme auf sie übertrug, machte ihr Schwierigkeiten. Mit dem strikten Bemühen, sich ihren Widerwillen nicht anmerken zu lassen, trug sie die Flasche hinaus.

Als sie sie später im Ausguss neben dem Komposthaufen entleerte, wurde sie auf Geräusche aus dem Garten der Obelichs aufmerksam. Sie schaute sich um und sah einen schwachen Umriss am Zaun. Ein Mann? Etwa Hauptmann Kalkhoff? Als er jedoch im nächsten Augenblick verschwunden war, glaubte sie an eine Sinnestäuschung. Dann jedoch ein Geräusch! Ein Scharren, ein Knacken. Wer hielt sich da auf der anderen Seite des Zauns auf, ohne sich zeigen zu wollen? Sie ging sehr langsam zum Haus zurück, ohne den Gartenzaun aus den Augen zu lassen, der in der Dunkelheit nur schwach zu erkennen war. Die Schatten dahinter konnten genauso gut der Umriss eines Menschen als auch der eines aufragenden Busches sein. Dass sich dort drüben jemand aufhielt, der sie beobachtete, glaubte sie nun ganz fest. Dennoch traute sie sich nicht, Insa vor dem Hauptmann zu warnen. Sie rief sich ins Gedächtnis, was er zu Insa gesagt hatte, nachdem Sönke vom Dach gefallen war. »Noch ein paar Tage, dann fällt die Entscheidung!« Und dann noch diese rätselhafte Ergänzung: »Ihre arme Schwester!« Was mochte er damit gemeint haben?

Aletta zögerte, dann setzte sie entschlossen die Flasche neben der Küchentür ab. Insa hatte gesagt, es handle sich um eine Verwechslung. Wenn das stimmte, dann gab es nichts zu befürchten, und wenn Insa sie belog, dann musste sie selbst mit den Folgen fertig werden.

Eine halbe Stunde später lag Aletta im Bett und lauschte ins Haus hinein. Insas Schritte waren im Erdgeschoss zu hören. Die Küchentür ging, ihre Schritte kamen heraus und gingen wieder hinein. Vermutlich bereitete sie das Frühstück für die beiden Soldaten vor, damit es morgen früh schneller ging. Ludwigs Bild erschien vor ihren Augen, wie immer, wenn der Schlaf zu ihr kam, sie hörte seine Stimme, und sie dachte mit einer Freude, die von ihrer Trauer nicht zu unterscheiden war, an den morgigen Tag, an das Konzert in der Baracke des Klappholttals. Nur für Ludwig würde sie singen, nur für ihn. Vielleicht würde sie dann wieder glücklich sein können, ein oder zwei Stunden …

Sie wurde von einem Schrei aus dem Schlaf geschreckt. Ein heftiges Dröhnen folgte, dann wieder ein Schrei. Der erste war weiblich gewesen, der zweite männlich. Und nun ein dünnes, langgezogenes, nicht enden wollendes Geheul. Wie das Kreischen einer hellen Säge! Dann ein Poltern, rhythmisch, gefährlich, endgültig. Ein letztes, ein allerletztes Dröhnen, anschließend herrschte Ruhe. Aber nur kurz! Dann setzte das sägende Kreischen wieder ein, dieses helle Schreien, das durch die Nacht schnitt, ausdruckslos, ohne Auf und Ab. Und schließlich Insas Stimme: »Halt den Mund! Hör auf!«

Das Geheul endete schlagartig, die Stille, die folgte, war beinahe noch beängstigender. Was immer das Poltern, Schreien und Heulen zu bedeuten hatte – es durfte nicht nach draußen dringen! Wer es hörte, würde vor dem Haus erscheinen, an der Tür rütteln und Erklärungen verlangen! Aletta sprang aus dem Bett und lief, ohne sich etwas überzuwerfen, zur Tür. Dort zwang sie sich zur Ruhe und öffnete leise und behutsam, nur so weit, dass sie mit einem Auge hindurchschauen konnte, ihre Zimmertür. Erschrocken sog sie die Luft ein. Die Speichertür war einen Spaltbreit geöffnet! Und dahinter hörte sie nun Rascheln und unterdrücktes Schluchzen.

Sie machte einen Schritt auf den Flur hinaus. »Insa?«

»Aletta! Komm! Hilf mir!« Noch nie hatte Insas Stimme so verzweifelt geklungen. Und noch nie war sie so angefüllt gewesen mit Bitten und Flehen.

Im Nu stand Aletta vor der Speichertür. Insas Gestalt füllte den Spalt aus. Sie stand auf der letzten Treppenstufe, ihre Bluse war zerrissen. Sie hielt sich am Geländer fest und beugte sich hinab, eine Hand aufs Herz gepresst. Wohin? Worüber? Und was hielt sie da in der Rechten? Einen von den Pflöcken, die ihr Vater für einen Zaun gebraucht hatte, um den Gemüsegarten vor den Kaninchen zu schützen?

Aletta schob die Tür weiter auf, stieß jedoch bald an einen Widerstand. Etwas Schweres, das sich nicht wegschieben ließ, dessen Berührung aber kein Geräusch erzeugte.

»Ich konnte nichts dafür«, keuchte Insa. »Ich musste mich doch wehren. Ich konnte nicht zulassen …«

Weiter ließ Aletta sie nicht kommen. Gewaltsam vergrößerte sie den Türspalt weiter und zwängte sich hindurch. Und dann sah sie es endlich. Zu ihren Füßen lag Hauptmann Eberhard Kalkhoff, bäuchlings, lang hingestreckt, die Arme berührten die gegenüberliegende Wand, als hätte er versucht, sich abzustützen. Er trug lediglich eine dunkle Sporthose und ein graues Unterhemd. Ein Bein lag angewinkelt unter seinem Unterkörper, der Fuß des anderen Beins auf der unteren Treppenstufe. Er blutete aus einer tiefen Wunde am Hinterkopf, sein Gesicht lag in einer Blutlache, die sich von Sekunde zu Sekunde vergrößerte.

Aletta tastete am Hals nach seinem Puls. Sie konnte keinen ertasten. Verzweifelt rüttelte sie an dem bewegungslosen Körper, aber ohne Erfolg. Es gab keinen Zweifel, und sie merkte, dass Insa es längst eingesehen hatte: Hauptmann Kalkhoff war tot.

Plötzlich begann Insa zu schluchzen. »Er wollte mich vergewaltigen.«

Als hätte Sönke auf eine andere Angst gewartet, stieß er nun wieder seine eigene hervor. Dass es ihm nicht möglich war, sich an den Ort des Geschehens zu begeben, dass er ans Bett gefesselt war, machte es für ihn sicherlich nicht einfacher. Er weinte und schrie, als könnte er die Angst vor dem unbekannten Unglück nicht länger ertragen.

»Geh und beruhige ihn!«, sagte Aletta.

Insa stieg die Treppe hoch, ließ den Pflock polternd zu Boden fallen und lief in Sönkes Verlies. Aletta hörte, wie sie ihn unbeherrscht anschrie. Er solle endlich den Mund halten, wenn er nicht heute noch erschossen werden wolle. Und das sei alles nur seinetwegen passiert. »Damit du nicht erwischt wirst! Also sorg gefälligst dafür, dass das Ganze einen Sinn hatte, und mach jetzt nicht alles kaputt!«

Aletta war sicher, dass Sönke nichts verstanden hatte, aber wenigstens war er jetzt ruhig. »Hoffentlich hat ihn keiner gehört«, stöhnte Insa, als sie zurückkehrte.

Aletta erhob sich und stellte sich zu Insa auf dieselbe Treppenstufe. »Was ist passiert?«

Insa drehte sich um, wandte Hauptmann Kalkhoff den Rücken zu. »Er ist ins Haus gekommen, ohne dass ich es bemerkt habe.«

»Die Haustür war verschlossen.«

»Er muss durch die Küche gekommen sein. Ich wollte gerade zu Bett gehen, aber vorher noch mal nach Sönke sehen. Plötzlich stand er hinter mir. Dieser widerliche Kerl! Hat mich angegrinst und gesagt: ›Jetzt bist du dran.‹«

Aletta sah sich um. »Hier oben? Auf dem Speicher?«

Insa brach so unvermittelt in Tränen aus, dass Aletta erschrak. »Nichts wäre passiert, wenn Sönke den Mund gehalten hätte! Aber er hat nach mir gerufen. Dieser Idiot!«

»Kalkhoff hat begriffen, wer Sönke ist?«

»Natürlich! Daraufhin hat er geglaubt, dass er noch leichteres Spiel hat.«

»Aber du hast dich gewehrt?«

»Was hätte ich sonst tun sollen? Wenn ich nachgegeben hätte, wäre er morgen wieder hier aufgetaucht. Er hätte mich in der Hand gehabt. Uns alle! Wir wären keine Minute mehr vor ihm sicher gewesen.«

»Und da ... da hast du ihn erschlagen?«

»Er hat mich angegriffen. Er wollte mich zwingen.« Sie wies auf ihre Bluse, von der die Knöpfe abgesprengt waren. Das Unterhemd, das darunter hervorschaute, war eingerissen. »Und dann lag da dieser Pflock. Ich habe blindlings danach gegriffen. Er wollte vor mir hergehen, die Treppe runter, er war ja so siegessicher, dass ich ihm folgen würde ...« Insa schluchzte auf. »Und da ...«

»... hast du zugeschlagen?«

Insa nickte. Widerstandslos ließ sie sich von Aletta umarmen und konnte an ihrer Brust sogar weinen. Nicht schluchzen, sondern weinen in einem langen Fluss ohne Stromschnellen.

Aus Sönkes Verlies drang ein unterdrücktes Jammern, das Bettgestell knarrte, anscheinend versuchte er, sich zu erheben.

Sanft schob Aletta ihre Schwester von sich. »Das war Notwehr«, sagte sie. »Du hast nichts zu befürchten.«

»Was hilft das?«, weinte Insa. »Wir können nicht die Polizei holen. Sollen wir sie auf diesen Speicher führen? An den Tatort? Sie werden Sönke entdecken!«

Dies war der Moment, in dem Aletta erst das ganz Ausmaß der Katastrophe erfasste. In ihrem Kopf hatten schon Ausflüchte herumgespukt, eine Zeugenaussage, ein Schwur, dass sie dabei gewesen sei, dass sie alles beobachtet habe, dass ihre Schwester gar keine andere Möglichkeit gehabt habe, um sich zu verteidigen ... jetzt begriff sie, dass das alles nichts nützen würde.

Die Steinchen prasselten ans Fenster, ohne dass etwas geschah. Immer und immer wieder. Aber dahinter blieb alles ruhig, still und dunkel, nichts rührte sich. Allmählich ging ihr die Kraft aus. Sie versuchte es mit dem Ruf einer Eule, den sie noch immer so gut beherrschte wie vor zehn Jahren, und huschte hinter einen Baum, weil es so schien, als regte sich hinter einem Fenster in der ersten Etage etwas. Als nichts geschah, versuchte sie es erneut. Und endlich flammte Licht auf. Der Ruf der Eule hatte Jorits Umrisse hinter die Scheibe geholt. Der Fenstergriff knarzte, Aletta blieb beinahe das Herz stehen, als er, wenn auch leise, ihren Namen rief. Vermutlich hatte er nicht glauben können, dass sie ihn wie früher ins Freie rief, wenn es ihr gelungen war, der elterlichen Kontrolle zu entwischen. Sie trat kurz hinter dem Baum hervor, winkte ihn mit aufgeregten Handzeichen nach unten und verbarg sich wieder, als sie sicher war, dass er sie verstanden hatte.

Während sie auf ihn wartete, machte sie eine Bewegung an der Gardine in der ersten Etage aus. Oder stand das Fenster einen Spalt breit offen, und der Wind hatte die Gardine gebauscht? Sie war nicht sicher. Aber die Angst, dass nicht nur Jorit, sondern auch ein anderer Bewohner des »Hotels Lauritzen« auf sie aufmerksam geworden war, begleitete sie, während sie mit Jorit in die Stephanstraße lief.

Als sie dort ankamen, hatte sie ihn über alles informiert. »Wir schaffen es nicht allein! Der Kerl ist zu schwer!«

»Wo soll er hin? Habt ihr euch das schon überlegt?«

»Wir legen ihn auf dem Weg ab, den er morgens nimmt, wenn er zum Dienst muss.«

Jorit fragte nicht, warum ausgerechnet er bei so etwas wie der Beseitigung einer Leiche helfen sollte, und gab mit keinem Wort zu verstehen, dass er damit nichts zu tun haben wollte. Auch kein Vorwurf, keine überflüssige Frage kam über seine Lippen. Er stand an ihrer Seite. Wie damals, als ein Obsthändler sie beschuldigt hatte, einen Apfel gestohlen zu haben. Und heute genauso, obwohl sie ihn vor zehn Jahren belogen und verlassen hatte. Eine Welle der Zärtlichkeit überkam sie, aber es war nicht einmal die Zeit, ihm ihre Dankbarkeit zu zeigen.

»Hältst du das wirklich für gut?«, fragte Jorit. »Wäre es nicht besser, ihn zu verstecken?«

»Dafür ist keine Zeit. Er muss aus dem Haus. Unbedingt! Noch bevor er morgen vermisst wird! Und wir müssen das erledigt haben, bevor es hell wird.«

Jorit hielt Aletta am Ärmel fest, ehe sie das Haus betrat. »Bist du sicher, dass Insa dir die ganze Wahrheit gesagt hat? Wollte er sie wirklich vergewaltigen?«

»Eigentlich hatte er wohl eher erwartet, dass sie sich nicht gegen ihn zur Wehr setzt. Er behauptete ja, er habe etwas gegen sie in der Hand. Sie sollte sich fügen, oder alle Welt würde es erfahren.«

»Deine Schwester sagt dir noch immer nicht die Wahrheit?«

»Sie bleibt dabei: Es handle sich um eine Verwechslung.«

Als Jorit nach wie vor zögerte, zog sie ihn einfach mit sich. »Jetzt ist nicht der richtige Zeitpunkt, um sich darüber Gedanken zu machen. Der Hauptmann muss aus dem Haus.«

Das sah Jorit ein. Und tatsächlich gelang es ihnen zu dritt, was Insa und Aletta allein nicht geschafft hatten. Sie bugsierten die Leiche die Treppe hinunter, trugen sie mit vereinten Kräften in die Küche und von dort in den Garten. Es herrschte Vollmond, die Nacht war hell, sämtliche Umrisse waren schärfer als am Tage, die Schatten so klar wie aufgemalte dunkle Figuren, Vierecke, Kreise und Bewegungen.

Sie hatten dem Toten einen Sack über den Kopf gezogen, den Insa in einer Speicherecke gefunden hatte, damit es keine Blutspuren im Haus gab und auch, damit sie nicht in Kalkhoffs Gesicht sehen mussten, in seine halbgeschlossenen Augen, auf seinen zum Schrei geöffneten Mund. Es war schlimm genug gewesen, Stufe für Stufe das Aufschlagen seines Schädels zu hören.

Nun lag er zu ihren Füßen, Insa schaute über ihn hinweg und vermied es gleichzeitig, Aletta anzusehen. Diese versuchte, die Aufmerksamkeit ihrer Schwester zu erzwingen, indem sie sie anstarrte und wartete, dass sie ihren Blick endlich erwiderte.

Dort wollte sie erkennen, wie es Insa ging, welche Gefühle in ihr waren im Angesicht des Toten, ob es Schuldbewusstsein gab, Entsetzen, Reue oder gar die Genugtuung der Vergeltung. Aber Aletta wartete vergeblich. Insa sah sie nicht an. Ihr Blick war leer, ausdruckslos, sie starrte an ihr vorbei zum Haus der Oselichs, dessen Umrisse sich allmählich aus der Nacht lösten.

»Wir müssen uns beeilen«, sagte Insa. »Es wird bald hell.«

Jorit war zum Gartenhäuschen gelaufen, jetzt kehrte er mit einer Schubkarre zurück. »Da hinein«, flüsterte er, griff nach Kalkhoffs Schultern und hob ihn an.

Aletta und Insa mühten sich mit den Füßen ab, und schließlich war der schwere Körper so weit auf die Schubkarre gehoben worden, dass Jorit ihn zurechtlegen und sichern konnte. Er nahm die beiden Griffe. »Wir sollten ihn durchs Haus schieben und dann vorn zur Tür heraus. Wenn die Oselichs aus dem Fenster schauen oder einer der Soldaten …«

»Geht nicht«, antwortete Insa, und jetzt war Aletta froh, dass sie keinen Blick für ihre kleine Schwester hatte. »Die Haustür ist abgeschlossen, der Schlüssel fehlt.«

Nun fiel es Jorit wieder ein. »Dann müssen wir es also riskieren.«

Sie kamen ungesehen zur Straße. Insa und Aletta blickten nach links und rechts, dann gaben sie Jorit ein Zeichen. Eilig bog er mit der Schubkarre auf den Weg in Richtung Wilhelmstraße ein.

An der Ecke blieb er bald stehen. »Am besten laden wir ihn hier ab«, meinte er. »Auf der Maybachstraße begegnen einem auch nachts Menschen. Soldaten, die gezecht haben, oder Huren, die nach Freiern Ausschau halten. Auf der Friedrichstraße ist es noch gefährlicher.«

Aletta ging zu dem Haus, das einmal Kapitän Friedrich Erichsen gehört hatte, und wies auf den Pavillon, der an der Straßenecke errichtet worden war. »Hier!« Sie zeigte auf das hohe Gras, das zu Füßen des Pavillons wucherte, und auf eine Abfalltonne, die Sichtschutz bot. »Wenn wir ihn hier ablegen, wird er nicht gleich beim ersten Tageslicht gesehen. Wir brauchen Zeit, um das Haus zu säubern.«

»Warum?«, fragte Insa. »Glaubst du, die Polizei könnte zu uns kommen?«

»Das ist nicht zu erwarten«, beruhigte Aletta sie, »aber besser, wir gehen auf Nummer sicher.«

Jorit hatte den Toten gerade abgeladen, als er plötzlich den Zeigefinger auf den Mund legte, sich in den Schatten des Pavillons zurückzog und den beiden Frauen mit aufgeregten Gesten zeigte, dass sie ihm folgen sollten. An die Hauswand geduckt lauschten sie auf die Geräusche der Nacht, aus denen sich tatsächlich eines löste, das in den Tag gehörte. Schritte! Kurze, schnelle Schritte, dann herrschte wieder Stille. Ein Scharren, als drehte sich jemand auf dem Absatz um, dann ein vorsichtiges Klacken. Jemand trat auf der Stelle, der nicht wusste, wohin er sich wenden sollte. Aletta starrte die Schubkarre an, die so stand, dass sie von einem Passanten auf der Stephanstraße gesehen werden konnte. Blieb nun gleich jemand vor ihr stehen, fragte sich, wie sie dort hingekommen war, und schaute sich genauer um? Oder erkannte er das Eigentum der Familie Lornsen, brachte es zurück und erinnerte sich später daran, dass er sie dort gefunden hatte, wo kurz darauf eine Leiche entdeckt worden war? Doch nach einer kurzen Zeit der Ruhe waren die Schritte erneut zu hören. Schnell und gleichmäßig. Sie entfernten sich, wurden immer schneller und waren bald darauf nicht mehr zu hören.

»Puh«, machte Jorit, »das war knapp.«

»Wer mag das gewesen sein?«, fragte Insa. »Um diese Zeit?«

Sie löste sich aus dem Schatten, aber Aletta zog sie zurück. »Warte! Nicht, dass die Person zurückkommt!«

So lange blieben sie geduckt stehen, bis der erste Leiterwagen auf der Maybachstraße zu hören war. Dann sagte Jorit: »Es wird Zeit. Wir müssen zurück.«

So schnell wie möglich liefen sie die Stephanstraße hinunter, auf das Haus der Lornsens zu, Jorit mit der Schubkarre, die nun leicht war, so dass sie über jeden Stein sprang und Geräusche verursachte, die der schwere Körper Kalkhoffs gedämpft hatte.

Aletta griff verstohlen nach Jorits Hand. »Danke!«

Jorit warf Insa einen vielsagenden Blick zu, die ihnen mehrere Schritte voraus war. »Eigentlich sollte sie sich bedanken.«

Aber Insa sagte kein Wort. Sie wartete am Gartenzaun, nahm Jorit die Schubkarre ab und ging ums Haus herum, ohne sich noch einmal umzusehen.

»Sie ist durcheinander«, erklärte Aletta. »Sie hat einen Menschen umgebracht. Wenn es auch Notwehr war …«

»Hoffentlich war es das wirklich«, gab Jorit zurück. »Ich möchte mir später nicht sagen müssen, dass ich einer Mörderin geholfen habe.«

Mit einem heftigen Kopfschütteln versuchte er, dieses schreckliche Wort zurückzuholen, und zog Aletta in seine Arme. »Wir gehören zusammen«, flüsterte er. »Immer noch! Merkst du es auch?«

Sie ließ seine Frage über ihren Kopf hinwegfliegen und lauschte ihr nach. Dann nickte sie. »Ja, das mit uns ist etwas Besonderes.« Und zögernd setzte sie hinzu: »Trotz allem.«

»Hättest du einen anderen gebeten, dir zu helfen?«

»Niemanden sonst!« Über diese Antwort brauchte Aletta nicht nachzudenken. Sie vertraute niemandem so wie Jorit. »Aber Tomma …«

Er löste sich von ihr, sah ihr in die Augen, dann hob er ihr Kinn und küsste ihren Mund. Ganz sanft, ganz zärtlich. Nicht fordernd und auch nicht leidenschaftlich. Nicht, wie ein Freund küsste, aber auch nicht wie ein Geliebter. Es war ein wunderbarer Kuss, und er dauerte, bis plötzlich Insas Stimme zu hören war: »Komm ins Haus, Aletta!«

Jorit und Aletta fuhren auseinander, sahen sich schuldbewusst um, aber Insa war nicht zu sehen. Ihre Stimme klang aus der Tiefe des Gartens. »Komm!«

Jorit berührte mit dem rechten Zeigefinger Alettas Lippen, dann eilte er die Stephanstraße hinab. Sie sah ihm nach, bis die Dunkelheit ihn verschluckt hatte, dann erst öffnete sie das Tor zum Vorgarten.

In Gedanken an Jorit versunken, folgte sie nicht ihren Überlegungen, sondern der Macht der Gewohnheit. Sie ging auf die Haustür zu, obwohl sie wusste, dass sie verschlossen war, drückte die Klinke herab, obwohl sie wusste, dass die Tür nicht nachgeben würde – und stand mit einem Mal in der Diele. Auf den Fleck gebannt, die Türklinke noch in der Hand! Die Haustür hatte sich öffnen lassen! Und der Schlüssel ... er steckte im Schloss.

XV.

Sie hatte eines ihrer Nachmittagskleider hervorgeholt. Auf große Garderobe, die sie sonst auf der Bühne trug, wollte sie verzichten. Zu den grauen Uniformen schien keines ihrer Abendkleider zu passen. Als sie aus der Kutsche gestiegen war, die Oberst von Rode ihr geschickt hatte, war sie in ihrem Entschluss bestätigt worden. Das triste Barackenlager lud nicht ein zu schimmernder Seide und strassbesetzten Säumen. Intuitiv hatte sie sich richtig entschieden, als sie das helle zweiteilige Kleid aus der mit Leinen ausgeschlagenen Kiste geholt hatte, wo sie es nach ihrem Auszug aus dem »Miramar« verstaut hatte. Der weich fallende Stoff, der bis zu den Knöcheln reichte und exakt an der oberen Kante ihrer Schnürstiefeletten endete, war genau richtig – weiblich, elegant, aber nicht protzig. Und das geknöpfte Oberteil mit der Schleife unter dem Kragen, die von derselben Farbe war wie die Knöpfe, wirkte einerseits sittsam, aber andererseits auch verführerisch, weil es sehr eng geschnitten war. Jedenfalls nicht provozierend, was Jorit wichtig gefunden hatte, der seine Kameraden kannte und wusste, wie sie auf weibliche Reize reagierten.

Sie würde nicht gut sein an diesem Tag, das merkte Aletta bald. Wahrscheinlich würde sie so schlecht singen wie noch nie. Und wundern konnte sie sich darüber nicht. Wenn es auch eine gute Idee von Reik gewesen war, sie mit den Vorbereitungen auf dieses Konzert von Trauer und Verzweiflung abzulenken, so merkte sie schon, bevor sie sich auf die improvisierte Bühne begab, dass sie womöglich einen Fehler machte. Sie hätte behutsamer mit ihrer Stimme umgehen und vorsichtiger mit der Zeit beginnen müssen, in der Ludwig nicht mehr an ihrer Seite sein würde. Er fehlte ihr, seine Ruhe, sein Schutz. In diesem Fall musste sie sogar all das für Reik sein, was Ludwig für sie gewesen war. Er brauchte Beruhigung, Kraft, Zuversicht, denn dieses Konzert bedeutete für ihn, sich zum ersten Mal einem großen Publikum zu präsentieren. Das Lampenfieber quälte ihn schrecklich. Am Anfang ihrer Karriere hatte auch Aletta unter dieser Nervosität gelitten, später war sie dann von ihr abgefallen. Die Sicherheit, die sie aus Ludwigs Ruhe schöpfte, hatte sie von jedem Lampenfieber befreit.

Reik aber glaubte, dass es ihr, der erfahrenen Sängerin, ähnlich ging wie ihm, als er sah, wie sie nervös über ihren Ausschnitt tastete und den Hals immer wieder mit beiden Händen bedeckte. Und sie hatte bestätigend genickt und behauptet, das sei ganz normal, er solle keine Angst vor seiner eigenen Aufregung haben. In Wirklichkeit war es das Fehlen ihres Seidenschals gewesen, das ihr zu schaffen machte, kein Lampenfieber. Er hatte nicht mehr an seinem Haken neben der Haustür gehangen, und Aletta hatte ihn nirgendwo gefunden, so lange sie auch gesucht hatte.

Ein Konzert ohne Ludwig, ohne ihren Schal, der ihre Stimme warm zu halten hatte, ein Konzert, das mit wirren Gedanken begann, mit Fragen, die sie sich nicht beantworten konnte! Wahrscheinlich würde sie sogar die Liedertexte vergessen und sich nicht mehr an die Melodien erinnern. Ihr fehlte die Ruhe, die sie nötig hatte, dieses Sich-ganz-Hingeben, das die Musik brauchte, dieses Ganz oder Gar-nicht.

»Vor einem Konzert müssen alle Fragen beantwortet sein«, hatte Vera Etzold gesagt.

In ihrem Kopf jedoch drehten sie sich um- und miteinander. Wie war der Schlüssel ins Schloss der Haustür gekommen? Wer hatte die Tür damit geöffnet und ihn dann stecken lassen? Wo war ihr Schal? Und zu welcher Ansicht mochten die Polizisten kommen, nachdem im Morgengrauen die Leiche von Hauptmann Eberhard Kalkhoff gefunden worden war? In der Stadt war tatsächlich von Spionen die Rede gewesen, die Offiziere ansprachen, um sie auszufragen, und wütend reagierten, wenn sie keinen Erfolg hatten, wenn sie durchschaut wurden oder man ihnen sogar mit Anzeige drohte. Hoffentlich kamen die Polizisten auch zu dieser Ansicht! Sie waren in der Stephanstraße von Haus zu Haus gegangen und natürlich auch zu ihnen gekommen, um sie nach Beobachtungen zu fragen. Aber sie waren ganz ruhig geblieben. Diese Befragung war Routine, niemand hegte einen Verdacht gegen die Schwestern Lornsen.

Der große Raum der Baracke musste mittlerweile zum Bersten voll sein. Dort wurde sonst das Essen eingenommen, an diesem Abend waren alle Tische nach draußen getragen und die Stühle zu ordentlichen Reihen aufgestellt worden. Der Lärm war gewaltig, der hinter den improvisierten Vorhang drang. Da gab es keine vornehme Ruhe, kein kultiviertes Lachen oder angeregte Gespräche. Was sie hörte, war das Grölen gut gelaunter Männer, die froh waren, für ein paar Stunden ihrem öden Wachdienst zu entkommen. Da saßen viele, die keine Ahnung hatten, wie man sich in einem Konzertsaal benahm, selbst wenn er eigentlich die Kantine einer Soldatenbaracke war.

Oberleutnant Schubert wirkte alles andere als souverän. Zwar versicherte er, bestens vorbereitet zu sein und die Noten und sämtliche Einsätze im Kopf zu haben, aber er war mit Reik einer Meinung, dass es ein gewaltiger Unterschied sei, ob man daheim der Familie etwas vorsang und -spielte oder gut hundert Leuten, die nur auf einen Fehler warteten, um sich darüber zu amüsieren.

Als sie die Bühne betraten, erschrak Aletta über das Gebrüll, das ihnen entgegenschlug. Kein vornehmer Applaus, keine kultivierte Begeisterung empfing sie, sondern das Jubelgeschrei von einfachen Männern, denen man erzählt hatte, dass Applaus das Brot des Künstlers sei, und die großzügig sein wollten. Die geübten Konzertbesucher, denen es nicht auf fröhliche Abwechslung, sondern auf den Kunstgenuss ankam, waren derart in der Minderheit, dass ihre vornehme Zurückhaltung sich nicht durchsetzen konnte, ja nicht einmal auffiel.

Noch nie hatte Aletta sich, wenn sie eine Bühne betrat, gewünscht, woanders zu sein. Dies war das erste Mal. Sie musste sich zusammenreißen! Schon wegen Reik, der sich an ihr orientierte, der ihre Unsicherheit und ihren Widerwillen sofort aufnahm! Das sah sie an dem Blick, den er ihr zuwarf, nachdem er zunächst die schreiende Zustimmung des Publikums geschmeichelt zur Kenntnis genommen hatte, dann aber unsicher wurde, als er Alettas versteinerte Miene bemerkte. Zusammenreißen!

Ludwig hatte gesagt: »Und wenn unter hundert Idioten nur einer ist, der deine Kunst zu schätzen weiß, dann sing für ihn!«

Und Vera hatte sie oft ermahnt: »Du musst dein Publikum überzeugen. Es ist nicht ihre Pflicht, dich von ihrer Anerkennung zu überzeugen. Es ist an dir, sie mitzureißen.«

Tatsächlich gelang Oberleutnant Schubert der Einstieg sehr gut, und als Aletta und Reik das Konzert mit ihrem Duett eröffneten »Wenn ich ein Vöglein wär …«, trat vollkommene Stille ein. Wie Aletta befürchtet hatte, sang sie schlecht, ihre Stimme schwankte oft, sie konnte die halben Noten nicht auskosten, sang die Viertelnoten zu kurz und die Vorschläge zu lang. Und vor allem: Ihrem Gesang fehlten die Leidenschaft, die Wärme, die Innigkeit, aus der Überzeugungskraft entsteht. Sie konnte nicht für Ludwig singen, konnte ihm nicht nah sein. Dass ihre Zuhörer trotzdem begeistert applaudierten, bewies nicht etwa, dass sie sich selbst unterschätzt hatte, dass sie besser war als geglaubt, sondern nur, dass sie das Publikum richtig eingeschätzt hatte. Diese Männer würden alles beklatschen, einen Clown genauso wie eine große Sängerin.

Reik jedoch, dem die Erfahrung fehlte, strahlte sie so herausfordernd an, nachdem er sich tief verbeugt hatte, dass sie schließlich nicht anders konnte, als ihm so zuzulächeln, als sei auch sie zufrieden mit ihrer Darbietung. Auch Oberleutnant Schubert sprang vom Klavierhocker und verbeugte sich zackig. Sein selbstgefälliges Lächeln vertiefte sich von Lied zu Lied, und er verstieg sich während einer Opernarie in theatralische Akkorde, aus denen er nur mühsam zurückfand.

Schließlich gab Aletta es auf. Sie tat das, wovor Vera Etzold sie immer gewarnt hatte: Sie spulte ihr Programm herunter, als wollte sie es möglichst schnell hinter sich bringen. Sie konzentrierte sich nicht einmal mehr über die Köpfe der Zuschauer hinweg auf einen imaginären Punkt, was ihr sonst immer bei der Konzentration half, sondern betrachtete einen Soldaten nach dem anderen, hielt nach bekannten Gesichtern Ausschau, freute sich an der Aufmerksamkeit einiger weniger, wie Oberst von Rode und Leutnant Fritz, und sang gegen die Verächtlichkeit an, die sie für alle anderen empfand.

Reik allerdings hatte sich in einen Rausch gesungen, das Glück des Augenblicks machte ihn euphorisch. Bei »Wenn die Sonne scheinet« legte er sogar den Arm um sie, obwohl nichts dergleichen verabredet worden war. Aber Aletta ließ es lächelnd geschehen und fühlte sich wohl mit dieser vertraulichen Geste, während sie sonst Spontanitäten auf der Bühne missbilligte. In diesem Moment bedauerte sie sogar, dass Reik nicht ihr großer Bruder war.

Ihr Blick fiel auf Jorit, während sie sang. Endlich hatte sie ihn gefunden und konnte in sein Gesicht, in seine Augen, in seinen Mund singen, der ihr zulächelte. Als Reik sie jedoch mit dem letzten Ton an sich drückte und, während der Beifall aufbrandete, ihre Schläfe küsste, verdüsterte sich seine Miene. War er etwa eifersüchtig? Dieser Gedanke amüsierte sie dermaßen, dass sie lachte, obwohl sie viel lieber nach Hause gegangen wäre und dieses Konzert so schnell wie möglich vergessen hätte.

Aber natürlich musste sie durchhalten. Und bei ihrem letzten Lied machte sie es so wie immer: Sie wartete, bis absolute Stille eingetreten war, was diesmal sehr lange dauerte, aber schließlich hatte auch der letzte Soldat begriffen, dass er seine Beifallskundgebungen unterbrechen musste. Dann erst begann sie mit »Guten Abend, gut' Nacht …«.

Nun schien sie endlich die erhoffte Wirkung zu erzielen. Die Gesichter füllten sich mit einem leisen Staunen. Auch hier war sie nicht gut, aber doch gut genug, um viele Herzen zu erreichen, die bisher womöglich nie von der Musik erreicht worden waren. Ihr Blick ging über die Menge, blieb wieder an Jorit haften, an Hauptmann Hütten, der ganz still geworden war, und ging dann über ein Gesicht, zu dem ihre Augen zurückhuschten, kaum dass sie über den nächsten Kopf hinweggegangen waren. Dieses Gesicht kannte sie! Ein Mann, sehr gut aussehend, dunkelhaarig, mit einem schmalen Gesicht, aus dem kleine, dunkle Augen stachen, einem schmallippigen Mund und einem sorgfältig gestutzten Schnäuzer. Seine Haltung war anders als die seiner Kameraden, die breitbeinig dasaßen, die Ellbogen auf die Knie gestützt oder die Arme vor der Brust verschränkt. Dieser Mann trug seine Uniform mit Eleganz, er schob die rechte Schulter vor, die Finger seiner gekreuzten Arme spielten auf den Bizeps, die Beine hatte er übereinandergeschlagen.

Bei der letzten Zeile »Schau im Traum 's Paradies …« wusste sie, wer er war, noch bevor der Beifall lostobte. Boncke Broders, der flüchtige Geliebte von Dirk Stobart, Weikes verschollener Ehemann.

Reik Martensen und Willem Schubert waren berauscht von ihrem Erfolg, ließen sich von den Wellen des Beifalls tragen und schauten in ein ganz neues Glück, von dem sie nicht gewusst hatten, wie wunderbar es war: Erfolg! Strahlend wie ein herrlicher, klarer Sternenhimmel stand er über ihnen, sie brauchten sich nur hinzulegen, hineinzuträumen und darauf zu warten, dass die Sonne aufging, um sie und ihren Erfolg zu bescheinen.

Aletta gönnte ihnen diese Euphorie des ersten gelungenen Auftritts, an den sie sich selbst noch gut genug erinnern konnte, und verzichtete darauf, ihnen zu erklären, dass die Sonne schnell untergehen und von da an sowohl der Sternenhimmel als auch das Licht des neuen Tages hinter Wolken verborgen bleiben konnten. Sollten sie den Beifall genießen!

Jorit erwartete sie hinter der Bühne, half ihr von dem Gerüst, auf dem sie provisorisch errichtet worden war, und begleitete sie zu der kleinen Baracke, die ihr als Künstlergarderobe diente. Reik und Willem Schubert kamen ihnen nachgelaufen. Ihr unterschiedlicher Rang war jetzt ohne Bedeutung, sie waren nur Sänger und Pianist.

»Das müssen wir feiern, Frau Lornsen! Auf diesen Erfolg sollten wir etwas trinken. Wir besorgen einen guten Tropfen.«

Bevor Aletta eine Antwort geben konnte, kam Oberst von Rode auf sie zu, der der Künstlerin formvollendet dankte. »Wunderbar, Gnädigste! Sie haben mich verzaubert!«

Jorit verdrückte sich prompt. Aletta warf ihm einen Blick nach und nahm dann sämtliche Komplimente lächelnd entgegen, während sie ihre Garderobe betrat und sich vor dem Schminktisch niederließ. Dass der Oberst wusste, wie schlecht ihre Vorstellung gewesen war, glaubte sie ganz sicher, aber das Ziel war erreicht worden: Die Soldaten der Inselwache waren für ein paar Stunden aus der Ödnis ihres eintönigen Wachdienstes geholt worden. In den nächsten Tagen, so hoffte Oberst von Rode, würde keiner davon reden, dass er lieber an die Kampffront wollte, als auf Sylt vor Langeweile umzukommen.

»Sie gestatten, dass wir gleich noch ein Gläschen Champagner auf Ihren Erfolg trinken? Mein Wagen wird sie ins Hotel ›Zum Deutschen Kaiser‹ bringen. Ich werde Sie dort mit der ganzen Kommandantur erwarten.«

Aletta bedankte sich artig und bat darum, einen Wunsch äußern zu dürfen.

»Jeden, Gnädigste! Jeden!«

»Ich habe einen Bekannten unter den Soldaten entdeckt, den ich lange nicht gesehen habe und gern begrüßen würde. Könnten Sie so freundlich sein, ihn zu mir schicken zu lassen?«

Der Oberst versicherte, er werde sofort eine entsprechende Anordnung erteilen, und brüllte seinem Adjutanten den Namen Boncke Broders zu, der ihn unverzüglich weiterrief. Dann knallte er ein letztes Mal die Hacken zusammen, verließ ihre Garderobe und warf die Tür so energisch ins Schloss, als sollte niemand sie noch einmal öffnen dürfen.

Jorit ließ sich davon nicht beeindrucken, erschien schon Augenblicke später wieder hinter Aletta und sah ihr im Spiegel zu, wie sie ihren Haarknoten löste, der diesmal ohne ein schmückendes Netz ausgekommen war.

Sie ließ die Hände sinken. »Jorit, kann es sein, dass deine Schwiegermutter meinen Schlüssel gefunden hat? Vielleicht ist sie zu unserer Haustür gegangen, um auszuprobieren, ob er passt. Damit hatte sie dann den Beweis!«

»Und anschließend hat sie deinen Seidenschal gestohlen?«, fragte Jorit spöttisch. »Das hat sie nicht nötig. Sie hat Dutzende davon.«

»Sie hat Angst, dass du Tomma verlässt.«

»Ich werde immer die Verantwortung für meine Frau tragen«, antwortete Jorit. »Das sollte sie wissen.«

»Aber du hast gesagt, am liebsten würdest du mit mir nach Hamburg gehen.«

Jorit drehte sich um, dann ging er in ihrem Rücken auf und ab, während sie sich die Schminke vom Gesicht wischte. »Ich habe mit Oberst von Rode gesprochen.« Er ließ ein kurzes Lächeln in den Spiegel springen, als wollte er Aletta schon jetzt von dem überzeugen, was kommen würde. »Er ist auf meiner Seite. Er mag meine Schwiegermutter nicht.«

Aletta ließ das Tuch sinken, mit dem sie sich die Lippen abwischte, und starrte Jorit mit großen Augen an. Was wollte er ihr sagen?

»Er glaubt, er könnte etwas für mich tun, wenn ich wirklich nach Hamburg möchte. Er will dafür sorgen, dass ich beim Schutz des Hafens eingesetzt werde.«

Auf Alettas Brust entstand ein unerträglicher Druck, der sich nur mit einem Stöhnen lösen ließ. »Ich habe nicht die Absicht, nach Hamburg zu gehen. Du weißt doch …«

»Ja, das Geheimnis deiner Mutter.« Jetzt griff er nach der Stuhllehne und beugte sich über ihre rechte Schulter, um ihrem Spiegelbild so nahe wie möglich zu sein. »Aber ich weiß auch, dass du singen musst. Wenn das Angebot gut ist, wirst du es annehmen. Und wenn du gehst, dann komme ich mit. Hörst du? Wenn der Krieg vorbei ist, gehen meine Schwiegereltern sowieso mit Tomma wieder nach Hamburg zurück, ich kann dort weiterhin für sie da sein. Du darfst mich nie wieder zurücklassen, wenn du gehst. Versprichst du mir das?«

Aletta war unfähig, ein Wort zu sagen, sie nickte nur.

Die Tür sprang auf, der Adjutant des Oberst meldete: »Obergefreiter Broders zur Stelle!«

Aletta erhob sich und gab Jorit mit einem Wink ihrer Augen zu verstehen, dass er sie nun allein lassen solle. Es war nicht zu übersehen, dass er gern erfahren hätte, warum Boncke Broders bei ihr gemeldet wurde, aber er bewahrte diese Frage für später auf und folgte dem Adjutanten hinaus.

Aletta blickte Boncke Broders entgegen, der verlegen ihre Garderobe betrat und augenscheinlich keine Ahnung hatte, was ihn hier erwarten könnte. Unsicher verbeugte er sich und sah sie fragend an.

Aletta lächelte. »Sie erkennen mich nicht?«

Boncke Broders' Unterlippe fiel hinab, er starrte sie ungläubig an, suchte in ihrem Gesicht nach bekannten Spuren, schüttelte dann aber den Kopf. »Wir kennen uns?«

»Ich habe als junges Mädchen im ›Grand Hotel‹ gearbeitet. Weike hat mich damals angelernt.«

Sein Kopf fiel hinab, er blickte auf seine Füße und nickte leicht. Seine Vergangenheit hatte ihn eingeholt.

»Sie waren nicht erfreut, als Sie zur Inselwache eingeteilt wurden und nach Sylt zurückmussten?«

Er schüttelte den Kopf und sah immer noch nicht auf.

»Zufällig habe ich gestern mit Weike über Sie gesprochen. Sie lebt ja immer noch hier und arbeitet nach wie vor im Hotel. Ich habe sie darüber aufgeklärt, woran ihre Ehe gescheitert ist. Sie gab sich ja immer noch selbst die Schuld daran, aber nun weiß sie, dass sie mit Ihnen unmöglich glücklich werden konnte.«

Sein Kopf fuhr hoch, sein Gesicht lief rot an, die Angst in seinen Augen erzeugte trotz allem tiefes Mitleid in Aletta. »Woher wissen Sie …?«

»Unsere Bekanntschaft erstreckt sich außerdem auf ein Ereignis, das Ihr Leben verändert hat und meines gewissermaßen auch.«

Er starrte sie verständnislos an, aber sie konnte beobachten, wie eine Ahnung in seinem Blick erschien.

»Ich denke an die Nacht, in der Sie Dirk Stobart zum letzten Mal gesehen haben. Die Nacht, in der sein Bruder starb.«

Boncke stöhnte auf und griff nach der Stuhllehne, als brauchte er Halt. »Sie sind das?«

»Und daher weiß ich auch, dass Sie homosexuell sind.«

Boncke zuckte unter diesem Wort zusammen, als wäre er geschlagen worden.

»Keine Sorge, von mir erfährt keiner etwas, wenn Sie sich an folgende Abmachung halten: Sie gehen so bald wie möglich zu Weike und bieten ihr die Scheidung an. Und natürlich eine Abfindung und einen ordentlichen Unterhalt. Sie muss endlich die Möglichkeit haben, nach vorn zu sehen und nicht mehr zurück. Weike muss wissen, dass sie nicht mehr auf Sie warten kann, damit sie endlich zu einem Neuanfang kommt.«

Boncke nickte, ohne lange nachzudenken. »Und wenn sie … wenn Weike meinen Kameraden verrät …«

»Ich glaube nicht, dass sie daran ein Interesse hat. Vorausgesetzt, Sie verhalten sich jetzt endlich wie ein Mann, der Verantwortung übernehmen kann.«

Boncke schluckte, dann riss er sich zusammen und hob den Kopf. »Gut, ich verspreche es.«

Aletta wandte sich wieder dem Spiegel zu und machte Anstalten, sich zu setzen. »Ich werde mich bei Weike erkundigen, ob Sie Ihr Versprechen gehalten haben. Was ich tun werde, wenn Sie sich nicht an Ihre Zusage halten, können Sie sich denken.«

Sie setzte sich, nahm die Bürste und begann, ihre Haare zu bürsten. Im Spiegel beobachtete sie, wie Boncke Broders sich zur Tür wandte, nach der Klinke griff … und die Hand wieder zurückzog. »Wie geht es Dirk?«, fragte er so leise, dass sie ihn nicht verstanden hätte, wenn sie nicht auf diese Frage gefasst gewesen wäre.

»Er hat Frau und Kind«, antwortete sie.

Er nickte, als hätte er genau das befürchtet.

»Auch seine Frau ist sehr unglücklich geworden«, fügte sie an. »Wie alle Frauen, die geheiratet werden, damit niemand merkt, dass ihre Männer homosexuell sind.« Sie rückte den Stuhl herum, so dass sie Boncke ansehen konnte. Und auch er drehte sich um und sah ihr, die Hände an der Hosennaht, ins Gesicht. »Er ist übrigens gestern verhaftet worden. Man wirft ihm vor, seinen Bruder umgebracht zu haben.«

»Was? Aber … das hat er nicht.«

»Sie wissen es, und ich weiß es auch. Aber alle anderen glauben, dass er Kai loswerden wollte, um an die Zimmerei zu kommen.«

Boncke war den Tränen nahe, die Hände waren von der Hosennaht gerutscht und baumelten an den Seiten, sein Blick irrte herum. »Er könnte lebenslänglich bekommen.«

»Es sei denn, Sie helfen ihm. Sie können bezeugen, dass Kais Tod ein Unglücksfall war.«

Nun veränderte sich sein Augenausdruck. Sein Blick wurde stechend, in seiner Miene erschien etwas Verschlagenes. »Das können Sie auch. Sie sind eine gefeierte Sängerin geworden. Ihr Wort zählt.«

»Aber ich war ein Kind damals. Was sollte ich nachts auf dem Friedhof von St. Niels zu suchen haben? Dann müsste ich verraten, warum ich mich dort mit Dirk getroffen habe. Wollen Sie das? Dirk will es nicht, das weiß ich genau. Er hat mir unmissverständlich zu verstehen gegeben, dass ich nicht aussagen soll.«

»Wie könnte ich das erklären?«, fragte Boncke weinerlich.

»Sie sind ein gestandenes Mannsbild. Dem fällt schon was ein, warum er sich nachts auf einem Friedhof rumtreibt.«

Boncke schien an allen vier Wänden etwas zu suchen, was ihn daran hindern konnte, seinem früheren Geliebten zu helfen. »Wie hat er sich verteidigt?«, stieß er schließlich hervor.

»Er behauptet, Kais Tod müsse ein Raubmord sein. Er habe alles mitgenommen, um auf dem Festland sein Glück zu suchen, also auch Geld.«

Aus Bonckes Blick sprach Erleichterung. »Das muss man ihm glauben. Jedenfalls kann ihm niemand das Gegenteil nachweisen.« Und unsicher fügte er an: »Oder?«

Aletta zuckte die Schultern. »Ich weiß es nicht. Vielleicht. Vielleicht auch nicht. Wir haben Krieg, da werden die Entscheidungen schneller getroffen. Für lange Gerichtsverhandlungen ist keine Zeit.« Sie griff wieder nach der Bürste und machte deutlich, dass ihr Gespräch beendet war. »Überlegen Sie es sich«, sagte sie noch. »Sie haben nicht nur Weike, sondern auch Dirk im Stich gelassen. Dies ist eine Gelegenheit, beides wiedergutzumachen.«

Boncke sagte nichts darauf, Aletta blickte ihn im Spiegel nicht mehr an. Kurz darauf klappte die Tür, Aletta war allein. Während sie weiter ihre Haare bürstete, dachte sie daran, dass Boncke sich vermutlich noch nicht in Westerland hatte blicken lassen, um Weike nicht zu begegnen, dass er hier im Klappholttal geblieben war, um auch Dirk nicht über den Weg zu laufen. Also müsste das, was er jetzt zu tun hatte, eigentlich auch für ihn eine Befreiung sein.

Ihre Haare glänzten längst, aber sie bürstete immer noch weiter, dachte an Ella, von der sie nach ihrem Auftritt im Alten Kursaal nichts mehr gehört hatte, an Ludwigs Schwester, von der auch kein Brief mehr gekommen war, an Jorit, der von der Sorge getrieben wurde, sie könnte ihn noch einmal ohne Abschied verlassen … und schrak zusammen, als es an der Tür klopfte und sie sich noch einmal öffnete. Erschrocken fuhr sie herum, als sie den Mann erkannte, der in ihrer Garderobe erschien. Fassungslos sah sie ihn an.

»Guten Abend, Frau Lornsen. Schön, Sie wiederzusehen. Ist die Überraschung gelungen?«

Das Hotel »Zum Deutschen Kaiser« war voll von den Angehörigen der Inselkommandantur, man erkannte es, ohne das Hotel zu betreten, ohne überhaupt den Wagen zu verlassen. Die Fensterfront mit den üppigen Spitzengardinen war hell beleuchtet, in dem imposanten großen Saal herrschte Trubel. Der riesige Kronleuchter in der Mitte strahlte, das Bild des Kaisers, das an einer der beiden Schmalseiten angebracht war und bei besonderen Gelegenheiten beleuchtet wurde, konnte man von der Straße aus sehen.

»Ich denke, ich muss mich kurz dort blicken lassen«, sagte Aletta. »Alles andere wäre unhöflich.«

»Aber nur kurz«, antwortete Anton Heussner. »Danach möchte ich mit Ihnen in privater Umgebung sprechen. Vielleicht bei Ihnen zu Hause? Da werden wir ungestört sein.«

Dieser Vorschlag gefiel Aletta gar nicht, aber sie konnte ihn schlecht ablehnen. Insa würde eben akzeptieren müssen, dass sie den Wein, der noch im Keller lagerte, hervorholte, oder sie musste dem Gast einen Tee kochen, auch wenn es schon spät war. Das musste man einmal von ihr verlangen dürfen. Und wenn sie hörte, dass es um ein Engagement in Hamburg ging, würde sie vielleicht sogar erfreut sein. Eine Chance, dass die ungeliebte Schwester wieder aus dem Haus kam!

Heussner stieg aus und ging um die Kutsche herum, um Aletta behilflich zu sein. »Wie sind Sie nach Sylt gekommen?«, fragte sie, während sie ihm die Hand reichte. »Seit Kriegsbeginn kommt niemand mehr auf die Insel.«

»Ich habe meine Kontakte«, entgegnete Heussner lächelnd.

»Der Oberst?«

Er nickte und reichte ihr seinen Arm.

Anton Heussner war ein Mann von Ende fünfzig, klein, grauhaarig und völlig uneitel. Seine Liebe galt der Musik, daneben fand nichts anderes Platz. Keine Frau, keine Kinder, keine Familie, keine Eitelkeiten. Er trug einen schäbigen schwarzen Anzug und eine Krawatte mit einem ausgefransten Knoten. Dass er einer der besten Dirigenten Deutschlands war, sah man ihm nicht an. Und dass er dem Krieg ein Schnäppchen geschlagen, auf eigene Verantwortung die Hamburger Staatsoper wieder geöffnet und mit den Proben begonnen hatte, passte zu ihm.

Während sie auf den Eingang des Hotels »Zum Deutschen Kaiser« zugingen, sagte er: »Sie haben sich heute unter Wert verkauft.«

»Ich weiß.«

»Aber wir wissen beide, dass Sie auch anders können!«

»Natürlich. Die Umgebung …«

»Und der Tod Ludwig Burgers!«

»Sie sind gut informiert.«

Damit war fürs Erste alles gesagt.

Aletta Lornsen wurde mit viel Hallo im großen Saal empfangen, mit Komplimenten überschüttet, mit Champagner und vielen überflüssigen Fragen bedrängt. Anton Heussner fand keinerlei Beachtung, außer bei Oberst von Rode. Allein diese Tatsache sicherte ihm immerhin ein minimales Interesse zu. Dass hier ein berühmter Dirigent vor ihnen stand, ahnte niemand von denen, die sein fadenscheiniges Äußeres verächtlich betrachteten und sich wohl fragten, wo der gute Geschmack von Oberst von Rode geblieben war.

Die Ahnung, dass sie einem Irrtum erlegen waren, dass sie sich von Äußerlichkeiten hatten verleiten lassen und Unbeholfenheit und Bescheidenheit zu falschen Schlüssen geführt hatten, bekamen sie, als Aletta Lornsen mit dem unscheinbaren kleinen Mann ihre eigene Feier verließ und von Oberst von Rode und auch von Kompaniechef Ude nicht nur aus der Tür, sondern bis zur Kutsche eskortiert wurde. Dort erhielt der Mann im schäbigen Anzug eine männliche Umarmung von Oberst von Rode und einen zackigen Gruß von Kompaniechef Ude. Aletta lächelte zu den Fenstern, wo sich verstohlen neugierige Gesichter zeigten. Im »Hotel Zum Deutschen Kaiser« würde es jetzt jede Menge Gesprächsstoff geben.

In der Stephanstraße war es bereits dunkel und still, als die Kutsche vorfuhr. Nur in wenigen Häusern brannte noch eine Öllampe, in den meisten hatten sich die Bewohner schon zur Ruhe begeben.

In der Küche der Lornsens gab es noch Licht. Insa war also noch auf, sie ging ja immer erst spät schlafen, am liebsten erst, wenn alle Gäste im Haus waren. Hütten und Fritz waren entweder gleich nach dem Konzert nach Hause gefahren und hatten sich schon schlafen gelegt, oder sie waren im Klappholttal geblieben, um den Abend im Kreise ihrer Kameraden zu beschließen. Insa aber wartete auf die Rückkehr ihrer Schwester. Obwohl Aletta wusste, dass keine Fürsorge dahinterstecken konnte, erzeugte dieser Gedanke ein warmes Gefühl in ihr.

Heussner half ihr aus der Kutsche und bedeutete dem Fahrer, dass er warten möge.

»Wie lange können Sie bleiben?«, fragte Aletta, als sie das Törchen des Vorgartens öffnete.

»Nur bis morgen«, gab Heussner zurück. »In der Frühe geht wieder ein Schiff. Mein Freund, der Oberst, hat es leider nicht hinbekommen, mir ein paar Tage auf Sylt zu verschaffen.«

Aletta stockte, vor der Haustür blieb sie wie angewurzelt stehen. Aus der Küche drangen Stimmen, männliche Stimmen. Dann ein donnerndes Lachen von Männern, die einen Teil ihrer Hemmungen abgelegt hatten. Und nun die Stimme von Oberleutnant Schubert: »Dass ich hier mit zwei Gefreiten sitze, ist zwar ein Skandal, aber in diesem besonderen Fall wäre ich sogar bereit gewesen, mit euch aus derselben Flasche zu trinken.«

Diesmal war nur er es, der lachte, und dieses Lachen wurde von einer weiblichen Stimme abgeschnitten: »Ich hoffe, meine Schwester kommt bald heim.«

Aletta betrat das Haus und ging sofort in die Küche, ohne darauf zu achten, ob Anton Heussner ihr folgte. Insa saß am Tisch, sichtlich angespannt, Willem Schubert goss gerade die Wassergläser voll, und Reik und Jorit saßen rechts und links von ihm und sahen mindestens genauso angespannt aus wie Insa.

»Ah, da ist ja unsere große Sängerin«, rief Schubert. »Ich habe Champagner organisiert! Was sagen Sie nun? Und da uns Soldaten das Trinken von Alkohol in der Öffentlichkeit nicht gestattet ist, haben wir uns erlaubt, in Ihrem Haus einzukehren. Ihre Schwester war so nett, uns Gläser zur Verfügung zu stellen.« Er schwenkte die Flasche wie eine Trophäe. »Keine Sorge, wir haben noch ein paar Flaschen in petto. Man muss die Feste feiern, wie sie fallen. Ein toller Erfolg! Wenn das kein Grund ist, Champagner zu trinken …«

Anton Heussner war hinter Aletta getreten, seinen speckigen Zylinder drehte er in den Händen, dieser proletarische Frohsinn, der durch den Champagner noch proletarischer wurde, war anscheinend etwas, womit er nicht umgehen konnte.

»Ein Glas für die große Sängerin!«, rief Schubert, angelte ohne viele Umstände ein Glas vom Spülstein, zog den Korken wieder aus der Flasche und goss ein. »Der Herr auch?«, fragte er und sah Anton Heussner an, als lohnte es sich nicht, für ihn eigens um ein Glas zu bitten.

Aletta entschloss sich zu eiskalter Höflichkeit und wandte sich an ihre Schwester. »Darf ich dir Anton Heussner vorstellen?« Sie machte einen Schritt zur Seite und gab damit den Blick auf Heussner frei. »Der Dirigent der Hamburger Staatsoper. Zurzeit auch Intendant und …« Sie sah ihn fragend an.

»… Mädchen für alles«, ergänzte Heussner und beugte sich über Insas Hand, die verwirrt seinen Hinterkopf betrachtete und nicht zu wissen schien, wie sie auf diese Begrüßung reagieren sollte.

Diesen Augenblick nutzte Aletta, um mit den Augen zu fragen, wie es zu diesem Gelage hatte kommen können. Jorit zuckte die Achseln, was ihr sagte, dass er es nicht hatte verhindern können und dass er sich entschlossen hatte, dabei zu sein, um notfalls Schlimmeres zu verhindern. Reiks Augen sprangen einmal in die äußeren Winkel, wo Willem Schubert saß und sich mit der nächsten Champagnerflasche abmühte, und sagten ihr, dass es ihm nicht gelungen war, den Oberleutnant von dieser Idee abzubringen, und er keine Möglichkeit hatte, sich dem Ranghöheren zu widersetzen. Er hatte ihm folgen müssen, ob er wollte oder nicht.

Anton Heussner machte einen Schritt zurück. »Gibt es irgendwo einen Raum, wo wir unter vier Augen miteinander reden können?«

»Im Aufenthaltsraum«, antwortete Aletta, »unserem früheren Wohnzimmer.«

»Donnerwetter!«, sagte Schubert. »Dirigent? Intendant? Können Sie, wenn der Krieg vorbei ist, vielleicht einen guten Pianisten gebrauchen?«

Heussner stand schon in der Tür, als Aletta sich entschloss, etwas zu sagen, was Insa hoffentlich verstehen und in Willem Schubert keinen Verdacht erregen würde. »Kennst du den Oberleutnant, Insa?«

Insa schüttelte den Kopf. »Nur Reik und Jorit.«

»Oberleutnant Schubert ist dafür verantwortlich, die Deserteure ausfindig zu machen, die sich immer noch irgendwo verstecken.« Sie nickte ihm zu, als beeindruckte es sie, dass jemand, der so gut Klavier spielen konnte, auch militärische Erfolge zu verbuchen hatte. »Einige hat er bereits gefunden.«

Schubert wurde von dem Knall des Champagnerkorkens abgelenkt, Insa durfte ihre Verwirrung in einem Geschirrtuch verstecken, mit dem sie den herausgesprudelten Champagner auffing, und Reik konnte Aletta erschrocken anstarren, ohne dass es auffiel. Er hatte also keine Ahnung gehabt, welche Aufgabe Willem Schubert auf Sylt erfüllte! Jorit war der Einzige gewesen, dem klar war, in welcher Gefahr sie schwebten. Und sie war ihm dankbar, dass er sich ihnen angeschlossen hatte, wenn er auch im Ernstfall wohl nicht in der Lage sein würde, Willem Schubert zu stoppen, wenn dieser einen Verdacht hegen sollte. Darauf kam es nun an! Keinen Verdacht in ihm zu erregen! Sollte er den Wunsch äußern, dieses Haus zu durchsuchen, würde niemand ihn hindern können. Und sollte er etwas sehen oder hören, was ihm verdächtig vorkam, würde ihn nichts davon abhalten, seinem Verdacht auf die Spur zu kommen.

Aletta fragte sich, wann Sönke sein letztes Opium bekommen hatte. Oder womöglich nur ein Beutelchen Aspirin, dessen Wirkung schnell verflogen sein würde? Wenn die Schmerzen einsetzten, schrie er oft so laut, dass es in der Küche zu hören war. Dabei hatten sie ihn schon so oft ermahnt, vorsichtiger zu sein!

Insa hatte sich schnell wieder gefangen. »Ich denke, ich werde jetzt schlafen gehen«, sagte sie.

»Kein Champagner mehr?«, fragte Willem Schubert.

»Nein, danke«, entgegnete Insa steif und folgte Aletta und Heussner aus der Tür.

»Sie können in Ruhe austrinken«, warf Aletta über die Schulter zurück. »Lassen Sie sich nicht stören.«

Sie winkte Insa mit einem eindringlichen Blick nach oben, damit sie dafür sorgte, dass Sönke frei von Schmerzen war und sich nicht durch lautes Stöhnen und Weinen verriet. Dann ging sie Heussner in den Aufenthaltsraum voran, in dem es abgestanden roch, weil er nur noch selten benutzt wurde. Es war kalt und ungemütlich dort, das Zwielicht machte den Raum noch kälter und ungemütlicher. Als sie die Öllampe entzündete, sorgte die Wärme des Lichts wenigstens für etwas Behaglichkeit.

»In der Küche wäre es vermutlich angenehmer gewesen«, sagte Aletta und lächelte Heussner entschuldigend an. »Dort könnte ich Ihnen einen Tee kochen.«

Heussner winkte ab. »Vielleicht verschwinden diese drei Möchtegern-Künstler bald.« Er ließ sich am Tisch nieder und zog ein paar Papiere aus der Innentasche seiner Jacke. »Ihre Schwester wird jetzt hoffentlich dafür sorgen, dass sich der Deserteur, den Sie verstecken, nicht verrät?«

Aletta starrte ihn erschrocken an. »Wie kommen Sie darauf?«

Heussner lächelte müde. »Besonders schlau war es nicht, Ihre Schwester mit der Nase auf die Aufgabe des Oberleutnants zu stoßen. Wenn der nicht besoffen wäre von seinem Erfolg, hätte er sicherlich was gemerkt.«

»Oh, Gott!« Aletta ließ sich auf einen Stuhl fallen und legte das Gesicht in die Hände.

»Keine Sorge«, sagte Anton Heussner. »Von mir erfährt keiner was. Auch nicht der Oberst. Wenn ich jung wäre und einen Gestellungsbefehl erhalten hätte, wäre ich auch untergetaucht. An die Front? Nie im Leben! Ich bewundere die jungen Soldaten, die losziehen, um sich zu Kanonenfutter machen zu lassen.«

»Es bleibt ihnen nichts anderes übrig. Befehl ist Befehl.«

»Manchmal eben auch nicht«, gab Heussner zurück. »Solange es Menschen gibt, die einem helfen ...« Er legte die Papiere auf den Tisch und pochte darauf. »Der Vertrag! Am besten wäre es, Sie kommen gleich morgen früh mit mir nach Hamburg. Aber wenn Sie noch Zeit zum Überlegen brauchen, wird Oberst von Rode Ihnen auch später eine Passage verschaffen.«

Aletta griff nach dem Vertrag, blätterte ihn durch, ohne ein Wort zur Kenntnis zu nehmen. Singen! Auf einer großen Bühne! »Ich war heute schlecht.«

»Gut genug, um mir zu zeigen, dass Sie nichts verlernt haben.

Von einer kleinen Indisposition lasse ich mir keinen Sand in die Augen streuen.«

Madame Butterfly! Große Arien! Ein volles Haus! Glanzvolle Premiere, Applaus statt Gegröle, mehrere Vorhänge!

»Ich weiß nicht …«

»Sie wollen«, stellte Heussner fest.

Aletta konnte nicht anders, sie musste nicken. »Aber ich kann hier nicht weg.«

»Weil Sie Ihrer Schwester helfen müssen, diesen Deserteur zu versorgen?«

Aletta dachte kurz nach, dann nickte sie. »Deswegen auch. Aber es gibt noch was. Eine Familienangelegenheit …«

Heussner klopfte auf den Vertrag. »Schade, ich hatte gehofft, Sie würden sofort die Koffer packen, und ich könnte Sie morgen am Hafen erwarten. Aber ich verstehe Sie. Auf Sylt ist es ungefährlich, keine Kriegshandlungen, keine Angriffe … doch das kann sich ändern.«

Die Küchentür wurde geöffnet, die Stimmen, vor allem die Schuberts, wurden lauter, drangen auf die Diele, bewegten sich zur Haustür. »Müssen wir uns nicht von der Dame des Hauses verabschieden?«, dröhnte Schubert.

Aletta hörte Jorits beschwichtigende Worte, man könne das morgen nachholen, Insa Lornsen habe sich zur Ruhe begeben und dürfe nicht mehr gestört werden … dann klopfte es an der Wohnzimmertür.

Schubert steckte den Kopf herein. »Gute Nacht! Schade, dass das mit dem Umtrunk nichts Richtiges geworden ist. Ich hatte mir das Ganze anders vorgestellt.«

»Trotzdem danke für den Champagner«, sagte Aletta, die wusste, dass eisige Liebenswürdigkeit schmerzhafter sein konnte als eine Ohrfeige.

Aber Willem Schubert befand sich in einer Berauschung, die durch Champagner nicht mehr zu steigern, sondern höchstens zu radikalisieren war. »Gern, sehr gern!«, rief er.

Jorit trat hinter ihn und griff nach seiner Schulter. »Kommen Sie, Herr Oberleutnant.«

Schubert drehte sich zornig um. »Lassen Sie mich los, Gefreiter Lauritzen! Was fällt Ihnen ein?«

Reik mischte sich ein. »Wir können nicht in einem Haus zu Gast sein, in dem die Dame des Hauses bereits schläft.«

Schubert zeigte auf Aletta. »Ist sie hier etwa nicht die Dame des Hauses?«

Aletta erhob sich und versuchte es erneut mit der eiskalten Höflichkeit, die sie von Ludwig gelernt hatte. Ihr Lächeln war liebenswürdig, als sie Schubert die Hand reichte. Wenn sie auch die Lippen dabei zusammenpresste, ihre Stimme war schneidend trotz der freundlichen Worte. »Danke für Ihren Besuch.«

Prompt fiel die Angriffslust von Schubert ab, er entsann sich wieder der Pflicht, einer Dame mit Respekt zu begegnen, und verabschiedete sich nun so, wie es sich für einen Oberleutnant gehörte. Als die Haustür ins Schloss fiel und seine Stimme sich auf der Straße entfernte, atmete Aletta auf.

In den Augen von Anton Heussner stand plötzlich Schuldbewusstsein. »Verzeihen Sie! Ich tauge nicht zum Kavalier. Ich hätte Sie von diesem Schnösel befreien müssen.«

Aber Aletta schüttelte lächelnd den Kopf. »Wollen wir jetzt in die Küche gehen? Ich könnte Ihnen Sanddorntee kochen.«

Es duftete und dampfte in der Küche, das Licht war ein warmer Kreis auf der Tischplatte, der Schatten auf die Gesichter warf und nur das scharf umriss, was es bestrahlte. Vier Hände, ein Vertrag, zwei Tassen. Die Hände fuhren um den Vertrag herum, griffen nach ihm, legten ihn zurück, bogen die vier Ecken und fächerten die Seiten auf, nahmen dann hastig die Tasse auf und führten sie zum Mund.

Aletta versuchte, Anton Heussners Gesicht zu erkennen, aber er hielt den Kopf gesenkt, seine Züge lagen im Schatten. »Ich kann nicht«, flüsterte sie. »Ich brauche noch Zeit.«

»Viel Zeit ist nicht«, antwortete Heussner ebenso leise. »Wenn die Proben weiter fortschreiten, kann ich die Hauptrolle nicht mehr neu vergeben.«

Singen! Eine große Bühne! Ein schwerer dunkelroter Samtvorhang, eine Garderobe mit einem riesigen Spiegel, eine flinke Garderobiere, eine talentierte Friseurin. Proben, gute Proben, ein fähiges Orchester …

Sie erschrak. »Was ist mit den Musikern?«

Anton Heussner nickte betrübt. »Die meisten sind eingezogen. Unser Orchester ist nicht mehr das, was es zu Friedenszeiten war. Auch mit der Besetzung der männlichen Rollen hatte ich natürlich meine Schwierigkeiten …«

In diesem Augenblick pochte es an der Tür. Laut und herrisch! Und als Aletta und Heussner sich erschrocken anblickten, pochte es schon wieder. Noch lauter, noch diktatorischer.

»Sind diese jungen Kerle etwa zurück?«, fragte Heussner und erhob sich, als wollte er sich nun endlich einmal als Kavalier erweisen, der eine schwache Frau beschützte.

Aletta hörte, dass er die Tür öffnete, und eine Stimme, die fragte: »Wer sind Sie?«

Diese Stimme war ihr fremd. Willem Schubert gehörte sie nicht.

»Das geht Sie gar nichts an«, entgegnete Heussner. »Sagen Sie mir erst mal, wer Sie sind.«

»Oberkommissar Henksen«, kam es zurück. »Ist Aletta Lornsen zu Hause?«

Anscheinend hatte er Heussners Entgegnung nicht abgewartet, sondern ihn einfach zur Seite geschoben. Augenblicke später füllte die große Statur des Oberkommissars die Tür aus. Hinter ihm erschien der nicht minder große, aber wesentlich schlankere Kommissar Wachsmann. Heussner drängte sich an den beiden vorbei, so klein und unscheinbar, dass die beiden Polizisten ihn nur am Rande zur Kenntnis nahmen.

»Frau Lornsen?« Henksen tat so, als müsse er sich bestätigen lassen, die Frau vor sich zu haben, die er suchte. In Wirklichkeit war er mit Aletta zur Schule gegangen und kannte sie von Kindesbeinen an.

Aletta begriff, dass etwas auf sie zukam, etwas Förmliches, etwas, das sorgfältig von alten Erinnerungen abgetrennt werden musste. Deswegen verzichtete sie darauf, den Oberkommissar mit Vornamen anzusprechen. »Sie wünschen bitte?«

Henksen griff in die Tasche seiner Polizeiuniform und holte etwas hervor, was Aletta einen kleinen Schrei entlockte. »Mein Seidenschal!«

»Sie geben es also zu? Er gehört Ihnen?«

»Zugeben?« Aletta sah Henksen fragend an. »Ich habe ihn verloren. Ich glaube sogar, dass er mir gestohlen wurde. Was sollte ich da zugeben?«

»Er wurde heute Morgen bei einer Leiche gefunden«, erklärte Oberkommissar Henksen. »Hauptmann Kalkhoff ist in der vergangenen Nacht erschlagen worden. Und dieser Schal hatte sich in seiner Kleidung verfangen. Wir haben eine Weile gebraucht, um herauszufinden, wem er gehört. Solche Accessoires können sich anständige Sylter Frauen, die ihren Lebensunterhalt schwer verdienen müssen, nicht leisten.«

Was Aletta als Erstes berührte, war der Vorwurf, dass sie nicht zu den anständigen Frauen gehörte. Das traf sie noch eher, noch unmittelbarer als der Verdacht, dass sie etwas mit dem Mord an Kalkhoff zu tun haben könnte.

Henksen trat an den Tisch und griff nach dem Vertrag, den Heussner schnell an sich reißen wollte, was Kommissar Wachsmann jedoch verhinderte.

Henksen blätterte den Vertrag kurz durch, dann sagte er: »Sie wollen sich absetzen? Nach Hamburg?«

»Was für ein Unsinn!« Beinahe hätte Aletta gelacht, so absurd erschien ihr diese Angelegenheit mit einem Mal. »Das ist Anton Heussner, Dirigent an der Staatsoper in Hamburg. Er hat mir ein Angebot gemacht, das ich aber abgelehnt habe.«

»So, so.« Henksen legte den Vertrag wieder zurück. »Und mit dem Tod von Hauptmann Kalkhoff haben Sie auch nichts zu tun?«

»Natürlich nicht.«

»Und wie kommt dann Ihr Seidenschal an den Hosenbund der Leiche?«

»Das weiß ich nicht.«

»Stimmt es, dass Hauptmann Kalkhoff den Versuch gemacht hat, Sie zu vergewaltigen?«

»Nein!« Aletta war drauf und dran, den Sachverhalt richtigzustellen, aber dann korrigierte sie: »Doch, ja, gewissermaßen … Also, es ist ihm nicht gelungen.«

»Aber Sie haben als Folge dieses Angriffs eine Fehlgeburt erlitten?«

»Ja, das ist richtig.«

Heussner nutzte die Gelegenheit, den Vertrag zu ergreifen und wieder in der Innentasche seiner Anzugjacke verschwinden zu lassen.

»Aber deswegen bringe ich ihn doch nicht um!«

»Wirklich nicht?« Kommissar Wachsmann schien ihr kein Wort zu glauben.

Anton Heussner bewegte sich zur Tür. »Ich glaube, ich störe hier nur.«

Oberkommissar Henksen bestätigte ihn. »Wenn Sie die Absicht hatten, morgen mit Frau Lornsen von Sylt zu verschwinden … da wird definitiv nichts draus.«

»Dachte ich mir schon.« Heussner warf Aletta einen Blick zu, der alles sagte. Er bat um Verzeihung, bettelte um Verständnis, war andererseits voller Vorwürfe und noch dazu mit einer gehörigen Portion Verachtung versehen. Diesen Vertrag würde Aletta Lornsen wohl nie wieder vorgelegt bekommen.

»Ich darf mich verabschieden?«, fragte Heussner die beiden Polizisten.

Wachsmann warf Henksen einen fragenden Blick zu, dann

kamen die beiden zu der Ansicht, dass dieser kleine, unauffällige Mann nichts mit dem Mord zu tun haben konnte, den sie aufzuklären hatten. »Gute Reise«, sagte Henksen. »Schön für Sie, dass Sie reisen dürfen. Aber so ist das eben, wenn man mit den richtigen Leuten befreundet ist.« Er richtete seinen Blick auf Aletta. »Natürlich hätten auch Sie reisen dürfen. Der Oberst hätte schon dafür gesorgt! Ja, wenn man berühmt ist …«

Die Haustür fiel ins Schloss, Heussners Schritte waren zu hören, dann die Stimme des Kutschers und kurz darauf sein Ruf, mit dem er die Pferde antrieb. Die Kutsche rumpelte aus der Stephanstraße. Aletta hatte das Gefühl, dass ihr altes Leben einen Besuch bei ihr gemacht hatte und von ihrem neuen Leben hinausgeworfen worden war.

»Sie sind hiermit verhaftet«, sagte Oberkommissar Henksen, und seine Stimme war voller Genugtuung.

»Weil mein Schal bei der Leiche gefunden wurde?«, fragte Aletta ungläubig. »Der hängt auf einem Haken neben der Haustür. Den konnte sich jeder nehmen.«

»Nicht nur deswegen«, antwortete Henksen. »Auch, weil Sie ein Motiv haben. Und weil Sie, wie wir gerade herausgefunden haben, die Absicht hatten, sich abzusetzen.«

»Das stimmt nicht!«

Alettas Stimme war so laut, dass sie bis in die erste Etage dringen musste. Wenn Insa in ihrem Zimmer war, musste sie hören, dass etwas in der Küche geschah. Allerdings … wenn sie bei Sönke auf dem Speicher war, um ihn ruhig zu halten, dann hörte sie womöglich weder Alettas Stimme noch die des Oberkommissars. Der Aufenthaltsraum war weiter entfernt. Was dort geschah, drang nicht bis auf den Speicher. Vielleicht war Insa auch neben Sönke eingeschlafen, hörte nichts und ahnte nicht, was in ihrem Hause vorging.

»Sie können sich etwas einpacken. Ein paar warme Sachen, die Gefängniszellen sind nicht gerade gut geheizt. Und ein bisschen Waschzeug. Na ja, was man eben so braucht.«

»Und ich muss meiner Schwester Bescheid sagen.«

»Wo ist sie?«

»Sie schläft schon.«

»Also gut. Wir warten hier.«

Aletta lief nach oben, öffnete Insas Schlafzimmertür – der Raum war leer. Vorsichtig huschte sie zur Speichertür, blieb stehen, lauschte ins Haus hinein. Konnte sie es wagen, diese Tür zu öffnen, damit Insa wusste, was geschah? Sie hatte gerade die Klinke geräuschlos herabgedrückt, da hörte sie Henksens Stimme im Flur. »Geh ihr nach, Jannes! Pass auf, dass sie nicht durch ein Fenster entwischt.«

Prompt ertönten Schritte auf der Treppe, Aletta ließ die Klinke hochschnellen und lief zu Insas Schlafzimmertür.

Wachsmann sah sie misstrauisch an. »Ist das da Ihr Zimmer?«

»Das Zimmer meiner Schwester.«

»Haben Sie ihr Bescheid gesagt?«

»Ja.« Aletta zögerte, dann ging sie auf ihre eigene Zimmertür zu.

»Wo geht's da hin?« Der Kommissar zeigte auf die Tür, hinter der Aletta in den ersten Jahren ihres Lebens geschlafen hatte.

»In eine winzige Kammer. Sie steht leer.«

Wachsmann vergewisserte sich, dass sie die Wahrheit sagte, dann zeigte er auf die Speichertür. »Und was ist da?«

»Jede Menge Gerümpel«, antwortete Aletta und betrat ihr Zimmer. »Wollen Sie etwa dabei sein, wenn ich Wäsche einpacke?«

Ja, das wollte Kommissar Wachsmann unbedingt. Misstrauisch betrachtete er jedes Teil, das sie in eine Tasche steckte, und ließ sie nicht aus den Augen, während sie durchs Zimmer ging und überlegte, was sie sonst noch würde brauchen können. Schließlich nahm sie das Foto ihrer Eltern und steckte es als Letztes in die Tasche. »Das ist alles. Morgen komme ich mit Sicherheit zurück.«

»Wenn Sie meinen«, gab Wachsmann grinsend zurück.

Dann packte er ihren Arm und drängte sie die Treppe hinab. Erst als sie durch die Haustür geschoben wurde, fiel Aletta ein, dass nun niemand wusste, wohin sie gebracht wurde. Was würde Insa glauben, wenn sie morgen erwachte und ihre Schwester nicht vorfand?

XVI.

Der Wind heulte ums Haus, manchmal ächzte und stöhnte er, dann wieder spielte er mit hellen, verlockenden Tönen, und schließlich heulte er wie ein angriffslustiger Wolf.

Die vierte Nacht auf dieser Pritsche! Drei Tage ohne ein Zeichen von Insa und Jorit. Warum suchte ihre Schwester sie nicht? Warum erkundigte sich Jorit nicht bei Oberst von Rode nach ihr? Oder war Heussner abgereist, ohne mit dem Oberst zu reden? Wusste niemand, wo sie war?

Aletta zog die raue Wolldecke bis zum Kinn, weil sie fror, schob sie aber gleich wieder weg, als ihr der Geruch in die Nase stieg, den all die hinterlassen hatten, die vorher darunter schlafen mussten. Immer wieder hatte sie Oberkommissar Henksen gebeten, ihrer Schwester etwas auszurichten, damit sie sie besuchte. Aber er hatte nur hämisch gelacht.

»Tja, die gute Insa Lornsen ist wohl froh, dass sie ihre Schwester los ist! Das weiß ja auf Sylt jeder, dass es zwischen euch beiden nie besonders einvernehmlich war! Nun ist Schluss mit der Sonderbehandlung, verehrte Dame! Auch eine berühmte Sängerin wird vor Gericht gestellt, wenn sie jemanden umgebracht hat.« Von da an duzte er sie wieder wie damals, als sie noch gemeinsam die Schulbank gedrückt hatten. »Hast du ihm frühmorgens aufgelauert? Aus dem Bett geschlichen, solange deine Schwester noch schlief? Die gute Insa durfte davon natürlich nichts mitbekommen.«

Je länger er sie verhörte, desto deutlicher wurde für Aletta, dass es ihm nicht nur darum ging, die Wahrheit herauszufinden, einen Fall zu klären und abzuschließen, sondern vor allem darum, dass jemand, der seinesgleichen zurückgelassen und woanders ein besseres Leben begonnen hatte, es nicht verdiente, gerecht behandelt zu werden.

»Meinst wohl, du bist was Besseres! Aber hier ist kein Theater. Dies hier ist die raue Wirklichkeit. Kennst du wohl schon gar nicht mehr!«

Sie fragte sich, warum er sich keine Gedanken über die Spurenlage machte, war aber andererseits froh, dass er nicht auf die Idee kam, dass Kalkhoff nicht an dieser Straßenecke erschlagen, sondern nach seinem Tod dort abgelegt worden war. Eigentlich hätte der Oberkommissar sich darüber wundern müssen, dass ein Opfer mit einer so tiefen Kopfwunde so wenig Blut verloren hatte. Aber Aletta war erleichtert. Die Suche nach dem wirklichen Tatort hätte schreckliche Folgen für Insa und Sönke gehabt.

Der Polizeigewahrsam bestand neben den Büroräumen aus zwei Gewölben, eines für Frauen und eines für Männer, die jeweils in vier Zellen unterteilt waren. Gitterstäbe trennten sie von dem Gang, der am Ende eine Tür hatte, durch den die Wärter ein und aus gingen. Die Zellen selbst waren durch festes Mauerwerk voneinander getrennt. So konnten die Häftlinge zwar miteinander reden, sich aber nicht sehen.

Da es außer ihr keine andere weibliche Inhaftierte gab, blieb Aletta Tag für Tag allein. Ein Verhör am Morgen, manchmal auch noch eines am Nachmittag, alle mit dem gleichen Ergebnis. Dann wurde sie wieder in ihre Zelle gebracht, weil sie sich, wie Henksen sagte, derart verstockt zeige, dass sie wohl noch etwas Zeit brauche, um endlich ihren dummen Stolz aufzugeben.

»Wir können auch anders! Zum Beispiel die Essensrationen kürzen. So was hilft immer.«

Prompt erhielt sie als Abendbrot nur einen Becher Wasser, einen Kanten Brot und dazu ein Stück Margarine. Keine Wurst, kein Käse, kein warmes Getränk.

»Es ist Krieg! Kann ja nicht angehen, dass die Gefangenen es besser haben als die Sylter selbst.«

Einmal hörte sie Dirk schreien: »Wie oft denn noch? Nein, ich habe meinen Bruder nicht umgebracht!«

Aber ihm ging es nicht besser als Aletta. Henksen nannte ihn ebenfalls verstockt und kündigte an, dass er schon noch zur Vernunft kommen werde, wenn er ein bisschen die Daumenschrauben anzog.

Sie hätte gern Kontakt mit Dirk aufgenommen, aber Matta, die Wärterin, die für die weiblichen Gefängnisinsassen zuständig war, passte auf, dass die Vorschriften eingehalten wurden, die den Kontakt zwischen Männern und Frauen nicht vorsahen. Auch der Gang über den Hof, der den Häftlingen einmal am Tag zugestanden wurde, erfolgte streng nach Geschlechtern getrennt. Für Aletta bedeutete das: Sie blieb allein. So allein wie in ihrer Zelle.

Was würde mit ihr geschehen? Die Öffentlichkeit, die Obrigkeit, die Bürger Sylts – sie alle hielten ihr Augenmerk auf den Krieg gerichtet, was in den Zellen des Westerländer Polizeigewahrsams geschah, interessierte niemanden. Irgendwann würde sie von einem ebenso uninteressierten Richter abgeurteilt und in ein Gefängnis aufs Festland gebracht werden. Und dort würde man sie vollends vergessen. Anton Heussner würde später achselzuckend von ihr reden, ihre Stimme sei wohl schon früh am Ende gewesen, ihr letztes Konzert im Klappholttal habe es gezeigt, danach habe er nichts mehr von Aletta Lornsen gehört …

Aber Jorit! Insa! Reik! Pfarrer Frerich! Warum kamen sie nicht, um ihr zu helfen? Wurden sie nicht vorgelassen? Wollte Henksen den Stolz und die Zuversicht von Aletta Lornsen brechen, indem er ihr Besuch vorenthielt? Wenn er das schaffte, würde sie womöglich alles gestehen, was er ihr vorwarf. Wenn sie allein war, wenn niemand sich um sie kümmerte, wenn sie der Welt da draußen gleichgültig geworden war, dann konnte sie ebenso gut einen Mord gestehen oder sich umbringen. Dann war ihr Leben zu Ende. So mochte Henksen denken, und Aletta spürte, dass seine Rechnung aufgehen könnte.

Andererseits … den Pfarrer konnte auch ein Oberkommissar nicht abweisen. Niemals würde Tjarko Frerichs unverrichteter Dinge zurückkehren, nur weil es Henksen gefiel, ihn nicht zu einer Gefangenen lassen zu wollen. Wie würde es sie trösten, wenn er mit ausgebreiteten Armen auf sie zukommen und »Mein Kind« rufen würde. Wenn alles so war, wie sie vermutete, dann liebte er sie, wenn er es auch nicht zeigen durfte, er war ihr Vater, so wenig sie sich auch mit dieser Tatsache abfinden mochte. Er hatte es leicht, ihr zu helfen, weil alles im Rahmen seiner Seelsorge geschah. Warum kam er nicht zu ihr?

Aletta griff sich in die Haare, die fettig und strähnig waren, weil Matta ihr erklärt hatte, dass die Benutzung von Shampoo nur einmal im Monat vorgesehen sei. »Es ist Krieg. Viele Sylter können sich kein Haarwaschmittel leisten. Kann ja nicht angehen, dass die Gefangenen es besser haben als die unbescholtenen Bürger.«

Die Wärterin redete Oberkommissar Henksen alles nach, tutete immer ins selbe Horn und schien keinen Mut für eigene Gedanken und Ansichten zu haben. So war sie auch wie Henksen der Meinung, dass es denen, die jahrelang geglaubt hatten, etwas Besseres zu sein, mal so richtig heimgezahlt werden müsse. Mattas Haare waren dünn und strähnig, warum also sollte nicht auch Aletta Lornsen mal fettige, strähnige Haare haben? Mattas Gebiss war verfärbt und lückenhaft, warum sollte die berühmte Sängerin ihre Zähne putzen und pflegen dürfen? Matta hatte einen Mann, der geizig war und ihr das Geld abnahm, das sie verdiente, der nicht einmal für kriegstauglich befunden worden war, um seiner Frau den Gefallen zu tun, sie für eine Weile frei sein zu lassen. Nein, Matta besaß nach wie vor kein Geld, um sich mal ein bisschen hübsch zu machen, also brauchte auch eine Operndiva keine seidene Unterwäsche. Matta hatte sie konfisziert und angekündigt, sie werde Aletta frische Wäsche zuteilen, wenn sie es für angemessen halte.

Wenn es Nacht wurde, wenn im Büroraum die Öllampe erlosch, wurde es auch in Alettas Herz finster. Was würde der nächste Tag bringen? Würde er einer von vielen endlosen anderen Tagen sein, die sie noch erwarteten?

»Jorit!«, schluchzte sie oft leise. Warum kam er nicht zu ihr? Er liebte sie doch!

»Insa!« Warum half sie ihrer kleinen Schwester nicht? Wenn sie Aletta auch nicht lieben konnte, wenn sie Aletta sogar verabscheute, es ihr nicht verzeihen konnte, dass sie zur Welt gekommen war, wog das alles schwer genug, um sie hier einsam und elendig zugrunde gehen zu lassen?

Solange die Finsternis über dem Gefängnis stand, konnte Aletta nicht daran glauben, dass von Insa Hilfe zu erwarten war, aber jedes Mal, wenn die Morgendämmerung aufzog, wurde es auch in ihrer Zuversicht heller. Nein, Insa konnte nicht zulassen, dass sie für etwas büßte, was sie nicht getan hatte. Insa hatte Hauptmann Kalkhoff erschlagen. Aus Notwehr! Oder war sie zu feige, das einzugestehen? War sie erleichtert, dass niemand sie zur Rechenschaft ziehen würde, weil die Polizei eine andere Täterin gefunden hatte? Aber was war mit Jorit? Der würde nicht zulassen, dass Alettas Leben zerstört wurde. Sie glaubte sogar, dass auch Reik ihr helfen würde, wenn er könnte. Nein, da draußen musste etwas vor sich gehen, wovon sie keine Ahnung hatte. Irgendwas war geschehen, was sie von der Welt und von den Menschen, die ihr nahestanden, abgeschnitten hatte. Nur … was?

Sie fuhr in die Höhe, als der Wind an den Gittern der hohen Fenster rüttelte. Er hatte stark zugenommen, war zu einem Sturm geworden, der fauchte, brüllte und tobte. Mal heulte er wie ein ruheloser Geist durch alle Ritzen im Mauerwerk, dann wieder stapfte er wie ein wütender Riese ums Haus und rüttelte am Dach und an den Traufen. Gegen Morgen, als es endlich hell wurde, begriff Aletta, dass der erste Herbststurm dieses Jahres über Sylt tobte. Die Insel würde wieder einen Teil der Kliffkante einbüßen und manches Stück Land dem Meer opfern müssen.

Sogar das Morgenlicht schien vom Sturm geschüttelt zu werden. Es stand nicht ruhig vor dem Fenster, sondern wurde von jagenden Wolken zerrissen und von wirbelnden Blättern und Staub durchlöchert.

Der alte Uwe aus dem Nachbarhaus, der für die nächtliche Bewachung der Gefangenen zuständig war, erschien mit der Morgendämmerung, um zu sehen, ob im Gefängnis alles in Ordnung war. Er gehörte nicht zu den Pflichtbewussten, die die Aufgabe, für die sie bezahlt wurden, ernst nahmen. Noch nie hatte er eine ganze Nacht im Gefängnis verbracht, wie es sein sollte. Er war der Meinung, dass es vollkommen ausreichte, wenn er in der Nähe war. Und sein Bett war schließlich nur wenige Meter von den Gefängnismauern entfernt. Er warf einen Blick in die Zellen, bevor er sich schlafen legte, und schaute wieder nach den Gefangenen, bevor die Beamten der Tagesschicht ihren Dienst begannen. Das musste genügen!

Diesmal aber war er vom Sturm aus dem Bett gerüttelt worden und auf die Idee gekommen, dass es einen schlechten Eindruck machte, wenn der starke Wind ein Fenster eingedrückt hatte, ohne dass es von ihm bemerkt worden war. Uwe sah also nach dem Rechten. Er durchschritt, majestätisch aufgerichtet, die beiden Gewölbe, hielt sich bei den Männern nicht lange auf, betrachtete Aletta aber etwas ausgiebiger und ließ sich sogar auf ein Gespräch mit ihr ein.

»Kennen Sie meine Schwester? Insa Lornsen?«

»Klar, die kennt hier jeder.«

»Und Jorit Lauritzen?«

»Den auch.«

»Haben Sie die beiden in den letzten Tagen gesehen?«

Uwe kratzte sich nachdenklich den Kopf. »Den Jorit gestern noch.«

»Und? Geht's ihm gut?«

»Sah ganz gesund aus.«

»Hat er nach mir gefragt?«

Uwe glotzte sie erstaunt an. »Ne. Warum auch? Der weiß doch, dass ich keine Amtsgeheimnisse preisgeben darf.«

»Und meine Schwester?«

»Die hat entweder gesundheitliche Malaisen oder sich die Kleidung zerrissen. Meine Frau sagt, sie hat sie in den letzten Tagen häufig mit Frauke Lützen gesehen. Die Näherin von der Steinmannstraße, die sich auch mit Kräutern auskennt.« Anzüglich setzte er hinzu: »Und mit noch ein paar anderen Sachen.«

Es gab ein winziges Zimmer im Gefängnis, das in den Hof führte und wie alle anderen vergitterte Fenster hatte. Dieses Zimmerchen wurde benutzt, wenn ein Gefangener Besuch bekam und ihm ein vertrauliches Gespräch gestattet worden war. Selbstverständlich konnte es nicht unter vier Augen geführt werden, denn einer der Wärter hatte darauf zu achten, dass dort nichts geschah, was die Dienstvorschriften verboten. Aber immerhin gab es eine private Atmosphäre, in der ein Gefangener mit einem Angehörigen reden konnte, ohne dass seine Mitgefangenen zuhörten. Das Fenster dieses Zimmers wurde meistens geöffnet, wenn ein Gefangener Besuch bekam, weil in dem kleinen Raum, der selten benutzt wurde, die Luft abgestanden war.

Aletta hatte Hofgang. Sie durfte eine halbe Stunde lang im Kreis laufen, die Bewegung genießen und frische Luft schnappen, was Matta ihr offerierte wie ein Zugeständnis, das aus Milde und Großzügigkeit entstanden war und ihr nicht etwa von Rechts wegen zugebilligt wurde. Aletta zog brav ihre Runden, weil sie wusste, wie wichtig es war, sich Bewegung zu verschaffen. Die Lethargie, die größte Gefahr aller Gefangenen, begann sich ihrer bereits zu bemächtigen. Ich bin sowieso verloren, wisperte es in ihrem Kopf, warum soll es da noch wichtig sein, dass ich gesund bleibe? Mir hilft niemand, ich werde für eine Tat büßen müssen, die meine Schwester begangen hat, dafür, dass ich einmal berühmt und erfolgreich war, und sogar dafür, dass ich auf die Welt gekommen bin.

Mühsam schleppte sie sich über den Hof, mal vom Sturm getrieben, mal gegen ihn gestemmt, von Matta mit zufriedenem Blick verfolgt, die sich in eine Ecke zurückgezogen hatte, wo sie vor dem Wind geschützt war. Wenn ich zu lebenslanger Haft verurteilt werde, dachte Aletta, will ich gar nicht gesund sein, sondern möglichst bald sterben. Mich einfach hinlegen, einschlafen und nie wieder aufwachen. Heimkehren zu Mama …

Aber sie machte weiter einen Schritt vor den nächsten, und als sie unter dem Fenster des Besuchszimmers vorbeikam und die Stimme hörte, war es mit ihrer Lethargie vorbei. Emme! Das war eindeutig Emmes Stimme! Aletta blieb stehen und versuchte zu lauschen, wurde aber gleich von Matta weitergetrieben.

»Voran! Nicht, dass es hinterher heißt, Sie hätten hier nicht bekommen, was Ihnen zusteht!«

Aletta trottete weiter, den Kopf gesenkt, aber den Geist hoch erhoben und die Gedanken frei. Fragen vertrieben die Lethargie. So weit war es noch nicht mit ihr gekommen, dass sie sich nicht mehr verzweifelt fragte, warum Dirk von seiner Frau Besuch erhielt, während sich um sie niemand kümmerte.

Die Tür, die in den Hof führte, wurde geöffnet, und Kommissar Wachsmann rief heraus: »Matta! Kannst du mal eben kommen?«

Matta sah fragend zu Aletta, aber Wachsmann winkte ab. »Abhauen kann sie nicht.«

Matta nickte, warf Aletta noch einen scharfen Blick zu, dann folgte sie dem Kommissar.

Kaum war sie weg, schlich Aletta unter das Fenster des Besucherraums. Vielleicht konnte sie Emme auf sich aufmerksam machen, ohne dass der Wärter es bemerkte! Emme nach Jorit und Insa fragen! Ihnen Grüße ausrichten! Sie um Besuch bitten!

Emmes Stimme war leise, denn der Wind heulte gegen sie an, und Dirk war gar nicht zu hören. »Ich habe mich mit der Buchführung beschäftigt«, sagte sie. »Einer muss sich ja darum kümmern, wenn du weg bist.«

»Wir haben keine Aufträge«, gab Dirk müde zurück. »Also brauchen wir auch keine Buchführung.«

Aber Emme ging nicht auf seinen Einwand ein. »Ich habe mich sehr genau mit den Unterlagen beschäftigt und alles durchsucht, was in deinem Schreibtisch zu finden war.«

»Emme?«, tuschelte Aletta und wartet aufgeregt auf eine Reaktion. »Emme!«, flüsterte sie gegen den Wind an.

Der Wärter würde an der Tür stehen und sie bewachen, Emmes Stimme klang nah, als säße sie in der Nähe des Fensters. Der Wärter döste vermutlich vor sich hin und war nicht besonders aufmerksam. Also gab es eine kleine Chance, dass Emme sie hörte, aber der Wärter nicht.

»Emme!«

Ein Stuhl scharrte, aber niemand trat an das vergitterte Fenster.

»Du hast meinen Schreibtisch durchsucht?«, fragte Dirk.

»Das musste ich doch, um über alles Bescheid zu wissen.«

»Emme!«, zischte Aletta, nun etwas lauter. »Kannst du mich hören?«

Aber wieder gab es keine Reaktion.

»Ich habe auch Briefe gefunden«, fuhr Emme fort. »In einem Fach, das du abgeschlossen hattest. Den Schlüssel müsste ich lange suchen.«

»Auseinander!«, hörte Aletta den Wärter rufen. Anscheinend hatte Dirk versucht, seine Frau zu berühren. »Noch einmal, und die Besuchszeit ist zu Ende!«

Wieder war Stühlerücken zu hören, Dirk hatte wieder Platz genommen. Eine kurze Stille trat ein.

»Emme! Bitte schau aus dem Fenster!«

Aber die Chance blieb ungenutzt. Emme schien nichts wahrzunehmen, sondern mit allen Sinnen auf das Gespräch mit ihrem Mann konzentriert zu sein.

»Ich werde nicht wiederkommen, Dirk. Du siehst mich heute zum letzten Mal.«

Dirks Stimme klang fassungslos. »Was soll das heißen?«

»Dass ich die Briefe gelesen habe. Reicht dir das als Antwort? Ach ja … gestern habe ich zufällig Boncke Broders getroffen. Ich soll dir Grüße ausrichten …«

Dirk reagierte mit Schweigen, die Stimme des Wärters sagte: »Sie wollen schon gehen? Ein paar Minuten haben Sie eigentlich noch.«

In diesem Moment öffnete sich die Tür zum Hof wieder, und Matta kehrte zurück. Augenblicklich setzte Aletta ihre Hofrunde fort, wieder den Kopf gesenkt, ein Bild des Jammers und des Schuldgefühls, so wie es Matta gernhatte, verzagt, sämtlicher Hoffnungen beraubt.

In Wirklichkeit jagten ihr die Gedanken durch den Kopf, als ginge es um ihr eigenes Schicksal. Was mochten das für Briefe sein, von denen Emme geredet hatte? Stammten sie von Boncke oder von Sönke? Nein, Sönke schied aus, er war nicht in der Lage, einen Brief zu schreiben, aber bei Boncke sah das anders aus. War Emme auf Liebesbriefe gestoßen und wusste nun, woran ihre Ehe gescheitert war? Hatte sie Boncke, als sie ihm begegnet war, sogar gefragt und sich ihre Vermutungen bestätigen lassen? Dass Boncke sich zu seiner Homosexualität bekannt hatte, konnte Aletta sich zwar nicht vorstellen, aber vielleicht hatte er mit den Briefen unumstößliche Tatsachen geschaffen und konnte sich nicht herausreden! Dann würde Boncke Broders jetzt voller Angst sein, dass sein größtes Geheimnis ans Licht kam. Er wusste, wie man unter Soldaten mit homosexuellen Kameraden umging. Wie mit Abschaum! Sie wurden gequält, physisch und psychisch, lächerlich gemacht und isoliert. Ein Schwuler hatte keinen Freund in der Armee, nur Feinde.

Aletta dachte an Weikes Zorn und konnte sich vorstellen, dass es Emme genauso ging. Anscheinend konnte sie Dirk nicht verzeihen. Dass sie sich von ihm scheiden lassen würde, bezweifelte Aletta, aber innerlich hatte sie sich bereits mit einem radikalen Schnitt von ihrem Mann getrennt. Ihre Stimme hatte hasserfüllt und sogar rachedurstig geklungen …

Am frühen Abend holte Oberkommissar Henksen sie erneut zum Verhör in sein Büro. Der Sturm brauste mittlerweile über Sylt hinweg, stand brüllend über der Insel, schwankte aufs Meer hinaus und wieder zurück, fuhr dann fauchend hinab und nahm sich, was er wollte. Aletta stellte sich vor, wie das Meer aussehen würde, und wünschte sich nichts sehnlicher, als dabei zu sein, wenn die Brandung aufspritzte, die Wellen über die Plattform sprangen und die Menschen sich bereit machten für den Kampf gegen das Meer.

Henksen ließ sich auf seinem Stuhl nieder, kniff die kleinen, blassen Augen zusammen und betrachtete sie lächelnd. Anscheinend wartete er darauf, dass Aletta unaufgefordert Platz nahm, aber das passierte ihr nicht noch einmal. Sie hatte gelernt, dass sie hier keine Dame, sondern eine Gefangene war und dass sie besser daran tat, Henksen keine Angriffsfläche zu bieten.

»Setzen Sie sich!« Dass er sie wieder siezte, hatte sie einmal für ein gutes Zeichen gehalten, ein zweites Mal würde ihr auch das nicht passieren.

Aletta nahm Platz und wartete, bis Henksen das Schweigen, mit dem er jedes Verhör begann, ausgekostet hatte. Er war wohl der Meinung, dass er damit jeden Missetäter zermürbte, der nach diesem Schweigen unbedingt ein Geständnis loswerden wollte.

Aletta wartete und hörte, dass im Nachbarbüro eine Tür aufging und sich wieder schloss. Wachsmanns Stimme war zu hören. »Sie wollen also eine Aussage machen? Um welchen Fall geht es?«

»Dirk Stobart«, sagte eine Stimme, die Aletta kannte.

Henksen brach nun sein Schweigen. »Fangen wir noch mal von vorn an, Frau Lornsen. Der Abend vor Ihrem Konzert ...«

Aletta tat so, als schenkte sie ihm ihre Aufmerksamkeit, war aber in Wirklichkeit mit beiden Ohren im Nachbarzimmer.

»Sie wissen etwas über den Tod von Kai Stobart?«, fragte Wachsmann gerade.

»Ich habe übrigens von einem Fachmann gehört«, erklärte Henksen schadenfroh, »dass Ihre Stimme nicht das geboten hat, was ein Kunstkenner gewöhnt ist. Sie dachten wohl, vor einfachen Soldaten brauchten Sie sich nicht anzustrengen?«

Aletta schwieg, weil sie sich nicht provozieren lassen wollte und weil sie nicht gleichzeitig mit Henksen reden und auf das Gespräch im Nachbarbüro lauschen konnte.

»Ich war dabei, als Kai Stobart starb. Er wurde von seinem Bruder erschlagen, das kann ich bezeugen.«

Nun wurde auch Henksen aufmerksam. Er sprang auf und riss die Tür auf. »Was sagen Sie da? Sie bezeugen, dass Dirk Stobart seinen Bruder umgebracht hat? Vorsätzlich?«

»Er hat sich von hinten angeschlichen und dann zugeschlagen«, kam es zurück. »Das war in der Nähe von St. Niels. Und dann hat er die Leiche auf den Friedhof gezerrt und in einem offenen Grab verscharrt.«

»Und warum kommen Sie erst jetzt damit?«

»Ich war früher mal mit ihm befreundet. Ich wollte ihm nicht schaden. Aber jetzt …«

Die Tür fiel ins Schloss, Aletta war für einen Moment vergessen worden. Aber Sekunden später ertönte Henksens Stimme: »Die Gefangene wieder in ihre Zelle! Aber schnell!«

Matta stürzte herein, als befürchtete sie, Aletta könnte diesen Augenblick des Alleinseins zur Flucht genutzt haben. Sie machte eine Bewegung mit dem Kopf. »Abmarsch! Zurück in die Zelle!«

Aletta folgte ihr ohne jeden Widerspruch. Als Matta die Tür hinter ihr schloss, ließ sie sich bäuchlings auf ihre Pritsche fallen.

»So gut möchte ich es auch mal haben«, knurrte Matta. »Am helllichten Tag schlafen!«

Aber Aletta hörte sie gar nicht. Wie hatte es dazu kommen können, dass Boncke Broders seinen früheren Geliebten verriet? Sie hatte ihn aufgefordert, Dirk zu helfen, und was tat er? Er machte aus Dirk einen Mörder. Warum?

Aletta drehte sich auf den Rücken und starrte an die Decke. Sie kannte die Antwort, ohne lange nachzudenken. Emme musste dahinterstecken. Sie hatte Bonckes Briefe gelesen, und dann hatte er das Pech gehabt, ihr in der Stadt über den Weg zu laufen. Vielleicht, als er sich mit Weike treffen wollte, um mit ihr zu einer Einigung zu kommen. So entschlossen, wie Emme vor ein paar Stunden geklungen hatte, traute Aletta ihr zu, Boncke erpresst zu haben. »Wenn du willst, dass ich schweige, musst du tun, was ich will.«

Warum aber konnte Emme wollen, dass Dirk als Mörder verurteilt wurde? Für diese Antwort brauchte Aletta länger, aber schließlich war sie auch hier sicher: Ein Mörder würde aus ihrem Leben verschwinden und nie zurückkommen. Ein Homosexueller würde seine Strafe absitzen und dann weiterhin seine Familie mit Dreck bewerfen. Sie würde sich nicht von dem homosexuellen Dirk befreien können, wohl aber von dem Mörder Dirk. Die Frau eines Mörders erntete Mitleid, die eines Homosexuellen wurde gefragt, ob ihre Reize nicht ausgereicht hätten, ihren Ehemann auf den rechten Weg zurückzuführen.

Was geschah nun mit Dirk Stobart? Henksen würde den Fall als gelöst betrachten, da war Aletta sich sicher. Und dann würde man Dirk wohl als Mörder verurteilen. Lebenslänglich! Aber er war unschuldig, das wusste sie genauso wie Boncke Was würde geschehen, wenn sie aussagte, dass Kais Tod ein Unfall gewesen war? Dann stand Aussage gegen Aussage. Die Aussage eines Soldaten der deutschen Armee gegen die Aussage einer Gefangenen, die unter Mordverdacht stand.

Aletta setzte sich wieder auf und dachte fieberhaft nach. Ihre Zeugenaussage war nichts wert. Für Dirk etwas tun konnte sie erst, wenn sie frei war, wenn kein Verdacht mehr gegen sie bestand. Doch was dann? Dirk hatte sie gewarnt. Ein Wort über seine Homosexualität, und Sönke wäre nicht mehr sicher. Durfte sie dieses Risiko eingehen?

Die Nacht schien früher hereinzubrechen als sonst. Der Sturm verdüsterte den Himmel, die schweren Wolken verschluckten das letzte Tageslicht, die Straßen leerten sich, keine Stimme war zu hören. Jeder verbarg sich in seinem Haus und sicherte sein Hab und Gut. Oberkommissar Henksen und Kommissar Wachsmann redeten auf dem Flur von einer schweren Nacht, die Sylt bevorstand. Sie warnten einander und auch die Wärter vor offenem Feuer und dem Gebrauch der Öllampen. »Ein heftiger Windstoß, und ganz Westerland steht in Flammen!«

Matta hatte Aletta das Waschgeschirr in die Zelle gebracht und das Wasser sogar ein wenig erwärmt. Während Aletta sich wusch, lauschte sie auf die Geräusche aus dem Gewölbe der Männer. Dort hatte es im Lauf des Tages einen Neuzugang gegeben, einen riesengroßen Kerl mit nur einem Arm, der beim Stehlen ertappt worden war. Als sich die Zellentür hinter ihm schloss, hatte er Gott und die Welt verflucht, alle Polizisten dieser Erde beschimpft und den Himmel um Gerechtigkeit angefleht, der ihm nicht genug zu essen gab und ihn damit zum Stehlen zwang. Das tat er so lange, bis ein anderer ihm androhte, ihm beim nächsten Hofgang das Maul zu stopfen, und zwar so gründlich, dass er nie wieder ein Wort herausbringen werde.

Dirk hatte sich nicht eingemischt. Seine Stimme war kein einziges Mal zu gehören gewesen, obwohl er mehrfach aufgefordert worden war, sich zu dem Geschrei des neuen Gefangenen zu äußern. Doch Dirk hatte nicht geantwortet. Daraufhin war den beiden anderen die Lust am Streiten vergangen, und sie hatten Ruhe gegeben. In solchen Momenten war Aletta froh, dass sie die einzige weibliche Inhaftierte war und dieses Gewölbe ganz für sich allein hatte.

Sie war gerade fertig geworden und trocknete sich mit dem harten Leinentuch ab, als die Stimme des Einarmigen erneut zu hören war. »Was sind das für komische Geräusche?«

Aletta horchte auf. Was konnte er meinen? Zwar waren beide Gewölbetüren geöffnet, aber sie hörte nichts, was ihr außergewöhnlich erschien. Die Entfernung war zu groß.

»He, Kumpel!«, ertönte da die Stimme erneut. »Ist dir schlecht? Musst du kotzen? Dann hol den Wärter!«

Matta kam herein und schloss die Zellentür auf, um Aletta das Waschgeschirr abzunehmen. In diesem Moment fiel nebenan ein Hocker um. Dann war ein Ruf zu hören: »Herkommen! Schnell herkommen! Mit dem Kerl stimmt was nicht! Ich sehe ihn nicht! Aber dieses Röcheln …«

Matta stutzte, wollte sich aber anscheinend nicht um die Rufe kümmern. Doch dann kam es wieder: »Herkommen! Schnell!«

Und diesmal klang die Stimme so schrill und eindringlich, dass Matta erschrocken die Zellentür ins Schloss warf und ins Gewölbe der Männer lief, ohne sich die Zeit zu nehmen, den Schlüssel umzudrehen.

Sie schrie so laut, dass die Tür der Büroräume aufflog und das Trampeln von Männerstiefeln zu hören war. Dann die Stimme eines Wärters: »Verdammt! Wie hat der das hingekriegt?«

Dies war der Moment, in dem Aletta bemerkte, dass ihre Zellentür nicht richtig ins Schloss gefallen war. Ihr Rocksaum hatte es verhindert. Ungläubig schob sie die Tür auf. Tatsächlich! Ein kleines Stück Freiheit öffnete sich, so groß wie die Tür, dahinter eine Freiheit, so groß wie das ganze Universum. So erschien es Aletta jedenfalls. Auf Zehenspitzen schlich sie zur Tür, um von dort in das Gewölbe der Männer zu blicken. Die Tür zu Dirks Zelle stand offen, die Wärter standen davor und starrten Dirk Stobarts Füße an, die leicht hin und her schaukelten.

Matta machte einen Schritt zurück. »Tut was!«, kreischte sie.

Daraufhin kam Leben in ihre beiden männlichen Kollegen. Der eine griff nach Dirks Beinen und hob ihn an, der andere jedoch ließ die Hände gleich wieder sinken und deutete auf die blaue Zunge, die vor Dirks Lippen stand, als hätte er sie ausspucken wollen, aber kurz vorher das Bewusstsein verloren. Daraufhin ließ der Wärter Dirks Beine wieder los, dessen Körper sackte wieder in den Gürtel, den er an einem Haken befestigt hatte und der eigentlich dazu diente, besonders gefährliche Insassen anzubinden, denen es zuzutrauen war, dass sie die Wärter angriffen, wenn die Zellentür geöffnet wurde.

Nun holte der Lärm auch Oberkommissar Henksen aus dem Büro, der angelaufen kam, Kommissar Wachsmann auf den Fersen.

»Verdammt!«, brüllte Henksen. »Wie konnte das passieren?«

Darauf bekam er keine Antwort, auch Wachsmanns Feststellung blieb ohne Kommentar: »Der Zeuge Boncke Broders hatte also recht. Das hier ist eindeutig ein Schuldeingeständnis.«

Aletta schlich zur Tür und blickte auf den Gang, der nun menschenleer war. Zwei Schritte, und sie konnte in den Teil des Gewölbes sehen, der den Männern vorbehalten war. Die Wärter und die beiden Polizisten drehten ihr den Rücken zu und starrten Dirk Stobart an, als wartete jeder auf einen anderen, der bereit war, den Leichnam abzunehmen.

Der einarmige Dieb war der Einzige, der sie bemerkte. In seinen Augen blitzte es kurz auf, als wolle er auf ihr Erscheinen reagieren, aber dann blickte er zur Seite und ließ sich nichts anmerken. Im Gegenteil, er sorgte sogar dafür, dass in Dirk Stobarts Gefängniszelle niemand an Aletta Lornsen dachte. »Nehmen Sie den Kerl vom Haken, ehe sich bei ihm Darm und Blase entspannen. Sonst haben wir hier alles voller Scheiße und Pisse! Ich habe so was schon mal erlebt! Eine elende Schweinerei ist das!«

Ein Ruck ging durch die beiden Wärter, Matta machte einen weiteren Schritt zurück, die beiden Polizisten folgten ihrem Beispiel. Während einer der Wärter den Hocker auf seine vier Beine stellte und daraufkletterte, um den Gürtel von Dirks Hals zu nehmen, huschte Aletta den Gang entlang in einen der Büroräume. Von dort musste es eine Tür geben, die ins Freie führte! Ob sie verschlossen war? Aletta schickte ein Stoßgebet zum Himmel und flehte Ludwig an, dafür zu sorgen, dass sie hier ungeschoren herauskam.

Sie öffnete die erste Tür, die in eine Abstellkammer führte, die zweite, hinter der es einen Waschraum gab, und rüttelte schließlich an der dritten Klinke. Sie schluchzte erleichtert auf, als auch diese Tür sich öffnete und sie in einen kleinen Windfang trat, von dem eine Tür nach draußen führte. Der kalte Wind jaulte unter der Tür hindurch, er fühlte sich an wie das Leben, das Aletta Lornsen zurückerwartete, und sein Heulen war wie eine freundliche Begrüßung. Sie riss die Tür auf, achtete nun nicht mehr darauf, so leise wie möglich zu sein, fühlte sich vom Wind willkommen geheißen und nannte ihn ihren Verbündeten, der mit seinem Tosen ihre Schritte übertönte. Sie drückte die Tür ins Schloss und begann zu laufen. Schnell und immer schneller! Wohin sie laufen wollte, wusste sie noch nicht. Nur weg! Vor dem Sturm her!

XVII.

Erst als der Abstand zu dem Haus mit der Polizeistation und den Gefängniszellen groß genug war, blieb sie stehen, hielt sich die Seiten und zwang sich, ruhig zu atmen. Dann ging sie langsam weiter, denn hinter ihr blieb alles ruhig. Keine Verfolger, niemand, der schrie, man solle die Verbrecherin halten. Womöglich hatte Matta noch gar nicht bemerkt, dass ihr einziger weiblicher Häftling fehlte. Und von den Anwohnern wusste noch niemand, dass sie eine geflohene Gefangene war. Wer sie sah, würde keinen Verdacht hegen. Aber besser war es natürlich, sie würde niemandem auffallen, der später aussagen konnte, wohin Aletta Lornsen sich gewandt hatte. Oder war in Westerland bekannt, dass die einst berühmte Sängerin verhaftet worden war? Dass sie unter Mordverdacht stand? Dann musste sie aufpassen, dass niemand auf sie aufmerksam wurde. Sie musste sich so unauffällig wie möglich verhalten. Dazu gehörte auch, dass sie sich Kleidung verschaffte, mit der sie nicht auffiel. Der Wind war kalt. Über kurz oder lang würde sich jemand darüber wundern, dass sie draußen herumlief, ohne sich ein wollenes Tuch überzulegen oder einen Mantel anzuziehen.

Doch zum Glück war es dunkel und kaum jemand auf der Straße. Wer ihr entgegenkam, musste sich gegen den Wind stemmen, hielt den Kopf gesenkt und kämpfte sich mühsam vorwärts. Da hatte niemand einen Blick für eine Frau, die den Weg entlangging, als habe sie einen Besuch gemacht und müsse nun sehen, dass sie schleunigst nach Hause kam.

Allmählich kam sie zur Ruhe. Wohin konnte sie sich wenden? In der Stephanstraße würde sie nicht sicher sein. Oberkommissar Henksen würde als Erstes dort nach ihr suchen, wo sie verhaftet worden war. Hoffentlich glaubte er Insa, wenn sie ihm erklärte, dass ihre Schwester nicht bei ihr aufgetaucht war. Nicht auszudenken, wenn er das Haus durchsuchte und dabei auf Sönke stieß! Aber da er eine so hohe Meinung von Insa hatte, würde er ihr hoffentlich Glauben schenken.

Je länger sie nachdachte, desto sicherer kam sie zu der Erkenntnis, dass es nur einen gab, bei dem sie Schutz suchen konnte. Jorit! Auch Reik würde ihr sicherlich helfen, aber der wohnte in einer Baracke im Klappholttal, viel zu weit draußen und natürlich nicht allein. Nur … allein lebte auch Jorit nicht. Und wenn Aletta mit ihrer Vermutung recht hatte, dann war es Jorits Schwiegermutter gewesen, der sie ihre Verhaftung zu verdanken hatte. Sie musste den Schlüssel gefunden haben und hatte danach gewusst, dass Aletta ihrem Schwiegersohn heimlich einen Besuch gemacht hatte. Vermutlich wusste sie auch, dass sie das Aspirin und die Flasche mit dem Opium gestohlen hatte. Sicherlich hatte sie sich gefragt, für wen sie diese Schmerzmittel brauchte. Ob sie auf die Idee gekommen war, dass sie sie für einen Deserteur an sich genommen hatte? Dann musste Maike Peters auch mitbekommen haben, dass Jorit von Aletta in der Nacht aus dem Haus geholt worden war. Und diese Gelegenheit hatte sie beim Schopfe gepackt. Sie war ihnen gefolgt, hatte den Schlüssel ausprobiert und festgestellt, dass es tatsächlich Aletta Lornsens Schlüssel war. Und dann hatte sie beobachtet, dass eine Leiche aus dem Haus getragen worden war, und ihre Chance genutzt. Aletta anzuzeigen, das hätte sie sich nicht getraut, Jorit hätte ihr das nie verziehen und ihr Mann vermutlich auch nicht.

Aber dann war ihr eine Idee gekommen, wie sie den Verdacht auf die Frau lenken konnte, die dabei war, ihrer Tochter den Mann zu nehmen. Der Seidenschal war schnell zu ergreifen und später an der Leiche unterzubringen. Sie hatten Schritte gehört, während sie Kalkhoff ablegten, das mussten Maike Peters' Schritte gewesen sein. Also galt es, sich dem »Hotel Lauritzen« vorsichtig zu nähern. Maike musste wissen, dass sie verhaftet worden war, und würde nicht zulassen, dass sie ihre Freiheit zurückerhielt.

Als sie in der Paulstraße angekommen war, blickte Aletta sich unauffällig um. Niemand zu sehen! Der Sturm jagte um die Häuser. Wer sich nicht draußen aufhalten musste, verzog sich hinter den Ofen. Im »Hotel Lauritzen« brannte Licht, sowohl in der ersten Etage als auch im Erdgeschoss. Ganz oben, in Jorits Wohnzimmer, war es dunkel. Ob er Dienst hatte? Womöglich waren die Soldaten der Inselwache verpflichtet worden, der Feuerwehr bei der Sicherung der Insel gegen den Sturm zu helfen!

Sie schlich sich in den Garten und versuchte, durch die Fenster zu blicken. Beeke konnte sie erkennen und Maike Peters, die sich ein dampfendes Teeglas von ihr aushändigen ließ und damit aus dem Raum ging. In die erste Etage? Zu Tomma?

Als sie auf die Straße zurückgehen wollte, blieb sie wie angewurzelt stehen. Die Haustür öffnete sich, und Stimmen drangen heraus. Dicht drängte sie sich in einen Busch, damit sie nicht gesehen wurde. Die männliche Stimme, die sie jetzt vernahm, gehörte zu Ocke Peters. »Ich muss Jorit verständigen. Er muss zu seiner Frau kommen.«

Beekes Stimme war es, die antwortete: »Steht es wirklich so schlimm um sie?«

Dr. Peters zögerte, ehe er gepresst erwiderte: »Ich befürchte das Schlimmste. Ich wusste immer, dass es in einer solchen Nacht geschehen würde. Tomma hat das Kind auch in einer solchen Sturmnacht bekommen. Ich glaube, ihr Unterbewusstsein suggeriert ihr Angst. Sie wehrt sich, sie kämpft gegen ihre Angst, sie verbraucht ihre schwachen Kräfte für diese Angst.«

Ein unterdrücktes Schluchzen klang herüber. Ob es von Beeke oder Ocke Peters kam, konnte Aletta nicht sagen. Dann aber hörte sie Beeke sagen: »Jorit macht Dienst in der Nähe der Konzertmuschel.«

Ocke Peters' Stimme klang besorgt. »Das Betreten der Plattform bei Dunkelheit ist verboten. Ob man mich zu ihm lässt?«

»Sie müssen es versuchen, Doktor. Bei diesem Sturm schaut keiner so genau nach den Vorschriften.«

Die Tür fiel ins Schloss, Aletta wagte sich aus ihrem Versteck. Ocke Peters ging bereits die Paulstraße entlang, mit gesenktem Kopf, mit hängenden Schultern, als könnte er das Leid, das auf ihm lastete, nicht mehr ertragen.

Sie folgte ihm unauffällig, ohne ihn aus den Augen zu lassen. Die arme Tomma! Jene Nacht hatte ihr Leben zerstört und war sogar jetzt noch in der Lage, das bisschen Leben zu gefährden, das ihr geblieben war. Immer wieder! Jede Sturmnacht aufs Neue!

Dr. Peters ging mit großen Schritten die Friedrichstraße hinab, Aletta gab es nun auf, immer wieder nach einer Deckung zu suchen für den Fall, dass er sich umsehen könnte. Tommas Vater war in Gedanken bei seiner Tochter, es fiel ihm nicht ein, sich umzublicken.

In der Nähe des »Miramar« sprach er einen Soldaten an, der dort auf Posten war. Aletta wagte sich nicht so nah heran, dass sie das Gespräch verstehen konnte, aber sie nahm an, dass Ocke Peters nach seinem Schwiegersohn fragte und die Bitte vortrug, ihn zu seiner Frau zu holen, deren Leben in Gefahr sei. Der Soldat tippte an seine Mütze, nickte ein paar Mal, dann kehrte Ocke Peters um, und der Soldat machte sich auf den Weg über die Plattform zur Konzertmuschel. Aletta war sicher, dass er nun Jorit Bescheid sagte. Sie wandte sich ab und ließ Dr. Peters in ihrem Rücken vorbeigehen. Erst als sie sicher war, dass er in der Neustraße verschwunden war, die die Friedrich- mit der Strandstraße verband, ging sie weiter. An der Stelle, wo der Wachtposten gestanden hatte, sah sie die Plattform entlang. Hier würde

Jorit den Strand verlassen, um nach Hause zu gehen. Sie würde ihn nicht lange aufhalten, er musste ja zu seiner Frau. Nur fragen wollte sie ihn, warum er sie kein einziges Mal im Gefängnis besucht hatte. Und Insa auch nicht! Das musste er ihr erklären, dann würde sie ihn gehen lassen und sich überlegen, wo sie die Nacht zubrachte.

Sie stellte sich in den Wind, genoss seine Kälte, obwohl sie fror, hielt ihm das Gesicht hin, obwohl ihre Augen zu tränen begannen, überließ ihm ihre Haare und schwankte unter seiner Kraft. Sie war der schrecklichen Haft entkommen! Das schrien ihr die Möwen zu, das brüllte die Brandung, das heulte der Wind. Sie musste ihre Unschuld beweisen, so bald wie möglich, dann würde alles gut sein. Aber dafür musste sie mit Insa reden!

Lange brauchte sie nicht zu warten. Schon nach wenigen Minuten erschien Jorits Gestalt auf der Plattform, eskortiert von dem Soldaten, der den Auftrag seines Schwiegervaters überbracht hatte. Mit einem Handzeichen verabschiedete sich Jorit von seinem Kameraden, dann bog er in die Friedrichstraße ein. Nach ein paar hundert Metern stellte Aletta sich ihm in den Weg. »Jorit!«

Er blieb stehen wie vom Donner gerührt und starrte sie an. Seine Gestalt schwankte im Wind, er nahm die Uniformmütze vom Kopf, als wollte er sie vor dem Sturm schützen oder als wollte er ein Gebet sprechen. Vorsichtig kam er ein paar Schritte näher heran, als müsste er sich vergewissern, dass sie es wirklich war. Noch war keine Freude in seinem Blick, nur Vorwurf und Verständnislosigkeit. »Du bist zurückgekommen?«

»Ich war nie weg.«

Die Eile, die ihn gerade noch nach Hause getrieben hatte, fiel von ihm ab. »Du bist mit dem Dirigenten nach Hamburg gefahren. Obwohl du mir versprochen hattest …«

»Wer sagt das?« Sie wagte es nun, ganz nah zu ihm zu treten und seinen Arm zu berühren.

Mit einer heftigen Bewegung entzog er sich ihr. »Der Oberst!«

Aletta sah ihn ungläubig an. »Oberst von Rode? Warum sollte er dich belügen?«

Jorits Blick saugte sich in ihren Augen fest. Sie konnte zusehen, wie aus seinen Gedanken Gefühle wurden, wie sich sein Blick veränderte, wie Enttäuschung, Abwehr und Staunen sich dort abwechselten. »Ich hab's von meiner Schwiegermutter. Warum sollte sie mich belügen?«

Aletta antwortete nicht, sah ihn nur unverwandt an. Was sie ihm sagen wollte, las er in ihren Augen.

»Du meinst …« Hilflos brach er ab.

»Sie hat Angst, dass ich ihrer Tochter den Mann wegnehme, den sie so dringend braucht. Wusste sie, dass ich dich schon einmal sehr enttäuscht habe? Dass ich von Sylt geflohen bin, ohne dich mitzunehmen und ohne mich von dir zu verabschieden?«

Jorit nickte. »Wo warst du?«

»Im Gefängnis?«

»Was?« Nun sah er so verwirrt aus, dass sie wusste, er brauchte nähere Erläuterungen, sonst würde er ihr nicht glauben können. »Lass uns gehen. Damit du schnell bei Tomma bist.«

Während des Rückwegs berichtete sie von Anton Heussners Angebot, dass sie es aber abgelehnt und er es selbst zurückgezogen habe, als die Polizei bei ihr auftauchte. »Sie haben mich verhaftet wegen Mordes an Kalkhoff.«

Jorit blieb wieder stehen. Er sah sie fassungslos an. »Aber du warst es nicht.«

»Das glauben sie mir nicht, weil sie meinen Seidenschal bei dem Opfer gefunden haben«

Jorit brauchte eine Weile, bis er sich klargemacht hatte, was das bedeutete. Dann endlich schien er glauben zu können, was Maike Peters getan hatte. »Warum hast du Insa nichts gesagt?«, fragte er flüsternd. »Sie macht sich große Sorgen!«

»Ich konnte nicht. Insa war bei Sönke auf dem Speicher.«

Jorit griff wieder nach ihrem Arm, eng aneinandergeschmiegt

gingen sie weiter. »Aber nun bist du entlassen worden? Haben sie herausgefunden, dass du unschuldig bist?«

»Ich bin geflohen.« Sie dachte kurz darüber nach, ob sie ihm von den Umständen ihrer Flucht erzählen sollte, hielt es aber für besser, Jorit zunächst nichts von Dirks Selbstmord zu sagen. Er hatte schon mehr als genug zu verkraften. Für alles andere war am nächsten Tag noch Zeit.

»Das heißt … sie suchen nach dir?«

»Sicherlich haben sie es inzwischen gemerkt.«

»Dann brauchst du ein gutes Versteck.«

»Ich finde schon was.«

»Komm in ein paar Stunden zurück. Dann bringe ich dich in meine Wohnung.«

»Nein, unmöglich! Wer weiß, was mit Tomma heute Nacht geschieht.«

Nun waren sie in der Nähe des »Hotels Lauritzen« angekommen. Jorit blickte nervös zur Haustür, dann zog er Aletta fest in seine Arme. »Kannst du dir meine Enttäuschung vorstellen?«, murmelte er in ihr Haar. »Insa sagte, einige Wäscheteile wären nicht mehr im Schrank und das Bild deiner Eltern fehlte.«

»Also habt ihr geglaubt, dass ich mich wieder davongeschlichen habe? So wie damals?«

Sein Schulterzucken war wie eine Entschuldigung. »Meine Schwiegermutter sagte, der Oberst hätte ihr verraten, dass du mit Anton Heussner nach Hamburg gegangen bist.«

»Wenn Insa das auch glaubt, dann macht sie sich keine Sorgen um mich. Wütend wird sie auf mich sein, mich verachten und mich eine Verräterin nennen.«

Er antwortete nicht, sondern küsste sie. Seine Arme schützten sie vor dem Wind, sein Körper wärmte sie, sein Kuss holte sie zu sich, obwohl die todkranke Tomma sie gleichzeitig trennte.

Schließlich löste sie sich von ihm. »Tomma braucht dich. Steh ihr bei, was immer mit ihr geschieht.«

»Wo gehst du hin?«

Aletta wollte gerade die Achseln zucken, weil sie noch immer nicht wusste, wo sie die Nacht verbringen sollte, da wurde sie auf einen Schein aufmerksam, der im Osten über den Häusern aufstieg. Ein rötlicher Schimmer, dessen Farbe immer greller wurde, in dem Funken sprühten und sich rasend schnell Rauchschwaden türmten. Brandgeruch lag mit einem Mal in der Luft.

»Es brennt! In der Stephanstraße!«

Jorit macht ein paar Schritte auf das Feuer zu, aber Aletta hielt ihn zurück. »Du gehst zu Tomma! Sie ist jetzt wichtiger. Ich sehe nach.«

Jorit nickte unglücklich, zögerte, weil er sie nicht allein lassen wollte, sah dann aber ein, dass seine Verpflichtung als Ehemann schwerer wog. »Pass auf dich auf«, stöhnte er, als Aletta loslief.

Sie sah noch einmal zurück und rief gegen den Wind an: »Ich liebe dich, Jorit! Egal, was passiert!«

Er bewegte den Mund, aber sie konnte ihn nicht verstehen. Trotzdem wusste sie, als sie auf die Maybachstraße zulief, dass er gesagt hatte: »Ich liebe dich auch.«

Sie dachte nicht mehr daran, gesehen, erkannt und ein weiteres Mal verhaftet zu werden. So schnell sie konnte, lief sie dem Licht, dem Prasseln, den aufgeregten Stimmen entgegen.

Bald blieb sie erleichtert stehen. Nein, ihr Elternhaus war es nicht, das in Flammen stand, auch nicht das Haus der Oselichs. Es war der neue Nachbar der Lornsens, dessen Haus brannte. Ein junger Familienvater, der dieses Haus kürzlich von seinem alten Onkel geerbt und daraufhin beschlossen hatte, im Rheinland alles aufzugeben, nach Sylt zu ziehen, sein Erbe anzutreten und in einem Hotel von Westerland sein Glück zu suchen. Die Familie rettete gerade ihr Hab und Gut, trug Möbel und Kisten aus dem Haus, von einigen Nachbarn unterstützt, von anderen nur ängstlich beobachtet, die es nicht wagten, sich dem brennenden Haus zu nähern.

Jemand rief: »Die Feuerwehr kommt gleich! Kann nicht mehr lange dauern!«

Aletta strich auf der gegenüberliegenden Straßenseite an einer Hauswand entlang und starrte den brennenden Giebel des Hauses an. Die beiden Wohnetagen schienen noch unversehrt zu sein, aber das Feuer fraß sich in Windeseile durch das Gebälk. Mit jedem Windstoß entstand ein neuer Brandherd. Wenn eine Sturmbö irgendwo eine Flamme ausgeblasen hatte, fachte sie an einer anderen Ecke einen neuen Feuersturm an.

»Die Tochter ist mit einer Kerze auf den Speicher gegangen«, sagte jemand. »Dann huschte ein Mäuschen vor ihren Füßen her, sie hat sich erschrocken und die Kerze fallen lassen.«

Ob Aletta wollte oder nicht, sie wurde Teil der Zuschauermenge, in der gerätselt, gemutmaßt und auch schon verurteilt wurde. Da alle Blicke auf das brennende Haus gerichtet waren, fand sie keine Beachtung, fürchtete aber, dass sich das schnell ändern konnte, sobald jemand bemerkte, dass sogar die berühmte Aletta Lornsen Anteil am Schicksal ihrer Mitmenschen nahm. Und wenn sich dann einer fand, der von ihrer Verhaftung erfahren hatte …

Sie wollte sich unauffällig verdrücken, da sagte jemand: »Moin, Frau Lornsen!«, und sah sie freundlich an. »Lange nicht gesehen!«

Erleichtert grüßte sie zurück, wagte es nun, den Kopf zu heben und nach Insa Ausschau zu halten. Sie war nirgendwo zu sehen. Auch im Haus blieb alles ruhig. Anscheinend war Insa nicht daheim.

»Vielleicht war das Brandstiftung«, schrie jemand. »Ich habe gerade gehört, dass jemand aus dem Gefängnis ausgebrochen ist. Also nehmt euch in Acht! So einem ist alles zuzutrauen.«

Aletta zog den Kopf zwischen die Schultern. Bevor jemand wusste, dass eine Frau aus dem Gefängnis geflohen war, und bevor jemand erfuhr, dass es sich um Aletta Lornsen handelte, wollte sie lieber verschwunden sein. Der Brand in der Stephanstraße würde Oberkommissar Henksen womöglich noch früher auf den Plan rufen. Es konnte nicht mehr lange dauern, bis er hier auftauchte, um Insa nach ihrer Schwester zu fragen. Sie musste weg. Am besten suchte sie sich in einem Heuschober bei einem Bauern einen Platz zum Schlafen. Vielleicht in der Scheune, in der sie sich früher mit Jorit getroffen hatte?

Unauffällig zog sie sich bis zur Wilhelmstraße zurück, die Schaulustigen fest im Blick, entschlossen, sofort zur reagieren, wenn jemand mit dem Finger auf sie zeigen und rufen sollte: »Da ist sie! Die Mörderin! Die aus dem Gefängnis geflohen ist!«

Als sie an der Straßenecke angekommen war, blieb sie stehen. Nur einen flüchtigen Blick warf sie auf die Stelle, wo Hauptmann Kalkhoff gelegen hatte, meinte, noch erkennen zu können, wo sein Körper das Gras niedergedrückt hatte. Die dunklen Flecken konnten von seinem Blut stammen, die Fußspuren in der Umgebung von den Polizisten, die den Toten geborgen hatten. Die Gedanken rasten durch ihren Kopf. War es wirklich Notwehr gewesen? Oder hatte Kalkhoff etwas gegen Insa in der Hand gehabt, was so bedrohlich war, dass sie zu einem Mord fähig gewesen war? Aber würde sie sogar so weit gehen, ihre Schwester für diesen Mord büßen zu lassen?

Aletta vergewisserte sich ein letztes Mal, dass in ihrem Elternhaus alles ruhig blieb, dass Insa nicht vor der Tür erschien und dass auch Hütten und Fritz nicht auf die Straße gelaufen kamen. Als nichts dergleichen geschah, entschloss sie sich, aus der Stadt zu verschwinden und sich irgendwo zu verstecken, wo Henksen sie nicht suchen würde. Den Sturm abwarten, Tommas Krise abwarten und abwarten, was geschehen würde, wenn Insa erfuhr, dass ihre Schwester sich nicht heimlich davongemacht hatte, sondern verhaftet worden war. Und dass sie einer Tat beschuldigt wurde, die Insa begangen hatte. Wie mochte Henksen reagieren, wenn ihm klarwurde, dass Insa nichts von dieser Verhaftung wusste? Aletta hatte Kommissar Wachsmann erklärt, sie habe ihre Schwester verständigt.

Die Angst in Alettas Herz verstärkte sich. Sie musste weg! Und dann irgendwann Kontakt mit Insa aufnehmen, damit sie ihr alles erklären konnte. Zum Glück wusste Jorit nun Bescheid. Er würde zu Insa gehen, damit auch sie die Wahrheit erfuhr. Dann musste die große Schwester bereit sein, die kleine Schwester zu rehabilitieren. Und dann sollte Insa auch endlich einsehen, dass alle anderen Wahrheiten ebenfalls beim Namen genannt werden mussten. Prompt bemächtigte sich die Angst ihres ganzen Körpers. Aletta hatte nicht den Mut, auf Insas Verlässlichkeit zu vertrauen.

Noch einmal blickte sie zurück … und da sah sie es. Anscheinend war sie die Einzige, denn alle starrten auf ein Fenster der ersten Etage des brennenden Hauses, aus dem der Familienvater Kleidung und Wäsche warf, die von jenen Nachbarn aufgefangen und weggetragen wurden, die den Mut hatten, sich nah genug an das Haus heranzuwagen. Einige forderten den Nachbarn auf, endlich sein Haus zu verlassen und auf die Feuerwehr zu warten, andere riefen ihm Mut zu, und wieder andere warnten ihn. Niemand achtete auf das, was ganz oben, im Dachfirst des Hauses geschah. Dort hatte eine besonders starke Windbö Funken aufgewirbelt, die so weit geflogen waren, dass sie das Dach der Lornsens erreicht hatten. Winzige Flammen züngelten, dann wuchs eine Rauchsäule heran, die sich in der Nähe des Schornsteins bildete.

»Nein«, flüsterte Aletta. »Oh, nein!«

Ein Flämmchen schälte sich aus dem Rauch und züngelte weiter. Plötzlich war der Dachfirst eine leuchtend rote Spur. Und schon im nächsten Augenblick sprangen grellgelbe Spitzen hoch, die von Mal zu Mal höher emporschossen. Sönke! Er war dort oben eingeschlossen.

Vergessen war alle Vorsicht! Sie musste die Speichertür aufschließen und Sönke aus dem Haus holen. Koste es, was es wolle! Wenn auch sein Leben in Gefahr war, sobald er sich an die Öffentlichkeit wagte! Sie würde ihn irgendwo im Garten verstecken und die Aufregung und den Tumult nutzen, um ihn wegzuführen. Sönke retten! Diese beiden Wörter explodierten in ihrem Kopf. Sönke retten, bevor alle anderen erkannten, dass auch das Haus der Lornsens in Brand geriet! Sönke retten, bevor die Feuerwehr kam. Sönke, Sönke, Sönke! Er durfte nicht sterben. Nicht Sönke, das hilflose Findelkind …

Sie lief auf das Haus zu, riss das Tor zum Vorgarten auf und rannte ums Haus herum. Als sie im Garten ankam, rieselte bereits Feuerregen vom Dach herab. Und dann hörte sie Sönke schreien! Er dachte nicht mehr daran, unentdeckt zu bleiben, in höchster Not schrie er um sein Leben. »Hilfe!«

Sie sah, dass er sich an der Dachluke zu schaffen machte, aber anscheinend war er so in Panik, dass es ihm nicht gelang, sie zu öffnen.

Aletta rannte in die Küche und von dort in den Flur. Sönkes Stimme wurde immer lauter. »Hilfe!«

Aletta hetzte die Treppe hoch. Und richtig! Der Schlüssel steckte von außen in der Speichertür. »Sönke! Ich komme!«

Sie entriegelte die Tür und stürmte die Treppe hoch. Sönke stand auf seinem gesunden Bein, hatte die Dachluke nun geöffnet und schrie nach draußen: »Hilfe!«

Aletta riss ihn zurück. »Hör auf zu schreien. Ich hole dich hier raus!«

Sönke fuhr zu ihr herum, mit einem irren Blick und einer Angst in den Augen, die wie ein Angriff, wie eine Gefahr auf Aletta einstach.

»Ruhig, ganz ruhig«, sagte sie und berührte vorsichtig seinen Arm. »Kannst du dich bewegen? Wie geht es deinem Bein?«

Aber Sönke antwortete nicht. Er zeigte mit zitternden Fingern zum Dachfirst hoch, wo sich das Feuer bereits ins Innere fraß und die ersten Balken nachgaben. Glühende Holzsplitter rieselten herab, tanzten über den trockenen Holzboden, bildeten im Nu eine gefährliche Spur, die sich rasend schnell auf die Treppe zubewegte.

»Schnell, Sönke! Wir müssen hier raus!« Aletta griff nach seinem Arm. »Kannst du laufen?«

Nun schien er endlich zu verstehen. Er nickte, klammerte sich an Alettas Arm und humpelte verzweifelt auf die Treppe zu. Als er sah, dass die ersten Stufen bereits von kleinen Flammen überzüngelt waren, zuckte er zurück.

»Weiter, Sönke! Weiter! Wir schaffen das!«

Sönke stützte sich schwer auf Aletta, dann warf er sich mit einem Mal vor, dem Treppengeländer entgegen, stützte sich mit dem Oberkörper darauf und rutschte die Treppe hinab.

»Weiter, Sönke!« Unbarmherzig trieb Aletta ihn voran.

Dann, als er gerade in den Flur humpelte, auf die nächste Treppe zu, fiel ihr Blick auf die Korbtruhe mit der Hinterlassenschaft ihrer Mutter. Sie zögerte. Diese Erinnerungen den Flammen überlassen? Auch das, was sie noch nicht sorgfältig durchgesehen hatte? Was ihr vielleicht noch Aufschluss über das Geheimnis ihrer Mutter geben konnte? Nein!

»Weiter, Sönke! Und dann in den Garten! Hörst du? Nicht auf die Straße! Ich komme gleich nach.«

Sie lief zurück, der Speicher hatte sich nun mit Rauch gefüllt. Die Korbtruhe war zum Glück nicht sehr schwer. Mit aller Kraft zerrte Aletta sie zur Treppe. Doch gerade in diesem Moment heulte eine Sturmbö auf das Dach nieder, das bereits mehrere kleine Lücken aufwies, durch die das Feuer hereingesaugt wurde. Wie ein feuriges Gespenst fuhr es herab, brachte brennende Holzteile mit, die umgehend die Stufen in Brand setzten.

Mit aller Kraft stieß Aletta die Truhe die Treppe hinab, deren Deckel sich zum Glück nicht öffnete. Sie wollte ihr ins Obergeschoss folgen, das noch nicht von den Flammen heimgesucht worden war, und die Truhe dann die nächste Treppe herunterstoßen … doch in diesem Augenblick fiel ein Balken herab. Direkt vor ihre Füße. Aletta schrie auf, fuhr zurück, geriet ins Straucheln, stürzte rückwärts … gerade noch rechtzeitig fing sie sich. In diesem Augenblick ging vor ihr die Treppe in Flammen auf.

Aletta rappelte sich hoch, lief zurück und riss die Dachluke auf. »Hilfe!«

Niemand war zu sehen, anscheinend befanden sich alle Nachbarn auf der Straße vor dem Haus und hatten womöglich noch gar nicht bemerkt, dass der Brand sich ausgeweitet, dass er nun auf das Haus der Lornsens übergegriffen hatte. Und ihr Hilfeschrei wurde ihr vom Sturm aus dem Mund gerissen und in den Himmel getragen.

Sie zog einen Stuhl heran und stieg hinauf. Was Sönke gelungen war, würde auch sie schaffen. Aber dann fiel ihr ein, dass ihr die Leiter fehlte, die sie brauchte, um vom Dach in den Garten zu gelangen. Es gab nur die Möglichkeit, aus dem Dachfenster um Hilfe zu rufen und zu hoffen, dass die Feuerwehr bald eintraf. Aber die würde vermutlich zunächst das andere Haus löschen, in dem das Feuer schon länger wütete. Und wenn unter den Feuerwehrmännern jemand war, der die Lornsens gut kannte, würde er darauf vertrauen, dass sich auf dem Dachboden niemand befand, der in Gefahr war.

»Hilfe!«

Aber das Feuer schrie gegen ihre Stimme an, die Flammen brüllten lauter, der Sturm tobte so gewaltig, dass niemand sie auf der Straße würde hören können. Die Hitze, die sie von hinten traf, war ein Angriff, den sie nicht abwehren konnte.

Aletta begriff, dass sie nicht mehr viel Zeit hatte. Sie würde trotz der fehlenden Leiter aus dem Fenster klettern müssen, diesem Inferno entkommen, egal wie. Vielleicht gelang es ihr, jemanden auf sich aufmerksam zu machen? Dass sie auf der Flucht war, spielte plötzlich keine Rolle mehr.

Vorsichtig kniete sie sich in die Fensterleibung, hielt sich an der oberen Kante des Rahmens fest und überlegte, ob sie es wagen konnte, die Füße auf die Dachziegel oder sogar in die Traufe zu setzen.

Bevor sie sich entschlossen hatte, hörte sie eine Stimme: »Aletta!«

»Insa!« Sie schrie den Namen, noch ehe sie ihre Schwester gesehen hatte. »Insa, hilf mir! Hol die Leiter!«

Sie sah, wie Insa zu dem Gartenhäuschen lief, an dessen Seite die Leiter lehnte. Als sie zurückkehrte, fielen direkt neben der Dachluke einige Pfannen herab, die Umgebung des Fensters begann zu bröckeln, Dämmmaterial fiel herab. Aletta spürte, dass das Dach bald zusammenbrechen würde. Nicht mehr lange, und das Fenster würde sich lösen, die Balken würden nachgeben, das Dach würde einstürzen und sie unter sich begraben.

Insas Stimme kam von weit her. »Aletta! Schnell! Auf die Leiter!«

Insa lehnte sie an die Traufe und gab Aletta aufgeregte Zeichen. Vorsichtig verließ sie die Sicherheit der Fensterrahmung und rutschte in Richtung Traufe. Die Leiter war nun nah. Sie tastete mit dem rechten Fuß danach, doch kaum hatte sie die erste Sprosse berührt, gab die Traufe nach. Sie riss vom morschen Dach und fiel mitsamt der Leiter zu Boden.

»Insa! Hilf mir!«

In diesem Augenblick sah Aletta einen Mann in den Garten kommen. Er lief zu Insa. »Ich habe das Feuer von weitem gesehen. Ich hatte solche Angst, dass es euer Haus ist …«

Reik erstarrte, als er Insas Blick folgte und Aletta auf dem Dach entdeckte. »Um Gottes willen! Wie kommt sie da hinauf?«

Insa versuchte ein weiteres Mal, die Leiter anzustellen, aber jedes Mal rutschte sie wieder weg, löste Pfannen aus dem Dach und fiel mit ihnen zusammen zu Boden.

Reik nahm Insa die Leiter aus der Hand. »Ist Sönke auch da oben?«

Aletta hatte seine Frage gehört. »Er nimmt die Treppe im Haus.«

Reik lehnte die Leiter an einen Teil des Daches, der noch relativ unversehrt war. »Du musst da rüber«, rief er. »Schaffst du das?«

Aletta zögerte, dann nickte sie.

»Nicht nach unten schauen!«, rief Reik.

Aletta setzte einen Fuß aufs Dach, stellte fest, dass es sie trug, drehte sich um und suchte mit den Händen nach einem Halt. Sie fand keinen. Die Tränen schossen ihr in die Augen, als sie sich bäuchlings aufs Dach legte und versuchte, sich zu der Leiter hinzubewegen, indem sie ihren Körper durch vorsichtiges Wiegen, Anheben und Niederlassen voranschob. Nur zentimeterweise kam sie voran. Nun fanden ihre Fingerspitzen die obere Kante einer Dachpfanne, die stabil genug schien, um sie zu halten, und ihre Füße kamen auf der Wölbung einer Dachpfanne zu stehen, die ihr Stütze bot. Mühsam bewegte sie sich auf die Leiter zu, von Reik und Insa mit bestärkenden Worten unterstützt.

Die Hände taten ihr weh, der raue Ton schnitt in ihre Handflächen. Nur einen Moment wollte sie sich von diesem Schmerz lösen – prompt rutschten ihre Füße weg, sie musste erneut fest zugreifen und den Schmerz ertragen. Verzweifelt klammerte sie sich fest.

Insa schrie auf. »Aletta! O Gott! Du musst es schaffen. Vorsichtig, ganz vorsichtig! Aber schnell, Aletta! Pass auf …«

Es waren nicht Insas Worte, die Aletta erreichten, sondern der Klang ihrer Stimme. In Alettas Kopf spaltete sich etwas, die Sorge in Insas Stimme löste sich von ihrer Angst vor dem Feuer, Insas ängstliches Flehen wurde stärker als die Gefahr. Und sie liebt mich doch, dachte sie und klammerte sich, so fest es ging, an die Dachpfanne, während ihre Füße nach einem neuen Halt suchten. Sie liebt mich doch.

»Aletta! Mein Kind!«

Das war eine andere Stimme, eine neue, eine, die sich einmischte, die sich zu Insas und Reiks Stimmen gesellte. Eine Stimme, die sie gut kannte.

»Sei vorsichtig, mein Kind!«

Pfarrer Frerich! Auch auf ihn hatte sie im Gefängnis vergeblich gewartet. Auch er hatte nicht gewusst, wo sie geblieben war. Auch er musste der Ansicht gewesen sein, dass sie ein zweites Mal weggelaufen war.

»Vater«, flüsterte sie. »Vater, hilf mir!«

Aber sie wurde da unten nicht gehört.

»Hilf ihr, Reik!«, schrie Insa. »Geh die Leiter hoch! Geh! Lass sie nicht allein!«

»Die Leiter wird uns beide nicht tragen, Insa!«

»Geh schon, Reik! Geh schon! Bitte, lass Aletta nichts geschehen. Aletta, Kind! Verlass mich nicht!«

Nun war die Angst so groß, dass sie herausmusste. Aletta schrie so laut sie konnte: »Vater! Hilf mir, Vater!«

Insas Stimme kippte, aus ihrem Schreien wurde ein wildes Weinen. »Aletta!« Dann brüllte sie aus Leibeskräften: »Du musst ihr helfen, Reik! Du musst!«

»Vater, hilf mir!«, weinte Aletta.

»Sie ruft dich, Reik!«, schrie Insa. »Hörst du es nicht? Deine Tochter braucht dich!«

XVIII.

1919

Die Hamburger Staatsoper hatte ihre erste Premiere nach dem Krieg hinter sich. Der Intendant hatte »Don Giovanni« auf die Bühne gebracht, und der Dirigent Anton Heussner zeigte sich hocherfreut über das gelungene Comeback von Aletta Lornsen, mit dem er nicht gerechnet hatte. »Ich gebe zu«, sagte er zu Journalisten, die sich um die Sängerin scharten, »dass ich ohne Hoffnung war, nachdem ich Aletta Lornsen im ersten Kriegsjahr auf Sylt besucht hatte. Es kam mir so vor, als wäre ihre Karriere zu Ende.«

Dass er Zeuge ihrer Verhaftung gewesen war, erwähnte er nicht, Anton Heussner war Kavalier. Trotzdem spürten alle Journalisten, dass hinter seinen Worten eine Geschichte steckte, aus der sich ein Aufreißer machen ließ. Das Lächeln, mit dem Aletta

Lornsen ihn bedachte, und das kurze Schweigen, mit dem Anton Heussner antwortete, sprachen Bände. Aber Heussner war kein Wort zu entlocken, und Aletta Lornsen machte klar, dass sie nicht bereit war, allzu Privates vor der Presse auszubreiten. Das hatte sie von Ludwig Burger gelernt, aber natürlich sprach sie es nicht aus. Ludwigs Name war nie wieder über ihre Lippen gekommen, wie sie es sich nach seinem Tod vorgenommen hatte. Aus diesem Schweigen war ein Denkmal geworden, das jedes Mal, wenn sie Ludwigs Namen herausschwieg, ein bisschen größer wurde.

Eine Stunde später saß sie allein in ihrer Garderobe, lehnte sich zurück und schloss die Augen. Die Musik vibrierte noch in ihr, der Applaus bestimmte noch immer ihren Pulsschlag, und die Bravorufe klangen nach wie vor in ihrem Kopf. Der Krieg war vorbei! Sie war wieder da!

Sie öffnete die Augen und sah in den Spiegel. Die Kriegsjahre hatten sie nicht verändert. Ihr Gesicht war nicht schmaler geworden, ihr Körper nicht ausgezehrt, ihr Mund war noch breit und konnte lachen, und ihre Lippen waren voll und verlockend wie eh und je. Sie löste die Haare und fuhr mit den Fingerspitzen hindurch. Dann bewegte sie die Lippen, als wollte sie Ludwigs Namen flüstern. Aber sie tat es nicht. Es hätte Ludwig von dem Sockel der Erinnerung gestürzt, auf dem er stehen sollte, solange sie lebte. Erst als im November 1918 der Waffenstillstand ausgerufen wurde, hatte sie gewagt, ihm in Gedanken einen Säugling in den Arm zu legen, um die Erinnerung zu vergolden. Und er hatte seine Haltung nicht verändert, hatte immer noch aufrecht dagestanden, gelächelt und gesagt: »Wenn du mir nah sein willst, sing!« Der Säugling blieb in seinem Arm liegen, er reichte ihn Aletta nicht zurück, und sie war ihm immer noch nah, wenn sie sang.

Es klopfte, ein junger Mann trat ein, dessen Profession leicht an dem Schreibblock zu erkennen war, den er mit sich führte. »Darf ich kurz stören?«

Aletta wollte ungeduldig ablehnen, ärgerte sich darüber, dass er vorgelassen worden war, und wollte nach ihrer Garderobiere rufen, damit sie dafür sorgte, dass sie nicht gestört wurde.

Aber bevor sie etwas sagen konnte, stellte er sich vor: »Reinhard Eichler. Ich soll Ihnen beste Grüße von Sönke ausrichten.«

Erfreut stand sie auf und streckte ihm die Hand hin. »Sie sind der Bruder seines neuen Chefs? Wie schön, dass ich Sie kennenlerne! Wie geht es Sönke?«

Über Reinhards Gesicht glitt ein Lächeln. »Sehr gut. Er fühlt sich wohl in der Schreinerei meines Bruders.«

»Und seine Mutter?«

Reinhards Lächeln vertiefte sich. »Sie wohnt bei ihm. Meinem Bruder macht sie den Haushalt.«

Aletta betrachtete Reinhard anerkennend. »Sönke brauchte ein richtiges Zuhause und Menschen, die wirklich zu ihm stehen. Ich bin glücklich, dass er nun beides gefunden hat.«

Reinhard wurde verlegen. »Ich habe meine erste Stelle als Journalist bekommen. Keine bedeutende Zeitschrift, aber immerhin. Wenn ich ihm eine gute Story bringe, hat der Chefredakteur gesagt, erhalte ich eine feste Anstellung. Und Sönke meinte, mir würden Sie Ihre Geschichte vielleicht erzählen.«

»Das wäre dann eine gute Story?«

Reinhard nickte eifrig. »O ja! Sie sind so populär wie vor dem Krieg, Frau Lornsen. Ach was! Noch populärer!«

Aletta gähnte verstohlen. »Also gut, für Sönke … Kommen Sie morgen Vormittag zu mir. Um elf? Dann erzähle ich Ihnen alles.«

Reinhard Eichler erschien pünktlich. Aletta ließ Kaffee und Gebäck kommen, dann sah sie zu, wie Reinhard seinen Stenoblock hervorholte und den Bleistift spitzte. »Sie kriegen die Story exklusiv«, sagte sie. »Aber ich will sie gegenlesen, bevor sie in Druck geht.«

»Selbstverständlich«, antwortete Reinhard. »Mein Chefredakteur tut alles, was Sie wünschen. Er ist begeistert, dass niemand sonst Ihre Geschichte bekommt.«

Aletta lehnte sich zurück, nahm einen Schluck Kaffee und begann zu erzählen, ohne darauf zu achten, ob Reinhard mit dem Stenografieren nachkam.

»Ich hatte ein gutes Zuhause. Meine Eltern liebten mich, ich wuchs als Nesthäkchen auf, wurde erst geboren, als meine ältere Schwester schon fünfzehn Jahre alt war. Nur eines hat meine Kindheit überschattet: dass ich von meiner Schwester abgelehnt wurde. Sie konnte mich nicht lieben, sie wollte mich nicht lieben, sie stieß mich von sich, aber in Wirklichkeit stieß sie damit die Liebe von sich, die sie mir nicht geben durfte. Nicht so, wie es natürlich und normal gewesen wäre.«

Reinhard sah verwirrt aus. »Wie meinen Sie das?«

Aletta stand auf und trat ans Fenster ihres Hotelzimmers. Eine Weile sah sie hinaus, als müsste sie sich sammeln. Dann drehte sie sich um, und nun stand ein Lächeln auf ihrem Gesicht, das Reinhard aufmerken ließ.

»Die Frau, die sich meine Schwester nannte, ist in Wirklichkeit meine Mutter«, sagte sie mit so viel Wärme in der Stimme, dass Reinhard die Augen feucht wurden. »Sie war erst fünfzehn, als sie mit mir schwanger wurde, und mein Vater gerade ein Jahr älter. Meine Mutter … nein, meine Großmutter merkte wohl eher als Insa, was los war. Reik, mein Vater, erfuhr gar nichts von der Schwangerschaft. Für meine Eltern … meine Großeltern stand fest, dass diese Schande nicht ans Tageslicht kommen durfte.« Aletta setzte sich wieder und machte Reinhard darauf aufmerksam, dass er vor lauter Anspannung das Mitschreiben vergaß. »Wir hatten eine Engelmacherin auf Sylt. Zu der sollte Insa gehen.«

Reinhard mochte es kaum aussprechen. »Sönkes Mutter?«

Aletta nickte. »Sie war kurz vor der Geburt ihres Sohnes nach Sylt gekommen. Anscheinend hatte niemand sie gesehen, als sie bei ihrer Tante eintraf. Bei ihr hatte sie sich Hilfe erhofft, aber sie überredete Frauke, sich dieses unerwünschten Kindes zu entledigen. Erst nach Sönkes Geburt, als sie ihr Kind schon ausgesetzt hatte, fiel sie jemandem auf. Seitdem hatte es geheißen, sie sei erst nach Sönkes Geburt auf die Insel gekommen.«

»Sie hat Sönke auf der Kirchenstufe abgelegt«, wusste Reinhard, »und sie fragt sich bis heute, wer ihn in die Sakristei gebracht hat. Und warum sie seitdem als Diebin gilt, das fragt sie sich auch.«

Aletta nahm ein Gebäckstück und betrachtete es von allen Seiten, bevor sie es in den Mund steckte. Ein paar Fragen, ein paar Versuchungen erschienen vor ihren Augen, dann schüttelte sie unmerklich den Kopf. Nein, es gab Geheimnisse, die sollten dort bleiben, wo sie entstanden waren.

Als hätte es Reinhards Einwand nicht gegeben, sprach sie weiter: »Witta Lornsen, meine Großmutter, ging mit ihrer Tochter zu Frauke, Insas Vater hatte es so verlangt. Aber Witta war eine fromme Frau. Sie wusste, dass es eine große Sünde war, ungeborenes Leben zu töten. Deshalb entschloss sie sich in letzter Sekunde anders und brachte Insa zurück nach Hause. Der Pfarrer hatte sie auf eine Idee gebracht …«

»Deswegen also wusste Frauke von Insas Schwangerschaft?«, warf Reinhard ein.

»… und war daher in der Lage, Insa unter Druck zu setzen, als sie für Sönke ein sicheres Versteck suchte.«

»Insa musste sich darauf einlassen, denn seit Sie nach Sylt zurückgekehrt waren, wurde es für sie noch wichtiger, ihr Geheimnis zu bewahren.«

Aletta merkte, wie gut sich Reinhard in ihr Leben und das ihrer Mutter einfühlen konnte. »Es war für sie sehr schwer, ihre Muttergefühle verdrängen zu müssen. Das hat sie nur ausgehalten, indem sie mich nicht an sich heranließ. Sie hätte es nicht ertragen, ihr eigenes Kind im Arm zu halten und nichts als die Schwester sein zu dürfen. Dass ich Sängerin wurde, war für meine Mutter eine einzige Qual. Sie wusste, von wem ich mein

Talent geerbt hatte. Meinen Vater und mich gemeinsam singen zu hören, das hat sie gefoltert. Ahnungslos stellten wir den Beweis zur Schau, dass wir Vater und Tochter sind.«

Reinhard schloss die Augen, als wollte er das Bild, das vor seinen Augen entstand, nicht sehen. Dann aber riss er sie wieder auf. »Wie war es möglich, dass niemand die Wahrheit erkannt hat?«

»Meine Mutter und meine Schwester, also …«

»Schon klar«, murmelte Reinhard. »Ihre Großmutter und Ihre Mutter.«

»Ja, die beiden machten angeblich einen Verwandtenbesuch in Hamburg. In Wirklichkeit mieteten sie sich in einer Pension in Buxtehude ein. Dort wollten sie auf die Geburt warten.« Zögernd fügte Aletta an: »Pension Kalkhoff.«

Reinhard notierte sich diesen Namen zunächst ohne jede Gefühlsregung, dann zuckte er zusammen. »Kalkhoff? War das nicht der Hauptmann, der unter so merkwürdigen Umständen ums Leben kam? Wenn ich mich recht erinnere, wurden Sie sogar des Mordes verdächtigt.«

Aletta lächelte. Reinhard Eichler hatte sich wirklich gut vorbereitet. »Auch er hat meine Mutter erpresst. Er hatte sie wiedererkannt, hatte gehört, dass ich Insas Schwester sei, erfahren, wie alt ich war … und dann seine Schlüsse gezogen. Insa sollte ihm zu Willen sein, sonst wollte er aller Welt die Wahrheit erzählen.«

»Es war also wirklich Notwehr«, murmelte Reinhard.

»Es war auch Nothilfe. Als Kalkhoff meiner Mutter auf den Speicher nachgeschlichen war, sah er Sönke. Er wäre verloren gewesen.«

»Und wie wurden Sie damals vom Mordverdacht befreit?«

»Indem meine Mutter die Wahrheit sagte. Man musste ihr schließlich glauben. Es gab nur eine Verurteilung wegen Vertuschung einer Straftat.«

Reinhard grinste. »Nicht nur für Insa Lornsen, wenn ich das richtig sehe, sondern auch für Sie und einen gewissen Jorit Lauritzen?«

Nun lachte Aletta auf. »Stimmt! Aber wir kamen mit Geld- und Bewährungsstrafen davon.«

»Wo wird zukünftig Ihr Lebensmittelpunkt sein? Hamburg? Oder wieder Wien?«

»Sylt natürlich. Hier hat mein Mann ein Hotel.«

»Sie haben im zweiten Kriegsjahr geheiratet?«

»Eine Doppelhochzeit. Meine Eltern haben mit uns zusammen am Traualtar gestanden.«

»Warum haben Sie so lange gewartet?«

»Wir wollten das Trauerjahr abwarten, wie es sich gehört. Mein Mann ist Witwer. Seine Frau starb in der Sturmnacht, in der unser Haus beinahe abgebrannt wäre.«

»Die Nacht, in der Sönke um ein Haar entlarvt worden wäre.«

Aletta lächelt wehmütig. »Zum Glück hat unsere Nachbarin ihn für ein paar Tage aufgenommen. Es stellte sich heraus, dass Hinrika Oselich längst mitbekommen hatte, dass wir einen Deserteur auf dem Speicher versteckten. Und ein paar Tage später konnten wir Sönke in einem Fischerboot aufs Festland bringen lassen. Die angespannte Versorgungssituation hatte den Inselkommandanten gezwungen, die Wattfischer wieder rausfahren zu lassen. Die Gemeindevorsteher mussten ihnen zwar politische Zuverlässigkeit bescheinigen, und bei Dunkelheit mussten sie zur Insel zurückkehren …

»… aber es gab einige unter ihnen, die sich gern etwas dazuverdienten?«

»Einen!«, korrigierte Aletta. »Einen gab es, der ein Herz für Deserteure hatte. Der alte Johannsen. Sein Neffe war als Deserteur erschossen worden, und seine Schwester, die ihn versteckt hatte, sitzt seitdem im Gefängnis …«

XIX.

Am Abend vor der zweiten Vorstellung von »Don Giovanni« spürte sie, wie gut es ihr getan hatte, ihre Geschichte einem Menschen zu erzählen, der besonderen Anteil nahm, weil er sich dieser Geschichte aus einer anderen Richtung angenähert hatte. Sönke hatte in der Zimmerei Eichler in Elmshorn eine Heimat gefunden und Frauke gleich mit. Reinhard Eichler, der hoffnungsvolle Journalist, würde nicht über eine Geschichte berichten, die ihm fremd war, sondern über eine, mit der er sich verbunden hatte, indem er Sönke seine Freundschaft anbot.

Aletta schloss die Augen, während ihr Gesicht gepudert wurde. Von Dirk Stobart hatte Reinhard Eichler nichts erfahren, von Weike und Boncke Broders auch nicht, Kai Stobarts Tod war ebenfalls mit keiner Silbe erwähnt worden. Davon hatte nicht einmal Ludwig etwas erfahren, und Jorit würde darüber auch im Unklaren bleiben. Das war der düstere Teil ihrer Geschichte, kein Geheimnis wie das ihrer Großmutter, das ans Licht geholt werden musste, damit ein Unrecht wiedergutgemacht werden konnte. Das Geheimnis um Dirk und Kai würde in ihrem Herzen bleiben. Hinter Schloss und Riegel.

Die Tür öffnete sich, sie wusste, wer eintrat, ohne die Augen zu öffnen. Sie kannte seinen Geruch, wusste, wie weich seine Lippen waren und wie sanft seine Hände. »Toitoitoi«, flüsterte Jorit. »Und vergiss nicht: Ich liebe dich.«

Sie öffnete die Augen und lächelte ihn an. »Wie könnte ich das vergessen?«

Er zwinkerte ihr zu, dann verließ er ihre Garderobe wieder.

Aletta war angefüllt mit Zärtlichkeit, als sie den langen Gang hinunterging, der direkt hinter der Bühne endete. Ludwig war neben ihr, schirmte sie von allen anderen ab, redete aber nicht mit ihr, weil er wusste, dass sie kurz vor dem Auftritt lieber schwieg. Er würde immer in ihrer Nähe sein, bevor sie die Bühne betrat. Jorit gehörten zwar ihre Liebe, ihr Alltag, ihr Leben, ihre

Gegenwart, ihre Zukunft, aber diese Augenblicke würde sie weiterhin mit Ludwig teilen.

»Sing, wenn du an mich denkst, sing, wenn du mir nah bist!«

Sie dachte an ihn, wenn sie sang, und war ihm währenddessen noch immer so nahe wie niemandem sonst. Das musste so bleiben. Ihre Karriere würde zu Ende sein, wenn diese Verbundenheit mit Ludwig verging.

Sie trat an den Vorhang und öffnete die beiden Hälften zu einem winzigen Spalt. Sie saßen in der achten Reihe, wie immer. Ihre Mutter, ihr Vater und ihr Mann. Insa lächelte, Reik strahlte vor Stolz, Jorit betrachtete versonnen den geschlossenen Vorhang, als wäre er in Erinnerungen versunken. Ihre Familie! Und dazu gehörten auch ihre Großeltern, zu denen sie in Gedanken immer noch Mama und Papa sagte. Heute würde wieder ein besonders schöner Tag zu Ende gehen, und vermutlich würde sie später mit ihrem Vater das Lied singen, mit dem sie sich für all das Schöne bedankten.

»Schau im Traum 's Paradies!«